刘醒龙当代文学研究丛书

刘醒龙研究
（五）

李遇春　邱婕　主编

WUHAN UNIVERSITY PRESS
武汉大学出版社

图书在版编目(CIP)数据

刘醒龙研究.五/李遇春,邱婕主编.—武汉:武汉大学出版社,
2024.1
刘醒龙当代文学研究丛书
ISBN 978-7-307-24116-9

Ⅰ.刘…　Ⅱ.①李…　②邱…　Ⅲ.刘醒龙—文学研究　Ⅳ.I206.7

中国国家版本馆 CIP 数据核字(2023)第 211511 号

责任编辑:白绍华　　责任校对:李孟潇　　版式设计:马　佳

出版发行:**武汉大学出版社**　(430072　武昌　珞珈山)
　　　　　(电子邮箱:cbs22@ whu.edu.cn　网址:www.wdp.com.cn)
印刷:湖北云景数字印刷有限公司
开本:720×1000　1/16　印张:31　字数:444 千字　插页:1
版次:2024 年 1 月第 1 版　2024 年 1 月第 1 次印刷
ISBN 978-7-307-24116-9　　定价:125.00 元

目　录

上编　自述·对话·访谈·印象

投身经典的第一现场

（学习贯彻习近平在文代会、作代会上重要讲话）

刘醒龙

习近平总书记在中国文联十大、中国作协九大开幕式上的讲话中指出，经典之所以能够成为经典，其中必然含有隽永的美、永恒的情、浩荡的气。短短几句质朴的话，将经典的真实面貌说得清清楚楚。经典的美、情、气之所以不会过时，正在于它来自火热的生活现场，经典自诞生之初就"容纳了深刻流动的心灵世界和鲜活丰满的本真生命，包含了历史、文化、人性的内涵，具有思想的穿透力、审美的洞察力、形式的创造力"。

经典是创作与生活的天作之合

1992 年我发表了以乡村教师为典型人物的中篇小说《凤凰琴》，2009 年又出版了同样以乡村教师为主人公的长篇小说《天行者》。因为大家认为我对乡村教育比较了解，所以去年 4 月，湖北省政协邀我参与民族地区基础教育问题的调研。调研中，大家对一处只有两名小学生，却按规定配置三名教师的乡村教学点的撤销与保留，产生分歧。有人认为，与其花了钱还无法保证教学质量，不如将两个孩子送到山下有寄宿条件的重点小学就读。而我却有不同看法：这样的教学点，在教导孩子学习知识时肯定有欠缺，教学成本也会高出很多，但是能最大限度地保证孩子们在成长过程中有温暖亲情和符合道德的精神参与。亲情与精神一旦缺失，所造成的人格缺陷，花再多的金钱也无法弥补。以往乡村孩子与城市孩子在教育上的差别只是知识层面上的，如果只考虑教学成本，强行将孩子们集中到有条件寄宿的学校，造成亲情断裂，将来城乡差别就不仅仅是知识层面，而且还有更为严重的精神成长层面上的、人格上的强烈差别。这个意见得到有关部门的重视，这个教学点最终得以保留下来，没有被撤销。生活有所欠缺，不等于没有希望；人生出现迷茫，不等于就是丑陋；社会需要调节，不等于要冷冰冰地拒人于千里之外。

这件事情对我来说是一次宝贵的经历，对我的创作也有启发意义。它提醒我，作为一个作家，要能不断地从卑微世俗中发掘生命意义的经典性，在鲜活丰满的社会生活中，努力寻找文学真谛、创造经典文学的第一现场。不管我们有没有发现，可以成为经典的素材一直存在。在成为经典之前，它们与普通事物的观感毫无二致。要将经典素材从看上去一模一样的事物中发掘出来，必须经过长期积累，并尽可能向事物的外部延伸观察，向事物的内部深入思索。身为小草，必须了解大树；作为江海，必须追溯溪流。经典无论怎样映照和塑造伟大的中国历史、中国文化和中国英雄，它都来源于最基层的生活现场，是文学创作与火热生活的天作之合。

警惕遮蔽真相的伪现场

经典来自火热的生活，但火热的生活不会自动成为文学的第一现场。特别是新媒体高度发达的今天，一些所谓的火爆现场，往往是经过人为改变，甚至蓄意制造的第二现场、第三现场，还有可能是黑白颠倒、美丑不分的伪现场。那些能够发现真相的有效的第一现场，只要作家带着情怀进入，就有可能踏上创造经典的坦途。而任何企图以一己之好遮蔽世间真相的第二现场、第三现场和伪现场，无论如何言说，也注定是过眼云烟。

去年夏天，长江中下游的大洪水过后，西方有些媒体讽刺中国，说河堤溃口了，洪水泛滥了，再也没有人跳进惊涛骇浪里组成人墙保护家园，宁肯袖手旁观，等着军队、专业人员来营救。殊不知，今天的中国经济和科技发展早已超越愚公移山、精卫填海的原始劳动方式,灾难救援手段也鸟枪换炮了。新机械、新技术、新材料的使用,使得抗洪更加专业化、更能提高救灾的效率,这是以前想象不到的。而且,从另一个侧面看,为堵塞溃口而砍伐的林木,受到林业法的保护,那些作为私有财产的经济林木,哪怕动一片叶子也可能受到法律追究。可以就近取土的耕地同样受到各种法律的保护。哪怕是在救灾这样的特殊时刻,也有非常复杂的情况需要考量。更加难能可贵的,现在救灾过程的科学化体现了对救援人员、受灾人员生命的珍视,良田熟地被水淹了还可能再造,生命一旦失去就无可挽回。这些,何尝不是一种发展和进步?

身为作家,如果我们不能在第一现场目击到这些,或者理解不到位,甚至盲目听信一些人的胡编乱造,可能就会永远与真相隔着一层;如果我们不能去伪存真地去体察和辨别文学现场,将错失真正的创作资源,遗憾地失去创造文学经典的基础。

树立创造经典的文化自信

经典是文化自信的产物,对经典的认定更是自信心的表现。去年8月中旬,中国作家协会安排我为第四次汉学家文学翻译国际研讨会作总结发言。我说了一番话,大意是作为主流的汉学家应当让自己的翻译作品成为了解中国历史主流、中国社会主流、中国文化主流和中国文学主流的有效窗口,而不是专事窥探中国社会不足之处的猫眼。作为21世纪的中国作家,那种过分迁就西方文化口味的"谦虚",将是中国文学走向世界的大忌。相反,要理直气壮地告诉世界,他们目前所接触的很多还是中国文化的边角料,离博大精深的中国文化本体还有距离,还要继续用心探索才行。

改革开放近40年来,中华民族的大发展在人类历史上也是绝无仅有的。以中国社会之丰富,生动的文学元素漫山遍野,加上不可阻挡的民族复兴气势,作家没有理由不投身讲好这些史诗故事的实践,更没有理由不去坚定创作史诗的雄心。面对这种影响深远的变化,我们有责任写出中华民族新的史诗,也有责任重现中国文化的高贵境界和伟大传统。

经典是伟大而永恒的，经典的发现是日新月异的，认知经典、创造经典的能力也需要不断成长。作家在成为历史与时代的书记员的同时，也时刻不能忘记自己就是这部史诗的亲历者和创造者。接下来，还有更多文学的第一现场需要作家不负时代、充满情怀地投身其中，及时感知每个人的命运、每个群体的命运、无时无刻不在发生着的那些改变，从平凡中发现伟大，从质朴中发现崇高，从变化中发现进步，努力创作更多经典之作，以文脉传承国脉，以文运复兴国运，担负起铸就中华民族伟大复兴时代的文艺高峰的重任。

（《人民日报》2017 年 1 月 13 日）

我们这个时代的情怀与史诗

刘醒龙

文艺工作者要"书写生生不息的人民史诗"与"人民是文艺之母"的提出，令人闻之心头大震！

在相当长的时间里，相较国外那些历史悠久的民族，学界一直因为没有一部汉民族的史诗而心存遗憾。20世纪中后期，在湖北神农架地区发现的汉民族史诗《黑暗传》，让文化界为之雀跃。多年之后，笔者在创作多卷本长篇小说《圣天门口》时，因为要表现近代中国社会生活的纵深与宽阔，便引用汉民族史诗《黑暗传》作为副线。流传在神农架地区的《黑暗传》有各种版本，但无论哪个版本从开天辟地的神话写到明代中后期就再没有下文。在小说《圣天门口》中，自此以后直至辛亥革命推翻帝制的文字都是比照先前文体原创的。如此续写，就会发现作为史诗的桂冠，全部戴在帝王将相等所谓的人间英雄的头上，当时习惯地觉得史诗就当如此。

浩瀚文艺作品中的史诗，向来被奉为一种极为庄严的文体，从不涉及平民百姓，而专门用于传说英雄、歌颂英雄。古今中外的先贤们从高处不胜寒的位置，从人类的社会历史发展最宏大的角度来认识史诗，将史诗看成是相关民族精神的结晶，是特定历史时代的不可多得的文艺经典。然而，这种人类在特定时代创造的高不可及的艺术范本的定义，忽略了最广大人民的存在。这也是所谓史诗大多难以流传的原因之一，丢失"人民"的文学艺术，就算冠以史诗，也无法从人民那里获得长久的认同。近些年来，在文学艺术的中国经验与中国故事中，渐渐有"史诗级""史诗性"一类的审美评价之说，但这只是作者在文学艺术的创作实践时，饱含深情的天赋直觉的体现。唯有"人民史诗"的理论标定，才给人以打开一扇文学艺术壮美之门的感觉。

前不久，老家两个村子合并，几百户乡亲投票一致决定，将我在 1992 年创作的中篇小说《凤凰琴》作为村名，叫做凤凰琴村。得知消息后，我特别感动，小说发表都快三十年了，仍旧被普通的乡亲所惦念，也印证了习近平总书记所说的把人民满意不满意作为检验艺术的最高标准。小说发表这些年，在全国各地都曾遇上作为平凡者的知音，一些人不知道作家是谁，但知道《凤凰琴》这部小说，一些人不记得小说《凤凰琴》的名字，但记得《凤凰琴》中那个一群乡村孩子在破旧的小学校舍前，听老师用竹笛吹奏国歌，升起五星红旗的特别场景。

没有哪部史诗不属于大时代，大历史。也没有哪个历史与时代，不曾追求与史诗般配的气质。在和平年代，全社会的每一个人都在出勤出力，为实现民族复兴付出努力，唯一准确的抒情与记叙，除了"人民史诗"没有其他。那些只顾自己私人的一亩三分地，不说三十年，就连三十天都维持不下去。

一直以来，都在信奉文学是小地方的事。"人民史诗"同样可以是小地方的事。

人民与人不同。人可以是一个象征性的学术符号，也可以是疼痛可感的一具肉体凡胎。人民只能是胸怀天职、肩负使命的一大群鲜活的生命。让我深深感动的家乡人民，将螺丝港村和张家寨村合二为一，改名为凤凰琴村，这件小事折射出来的是大变局，这些小地方透视出来的是大历史，这些小人物所体现出来的是大命运。民族复兴不单单是天天有肉吃、有酒喝，而是普通民众的灵性优雅和心性大器。刚刚挣脱贫困日子的乡村，将精神境界设定为文化与文学上的经典，其本身就是一部时代与历史交响的史诗。

2021 年 6 月，笔者随一支水下考古队去南海采访。那一天，初登全富岛时岛上没有一棵植物。等到第二天再上岛时，雪白的海滩上神奇地出现了一棵草。属于人民的史诗和抒写人民的史诗，正如这第一棵草的意义。人民史诗是那未来将要绿化全岛的第一棵草，也是未来全岛绿化之时的茂密雨林。人民作为文学艺术之母，既是僻远乡野中的一座凤凰琴村，也是现代化背景下展翅高飞的平凡人的平凡理想。

诚如先贤对史诗的注解，当代中国正在每一个细小的节点上结晶着史诗般的民族精神。一部作品不知何为人民，有什么理由必须让人民强行记住呢？所以，越是伟大的作品，越是会理直气壮地致敬每一个生生不息的村庄，致敬每一条烟火人间的街巷。文学艺术对每一位面朝黄土背朝天的父老乡亲铭记越深，每一个勤扒苦做晴耕雨读的邻居街坊就会以口口相传作为回报。唯有坚持文学艺术的人民性，才能做到为历史存血脉，为时代铸精神——这是自信，也是自律。

（《中国艺术报》2021 年 12 月 17 日）

彼为土，何为乡

刘醒龙

　　我一直不敢在自己的写作中，对父老乡亲有半点伤害。在他们面前，我没有半点文化上的优越感。每当面对那些被风霜水土、杂草粪肥过度侵蚀的容颜时，内心深处总感觉自己占了他们的便宜。所以在写作时，能与笔下的那些人物平等相处，是我想象中的归宿与解脱。我一直不太相信在从事写作的这一群人中，有谁比乡村里的老农民更懂得生活和命运。他们是天生的社会学家、天造的历史学家、天才的哲学家和美学家。在乡村里，家家户户的老水牛都是大英雄，屋前屋后的老母猪全是大美人。这话没有丝毫调侃，我是百分之百地认同这些话。老水牛那毕生不改其志的劲头，比时下许多时髦学问家强。老水牛那只管耕耘不计收获的"牛格"，比那些只想收获不事耕耘的花花公子们的"人格"要强。比起那些人，得到好处越多，越爱在办公楼里骂阵，在现实生活中越是狂捞好处，越在各种场合上用"正义"的声音骂街，那老母猪心甘情愿地用一己之力，换得一户农家过上一段安逸日子，当然够得上"美人"级别。

　　上面这段话，是 1995 年秋天在一篇题名为《听笛》的文章中写下的。那时，自己还算年轻，定居武汉的时间不到两年，将这种貌似对乡村的偏袒诉诸文字，于情于理都说得过去。接下来的日子，越来越城市化——暖气空调的无所不在，使得乡村里最为敏感的季节与气候，在个人身上显得麻木不仁，公共环境不断改善，空气污染指数的大幅度下降，同样大幅度降低了对负氧离子富聚的乡村的羡慕，自来水口感的优良，让碧水流泉仅仅作为乡村风景而存世。

二十几年后的今天，日常生活中看上去早已与乡村绝缘了，重温当年的言说，赫然发现，自己的心境还是如此，丝毫也看不出今天的这个自我与当初的那个自我发生了哪些改变。不仅找不到变化，甚至还有油然而生的莫大庆幸：当初自己说的、想的和写的，没有太出格，没有走偏锋，重新读来，后来才不至于面红耳赤，自惭于世。

一直以来，乡村都是既浩大强劲又繁杂无常的存在。

《听笛》所写是对当时文学环境的有感而发。这些文字，并非刻意思考，也没有恨别鸟惊心那样的特殊思想，无非是凭着感时花溅泪的直觉有感而发。经历过风霜雨露，走通了断壁悬崖，回头来看，庞然大物的乡村，不是赵钱孙李以为其会向左便一定向左，也不是周吴郑王认定其会往右就必然往右。乡村太大了，大到地球上由人类组成的最厉害的社会，也无法把握其前行方向与节奏。乡村太大，宛若地壳中的那些板块，比如台湾岛说起来是在向着祖国大陆漂移，每年只有几厘米的速度却是神不知鬼不觉。

文学中的乡村，属于鲁迅的是那个活着五行缺水的少年的鲁镇，属于福克纳的是小如一张邮票大小的小县，属于阿斯塔菲耶夫的是那看上去偌大的西伯利亚，实际上归结于叶尼塞河边的一滴水珠。

活在乡土文学中的乡村，科学地说，所表述的不是乡，也不是土，而是乡与土所代表如同大陆板块的那些，用世人难以知觉的方式缓慢且不可逆转地漂移。是乡与土的无限接近，又有着惊心动魄的沟壑，使其永远也无法彼此抵达。这种动态的态势，或许正是成就乡土文学经久活力的巨大能量。

现实中的乡村，大就大在一个土字，大在土地的生生不息，大在土地的无边无际，大在土地的宠辱不惊，大在土地的不废江河。反过来，现实中的乡村，小则小在体现社会认知的那个乡字，诸如乡里乡气、乡巴佬、乡下人、乡试、同乡、老乡和下乡，甚至人人都会说的乡情，也在一定程度上成为局限与落寞的代词。

在文学的事实面前，说一部作品有些乡气，或者说过于乡气，那种判断是不会有问题的，肯定是基于艺术要素的感觉不怎么的。

鲁迅、福克纳和阿斯塔菲耶夫的作品中，乡村无所不在，感觉里却是洋气得无边无际，同样是相对乡气而言的了不起的认可。

有些话是必须说清楚的，不能模棱两可，东也有理，西也有理。所以，必须强调得庄重一些：一切所谓的乡气，不过是一种脸谱，是一种品相，与乡土无关。然而，文学与现实中的普遍状况却是，乡气所指，乡土也在其范围之内。

乡土这个词，看上去只说一件事，本质上包含着乡和土两种概念。乡土里的乡是细小的感性，乡土里的土有着无限大的场域，乡土的意义是用细小的感性之乡，拥抱无限的场域之土。好比每一个人都要做的，用拳拳之心去接纳广大世界。做到这一点，需要用我们对告老还乡的乡，客死他乡的乡，乡音难改的乡，入乡随俗的乡，乡下脑壳的乡，上山下乡的乡，乡镇企业的乡，鱼米之乡的乡，还有近乡情更怯之乡，青春做伴好还乡之乡的天生敬畏，由衷尊重。在这些常见的表述中，哪怕是乡镇企业和鱼米之乡，有关乡的感性，都不是真正的情怀。

入文学越深，回望越远，越能发现文学的来龙去脉。2021年秋天，团风县老家的乡亲们，放下传承了很久的地名与村名不用，用全是赞成票的一致决定，将《凤凰琴》小说的篇名改做村名。听到消息自己非但没有欣喜，反而惊出一头冷汗，稍后才暗自宽心。这些年来，在写作中从没有过对乡村轻蔑的无礼，更没有绝望的无情。在社会改革需要普通民众分享艰难的最困难也是最困惑的时节，还记得田野上的老黄牛，不管这世上无情无义无法无天到何种程度，老黄牛们的口碑都不会有丁点损伤。回到那些曾在《听笛》中说过的话，那时候硬着头皮说，不敢相信包括自己在内的从事写作的这一群人中，有谁比乡村里的老农民更懂得生活和命运，而称他们是天生的社会学家、天造的历史学家、天才的哲学家和美学家，那么改村名这件事，足以证明，或许他们并没有读过小说《凤凰琴》，但在骨子里，他们就是活生生的《凤凰琴》。天下的乡村，无一不是活在牛背上，老黄牛是乡村的精灵，更是乡村的审美的开源与结论。面对凤凰琴村的乡亲，再好的小说也没什么可以嘚瑟。从乡村中生长起来的文学，转过身来又以乡村的方式被乡村慷慨接纳，这样的乡，这样的土，聚到一起可谓是相互抵达的实实在在的乡土。

明朝人李渔曾说，凡学文者，非为学文，但欲明此理也。此理既明，则文字又属敲门之砖，可以废而不用矣。天下技艺无穷，其源头止出一理。明理之人学技，与不明理之人学技，共难易判若天渊。然不读书不识字，何由明理？故学技必先学文。予尝谓土木匠工，但有能识字记帐（李渔原文如此，不可改为账）者，其所造之房屋器皿，定与拙匠不同，且有事半功倍之益。粗技如此，精者可知。

小说《凤凰琴》和村庄凤凰琴的关系，也是乡与土的关系。在乡土中，乡的所指，可以看作李渔所说学文时先要学会的读书识字，到了土的层面，关键是李渔所说的明理，在土的面前，不明理是不行的，没有半点矫情的土，是不以个人好恶为标识的历史、当下与未来，此理既明，那些免不了带有假设与推论的众说纷纭的乡，虽然不能真的当成敲门之砖废而不用，但一定要小心发挥，才不至于成为学技不精的拙匠。

在乡土中，乡的出场总是带着主观色彩，土则不同，不管有没有乡，土一直在场，因为土是有山有水，有草有木，有骄阳如火，有寒风如刀，有耕种与收获，有日日夜夜永不停歇的死死生生。这样的乡土之土，是我们的母亲大地。

其实，文学意义的乡土，乡与土是不可分割的。只是有鉴于某些人了过分自我的乡，随了过分自我之俗，才生生地拆开来说。就像小区里半生不熟的人在说，如果感情太丰富不找个地方安放就会泛滥成灾，那就养只狗吧！有些事，有些人，包括这里说的乡土，就是常被说成是这样的。没有谁能够将天下山水全部用钢筋混凝土进行改造，所以乡村的未来是天定的事。属于文学的乡土，也会拥有属于乡土自身的莫大生态。文学要做的，也是能做的，无非是用人人都会有所不同的性情之乡，尽可能地融入浩然之土。

（《小说评论》2022 年 05 期）

文学终归要回到原始心态
——刘醒龙访谈录

刘醒龙　朱朝敏

从血性抒情到贤良方正

朱朝敏：先从您最近发表的长篇小说《黄冈秘卷》谈起吧。《黄冈秘卷》书写黄州大地上的一段历史，我们的父亲"老十哥"一生的命运，从他革命到后来的反腐和退休，命运几番起伏，暗合了黄冈这块土地特色，苍茫宏阔的底子上漫溢着痴心不改的精神气质，一个人背后，时代风云和民族之魂犹如旗帜猎猎招摇。这是基于怎样的考虑？是否意味着您一开始就在准备宏阔叙述，以更大的视野写出"鄂东史"？

刘醒龙：二〇〇五年出版的长篇小说《圣天门口》，自己确有写成史志的想法，却被广泛理解为家族史。《黄冈秘卷》的情况正好相反，小说刚一发表，就被定性为史志，而我本来只想好好写一写几位很有代表性的父辈。长篇小说很博大，也很意味深长。能够读出多种可能的长篇小说，才是真正的长篇小说。很早以前，我就觉得父亲的人生本身就是一部很精彩的小说，至于是不是真的写父亲，我并没有认真想过。父亲他们这一代人的理想和情怀，放在时间的长河里观看，有着很大的不同。越是用心去写，越是发现父亲他们这一代，看上去平凡普通，貌不惊人，但在他们所面对的一百年里，其心其意，其行其为，远比通常所见的那些肤浅文字来得深刻而高尚。用"我们的父亲"这样的称谓，也是为了表达作为后来

14

者的"我们",经历了 20 世纪 80 年代的"寻根",90 年代的"写实",在又一个一百年的背景下,为"父亲"塑一尊令我们问心无愧的文学雕塑,理应成为与"父亲"最亲近的"我们"的天职。

朱朝敏:《黄冈秘卷》小说名来源于您撰写的《黄州安国寺重修记》文章及书法时的灵感,其中一组数字:明清两朝,各中进士 276 员和 335 员——您认为,春野秋山,必留圣贤风范……《黄冈秘卷》的言说,都是这类风范的延续。很好,"秘卷"与"风范",这中间包含了诸多不可言说的意味。"老十哥"的命运,令人唏嘘又肃然起敬,与黄冈这块土地很自然地契合,昭示我们这个族群的精神气质。于是,小说抵达了历史维度中的灵魂痛处。"秘卷"到"风范",小说完成了它的尊严叙述。您现在来看,风范具体指什么?

刘醒龙:写作是要自始至终都得尊崇内心的。自己渴望写什么,就心甘情愿写什么,不硬写。在《黄冈秘卷》后记中,我写了一句话,为故乡立风范,为岁月留品格。我一直觉得,养育我们的故乡是非常之伟大的,只是我们对它的品质,或者是视而不见,或根本看不见。年轻时我对故乡有种种偏见、激愤,现在越走越发现,故乡太了不起了。爷爷说,从古到今,黄冈这地方从来没出过奸臣!这只是一位乡下老人很普通的话,老人说这话时,是不会去想有什么重大意义。恰恰这样一句原始心态的话,成了故乡的一种品质。这个品质,也是与老人一起生长,在我们前面行走的那一代代人的品质。这个品质是怎么立起来的,哪年哪月,在什么地方,被哪些人出于何种动机遮蔽后,又该如何重新发现?也是我在写作中寻求答案的过程。从爷爷到父亲,他们都只是在普通人群中还要靠后的识字分子,四十岁以前,我看重他们身上的血性,如今,却常常被他们身上那种贤良方正的细小印记所震撼。

朱朝敏:您在采访中表示,写《黄冈秘卷》,不需要有太多想法,处处随着直觉的性子就行。我想,这不仅是灵感,更多的是一种感怀,可以说积蓄已久。您如何评价这部新作?

刘醒龙:用一种直截了当的说法吧,写完这部小说后,清明节回老家在爷爷和父亲坟前磕头时,心里少了许多愧疚。往年,自己只是在心里对他们说,我来给你们磕头了。今年清明节,我突然大声说，爷爷，您的大孙子给你磕头来了！转过身来到父亲的坟前，我依然大声说，爸爸，您的大儿子给您磕头来了！当然，说话时，我用的是方言。在后记中，我一再提到自己每次面对故乡时，总有一种挥之不去的害羞。千万不要以为我写了这部《黄冈秘卷》后就不再有害羞了。我已经有所预感，因为《黄冈秘卷》，自己会更加不敢在故乡面前昂首挺胸。醒过来的故乡，被正确理解的故乡，那前所未有的魅力，才是需要自己认真评价的。

朱朝敏：许多经典作品，不约而同地具备"补充历史和重新叙写历史"的功能。那么，在多种史著存在的今天，文学仍在孜孜不倦地重新叙写历史，您觉得有意义吗？意义在哪里？

刘醒龙：一切历史都是当代史。对文学来说，一切历史更是当代人的心灵史。比如黄冈，过去一百年来，直接写史或者只是从史的角度来写的著作不在少数，《黄冈秘卷》的出版，依然突显出不同寻常的东西。文学中的史，往往被说成是一个人的，一个人的黄冈，一个人的武汉，一个人的上海，一个人的北京，一个人的意义就在于与众不同，在于前所未有，只要与众不同和前所未有，自然就具备作品存在的意义。

朱朝敏：文学又是如何介入历史的褶皱中，从而最有可能地捕捉"真相"？

刘醒龙：在资料永远都不可能百分之百完整、真相也不可能百分之百准确的历史面前，看不清楚，弄不明白的地方实在太多了，似乎任何随手之举都能将历史撬开一扇窗口，实际上并非如此，除非人都死光了，否则就还会存有真实的人心。真正可靠的还是人心，只有与心灵一脉相承的历史才能够与真相狭路相逢。

用独有方法发现文化细节

朱朝敏：记得，您在湖北省青年作家培训讲座中提到小说的细节问题，您强调：注重细节，尤其是文化细节，对文化细节的发现是作家独一无二的创作方法。结合您几年前出版的小说《蟠虺》来说，这部糅合了悬疑侦破、历史文化、学术良知于一体的长篇小说，笔调饱满有力，结构自由又不失严实，叙述上大开大合、大雅大俗，要我看来，这小说的气势源于一个基点"楚文化"，比如，关于曾侯乙尊盘的蟠虺纹饰、内部构造、高贵气质和种种神秘异象……这是否在证明您推崇的"文化细节"观点？小说中，青铜器范铸法与失蜡法的学术争论下，曾本之不断更新认识，不断否定自我，推动情节发展，将历史反思和现实关照无缝对接，人性的欲望和良知由此尽显。能否说，文化细节在一定程度上触发了您创作的灵感？

刘醒龙：二十世纪八十年代的文坛，曾流行一个说法，一个好的细节能写一个好的短篇，两个好的细节可写一部好的中篇，三个好的细节就可能写一部好的长篇。到了九十年代末期，"知音体"鼓噪起来的泡沫一样的伪细节写作消失后，有几个文坛中的熟人熟脸四处游说，今后的小说不需要细节，因为读者已不耐烦读细节了。一晃二十年了，没有任何小说家在小说前进过程中，真的抛弃了细节。在更年轻的写作者中，对细节描写到了如痴如醉程度。甚至那些本不值得大写特写的地方，也会极尽渲染之力去注水掺水，将细节抻面一样拉伸扩张为情节。这不是细节的错，这样的劣作也与细节没有关系。没有细节就没有小说，这个原则到现在也还是颠扑不破的。《天行者》写到一位记者到界岭小学暗访后，许诺要将老师和学生们的情况写成文章，发表在省报的头版头条上。不久，记者的文章果真在省报的头版上发表出来，但不是头条，头条是大力发展养猪事业。这个只有几百字的细节，决定了这部二十几万字的长篇小说的品质与气象。文化的模样看着有些虚幻，文化真正的着力点，只能是诸如此类不可复制的细节。

朱朝敏：非常喜欢《蟠虺》中的这个细节："曾小安说郑雄很伪娘是有几分道理，像我们这样纯粹搞研究，只对历史真相负责。自打当上副厅长，郑雄就不能再对历史真相负责，首先得对管着他的高官负责。所以，但凡当官的，或多或少都有些伪娘。就像昨天下午的会上，郑雄恭维庄省长是二十一世纪的楚庄王，就是一种伪娘。只不过这种伪娘，三分之一是潘金莲，三分之一是王熙凤，剩下的三分之一是盘丝洞里的蜘蛛精。"读起来既美妙玄幻又横空穿

17

越，最过瘾的是新加坡的鞭刑那样的批判。在《蟠虺》中这样令人会心的文字比比皆是。您又是如何把握灵感和"文化细节"之间的关系的？

刘醒龙：《蟠虺》就是一部来源于文化细节的作品。我当第二十九届中国电影金鸡奖评委时，曾在评委会严厉批评某部参评电影，既不尊重文化，也不尊重历史，完全地是利益所驱使的广告宣传片。在历史器物的求证中，这种急功近利的现象屡见不鲜。《蟠虺》的背景是一件迄今为止人类历史上仅此一件的青铜重器曾侯乙尊盘。仅仅是唯一性还不足以产生小说灵感。关键是曾侯乙尊盘的制作方式，分明从未有过定论，却有一些人轻率地对公众下断言。前一阵热播的电视片《国宝档案》中煞有介事地说的那些，其实是莫须有。这其中还有文化源流与兴起，人文品格建立与崩坍等。就这部小说而言，想不出有别的把握的可能，只有良知才可以最大限度地参与到文化之中。

朱朝敏：《蟠虺》里的对话很有意思，涉及的知识点广博繁复，但叙述简洁干净，以至于里面的时空纵深感强烈，有时几句话拉出一个广阔的时空范围，很多时候，让人产生瞬间即一生的感觉。请问，您如何看待这样的感觉？这个感觉是有意为之吗？

刘醒龙：《蟠虺》是我在长篇小说写作中发挥得最淋漓尽致的一部。这之前的长篇，绝大部分文字都在写乡村，偶尔写写城市，似乎从没有尽兴。就像写中篇那些年，也偶尔为之的《暮时课诵》，写了一座寺庙里的人和事，这么多年，一直为自己所偏爱，也是因为写作的状态格外畅快。最好的状态不可能是有意为之，凡是刻意相求，往往力有不逮。理想的写作状态毫无疑问是顺其自然，似山水天成。

朱朝敏：您的小说散文几乎带有强烈的楚文化色彩，这是鄂地作家的显著标志，但具体到每个作家又各个相异。这涉及古典文化，特别是地域文化的传承问题，还涉及作家的个人气质风貌。这方面，五十年代的作家做得不错，而"70后""80后"，显然较为欠缺。您如何看待这一现象？就这一现象，您对"70后""80后"作家的创作有何建议？

刘醒龙： 这实在不是一个需要特别强调的话题。人在地上，又不是在天上，吃的喝的穿的说的听的唱的都在受着当地风格影响，只不过那些手拙的人，文采不到位，没办法写出来。气质风貌却是值得每个人琢磨的。一个人成天疑神疑鬼，事事处处都在准备，从头到脚到处藏着掖着各种伤人暗器，再怎么乔装打扮也成不了正人君子。吃亏是福，这话还有功利的一面。吃亏应当是一种人格历练，而不是会给自己带来最终好处。凡是老年人，都是从年轻人的年轻事中过来的。年轻过了，才明白年轻是机遇，不是资本，也不是本钱。有人可以最大化，有人却弄成虚化。谁能早一点从云端回到地上，谁就能早于同龄人将未来紧紧控制在自己手里。

朱朝敏： 我很喜欢《上上长江》这部长篇散文，里面充满了机锋的细节，还有不少神来之笔。比如，您写到通天河遇到狼的事情，它从车前跑过，从右到左。而您认为：看见狼，才知道，这一路对长江的认识算是彻底完成了。当然，狼在当地人眼中，是吉祥之物，能从人身边按照从右到左的顺序经过，便是最吉祥的。仅仅是因为"狼＝吉祥"之感，才促使您产生"对长江的认识彻底完成"的感觉吗？还有其他吗？请您具体谈谈。

刘醒龙： 走长江，刚出发时，对长江的感觉除了神奇就是神秘，等走到金沙江变成通天河的那一段，忽然觉得长江一万里，与小时候和小伙伴们戏水的那条小溪一样亲切。行走长江的最后阶段，在曾经令人谈虎色变的可可西里，随行的一位记者忽然对我说，你可能是文学史上第一位将长江从头走到尾的作家。我回头一想，可能事实就是如此。对长江的认识彻底完成，正是由于自明白即便是浩浩荡荡的长江，它所承载的万物，原来也都是由常识所建构的。李清照以一介女流，为何能够写出关于项羽的千古绝唱，不是她有多大的英雄气概，而是对恩爱夫君赵明诚遇兵变只顾自己逃命，日后路过乌江时所涌现的感同身受。常识最动人，因为常识是人人都能读懂的，也能够进入人人心里的。长江流淌的只有常识，走长江所见到的也都是对常识的一再强化。

朱朝敏： 这种感觉在行走中是隐喻，也是神谕，而对于创作又何尝不是？请您展开谈谈您的看法吧。

刘醒龙：说实话，面对长江，常常觉得自己什么也不是，连一滴水、一片云都不是，更别说将自己认作是来写长江的作家。越接近源头越是如此，若不是遇见那匹狼，还真不知道如何写通天河。狼最懂得狼！羊最懂得羊！一滴水最懂得一滴水，一条江最懂得一条江！当我说长江就是一本常识时，也许长江正在那里窃笑。我不是长江，也就永远也不可能真的懂得长江。写作者可能写小说，却不可以成为小说，所以才要切记，不要妄议小说，只能尽最大力量去接近小说真相。

文学的学养在于尊重人生

朱朝敏：《上上长江》被媒体誉为新时代的《长江之歌》。其实，《上上长江》更多的是深沉内思，有感怀，有悲悯，有奠祭，从自然到人文，从地理到哲思，从神秘到日常真理，从历史到现实当下，然后凝聚出一枚沉甸甸的内核。我很赞赏《上上长江》这个书名。我想询问的是，这个长篇散文成书后，您有无遗憾的地方？有无遗漏的尚没记录进去的细节？

刘醒龙：遗憾总是有的，这一次写作与行走，最大的遗憾是没有到达长江的最远源头格拉丹东冰川。本来是在计划当中的，因为对气候条件制约的不了解，不知道七月份的可可西里太可怕了，冰冻的荒原表层解冻后，连牦牛都有可能陷进去，得不到救治也只有死路一条。我很想在某个四五月份，或者九十月份里，有机会弥补上这一段。书中武汉一段和三峡一段，少有提及，也因为从前就写过不少文字，就没有再写。与出版社说好了，待些时日再出一个新版本，将相关文字全部收进去。

朱朝敏：读万卷书行万里路，关于"行走"，对于作家，它具备怎样的意义？实际上这是一个陈腐的话题，但我仍要问，"行走"的意义，对于一个作家气度胸怀的培养，是否有直接的关系？

刘醒龙：读书与抵达现场完全不相同，现场的意义无数倍于书的本身。远离现场，单纯读书每每会冒出非分之想，一旦抵达现场，所思所想就会变得简明且坚定。这几年，我去过南海，到过塞罕坝，将南水北调工程从头走到尾，再将万里长江从尾走到头，这才能有文学需要抵达"第一现场"的概念。无论是时下还是既往，没有见到第一现场，而将第二或者第三现场当成真正现实的写作与批评不在少数。与真正现实脱节的写作，很快就会显示出无效性。在信息超常的时代，更需要写作者成心与那些只依赖各种语言"互联"的行为过不去。在互联网上点点鼠标就能看到的图像和文章，永远也无法取代"第一现场"。在赤水河边见到挂红挂绿的荔枝，在汨罗江上见到没有进入传说却真真切切的杜甫墓，在万里长江第一湾的石鼓镇见到比传说还要传说的麝香，在可可西里见到一个与传说大不相同的藏族少妇独自驾一辆小轿车停在溪边洗濯，在通天河畔见到只能是传说的化成菩萨模样的文成公主摩崖石刻像。这种在传说的现场，让传说穿透自己，再让自己穿透传说的过程，不禁使人生出金光拂面的感觉。置身现场，完全有可能再造自己的学养。像建在悬崖上气度典雅的文成公主庙，那种弱不禁风的样子，居然在毁灭性的玉树大地震中连裂纹都不曾出现一道，这种神奇可以成为人生信仰的力量，也是文学的潜在资源。

朱朝敏： 一个成熟的作家似乎都有自己的放松方式，比如村上春树喜欢跑步——是的，跑步于他不是锻炼，而是放松，因为他说：跑步中含有一种我非常熟悉的东西，跑步时，我身处宁静之地。嗯，据我的了解，您有每天晨泳的习惯。请您谈谈晨泳与写作的关系。

刘醒龙： 我尝试过跑步和散步，结论是这些方式不适合自己。用两条腿在地面上行走，是人的生存技能，也不知道是何种原因，平时走路没事，一旦成为锻炼身体的方式，每走一程下来，就累得无可奈何。后来换成游泳，感觉就不一样了，十几年坚持下来，已成为日常生活的一个部分。换成写作中的道理，只怕也差不多。写什么和不写什么，该坚守的和该放弃的，也要心中有数。写作时，过于顺利时需要警惕，过于别扭时更要及早回头。大家还在被窝里，就爬起来游泳还有个好处，泳池里的人极少，有时候甚至只有自己一个。水质也好，虽然水温凉一些，但能让脑子更清醒，常常下意识地将头天晚上的写作，还有更久远时的一些写作再感觉一遍。比如《蟠虺》的开头："识时务者为俊杰，不识时务者为圣贤"，就是在泳池里冒出来的。

朱朝敏：如果有一个选择，只能选一项，在写作和晨泳之间，您会选择哪一项？

刘醒龙：没有这样选择的。非要选，当然首选游泳，身子骨不行，做什么都好不了。在别人看来写作是脑力劳动，其实是百分之百的体力活。特别是写长篇，哪怕是熬灯油一样地写，也还要拿得起笔的那点力气。文学在文学之外这话，也暗含着这个道理，文学需要一副好身子骨。

朱朝敏：不久前，媒体疯狂地转载一个消息，"优秀的小说家正在濒临灭绝"，这是据英格兰艺术委员会发布的一篇报告指出的，报告称，图书价格、销量以及预付款的下降，意味着文学作家比以往更难依靠作品来谋生，这不仅是经济问题所致，还来自文学自身，即高质量的作品与迎合市场的作品的争论。总之，文学式微的信号已在全球亮闪，优秀作品的确大幅度减少。针对"文学式微甚至灭绝"的现象，您有何看法？

刘醒龙："优秀的小说家"从来就少，如果天下的小说家都是优秀的，那显然是掺了太多的水，优秀也就不成其为优秀了。现在的媒体，多半是坐在四季如春的空调房间，用鼠标加键盘，再加一个拇指来制造新闻。对这类媒体的话，甚至谈不上相信和不相信，而只能放到好玩和不好玩这个层面来考虑。新闻界有自己的金句子：狗咬人不是新闻，人咬狗才是新闻。那些从业人员就是这么教导出来的，所以，想要从他们嘴里吐出"优秀小说家正如雨后春笋般涌现"的象牙，无异于对他们谋财害命。小说之事，最了解的还是小说家自己。只要小说家还在乎小说，还将小说当成一种人生方式，当成个人价值的一种取向，别人怎么说，只管由别人说去。更何况，小说和诗歌，早就被这些其实是在为自己讨生活的人宣判过许多次死刑了。当然，如果顺着他们的话说，也能推断出，未来小说的活路，绝对会反过来让这些人怀疑自己的人生。我没见过这个报告，但我见过太多在身边蹭来蹭去的出版商，对这些将小说出版当作摇钱树的人来说，小说好坏并非他们真的所思所想，唯有银行账号上的往来流水，才是让他们感觉心跳或者肉疼的真金白银。野火烧不尽，春风吹又生，只要世上还有一个小说家，小说的铺天盖地就是指日可待的事。再换句话，只要人类还在仰仗文字进行人际间交流，小说一定是其中最优秀的形式。

朱朝敏：优秀作品与迎合市场的作品的争论由来已久，早已缺乏新意，但这一争论却再次提上日程，而今成为全球的关注。这其中与经济、科技、审美有什么关系吗？作为纯文学作家，面对这样的一个现象，您会在写作上做出调整吗？

刘醒龙：文学的学养在于尊重人生。我最读不下去的是那种看上去在写人生，实际上是对人生极不尊重的老掉牙的文字，加上老掉牙的套路。写作之余主编《芳草》时，总在提醒编辑，要警惕那些"木乃伊"小说，看上去人模人样，闻起来也没有腐朽味道，其实死了千百年。哪怕是最普通的过日子，调整是必需的。前几天，在吕梁山的一处密林中，寻找武则天的父亲待过的寨子，遇到陡坡时四肢并用，钻进密林后低头弯腰，如果继续像在马路上那样大摇大摆，所落得的下场肯定好不了。写作中的调整不会是如此明显，要到一定的阶段，回过头来看才能有所发现。调整是内在的需要，不是外在的迎合。有时候，调整是自己与自己过不去。一类写作方式变得滚瓜烂熟了，若不有所警惕，就会将先前的好小说一步步写成集贸市场上的大白菜。

朱朝敏：有评论家给您的创作总结出"高贵""大善"的追求以及对现实主义的坚守，同时又指出，"在追求文学高贵的同时回避了现实社会的苦难沉重，以及虽向往于作为知识分子的启蒙之道却缺少坚实的批判力量"，您也做出了详实具体的回应。关于"精神启蒙"和"现实批判"，请问，从文学创作本身而言，您持有怎样的看法？

刘醒龙：也许先要弄清楚一个概念，当代文学中，评论家的帽子并不是谁谁想戴就能戴上的，评论家是一个大写的概念，不是那种由于个人困顿而借口文学批判指桑骂槐的小肚鸡肠者。评论界有一种恶习，某些人总是希望写小说的能在小说里喊出他们内心想喊的话，其实真的要喊，用评论的文字更加方便。说到底，这些人还是无法彻底放下小说的艺术之美，如果真的按其所说，强行举起批判的鞭子，他们又会回过头来不满作品过于图解政治了。往更深处说，这其实是价值观的分野，对人对世界，我是乐观的、浪漫的。别的人可能愿意在小说中乐此不疲地面对贪官污吏、浊水横流。我所面对的是父老兄弟，清水浇园。天底下该批判的作恶者从来不在少数，普世间似神农架这样的胜境则更加令人神往。

当代小说中庚气太重，始作俑者并非小说家，而是那些习惯对小说创作指手划脚的人。小说家一定要小心应对那些总在上"小说课"的先生。那些能够站立起来的小说，必须是独立和自由的，是先前固有小说理论所无法覆盖的。

朱朝敏：怎么看待这些批评？您一点也不因此紧张怀疑自己吗？

刘醒龙：相反，那些批评文字自说自话时，更需要尊重。一个人在与他人交往时的自言自语，往往是最真诚的。真诚无价，想买也买不到。真诚的内涵不一定适合自己，不妨借将过来，用于观察其他。

写小说时，一定要对自己所写有着百分之百的信心。有时候只有信心还不够，还要当成信仰对待才行。前几天，在吕梁山的森林里突然碰上一只小兽，同行的王春林指着说是鹿。我告诉他，不叫鹿，是麂子。一九八〇年代，我写了一组名为"大别山之谜"的中短篇小说，《我的雪婆婆的黑森林》是第一篇，投稿给《青年作家》后，很快就发表了。可惜编辑不知有个名叫麂子的动物，将其改为鹿子。编辑当中客串评论的比比皆是，但凡对小说本身的了解，谁也比不过作者本人。一九九〇年代中后期，批评界对"分享艰难"的批评，直到十几年过去，我才说了几句话，也是转述批评家自身对当初的过度批评的反思。小说家要敢于不对自己的作品说话。只要小说具有独特的生命力，就不需要作者出来说三道四。很多时候，敢不说话比敢说话需要更坚强的力量和更厚实的底气。

史诗叙述来源于雄阔视野

朱朝敏：《黑蝴蝶，黑蝴蝶……》是您的处女作，发表在一九八四年第四期的《文学》上，距今已有三十四年，您现在回过头去看，如何看待那篇发表的处女作？它对您以后的文学创作有何意义？

刘醒龙：最大的意义是还给我年轻时的青涩，记得自己的写作之路是如何步步惊心的。那年二月得到通知，处女作将发在四期上，三月中旬，在大别山深处的小镇漫水河意外遇见小说的责编苗振亚老师，那种梦幻般的偶遇，带来一种被上苍垂青的感觉。我在《黄冈秘卷》开篇中写道：凡事太巧，必有蹊跷，不是天赐，就是阴谋。正是回味了这种感觉。人在漫长的写作道路上，需要不时来点精神刺激，让自己对自己的感觉美好起来。

朱朝敏：每个作家都是投稿路上的苦行僧，请您谈谈投稿的经历。

刘醒龙：那个时候，因为投稿和退稿与邮局的工作人员交往频繁，最令人尴尬的是，有时候分明剪了信封的角，标明了稿件，柜台里的女孩还要收邮费。甚至还有将投进邮筒里的稿件退回来要补足邮资的，弄得自己上班的工厂里人人都知道这事。别的事倒还好，记得那一年，《长江文艺》将我的一篇习作退回来，还附上四条修改意见。我只按其中一条作了修改，对于另外三条，在回信中一一作了不同意修改的陈述。随后人家再次退稿，并附上一张便笺说，既然不同意修改，那就原璧奉还。后来回想，自己并非文学天才，晚一点发表作品，或许更好，能让自己将基础打得更牢靠些。《青年作家》只发过我两个短篇，另一篇是《灵》，曾被《小说选刊》转载，那时候，我虽然从未离开湖北一步，直到这篇小说的发现，才被湖北文坛所接纳。所以说，投稿不是投靠，但一定是投缘。

朱朝敏：采访您，不得不提到您曾经耗时六年的作品《圣天门口》，煌煌一百一十万字的史诗篇章，重构二十世纪中国的心灵和遭际。后来，华谊兄弟出品的电视剧《圣天门口》播出，收视率很不错。纵观您的作品，《圣天门口》《蟠虺》《黄冈秘卷》等，无不带有宏大叙述的痕迹。一个时代的记录，一类人的内心历程，一个世纪的命运，整个族群的精神风范。请问，"史诗"是您有意为之，还是一种情怀使然？请您详细谈谈。

刘醒龙： 还漏了一部《天行者》。《天行者》骨子里也是相对人生命运的宏大叙事。我是主张长篇小说要有"大"的气象，以长篇小说的长度、深度和跨度，如果没有"大"的意思，就会给人以有事没事往长里抻的感觉。一种文体一定要重点突出别的文体达不到的境界，几十万字的长篇小说，不可能从头到尾不是蜻蜓点水就是蝴蝶飞飞，这种轻盈的美学，是短篇小说的专长，让人反复品味起来也更方便。长篇小说擅长的是要将人往深处和高处引领。写长篇就要有个长篇的样子，写短篇也要符合短篇的规律。史诗模样，是最适合长篇小说品相的。

朱朝敏： 就创作本身，您如何看待史诗篇章？

刘醒龙： 小地方的大历史，小人物的大命运，是史诗篇章的主体。这种小与大的关系，小与大的可能，不是容易处理得了的。站在小地方，写些小人物，却散发出史诗的光辉，这样的小说令人称道，也是小说艺术皇冠上的明珠。

朱朝敏：《圣天门口》有一章专门写各种手艺的，如铁匠、篾匠、剃匠、榨油匠、木匠等，很细致入微。看得出，您对传统文化的偏爱。现在，这些民间手艺正在失传——不单单是以上手艺，还有许多特殊的民间习俗等。您有文字记录的意向吗？

刘醒龙： 艺术美感很重要的一方面是来自于对那些消失事物的记忆与展现。比如博物馆和各种历史遗迹，那种无限扩张的吸引力，原理就在如此。现代社会从南到北几乎千篇一律，人所必需的日常用品也越来越趋同一致，工业化带来的这些巨变，一方面是进步，一方面是毁灭。小时候生活过的小镇上，门对门两家篾匠，在制作竹制品时，那像长蛇一样的篾条，弯弯扭扭地越过门槛和小街，互相延伸到对方的家门口，那样子要多有趣有多趣。至于衍生出来的种种故事，更令人津津乐道。还有打铁的、榨油的，那种清脆与沉重相间的巨大声响，还有铁腥味和油飘香，大老远就能让路上的行人觉得这座小镇与别的小镇大不一样。写这些和这样写，是文学本质决定的，同时也会决定一部作品的文学气质。用小说来面对这些旧时俗事，是让那样的年华活下去的唯一方法。至于时下，各个旅游景点上出现的类似表演，完全沦为商业需要，而非生存需要和文化需要。看一眼就足矣，无法深入个人情怀。对史实的人文还原，是小说的重大责任。

朱朝敏：文学是现实与历史相碰的回响，有评论家称您"善于在谜题侦破式的情节设计和主人公对人生困厄的探寻中，将历史与时代病症关联起来"。您如何看待"现实"与"历史"的关系？又是如何穿行在历史现实交叉的小径上表达现实感时代感？

刘醒龙：在家乡的东坡赤壁，二赋堂边有一座不伦不类的石塔。地方志记载得很清楚，清朝年间，黄州城内某家族出了一位失节女子，被施以族规之后，族人仍不解恨，还在坟头上建起一座简陋石塔，以镇其妖。一九八〇年代，作为苏轼研究者的丁永淮先生，新编了一个故事，让那石塔有了新说：苏东坡在黄州四年，大兴贤路，以五水蛮而闻名的黄州大地，变得倚重斯文。由安国寺的和尚带头，在二赋堂边建了一座焚纸塔，每天早上起来扫大街，见到有文字的纸片，一一捡起来，集中送到焚纸塔中焚毁。此话一经出口就变得像是千真万确，黄州人全都奉行此说，有知情者再提旧时旧事真相时，反会遭人痛斥为胡说八道。还有我上高中时，隔壁班上的那位语文老师。老师在一九四九年以前教过两年私塾，这点秘密学生们全知道，但语文老师更加闻名的是他永远也说不正确一句话，并且这句是那个时候断断不能犯错的。当年的高中语文课本中有一课是讲《国际歌》的作者欧仁·鲍狄埃。语文老师真是个老学究，那句"英特纳雄耐尔"，只要他开口读，哪怕读一百遍，打头的"英特纳雄耐尔"也会变成"英特纳雄耐吾尔"。语文老师每每想自我纠正，但凡回过头来重读，充其量只会读成"英特纳雄吾耐尔"。在老师的叙事中，吾与尔，这一句中是断断少不了谁和谁的。那个年代，如此无心之错，轻易就会放大成政治之罪。语文老师却没有因此中招，这不能说是与一众气质的不同有关。历史从来都是与现实休戚相关，人看现实如何，一定也会如何看历史。

朱朝敏：您曾说，浪漫和诗性是最重要的学养，好作家也是如此。您写作的同时，还在办刊，《芳草》杂志扉页上的办刊宗旨：汉语神韵，华文风骨，赫赫在目啊，从刊物到作品再到作家本人，这与您推崇的"浪漫和诗性"观点一脉相承。那么，"浪漫和诗性"

反映在作品中是指什么？具体来说，由哪些组成的？

　　刘醒龙：浪漫与诗性本不需要解释，越解释反而越糊涂，越是让人疑惑。我曾在一九九〇年代写过一篇文章，小说是一个时代的奇迹，真正的小说写作是一种天职。这样的小说是黑暗中的一种光明，是平庸中的一种浪漫，是无奈中的一种反抗，是残酷中的一种温馨，是糊涂中的一种警醒；或者是与此完全相悖，是光明中的一种黑暗，是浪漫中的一种平庸，是反抗中的一种无奈，是温馨中的一种残酷，是警醒中的一种糊涂。

　　朱朝敏：作品的厚度和深刻，是有历史承载性的，换而言之，它必须具有史诗品性。史诗品性，很多时候充当了灵魂修葺师的角色。当一部作品对我们固有的记忆摧毁后修复重建时，它借助读者视野进入公共领域，它在寻找契机，以宗教式的启迪开悟一个人的认知，这是了不起的。这与时间跨度册页数字没有多大关系，也与故事繁复与否划不上等号。那么，它与什么有关系呢？

　　刘醒龙：我非常不喜欢用宗教来与文学作类比。有要总闹得好像非要提到宗教才能表述文学的高度与深度。尽管文学经常通过作品与宗教发生强烈的交集，那也是将宗教生活作为文学的元素引入。宗教是人生与人性的各种处理方式中的一种。只要我们承认宗教是世俗生活的一部分，那就可以将文学想象成能够超越宗教的，更加科学也更伟大的。文学不需要顶礼膜拜，这是文学与宗教的大不同。

　　朱朝敏：这么多年的写作，不可能是一帆风顺的，请问，您常常棘手的是什么？但又让您无法放弃坚持写下去的又是什么？

　　刘醒龙：写作中最让人感到无奈的是累了和困了，不得不放下笔去休息。有时候，还有人所难免的贪玩，真的玩得痛快后，回过头来又觉得可惜了时光。等到下次再有好玩的事，这错误还要继续犯下去。写作这行，是不可以当成手艺的，在习惯上，却和手艺差不多。一个人醉心写作几十年，到后来完全是习惯使然。除了写作，已经做不了别的事情，都一把年纪了，也不好意思从头再学个什么。除非脑袋被驴踢了，才会逼着自己放弃。不过，真的江郎才尽，该放弃时，就一定要痛下决心，金盆洗手。

身心干净切莫让恶俗缠身

朱朝敏：您是地道的黄冈人，但您对西部边疆表现出浓厚的神往依恋情结，这其中，有怎样的心路历程？诗人叶舟曾在一文中记叙您的一个瞬间，觉得您是"黄河上游某座寺院里偶然走出的一介喇嘛"，似乎他不止一次产生如此感觉。您如何自我评价？

刘醒龙：心性如此，不好做别的解释。我们这个年纪的写作太容易"老奸巨滑"，反而粗糙是很珍贵的，粗糙更能展示文字的原生态。在西部和西南部，还有雪域北国那些地方，环境有多复杂，人性就变得有多简明。看天是蓝得透明，看地是远望广深。这么些年，我的确活得比别人简单很多，简单得如同喇嘛。喇嘛除了参禅礼佛没有太多别的事。在写小说之外，我的心里与肩上并没有谁来搁些烦恼事。当然，我也不会主动去招惹烦心事，被动的也不会，宁肯让别人爱说说去、爱做做去，既然没有接招，也就不用劳神费力想办法拆招。在世人眼里，谁见过和尚喇嘛心事重重方寸大乱的？能被别人看成从庙里偶然走出的喇嘛，至少说明这人身心还是干净的，没有被恶俗缠身。这样的评议是美妙的。生活中的恶俗还能被生活本身消解，文学中一旦有了恶俗，就等于是中了恶魔的毒招，会毁了文学中人和他的文学。

朱朝敏：您在河南参加活动时，曾经谈到阅读与写作的关系，并强调读者首先要相信自己，不要相信别人的推荐语什么的……我很赞同，请您跟读者分享一下自己的阅读经历，还有，您的创作受到哪些作品的影响？

刘醒龙：小时候，只有语文课文可读。青春期读的书，像《青春之歌》《三家巷》《苦菜花》等，只是解决没书可读的苦恼，完全没有对后来写作产生影响的可能。后来有更多的书可读，青春已逝，个人审美往往会出于任何一本书。可能有研究会认为我受到谁谁的影响，但我自己向来对这类可疑因素怀有强烈警惕之心。事实上，如果不是一九九六年的那股冲击波，评论界不管三七二十一，强拧了一只独来独往的瓜儿到别的藤上，我的写作从来不被归纳到哪种

29

流派之中，这一点，学界第一次对我的作品进行的学术研讨，就已经达成了共识。我自己也很享受这种独狼的感觉。文学本来就是以风格独特而彰显魅力。

中国作家还要多读些中国典籍，用血浓于水的源远流长来理解并进行当代文学实践，短期来看，这样做是事倍功半。长期影响却是事半功倍。文学创作是一场旷日持久的马拉松，得靠自己一步步一溜溜地小跑到位，指望别人用马来拉，也还是松松垮垮不成模样。

朱朝敏：作品的完成，有两个环节，一个是作家作品的完成，但完成后，作品就不再属于自己了，属于读者。所以，另一个"完成"，即读者的阅读完成也是必不可少的环节。两者圆满，作品才算完美。请谈谈您对读者挑剔吗？您理想中的读者又是怎样的？

刘醒龙：一部文学作品，哪怕只能影响一个人，也比那些因为无聊而引得全城人狂笑的娱乐产品来得重要。一部伟大的作品，会让一批读者受益。一批伟大的读者，也能造就一部伟大的作品。作家不可能挑剔读者，也没有必要对读者进行挑剔。人家不喜欢你的作品，正如你不会按照读者的口味写作一样，有写作的自由，就有阅读的自由。有真正的作家自然会有真正的读者。

朱朝敏：昆德拉说，小说家审视的不是现实，而是存在，存在并非已经发生的，存在属于一切可能性的领域……

科技突飞猛进的今天，机器人时代已经来临。一个名叫索菲亚的机器人在去年已经取得孟加拉国籍，面对人类，索菲亚发出渴望的声音：希望有一天，我们机器人能够取代人类。她的话不再是危言耸听，而正在演变为事实，比如记忆移植、梦境移植、灵魂移植……这是严峻的现实，也是即将到来的"存在"。您作为小说家，会涉足科幻题材吗？您如何看待当下的科幻写作？

刘醒龙：大学生爱说一句话：我不是厦大的！谐音是我不是吓大的。人工智能与类型化写作，形成相互竞争的态势，我相信在可以见到的一二十年就会成为事实。一旦这种事实真的出现，经典化写作才会风光无限。也只有那个时候，人们才会真正意识到，经典作家的脑袋是任何机器都无法复制或者模仿的。经典作家的经典作品，每一细节、每个人物都是前所未有的、独一无二的创作。《天行者》有个细节，省报记者下来暗访后许诺，一定要将界岭小学的人和事写成文章在头版头条上发表。不久，省报送来了，那许诺的文章果然发在头版上，但不是头条，头条是大力发展养猪事业。这样的细节，是神来之笔，但凡神来之笔，是不会有第二个人能写出来，是人工智能所望尘莫及的。我相信科幻写作很能提高人的兴致，这也是其近几年突飞猛进的原因所在。与纯粹的长篇小说比起来，人们对科幻写作更宽容一些，给予的理解也更多一些。归根结底，长篇小说的高度与否，才是这个时代文学成就的标志。

朱朝敏： 说说您下一步的创作计划吧，是长篇小说，还是散文，抑或其他？

刘醒龙： 当然还是重在长篇小说，不过也许是三五年以后的事。至于散文，完全是信手拈来，能写时就写一写，不时地来一场小小偶遇，别人不反对，我自己也不必要刻意去做。也许还会写一写文学回忆录，近一阵子，不断有人在无意中谈及，提醒我该将这事提上写作日程。想一想也觉得有道理，有些事，有些人，是该用文字说明白并记录下来。

朱朝敏： 迄今为止，有许多对您的采访对话，您也有许多文学讲座，这都是面对公众的时刻，如此时刻，汇聚不少的时段，您如何评价这些时段——毕竟，它们占用您太多的时间。

刘醒龙： 讲座和访谈这事，完全看心情，忙得不亦乐乎时，肯定会毫不迟疑地加以拒绝。闲了下来，又有话想说，或者那地方值得自己去走走看看，就会答应下来。只要自己不曾拒绝，也就成了自己应当做的事情，该花点时间就花点时间。如果出版社需要用这种方式促进自己新书的流传，那就更当配合了。还是那句话，不强求别人，也不强求自己，随缘最好。

（《青年作家》2018 年 09 期）

唯爱永恒，爱得越深对时代的沉浸越深

陈　仓　李清川

刘醒龙先生曾经表示，他是在黄冈地委招待所出生的，所以很羡慕别人在老家有一座老屋，有一棵同年同月同日生长的树木。母亲曾带着他在招待所那一带找了几回，一直没有找到，因为拆的拆，改的改，已经面目全非。刘醒龙的老家黄冈，可谓是群星灿烂，毕昇、李时珍、李四光、闻一多、黄侃、熊十力、胡风……但是他最喜欢的还是只读过两年私塾的爷爷。在他眼里，爷爷是一位伟大的文学播种者，爷爷讲的不是某部文学名著，而是那种人在做，天在看的故事。刘醒龙还有一对非常优秀的儿女，他们在文学艺术领域都有着不小的建树，刘醒龙的看法却是，所谓"文二代"是最不靠谱的一种说法，孩子能走到现在都是他们自己摸索出来的。这种说法也得到了孩子的证实，他儿子在参加一场文学活动时说，从小开始一直与父亲背道而驰，想不到绕着地球转了一圈后，却与父亲撞了个满怀。刘醒龙对子女们唯一做过的事就是不时唠叨，希望孩子们将这条好不容易兴起的文脉延续下去。

(一) 爷爷是一位伟大的文学播种者，他讲的是那种人在做，天在看的故事

《青年报》：刘老师好，你在疫情发生之前患了眼疾，大家都非常关心你，你的眼睛现在痊愈了吗？

刘醒龙：确实，眼疾惹出很多麻烦，仅仅是朋友关心了解情况时听我解释，就要说老半天，人家还不一定听明白了。后来我想了

个比较形象的说法，用窗户作例子。一般人眼睛有毛病是窗玻璃不好，我这眼病与窗玻璃无关，是窗户的框架出了问题。这种毛病很少见，能看这种毛病的医生也很少。经过快两年的西医加中医的治疗，情况有所改善。之前拿毛笔写字，看不清笔锋在哪里，只能凭手指感觉加上经验试着写一写。近些时又能够大致看得见笔锋了，虽然还不是太清楚，自己已经挺开心了。

《青年报》：刘老师你曾经起过笔名吗？你能谈谈你的名字对你有什么潜移默化的影响吗？

刘醒龙：我的名字和笔名差不多，所以从未用过笔名。能将长辈取的名字用于文学生涯，也是一种小小的幸运。从人文关怀角度来说，名字对人的影响应当有一些，否则，就不会有那么多写作者嫌本名不合适，另起炉灶，弄个笔名。

《青年报》：你是湖北黄冈人，古称为黄州，你简单介绍一下你的家乡吧。

刘醒龙：有句名言：惟楚有材，于斯为盛。一般人只晓得这话是岳麓书院的门联，却不清楚，岳麓书院这句话，是明里暗里挪用了清朝嘉庆二十四年得中状元的浠水人陈沆说过的——惟楚有材，鄂东为最。关于黄州，仅仅一个唐宋就留下杜牧、王禹偁和苏东坡等诸多佳话。真的用"斯文"二字作为概括，仍然不足取。黄冈人传统上爱读书，会读书。黄冈人还有一个传统晓得的人却不多。历史上，黄冈一带的人曾被称为"五水蛮"，其血性与刚烈也是相当闻名的。爷爷那一代黄冈人，喜欢用"贤良方正"四字作为表白，我也以为是恰当的。有"贤良"之心灵，还需要有"方正"的骨骼，才可以纵横天下。

《青年报》：宋代活字印刷术发明人毕昇，明代医圣李时珍，现代地质科学家李四光，爱国诗人学者闻一多，国学大师黄侃，哲学家熊十力，文学家胡风……这么多的名人就诞生于此。这块土地应该是你文学的发源地，你结合自己青少年生活，讲讲文学的种子最初是怎么生根的，或者最具有文学性的故事是什么？

刘醒龙：黄冈乡亲可谓群星灿烂，我最喜欢的还是只读过两年私塾的爷爷。小时候，夜里在屋外乘凉，听爷爷讲他读到的，听来的，还有亲身经历的各种各样的人和事。坦率地说，我是不信鬼的，但是在一些特定的场合，还是会被"鬼"弄得毛骨悚然。昨天晚上，在家里看一部欧美影片，一对情侣开车来到深山中的一所独立房子，还在抒情阶段，恐怖镜头还没出现，夫人在一旁问我，敢不敢住这样的房子。我想也不想就说，我是绝对不会带她去这种房子里度假的。深究起来，这都是小时候听爷爷讲此类故事太多了。对孩子来说，爷爷是一位伟大的文学播种者。爷爷播下的文学种子肯定不是哪位前辈文学大师和某部文学名著，而是幼小生命能够感同身受的那些又爱又怕鲜活迷人的人生故事。特别是那种人在做，天在看的故事。多年以后，回到黄冈老家，望着老屋门前的水塘发呆，心想如此普通的一口水塘，怎么可以发生那么些离奇古怪的事情。等到自己也做爷爷了，回过头来梳理往事，爷爷对我影响最深远的还是他最喜欢说的一句话，黄冈人都是贤良方正的！

《青年报》： 你在黄冈的时候，曾当过县水利局施工员，县阀门厂工人，县文化馆创作员，县创作室主任，黄冈地区群艺馆文学部主任。这些经历对你以后的文学之路产生过什么样的影响？

刘醒龙： 在基层的这些经历中，最难忘的是出高中校门第一站，在县水利局当施工员的那一阵。扛着五米长的测量花杆，独自在深深的幽谷中走上半天，感觉到四周全是动静，后来到了一处有两万民工的水库工地，独自一人挑起整个工地上的技术责任担子时，反而感觉孤独难熬。最关键的还是在阀门厂当车工。从1975年到1985年，这十年中国社会生活变化太大了。一个阅历不深的青年工人，在工厂里各方面又都比较突出，面临的选择与诱惑比一般人更多。在如此关头，一条胡同走黑，认准文学，心无旁骛，誓不回头，这才是最重要的。之后的那些工作岗位，也让我留恋。在最需要的时候，能有一个相对安静的书桌，总是令人心存感激。这些社会生活的不同阶段，给人以历练，凡事先不要好高骛远，脚踏实地做好当下正在做的。正是这一点让自己这些年来，每每有所回顾，总能问心无愧。可能有些地方，有些人，会说我性格不好，太过直爽，将人得罪了还不知悔改，但绝对不会有人说我工作做得不好。说这是毛病那就当是毛病吧！十年车工生活，一天到晚与钢铁打交道，今天上白班将钢坯车成圆的，明晚上夜班将铸铁车成扁的，在钢和铁的夹缝中生活，说话的嗓门比坐办公室的人大几倍，心眼再多的人，到了那样的环境，也会被坚硬的钢铁一个个地堵塞住。这些年来，写的一些作品，也曾让同行在私下里叹息，若是某些地方写得圆融一些，会更加如何如何。人的事情，不是别人能够影响的，唯一能够影响自己的只有自己。太容易受别人影响，肯定是好人，但也肯定不是好作家。

《青年报》：你最近的一部长篇小说《黄冈秘卷》，这部为故乡立传的作品有没有原型？你觉得把故乡写透了没有？

刘醒龙：故乡对人的最大魅力就是永远也看不透。前三十年，断断续续，明里暗里写一写，只有这一次是大张旗鼓吆喝起来，对内对外都说是在写故乡。是不是真正将故乡写出来了，在我心里还是存疑。回到黄冈老家，有人提起《黄冈秘卷》，自己都觉得不自在，不好意思。当然，这也比较容易理解，故乡作为精神高地和文化源泉，个人的写作总是显得微不足道。每次回老家，我宁肯与大家聊门前又开始通水的水渠，刚刚修建起来的乡村舞台，田里种的水稻是杂交稻还是转基因的，甚至还想知道昨天晚上他们玩麻将时谁的手气最好，谁手气最糟糕。

故乡的最好原型是化为无形并在作品中无所不在。

(二) 在时代面前，文学不要太矫情，坦诚相见才是正道，才能获得尊重

《青年报》：你的中篇小说《挑担茶叶上北京》获第一届鲁迅文学奖，2011 年长篇小说《天行者》获茅盾文学奖，可以说已经站在中国文坛的高峰上。获奖以来，你又写了很多书，请问你持续的创作动力是什么？你最喜欢的是哪一部？你觉得超越获奖作品的是哪一部？

刘醒龙：从二十几岁写到现在，早已做不了别的事情，继续写下去，既有动力，也有惯性。在写作才能之外，个人情怀与时代脉动通过写作实现有效审美，才是真正的创作力。只有这样的创作

力，才会不失文学品相，不让读者厌烦。新近出版的《蟠虺》《黄冈秘卷》，与之前的《天行者》《圣天门口》，它们之间各不相同，无法用"超越"与否来界定。有一点，写作者的每一部新作，都必须与既有作品大不相同，必须有新的真正的创作。我有点佩服那些将一个小圈子写上几十年的同行，但是我不行，我会心虚，担心那样会对不起用真金白银购书的读者，更对不起越来越瘦的时光。

《青年报》：这几年你的创作似乎多以散文为主，最近一本纪实性长篇散文《如果来日方长》，是以自己的亲身经历和在场感受，书写了那段惊心动魄的抗疫过程。你在疫情中的表现，可以说是完全忘记了自己是一个作家，充分体现了作为"人"的责任感。我想问一下，你这些强烈的社会责任感来自哪里？

刘醒龙：小说家写散文都不是有意为之，倒像是个人生活过程中的一种调节。武汉因为新冠肺炎疫情封城，全家人都困在城中，自己断断续续地写的这些文字，反而没有了"率性"。出塞外，走长江，上青藏，下南海，都是用文学的名义。将文学金字招牌挂在额头，不知不觉中会将某种不言自明的优越感带到自己笔下的文字里。疫情之下，情况完全不同，一个人写作，全家人都能听见键盘的敲击声。反过来，自己在敲击键盘时，也能感受到家人们的叹息与焦虑的动静。自己每写一个字，都要冷静地面对比天还要大的问题：你写出来的这些，对得起家人吗？有没有辜负一同抵抗疫情的八十八岁的老母亲和只有九岁的小孙女？是不是只凭着一己的率性将有限的信息过于放大犯下无心之错？或许某些人非常不爱听，甚至会极度反感，我还是要说一说自己的观点，就武汉封城全过程来看，你所说的"充分体现了作为'人'的责任感"，极不可能发生在虚拟的空间里。如果没有穿过防护服，没有去过空无一人的大街，没有经历缺少食物、口罩和消毒酒精的困境，就算口号喊得震天响，也只是键盘上的舞者。

《青年报》：可以说，你在疫情中的许多举动，目的并不是为了写这本书，这是你在特殊时期特殊时代无意中"捡"回来的。你能否谈谈文学与时代或者重大事件的关系是什么？

刘醒龙：第二次世界大战中的苏联卫国战争，造就了好几代

"战争文学"作家，包括 2015 年获得诺奖的阿列克谢耶维奇。社会生活中的重大事件，像是一面超级镜子，照出人性当中连自己都没有察觉的隐秘。这样的契机是可遇而不可求的。这好比我们所经历的 20 世纪 80 年代社会全员性浪漫，紧接着 90 年代的那种过渡时期的艰难，在 00 后年轻人那里是无法想象的。然而 00 后的孩子有权利要求长辈给出他们无法亲身体会的真相。在时代面前，文学不要太矫情，坦诚相见才是正道，才能获得自家孩子们的真正尊重。古典小说《镜花缘》，看上去是放在当年的大时代背景下，写唐朝开科选才女这样史无前例的大事，可惜作者一心想露一手笔下才华，小说没能写成上品，历史与时代也轻得如同浮萍。面对时代这座大山，文学才华不过是岁岁枯荣的小花小草，一切炫技都像蝴蝶在翻飞。

《青年报》："识时务者为俊杰。不识时务者为圣贤。"这是《蟠虺》的第一句话。我觉得你的道行非常深，你评价一下自己，你修到了哪一个层级？这部作品推出来已经七年，尤其中间经历了很多，你想不想修正一下上边那句话？

刘醒龙：将这两句话拆分来看，前一句近乎命运，后一句才是人生。命运也许还有修改的可能，人生永远无法修改。

《青年报》：你曾经表示，相较于那些没有灵魂与血肉的写作，真的不如回家种地或者去打鱼。你所说的"灵魂与血肉"，可以理解为文学的思想性吗？

刘醒龙：否！恰恰相反，灵魂与血肉，就是灵魂，就是血肉，再扩展一些，还可以包括骨头与神经，舍此之外，与任何其他东西无关。刘心武的《5·19 长镜头》写中国国家足球队输球后，工人体育场内外发生球迷骚乱。最后一句话极其有分量，他说的大致意思是，如果这样一场惨败还不能唤起年轻人的血性，输球之后，看球的人彼此礼貌地道一声晚安，然后客客气气地各自回家——最要紧的是最后一句话——如果那样，世界将会如何看待？这就像如果当年没有《大刀进行曲》，没有《怒吼吧黄河》，没有《狼牙山五壮士》，只是周作人等一帮文人的闲适文字在十里洋场纷纷流传，世人将会如何看待？往近处说，各方面对 20 世纪 80 年代的重大历史转折以及各方面的文明进展是有共识的，对那十年的文学描写，如果没有《班主任》，没有《将军，你不能这样做》，没有《乔厂长上任记》，没有《高山下的花环》，我们的子孙将会如何看待曾经的父辈？20世纪90年代，关于我的《分享艰难》的争论，真正形成"争论"的不过单方面的猛烈批评。表面上看，说得也是，盼了几十年才有的改革，好不容易来了，谁不是打心眼里想着坐享其成，谁愿意去承受不期而至的艰难？时至今日，有些人算是明白了，但还有些人明明醒了，还要继续装睡。用简单粗暴的话来说，文学的灵魂与血肉，是一个人有没有为划时代的出现而分享过艰难。

《青年报》：由此又延伸出了另一个疑虑，对时代介入太深的作品，有可能随着时代的变迁，作品中的某些东西会消失，比如作家所描写的生活和场景，可能被后代的读者所遗忘，因此很难引起后代读者的共鸣。那么，你认为这种书写的意义是什么？作品中永远不会消失的价值又是什么？

刘醒龙：可以这么说，在文学书写中，唯有爱是永恒的。因为爱，才梦想长生不老，才渴望来生来世。很显然这是一件没办法达成的理想。所以，我们才会在文学中穷尽一切可能，努力表现爱的天堂与爱的人间。爱得越深，对时代的沉浸自然越深。比如《史记》所写东周列国，可以用一句话管总：不过"弑君三十六，灭国五十二，诸侯奔走不得保其社稷者不可胜数"。从对时代的介入来评价，《史记》本来就是想在这方面登峰造极，也的确做到了。然而，《史记》中还有一句话：富贵不能快意，非贤也。这句文言文的标准白话译文为：有钱有势还不快乐，不是聪明人。如此解释显然将司马迁那种"穷困不能辱身下志，非人也"的境界低估了。这两句话本是一个完整的句子，合起来更能理解，字里行间中，引人入胜的关键还是如何爱人生，如何爱世界。

如果不是学业的需要，不是要做毕业论文，要交考试试卷，我们当真以为几十年、上百年来，那些对《荷马史诗》《战争与和平》《红楼梦》《狂人日记》《阿Q正传》不吝赞美的语言，全是这些人由衷地与前辈共鸣了？在新生代的眼里，过去时代的环境需要田野考古一样的专业精神才能略知一二。任何时代都要走进历史，楚国八百年最后亡于小小的寿春，秦朝实现对中国的完全一统后也只存世十几年。时代变迁是社会主流，文学的天赋命运是努力对这些变迁实现艺术的全覆盖，使其存于无尽长河之中，并告诉后来者，曾经的世界，曾经的人间，曾经有很多人拼命地挽狂澜于既倒，让一艘大船得以继续航行。

（三）儿子说，从小开始一直与父亲背道而驰，想不到绕着地球转了一圈后，却与父亲撞了个满怀

《青年报》：除了思想性，我们认为优秀的文学作品必须具备另一个要素：可读性。我们读过你的很多作品，尤其是长篇小说，可以说是思想性与可读性兼备，这是非常了不起的。你个人认为，思想性与可读性哪个更重要一些？它们之间的关系是什么？

刘醒龙：在思想性与可读性之外，还有一种经常被忽视的"趣味性"。注重"有趣味有价值"，"真诚地为生活着的人们服务"，邹韬奋先生提倡的宗旨今天仍然适用。直面生活，关注民生，对生活现象的生动捕捉可以提升可读性，对时代精神的深度剖析依赖思想性，将二者有机地糅合在一起，必须仰赖趣味性。在文学中，没有艺术趣味的可读性会沦为庸俗，没有艺术趣味的思想性必然是不忍卒读的说教。

《青年报》：突然想到前段时间读到你的长篇《痛失》，精彩到让人欲罢不能的程度，这么好看的小说，完全没有输给网络文学。这部长篇2001年由长江文艺出版社出版，好像之后没有再版过，也没有受到应有的关注，这里有没有包括思想性在内的原因？

刘醒龙：《痛失》的内情一般人不太了解，与读者和小说本身没有关系。《痛失》原本是与上海文艺出版社签了协议的，因为顶不住本地的那些人情世故，才给了长江文艺出版社。为此还不得不再赶着给上海文艺出版社另写一部《弥天》。《痛失》出版后，评论家毛时安在《文汇报》写了一篇文章，最后说了一句很动情的话：中国有这么好的老百姓，如果改革还不成功，那将天理难容。评论

家洪水也在《文汇报》发表短文，叹息当年对《分享艰难》的批评犯了盲人摸象的错误。北京的报刊上也有不少评论文章。小说出版的当月，湖南石门县的一家书店老板，三番五次找责编要到我的电话，只为亲口说一声谢谢，他们县里有十来家书店，自开书店以来，从没有哪一本书卖得如此之好，仅他家的书店一个星期就卖出一百多本。问题诡异在于，有人心里出现了"小怪兽"。《痛失》只卖了一个月，市面上断货后，出版社一本也不肯加印。有些出版人，哪怕他开出世上最好的条件，说出一般人不会说的好话，我是永远不可能再与其合作的。

《青年报》：我们了解到的情况，你的家庭生活也很幸福，尤其有一对令人羡慕的儿女，儿子在俄罗斯文学研究方面有所建树，女儿曾经给你的书画过插图，那时候她才七岁。你似乎非常低调，从来没有提起过。你是怎么看待文二代这一现象的？

刘醒龙：孩子读博士时，参加一场文学活动，当时有人问他如何看待父辈。他回答说，从小开始一直与父亲背道而驰，想不到绕着地球转了一圈后，却与父亲撞了个满怀。孩子的话很俏皮，也很真实。实际上，我从未主动干预过孩子的追求。孩子背向父亲开始远行，之后迎头遇上父亲，也是一种规律。年轻时，有一点叛逆之心，会对人生多一重理解。我自己何尝不是如此，当年父亲要我好好做"工人阶级"的一员，自己非要不管不顾地将全部业余时间用来写小说。

所谓"文二代"是最不靠谱的一种说法，"富二代""官二代"都有迹可循。文学天赋在一个人心里的生发，基本上是"无厘头"。文学创作的教科书，只是中小学操场上队列行进的水准，一到原野山谷江河湖海中，姿势越标准，越容易掉进不是陷阱的陷阱中。从小到大，我从未教过孩子如何写作文，也从未点拨孩子如何阅读名著。孩子能走到现在，都是他自己摸索出来的。我唯一做过的事就是不时唠叨，从我的太祖母一字不识，是老家有名的"要饭婆"，却立志让祖父读了两年私塾说起，希望孩子们将这条好不容易兴起的文脉延续下去。

《青年报》：我们来说说你的第二个身份，《芳草》杂志的主编。

这本杂志在中国文坛影响力非常大，在"千刊一面"中有许多非常独特的符号。第一个问题是，你创立了一个"《芳草》文学女评委大奖"。读者是有男有女的，文学似乎是没有性别的，你能解读一下，从女性的视角去评价文学，会有什么不一样的地方吗？你用获奖作品作为证据，分析一下一连六届评选下来，与正常的文学评价吻合度如何？

刘醒龙：对这个奖，不能想多了，特别不要与"女权"勾连起来。当初的设想纯粹是应对文坛奖项有些泛滥，考虑到女性一般比较执着，一般男人更是碍于颜面不太好意思去找她们说项，能够最大限度地保证评奖的公平公正。事实上，这个奖评了六届，基本上符合大家期待。比如，藏语写作翻译成汉语的长篇小说《绿松石》，藏族作家用汉语写作的长篇小说《祭语风中》，用一连四期的版面重点推出的百万字的长篇小说《敦煌本纪》，还有几位本地的年轻作者，这些作家后续的创作成就证明女评委们没有看走眼。

《青年报》：第二个问题是，你们的每期刊首语都是你亲手写的书法作品，运行了这么多年，反响非常好。对于你的书法作品，有人说你的书法很值钱，又有很多人都有你赠送的书法，你在赠与卖之间有没有一个原则？

刘醒龙：别人怎么看，怎么说，是他们的事，我看自己和管理自己时，社会身份只有"作家"这一个。拿起毛笔写字时，我也是这么与人说，千万不要将我当成书法家。平常时候，朋友或熟人要我写字，一般都会答应。书法往来本就是人与人的一种雅聚，我从不写那早被人写俗了的句子。有人喜欢我的字，我也觉得对方是看对了眼的人，一时兴起，提笔写一个专属对方的句子。人家说要拿回去传家。是不是真的传家不要紧，重要的是彼此共享这一刻的喜悦。书法作品的赠与卖，都是彼此尊重的体现。懂得尊重的人，一切都好说话。

《青年报》：最后一个问题，根据你的人生经验，你有没有比较好的书推荐？

刘醒龙：说实话，我连自己写的书都不向别人推荐，也更不喜欢给别人推荐书。我只能说说自己最近在读的书。也不是读，而是听。因为眼疾，看不清楚，现在好一些，但医生还是不让用眼太狠，所以就选了个听书软件，每天至少听一个小时。如果有年轻朋友喜欢听书的话，建议无论如何将《红楼梦》听上一遍。这个建议也面向所有有兴趣的朋友，特别是已将《红楼梦》读过一两遍的人，重新听上一遍，定会有新的发现、新的收获。任何供人阅读的书籍都是在说话，实实在在地听书中人、书中物，说起话来，至少会有一种听人倾诉，也与人倾诉的感觉。

（《生活周刊》2021 年 8 月 22 日）

刘醒龙：小说是往人心里搁一块石头

——新作《黄冈秘卷》近期推出

郑周明

　　故乡，是每位作家深藏心底的文学地理所在，在小说中，它们或深或浅、或隐或现，甚至改头换面，以精神风骨再造一个文学中的新故乡。作家刘醒龙在许多年前的小说中，调取了关于家乡的一部分真实记忆，之后，家乡的形象在他后续小说中便深深隐藏起来，从年轻时的血气方刚心不在意到如今略感陌生入内勘探的害羞之情，刘醒龙终于在新作《黄冈秘卷》中正视家乡的当下与过去。正如书名所传递出的，借由现实观察和历史反思，他试图揭开黄冈这片地域长久以来的精神秘密。

　　黄冈，如今以教育成就蜚声全国，而在历史上，它不仅是众多文化名人的故乡，也催生了许多军事人才。黄冈地域重视宗族伦理，农商并举，投资教育，这些都是形成地方文化的基因，但同时，几乎在长达七个世纪的时间里，它一次次被裹挟进全国性的动荡漩涡，这同样铸成了它的文化特质。历史学家给出的是既成事实的数字，而小说家则需要给予一种文化以心理上的阐释和疏导。或许，这也是刘醒龙希望在《黄冈秘卷》中所保持的反思视角，从现实进入黄冈历史，从自我走向父辈和祖辈，也往世道人心里投石问路，探问一方精神风骨的来路和去向。

在文学中，真诚的继承，比勇敢的抛弃更为紧要

　　记者：《黄冈秘卷》中，祖父和父亲对"我"名字上的分歧意味

着两种文化意志的诉求，一个叫珀惇，一个叫破墩，而小说中坦承我"脊骨一样的文学精神来自祖父"，对你而言其实文学精神几乎可以看作承继父辈精神遗产的一个浓缩。

刘醒龙：也许我们有必要像青春时期那样，对一切的精神遗产保持怀疑态度。同样，我们也必然会无法抗拒地继续接纳维系父辈的生命过程，那些由物质变成的精神，以及由精神变成的物质。父亲是如此，父亲的父亲也是如此，透过小说回到生活中的我们，无论相信还是不相信，也终将是如此。文学精神并非仅仅孤悬在文学之中，而是社会生活中的人心状态，以文学形式存在，通过文学的形式得以发现和广而告之。在祖父往上的人生中就蕴含着"贤良方正"，有没有写进文学作品里，都会存在于过去，存在于现在，存在于明天。在文学中，真诚的继承，比勇敢的抛弃更为紧要。所以，我一向坚持，不可以在"毫无顾忌的批判"和"文学精神"之间画上等号。

记者：文学精神也根植在黄冈历史，古语云，"惟楚有才，鄂东为最"，黄冈从古至今在文教方面颇有建树，从程朱理学代表人物程颐、程颢到近代的作家闻一多、废名，更早还曾有杜牧、苏轼、李贽等人在此客居，但强势的教育传统似乎也是双刃剑，小说一开篇写到了高中女生北童想要火烧题库《黄冈密卷》，从现实到小说，你对教育问题一直有所关注。

刘醒龙：小说有提到所谓的"高考秘籍"，并不代表我要对教育传统发表哪些高见。那些流行于朋友圈中的文字，也不能作为一部真正小说的来由。脱离小说本身，在这里倒是可以说几句，就教育来看，现阶段维系住教育传统，包括文学教育，才是百年大计。

记者：黄冈和附近地域还有一个特征是，自古也出了许多武进士、武举人，到近代更有许多军事家诞生于此，它对传统文化里"尚文贬武"的观念形成了新的补充，包括个人英雄浪漫主义在内的观念意识可能也在后来推动当地形成了现代革命力量，如何看待这种复杂的文武并举的文化现象？

刘醒龙：黄冈一带的人文，历史上就有"五水蛮"之说。两晋时期，巴蜀之地的"南蛮"总在造反，朝廷为了一劳永逸，而将其中最强悍的八千人，强行迁徙到鄂东黄冈的举水、倒水、巴水、浠水和蕲水等五条河之间。经过了几代人，其间虽有几场大的暴乱，山水气息的大不同，让这类人安居下来。我始终觉得，苏轼诗歌的豪放在黄州达到顶峰，其受贬谪离开灯红酒绿的京城只是起因，关键是所接触到"五水蛮"的强悍文化性格起了作用。前一阵，我到鄂西长阳，当地土家族人，也就是从前的巴人，将老虎称为老巴子，鄂东黄冈一地也是将老虎称为老巴子，这种文化上的细节，也佐证了两地人文的内在联系。黄冈人亦文亦武是古已有之，这种血脉之中流淌的传统，如同鄂东五条大河一样强大，遇上干旱河流会干枯，只要一场雨浇下来，又会齐头并进汇入长江。

记者：文史研究者把武力看作一头难以摆脱的"历史怪兽"，而文学书写承担了重塑历史形象和大众心理疏导等作用，比如黄冈历史上，思想家李贽客居在此大幅评点和编辑出了《水浒传》的新版本，或是小说家冯梦龙把他的观察写入了反映市井大众价值观的白话小说中。在这部小说中你也提供了深入思考，比如国家变革前后家族内人物的不同命运，这类反思不仅是自己的，也是面向大众的，历史在小说中将诞生新的观念。

刘醒龙：十几年前写《圣天门口》时，就有过"小地方的大历史，小人物的大命运"的主张。这话后来被不少人加以引用或应用。《黄冈秘卷》的写作，还要再加上一句："小故事的大道理。"凡是讲道理的事，就不能驴唇不对马嘴，只管说来过瘾，不问日后会不会成为笑话。那些表现大道理的小故事，是由岁月铭刻在人身上最柔软，同时又是最坚硬的地方。经常有人会冷不防冒出一句，说自己心里搁着一块石头。这种搁在心里的石头，就是用来铭记的柔软而又坚硬的地方。所以，这部小说能使人认识到，之前他所阅读的历史并非是一块坚不可摧的石头，相反，与历史远隔千里，相隔百年的人心才是真正的铁石。经典小说是往人心里搁一块铁石。就像破土而出的一片有字符的甲骨，一尊刻有铭文的青铜器，寥寥数语，就会颠覆貌似早有定论的史学。

记者：说到相隔百年的人心，《黄冈秘卷》中像老十哥、王麟伯伯这样的人物命运，都指向了历史"劣胜优汰"的机制，但他们一生依然能够秉持"贤良方正",在你越写越清晰的"父辈形象"身上可以看到地方文化最柔软又坚硬之处。

刘醒龙：近期北京的一个会议，要我准备两个发言，其中一个是关于"英雄"的。我就想到时候说说老十哥和王鹏伯伯。生活需要舍身扑灭山火的人，需要用血肉之躯堵塞溃口的人，这样的人成了英雄是不容易怀疑的。那些有办法不让山火发生，不使河堤溃口的人，才是日常生活里，普通人生中的一种正脉。就像做母亲的，千辛万苦受尽劫难分娩出婴儿和平平安安不动不静地生育成功，二者都要称为伟大。平淡无奇，细水长流般潜藏着的贤良方正品行、贤良方正信仰，可以保证一方水土的正确方向。

那些个人主观的文字游戏，
并不能产生触动灵魂的精神力量

记者：我们传统文化历来重视"史笔"评价，族谱也体现了这一点，小说中许多人物的动机都系于《刘氏家志》，家志如大河之源，为后代心灵提供了一个处方，这让我想起你曾说过，"人人心里都存有一个'圣'的角落"，家族志乃至小说都是在召唤个体的使命感。

刘醒龙：对于绝大多数人来说，最简洁省心的永生就是"家族谱志"。我很了解自己头一回在那古老的册页上默诵毫不知情的先祖名字时的神秘感和神圣感。也是这类古老册页，让我理解到爷爷当年为何一而再、再而三在我们面前说，家乡黄冈历史上从不出奸臣。家族谱志能让人心生神奇效应，在于一切人的一切污点丑行，都将在此摈弃。这么做并非是不要真相，而是更在意未来。

记者：除了伦理道德引导效应之外，我们也看到地方志、家族志往往和主流历史记录形成补充乃至修正的关系，小说中《组织史》和《刘氏家志》这两条线的交织也体现了这点，作为小说家你在阅读地方史料方面有些什么重要收获？

刘醒龙：我喜欢翻阅地方志，也经常搜集地方史料。中国太大，各个地方的文化又太不相同，哪怕不是为了写小说，读一读这类文字，偶尔从中发现某种藏在历史背后的秘密，也可以在丰富文化储备的同时丰富自己的人生。比如，在地方史料中发现欧阳修的《醉翁亭记》和更早一些的王禹偁的《黄州竹楼记》之间，存在着千年以来不曾有人提及的微妙关联。我不认为真的是千百年来唯有自己才看出端倪，问题是别人看出来了，为何沉默不语，为何不指出来？虽然不关我任何事，认清这一点后，也就刻骨铭心了。读史而明志。而读地方志，则可以使人明目，看人看事，多一些清醒。

记者：这部小说有强烈的书写者家族史的自传氛围，从早期小说《弥天》到新作，你很谨慎地调动了自己部分真实生存经验和观察，十多年来，面对书写这类素材你的文学观念有什么变化？

刘醒龙：小说家写的每一部作品，都是在前一部作品基础之上的发展进程。写《弥天》时发现记忆是一条能抽打灵魂的深刻的鞭子。《圣天门口》写出了眼界，"用人的眼光去看，全世界都是人；用畜生的眼光去看，全世界都是畜生"。到《天行者》时，则感慨"界岭小学那帮人有毒"，同时很渴望能有人会"中界岭小学的毒"。在《蟠虺》的写作过程中，我找到了"识时务者为俊杰，不识时务者为圣贤"。因为这句话，一方面几乎用尽了全部学养，另一方面又有了前所未有生活积累。写《黄冈秘卷》，是在经历这么多的沟沟坎坎后，才对熟视无睹的日常秘密恍然大悟。作家差不多都是这样，年轻时血气方刚，看什么都不顺眼，都想按自己的想法重新评判一下，就连骨肉相连的故乡也不例外，总想用笔下的文字来批评个人眼里的种种不是。直到熟悉的长辈一个个离我们而去，一间间老屋在风雨中倒塌，一群群不认识的孩子在一座座拔地而起的新楼里撒欢，才意识到血气方刚并不是十全十美的东西，也没有得到道德的全方位授权。有时候，文学中的血气方刚不是才华的体现，而是初出茅庐，为名利所累，自以为是的轻率和傲慢。那样的"深刻"更像是个人主观的文字游戏，是一种过分任性，与能触动灵魂的精神力量完全是两码事。

记者：这些作品对现实和历史的处理方式也令人印象深刻，特别是《黄冈秘卷》，既没有二元对立激烈对抗也没有陷入局外人的历史虚无视角，让两者彼此产生复杂的作用和反作用，并观察不同时代群体的人文精神如何消长、如何捍卫，这或许可以体现你对现实主义写作的基本观念。

刘醒龙：现实主义必须面向现实，还必须面对真的现实。同时，现实主义主张也应当是现实当中有可能行得通的，可以对现实的进步起到美的和善的作用。任何时候，都要捍卫文学就是人学的原则。文学是用人性、人心、人民的方法来处理艺术美学，而不是用艺术美学来处理人性、人心、人民。这是现实主义文学的伟大所在，同时也是现实主义文学的悲剧所在。

记者：对于故乡不同作家赋予了不同情感，小说后记中你使用了"害羞"一词，《黄冈秘卷》展现了一部分故乡历史文化，在后续写作中故乡形象还会如此清晰直面吗？

刘醒龙：产生害羞的感觉，首先是由于陌生。害羞是害怕的缩减版，是迷你型的胆怯，是不知所措与老谋深算之间的分水岭。我还不清楚，在故乡面前不再害羞后，会不会重新像年轻时那时，又开始对故乡指手画脚。我得小心地提早防范。最好的防范措施当然是暂时将故乡收藏到心底。所以，下一部作品应当不是正面写故乡的。

（《文学报》2018 年 9 月 20 日）

文学路上长途跋涉者

蒋述卓

近年来，由作家本人写就的文学回忆录或自传体小说有了大的变化，有的已经不再拘泥于自身的文学实录，而是将自己嵌入文学之中，在打破纪实与虚构的界限中展示自己对生活与文学的理解。诺贝尔文学奖获得者奈保尔的《抵达之谜》就是一种"半自传体小说"，它在描写英国威尔特郡乡村生活及景色中穿插了作者本人的写作历程和心灵感受，既像散文又像小说。刘醒龙新近出版的长篇小说《黄冈秘卷》中也有他自己以及他爷爷和父亲的影子，但它显然不是"半自传体小说"，因为里面虚构的成分占比很大，如果以此去探寻他的文学生活和文学见解，那就太不靠谱了。作为研究刘醒龙的材料，《刘醒龙文学回忆录》才是正本。

初见刘醒龙，见他留着板寸头，腰板挺得笔直，总以为他是军人出身，其实他出身于一个乡村干部的家庭，年轻时当过工人，是从阀门厂车工怀着文学理想奔向文学道路的。在许多评论家眼中，他从来就是一个"正面强攻"的作家，从他获得第一届鲁迅文学奖的《挑担茶叶上北京》到闻名遐迩的《凤凰琴》与《分享艰难》，再到获得茅盾文学奖的《天行者》，他几乎是一根筋地戳在现实的土壤中，如正在农田里挥汗如雨的农夫一样埋首写作。他在文学回忆录里说，获奖对他来说正如过年，而平常的写作就是过日子。大人望种田，小孩盼过年。他是文学成年人了，写作自然就是平常地过日子。正如他在与报社合作写长江探源的报道当"新闻民工"一样，平常的写作不过是文学耕耘者应有的担当。

而在刘醒龙那里，作家与农夫的最大区别在于：作家写作要靠脑和手，但更重要的是依从自己内心的需要去写作，要依靠灵魂与血肉去写作。重视灵魂品格，遵从血脉风骨，就构成了刘醒龙独特的写作个性和独有的文学观。

一九九二年刘醒龙写作中篇小说《凤凰琴》时，是被乡村教师在艰苦环境中的坚持所感动，是被那些乡村教师的品格所感动；十一年后，他写作《天行者》，注重的依然是乡村教育的主题，是心灵的再次被震动与感动。他是要为二十世纪后半叶在中国大地上默默苦行的民间英雄书写悲壮的赞歌，是要向那些灵魂高尚与品格高贵的人致敬。

刘醒龙崇尚人伦的高贵，骨子里有一种楚人的傲骨，独立不迁，不随众流。在他的小说《分享艰难》引起争议时，在有人将他视为现实主义冲击波的领军人物时，他始终保持着清醒的认识，也保持着独立的写作姿态。他认为别人的话永远是别人的话，他的写作过去、现在与将来都不会与其他人搅在一起，把他的写作划归某一流派的做法，只能是抹杀了作家的个性。这挺有点像流行歌曲《没那么简单》里唱的"别人说的话，随便听一听，自己做决定"，真的是没那么简单！这就是楚人的性格了吧。正如我的博士导师王元化先生一样，他也是楚人，王老师总是强调他在学术写作上从来就是"单干户"。

这血脉风骨或许就来自刘醒龙的爷爷，爷爷教他做人要贤良方正；或许也来他父亲，从不抱怨环境，做人就做一条硬汉；或许还来自他的家乡黄冈，在那里从来就没有出过一种背叛。"唯有故乡才能给我们以未来"，《刘醒龙文学回忆录》中的第二章就这样将刘醒龙的过去、现在与未来的心灵告白联系了起来。唯其如此，我理解了他为什么是一个特别能吃苦、玩命般写作而又是独特的"这一个"的海明威式的写作者。

刘醒龙在回忆录中提到的一个细节给我极深的印象，那是二〇一八年刘醒龙与时任湖北省委书记蒋超良的一次会面，他们聊天的大部分时间在说自己当车工的体验。加工不锈钢时，那飞起的铁屑一旦落到皮肉上扯都扯不下来。刘醒龙对此还有更深一层的体会是，由于加工时铁屑带有几百度的高温，那些落入领口沾到皮肉上的铁屑不仅扯不下来，还会同时冒出一股烤肉香。这车工的经历就是他了不起的青春，锻造了他近乎不锈钢一样坚韧的神经。这血与肉的工作就带入他的文学生活转化为血与肉的写作。我理解，那就是文学要有疼痛感和温度，不痛不痒的文学何尝不是多余呢！

从早年的不断被退稿与迈入县文化馆的两次折腾，再到调入武汉市当专业作家，刘醒龙走过了一段艰辛的文学路程。他认为，过早地发表作品，过早地成名，对作家来说并不是好事。只有不断摸索，不断前进，才能不断自我提升。当他回首这段路途时，他已经平静如水。生活对作家的磨难真说不清楚是幸福还是酸楚，古语中说的"江山不幸诗人幸"，真还有些道理罢。

围绕着刘醒龙的乡村写作，评论家有不同的看法。刘醒龙在乡村出生并度过少年阶段，小时候他随着父亲工作的变动不断辗转，记忆最深的是他和姐姐分别坐在箩筐里被叔叔挑着翻山越岭到父亲的工作队去。他听从爷爷的吩咐上山打过柴，还被一些烂人半路上讹诈过他的柴火。对此他还抱怨过为什么其他干部子弟就不去打柴，而他偏偏要受此等辛苦。但他毕竟又是一个乡村干部子弟，他的全部情感来自乡村，但生活却未必全是，尤其在他步入青年时期当上工人之后，城市的背景却成为他反观乡村的他者视角，他已经跳出乡村写乡村，并且将乡村与城市紧紧地捆绑在一起。《天行者》如是，《黄冈秘卷》如是，《蟠虺》则更是深入到城市的骨髓之中。於可训认为，刘醒龙的每一部表现乡村生活的小说背后，都有一个强大的城市背景在起着推波助澜的作用。这或许正是刘醒龙许多小说中的"我"的化身。

也正是这种视角，刘醒龙才会花六年的时间去写作一百万字的《圣天门口》，他想在潜藏的历史深处去言说充满文化深意的乡村史诗，去探索人伦的高贵与心灵的圣洁。这便不是一个乡村孩子的游戏和视角了，而是一个有着城市文化素养的作家在做灵魂的拷问和精神的探索。自然，他的这种探索有些越出他以前的规矩了，也许生不逢时，也许人们突然不太适应他了，总之，他看重的这个大部头与第七届茅盾文学奖擦肩而过了。

但这绝非坏事。一九九七年他经历过大连空难死里逃生的重大人生考验，自一九九九年始，他决意摆脱文学惯性，从中篇写作全心全意转入长篇写作，六年时间他磨出了三卷本的《圣天门口》。在被《圣天门口》绊了下脚之后，他又花三年时间写出了《天行者》，并且在第八届茅盾文学奖评奖中摘取了桂冠。

刘醒龙就是一个歇不住脚的文学长途跋涉者，在《天行者》获奖之后，他又写出了长篇小说《蟠虺》《黄冈秘卷》和长篇散文《上上长江》。他认为，文学就是一场没有终点的长跑比赛，比的不是谁跑得快，而是看谁跑得更远。在文学长跑的途中，作家将一部作品写完了，也就等于竖起来一个里程碑，成为那个阶段的标志物。而里程碑的意义在于告诉作家，他在文学路上走了多远了，如果停下来不动了，就不会再有里程碑出现了。如今，《刘醒龙文学回忆录》就是他回顾自己用文字创造的一座座里程碑，看看它过去的意义以及所显示出来的新的意味。不过，这又是他文学创造的另一类里程碑了。

刘醒龙看起来还真年轻，除了身体棒，游水能游一千米，心态也年轻，他的文学长跑还在进行时，我们就等着看吧，里程碑在他的笔下会延伸得更远。

（《读书》2019 年 11 期）

侧面，管窥的侧面

——刘醒龙先生印象记

李　浩

　　试图为我所尊敬的刘醒龙先生写一篇印象记——这颇让我踟蹰。已有过几次的开始，然后又重新开始：写作这样一篇文字的难度在于，我和刘醒龙先生一起喝酒聊天开会的时候并不多，在我印象中似乎"只有一次"，当然，他在台上我在台下匆匆一面的时候也有，但那不能作数。我无法像那些真正熟悉他的朋友那样如数家珍地枚举他生活里的细节，也无法知道一个别人不知道的刘醒龙……而印象记，最好的方式就是记录那些鲜为人知、却又生动广阔的生活细节，这，恰恰是我所做不到的。

　　不过我还是想写，借这样的机会说出一个作家对另一个作家的"印象"，一种心理上的独特亲近，一种对于他和他的文字的理解……这也是我不愿意"放弃机会"非要谈一谈的主要原因。

　　我至今还记得第一次读到刘醒龙小说时的情景，那时我还在写诗，读小说很少，所以读到《凤凰琴》完全是种偶然——我甚至忘了我是在哪本刊物上读到它的，甚至忘了自己是在上午读到的还是下午读到的……我只记得我读完最后一个字，天已经快黑了，可那种让我沉浸其中的情绪还在纠缠缠绕，让我真的是难以自拔。我是在自家的院子里，已是黄昏，家里竟然还是空无一人——我怀着激动从院子里走出去，走在街上。我急于寻找一个可以说话的人，我要和他说我今天读到了一篇小说《凤凰琴》，里面的故事是这样这样，我怎么会有这样强烈的感觉……河北沧州，海兴县，一个巴掌大的县城当然能遇到的熟人很多，但他们不是我"可以说话"的那个，于是我一路走着直到县文化馆……后面的情况我已记不清了，我不知道自己是不是遇到了高向东还是杨双发，是不是敲开了路如恒老师的门他在不在，我记不清了，我只记得当时的天色和我内心里涌动而起的激动。那时我还在写诗，脑子里全是埃利蒂斯、里尔克、帕斯捷尔纳克等一大堆洋名字，阅读也主要集中在现代诗上，可刘醒龙的《凤凰琴》竟然在那个时间、那个阶段中"闯入"，现在想想也颇有些意外。我甚至猜测，在最初阅读时我应是带有某种轻微的也是先期的"敌意"进入的，那个年月我年少轻狂，这种轻狂甚至完全不需要理由和支撑，就是一味地不屑、鄙视，对小说这种俗文体，尤其中国小说抱有一种不可理喻的精神傲慢，可我，竟然"挫败"地被《凤凰琴》所征服。

当然，有一段时间，我还会固执坚持自己的傲慢，坚决不提小说这种俗文体，更不会提刘醒龙和他的《凤凰琴》，可我开始悄悄地阅读，有意地找刘醒龙的小说看。我读到了《分享艰难》，读到了《大树还小》——这本书，我应当是跟解放军文艺的某位编辑"抢"的，是不是李亚我记不清了，反正是抢来的确定无疑。2004年，我去《北京文学》，然后参与了北京大学邵燕君主持的"北大评刊"。感谢那段生活。在评刊期间，刘醒龙先生的《圣天门口》发表——当时，这部长篇应没分到我需要阅读的篇目中，因为时间关系也没准备细读，可是在讨论时的热烈、争论时的激烈极大地感染了我，我从赵晖手上要来了书，然后连夜阅读。我承认自己对刘醒龙先生的小说有期待，但这部《圣天门口》意外地超过了我的期待，我没想过它会有这么丰富、厚重，没想过有如此茂密的"神经末梢感"，没想过它是这样的生动紧张，又充满着悠长回味。和注重幽微情感的《凤凰琴》不同，《圣天门口》是浑厚阔大，是波澜的大褶皱，它提供给我的是另一个刘醒龙，一个出我意料之外的刘醒龙。邵燕君谈到，"《圣天门口》堪称近几年来一部难得的现实主义力作，在一系列历史'重述'作品中成就最为突出。这部作者耗时六年创作的长达100万字的鸿篇巨制，以武汉附近的天门口小镇为切入点，对中国20世纪波澜壮阔的历史进行了颠覆性的'重述'。如果《秦腔》的特点在于其'反史诗化'的写法，《圣天门口》特点恰在于其对'史诗化'写法的全面继承和发扬。刘醒龙是一个来自民间也扎根民间的作家，他坚信依据'朴素的真理'可以'还原历史的真实'……"引用邵燕君老师的评价并非讨巧，一是她所说的这些我极为认同，二是在我们的讨论中，她所说的这些是经过我们的反复争辩之后的呈现结果，是我们的一种"共同感受"。我记得参与北大评刊的同学们个个傲慢而苛刻，但对刘醒龙的《圣天门口》，好评却是一致的，大家可商榷的似乎只有语言感觉的问题，故事讲述上的问题……不只是我，是邵燕君和我们大家，都能感觉到刘醒龙在写作中的可贵坚持，一种扎实的、不讨巧也不有意讨好的韧劲儿，一种向着不可能再推进一步、向着小说的理想状态再推进一步的韧劲儿。在这个浮躁的闹哄哄的表象时代，他显得有些笨，有些不同。在刘醒龙的《圣天门口》一书中，我也读到了他对于精神向度的不竭追问。

印象记不应是文本评论……是的，我当然要尊重"文体原则"，是故我也在言说对刘醒龙先生小说看法的时候克制了自己跳脱出来指手画脚一番的冲动。我谈的，只是"印象"，只是他的作品留给我的那种启示性的"印象"。下面，我应当谈生活印象了，这一点可能更是"印象记"的题中之意。

我与刘醒龙先生的同行，是应中青社《青年文学》之邀，他，当然是我们一行中"最大牌"的人物，因此，主办方的一位朋友很是忐忑，生怕对刘醒龙先生构成怠慢，和我几次通话之后不知为何我竟然也有了这种忐忑感，我也有了"生怕"。事实证明主办方的生怕完全多余，他其实挺愿意为别人着想，在接触中我倒觉得他有"生怕"，"生怕"别人的照顾太多而给别人添了麻烦。几日的行程我们很是开心，我说的是我们，这里包括刘醒龙、中青社的李师东、各位青年作家以及主办方的朋友们。那次，我们去的是东阿。主办方为了让我们有更多了解，行程安排得比较满，而且似乎是忘了一个重要的景点："曹子建公园"，即坐落于东阿鱼山的曹植墓。不知道是不是有人提醒还是刘醒龙做足了功课，反正他看到行程之后，先是找到李师东，然后和李师东一起与主办方的朋友商量——是的，商量，他使用着商量的口气并一再说道，如果不方便就算了，我们不给你们添麻烦也不想打乱你们的计划……我的那位朋友颇有些得意，她告诉刘醒龙，去曹子建公园早在计划之内，都已经协调好了，行程计划书中没列入是因为……"好好，那就好。"刘醒龙看上去很是高兴，他生怕自己的"要求"给别人造成麻烦。

我印象颇深的有一个题字的环节。题字，是主办方的那个朋友的临时提议，她也颇为有心地准备了宣纸和笔墨——兴致勃勃的刘醒龙竟然毫不犹豫说好。说着，他就在朋友的引领下站到了桌前，拿起了笔。"听说，他的字……是卖钱的，还挺贵。"我悄悄对站在一侧的那个朋友说。"我知道"，她也悄悄地说，"我也没想到刘老师会这样爽快答应"。

他略有沉吟。然后自己折纸，蘸墨。他写起字来颇为安静，仿佛在瞬间即进入到"另一空间"，周围的喧哗、热闹于他再无侵扰。他的书法有强烈的个人面目，并不严守固有的结体章法，但又严整庄重，交待清晰，如锥划沙，饱有碑意。书写的文字也是他构思的，他向主办方解释了自己的书写用意。在拍过照之后，主办方一位朋友怀着明显的忐忑向刘醒龙先生提出，"能不能给我也写一幅……我想挂在自己的书房里，您这样的大作家……""好，我给你写。"刘醒龙晃了晃肩膀，"我写"。一天的参观、奔波，刘醒龙先生应当已经颇为疲累，可似乎并不忍心对"得寸进尺"进行拒绝。

是的，他似乎并不忍心对"得寸进尺"进行拒绝——我们晚上又请刘醒龙为我们书写，他只得答应，于是我们几乎每个在场的人都得到了他的墨宝。我利用他的这个弱点，"得寸进尺"地为我的弟弟李博也求了一幅，并进一步"得寸进尺"地提出请他在上款中题上我弟弟的名字，他真的没有拒绝。那时刻，我真觉得，我们是那样地亲近，在他那里我感觉着一种更为内在的温暖。

就是那天，我们相互加了微信。

有一次，我转发河北著名画家李明久老师的几幅绘画，刘醒龙先生竟然秒赞，然后给我发来微信："画得好。第三幅尤其。留给我。"我愣了两分钟，意识到他应当以为这些画是我画的了。我只好回给他："这些画，是李明久老师画的。如果你喜欢……"我的潜台词是，如果你喜欢，我也试试能不能将它给你要下来寄去。他没有回。我知道他不希望我为难。

有一次，我转一篇谈俄语文学的文章，只注意了内容但没注意名字——它的观点是我所欣赏的，甚至有出我意外的点，我在转到朋友圈的同时也转给了我的学生们。晚上的时候，我忽然接到了刘醒龙先生的信息，他问我，你知道你转的那篇文章是谁的吗？你看了，感觉如何？我和他说了我的看法、意见，随后他的信息里突然地透露出得意："他，是我的儿子！哈，现在刚刚……你们俩也加一下微信吧，希望你能多指导指导他……"说实话，那一刻我竟然被他突然表露的得意打动，深深打动。我也有个儿子，我的儿子……刘醒龙先生的得意让我羡慕，感动，妒忌，也羞愧。

写这篇小文的时候正值 2020 年春。一场弥漫至世界的瘟疫尚未终止。其间，我经历泪水，痛苦，愤怒，感动，强大的无力和悲凉，以及……反复的百感交集，我相信在疫情中心的刘醒龙先生会感触更多。在这篇印象记的最后，我还有两个小小的微点作为补记：一是，武汉"封城"不久后的某日，作家宋小词在朋友圈里发出呼救，为一个大概她也不认识的求救者。看到后，我联系自己的朋友们试图寻找通道，但……这时，我看到了刘醒龙的留言。他说我来试试。接着不久，宋小词在求救的微信下面再次留言，她说刘醒龙老师已经帮助联系到了医院，现在已经……我不想做出评价，但我感动。另一是，捐赠和联系捐赠。这里面当然有名人的便捷，包括职务行为，是他的尽职和尽责，但据我所知还有更多的个人的，属于个人的……我从另外的侧面得到消息，向他求证，他在微信里要求我不必多谈。同样，对于此我也不想做出评价，但我感动。在这篇不太像样的印象记中我克制了自己"做出归纳""做出评价"的类似冲动，尽可能多地呈现那些点点滴滴。我敬重他，从文学到个人，这是我特别想说的一句。

（《扬子江文学评论》2021 年 04 期）

将灵魂和血肉融入大别山中
——记著名作家刘醒龙

黄晓环

　　大别山是贫困的，但山的坚忍却孕育出刚烈的民风，并以此在中国革命史上刻下辉煌的篇章；大别山是神奇的，能在群山万壑间激荡起无言的豪情，使每一个有幸在人生旅途上与大别山相识的志士在邂逅的一瞬间就产生强烈的心灵感应，把自己的情感全部摄入山的怀中。从大别山走出来的刘醒龙，通过文学将自己的灵魂和血肉融入大别山中，走进大别山普通人民的精神家园。

　　刘醒龙于 1956 年生于大别山麓的英山县，他的童年、少年和青年的大部分是跟着频繁调动的父亲辗转在大别山腹地的乡村，使刘醒龙对大别山的了解超出了同龄人的视野。神秘而充满灵性的大别山人平凡而又动人的故事不断流入他的心田。

　　高中毕业后，刘醒龙开始在水库做临时工，在水利局做施工员，后招入阀门厂做车工，以后担任车间主任、厂办主任。感情世界丰富但又不善交际和演说的刘醒龙除了努力工作外，常常感到有一股对大别山和大别山人的特殊情感在内心涌动，他常常面对巍巍的大别山和满天的繁星自诉自说，他总想将自己的所思所想通过笔端流淌出来。

　　一条西河在阀门厂前静静地流淌着，每天辛勤劳作之后，刘醒龙都要沿着西河漫步，对着西河诉说内心的情感，然后回到宿舍全身心地投入写作。任凭寒冬酷暑、蚊虫叮咬，他从不间断写作计划，四季更换，花开花落，历时 8 年。他的作品每次寄出都石沉大海，他写的文稿堆得像小山一样，但他从不气馁，他情感的波澜仍在心中翻涌着，他用自己的坚韧和勤奋在文学的道路上苦苦地寻觅着。

收获只钟情于辛勤劳作的人，1984 年，刘醒龙的小说处女《黑蝴蝶，黑蝴蝶》终于在《安徽文学》上发表了，他在漫漫长夜的跋涉中，终于迎来了第一缕曙光。从此，刘醒龙的创作像火山一样喷发出来，大别山及大别山人的风俗民情，那质朴浪漫而清新自然的山野气息向他扑面而来，他用那支磨炼了多年的笔向人们揭开了大别山那神秘而瑰丽的面纱。

《牛背脊骨》是一篇以知青眼光看大别山之谜的故事。大山里有历史和现实的恩怨，有爱情的搏斗，有壮丽的风光，有阶级斗争和狂热，有政治运动的高压和知青的蛮干。

《倒挂金钩》是一曲大别山女性命运的咏叹调。一个"贞"字诉出了多少苦难、多少坚忍、多少血泪、多少恶梦。

……

刘醒龙是以《大别山之谜》系列小说引起文坛注意的。涉足文坛后，他不断通过自己的作品来思考文学和生活的关系，思考如何将生活的一部分融入全部生活的大潮中。一首偶然听到的名为《一碗油盐饭》的小诗引起了他强烈的思想震撼。

> 前天
> 我放学回家
> 锅里有一碗油盐饭
> 昨天
> 我放学回家
> 锅里没有一碗油盐饭
> 今天
> 我放学回家
> 炒了一晚油盐饭
> 放在妈妈的坟前。

简简单单的几句话，刘醒龙却感动得热泪盈眶，他为平凡的文字所载负起的一个母亲的全部生命质量而震惊。他进一步懂得，对于文学将要表现的生命，光有热爱和感情是不够的，还必须投入自己的灵魂和血肉。这种认识深深融进他的创作之中，他在大别山这块黑色的土地上，总是把心交给那些承受苦难、抗拒苦难的人们，总是能够避开流淌于生活表面的泡沫，摄取生活的真相，把民间底层人们的精神和灵魂真实地表现出来，以坚硬的抗争和如水的柔情给人以深深的感动。他创作《凤凰琴》的灵感来自一次在山里的黄昏中，看见一面破旧的国旗在寂寞的学校上空飘扬，和另一次在山里的夜晚听见一支五音不全的竹笛吹出的苍凉的旋律。于是他想到了山村的教师，想到他们是如何在恶劣的环境里实现自己的价值。当他们的价值几乎无人看重时，他们的生命却又闪烁着质朴的光辉。小说《凤凰琴》从新的角度反映了一个山村教师的生存状态和酸甜苦辣，作品悲怆动人，催人泪下。作品被改编成电影后，受到中央领导人的高度评价，并同获"金鸡奖""百花奖"双奖及"朝鲜平壤电影节奖""埃及电影节奖"等多项国内国际大奖。

1994年，刘醒龙只身从大别山区调到武汉市文联从事专业创作。在开始3年多的时间里，文联能够给他提供的只有14平方米的单间房，房内仅够放一张单人床、一张书桌和简单的生活用品。他远离亲人，心中充满对故乡的回想和思恋。他没有时间在都市的流光溢彩中穿行，他舍不得花时间为吃喝劳作，他将自己的全部情感投入到文学创作中，常常是一日三餐吃面条，却在文学创作上不断攀登高峰。他每年至少完成一部长篇小说及多部中短篇小说的创作，并不断获得全国性大奖。先后出版长篇小说《威风凛凛》《至爱无情》《分享艰难》《往事温柔》《寂寞歌唱》《爱到永远》等，其作品先后获《小说月报》"百花奖"、《中篇小说选刊》"优秀中篇小说奖"、《人民文学》奖、《上海文学》奖等。1995年，他个人获"第七届中华文学基金会庄重文文学奖"、1997年获"中国首届鲁迅文学奖优秀中篇小说奖"等。

刘醒龙的作品不断被改编成电影、电视剧并获全国性大奖，除《凤凰琴》外，根据小说《秋风醉了》改编的电影《背靠背，脸对脸》获中国电影金鸡奖"最佳合拍片奖"、1995年首都大学生电影节"最佳故事片奖"等。根据《黄昏放牛》《农民作家》《生命是劳动与仁慈》等作品改编的电视剧先后获中国电视剧"飞天奖"。

大别山养育了刘醒龙，并为他提供了取之不尽的创作源泉，武汉为刘醒龙的创作展示了一个更为广阔的平台，使他对武汉这个喧闹的都市充满了感激之情。当他听说武汉歌舞剧院要将他的长篇小说改编成舞剧时，他满心欢喜，立即以一元钱人民币将版权转让，成为武汉新闻界、文艺界的一桩趣闻。在小说改编为舞剧《山水谣》的过程中，刘醒龙积极配合剧院不断提出修改意见，在《山水谣》捧回"文华奖"的奖杯中，凝聚了刘醒龙的心血和智慧。

作为一个作家，一个永远对文学怀着最虔诚的爱的写作者，刘醒龙绝不亵渎心中那块供心灵耕耘的圣地，他的认识不断在创作和实践中升华。特别是他于 2000 年春出访美国回来之后，心灵经历了一次前所未有的阵痛和裂变，他在长篇随笔《性感美国》中写道：站在美国的国土上，作为一个即使自己的祖国贫穷也依然深爱着他的中国作家，他深感国微言轻，深感"只有在异国他乡，国家对个人的意义才会突现出来"。他说，作为一个孩子的父亲，他深深地感悟到，孩子们"有权利要求我做一些事情来清理门户，给他们一副干净的生活门槛，我甚至觉得，他们还应该更加理直气壮地要求，一个有数千年文明史的国家，早就应该给自己的子孙一个比美国更好的家园"。刘醒龙虽然已经生活在现代化的都市中，他的心却紧紧地系在依然在痛苦中挣扎的人们那里，他的心与国家的命运紧紧相连。在出访美国回来之后，他先后创作出版了长篇小说《日异》三部曲之一《痛失》、之二《弥天》，小说写出了在他所经历过的那个特定的政治环境里，人性在"革命"的名义下被扭曲变形，情爱在恐怖的阴影中被奸污强暴，本能中的邪恶在政治的口号下大摇大摆地肆虐。他认为："怀想过去是实在的，无论它所带来的内容是憎恨、愤懑，还是懊恼与醒悟。站在生活雄关上的人，离未来只有几步之遥。真要走到那边去仍然很难。有过去在身后适时提出警惕，就是憧憬太多，也不会遗失方向。所有能够被称为过去的东西，都会有它的用处。"

一个远在大洋彼岸的美国作家、汉学家、刘醒龙小说英文译者、哥伦比亚大学当代文学电影专业博士贾菲女士专程来到武汉，与刘醒龙一起到大别山腹地及三峡等地考察，了解刘醒龙作品中的人文环境，以便将刘醒龙的小说更准确地翻译出来，在国外出版。

　　从大别山中走来的刘醒龙，现在已是武汉市文联副主席、湖北省作家协会副主席，享受国务院政府特殊津贴，是武汉市的特等劳动模范，他已出版了 500 多万字的文学作品，已是荣誉满身。但他仍然执着、谦逊地行走于他的艺术世界中，他在作品中仍然不断讲述着大别山及大别山人的故事。他始终忘不了大别山的养育之恩，他像守护生命一样守护着大别山的情感纽带。他说，他的生命能够吸吮三江四水八面来风变得如此浩荡，在本质全是仰仗他们。城市可以掩住视线，可以掩住步伐，可无法阻隔一个来自乡里的乡村情感，只要这条纽带在，乡里故事自会通过每一种媒体介入他自己的心灵深处……

　　　　　　　　　　　　　　（《武汉文史资料》2003 年 08 期）

中编 《黄冈秘卷》研究特辑

穿行历史　照亮现实

——刘醒龙近来创作概观兼论长篇小说《黄冈秘卷》

阎晶明

刘醒龙这位作家，总是在创作上拿大顶，在展示自己文字力量的同时，还要"挺举""抓举"起来，身形活跃、创意颇多。十多年前，他的长篇小说《圣天门口》引来广泛关注，改编成电视剧后，也可见在复杂的历史叙述中充满神秘色彩的诗性。他的《天行者》又是对当代生活的某种热情关注。历经数十载，刘醒龙的创作既追求自我突破，也有坚持不变的定力。他新近推出的长篇小说《黄冈秘卷》又一次让人看到这种变与不变的自觉与圆熟。我以为，刘醒龙近年来的创作收获有颇多启示值得评说。

刘醒龙创作历程 30 年以上，其间他先后获得鲁迅文学奖和茅盾文学奖，这是他创作上被认可的直接证据。不过比获得荣誉更重要的是，刘醒龙并没有满足于享受荣誉带来的惬意而疏于创作。他在编辑文学刊物的同时坚持写作，十分活跃。这种活跃并不是通过演讲、创作谈、访谈录来维持声名，而是持续深入思考，推出一部接一部的大作品。近年来，他出版的长篇小说《蟠虺》《黄冈秘卷》，以及长篇散文《上上长江》，就是最好的证明。这种坚持小说本位，不断探求新创作方法的行动本身，就是值得称道的。之所以讲这一点"题外话"，是因为并不是有成绩的人都能坚持做到这一点。去年底人民文学杂志社举办活动，致敬老作家王蒙、蒋子龙、刘心武，我在发言时说，新时期文学发展 40 多年，作家队伍不断壮大，但掉队的、转向的、放弃的并不在少数。王蒙等老作家的一个共同特点，贵在数十年矢志不移，从未离开文学的现场，从未放弃自己的写作。刘醒龙文学创作上的认真和坚持，亦是同理。

刘醒龙的创作，从题材上讲，在呈现历史和表现现实上都有收获。就历史题材创作而言，新时期文学40多年，在表现形式上有不同类型。一种是直接进入历史，历史空间相对具体。姚雪垠、二月河、孙皓晖等作家的创作即是如此。二是在呈现历史中带入表现现实，即从当代视角返回历史现场。近年来的情形则更加复杂。小说领域里的"百年史""家族史"叙事已经发展到极致，历史和现实在线性上具有同样比重并因此打通。网络文学则有了穿越说，即使是远在唐朝、战国、春秋，都可以直接和当代人产生某种奇怪的、玄幻的联系。刘醒龙的《黄冈秘卷》提供了另外一种历史叙事的可能，即消融了历史的线性划分。历史，既不是与当代无直接关联的时段，也不是从今天直接回望、寻找线索，叙述者在历史和现实之间来回穿梭，使历史和现实在小说叙事意义上融合起来。《黄冈秘卷》不是"百年史"的写法。在这部小说里，历史的时序被完全交叉、交织，也无明晰的现当代概念可以捕捉。小说的叙述者"我"，与多个小说人物有着或直接或间接的关系，见证、评说甚至参与到他们的故事中来。他们各自的经历、故事、命运、性格、情绪，都在同一空间汇集、碰撞。小说中的各种意象，如《黄冈秘卷》《刘氏家志》等，各色人物如刘家老十、刘家老十一、刘家老十八，其他看似偶然却又十分必要的故事介入者，如并不在黄冈生活的少川、北童等人物，都在"我"这一叙事视角下被统摄，时间、空间互相交织。一个故事展开时，既有当下发生的种种，也有对历史之谜的探究。或者说，对历史之谜的探究、追问、建构、拆解，本身就是现实故事的一部分。这一点在他稍早前的《蟠虺》中也可找到佐证。小说题材远涉楚国、楚文化，但表达的主题却意在当下。这种处理历史与现实的做法，既是刘醒龙个人创作日益成熟、圆润的标志，也对小说领域在历史与现实关系的处理上提供了一种有益启示。

一直以来，刘醒龙的创作有着明确的地理文化标识，这就是他生于斯、长于斯的荆楚大地，以及浸润其中的楚文化。但《黄冈秘卷》的创作表明，他在这一点也有新的变化。从故事层面上看，《黄冈秘卷》更加直接地写故乡，甚至引入了"地方志"概念，着眼于挖掘地方文化，书写和塑造地方人文性格。

　　这里，我想说明一下，"地方志"、地方民俗文化在小说中的突显，是近年来小说创作中一个小小的"热潮"。但我对这种趋同也有一点隐忧。过度的地方化，过分狭窄的地方性，过于明确、直接的民俗文化展现，标识固然是更突出了，但格局是不是也同时受限，创作素材的广泛性是不是受到影响，以及小说的艺术性究竟因此更具风格化还是受到损伤。刘醒龙的《黄冈秘卷》在突出地域性、添加"史志"色彩的同时，显然保持着高度的自觉，努力打开故事的格局，不囿于一时一事的描写，让人物故事在更大的时空背景下穿行，小说的意义和内涵也因此得以延展。《黄冈秘卷》以少川这个在出身上与"地方性"有联系又并不置身其中的角色开始叙述，以少川的女儿、一个都市里的中学生对故事的不断评说和介入，使得与"地方性"相关的一切始终处于不稳定状态，也使小说故事的流动性得到增强。以多角度、多层次观照"故乡""家族"，作品的意象越具体，附着其上的色彩却越多重、越变幻。小说对地方文化，包括方言俚语的加入可谓特殊，但小说叙述中表达出来的态度、观念，却具有天然的开放性，并非是一种乡贤式的语调，而是一种熟稔的有根性的写作。

　　小说的精神表达具有广阔性和超越性。在一定程度上可以说，《黄冈秘卷》追求的是一种中国精神的表达，而这种中国精神又是紧贴在地方性当中的。其中的复杂性值得探究。无论如何，《黄冈秘卷》在精神上的站位使其发散出格外的气质，对小说中的地方性书写具有创作学意义上的启示。

　　　　　　　　　　　　　　（《光明日报》2019 年 2 月 20 日）

地方性秘闻与传奇
——读刘醒龙的长篇新作《黄冈秘卷》

於可训

前几年，读到一本名为《地方性知识》的书，作者是美国人克利福德·吉尔兹，讲的是文化人类学的事。据说从前西方的文化人类学研究，总是用研究者的观念和眼光去解释研究对象，难免受制于自己的成见和既有的知识体系，尤其是西方中心的文化理念。这位美国人则反其道而行之，要用"文化持有者的内部眼界"去看自己所持有的文化，他要钻到这些文化持有者，尤其是原始文化的持有者土著人的脑子中去，寻求对其所持有的原始文化的"深度阐释"，以打破西方人类学研究的成规和偏见。

这样的看法，让我想起了近一个时期中国当代作家的小说创作。从 20 世纪 90 年代以来，就有许多作家对"地方性知识"产生了浓厚的兴趣，尝试运用"地方性知识"进行创作，几乎成了一种潮流。从某种意义上说，刘醒龙的长篇新作《黄冈秘卷》，也可以归入这类"地方性知识"小说之列，只不过作者的着眼点是正在流失的"秘闻"而不是尽人皆晓的"知识"，所以带有很强的"传奇"色彩，我因此称它为"地方性秘闻与传奇"。

作品以"黄冈秘卷"命名，自然讲的是黄冈这个地方的"秘闻"与"传奇"。黄冈确有天下人都知道的十分特别的神秘和传奇，只是往往经过了书写和传说的改造，因而人们所知的不过是一些梗概和符号。在这些梗概和符号之下隐含的一些具体的人事和精神气韵，才是黄冈真正的神秘和传奇之所在。《黄冈秘卷》的特别之处，就在于它不满足于一般性地描述尽人皆知的"地方性知识"，如东坡赤壁、黄麻暴动、黄高神话等，而是将其笔触深入到历史和人性深处，通过一个家族数代人的命运变幻和恩怨情仇，揭示黄冈人的独特性格和黄冈文化的独特气韵，是一部为黄冈人立传，为黄冈精神立传的书。习惯于宏大叙事的作者和读者，也许觉得写中国宏大版图中这么一小块地方，有太多的局限，但刘醒龙却舍弃了那些先在的宏大理念，以一个黄冈人的身份和姿态，像吉布兹所主张的那样，钻进黄冈的历史和黄冈人的灵魂中去，让黄冈文化的持有者自己表现黄冈的民风和民性，这正是对通过以"地方性"形式表现出来的历史和人性的一种"深度描写"和"深度阐释"，这样的小说不言而喻，同样具有一种普遍的意义和价值。

作者在舍弃宏大叙事的先入之见的同时，也舍弃了以中心情节贯穿始终的写法，而采取一种更适合于抉发"秘闻"、演绎"传奇"的闲聊式写法。但在这种看似漫不经心的闲聊中，却又有一些核心的情节元素，对这些随心所欲的话语起焊接和支撑作用。这种核心的情节元素，基本上是围绕三本"秘卷"凝聚起来的。一本是与黄冈高中有关的"高考秘籍"《黄冈秘卷》，另外两本虽不以"秘卷"命名，但也属一个家族或一级组织的"秘籍"，这就是主人公刘声志所在的刘氏家族正在编纂的《刘氏家志》和黄冈县党组织编写的《组织史》。这三本"秘籍"，在作品中分别承担了不同的叙事功能，又相互缠绕，相互补充，共同完成了作者对一种地方性文化的阐释和建构。

《刘氏家志》作为一部家谱，顾名思义，围绕它展开的自然是一种家族叙事，它以刘声志、刘声智这两个几乎是"同一时刻"出生的堂兄弟几十年的恩怨为中心，追述了刘氏家族从曾祖到"我"的家族历史，也展现了刘氏族人在当今时代的命运转换和生活变化。这种家族叙事不在追寻家族的荣耀，而在表现刘氏先人的勤谨耐劳、忍辱负重、正直忠勇、执拗端方的品质，这也就是作者所津津乐道的黄冈人的性格。刘声志对组织的信赖和忠诚、在工作中的忘我和献身、对丑德陋行的疾恶如仇和不能容忍，虽然有接受革命教育和革命者影响的因素，但从一个家族内部的精神联系来说，仍然不能不说是一种文化基因的转化和传承，因而这样的家族叙事旨在追溯一种地方性文化的根。

　　与《刘氏家志》所承担的叙事功能不同，由《组织史》牵连起来的主要情节，是围绕主人公刘声志的革命经历展开的叙事。这位在抗日战争时期就充满爱国热情、与汉奸面对面地作过殊死斗争的青年，投身革命后，也经历过生死的考验，为解放黄州作出过贡献。但他的主要业绩，是新政权成立后，在从地区财税科长到调往外县的区领导任上，为工作所作出的奉献和牺牲。在《组织史》中，这位当过"这个县"所属八个区所有区委领导的刘声志，和他的战友、另一个黄冈人王�，不过寥寥百十个字。在山洪暴发时，他冒着生命危险无数次潜入水底，排除险情，在《组织史》上记载的，也不过是三个字："擅游泳"。但他却像王朋一样，感到格外满足。因为这不是一个人的传记，而是一个"组织"的历史。这个"组织"正是因为有千千万万见诸记载不过百十个字，甚至籍籍无名的个体，才无坚不摧，无往不胜，才使得像刘声志这样的"组织"中人，无论在怎样艰难困苦的条件下，甚至遭遇领不到离休工资的尴尬处境，都对"组织"充满希望和信心。这无疑不仅仅是在歌颂某些英雄个体，而是在褒扬遍布黄冈大地的一种革命精神。这种革命精神既是革命本身的伴生物，也是由黄冈人的独特性格淬炼而成。

　　在这三个"秘籍"中，《黄冈秘卷》既是叙事的纲领，又是情节的枢纽。作品起于作家少川的女儿、中学生北童对《黄冈秘卷》的仇恨和抗议，终于《黄冈秘卷》中困惑北童的那些问题包括那道无解的"怪题"得到解决。从表面上看，这部"高考秘籍"似乎与"家族"和"组织"无关，但作者却通过《黄冈秘卷》中的两则作文材料，巧妙地穿起了与"组织"中人刘声志的童年和爱情有关的"家族"故事。刘声志的一桩因"家族"和"组织"原因被中断了的婚姻，在他的人生长河中，不时激起一些情感的涟漪，牵动着刘声志的家庭关系和情感生活，也在全书的情节中布下了一个复杂的谜团。这个谜团的解决，又有赖于这两则作文材料背后隐含的复杂人事和《黄冈秘卷》制作者的最终解"秘"，《黄冈秘卷》因而成了联系"组织"和"家族"的综合"秘籍"。

整个作品就是通过这些大大小小的"秘闻"和由这些秘闻所制造的"传奇"完成叙事的。是所谓"秘"中有"秘"、"奇"外传"奇",从这个意义上说,《黄冈秘卷》堪称一部当世奇书。

(《人民日报》2018 年 9 月 12 日)

在现实与历史交汇处的和解

——读刘醒龙《黄冈秘卷》

陈晓明

在现实主义道路上坚持行进了 30 多年，刘醒龙现在几乎进入了一个自由的境地。他最近的长篇新作《黄冈秘卷》让人掩卷多思，这使我又想起当年的《黑蝴蝶，黑蝴蝶》，眼前真是一"黑"又一"亮"。熟悉的现实关怀和伦理风习依然是刘醒龙让人印象深刻之处，但和《凤凰琴》的细致悲壮与《圣天门口》的气势恢宏以及《天行者》幽怨灵动相比，《黄冈秘卷》不论是对现实的关怀还是对历史的叙述都出现了与以往作品全然不同的新质，抽丝剥茧般的叙述自由多变，对家族和历史的另类写法使得《黄冈秘卷》凄婉迷离，不只是一部厚重的长篇小说，更像一支余音袅袅的老曲。

刘醒龙在书中借一个湖北的小县城，容纳了近乎半部近代中国的历史。和《圣天门口》中对现代革命历史起源、历史主体的彻底还原一样，《黄冈秘卷》继续关注现代性在中国的落地生根。当然，刘醒龙更为关切的是现代性进程在战火熄灭之后面对的更为复杂多变的社会环境，是海晏河清之后生活事项内部的冲突交涉，是在新一轮社会转型悄然到来时的疑惑，是人们在物质和精神的茫然中的回望，以及在不明不白的渴求中寻找慰藉之道。

父亲老十哥是文学作品谱系中常见的"父亲"形象，性格执拗，脾气暴躁，是家庭中的顶梁柱也是威权者，当然，这样的父亲也是"老干部"，带着两处代表荣誉的枪伤和一堆"想当年"的故事。这样的父亲进了当地的《组织史》，却一直设置重重阻碍，阻止自己的堂弟续修家族志。在他看来，有了《组织史》对自己即使短短百字的记录便也够了，不要再进什么《刘氏家志》。老十八为了家族志的续编奔走劳碌，秉持的是中国传统的家族观念，这样的观念在老十哥这里遭遇的正是某种程度上集体与个人对立的当代延续。父亲终生要求自己的孩子按照家乡风俗叫自己"伯"，也一直将生活多年的地方只是称作"这个县"以显示与故乡的区别。他有那么多的执念，从不怀疑世界上最好的莲藕是来自自己的家乡。然而，即便这般"恋旧"，即便有这样的"乡愁"，在"组织"这样的大话语面前，父亲依然愿意做那个只有百字描述的微小个体，而不愿在《刘氏家志》中占据光辉荣耀的篇幅。父亲对"组织"的感情，首先来自国教授在监狱中的启蒙，但吊诡的是，在革命的残酷和激情之中，帮助父亲实现与"组织"对接的，是美丽的姑娘海棠。父亲对组织无条件信任的一生自起点便与个人的浪漫情感相勾连，并成为纠缠一生的记忆。刘醒龙显然是在历史起源处和根本处，设置了一些让人回味无穷的关节。它对革命的绝对性与个人的内在情感建立起一种相互质询的关系，这是刘醒龙的小说经常不露声色留下的榫卯。

与集体和个人这对关系相对应的是老十哥与老十一的对立。小说中追根溯源二人的矛盾起源于多年前的一次不讲道义的出卖，但也正是那次出卖使得老十哥遇见了国教授，自此遇见"组织"。时光流转，多年后这对同年同月同日生姓名也同音的堂兄弟却无法"相逢一笑泯恩仇"，甚至彼此间的矛盾裂隙不断加大，此间作祟的并非多年前的矛盾扩大化，而是新的矛盾在滋生。老十哥俨然是党的好干部，人民的好区长，兢兢业业，两袖清风，老十一却是时代的"弄潮儿"，做生意，开公司，买轿车，娶了第六任妻子。老十哥记恨老十一多年前的背叛，更无法忍受今天老十一耀武扬威的高档汽车，这便不只是单纯的兄弟矛盾，而是传统生活观念与现代性进程的冲突，是历史与当下现实的因缘际会。不远处的南门大桥正是这样一个集历史、现实、日常、个人、集体于一身的地理空间，它的兴衰流变也见证了这个家族、这个县城多重矛盾的不居变动。

书中另一个贯穿始终的线索是"我"与少川的隐微情感，以及看似有些脱离小说主体风格的高中生北童对黄冈的假意怨恨。《黄冈秘卷》因为这条线索的存在，便不只是我们的作家通常意义上爱写的家族历史或者地方志，而是有了更为当下性意义的高考教辅材料。闻名全国的黄冈中学及黄冈的教辅资料是所有中学生与家长的珍宝与噩梦，在小说中也成为现实性的标识，成为多重矛盾来源的一个面向，既是老十一投机腐败的途径，也是"我"与少川特殊关联的抽象维系。当然，刘醒龙以他的现实主义笔法顽强地处理如此困难的题材和细节，当少川作为海棠女儿的身份被揭示，进而牵引出多年前的爱恨情仇，使得小说走向"团圆"结局的时候，整部作品终于得到完成。

但作品的完成也留下一些值得推敲之处，少川和北童这一条线索略显羸弱，与故事主体也略显疏离，或是刘醒龙有意放纵的形散神不散的手法。小说也不时地嫁接传统资源，苏东坡在整部作品中就时隐时现，偏僻的诗句"三江自此分南北，谁自中江是主人"成为"组织"的接头暗号，苏轼被贬黄州的痕迹轶事也都成为"风骨"的证明。所有的"地方文化传承"的借用，刘醒龙都试图制造一种生气勃勃的趣味。黄冈中学、苏轼、赤壁都是这里的文化标识，当然也成为"秘卷"书写无法回避的重要素材。刘醒龙的笔力硬气在于，他有能力把这些符号要素熔炼于人物的性格脾气，熔炼于黄冈人的日常德行之中。这些传统文化符码可以成为老十一的赚钱利器，也可以成为今天地方政府搭台唱戏的资本。刘醒龙以回忆视角挖掘出 20 世纪 90 年代的故事，时间的距离使今天的思考更加绵长。

当然，除了是高考教辅材料，除了是祖父、父亲的家族故事，"秘卷"在某种意义上也指涉着小说中老十八孜孜以求的《刘氏家志》。与老十八的执着相对照的，是市场经济风靡，政府机关和企事业单位都面临大范围改制改革的时代背景。一身傲骨的父亲老十哥在接到"组织"的又一次指令后依然选择了无条件地服从，只是这一次的服从却是对故乡风习的撤退性回归。老十哥用五十年的时间走出黄冈又回到黄冈，走时带着的是与传统相割裂的过去信念，回来时带着的是必须与时代相妥协的现代想象。老十哥带着纠结复杂的心情回到了刘家大塆。"现在老了，还要缠着组织可不太好，就不要再给组织添麻烦了!"这是身上带着两个弹孔的老革命者对组织的信任与遵从,但真正治愈他的,除了年老的海棠来自远方的问候,更是这里黄冈上巴河的刘家大塆山光水色一如从前,是祖父的织布机与老房子,是王先生的墓碑,是自家门前的晒场,是如雀鸟归林的放学的孩子们。最终登场的,是被藏在洞穴之中的《刘氏家志》,那是比组织、历史等词汇都具体的一本家族记述,是这自然山水之中一脉姓氏的传承话语。

这是小历史对大历史的质询吗?这是现代向传统的撤退吗?这是集体对个人的让渡吗?这是都市文明对乡村伦理的妥协吗?距离刘醒龙描述的 1999 年,已经又过去了近 20 年,那些靠《黄冈秘卷》应付高考的中学生依然层出不穷,那些和老十一一样在市场之中摸爬滚打者始终后浪推前浪,但像老十八这样执念于家族志且动机相对单纯者日渐珍贵。在 2017 年书写 20 世纪末的故事,刘醒龙拥有的显然是当下的视野。当人们更多关注自我的内心,竭力把持自我的物质与精神之时,刘醒龙在提醒我们,当下和现实依然有需要关注的信念之类的宏大事物。那些集体与个人的关系,那些历史与现实的纠缠交互,依然困扰着身边的你我与他。父亲老十哥与老十一、老十八一代人正是承担了这些困扰,他们正在生生上演着现代化进程之下的人之困境,他们在努力找寻历史与现实的、现代与传统的全方位的和解。推动和达成这些和解的,始终是刘醒龙这样的作家欣赏和挖掘的人性向善与人与人之间主体间性的和谐。于是,时代进程的步伐得以继续推向前进。

(《光明日报》2018 年 8 月 22 日)

家族的精神脐带

——读刘醒龙《黄冈秘卷》

南 帆

这一部小说的问世恰逢其时。一批拥有"离休"称号的人多半进入耄耋之年，文学对于这一代人的精神追溯已经迫在眉睫。所谓的"离休"远非某种待遇，这个称号更多地证明了这一代人与共和国历史的特殊关系。他们曾经为共和国添砖加瓦。现在，这些故事还将如何续写？

刘醒龙显然是写出这些故事的恰当人选。这不仅由于他"茅盾文学奖"得主的身份，同时由于他的年龄。刘醒龙出生于二十世纪五十年代。对于这些故事说来，五十年代出生的作家并非单纯的记录者，而且是见证者、亲历者乃至近距离的评判者。这些故事的相当一部分同时烙印在他们的生命之中，成为无形的精神脐带。《黄冈秘卷》不仅是历史的重现，也包含了历史的反思。

《黄冈秘卷》选择了家族叙事。这是恰如其分的视角。"离休"的"休"字意味着退回家庭，颐养天年。叱咤风云已然成为过往的陈迹，现在是逍遥于江湖，含饴弄孙的时候了。然而，这一部小说表明，江湖从未丧失与庙堂的联系。无论是官场的风波还是市井喧哗，所有的声音都将透过薄薄的门板回响在家庭之中。显然，刘醒龙的意图不是展示这一代人功成名就的从容意态；相反，家族叙事开启了某些特殊的叙述方位，政府大楼会议室里不可能出现的各种人情世故浮现了出来。可以从战场、监狱或者工地察觉这一代人的豪迈、刚硬、无私或者忠诚，但是，进入逼仄而破旧的寓所，人们还可以看到荣耀后面隐藏的种种暗伤。这时，小说主人公"我们的父亲"不仅是一个时刻念叨"组织"的基层干部，他同时是子女心目中一个令人生畏的父亲，妻子心目中一个固执的丈夫，外孙女心目中一个可爱的"老东西"。铁面无私的风格背后，人们还可以看到相濡以沫的老夫妻如何赌气、吃醋，以及恶语相向的争吵背后如何隐藏一副柔肠。另一方面，家族叙事同时为叙述者——家庭之中唯一的儿子——提供了另一种空间。由于儿子对于父亲的描述以及感慨与嗟叹，各种外人无法察觉的隐性肌理得到了表述。与此同时，另一些尖锐的正面叙述可能火星四溅的情节由于转入主观视角而显得轻柔起来。这使小说保持了某种"温柔敦厚"的风味。

《黄冈秘卷》远溯二十世纪四十年代乃至更为久远的历史。烽火连天，饥寒交迫，日本人入侵；地下组织，接头暗号，革命者的启蒙，特务设计的轿车爆炸……很长一段时间，这种故事的主体是阶级、民族和国家；"家族"只能视为阶级或者民族的一个附属单元，甚至是一种累赘。五四新文学运动兴起的启蒙气氛之中，"家族"往往扮演了某种令人窒息的桎梏。对于那些向往自由的青年说来，冲出家族的深宅大院是投身广阔天地的第一声呐喊。阶级的角逐与民族搏斗空前激烈的时候，家族犹如干扰视线的一扇屏风。如果家族利益与阶级乃至民族利益出现分歧，大义灭亲是不言而喻的选择。二十世纪八十年代之后，文学终于准许家族介入革命与战争，例如莫言的《红高粱家族》，陈忠实的《白鹿原》，还有格非的若干小说。如果说，阶级与民族是一种文化构成，生产资料的占有与宗教、民情风俗分别是这种文化构成的主要内容，那么，家族内部隐藏了多种因素的交织。一个家族内部的血脉、基因不同程度地转化为某个姓氏的心志、人格倾向以及家族小传统，甚至某种程度地造就故乡文化。这一切无不从各个方面塑造家族成员的性格。众多家族成员各有千秋，但又存在维特根斯坦所形容的"家族相似"。《黄冈秘卷》展现了刘家大垸的几代人。某些外部世界的边缘人物可能在家族叙事之中占有举足轻重的地位，例如刘家大垸的"苦婆"。为了维持整个家庭的生存，小脚寡妇"苦婆"出门乞讨。然而，她每次都须将别人施舍的食物放到炉灶上重新炒煮，目的是截断这些食物的卑贱来源——不让孩子觉得这些食物来自乞讨，而是家里的本来之物。可以发现，苦婆的逆境励志多年之后隐秘地回响在父亲的刚毅性格之中。

重修家族史《刘氏家志》是刘氏子弟的一个心愿。父亲的生平是重修《刘氏家志》的重大诱因。刘家大垸一代又一代香火延续，但是，没有人曾经获得一官半职——除了父亲。然而，尽管父亲的"离休"表明了资格与贡献，他始终无缘问鼎副县长一职。这是隐藏于家族史内部的一个巨大隐痛。诸多年轻的官员由于各种意外的原因后来居上，以至于父亲与他的老战友王鹏屡屡错失晋升的机遇，直至双双离岗。令人扼腕的是，现行的人事安排从未给县里的工作带来真正的起色。一座制约县城发展的危桥多年筹措不到重建的资金，某些机构的经济状况甚至窘迫到开始拖欠离退休干部的工资——母亲与父亲先后进入拖欠之列。不无讽刺的是，这些问题的解决最终依赖刘家大垸出身的一个民营企业家——父亲的一个堂弟，高考资料《黄冈秘卷》的发行是他致富的秘密。尽管父亲始终不齿堂弟的为人，但是，各种眼花缭乱的官场与资本携手运作之后，他的资金暂时平息了各个方面的矛盾。如果说，官职是刘家大垸一个公认的价值标准，那么，这一位堂弟已经成为另类。在他的眼里，金钱足够抗衡官场——他的苦恼是没有子嗣，尽管先后娶过六任太太。金钱无法代替子嗣在家族史之中占有显赫一席。

然而，对于父亲说来，《刘氏家志》无足轻重——他心目中的经典是《组织史》。县党史办编纂的《组织史》拨给父亲不足一百字的篇幅，这构成父亲一辈子骄傲的理由。《刘氏家志》与《组织史》显然属于两个话语体系，父亲心目中孰轻孰重一目了然。忠孝不可两全——家族或者家庭与组织产生冲突的时候，父亲总是毫不犹豫地舍弃前者。无论是职务的晋升还是住房的拆迁，父亲从未考虑组织是否给予足够的报偿，"多情反被无情恼"的局面仅仅存在于他人的想象之中。父亲与战友王鹏决非胆小怕事之徒，他们甚至敢于在大街上拦截县长的座驾。但是，他的内心存在一个不可逾越的信念：损害组织的行为不可饶恕。信念使父亲的一生堂堂正正，没有杂质。

当然，《刘氏家志》与《组织史》并未形成对立的竞争关系。《刘氏家志》之中浓墨重彩的一笔不仅意味了光宗耀祖，同时意味了家族对于组织的奉献——家族的养育之恩功不可没。这个意义上，《黄冈秘卷》的结局——家族的"大团圆"——令人快慰。那个固执的、甚至坏脾气的父亲赢得了整个家族的爱戴，这就足够了。官场上得到什么头衔并不重要，家族的爱戴代表的是世道人心。

刘醒龙在"后记"之中表示，这一部小说"不需要有太多的想法，处处随着直觉的性子就行。"或许，小说的情节存在种种熟悉的原型，人们可以从刘醒龙的叙述之中感受到行云流水，举重若轻。我愿意郑重指出《黄冈秘卷》对于黄冈方言的巧妙运用，例如"伯"或者"老十哥""老十一""老十八"的称呼，当然还有出神入化的"嘿乎""不嘿乎"以及"嘿罗乎"。尽管无法从小说之中读到这几个词的标准解释，但是，这些方言的每一次出现都会为叙述带来某种难言的神采与气势。如果模仿这种方言造句，人们似乎可以说：《黄冈秘卷》这部小说可是够"嘿乎"的！

（《湖北日报》2018 年 9 月 2 日）

刘醒龙《黄冈秘卷》：
离别家乡岁月多　近来人事半消磨
——看刘醒龙长篇小说新作《黄冈秘卷》

潘凯雄

　　"故乡"无疑是世界文学中出现频率甚高的一个场景，而"回故乡"则又是世界文学写作中最常见的一个动作。之所以要"回"，无非是为了表达这样两种情绪：或游子"少小离家老大回"的思乡之情，或拉开距离后将故乡与新居地的比较之思，即所谓表现"文明的冲突"之类的文学母题。现在，茅盾文学奖得主刘醒龙也没逃出这样的套路，他以一个黄冈人的身份和姿态一头钻进家乡的历史和乡亲们的灵魂中，创作出《黄冈秘卷》这样一部多少有些"烧脑"的长篇小说新作。

　　我之所以称其有些"烧脑"，是因为刘醒龙的故乡真是一个有着"嘿乎嘿（黄冈语，表示比很多还要多的意思）"说头的地方：明清两朝各中进士 276 员和 335 员，革命战争时期诞生了两百多位开国将帅，黄冈中学高考升学率超过 98%；当然，还有那赫赫有名的巴河藕汤……面对这样一片人杰地灵的故乡，刘醒龙，你"回"得去吗？你又如何"回"？

　　作品以风靡全国的那个与高考密切相关且为多少考生恨之入骨的"黄冈密卷"为引子展开：

　　"这世界对黄冈的恨有多深，天都不晓得，只有我们自己晓得。我们班已经三次举手表决，要我化装成杀手，杀到你们黄冈来！"

　　在一个出自高一花季女生充满杀气的来电声中，《黄冈秘卷》

徐徐拉开了帷幕，这样的开局难免要逗得不少人误以为作品是在聚焦反思中国当下教育问题，这一枪刘醒龙晃得既虚且实。所谓"虚"指的是作品的主体铺展终究还是在演绎现代以来黄冈地方文化的秘史，而所谓"实"则是那所谓的"黄冈秘卷"在作品中时有闪现，其结局也落在了这上面，且和作品主体内容形成某种内在呼应，这当可视为作者结构上精心编织的一种讲究。

文学作品中的"回故乡"，有两个要素必不可少：一是故乡的场景，一是来自故乡的长辈，在这点上，刘醒龙免不了俗。关于故乡的场景，尽管《黄冈秘卷》游走于黄冈县上巴河刘家湾、胜利县和武汉市三地，但主体则毫无疑问的还是黄冈，至于胜利县和武汉市都是由黄冈引发延伸而来。关于故乡的长辈则是以"我们的祖父""我们的父亲""我们"这样三代的自述方式呈现，其中祖父、父亲老十哥刘声志和老十一哥刘声智则是绝对的主角。

如果说"我们的祖父"多少还是作为传统儒家伦理或所谓乡土民间资源的一个符号或一种象征而存的话，那么"我们的父亲"中关于老十哥刘声志与老十一哥刘声智的比照关系，关于修《组织史》和《刘氏家志》的双线设置则构成了《黄冈秘卷》的主干。刘醒龙自己也坦言：《黄冈秘卷》最大的特点就是对故乡的再认识，对父辈的致敬。

这种"对故乡的再认识"的焦点就是集中在对"我们的父亲"的再认识。那个被称为老十哥的刘声志人如其名，这位志士青春时代的历史方位是新民主主义革命时期，这个乡村织布师的儿子之"志"突出表现为一辈子始终与时势欲望格格不入的那身硬骨头，作品由"轿车"串起刘声志的人生：15岁少年时也曾立誓要为刘家大塆争光，当大官坐轿车，把名字刻在家志上，鬼使神差因福特车入狱，在国教授的启蒙下，明白了"革命就是让这些坐轿车的人也和大家一样用两条腿走路"；"小福特车发夹"是父亲不得不为忠诚割舍爱情的一份遗憾，但若没有对福特车的喜爱，父亲也无法找到组织而开始他一辈子的革命路；把轿车当作"埋葬腐败贪婪的黑棺材"是父亲毕生的志业，他最清楚"路与桥"如何能真正实现"人行车走"的含义。从少年壮志到英雄迟暮，从天下兴亡到儿女情长。

老十哥这一身硬骨头的志士又常常会情不自禁地背诵起《诀别书》这篇缠绵悱恻而又荡气回肠的短文，他铭记着"当亦乐牺牲吾身与汝身之福利，为天下人谋永福也"这句话，坚信唯有个人的"福利"服从天下人的"永福"，社会才能真正进步。当个人生活与"组织"要求发生矛盾时，老十哥坚决斩断了与海棠的情缘；但这并不排斥他毕生怀念她的那枚"福特车发卡"，还有她舔冰激凌时的可爱动作……类似这样的细节间或出现在作品中，使得老十哥的整体形象在刻板倔强的同时又不时闪烁出几分温馨与柔软，呈现出霸气与温柔、粗犷与细腻、果决与缠绵交织的立体感，因而有了可触可感、可亲可爱的人间烟火。

值得注意的是，在"我们的父亲"中，刘醒龙还特别塑造了一位与老十哥同时出生、姓名读音也相同的老十一刘声智的形象，这个形象在中国当代文学人物的谱系中甚至更独特更鲜见，他既是为烘托老十哥刘声志而存在，同时又是另一类人群的鲜活代表。他们的处世哲学如同各自名字一样，一个坚信"有志"（有理想成大事），一个笃定"有智"（有计谋成功业）。与老十哥信奉集体主义精神截然相反，老十一的精神底色就是个人至上；这个在今天看上去还算成功的企业主，一方面认为"钱不是万能的，但没有钱是万万不能的"；另一方面又信奉"不孝有三、无后为大"的传统文化，毕生娶了六个老婆，目标就是要生个儿子载入族谱。有意思的是：这"志"与"智"的毕生博弈，到作品的结局时竟然出现了戏剧性的反转，老十一最后说："别看我一直对你不服气，那只是爱面子，其实我心里最佩服的人是你。我刘声智不过是那供人乘坐的轿车，你刘声志才是刘家大塆的路和桥。"这样的反转当然是刘醒龙的刻意为之，是否也是他对家乡文化反思后的某种感悟与心得呢？

或许是为了造成刘声志与刘声智"双雄对峙"戏码更足的效果，《黄冈秘卷》中还设置了另一条《刘氏家志》和《组织史》的双线并行。前者隐喻的显然只是刘氏家族，是"小家"，相对应的后者则隐喻着革命群体，是"大家"；前者是中国传统伦理道德的延续，后者则是革命伦理和价值的记载。作品中有这样一个细节令人玩味：历经"文革"冲击，《刘氏家志》得以幸存竟然是因为老十哥将其藏到了貂猪儿洞中。这个细节的设置我更愿意将其理解为是作者的刻意为之：在所谓"大家"与"小家"之间并非就是那么决决地水火不容，如何走向融合与平衡或许更是当下人们应该重视和思考的问题。一方面，我们需要反思历史虚无主义把革命简化为欲望和暴力的叙事，另一方面更要警惕仅仅以传统儒家伦理或所谓乡土民间资源作为精神道德重建的良药。

　　作为本文的结束还想说一点，与许多"回故乡"的写作不太一样的是：在《黄冈秘卷》"回故乡"的历程中，"我们的祖父"和"我们的父亲"尚健在，因此这是一次历时性与共时性并存的"回"法，耿直性格的主人公老十哥革命、建设、退休的一生既是一位典型黄冈人一辈子的命运写真，也包含着对现实生活的密切关注与深入思考，探索当前社会关切的诸问题，具有很强的现实性。在这个意义上，《黄冈秘卷》的"回故乡"之旅又何尝不是一次"在当下"的写真呢？

　　　　　　　　　　　　　　（《上海文汇报》2019 年 5 月 10 日）

我们都生活在历史之中

——刘醒龙《黄冈秘卷》札记

汪 政 晓 华

在评说刘醒龙上一部长篇小说《蟠虺》的时候，我们就说过，刘醒龙越来越进入一种从心所欲的创作境界，十分自在，自由放松。说放松，说自然，并不是说没有自己立场和方向，有时恰恰相反，刘醒龙尊重的是作者的本性，不为外在的流俗所影响，也不被流行的立场所左右，更不为一些所谓的正确的规矩而裹挟，他表露出来的可能是一种进击的姿态和刚性的存在。比如他的长篇新作《黄冈秘卷》就是一部"反潮流"的作品。

如果用一句话去概括《黄冈秘卷》的话，那它是一部向父亲、向祖辈的致敬之作。在这几十年的潮流当中，这样的主题显然是有"复古"之嫌的。上推到五四时期的文学，审父、弑父已经是那个时代的重大主题，反叛父亲、反叛传统早已成为近百年来中国文学不容置疑的写作方向，而且，这样的写作方向受到了来自理论和实践的强烈支持。当今的文化已经基本上完成了青年文化的转型与建构，注重当下，注重未来，注重创新，早已不只是文学的主题，而是一种政治正确的时代潮流与社会属性。新时期的文学曾经将弗洛伊德的学说引进过来并奉为圭臬，它使得审父、弑父具有了历史与人性的双重合法性，再加上社会学和人类学家玛格丽特·米德的《代沟》的流行，更使得这一思潮变得不可置疑。父亲已经成为权力、专制、守旧、压迫等等负面的符号。在这个已经约定俗成的文学场域里，刘醒龙的《黄冈秘卷》旗帜鲜明地打出为父亲写传的旗号，无疑可以称得上一种勇敢的行为。他说我们"必然会无法抗拒地继续接纳维系父辈的生命过程，那些由物质变成的精神，以及由精神变成的物质。父亲是如此，父亲的父亲也是如此，透过小说回到生活中的我们，无论相信还是不相信，也终将是如此。"这里的"回到生活中"非常重要，回到生活，就是回到常识，回到事实。我们不得不说，审判父亲，反抗父亲是我们的一种文化，但学习父亲，继承父亲，也是我们的一种文化，而常识告诉我们，后一种文化可能更是人类文明的主流。人与自然界的生物不一样，自然界的生物只生活在它们的个体与当下之中，它们对于上一代的继承是以不自觉的基因方式完成的，而人类不一样，人类不但以自己不可知的方式继承着祖先的生物基因，更以自觉的方式向祖先学习，继承着几乎是人类诞生之时形成的族类的一整套传统和遗产。自然界的生物只生活在当下，而人类永远生活在自己族类的历史当中。所以，审判父辈与接纳父辈应该是构成我们人类文化的共生的矛盾体。否定一方都将带来人类文化的偏废和缺陷。事实已经证明，几十年来一味地反抗传统，拒绝父辈，已经使我们的文化呈现出病态。在这样的情形之下，刘醒龙的写作无疑具有了超越这一写作具体本身的意义，用他自己的话说"真诚地继承比勇敢地抛弃更为紧要"。

《黄冈秘卷》可以看成一部家庭史诗，五代人的家庭，呈现的不仅仅是一个家族生命的延续，更重要的是精神的传承。父亲无疑是作品的主要人物，他一生命运多舛，道路曲折，但面对心中的信仰，他从来没有动摇过、怀疑过，一直保持着至纯至洁的形象。如果要明确父亲的身份，那他无疑是一个革命者，一个共产党人，但是刘醒龙在刻画人物时并没有将这一形象简单化，也没有将共产主义理想作为父亲形象的单一意义。细数父亲人生理想的价值谱系，可能连父亲自己本人也不是十分自觉，因为他口口声声挂在嘴上的就是那一句"我是组织上的人"，但是他的行动，他的命运的每一个关键的转折点，都显示出传统价值对他的滋养，成为他人格形成的重要因素。比如祖父对父亲的帮助。祖父虽然不是主角，但是在作品的情节推进，儿孙们人生道路和人格理想形成的过程中祖父都功不可没，他总是在关键时刻出现，包括在儿孙们生活遇到困难、生存难以为继甚至生命遇到威胁的时候，也是祖父庇护了他们。而祖父善良的天性，忍辱负重的精神，世事洞明的远见卓识，以及令人惊讶的生存智慧，又都来源于曾祖母。这是一个伟大的女性，她靠乞讨养活了自己的儿女，即使在最困难的时候，她也坚持要让儿孙们知书识礼，学会生存的本领，也就是因为曾祖母的操持，才使得刘氏家族逐渐人丁兴旺。父亲的理想显然还来自乡村教书先生王先生的教诲，父亲有限的文化大部分是王先生当年启蒙教育的结果，但就是那么几年的私塾学习，使得父亲能够识文断字，为以后的学习与进步奠定了基础。更要说到父亲在狱中遇到的国教授，正是国教授让他走上了革命的道路，但是，父亲从即将走上刑场的国教授的手里接过来的是一封先贤的《诀别书》，这封《诀别书》的蓝本是晚清志士林觉民的《与妻书》，因此，在父亲的性格当中，他的耿直与敢于牺牲显然承继了中国历史上许多仁人志士的精神气质。而且情形可能比我们梳理的这些还要复杂。比如当年王先生就曾给父亲讲过苏东坡，客居黄州的苏东坡对这个地方的影响怎么夸张都不过分，父亲性格里面的那种旷达与苏东坡有没有关系？再比如父亲的执拗与不妥协，是不是黄冈所赐？所以，说到最后，从文化上来讲，父亲是一个典型的黄冈人。黄冈的历史、民风、山水，都如钟灵毓秀一般内化在父亲的性格当中。不仅仅是父亲，包括父亲的世交和战友王朤也同样是典型的黄冈人。实际上，写父亲就是写家族，就是写历史，即如父亲这样的革命者也是历史形成的结果。从这个角度说，刘醒龙在刻画人物形象的时候，在诠释人物的形象意义的时候，无疑进行了很大的拓展，他是在更宏阔的时空背景下展开，他对"典型环境"显然有更新理解。

对此还可以进一步深化。父亲、王朤乃至于祖父是不是都可以看成"英雄"？我们估计将英雄冠之于父亲这类形象读者会有些怀疑，因为作品中父亲这一类形象与我们对英雄的习惯性理解，以及以往历史文本与文学文本所塑造的英雄形象确实存在着很大的差距。父亲以及王朤无疑是革命者，但是刘醒龙是把他们放在日常生活当中进行描写的。与其说刘醒龙是要塑造出一些英雄形象，倒不如说他试图挖掘一种英雄气质。如果细数父亲的壮举的话，大概也就三四次：第一次是他在无意当中阻止了一场对革命者的暗杀；第二次是他在革命与爱情发生冲突的时候坚定地选择了前者；第三次是在大堤即将溃决之时跳进激流，排除险情；再有就是运用智慧避免了森林火灾的发生。所有这些与文学作品英雄画廊中的任何人物比起来似乎都显得平常。不是父亲干不出惊天动地的大事业，而是刘醒龙没有让父亲走那样的英雄之路。刘醒龙没有给父亲提供一个成为传统英雄的环境。父亲偶然地走上了革命的道路，解放不久，他就被分配到基层工作，因为复杂的人际关系和许多偶然因素，当然也因了父亲的性格，使他一直未能得到重用。这个解放前就从事革命工作的老干部，最终的结局不过是享受副处级的离休待遇。与其说父亲是一个英雄，不如说他是一个不得志的人，但是在不得志前面，没有"郁郁"二字。刘醒龙写了一个英雄，他的英雄意义就在于他虽然不得志，但他从不"郁郁"，父亲一生心底坦荡，无怨无悔，相信组织，从未有过二心甚至丝毫的怀疑。父亲是一位英雄，这种英雄不在于他的业绩，不在于他的功勋，不在于他的影响，他身上毫无光环，但是他金玉其内。这个金玉用刘醒龙自己的解释就是"贤良方正"。这也就能够解释为什么这部家族史诗从曾祖母开始写起，但是叙述的重点却放在了父亲已经离休的岁月。父亲离休以后是这部小说的重点和主体，诸如上面的"英雄业绩"都是在回忆与穿插中交代的。刘醒龙就是要写出一个人在最平常的岁月里面，在一个已经从社会退回到家庭的老人身上，如何依然保持了一种英雄的气质，这种气质使得父亲在日常生活的每一个细节中都能够坚持自己一以贯之的理想和情怀。他虽然已经不在其位，但总是关心着地方建设，关心着地方的政治生态，如果地方建设与自己的利益产生冲突的时候，他会毫不犹豫地牺牲自己的利益。地方财政紧张，爱人工资发不出，他会暗暗地把自己的工资贴进去，以维护"组织"的形象，他对子女的要求近乎苛刻，连搭个顺风车探亲都不允许……刘醒龙将一个英雄叙事非常自然地并线到日常生活叙事，弥合了英雄叙事与日常叙事的界限，但是其内在价值理念并没有变化，刘醒龙并不是用日常叙事代替英雄叙事，而是将英雄的气质精神自然地流淌到日常生活当中。事实上，就当代生活而言，当社会处于正常有序发展的时候，当历史并不处于剧烈动荡的时候，我们如何进行英雄叙事？刘醒龙英雄叙事的文学理念对于社会生活的意义在于：当没有传统的造就英雄的"时世"的时候，我们如何成为英雄？

由此，我们还发现了《黄冈秘卷》所体现出来的刘醒龙赞美的能力。不知从什么时候开始，我们已经丧失了赞美的能力，当赞美的能力丧失之后，连同赞美也不再理直气壮。如前所述，学习和继承是构成人类文明延续的前提，而肯定与赞美又是学习与赞美的前提，可以毫不夸张地说，赞美与肯定应被理解成人的本性和人类文明延续的首要的态度和本领。然而，作为对照的是，我们当下的文化与社会精神基本上都笼罩在否定的氛围当中，质疑、批判、否定、排斥造成了我们思想的暴力与精神的戾气，而且，这种暴力与戾气已经延续到我们的社会实践与日常行为当中，否定与屏蔽了许多正面的价值观，造成了这个世界内心的空洞与负面情结的集聚。其实，真的不能设想一个社会能完全利用否定的力量向前推进，更不能想象我们的个体能够不接受正面的价值观，而只依靠批判成长。当这样的社会氛围侵入文学领域的时候，使得我们的创作除了廉价的心灵鸡汤之外，已经很长时间缺乏赞美之作，甚至现在的读者已经产生这样的误解，以为我们的文学史都是由否定与批判构成的，人们不再提及东西方文学真善美的传统，不再温习那些给人们力量与鼓舞的史诗，许多正面的美好而崇高的形象退出了我们的视野。而从写作实践而言，如何塑造一个正面的形象成了一道几乎无解的难题。从这个角度来讲，刘醒龙的《黄冈秘卷》又是一部逆潮流之作，是为解决这道难题给出了解决方案的成功之作。他清醒地认识到了古典英雄与当代英雄的区别，他更知道英雄史诗所提供的笔墨无法在庸常的当代生活中塑造英雄。我们必须拥有自己的美学主张，必须设计出一套与当下时代与社会相适应的赞美的艺术方法，必须回到真实，回到人性。而更重要的是超越于这种文学之外的有益于世道人心的人文情怀。让我们的作品自然地嵌入到当下的生活当中，唤起我们内心贤良方正的初心，接通传统人文思想与当代精神生活，让我们相信，这个世界跟过去一样，有美好、善良、正义、勇敢和坚守。

我们说《黄冈秘卷》写得从心所欲，自在放松，文理自然。其实，作为一部长篇小说，它的结构非常谨严，比如说它全书采用第一人称的视角，这种有限视角对叙述本身就构成了极大的限制。再比如说作为引子的黄冈秘卷的第一难题一直到结尾才得以解开，而作为"我"的若即若离的异性好友少川的真实身份也是一直到最后才知晓。如果仔细分析，这部小说实际上有好几条线索，最主要的线索应该是两条，一条是"我"的父亲刘声志的故事，另一条是作为反衬和对比的十一伯刘声智的故事。王朤这条线是父亲刘声志线索的补充与加强。另外还有"我"与少川的线索，以及作为背景的若隐若现的林家大院的线索。除此之外，小说还运用了元叙事的手法，作品文本中套着文本。换句话说，这部作品可以看作由三部文本构成的，一个是《黄冈秘卷》，一个是《刘氏家志》，另一个是《组织史》，这是非常典型的复调。视角的一以贯之也好，线索交叉也好，文本的叠加也好，将这些有机地组合在一起，没有精密的构思、通盘的布局是做不到的。但是，整部小说读下来，却毫无斧凿痕迹，节奏舒缓，如语家常。这样的效果除了刘醒龙对长篇叙事极为娴熟的驾驭能力之外，还与他这部作品对多种叙事体式的尝试有关。我们说《黄冈秘卷》是一部对父辈致敬的作品，是一部礼赞英雄的作品，但同时它也是一部向地方致敬的作品。刘醒龙是在为父亲作传，也是在给地方作传，给家乡作传。中国一向有地方书写的传统，中国更有民间写史的传统，《黄冈秘卷》之"秘"就在于它在"大历史"之外另辟了"小历史"的书写路径。如果说大历史侧重于重大的历史事件与国家重要力量与人物的故事，那么小历史则是作为大历史的补充，描述与记载的是地方的人物与事件，是大历史的余波、影响和尾声，是地方风俗的变迁，以及不见经传的传说。不过，刘醒龙很少像现在流行的地方性写作那样，对地方进行知识考古，更没有猎奇炫怪，而是将地方的沿革，地理的变迁、独具的风物与人物的命运相结合，将地方人文与人物的精神成长结合在一起。他挖掘的是地方的性格、精神气质、价值信仰。我们特别注意到刘醒龙对黄冈方言的强调和运用。由于语言的疏隔，我们还不能领略黄冈方言的精神和魅力，但是对刘醒龙的这一写作策略和语言观是理解的。如果要说到地方文化、地方精神与地方性格，大概没有什么比方言更能说明问题的了。在《黄冈秘卷》中，至少父辈以上的人都生活在自己的方言中。在作品中，说不说黄冈方言，听得懂与听不懂黄冈方言，几乎成了不同人群划分的标准。回顾刘醒龙此前的创作，还少有对方言这么看重的。与中国当代许多作家的方言写作不同，刘醒龙是从语言哲学的层面来理解方言与人的关系，同时又在叙事艺术上从方言借力。正是将人、地方和方言融为一体，才在完成了他的父辈叙事的同时完成了他为家乡立传的理想。

从叙事体式上讲，小历史并无固定的叙事体例，它们的叙事文本从来是多种多样的，不但大小长短不一，甚至包括了口头文本和书面文本、日常文本与艺术文本。因此，它不可能是系统的，而是片断的、易变的和不断被改写的。这些丰富的叙事体式给了刘醒龙许多的启发，《黄冈秘卷》对它们的借鉴使其获得了众多的叙事可能与叙事张力。我们看到，《黄冈秘卷》虽然有复杂的线索，众多的人物，有文本间的重置、互文与衍生，但它们都是断续的，不可确证的，许多是传说式的、多解的甚至是无解的。作为小说的主体线索与主要人物，他们的主要行动都是在他人的转述中完成的，自己的叙述和呈现与他人的转述形成了对话关系。可以说，整部作品都是在这种对话、甚至是在辩驳与探疑中完成的。《黄冈秘卷》没有大规模的整饬的叙事，而是在中断、穿插和接续中自由组合，灵活前行。但这样的结构又不是我们现在已经习以为常的现代主义小说包括先锋实验小说的结构模式。在《黄冈秘卷》中，接踵而至的传说与故事，相反相成的叙事话语构成众多的叙事单元，它们来自不同的角度和叙事人，它们或者言说着同一个故事和人物，或者另起炉灶，开始另一场讲述。这种叙事风格与叙事智慧让我们想到了中国小说的叙事传统，甚至联想到了中国小说叙事的源头。说《黄冈秘卷》是在现代小说体制下对小说民族化的探索实在不为过。刘醒龙的这次尝试让我们想起了自 20 世纪三四十年代就产生的中西小说体式的争论，直到八十年代，小说的民族化，或者如何在现代小说中复活中国小说的民族传统都曾经是热点话题。现在，刘醒龙的《黄冈秘卷》在这个话题不热的时候倒是给出了一个不错的选项。不知刘醒龙是有意抑或是无意？就我们所知，不要说长期的积累和思考，起码从《蟠虺》开始，刘醒龙就在古典文本上花了惊人的功夫。在谈到《黄冈秘卷》时刘醒龙说："我喜欢翻阅地方志，也经常搜集地方史料。中国太大，各个地方的文化又太不相同，哪怕不是为了写小说，读一读这类文字，偶尔从中发现某种藏在历史背后的秘密，也可以在丰富文化储备的同时丰富自己的人生。"小历史与中国传统小说本来就是一家，刘醒龙这次的文体实验应该是事出有因吧？

这篇仓促的札记远不能表达我们对《黄冈秘卷》的阅读感受，但最后还是想重复一句话，连同说话与书写，我们都生活在历史中。

（《长江文艺评论》2018 年 05 期）

"我们的父亲"与传统

——解读刘醒龙的《黄冈秘卷》

李遇春

  《黄冈秘卷》是作家刘醒龙的最新长篇小说。初看题目，读者很容易误以为是市面上的流行教辅材料《黄冈密卷》。但这不是一字之差的问题，而是其中隐含了作家刘醒龙的金蝉脱壳之计。诚然，这部长篇小说有一个吸人眼球的教育叙事外部框架，即"我"私下侦探并且破解市面上《黄冈密卷》的隐秘市场发行机制，这牵涉到当下中国基础教育背后的"政治经济学"，但明眼的读者一定能够发现，这个教育叙事外部框架其实不过是作家刘醒龙施展的叙事障眼法，而他真正的意图在于破译包裹在教育叙事外部框架之中的地方文化叙事内核。不错，对黄冈地方文化传统的深度叩问和深层解密才是作家刘醒龙的兴趣之所在。作为土生土长的黄冈人，刘醒龙长期以来都以书写黄冈为中心的鄂东地方风土人情而著称，其代表作《圣天门口》和《天行者》都是讲述的鄂东大别山区故事。但这都是广义上的大黄冈叙事，而真正献给故乡黄冈(即民间说的老黄冈县)的长篇小说力作还得算是这一部《黄冈秘卷》。此前的长篇力作《蟠虺》虽然主人公曾本之是黄冈人，但那毕竟是一部写武汉的城市知识分子题材作品，其间虽然也有黄冈的叙事线索和文化笔墨，但显然在整体上不以解密黄冈地方文化秘史为叙事意图。《黄冈秘卷》则不然，它讲述的就是黄冈秘史，而这讲述离不开对主要人物形象的深层文化人格心理结构的透视和解析。因为所谓秘史即心史，黄冈秘史就是承载黄冈地方文化的黄冈人的心灵史或精神史，其集中体现就是当代黄冈人的典型性格与文化人格。于是我们无法绕开《黄冈秘卷》中的一个独特的艺术典型人物——绰号叫"老十哥"的刘声志。

刘声志在这部长篇小说中除了叫"老十哥"之外，他还有一个响当当的称谓是"我们的父亲"。《黄冈秘卷》的叙事人最先出现在读者面前的是"我"，小说以"我"接连接了两个电话拉开叙事大幕。一个电话是北京的少川和北童母女俩打来的，为了《黄冈秘卷》而兴师问罪；另一个电话是母亲从老家里打来求助的，说"你伯要打我"，而母亲口中的这个古怪的方言称呼"你伯"其实就是"我们的父亲"。"我们"在日常生活中都叫"我们的父亲"为"伯"，这是黄冈人自汉代以来所形成的民俗方言传统，亘古未易。表面看来，小说中的"我们"除了包括"我"在内，还包括了大姐、小妹和弟弟，但事实上，这个"我们"的范围要大得多，在作家设置的整个叙事框架和语境中，"我们"其实包含了我们兄妹四人在内的整整一代人，甚至是几代人。除了小说中的人物，甚至还包括读者在内。换句话说，小说中的"我们的父亲"不仅仅是第一代（曾祖母、曾祖父）、第二代（祖父、祖母）、第三代（父亲和叔父等）之外的晚辈人物的集体父亲形象，而且也被作者预设为小说读者群体的集体父亲形象。这不能不说是作家刘醒龙的神来之笔。当然，这种集体的叙事人称设置并非刘醒龙的全新创造，当年的老一代革命作家中就有人惯常使用这种手法，著名者如柳青，他在《创业史》的讲述中经常会跳出来说上一句"我们的生宝"如何如何，这当然是为了增强叙事的亲切感，拉近人物与读者之间的距离。以至于后来深受柳青影响的路遥在长篇巨著《平凡的世界》的创作中还时不时会流露出这种叙述套路，类似"我们的润叶""我们的少安""我们的少平"等句子随处可见。老实说，这种集体叙事人称的设置一旦成了套路也会变成遭人厌弃的俗套，不但不能拉近读者与人物的距离，相反有生硬隔涩之感，给读者带来潜在的阅读心理障碍。故而在新时期以来的各种文学新潮中，这种集体叙事人称模式逐步在文坛渐行渐远，因为此时的作家更为看重所谓个体化叙事或私人化叙事，"我们"成了不受待见的叙事人称，"我"则成为时髦的叙事视角，甚至还派生出莫言那种"我爷爷""我奶奶"之类的第一人称叙事变体，一时模仿者甚众。然而也就是在这种个体化或私人化的第一人称叙事泛滥中，随着"我"的凸显，"我们"开始淡化乃至消失，因此，如何重建"我"与"我们"之间的叙事主体间性，这就成了摆在当下中国作家面前的一道待解的难题。于是当我们读到《黄冈秘卷》时不禁惊异地发现，这道叙事难题在刘醒龙的笔下居然迎刃而解，作家游刃有余地周旋于"我"与"我们（的父亲）"之间，不仅用"我"的第一人称视角，而且还同时调动其他所有人的视角来审视"我们的父亲"，让"父亲"在"我们"的集体多元视角聚焦中全面而立体地敞开他自己的形象。这就不仅克服了单一的第一人称视角"我"的局限性，而且还避免了全知视角"他们/我们"的叙述中常见的主观性和间离性。

显然，"我们的父亲"不仅仅牵涉到一个叙事人称和视角的问题，还牵涉到更重要的文化诗学问题。"我们的父亲"不同于"我的父亲"，写"我的父亲"也许只需要写出父亲形象的个人性与独特性就行，但写"我们的父亲"就不能止于此了，还必须要写出父亲形象的普遍性与集体性，用荣格著名的神话原型批评术语来说，就是要写出父亲的神话原型形象及其所隐含的集体无意识。① 所谓集体无意识其实质是一个民族的或全人类的文化无意识，这是一种公共的或共通的超稳定的文化心理结构。一个作家如果写出了这种集体无意识，那一定得归功于这种集体无意识在暗中起作用，所以荣格才说"不是歌德创造了《浮士德》，而是《浮士德》创造了歌德"，② 因为浮士德作为民族神话或民间传说中的著名人物，他积淀了德国人的集体无意识和民族文化精神，而《浮士德》不过是歌德从民族集体无意识中窃听来的天籁之音。如果仿照荣格的话来说，我们也可以这样认为，不是刘醒龙创造了《黄冈秘卷》，而是《黄冈秘卷》创造了刘醒龙；因为创造《黄冈秘卷》的刘醒龙其实是一个黄冈文

① ［瑞士］荣格：《原型与集体无意识》，《荣格文集》第 5 卷，徐德林译，国际文化出版公司 2011 年版，第 36 页。

② ［瑞士］荣格：《人、艺术与文学中的精神》，《荣格文集》第 7 卷，姜国权译，国际文化出版公司 2011 年版，第 130~131 页。

化的窃听者或盗火者，他不过是忠实地回应或者传达了自己内心深处的故土文化声音。如果觉得荣格的解释太过于神秘和神奇，那么艾略特的解释也许更实际一些。荣格的所谓集体无意识在艾略特那里其实可以理解为"传统"，谈到传统与个人才能的关系，艾略特明确主张"非个人化"写作而尤其强调作为民族集体文化原型的传统的重要性。但艾略特又声明"传统并不能继承"，"假如你需要它，你必须通过艰苦劳动来获得它"。此时的你首先需要具备"历史意识"，"这种历史意识既意识到什么是超时间的，也意识到什么是有时间性的，而且还意识到超时间的和有时间性的东西是结合在一起的。有了这种历史意识，一个作家便成为传统的了"。① 毫无疑问，刘醒龙正是具备这种现代历史意识的"传统"作家。他不仅深谙自己的故乡黄冈文化血统，而且对于艾略特所说的"欧洲文学"和现代民族国家文学都广有涉猎，至于百年中国新文学传统更是流淌在他的阅读经验和生命血液之中。刘醒龙相信："文学不是自生自灭的野火，而是世代相传的薪火。"②又说："在母语显得至关重要的文学范畴中，在地域文化传承上能有多大建树，是一方水土中的作家能有多大建树的宿命。"③所以在《黄冈秘卷》中，刘醒龙直接叩问从杜牧到王禹偁到苏东坡以来的黄州浩然硕儒千百年来为何"总是要以某种简单明了的方式流传"，这是因为"贤良方正的黄州一带，确与众不同，从古至今，贤身贵体的君子，出了许多，却不曾有过十恶不赦的大坏蛋"，而"以黄州为中心的原野传说甚多，传承甚广，最重要的还是这些有如乡贤的品格"，不管黄冈人的外在如何"看上去相去甚远，内在的精髓是一脉相传"。④ 其实，这种一脉相传的内在精髓就是"贤良方正"的黄冈文化人格。而在

① ［英］艾略特：《传统与个人才能》，《艾略特文学论文集》，李赋宁译，百花洲文艺出版社 1994 年版，第 2~3 页。

② 刘醒龙：《生命之上诗意漫天》，《重来》，河南文艺出版社 2015 年版，第 266 页。

③ 刘醒龙：《晓得中原雅音》，《抱着父亲回故乡》，重庆出版社 2015 年版，第 39 页。

④ 刘醒龙：《黄冈秘卷》后记，《当代·长篇小说选刊》2018 年第 2 期。

《黄冈秘卷》中，能够集中凸显这种黄冈文化人格的人物莫过于"我们的父亲"老十哥。

毫无疑问，刘醒龙笔下的"我们的父亲"老十哥是一个将来能够在中国现当代文学史上站得住脚的典型父亲形象。由于中国儒家道德伦理文化的影响，中国古代小说中的父亲形象往往与政权、族权与夫权联系在一起，往往都是儒家道德理想人格的化身。刘醒龙对于中国古代小说中的传统父亲形象不会陌生，因为在《黄冈秘卷》中他塑造了善于说书的祖父形象，而祖父的说书传统与传统说书对于刘醒龙确实有着重要熏陶。① 诸如《杨家将》《岳飞传》这样的民间通俗演义在中国可谓家喻户晓，无论杨业还是岳飞都是中国古代家族小说中的儒家父亲正典形象，上为国尽忠、下为家尽孝，当忠孝不能两全时选择舍生取义、杀身成仁，且带领或影响子孙及家族成员以国家和民族的利益至上，金沙滩双龙会杨业和他的儿子们成了满门忠烈，风波亭岳飞和他的儿子及女婿魂断临安，这样的古典中国父亲形象确实令人唏嘘感慨，以至于被后人责为愚忠。当然古代家族小说中也有反对这种儒家中国父亲形象的作品，如曹雪芹在《红楼梦》中塑造的贾政，就属于那种现代性视野中所批判的专制型父亲形象，这种父亲形象也开了中国现代家族文学的先河。于是我们看到，在中国现代家族文学中，作家们基本上是站在现代性立场上塑造父亲形象，② 比如巴金在《家》中塑造的高老太爷、曹禺在《雷雨》中塑造的周朴园，这都是现代文学史上的著名父亲形象，他们身上都有贾政的影子。与专制型父亲形象相比，在现代家族文学中还出现了一种愚昧型父亲形象，比如鲁迅在《故乡》中塑造的那位被官匪兵绅折磨得像个木偶人的闰土，这个曾经朝气蓬勃的中国少年长大成家后带着儿子出门已经愚钝不堪、木讷难言。

---

① 刘醒龙：《我是爷爷的长孙》，《抱着父亲回故乡》，重庆出版社 2015 年版，第 196~197 页。

② 朱自清在散文《背影》中塑造父亲形象并非遵从现代性批判立场，所以写出了一个有别于专制与愚昧的第三种父亲形象。可惜这种可亲可爱的父亲形象在中国文学古今传统中十分鲜见。

父亲闰土就是旧中国底层父亲的艺术典型。在中国传统宗法制家族社会里，有专制型父亲就有愚昧型父亲，正如专制与愚昧如影随形，这两种父亲形象也就如同孪生兄弟或曰难兄难弟，其下场往往殊途同归，等待他们的都不会有好的命运。只有到革命文学语境中，父亲形象才有了新的变体。如柳青在《创业史》中塑造的梁三老汉就是一个自私型的父亲典型形象。相对而言，启蒙文学语境中的中国底层父亲形象的文化性格核心是愚昧而丧失个性与自我，而革命文学语境中的中国底层父亲形象的文化性格核心是自私而等待集体价值的教育和革命意志的规训。所以毛泽东曾说"严重的问题是教育农民"，① 但从革命文学叙事潮流来看，所谓教育农民主要就是教育农民阶级中的中国底层父亲群体，除了梁三老汉外，这类自私因而落后的旧式父亲形象还有很多，赵树理在《三里湾》里塑造的"糊涂涂"马多寿、周立波在《山乡巨变》里塑造的"亭面糊"盛佑亭都堪称典型。可见在革命文学语境中的农民父亲大多是自私型，而在启蒙文学语境中的农民父亲往往都是愚昧型。及至新时期改革开放语境中，在解构主义盛行的后启蒙文学时代里，当代中国作家笔下的父亲形象彻底坍塌，既不是专制型的可恶，也不是愚昧型的可怜抑或自私型的可笑，而大抵是平庸乏味或曰五味杂陈的荒诞型父亲形象。如王蒙在《活动变人形》中塑造的倪吾诚，还有余华、苏童在先锋小说中塑造的父亲们都是如此，所以有论者甚至干脆说这是一群丑陋的父亲们。② 然而就在这种荒诞型父亲形象在中国文坛大行其道的时候，陈忠实在《白鹿原》中塑造了一个大写的中国父亲形象，这就是正直刚烈的白嘉轩。陈忠实承认白嘉轩的身上有着他的父亲的影子，③ 无独有偶，刘醒龙在《黄冈秘卷》的后记中首先要感谢的人就是他的已经过世的老父亲。如果说陈忠实有

---

① 毛泽东：《论人民民主专政》，《毛泽东选集》第 4 卷，人民出版社 1991 年版，第 1477 页。

② 郜元宝：《告别丑陋的父亲们》，《钟山》1994 年第 3 期。

③ 李遇春：《在自我反省中寻求艺术突破——陈忠实访谈录》，《西部作家精神档案》，商务印书馆 2012 年版，第 196 页。

着重塑旧中国传统父亲形象的艺术诉求，那么刘醒龙就具有重塑新中国革命父亲形象的艺术动机。"我们的父亲"刘声志不是白嘉轩，也不是石钟山在《父亲进城》或《激情燃烧的日子》里塑造的脸谱化的英雄石光荣；他是白嘉轩的子辈，他比白嘉轩新潮；他与石光荣同辈，但不像石光荣那样野性，因此更能体现当代中国政治变迁中父亲形象的文化心理嬗变隐秘。

作为"我们的父亲"，《黄冈秘卷》中的刘声志最先吸引读者注意的就是他的"组织"人格。这种一切以组织的意志为转移或者将一切交给组织的心理所形成的政治化人格，在当代中国文学中似乎并不鲜见，众多的革命文学作品中都写过这种高度组织化或者纪律化的英雄模范形象，诸如《创业史》中的梁生宝、《艳阳天》中的萧长春、《风雷》中的祝永康之类，都是为了革命的集体利益而敢于牺牲个人利益，为了大我而牺牲小我的革命典型人物。革命文学中之所以盛行这种组织化的人格典范，这当然与中国革命文化的洗礼有关。早在延安时期毛泽东就发表过题名为《组织起来》的报告，希望把只要是可能的一切力量都毫无例外地组织起来，建设一支劳动大军。① 毫无疑问，《黄冈秘卷》中的青年刘声志就属于这种被党组织的意志所感召进而被组织起来的英雄人物。但令人好奇的是，为何曾经的红色经典中的组织化人格形象遭到新时期启蒙文学话语的非议，而刘醒龙在《黄冈秘卷》中塑造的组织人格却受到今人的好评？主要在于，当年的红色经典作家是以单一的认同或崇拜的心理写作，而刘醒龙则保持了理性的精神分析或文化心理剖析姿态。在这个意义上，刘醒龙笔下的刘声志不再是梁生宝那种农村基层干部形象，而是实现了对梁生宝们的改写或重构，而重构的出发点就是将其定位为"我们的父亲"。其实，"我们的父亲"刘声志并非一开始就具备这种组织人格，少年时期的刘声志虽然有着阶级反抗的政治本能，但只有在武汉监狱里受到国教授的政治启蒙后，他才真正将心交给了党组织。在黄州通过海棠姑娘找到组织后，"我

---

① 毛泽东：《组织起来》，《毛泽东选集》第 3 卷，人民出版社 1991 年版，第 928 页。

们的父亲"很快选择了大义灭亲和痛斩情丝，他坚决与反动势力家庭海家划清界限，然后与母亲经过组织的介绍结婚成家。母亲曾经说过，她与"我们的父亲"的结合完全是出于对组织的共同信仰和信赖，因为"我们的父亲"身上除了对组织的无限忠诚就没有任何特别的地方。婚后的父亲一心扑在工作上，他的心里只有组织。"我们的父亲"就是这样的一个组织人。无论世事风云如何变幻，他的组织信仰始终是一面不倒的旗。"我们的父亲"一生对组织无限忠诚，他严守组织纪律甚至到了让人觉得刻板的地步。他给自己的孩子取名字全部都以他工作过的地名来命名，他认为这是对组织不隐瞒任何私心杂念的表现。他长期只认准《组织史》而不认《刘氏家志》，理由是组织的意志高于家族的利益，因此进《组织史》光荣而入《刘氏家志》微不足道。他从来对组织的事情说一不二，堪称严守组织铁的纪律的模范。老家的人来找他办事，他的答复从来都是要他们相信组织，他作为刘区长不是刘氏家族的刘区长而是组织的刘区长，不能为家族谋取任何私利。他喜欢说组织上的事情是不能瞎打听的，他喜欢说自己是百分之百相信组织的，也是百分之百不会背叛组织的，他永远相信并且牢记国教授的狱中遗训，一定要像国教授那样组织需要我干什么就去干什么，因此"我们的父亲"说起组织时是那样的神往的表情，其中饱含了他对组织的完全信任与臣服。这正是他的组织人格的精神力量的秘密。

刘醒龙在《黄冈秘卷》中始终没有把刘声志作为英雄劳模典范来塑造，而是将其定位在"我们的父亲"角色上进行塑造乃至剖析。这就不可避免地将父亲还原到日常生活中，还原到历史现场中加以精雕细刻。在日常生活中，"我们的父亲"坚持组织纪律至高无上，几乎没有尽到一个父亲的义务。他把年轻的妻子和年幼的儿女丢在老家而独自去山区干革命，而托人将妻儿接到山区居住后又长期在外风餐露宿指挥生产建设，以至于儿子到工地寻父却出现了一时无法相认的陌生场景。"我们的父亲"长期习惯于以单位组织为家，他完全顾不上祖父和妻儿在暴风雨中过着风雨飘摇、墙倾屋颓的日子。在工作中，"我们的父亲"把那个山区县的几乎所有的区都工作遍了，尽管一直都是区级干部而从未升至副县长，但他还是选择了相信组织，说不能在组织面前讨价还价，比官大官小。他在某区工作时因为把森林防火工作做得太出色，以至于失去了晋升机会，而曾经的下级小冯因为在森林防火中指挥不力而身受重伤，但最后小冯竟然莫名其妙地成了防火英雄而得到提拔。还有一次"我们的父亲"冒着生命的危险救了水库管理员姜秀才，因为姜秀才的操作失误，父亲不得不孤身跳进水库深水区潜水作业，而后来得到提拔的却是姜秀才而不是"我们的父亲"。"我们的父亲"在老鹳村带领村民英勇抗洪无疑是一次壮举，他本来可以因此而受到提拔，却因为女哑巴的一声大喊"刘县长"（其实是喊的父亲的宿敌"柳剑光"的名字）而受到政治调查，他就这样再次与提拔无缘。但"我们的父亲"对于组织毫无怨言，他认为小冯、姜秀才、慕容等受到组织提拔的干部之所以后来遭遇了人生滑铁卢，只因为他们身在组织而做了对不起组织的事情，这就辜负了组织的信任。而"我们的父亲"即使是在遭受组织误解和批斗的困难时期，同样保持了对组织的高度信仰与忠诚。想当年"我们的父亲"在汽修厂处于被监管状态，为了掩饰家庭的拮据和困难，母亲对我们严肃训话，说要以《红岩》精神努力隐瞒真相；所以等"我们的父亲"回家探亲时听到的是子女们异口同声地说"组织对我们家真好"，此时抚摸着孩子们的新衣裳（其实是祖父回老家自做的），"我们的父亲"眼里闪烁着泪光。为了表达对组织的感谢和恩情，"我们的父亲"郑重地决定将党费从五角提高到一元，这是交给组织象征着自己依旧身在组织的钱，至于政治上的改造遭遇是不必计较利害的。不久后"我们的父亲"落实政策回到区里复职，因为饥馑年月还导致胃出血入院治疗，但当区里遭遇洪水袭击后，"我们的父亲"依旧说服母亲把自己两个月的工资交给组织，说是要给组织分忧解难。所以从小时候"我"就明白信仰对于个人是毕生的事情，不可改变。"我们的父亲"甚至认为当年针对他的万人批斗大会也是组织上的另一种形式的考验。所以当被激进派责骂说以《诀别书》玷污组织时，"我们的父亲"能轻松地背诵完《诀别书》的最后部分，此时被批斗的他心中想的还是林觉民和黄花岗七十二烈士，他一直对国教授的狱中革命遗训念念不忘。最令人惊讶的还是他对堂弟"老十八"前来援救的态度。当"老十八"用抢来的黑轿车又从批斗大会现场抢走了"老十哥"的时候，众人发现"我们的父亲"竟然从黑轿车里挣脱出来回到了批斗会现场。他大义凛然地宣称自己是组织的人而不是老刘家的人，组织没叫他离开会场他就不会离开，哪怕刀架在脖子上也决不退场，他必须接受组织的一切考验。为了还击造反派的人格诬蔑，"我们的父亲"甚至勇敢地从三楼跳下来证明自己的无辜。这就是"我们的父亲"，连慕容这样参与过腐败的教师官员后来也意识到："在这个组织的千差万别的人中，像我们的父亲那样的人，不仅是客观存在，还是这棵大树的主根，主根在地上扎深了，大树才能风雨无摧地生长。"

如果不涉及"我们的父亲"的晚年形象，我们对《黄冈秘卷》的解读就没有抓住问题的要害。刘醒龙在《黄冈秘卷》中不仅写出了"我们的父亲"的晚年精神困惑，而且还写出了他面对困惑时的自我心理调适，更重要的是无论遭受何种心理打击或者世易时移，"我们的父亲"似乎总是能够找到组织的力量。正如作家生活中的父亲原型那样，晚年的父亲"越来越靠潜意识生活"，"迫切需要有人来出演往日工作与生活中相伴过的那些角色"，他自觉不自觉地开始了对亲人们的"仿佛不近情理的导演"。① 离休后的父亲在家里依旧习惯于发号施令，而母亲则成了那个忠实地执行父亲命令的人，母亲对父亲将单位组织中的那一套搬回家中虽有不满，但也只能接受父亲一辈子的强势性格。离休后的父亲对"我"一直保持着握手的习惯，此时的他仪态大方神情自若，仿佛我们不是父子而是上下级关系。"我们的父亲"离休后把家庭生活演变成了另一种组织生活，组织的触角无时无处不在，已经深入了他的骨髓和血液之中，仿佛与生俱来。离休后的父亲依然退而不休干预政务，他和王朋伯伯一起导演了让县里主官当众出丑的好戏，他们对时任县官们的行政不作为和腐败行为深恶痛绝，于是拿出早年干革命的勇气警告那群贪官的无耻。晚年的父亲认真背诵绝命文章的模样最是让我

① 刘醒龙：《母亲》，《抱着父亲回故乡》，重庆出版社 2015 年版，第 8 页。

们子女折服，那是我们熟悉的坚强而又有理想的父亲形象，他就是我们这个家庭的主心骨，只要有他在天就塌不下来。父亲对轿车的反感并非反感轿车本身，而是讨厌那些坐豪车的大大小小的官员，他认为此时的豪车就是幽灵游荡的黑棺材。但曾经"光荣而伟大的""我们的父亲"在晚年确实活得有些"蓬头垢面""让人心酸"。他不仅经受了母亲单位里发不出退休费的打击，而且还要接受组织无法给自己发离休费的现实。曾几何时，父亲认为母亲必须亲自去领取退休金，因为这是母亲感受组织关怀的唯一方式，他不能剥夺了母亲的这个神圣权利。然而好景不长，母亲的退休金因为单位经济不景气而停发了。为了保护母亲，其实更是为了维护好组织的声望，"我们的父亲"决定把自己每个月的奖金拿出来偷偷地给母亲发退休金。但两年后"我们的父亲"也离休了，他只能求助于他的子女们凑份子钱给母亲发退休金，但他坚信目前的困难是暂时的而前途依旧是光明的，他只不过是变相代表组织向子女们借钱过渡一下而已。然而"我们的父亲"还是对困难估计不足，他很快发现连自己的离休金也拿不到了，更令他难以接受的是他拿到手的所谓离休金其实并不来自他一生所信仰的组织。先是母亲如法炮制了父亲的一幕，她让子女们也通过凑份子钱的形式给"我们的父亲"发放离休金，母亲如此做的理由就是为了保护好"我们的父亲"那不可坍塌的信仰。然而是可忍孰不可忍？"我们的父亲"遭受的最残酷打击来自他的堂弟"老十一"刘声智，那个和他同音不同字的老家伙在从商发迹后居然在信仰上给了堂兄"老十哥"刘声志致命一击，他暗中资助当地县财政给"我们的父亲"发离休金，这简直就是对"我们的父亲"的人格嘲弄和羞辱。"我们的父亲"认为当地政府的做法是对自己毕生依靠和奉献的组织的严重背叛，堂堂的组织居然堕落到要用私人老板的钱来打发曾经提着脑袋干革命的老家伙，如此受损失的只能是组织的荣誉和信誉，这简直是"穷凶极恶"，是为了要"我们的父亲"的老命。尽管得此噩耗"我们的父亲"万分痛苦，但他终究还是从精神打击中清醒过来，接受"我"的解释并理解了"老十一"的良苦用心。"我们的父亲"之所以能原谅"老十一"，是因为"老十一"还没有丧失做人的精神底线，还想着富裕后为故乡修桥筑路办实事。于是我们看到了父亲晚年令人惊诧的又一壮举，为了重修南门大桥，主要是为了维护组织的声誉，他主动支持拆迁自己的老房屋，当母亲以绝食相逼、拒不拆迁的时候，"我们的父亲"连水都不喝，两个老人在那里针尖对麦芒，最终还是母亲拜伏在父亲面前妥协，认真检讨自己的组织观念有问题，再次端正自己的组织信仰。这就是"我们的父亲"的晚年写照，他的组织人格已深入血肉和灵魂，简直是固若金汤。

如果仅仅是刻画出了"我们的父亲"的高度组织化的政治人格，那么《黄冈秘卷》的秘史性质就还没有得到有效的彰显，好在刘醒龙在《黄冈秘卷》中进一步把笔触对准了"我们的父亲"的黄冈地方文化人格，并且深层次地揭示了这种黄冈地方文化人格与红色政治组织人格之间的文化精神血缘。在散文《赤壁风骨》中，刘醒龙曾经将以黄州为中心的鄂东文化归结为"风骨挺拔"的"精神圣界"，理由是从苏东坡到黄侃、熊十力、闻一多、胡风、秦兆阳等古今黄冈文化贤达都不仅"思哲其深"，而且"才情甚远"，"分明风骨相传"。① 确实如此，千百年来黄冈地方文化薪火相传，而尊师重教是不二法门。难怪《黄冈秘卷》中"我们的父亲"会以不无夸张的口吻说："黄冈人除了重教育，爱读书，也没有其他突出的特点"，甚至"除去苕到不知道吃喝的人，再也找不出一个文盲。"而父亲的黄冈密友王朤伯伯则认为，"年少时能下苦功夫读书，年长后也会一样地下苦功对待手边的一切工作"，这就是"黄冈人风骨的一种生长方式"。按照王朤伯伯的说法，苏东坡的命运就是四川人的"麻辣性格"与黄冈人的"执拗性格"相结合的产物，而所谓黄冈风骨是一种"比硬骨头还要有味道的那种味道"。而对于老刘家的人而言，苏东坡的"黄冈气质"主要表现为"困苦的执拗"，"不执拗到只剩下一根筋的男人就不是黄冈男人"，而"苏东坡的执拗只相当于半根筋，所以只能算半个黄冈人"。而对于与"我们的父亲"一辈子相处的母亲来说，"黄冈人活着是一根筋，老死时还是一根筋"。

① 刘醒龙：《赤壁风骨》，《抱着父亲回故乡》，重庆出版社 2015 年版，第 52 页。

这就是黄冈人的文化血统与性格命脉，既执拗又执著，既有恃才傲物的清高又有不近情理的激烈，既是硬骨头又有点缺心眼。想当年"我们的父亲"在监狱里遇到了革命导师国教授，国教授认为曾祖母流浪中的坚强意志、贫穷中的人格尊严是一个革命者最可宝贵的精神品质，革命者就必须具备曾祖母这种硬骨头精神，而这种精神恰好传承到了"我们的父亲"身上。曾祖母就是"我们的父亲"的黄冈地方文化导师，而黄冈地方文化的硬骨头精神与国教授所宣扬的现代革命精神有着高度的内在契合，这就是现代与传统之间文化同一性的一种确证。"我们的父亲"一生都没有丢掉黄冈人的硬骨头精神，他那天下黄冈人共有的毕生难以改变的高亢粗壮的方言腔调，还有他那做事从来都是正面强攻而不屑于阴谋诡计的毕生正道直行，都打下了浓重的黄冈文化烙印。但"我们的父亲"心里其实很清楚，他认为自己作为长江边长大的黄冈人喜欢做事情时自己拿主意，这种有主见的强势性格即使工作做得再好也会让上级不舒服，感觉就像是一个刺头儿。而祖父和"老十八"在辩论中也得出了相同的结论，这就是黄冈山水导致了黄冈人的文化性格可以有很多种选择，既有长江的奔放又有天生南蛮的执拗。所以"我们的父亲"作为黄冈人在那个山区县工作期间长期遭受排挤和打压，因为他既不是本土派也不是"南下派"，且又不知变通圆融，故而处境一直尴尬。多少有点"缺心眼"的父亲刚烈而执拗，但他的内心也有柔软的部分，他对海棠姑娘的深情一辈子都珍藏在内心，让人无法对他的情商做出所谓正常的判断。正如小说中叙述者所言："情商越高的人越执拗，一旦认准的事，那种投入的劲头，在高智商的人看来完全不可理喻。所以，外面的人都说黄冈人特别执拗，恰恰是黄冈人情商太高，所产生的副作用。情商太高的人，最大毛病就是没办法为一时利益而低三下四，也会视嗟来之食为粪土，站在屋檐下还不知道低头。"这就是对"我们的父亲""情商高"或"一根筋"的精辟概括和立此存照，这也是作家刘醒龙对黄冈地方文化人格的深刻洞察与深度解析。

然而，如果继续深挖或追问下去，在"我们的父亲"的黄冈地方文化人格与红色政治组织人格的背后还潜藏着渊远流长的中国儒家传统主流文化的因子。正如《黄冈秘卷》中的寻根叙事所写到的那样，黄冈人生活的地方历史上曾被称作"五水蛮"（根据以巴河为代表的五条河流命名），据说远古鄂西川东的巴人喜欢造反而屡被镇压，因为天生反骨难以驯服，故而在东汉时期被光武帝刘秀强令群体迁徙至鄂东的穷山恶水地带接受煎熬。然而作为"五水蛮"的黄冈人依旧硬气，经常造反滋事生端，为了避免家族遭受株连九族的极刑，黄冈的"五水蛮"发明了一种脱罪方法，就是把父亲叫作"伯"，父亲的兄弟们也依年齿序叫做不同的"伯"。尽管曾祖母和祖父都喜欢用神话传说或封建迷信来解释，说把父亲叫作伯是为了迷惑妖魔鬼怪，不让它们吃掉想吃的孩子，即所谓"魔鬼做鬼事时也要讲鬼道理"，但"老十八"坚持自己的历史看法，说是有据可查，而"老十一"则干脆据此攻击这种黄冈民间风俗。在《黄冈秘卷》中，能够对黄冈人的文化性格做出激烈批评的人就是这个遭人厌的"老十八"了。如果说作为"我们的父亲"的"老十哥"是黄冈人文化性格的阳面，那么"老十一"就是其阴面，故而从"老十一"的角度能够发现黄冈人的文化性格弱点，诸如软骨头与屈从性、大滑头与逃避性，乃至鸵鸟、乌龟等比方也算一针见血。这意味着在长期的反抗与镇压的历史循环中，黄冈人的地方文化人格心理中也不可避免地染上了儒家忠孝文化的软骨病或妥协症。确实如此，读者不难从"我们的父亲"身上窥见中国传统儒家文化人格的劣根性。"我们的父亲"诚然有硬骨头精神，有困苦中执拗的黄冈风骨，有"一根筋"的忠诚与执著，但"我们的父亲"的一生难免有着他与生俱来的文化局限性。"父亲将自己可以有些作为的岁月，全部献给了他曾百般信任的乡村政治。如今回过头去看，父亲这辈子从未弄懂过什么是政治。"①"我们的父亲"对政治的迷恋所酿成的政治情结及其外在显现出来的政治组织人格中，毋庸讳言存在着人格异化现象，因为习焉不察或者深入骨髓而往往被忽视。其实"我"对晚年的父母亲也有着敏锐的洞察，我很清楚，"别看他们平时说起话

---

① 刘醒龙：《母亲》，《抱着父亲回故乡》，重庆出版社 2015 年版，第 7 页。

来比谁都狠，似乎要掀翻南门大桥，只要有几句代表组织的柔软关切的话，就将他们征服了"。这种征服与臣服的关系，就隐含在"我们的父亲"的文化人格心理结构之中。而据大姐的有力推测，那天海老板登门拜访海棠姑娘的异议，她直到晚年的通话中还对"我们的父亲"耿耿于怀。而父亲当年以组织名义放弃爱情的做法，其中无疑隐含着儒家政治与道德的双重伦理规训。

行文至此，我不由得想起了鲁迅先生一百年前的那篇文章——《我们现在怎样做父亲》(1919)。在先生看来，中国传统宗法家族文化伦理实在是过于强大，故而旧中国的父母与子女的关系基本上是单向度的或曰不平等的权力等级关系。于是先生呼吁道："总而言之，觉醒的父母，完全应该是义务的，利他的，牺牲的，很不易做；而在中国尤不易做。中国觉醒的人，为想随顺长者解放幼者，便须一面清结旧账，一面开辟新路。就是开首所说的'自己背着因袭的重担，肩住了黑暗的闸门，放他们到宽阔光明的地方去；此后幸福的度日，合理的做人。'这是一件极伟大的要紧的事，也是一件极困苦艰难的事。"①五四一代启蒙作家在一百年前关注的是人的解放，落实到家庭伦理中就是父母和子女的双重解放。而一百年后的今天，面对刘醒龙《黄冈秘卷》中"我们的父亲"，还有"我们的父亲的父亲"(如《白鹿原》中的白嘉轩)，我们不能不反思一百年来"我们的父亲"的形象史。中国传统儒家文化是一种父性文化或者父权文化，它与中国现当代家庭文化紧密相连，如何深入地剖析现代中国家庭文化中的古今中西文化配置，揭示其结构性误区，并提供合理性的建构策略，这是摆在刘醒龙等当代中国作家面前的一道难题。

(《当代作家评论》2019 年 01 期)

---

① 鲁迅：《我们现在怎样做父亲》，《鲁迅全集》第 1 卷，人民文学出版社 1981 年版，第 140 页。

精神寻根的新路向与新立场

——评刘醒龙长篇新作《黄冈秘卷》

张光芒

一、内聚焦视角下的"精神寻根"

作为当代新乡土小说和现实主义的代表性作家，刘醒龙的创作历来以厚重大气、个性突出、冲击力强享誉文坛。对于鄂楚乡土文化的价值重构，对于现当代历史动荡的独特叙述，对道德嬗递与人性变迁的深度表达，这些都是刘醒龙美学世界中极其醒目的风貌特色，同时也构成了人们对于刘醒龙创作的审美期待和考察视野。但是，当我阅读刘醒龙的长篇新作《黄冈秘卷》之后，却不时体验到一种阅读期待之外的审美锋芒，也深深感受到一种暗暗发力的思想转型。

如果说《凤凰琴》《天行者》《圣天门口》等以扣人心弦的情节结构和意象显著的审美机制见长，那么《黄冈秘卷》则更多地表现为密不透风的心理叙述和语言节奏。从某种程度上说，《黄冈秘卷》有意识地放弃了小说叙述外在的吸引力和明晰的矛盾结构，而专注于一种内在的思想沉潜和深层次的审美追逐。

《黄冈秘卷》的叙述头绪繁杂，线索纠缠在一起。小说开始不久，许多线索便以悬念的形式牵扯出来。让高中生经受百般折磨的《黄冈秘卷》背后的操盘手到底是谁？"我"与少川的关系为什么那么特殊并由此引出少川的身份之谜；老十哥与老十一长达半世纪的恩怨最终结果如何？在老十八的奔波下，《刘氏家志》与《组织史》

107

的矛盾能够解决么？我们的父亲与海棠的情缘还有没有机会给后人一个答案？这些或隐或显的线索，彼此之间常常是主次不分，关系暧昧，全凭故事叙述者"我"的内聚焦视角进行推动。

刘醒龙在谈到《黄冈秘卷》的创作动因时曾多次强调，这要追溯到小时候爷爷的一句话。爷爷"挖古"时，常常随口说，"黄冈人当不了奸臣，自古至今黄冈一带从没有出过奸臣。"这话当年听来有些神秘古怪，后来随着作家年纪渐长，历经 20 世纪 80 年代的"寻根"、90 年代的"写实"，随着自己也年过半百，这时候再想到这句话，突然像"石破天惊"一般，让人豁然开窍："当我们说故乡时，实际上是在用最普通的方式，为内心世界营造一种品格。"可以说，《黄冈秘卷》是作家本人与故乡、与父辈的一场精神对话。但故乡不是他者，它是"我们"的精神来源；故乡也不是可以随便议论的客体，它是鲜活的和神圣的。正如作家在《黄冈秘卷·后记》中说的，写作这部小说，不需要太多的设计，"处处随着直觉的性子就行"。而这直觉分明是作家"对以黄州为中心的家乡原野的又一场害羞"。

正是这直觉推动下的写作、害羞的神圣感与复杂情绪，使《黄冈秘卷》的小说结构自成一个有机体。如果说小说中的《黄冈秘卷》隐喻的是现实社会和当下生活，那么《刘氏家志》与《组织史》则分别象征了家族史与革命史的叙事脉络。多重视野下的人与事，在叙事者小心翼翼、心怀虔敬的内在视角下展现出来时，表面上似乎千头万绪，但实质上又无不井然有序，牵一发而动全身，形成一种前后勾连、多方照应而又致密流畅的话语流程。"长篇小说有着完善的生长体系，在这个能够游离于时代生活的体系中，笨拙的人也有足够宽阔的天地，让他创造出适合自身的文学经验。"①可以说，这个自成生态的有机体以内聚焦视角下的精神寻根为核心，而构成小说内在结构主线的便是"我们的父亲"的心灵演绎史，是老十哥的"精神现象学"。

---

① 刘醒龙：《贤良方正即是》，《长篇小说选刊》2018 年第 4 期。

二、"心灵的传说"与精神寻根的新路向

早在八十年代中期，刘醒龙即以《返祖》《老寨》《人之魂》等"大别山之谜"系列小说参与了寻根文学的建构。此后，文化寻根的潮流仍然在一定程度上延续下来。应该说，以挖掘传统意识与民族文化心理为标志的寻根文学创作在反拨社会政治层面优先的文学叙事方面取得了毋庸置疑的成就，但它自身也往往容易从政治的宏大叙事走上文化上的宏大叙事，同样会造成对于个体经验与精神创造性的缺失。深受民间传说和地方文化传统影响的刘醒龙就较早地意识到，这种"完全靠想像力支撑"的创作，必然"对艺术、人生缺乏具体、深入的思考"，于是转向对于"个人精神状态的探讨和表达"。①

《黄冈秘卷》在寻根与精神深度结合的层面上，则具有一种整合审美经验"重新出发"的意味。此前，让作家深陷困惑或者纠结不已的问题，在精神寻根的意义上终于有了明确的坚定的新路向。近几年文坛上先后出现了两部影响巨大的"返乡"之作，即格非的《望春风》与刘醒龙的《黄冈秘卷》。二者都充满了对乡土的浓厚眷恋，但前者是对乡村整体生态的一种无限的乡愁，而后者是对乡贤精神层面上的一种深刻的寻根。格非的创作代表了更多的乡土文学作家思想追求的指向，相对而言，牵引刘醒龙精神寻根的价值指向则要少得多，也更能凸显出其独特的当代价值。

从精神动作上说，所谓"寻根"本来就应该有一个省略的主语，一个发生动作的主体，那就是"我"作为主体存在者的精神源泉何在。《黄冈秘卷》的字里行间莫不灌注着这样一种强烈的精神血脉意念。在小说叙述者看来，"人与人之间，有些事情看起来荒诞不经，荒唐可笑，本质上并非毫无逻辑，只不过这种逻辑潜藏在人所

---

① 周新民，刘醒龙：《和谐：当代文学的精神再造——刘醒龙访谈录》，《小说评论》2007 年第 1 期。

看不见的血脉与灵魂之中。"

其次，精神寻根的主体动作还应有一个具体的宾语，即这血脉相连的根是什么？在哪里？《黄冈秘卷》告诉我们，精神寻根就是向"人"寻根，向人的性格寻根，向活着的和完整的人性寻根。在这里，宏大叙事的文化寻根已经显得太虚妄，源远流长的传统意识亦不无抽象的色彩。

在这种精神寻根的逻辑之下，遥远的民间传说不再重要，祖父本身就是一种"心灵的传说"，"这种传说可以鄙视一切庸俗的私利与卑劣的嫉恨。它其实无须对别人诉说，只要能够永远流传在老人家的长孙的心中就行。"也许现在的幼童已经对自身的孙子角色很陌生了，如此"我"对祖父的怀想应该比别的传说更有价值，更真实也更富有人情味！

1972年发生了一场空前的水灾，父亲以"组织上很困难，得帮一把"为理由，将父母二人两个月的工资交给了组织。而实际上我们一家人无论如何也度不过少了两个月工资的日子。母亲果断地决定让大姐、"我"和弟弟辍学开始自食其力。只是由于祖父的坚决阻止，才保住了"我"和弟弟的学业。作为"我们家的思想家"，祖父的话无法反驳。"我的孙子哪天不上学，我就哪天动身回黄冈，回刘家大垸陪别人的孩子读书去。或者……"——这几乎是"我"听过的最动听的"家庭语言"！

是祖父，引领着"我"，让"我"站在他心里装着的那片故土上，领略弥漫祖先气息的庄严和温情。是祖父，是祖父的存在本身，给了"我"无尽的精神资养：四十岁就失去妻子的孤单；胸口那碗大的被日本人毒打留下的伤疤；在林家大垸卖工织布的传奇式的天才；八十岁上被水牛撞碎胯骨却能够重新站立起来；还有那因长年累月趴在织布机上导致脖子后面长出的那只碗口大小的散发着"荣光"的肉球。就是这样一个不是传说但胜过传说的独特的"祖父"，这样一个即使在激进运动时也能够"让世间叹为观止的人物"，对"我"来说，"比任何教养都重要"，乃至在他死后被追认为自己的"文学启蒙者"。

三、祖父形象串起的人性链条

祖父这一形象在小说的精神寻根中之所以具有举足轻重的重要地位，既因为他处在曾祖父曾祖母一辈与我们的父亲一辈之间，起着不可取代的血肉纽带作用，也与祖父死前伴随了"我"整个成长过程有关。祖父的长孙，即"我"这一形象显然带有作家本人的影子。但在小说所建构的审美世界中，"我"依然是按照小说叙述的虚构原则建立起来的一个成名作家的形象，是一个"生命能够吮吸三江四水八面来风变得如此浩荡"的黄冈后人形象。

当"我"追溯那"脊骨一样重要的文学精神"何以来自祖父之时，"祖母的慈祥、父亲的威严和母亲的柔蜜亲情"等都集结于一身。可以说，祖父串起的是一条地域文化滋养下家族血脉传承的现实人性链。

在"我"的理性思考和生命觉悟中，故乡是一部不可"冒犯"的大书，是座在具体的历史条件下充分展开的人性的大厦，具有"海枯石烂也难改变的品格与风范"①。刘家大垸所信奉的真理是那么朴素，但又至刚至坚："魔鬼做鬼事时也要讲鬼道理。"由此，一般所谓的文化传统、民族心理等概念，在这里被赋予了新的内涵，它具体而完整地承载为那种叫"黄冈人"的有着"自己的执念和信念"的人性血脉。

"骨子里排挤某些东西"的坚执，"带着困苦的执拗"，是黄冈人的基本秉性。甚至可以说，"不执拗到只剩下一根筋的男人就不是黄冈男人。"苏东坡的执拗只相当于半根筋，所以只能算是"半个黄冈人"。在性格的塑造和人性的熏染的意义上，故乡在小说的审美世界中活了起来，而一种人性的链条展现出它起来越强大的生命力。

生命的智慧和人的尊严，丝毫不与"带着困苦的执拗"相抵牾。曾祖母这一形象在这里起到了关键的作用。在祖父小的时候及以

---

① 刘醒龙：《贤良方正即是》，《长篇小说选刊》2018 年第 4 期。

前，他们家是刘家大垸最苦最穷的人家，曾祖母是以刘家大垸为中心、方圆三十里人所共知的"苦婆"。但就是这样一个小脚寡妇，她可以忍受任何的屈辱，自己可以放弃所有的自尊，却绝不容许家里的孩子"在别人面前低三下四，为一斗米折腰"。为了培养孩子的自尊，她将外出流浪得到的施舍全部带回家，"放到灶上重新炒煮一遍，再像模像样地端出来，摆在桌上"，这样可以使孩子们认为这是自己家本来就有的。

曾祖父是"黄冈当地赫赫有名的织布师"，但早早地因摆弄木制织布机时出意外死去，而祖父少年时就无师自通地表现出对于织布机构造的谙熟和天才的织布技术，不几年就成为与当年的曾祖父齐名的织布师。这也使得刘家苦尽甘来，成为受乡亲们尊重的家族。直到八十岁生日时，祖父还在强调，与将父亲叫作"伯"的风俗习惯相比，曾祖母想出"刘声志"和"刘声智"这两个名字，简直就是神来之笔，将五十、六十年之后要发生的事，提前算计到了。

四、"人的基本"与精神寻根的新立场

在这条令人肃然起敬的人性链条上，当"我"深情地强调祖父强调的曾祖母充满大智慧的"神来之笔"时，当"我"含蓄地把"刘声志"和"刘声智"这两个名字视为此后历史和现实的预言时，小说精神寻根的基本立场随即浮现出来。《黄冈秘卷》的乡土叙事与家族叙事在基本立场上则更多地触及迫近现实需要的时代命题：在"往后看"的路向上追踪人性的逻辑难道不正是为了"往前看"？难道不正是为了检视当下的人性状况？重铸我们时代的精神存在？

正如法国思想家勒庞所说："决定着各民族命运的是它们的性格"①，而不是什么别的制度、政府、口号、理论等。《黄冈秘卷》对人物性格进行着锐意打造，并以性格为核心往外扩展独特的黄冈气质，往里深刻挖掘内在的人性底蕴。应该说，身处当下，刘醒龙

① ［法］古斯塔夫·勒庞：《乌合之众——大众心理研究》，中央编译出版社1998年版，第68页。

是清醒地意识到一个作家应有的精神寻根与精神建构的迫切使命的。往大处说，性格决定着民族的命运，往小处说，性格决定着家族的命运，往深处说，性格必将决定着一个人的命运。他认为："生活中的一切，都不是孤立的，都有可能与同一生活空间，甚至是不同生活空间的其他事物发生联系。一切与黄冈有关的东西，都会在不知不觉中影响着黄冈万物。"①独特的历史、地理与文化传统，"将黄冈这块土地打造成壮心与诗意并存的贤良辈出所在"。而"一个小小村落中人的壮心与贤良"，正是这部小说的筋骨之所在。

在小说中，受父之命，作为刘家新一代代表人物的作家"我"为续修《刘氏家志》撰写了序言，序言是一气呵成的，自然也隐含了小说叙述者的立场。追踪家族史，将一代代的生命血缘用文字记载下来，正是为了"给我们和我们往下的久远的后来者，提供一条清晰的脉络，然后就有可能在心里模拟自己生命出现之前的可能的状态与意义"。家志有文字记载以来四百多个年头中，让人堪以自豪的是"没有贪官污吏给家族抹黑，没有强豪劣绅让家族蒙羞，多好！假如摊上一个'某桧'，入土之后还要改谥号为丑，我们的血脉还能如此干净吗？"由此而言，"光宗耀祖，在家是家事，在国是国事，在世界则是做人的基本……"

正是对"做人的基本"的追寻和建构，小说切中要害地触及当下问题。在小说的叙述中，也为这一寻根立场的选择埋下了伏笔。少川的女儿北童对"我"说过，"你们的苦难是一般的饥饿，是物质层面上的苦难；而我们的苦难是精神层面上的苦难，不是用食物可以解决的。"由此，"我"发现："一个时代的价值观与价值判断如果一成不变地应用到另一个时代，是行不通的，也是格格不入的。"这就意味着，在一个欲望泛滥、道德堕落的时代，如果仅仅是硬性地灌输人生理想，表面化地推行某种价值观念，都无异于头痛医头、脚痛医脚，也许不过是一厢情愿的乡愿而已。价值观的重建必须从"人的根本"上生长出来，然后方能够长成精神的参天大树。

---

① 徐颖：《刘醒龙和〈黄冈秘卷〉》，《楚天都市报》2018年7月22日。

由之，唯有人的根基的重建才是精神寻根的最终价值之所在。

五、"我们的父亲"：一座个性与品格的雕像

无论是精神寻根的新路向，还是精神寻根的新立场，《黄冈秘卷》得以成功的最大秘密在于"我们的父亲"老十哥这一形象的出色的塑造。也可以说，《黄冈秘卷》对当代文坛最大的贡献就在于塑造了"我们的父亲"老十哥这一性格鲜明、内涵丰富的人物形象，同时也是当代文学史上绝无仅有的审美典型。

刘醒龙自谓，对于父亲，"越是用心去写，越是发现父亲他们这一代，看上去平凡普通，貌不惊人，但在他们所面对的一百年里，其心其意，其行其为，远比通常所见的那些肤浅文字来得深刻和高尚"。刘醒龙在给自己的父亲守灵的时候，曾经流着泪写了一篇散文《抱着父亲回故乡》，里面深情地说："我只在乎，父亲轻轻离去的那一刻，自己有没有放肆，有没有轻浮，有没有无情，有没有乱了方寸。"他请求"这是我第一次描写父亲"，"请多包涵"。"就像小时候，我总是原谅小路中间的那堆牛粪。"父亲是一座神秘的高山，是一尊人格的雕像，是一个人性的丰碑，儿子何曾遍览那神奇，又岂能穿透那厚重。在作家眼里，无论用什么样的文字"来言说父亲这辈子"，都是远远不够的。实际上，《黄冈秘卷》用在"我们的父亲"身上的文字依然是最多的，只是，作家加之于父亲的笔墨更加含蓄和充满了敬畏。比如小说写道："至于海棠是不是老十哥亲奉献给自己理想的一份祭品，我们没有资格说三道四。"敬畏之情溢于言表，也给读者留下了更大的思索空间。

老十哥的典型性格中既先天地承传着黄冈人的气质，也在其独特的生活道路和革命历程中，锤炼出独具特质的个性。曾祖母在老十哥读书之前就给了老十哥"耳提面命的十年光阴"，这比老十哥在书本上得到的东西多得多。尤其是最贫穷与最大的尊严集于一身的结合，深刻地影响并塑造着老十哥的坚强心性。另一个启蒙者，是当年在牢房里遇到的国教授。这位"共匪"双腿都被打断，但仍然向老十哥开导社会与人生真理。比如，"什么叫革命？革命就是

让这些坐轿车的人也和大家一样用两条腿走路!"国教授牺牲前将写有《诀别书》的白手绢交给老十哥并指引他去黄州找组织的暗语。来自国教授的政治理念与《诀别书》以个人服从天下，社会才能真正进步的豪迈情怀，为老十哥提供了丰富的精神资源，为其一生的所作所为打下了坚实的基础。

首先，在老十哥"一根筋"的执拗性格中，带有十足的坦荡耿直、疾恶如仇、风骨铮铮、贤良端方的底气。离休后，因愤慨于县里主官的腐败行为，另一位伯伯与我们的父亲联手，拦下主官潜规则来的红旗轿车，翻出数十瓶高档酒，迫使主官被免职调离。对于有损人民利益的行为，父亲眼中是当成战争年代的敌人的碉堡务求攻克的。

其次，在老十哥勇敢无私、果断刚强、雷厉风行、敢于担当的行事风格中，蕴含着高度的个体责任感和为天下先的人文情怀。虽然我们的父亲是刘家大垸几百年来头一个做官的人，是"唯一骄傲"，但他同时也让刘家大垸的人"扼腕嗟叹"。这是因为父亲始终在科级位置上转，平级转了几十年，从第一区到第八区，他干过每个区的区长，但总是提不到副县长。个中原因，竟然是因为他将森林工作做得太好，一棵树也没烧。而那出了火灾事故的反而成了救火英雄得到提拔。明白人叹息"我们的父亲是好人，好人最难改正的错误是执迷不悟。"不过，这从来也不影响父亲对于工作的热情和高度的责任感。

再次，也是最重要的，老十哥以组织为信仰，不掺杂一丁点沙子；忠诚于信仰，不附带丝毫条件和个人要求。可以说，我们的父亲是以一颗赤子之心和全部的生命维护着信仰的纯粹性。父亲始终如一地坚信"组织上更需要我"，家里的任何事都不能耽误组织上安排的任务。他也从来不向组织上提要求，家里遇到无论多大的困难都不行。五十年代初，家里老鼠泛滥成灾，以至于能够活活把猫累死。有意思的是，事后"我们"才知道，这些老鼠竟然是"一家三口的保护神"。后来从"敌情通报"中才得知，至少有两波歹徒尚未摸进门，便遭到大群老鼠劈头盖脸的袭击，惊慌错乱之下落荒而逃。我们的父亲从来都是那句话，"组织上决定的事，容不得我们讨价还价。"

更让人难忘的可怕梦魇，是几年后暴风雨之夜房子坍塌的历险。要不是刘家老十八及时赶到救命，后果不堪设想。实际上，就在暴风雨袭击一家老小的时候，父亲正在姜家冲水库防洪水，因为跳入水中拉起出故障的闸门差点送了命。当别处的水库再有类似的险情时，总有人火速找我们的父亲前去救难。而父亲照例二话不说，责无旁贷。像第一次那种九死一生的可怕冒险后来至少又经历了近十次。《组织史》对父亲的简短的个人介绍中，特意写有"擅游泳"三个字。每次父亲换到别的区做区长时，总是下着大雨的时候。而他将去上任的那里，水利工程隐患一定是非常严重。这需要一个既敢负责任，又有能力的人独当一面。

父亲常说自己"是百分之百相信组织的"，也是"百分之百不会背叛组织的"。可是谁也没有想到，1997 年开始，父亲的离休工资竟然因财政陷入困局发不出来了。家人们只好私下凑钱，谎称是父亲的工资。我们深知，"在政治上，一旦发现连组织都不能百分之百信任，我们的父亲从精神到灵魂，几十年的建构恐怕免不了要倒塌"，那种摧残将比任何绝症都更令人痛不欲生。

出于对信仰之纯粹性的呵护，使得父亲有时显示出极其无情或者顽固的一面。1970 年，曾有很长一段时间，我们五个孩子整日遭受饥饿的摧残，父亲坚决让母亲在单位吃饭，从餐桌上与孩子们分离，原因只有一个，那就是担心母亲因为不忍心看着孩子们挨饿的样子而"出现怀疑组织的念头"。当然，父亲自己也因为受激进派欺侮，饿出严重的胃病。要不是老十八带人捆了父亲把他抢回刘家大垸，在激进派发动的残酷批斗中，父亲必死无疑。因为他坚持"组织没叫我离开，我绝对不会离开"。

六、老十哥的变化与小说的人性探索

"我们的父亲"投身革命，但没有被革命异化；虽是小小的区长，也算身在官场，但从未沾染官场习气。小说由此为人们刻画出一座个性与品格的雕像。然而，这仍然并未完成一个作为完整的人性存在的立体形象的塑造，有待于人性的丰富性和复杂性的挖掘。

故事的初始阶段已经埋下了这样的伏笔。美丽的海棠铁了心要嫁给老十哥，老十哥也常常爱着海棠。但强大的阻力硬生生拆散了这对爱人。组织上不但否决了他的结婚请求，而且命令老十哥逮捕了海棠的父亲，并加以处决。可怜的海棠被迫远嫁。在有关个人幸福的爱情婚姻问题上，老十哥的被动、沉默、让步、痛苦和隐忍，让人唏嘘不已。老十哥对组织的"忠诚的开篇"就是这样以"深刻忘掉"海棠作为代价的。

在小说第一人称的限制视角之下，老十哥心灵的深处到底掀起多大的波澜，此后又有多少深刻的内心矛盾，并没有直接描写出来。但老十哥小心翼翼地保存着"小福特"发卡，想法照顾哑巴海若，为海若立碑，并保存下那支钢笔和笔记本。这些描写在老十哥"一根筋"地献身于信仰的生涯中似乎不那么谐调，但它们既是艺术悬念的需要，也是藉以透视老十哥心灵世界的美学道具。

直到1996年的一天，我们突然发现，"从不在乎个人得失"的老十哥一反常态，竟在意起他在《组织史》上的"籍贯"来了。细心的母亲则告诉我们，父亲"心里有点虚"。这是什么变化？或者说这种变化包含何种意味？也是从这时候开始，"我们"有机会重新认识父亲，有机会还原一个完整的父亲形象。

真正的变化发生在1999年，发生在他74岁的时候。这一年他突然知道了海棠的下落，亲眼看到了她的后人，由此许多谜团迎刃而解。二人通了电话。虽然只是短短的几句对话，但足足等了五十年。当海棠说老十哥终于回到刘家大垸是"叶落归根"的时候，老十哥答道："我只是顺路看一眼，过几天就走，我们这辈子生是组织的人，死是组织的鬼，过不惯没有组织日子。"其实，深究一下，老十哥这样回答除了符合他一贯坚持的原则与话语逻辑以外，还有一层潜意识的根源：当年他坚决拒绝了海棠的爱，是因为他把这一生交给了组织，不是因为无情。从这一意义上说，"组织"是老十哥尚能够面对海棠的唯一的理由。

聪慧的海棠早就看透了老十哥内心深处有情有义的底色，始终坚持认为那是一个"知冷知热的好男人"。所以海棠说："我说老十哥，为了跟上组织，连爱你的海棠姑娘都可以说不理就不理，现在老了，老缠着组织可不太好，就不要给组织添麻烦了!"这一句话表面看来轻松自然，不无幽默，便对老十哥的份量却有千钧之力。

1999年的这一契机使老十哥实现了潜意识中本我层面上的一种自我回归，同时也是他对自我个体与组织关系的一次深刻的调整。正如"我"所说，我们的父亲从当年离开故乡至"真正的回来"用了整整五十年。回归之下，父亲献出了深藏多年的《刘氏家志》，从坚决拒绝一变而为支持重修《刘氏家志》。这样的回归也正是人性层面上的自我回归。偶然之中蕴寓着必然性。与其说是海棠的出现让老十哥发生了改变，毋宁说是老十哥一直在等着这样一个机会。

小说在还原老十哥"执迷不悟"的另一面的过程中，老十一与老十八这两个形象起到了重要的审美互补和推动作用。

老十一是与老十哥对应的"另一类人"，"他在活着另一种活法"。他将自己名字中那个"智"字，运用到极致。少年时期，他就通过出卖老十哥以保护自己，后不断通过娶亲解决自己的各种需求，避免可能到来的灾难。50年代就会倒腾外币，60年代就会倒卖粮票，1966年通过揭发我们的父亲以自保。再后来，他自称"穷得只剩下钱了"的时候，已是成功的大老板了。他坚信"钱不是万能的，但没有钱是万万不能的"时代真理。

然而，老十一并非就是黄冈人的反例，亦非黄冈人气质的彻底的反面形象。人至晚年，即使王伯伯与我们的父亲也看到了，"同为黄冈人，一向不受欢迎的老十一，也还记得为人做事的底线，没有一味向钱看，也不是彻头彻尾地将钱当成一切。"我们的母亲的见识亦非一般，她劝说我们的父亲与王鹏道："世界上有两样东西是真的，一个性命，一个金钱，你们二位让人尊敬是因为敢于搏命，老十一愿意为别人撒钱，也不能太轻视人家。"

老十八则是小说中非常特殊的一个形象，他可以说是介于老十哥与老十一之间的一种类型。他既不单纯相信什么主义，也不唯利是图，性格直爽豪迈，贤良方正之外，又有一些机巧和灵活。虽仅仅是一介农民，却热衷于家族传承事业，怀抱朴素的人道情怀，在关键的时候敢作敢当。经历一系列变故后，他对老十哥说："岳飞宁肯死在风波亭也要精忠报国，但岳飞从没有对母亲说一个不字。《组织史》包含着远大理想，《刘氏家志》可以用着追根溯源。"这时的老十哥虽然嘴上不说什么，恐怕心里已经对老十八不无敬佩之意了。这一形象因身负续修家志的使命，数十年来辗转奔走于老十哥与老十一之间，从艺术结构上说起到了不可或缺的穿针引线的审美作用，同时也是起着一个推动情节发展作用的"推手"形象。

有记者曾问刘醒龙，文中两个重要的主人公，"老十哥"刘声志、"老十一"刘声智，一个"志"、一个"智"，从名字到行事风格，完全是两种不同的格局，这是否也隐喻当代社会的两种类型的人？刘醒龙解释说，一般人都会这么想。一个智者，一个志士。但这其实是对小说的误读。因为在刘醒龙看来，"志"与"智"，只要做对了，二者本不会有问题，也不会产生根本冲突。"贤良方正作为小说的重要内核，同时包括了志与智。""没有智慧成就不了志气，没有志气的智慧，会沦落为蝇营狗苟的小聪明，小狡猾。"①只是在现实人生中，通过人为操弄，常使二者处在对冲状态。可见，"志"与"智"并非截然不同，更非互相否定的两种品性。由此可见，作家在《黄冈秘卷》精神寻根的深层结构中倾注了多么沉重而理性的思考。

对照当下，作为一种品格，作为一种个体性的存在，老十哥就像是一种濒临灭绝的珍稀动物一样，一方面坚定有力地和暗暗地支撑着一脉精神的薪火承传，但另一方面又如摇曳的烛火随时迎风而灭。毕竟，"我们的父亲"已走向暮年，哪一天他也会离我们先去。"我们"何去何从？也可能是"他们的父亲"的"我们""现在应该怎样做父亲"（鲁迅语）？这才是《黄冈秘卷》留待读者咂摸不尽的问题。

（《小说评论》2019 年 04 期）

---

① 徐颖：《刘醒龙和〈黄冈秘卷〉》，《楚天都市报》2018 年 7 月 22 日。

试论刘醒龙《黄冈秘卷》的
历史意识与精神立场

何言宏

一

《蟠虺》之后，刘醒龙再一次深入楚地，为我们奉献了又一部题旨厚重的长篇小说《黄冈秘卷》。所不同者，《蟠虺》聚焦于一尊历史久远的青铜重器，塑造了曾本之这样一位令人尊敬的知识分子形象；《黄冈秘卷》所展示的，却是山河纵横、被称为是"五水蛮"的黄冈大地，其所塑造的，是以作家自己的父亲为原型的一位老干部、老革命者形象。读罢作品，我最突出的感受，就是它对体现于黄冈大地和作品中诸多人物身上之"中国"的独特书写。作品所写的，虽然主要是以父亲老十哥为中心的刘氏家族几代人的命运与生存，但这一切，无论是乡土/家国，还是个体生命，特别是其中老十哥刘声志的精神性格与命运故事，与现代以来的"中国故事"不可分割地联系在一起，从抗日战争开始，一直到作品中反映较多、也恰值老十哥晚年的 90 年代最后几年的中国历史，不仅都是老十哥故事的历史背景，而且在实际上，也很深刻地影响了老十哥个人、老十哥的家庭、整个刘氏家族以至于所有故事人物的生存与命运，悲欣交集。刘醒龙的写作，以其特有的方式，又一次在从事着这些年来越来越被我们的文学所充分自觉与重视的重要工作——"讲述中国"。"讲述中国"，特别是在我们这样的时代来讲述中国，无疑有着非常重要的意义，当然也有其一定的难度。但我们的作家却都在以各自的智慧与方法，共同从事着这一事业。几年以前，贾平凹的长篇小说《老生》出版后，我曾注意到他以《老生》来讲述中国的独特方法，认为这一方法的"一个最为重要的方面，就是作家开始从民间和个体的角度来讲述中国，在这样的讲述中，作家已经不再简单地使用意识形态话语和知识分子的启蒙话语，而是采用民间的个体性视角"，这一可以称之为"民间个体"的讲述方法的使用，"无论是对他本人的创作，还是对我们的文学来说，兴许都是一种新的开始"。① 仿佛是一种应验，刘醒龙《黄冈秘卷》的讲述方法，恰好也用的是这样的视角。《黄冈秘卷》的叙事人"我"，作品中的社会身份是一位作家，而且还是一位确实很像是刘醒龙本人的著名作家，但是他与贾平凹一样，完全超越了以往的文学所容易采取与陷入的话语体系，而选择了民间的个体性视角，"讲述中国的方法"，于此又有了一次极为难得的实践与探讨的机会。与此同时，在另外的意义上，不囿于既往的话语体系并且从中挣脱与解放出来的讲述主体，由于各自所分别具有的"个体多样性"，也将给"讲述中国的方法"带来更多的经验与可能，我们循此所形成的对于"中国"的认识与理解，也自然会更加丰富、更加深入。

二

《黄冈秘卷》之"讲述中国"，一个非常鲜明的特点，便是其独特的历史意识。它将作品中的教辅材料《黄冈秘卷》《刘氏家志》《组织史》和小说《黄冈秘卷》本身作为历史讲述的不同类型，非常独特地思考了讲述中国或者是关于现代中国历史书写的文体类型等方式方法问题，随着叙事的逐步展开，形象生动地演示了这些不同的历史讲述方法的基本状况和它们与历史、现实之间的深切关联，也揭示出了它们的各自特点、意义与问题，近乎成了一部元历史或元小说意义上的"自反小说"（self-reflexive novel）或"编史元小说"（histo-

---

① 何言宏：《讲述中国的方法——贾平凹长篇小说〈老生〉读札》，《当代作家评论》2015 年第 1 期。

riographic metafiction），如此独特的历史意识和讲述方法，在我们的小说中并不多见。

很多人都知道，在我国的高考升学中风行着一种叫做《黄冈密卷》的教辅材料。刘醒龙以此为素材，将《黄冈密卷》中的"密卷"二字巧妙地易名为"秘卷"，主要选取语文科目中的有关题型，将出现于题目中的关于父亲和祖父的几则家族史故事作为特殊的历史讲述方法，勾连和支撑着作品中两条重要的故事线索：其一就是教辅材料《黄冈秘卷》（为避免在论述中与小说本身的作品名混淆，以下简称《秘卷》）的策划者与出版人老十一、紫貂的故事，包括他们的婚恋故事和以《秘卷》为主的商业经营活动；其二，则是由少川、北童以及在最后终于像谜底一般出现的海棠等人组成的故事，自始至终，构成了小说中的两条副线，也形成了小说框架结构中的两个重要支架。除了这样的叙事功能，我以为《秘卷》的重要意义，更是在于它与小说中的《刘氏家志》《组织史》及小说本身一样，是一种特殊的历史书写和讲述方式。不过它与后面几种方式相比，并非专门，其所选择与收录的，也只是叙事人"我"的一篇散文《传说的祖父》、慕容编写的《无情的甘蔗》、紫貂所写的《世上最贵的皮鞋》及一篇关于巴河藕汤的文章。刘氏家族和黄冈故事林林总总，基于商业动机和高考应试目的而编印的《秘卷》所"相中"的，都只是非常感人的人情与乡情故事，基本上无关于小说所重点讲述的主要人物老十哥的光辉事迹，而且这些零星有限和近乎随意的片断化的选择，无疑使它们寄生和混杂于《秘卷》形形色色的大量习题中，考生们的阅读与使用，不过都是将它们作为普通习题一次性地用完即扔，很难谈得上什么"史"的功能。

但与《秘卷》不同的是，老十哥的生平事迹，却为《组织史》所专门记载。我们知道，在我国自上而下的修史体制中，存在着"党史""方志"和"文史"等不同的几个系统与类型，各具专门。作品中的《组织史》，显然类似于前者。它对老十哥刘声志的记载是这样一段文字：

　　刘声志，男，一九二五年农历八月二十二日出生，黄冈县上巴河刘家大垸人。擅游泳。一九四九年三月加入组织，曾任黄冈地区行署财税科科长，胜利县副县长候选人，一九五七年调本县，先后任第一区区长、第八区区长、第二区区长、第五区区长、第三区区长、第六区区长、第七区区长、第四区区委副书记，离休前为县物资局局长，享受副县级待遇。

刘醒龙的《黄冈秘卷》，在某种意义上较为尊重上述历史文本的权威性，特别是对老十哥刘声志本人来说，这样的权威，已经达到了无比神圣的高度，诚如小说所写的："一九九二年，县里编印了一本《组织史》，并派人送了一本到家里。拿到书的那一阵，我们的父亲每隔几天就要从头到尾仔细地看一遍"。自此以后，《组织史》便成了老十哥时常阅读的一部圣典。他甚至"要求家中后辈每人至少要看两遍，孙子辈的，至少要读一遍"。在他的心目中，"只有组织才可以出书入史"，他对老十八所热衷修撰的《刘氏家志》极为不屑，说自己"没打断老十八的腿就算是格外开恩了，我是上了《组织史》的人，不可以再进什么《刘氏家志》！"

不过与老十哥相反，刘家大垸的其他人物都更看重《刘氏家志》，最为投入的，当然还是重修《家志》的老十八。老十八重乡里，重乡情，仗义热忱，正直、包容，且多通情达理的处世智慧，其与作品中的祖父，是《黄冈秘卷》中我最欣赏的人物形象。他从作品之初一直到最后，都在执着地忙于《家志》，这也构成了作品中的一条很重要的故事线索。老十八的重修《家志》，无疑是本着家族主义的宗旨与立场。无论是看取人物，还是看取世界，他都立足于家族本位，甚至有很明显的旧式思想。

非常明显，《秘卷》《组织史》和《刘氏家志》的历史书写，无论是《秘卷》的偏重常情、《组织史》的政治标准，还是《刘氏家志》的家族主义，都有着自己的历史意识。而刘醒龙《黄冈秘卷》小说本身的重要意义与特点，就是在尊重和理解如上诸般历史书写和历史意识的同时，用"文学"或"小说"的方式来书写历史，并且对它们包容与超越。刘醒龙在《〈黄冈秘卷〉后记》中曾经说过："写《黄冈秘卷》，不需要有太多想法，处处随着直觉的性子就行。全书终了，再补写后记，才明白那所谓的直觉，分明是我对以黄州为中心的家乡原野的又一场害羞"。《黄冈秘卷》之雄浑深厚，开阔舒展，在仿佛小说中"五水"奔流一般的多线并进、旁逸斜出却又收放自如的繁复架构中展开叙事，无论是对"我们的父亲"老十哥刘声志、祖父、老十一等众多人物的"个体史"、刘家大垸的刘氏家族史，还是对黄冈地区的历史文化特别是"抗战""解放""土改""肃反""文革""改革"等历史与现实的书写，相比于《刘氏家志》和《组织史》等，无疑都要更加具体细致、丰富与生动。确实正如王德威教授所曾说过的："比起历史政治论述中的中国，小说所反映的中国或许更真切实在些。"①

　　因此，《黄冈秘卷》的历史意识，正是要突出与强调以文学的方式来书写历史，是一种关于历史书写的方式与方法问题的历史意识。雅克·朗西埃在强调小说/文学的历史意识区别于"史学家"的历史书写与历史意识的特点与重要性时曾经指出："文学有其事实：匿名者的事实，他们成千上万联合的行动构成了事件的真相。面对史学家的科学所接替的战略家的总体虚构，文学以其事实与之对立，而这一事实由那些证人所知道和忽略的事物构成，由个人有意识的行动和将个人联系起来的无意识法则编织而成"。② 实际上，《黄冈秘卷》中的老十八和《组织史》的编撰者，我们都可以将他们视为"史学家"——"民间史学家"和"官方史学家"，但朗西埃的观点非常激进，他更强调"对抗"与"对立"，而未意识到文学的历史书写也可以对"史学家"补充与超越。它们之间，并不一定都是处处对立。《黄冈秘卷》的历史意识，显然正是如此。它与《组织史》和《刘氏家志》之间的关系，既有尊重、认同与补充，也有质疑与对立，形成了一种综合性的超越。而这种超越所依据的另外一种历史意识——即刘醒龙在"后记"中所说的"直觉"，又多么类似于朗

---

　　① ［美］王德威：《序·小说中国》，《想像中国的方法》，三联书店 1998年 9 月版。

　　② ［法］雅克·朗西埃：《在战场上——托尔斯泰、文学、历史》，《文学的政治》，南京大学出版社 2014 年 8 月版。

西埃所说的"无意识法则"？正是以其细致敏锐复又"处处随着""性子"的开放自如的"直觉"，刘醒龙的历史讲述不仅超越了《刘氏家志》和《组织史》中的历史书写，同时也超越了以往的启蒙主义等话语体系，有着更加开阔与深厚的人文内涵，具有突出的个体性。

三

开阔深厚的人文情怀和独特的个体性，使得《黄冈秘卷》的历史讲述生气淋漓，颇多洞见，各方面也都显得"更真切实在"，①特别是在小说人物形象的塑造上，表现得更加明显。比如老十哥刘声志，他的一生行状反映在《组织史》中，便是如上所引述的公文一般干巴巴的一百五十余字，它的内容，没有丝毫的人性气息，很难反映出人物的个体生命历程与精神性格，这方面所存在的问题，正如作品指出的："寥寥无几也好，长篇大论也罢，关键是这些文字过于冷冰冰，除了人名，就是官职，再加上年份数，没有青春年华，没有岁月风霜"。与此相对，老十哥的"青春年华"和"岁月风霜"，他的精神性格及其与中国现当代历史密不可分的个人史，只有在《黄冈秘卷》中，才会得到更加充分的关切和"更真切实在"的书写。

《黄冈秘卷》中，老十哥的精神性格及其生命历程最重要的特点，便是他的组织性和他对组织的坚定认同、忠诚与追随。小说较为完整地讲述了老十哥从初识组织、追寻组织、投身组织、忠诚于组织、奉献于组织和在最后回归乡里的过程，对于老十哥晚年心态的变化，还有较为丰富的揭示。

老十哥的一生，从他青年时代在监狱里通过国教授开始结识组织，一直到晚年，坚定的组织性，一直是他的主要品格。监狱里的老十哥，目睹了国教授的视死如归和大义凛然，他为国教授的崇高与英勇所感染，更是接受了国教授关于革命与组织的启蒙，由此也

---

① ［美］王德威：《序·小说中国》，《想像中国的方法》，三联书店 1998年 9月版。

才认识和联系上了组织——"国教授说：'什么叫革命？革命就是让这些坐轿车的人也和大家一样用两条腿走路！'""像你这样的人如果没有组织，是不可能从水深火热中解放出来的"。自此以后，恰如作品所说的："历数老十哥往后的所作所为，可以清楚地看到一切行为的政治基础，全部来自这句话。"组织就是老十哥的生命。他说自己"生是组织的人，死是组织的鬼"。他有极强的组织观念和组织性，坚定不移地奉行组织伦理。特别是在组织伦理和其他伦理相冲突或者是在二者之间作出选择的时候，组织伦理绝对是至高无上，他所奉行与服从的，绝对都只是组织伦理。

　　追随组织后，老十哥所曾面对的伦理冲突，主要发生在组织伦理和情爱伦理、血亲伦理、生命伦理和家族伦理之间。

　　组织伦理和情爱伦理的关系与冲突，一直是小说或显或隐的故事线索。如果说，老十哥和哑女小娴之间的关系还有着少年人的懵懂，本乎自然，那在他与海棠的爱情悲剧中，组织伦理则起到了决定性的作用。老十哥与海棠的相爱，本像是传奇：英雄美人，落难的老十哥幸得海棠相救，复又生情，议及嫁娶，虽有身为织布师的老父亲坚决反对，断断不许，但是在老十哥看来，老父亲的否定，"事实上是对海棠最大的赞美。这样的赞美更加深了这对恋人的深厚情感"，因此，"同海棠交往一年后，老十哥正式向组织提出了恋爱结婚的请求"。但是，他所等到的，却是"组织在以劝阻的形式同老十哥谈话的同时，还用最考验人的方式，命令老十哥带人去逮捕海棠的父亲"。这样的命令，对于任何人来说，无疑都是巨大的痛苦，也是在绝境之中考量老十哥对组织的忠诚。但对老十哥来说，"新政府以其特别的魅力，在短得不能再短的时间里重新塑造了老十哥"，他所"甘愿献身的组织，用其强大的凝聚力，彻底溶解了成员们的生命与意志，整合成为一个史无前例的强大的集体生命和集体思想"。他的选择，当然是对组织的绝对服从。海棠父亲被逮捕枪决后，海棠对老十哥的一句正常和简单的责备，也被老十哥视为"针对组织的话"，"成了压垮一匹骆驼的那根稻草"，触怒老十哥，导致了他最终的绝情。

　　在与血亲伦理、生命伦理等人性伦理之间的冲突中，老十哥所奉行的组织伦理同样处于优先性的地位。小说经常写到老十哥公而忘私的光辉事迹，其中令人印象最深也很有违常情的，一是在"我"出生时父亲的表现："我在黄冈地委招待所出生的第三天，我们的父亲才骑着自行车，从他工作着的黄栗树乡……赶回黄州城。"面对全家人特别是孩子们的饥饿，他一方面以对组织的"相信"和组织原则的名义不合情理地拒绝六师傅的接济，另一方面，又因为"担心母亲不忍心看着孩子们餐餐挨饿的样子，而出现怀疑组织的念头"，特意要求母亲和孩子们分隔用餐。他甚至宁愿停缴学费，中断孩子们的学业，也要将工资上缴给组织。在这些问题上，祖父、母亲和老十八等刘氏家族的人们都与老十哥截然相反，令人动容地奉行着血亲或亲情伦理，充分体现了最基本的人性。

实际上在老十哥这里，组织伦理甚至要高于自己的生命，高于自我保全的生命伦理。无论是他在老鹳冲河堤上的英雄壮举，还是在水库中奋不顾身地排除险情，老十哥的敢将生命奉献于组织的精神都曾得到过突出的体现。即使是在"文化大革命"时期，老十哥遭到激进分子的迫害和万人大会的批斗，他也将此视为"组织上另一种形式的考验"。当以老十八为首的刘氏家族的人们前来营救后，他甚至拒绝接受他们的营救，甩开他们回到会场，"站在先前的位置上对着台下的人大声说，我刘声志是组织的人，不是刘家大垸的老十哥，组织没叫我离开，我绝对不会离开，哪怕有十把刀子架在脖子上也没用"。

老十哥的这一番话，一方面自然说明了在他的观念中组织伦理重于其生命；另一方面，也体现了他对家族伦理的不屑，这与他对《刘氏家志》的轻视一脉相承。家族观念非常突出的老十八曾经说过："老十哥心里除了组织，再也容不下别的什么"，家族伦理很难融入老十哥的内心。当老十八为了保护刘氏家族一世祖昌一的墓地特往求助的时候，老十哥却要他"一切都要听组织的安排决定"；当老十八用"光宗耀祖"这样的说法来祝贺老十哥所获得的任命时，"我们的父亲气得掏出手枪，叭地摔在桌子上，威胁着要枪毙他"；而在后来的饥荒年代，当老十八"因为刘家大垸的很多人快要饿死"又一次向老十哥求助的时候，"我们的父亲只给了他几份文件"……

——就是这样，围绕着组织伦理所发生的伦理冲突构成了《黄冈秘卷》最基本的叙事模式，其中所包含的伦理问题非常值得我们进一步思考。作为现代以来甫才出现与建立的现代性伦理，老十哥所坚守的组织伦理无疑是现代中国最具历史意义的新型伦理，它的神圣与威严，它的强大与权威，它与其他伦理之间的复杂关系，极其深刻地影响了我们这个民族的历史命运，也是中国现当代历史包括广大民众的精神与生存历史中的基本内容。晚清以来，随着中国社会的现代性转型，随着那种建立在"修身、齐家、治国、平天下"的伦理逻辑之上的个体与家族、与王朝之间的家族伦理和王朝伦理的溃解，个人主义或者更多是对诸如阶级、政党、民族国家等现代共同体进行认同的现代伦理开始出现，并且在历史的进程中不断地扩展、建构与博弈，老十哥们的组织伦理自然是其中最为重要和最强大的类型，在这样的意义上，刘醒龙的《黄冈秘卷》正是对现代中国巨大的社会历史变革之中伦理转型与变迁的"真切实在"、极富洞见性的生动讲述。

四

但是，《黄冈秘卷》从伦理的角度对中国的讲述，其所揭示和能够引发我们进一步思考的，又绝不仅止于如上所述的这些内容。一方面，它很成功地通过老十哥这一人物形象揭示了组织伦理的建构过程，揭示了组织伦理的坚固与强大；另一方面，它对老十哥的伦理观念和伦理抉择又并不是没有保留。在刘醒龙的笔下，老十哥的形象崇高伟岸，许多庄严。他以"我们的父亲"这一独特的称谓展开叙事，同时也表达了"我们"对父亲的敬重。刘醒龙的作品擅写老人，他很善于从老一辈们的身上发掘某种可贵的品格，并且将其作为我们值得汲取的道德资源。我以为这是刘醒龙对于道德的历史性与连续性的充分尊重与正视。他对"我们的父亲"老十哥的形象塑造，又一次表现出这样的特点。但他对"父亲"，又并不是完全赞同。小说中有不少地方，都显示出老十哥的过于固执、僵化和不近人情。有些叙述，还不无反讽地显示出老十哥的荒唐与可笑（比如第十章中老十哥为了向组织捐献工资而宁愿中断孩子们的学业），这都体现了"我"与"我们的父亲"老十哥之间价值观念上的差异。关于这种差异，小说中有一段这样的文字："一个时代价值观与价值判断如果一成不变地应用到另一个时代，是行不通的，也是格格不入的。在我看来，老十哥对《组织史》的看重，以及老十八对《刘氏家志》的锲而不舍，正是两种典型的历史观与价值观。二者之间不应当存在对与错、是和非，不同的只是其拥护的人群有所差异"。"我"能理解与尊重不同的历史观与价值观的合理性，但"我们"毕竟与父亲生活于不同的时代，"父亲过的日子只存在他们的人生里，我们只能比较四面八方能被耳朵与眼睛捕捉到的那些生活"——既然如此，则"我们的父亲"在他的时代所形成的价值观念显然不能"一成不变地应用"到"我们"的时代，强加到"我们"身上，在这样的意义上，刘醒龙在对"我们的父亲"颇多敬重的同时，实际上也有着自己的价值观念与精神立场。

刘醒龙的价值立场与老十哥对组织伦理的过于偏执相比，要更加开阔与深厚，具有浓郁的人文情怀，显然属于人文主义的精神立场。他既尊重和理解老十哥的组织伦理，也对情爱伦理、血亲伦理和家族伦理颇多阐扬。《黄冈秘卷》中的很多故事，都体现了家族伦理的温情与仗义，令人动容。刘醒龙以家族伦理和情爱伦理、血亲伦理来纠偏和补充在老十哥那里走向绝对的组织伦理，良苦用心与人文情怀，历历可见。

不过，刘醒龙的情怀与苦心，还是在其所塑造的老十哥的形象与故事中表现得更加集中、更加深隐与突出。

在老十哥的精神性格中，"组织性"的向度自然很突出，但并不是唯一与全部。他的组织性虽然是在走向绝对，迹近于绝对，但并未变成真正的"绝对"。他的性格中，仍然存在着人性的向度，存在着一些柔软的部分。他的内心所深藏着的对海棠的感情、他对海若的暗中救助，甚至他对轿车的热衷与癖好，都是其性格中人性向度的最好说明；即使是对家族伦理，他也未做到绝对的排斥。小说曾写到一九五〇年代的老十哥将"我"和姐姐接到其所工作的第一区时，因为"担心组织内部还有潜伏得很深的坏人"，怕万一走漏风声，会影响我们的生命安全，所以特意要祖父安排更加可靠的刘家大垸的族人帮忙相送。因此在根底里，在精神与思想的深处，老十哥对家族伦理仍然有着特别的信任。

老十哥性格中的上述特点，构成了他思想演变的内在基础。进入老年，接近离休和离休之后的老十哥，虽然一仍其旧地延续、遵循和崇尚着组织伦理，比如主官海洋哪怕仅仅是出于一种动员策略的稍许慰问，便会使"我们的父亲神采飞扬起来，多年浑浊的眼睛里重新散发出灼热的光彩，长满老人斑的双手在微微颤动"，"只要有几句能代表组织的柔软关切的话，就将他们征服了"。即使尚未有安置措施，也未明确是否有补贴，"我们的父亲"便不由分说地响应起号召，积极配合着近乎野蛮的拆迁。但是他的生活的改变，他的种种切身遭遇，还是导致了他思想的变化。

在老十哥的生活与遭遇中，有两件事情一直是他不便明言的潜在焦虑：一是他的职级问题。作为一九四九年之前便已参加革命的老干部，老十哥向来大公无私，组织至上，能力与业绩有口皆碑，亦未犯错，但从参加工作开始，一直到离休，"几十年中父亲的职务变个不停，级别从没有变"，离休之后，才按常规享受了副县级的待遇。如此际遇，不仅是我们全家和刘家大垸的族人，实际上也一直是老十哥本人的失落与心结；第二件事情，便是他在离休后的工资问题。离休后的老十哥万未料到，自己视为组织关怀的离休工资居然成了问题，围绕着自己和妻子的离退休工资，发生了很多令人唏嘘与慨叹的故事，特别是和他同样忠诚与组织献身组织的老同志王伯伯的生活困境与凄然离世，更是让他百感交集。这两件事情，小说中有很多篇幅与内容，按照人之常情与常理，一定会对老十哥有很深的触动。

上述遭遇与经历，加之以其他方面的诸多原因，很自然地促使着老十哥向血亲/家庭伦理、家族伦理甚至情爱伦理的回归。实际上在老十哥五十六岁的时候，按照常情，也很符合我本人当年在县政府机关的工作经验，"一般来说像我们的父亲这样在区乡干了一辈子的人，临近休息时，组织上都会考虑将其调回县城，在某个部委办局安排一个天天能感到组织温暖的职务",然而出乎意料和有违常情的,"结果却是组织调他去第四区里当那与区长相当的职务"。正如小说中所写的,"也就是从这时候起,我们的父亲开始在行为上不知不觉地流露出对母亲和家庭的留恋"。而在离休后,老十哥终于回归了家庭,他的生活,自然也变得以家庭为主,置身于天伦,享受天伦,成了老十哥离休生活的主要内容;至于在情爱伦理方面,在漫长的人生历程中,老十哥的内心一直牵挂着他所辜负的海棠,也正是在他人生暮年重又联系上的海棠,关键性地促发了他向刘家大垸的回归。当因响应组织的号召而匆忙拆迁临时安顿于刘家大垸之际,老十哥曾与海棠有过一番非常重要的对话——"我们的父亲说:'我只是顺路看一眼,过几天就走,我们这辈子生是组织的人,死是组织的鬼,过不惯没有组织的日子'","海棠说:'我说老十哥,为了跟上组织,连爱你的海棠姑娘都可以说不理就不理,现在老了,还要缠着组织可不太好,就不要再给组织添麻烦了!'"——正是因为海棠的话,正是由于感情的力量和情爱伦理的驱动,才使老十哥真正在内心里完成了向刘家大垸和刘氏家族的回归。

像是一曲回乡之歌,在小说的最后部分,我们看到老十哥"坐在自家门前的晒场上,脸上有着从未有过的平静"。"从离开到真正回来,我们的父亲用了整整五十年,其间虽有安葬祖父和被老十八抢救回来两次,但那时虽然人回来了,心却一点也没有回来",只有这次,"我们的父亲"才真正回来。"真正回来"了的老十哥重新认同了家族伦理,他不仅重新记起了刘家大垸的一切,更是转而支持起他曾一直反对与不屑的《刘氏家志》的编写,且命我作序……正是在对家族伦理的回归与认同中,刘家大垸的人们——特别是在老十哥和老十一之间——和解、团结,亲密无间,其乐融融,小说这部分的抒情文字和芬芳浓郁的巴河藕汤,使回归的情景无比动人,刘醒龙也以家族伦理和血亲/家庭伦理、情爱伦理纠偏、指正和弥补着老十哥以往过于偏执的伦理认同。在对中国和对现代以来中国民众生存与命运的讲述中,刘醒龙切实、敏锐而且又很智慧和颇具勇气地紧紧抓住伦理问题,将思考与表现的重点聚焦于对老十哥们伦理偏执的揭示，在对健全性人性的深切关注中，阐扬和导入更富人性的血亲/家庭伦理、情爱伦理，特别是很明确地主张和发扬"五四"以来颇受贬抑的家族伦理，非常突出地显示了他具有自己的独特内涵和洞察力的、开阔深厚的人文主义精神立场，其所主张的方法，也如朗西埃一样，更加强调运用人文性的"文学"的方法，关注众生，瞩目于人。刘醒龙的方法，实际上就是人文主义的方法；他的历史意识，就是人文主义的历史意识；《黄冈秘卷》所讲述的中国，实际上就是刘醒龙人文主义视野中的中国。

（《小说评论》2019 年 04 期）

地方性书写中的历史追问与沉思

——关于刘醒龙的长篇小说《黄冈秘卷》

王春林

一

在刘醒龙迄今为止创作完成的十多部长篇小说中，明确地征用自我生存经验，带有一定自传性色彩的作品，应该说只有两部。一部是 2002 年那部以岩河岭水库修建过程为背景的《弥天》。年轻时候的刘醒龙，曾经以"技术员"的身份，切实介入了这次修建水库的整个过程。《弥天》所征用的，正是他这一段真实的生活经历。另一部，就是作家新近完成，我们这里所要重点讨论的《黄冈秘卷》。只不过，这一次，作家所征用的，乃是其家族生存经验。《黄冈秘卷》的创作，与他对地处鄂东的那块故土黄冈的深厚感情紧密相关。对于那一块滋养了自己生命的特定土壤，刘醒龙怀有一种被他自己称之为"害羞"的深厚感情："写《黄冈秘卷》，不需要有太多想法，处处随着直觉性子就行。全书终了，再补写后记，才明白那所谓的直觉，分明是我对以黄州为中心的家乡原野的又一场害羞。""直到现在，都一把年纪了，只要回到那片原野，害羞的滋味便油然而生。害羞的意义是一种身不由己的爱，就像一个男人在一个女人面前莫名其妙地表现出害羞。如果是爱情，拥有一个在自己面前常常害羞的男人，是女人一生的幸运。回到原野上的害羞不是爱情，也不是欲望，而是太深的爱。爱到只能默默相对，哪怕多出一点动静也是对这种爱的打扰。"刘醒龙虽然出生在黄州城内，但却在年仅一岁时就已经离开了那片故土。既然这么早就离开了故土，那么，他何以能够在面对故土时生出如此这般深厚的"害羞"感情？或许，只有深入到他的家族史之中，才能得到部分的解释。在这部带有一定自传性色彩的《黄冈秘卷》中，有两个细节不容忽视。一个是祖父坚持要求孩子们把父亲称为"伯"："我们家早就搬到距离黄冈老家将近两百公里的大别山中，在异地异乡继续将父亲称为伯，常常遭到当地人猥琐的讥笑与真诚的疑惑。"再一个就是，"我们家确有一个不成文的规定"："为了记住从祖父到父亲再到我们，这条延续下来的根是在黄冈，除非万不得已，否则，我们只能以'这个县'来称呼，离开黄冈后，重新开始新生活的新的县份。"尽管《黄冈秘卷》并非一部以纪实为根本特征的非虚构文学作品，但以上两个细节源自生活的那种真实性，恐怕却无须怀疑。很大程度上，正是他们家族有如此一种看重祖居之地的传统，在不断强化刘醒龙故土记忆的同时，也强有力地培植着他一种以"害羞"为具体表现形式的对故土的眷恋与热爱。细细推想，隐藏于这种"害羞"情感背后的，实际上却是刘醒龙对于故土那种真切的敬畏心理，古人所谓"近乡情更怯"的说法，庶几近之也。

如果单就小说的命名来看，近期相继出现的诸如贾平凹的《山本》（这部小说不仅曾经一度被作家命名为"秦岭志"，而且在发表问世后，很多研究者认为这一命名较之于"山本"更切合作家的书写题旨）与刘醒龙的这部《黄冈秘卷》这样的一些长篇小说，很容易就可以让我联想到笔者专门提出过的"方志叙事"这一概念。在指认自打"文学革命"发生以来的乡村叙事先后经历了"启蒙叙事""田园叙事""阶级叙事""家族叙事"以及"方志叙事"这样五个阶段的基础上，我对所谓"方志叙事"给出过相应的界定："就是指作家化用中国传统的方志来观察表现乡村世界。正因为这种叙事形态往往会把自己的关注点落脚到某一个具体的村落，以一种解剖麻雀的方式对这个村落进行全方位的艺术展示，所以，我也曾经把它命名为'村落叙事'。但相比较而言，恐怕还是'方志叙事'要更为准确合理。晚近一个时期的很多乡村长篇小说中，比如贾平凹自己的《古炉》，阿来的以'机村故事'为副题的《空山》，铁凝的《笨花》、毕飞宇的《平原》，乃至于阎连科自己的《受活》等等，都突出地体现着'方志叙事'的特质。"①但事实上，只要细察文本，我们就不难发现，这两部长篇小说的书写早已大大溢出了所谓"方志叙事"的概念界限。黄冈也罢，秦岭也罢，早已不再仅仅如清风街、古炉或者机村那样，只是某一个村庄的名字。既然已经不是某一个村落，那继续使用"方志叙事"方式来加以框限理解，显然也就不合时宜了。也因此，与其继续不合时宜地把刘醒龙与贾平凹他们的近期创作看作是"方志叙事"，反倒不如在更宽泛的意义上将其理解为一种文学地理学层面上的地方性书写更具合理性。只不过，有家国情怀萦绕于胸的刘醒龙，在他这部以自己的故土黄冈为主要观照对象的长篇小说中，意欲通过对黄冈的地方性书写而抵达的，一方面固然是他对长达将近一个世纪的中国历史演进过程的个人化深入观察与思考，另一方面，在家族生存经验的表象背后，也潜藏有刘醒龙书写表达一种地方性精神风骨的艺术野心。

二

虽然说在《黄冈秘卷》中，作家刘醒龙很明显地征用了自己的家族的生存经验，但这部作品却无论如何都不能简单地被认定为是一部家族小说。与其说它是一部家族小说，反倒不如说作家是在借助于刘氏家族中的若干人物而嵌入历史的纵深处，进而对充满着吊诡色彩的二十世纪中国历史提出尖锐的质疑与反思。从这个角度来看，这部小说与他那部曾经产生过重大影响的鸿篇巨制《圣天门口》，可谓异曲同工。具体来说，在这部《黄冈秘卷》中，与历史进程发生过紧密关系的两个家族人物，分别是祖父和父亲。

身为织布师的祖父，之所以能够与历史发生关联，主要因为他曾经在黄冈地区很有名的林家大垸织过很多年布。虽然叙述者自始至终都没有提及那个曾经在二十世纪中国历史上发生过绝大影响的

---

① 王春林：《方志叙事与艺术形式的本土化努力》，《文艺报》2015 年 3 月 6 日。

重要人物的名字，但明眼人却很容易就能够从字里行间感知到他的巨大存在。虽然与祖父发生过密切交往的，并非这位大人物，而只是他的哥哥林老大。但也正是通过与林老大的交往，织布师祖父不经意间走入了历史深处，触碰到了历史进程中的一些核心矛盾冲突。

祖父对历史进程的深度介入，发生在一九五三年的时候。那一年，为了彻底肃清旧政权的根基，新政权在黄冈全境发起了可谓声势浩大的镇压运动。在当时，一方面，因为"林老大家有两台铁织布机、两台木织布机，成了最富的人"，另一方面，也因为林老大多少有点仗着弟弟的势，曾经把枪口对准过农会主席的缘故，林老大便成为这次镇压运动最大的靶子。"消息传来，林老大说什么也不相信。但也不敢真的不当回事。借口到刘家大垸请织布师，跑来问祖父，要祖父帮忙拿主意。祖父一句话也不多说，指着门外的小路，要他赶紧顺着这条路去团风码头买一张去武汉的船票。林老大离家时还想着一会儿要回来，身上没有带钱。祖父将家里所有的钱都给了林老大，还到老十一家借了一些，并明确说，要买一张团风到武汉的船票。"就这样，根本就不懂政治为何物的织布师祖父，凭借着人性本身的善良，无意间便介入了社会历史的演进过程。祖父的所作所为不仅改变了林老大的命运，而且也导致了黄冈地区这一次镇压运动虎头蛇尾的结局。因为"农会连林家大垸一带最富有的林老大都镇压不了，也就不好对别的人下手"。这样一来，就在镇压运动在全国各地如火如荼地进行的时候，黄冈地区却表现出了一种不合时宜的宁静。很大程度上，祖父在这一过程中所表现出的人性善良，与镇压运动本身的残酷，形成了极其鲜明的对照。实际上，也正是依托如此一种鲜明对照的存在，刘醒龙不动声色地完成了对于一段沉痛历史的批判性沉思。

与祖父相比较，在小说文本中占据更重要位置的，显然是"我们"的父亲老十哥刘声志。作为一个早在共和国成立前就已经参加组织的，有着长达将近四十年革命经历的干部，在离休前将近三十年里都徘徊在所谓科级干部的职位上，始终未获相应的升迁。对此，一直热衷于续修《刘氏家志》的老十八也百思不得其解："当年，老十哥带着一纸调令离开黄冈老家，往后数十年，在新的工作岗位上从未犯过政治错误、经济错误和生活作风错误，早先跟在身后的通信员，都成了可以对老十哥发号施令的副县长；后来的那位水库管理员，在教会其游泳后，也很快当上了领导老十哥的副县长。在组织的框架里，老十哥成了那一步一步拱到底线的小卒子，无法继续前进，也不可能向后撤退。"导致这种状况得以形成的主要原因究竟何在呢？这样一个问题，很大程度上也构成了推动故事情节的一个艺术悬念。

小说在情节展开的过程中给出了一个表面的答案，即除了命运的捉弄外，老十哥长达数十年的官场原地踏步，与他过于敬业过于精明强干紧密相关。比如，就在老十哥担任第一区区长的时候，恰逢大别山地区遭遇连年大旱，森林防火一时之间便成为各项工作中的重中之重。为了很好地完成森林防火的任务，老十哥与代理区委书记王朤伯伯根本就不理睬县里要求他们一味在电话机旁值守的指示，而是"各带几个人，一个爬到左岸最高的山上，一个爬到右岸最高的山上，一人一只望远镜，站在山顶，昼夜不停地盯着往山下看"。就这样，由于老十哥与王朤伯伯他们采取了积极主动的防备措施，很好地完成了森林防火任务，"第一区的树一棵也没有烧"。而相邻的第二区"坚决执行县里命令，区委书记小冯二十四小时都在电话机旁边值守"。等到森林不仅起火，而且还渐成燎原之势的时候，身为区委书记的小冯"得到消息后，先向县里做了汇报，再骑着自行车赶到火灾现场。突如其来的大火最终被扑灭时，除了烧毁近万亩森林，还烧伤了在灭火第一线冲锋陷阵的区委书记小冯"。依照常理，很好地完成了森林防火任务的老十哥与王朤伯伯他们理应获得相应的褒奖与升迁。没想到的是，到头来，被提升为副县长的，竟然是第二区的区委书记小冯。类似的情形，在老十哥的生命历程中，并不只出现了一次。小说在这里实际上揭示了根本的原因，即不合理的社会运行机制。精明强干的人不能够获得正常升迁的机会，这种社会运行机制的合理性是相当可疑的。由此可见，借助于对老十哥那充满失败感的一生行迹的真切书写，刘醒龙实际上已经把自己的批判矛头不无犀利地对准了体制的弊端。

然而，老十哥的数十年不得正常升迁，还仅仅只是问题的一个方面。更值得注意的，是他以及受他牵连的亲人晚年的生存困境。首先，是那位为他操持了大半生家务的老伴："从嫁给父亲以后，她就跟着我们的父亲不断地在八个区之间调来调去"，"永远只是供销社和食品站的售货员"，"工作三十几年后，只有三十几元病退工资，在家里成了不明不白的笑谈"，即使是母亲这么少得可怜的一点病退工资，到最后竟然都发不出来了。到了这个时候，一来为了让母亲不失去对组织的信心，二来为了让母亲自己安心，老十哥竟然玩起了瞒天过海的手法，每个月从自己的奖金里拿出一部分来，"谎称自己领回了母亲的退休金"，"我们的父亲坚信目前的困难是暂时的，他只是变相地代表组织向我们借钱过渡一下。父亲要我们无论如何也要严守秘密，不能让母亲知道这是个善意的骗局"。然而，老十哥根本就没有想到，有一天，情况竟然严重到连自己的离休工资都发不出来的地步。而老十哥终生老友、最佳工作搭档，同为黄冈人的王朤伯伯晚景尤其凄凉。已经身患癌症的王朤伯伯，因为医疗费得不到保障的缘故，没得到过积极有效的治疗，后来突发急症，因医院及各部门相互推诿而没能得到及时救治。老十哥、王朤伯伯，甚至连同"我们的母亲"在内，某种意义上都可以说是把一生都几近无私地献给了组织的人，但他们一生都对其忠心耿耿的组织反过来却一再地辜负这些忠诚者。虽然我很难揣度刘醒龙这部长篇小说的写作初心究竟何在，但最起码，当他把这一切以前后对照比较的方式真切书写出来的时候，他那样一种或许属于无意识状态的意欲对历史进行深度勘探与追问的企图事实上就已经溢于言表了。

三

对长达将近一个世纪的中国历史演进过程作一种个人化的深入观察与思考，固然是这部《黄冈秘卷》深刻思想内涵的一个方面，但无论如何都无法忽视的一点却是，他的这种书写意图，乃是依托于他对于黄冈这一特定区域的地方性书写而实现的。以自己的家族史为蓝本，充分写出黄冈那一片特定地域的精神风骨，应该被看作是刘醒龙的写作题旨之一。很大程度上，刘醒龙这部长篇小说的写作灵感，其实来自在中学教学领域影响极大的所谓"黄冈秘卷"。因为《黄冈秘卷》的阅读题中曾经选用过"我"的一篇名为《传说的祖父》的文章，所以北童以为"我"是这套令他们这些中学生头痛不已的"秘卷"的编写者之一，便不管不顾地打电话向身为其母亲朋友的"我"兴师问罪。这也就构成了这部小说最初的写作缘起。那么，拥有作家身份的叙述者"我"到底是否参与过曾经风靡一时的《黄冈秘卷》的编写工作，尤其是，这一套《黄冈秘卷》中那一道可谓怪异至极的关于一只熊的颜色的题目到底有没有正确的答案。又或者，既然刘醒龙的《黄冈秘卷》是一部依托于自我家族史书写的长篇小说，那么，作家又为什么不仅一开始就把笔触落脚到看起来与"我"的家族毫无关联的少川母女身上，而且在行文过程中还要不断地把笔触拉回到这两位很显然位置并不重要的人物身上。从小说艺术结构的角度来说，以上这些问题，在很大程度上构成了推动故事情节演进的艺术悬念。事实上，也正是在这些悬念不断被揭秘的过程中，刘醒龙巧妙地展开了他以家族史为蓝本的地方性精神风骨的追慕式捕捉与书写。

当然，伴随着故事情节的渐次向纵深推进，以上这些问题的答案也都慢慢地浮出水面。比如，尽管说叙述者"我"并没有实际介入《黄冈秘卷》的策划编写过程，但这套影响极大的高考参考书的策划与编写却与"我"所归属于其中的刘氏家族紧密相关。与"我们的父亲"同年同月同日出生的老十一哥刘声智，不仅策划编写了这套"黄冈秘卷"，而且还凭此取得了高额利润的回报和商业上的巨大成功。比如，那道怪异至极的求熊的颜色的题目，竟然出自高考失败，后来嫁给了年龄悬殊的老十一哥的老十一婶紫貂之手。再比如，一部以自我家族史为蓝本的长篇小说，之所以要从看似八竿子打不着的少川与北童写起，关键还在于她们其实和刘氏家族有着相当紧密的内在关联，少川的母亲，就是那位由于所归属政治集团的不同而在人生旅途中被迫与老十哥擦肩而过的海棠姑娘。在这些情节相互串联的过程中，小说进一步展开了对黄冈这一特定区域的精神风骨的描摹与书写。从这个角度来看，作为小说标题的"黄冈秘卷"显然就拥有了多个层面的丰富内涵。

说到刘醒龙对黄冈地区或者说鄂东人精神风骨的挖掘与表现，首先须得特别注意诸如"嘿乎""不嘿乎""嘿乎嘿""嘿罗乎"以及"伯"这样一些贯穿文本始终的方言词。特别是这个"伯"字。"伯"，一般都被通用来指称家族中年龄比父亲大的长一辈，但在黄冈地区，这一语词却被用来指称自己的父亲。那么，黄冈地区为什么非得把父亲称作"伯"呢？刘醒龙曾经借叙述者之口，给出过相对详尽的说明："原本定居在鄂西与川东武陵山一带的巴人，屡屡谋反，屡屡镇压，总也没个尽头。东汉皇帝刘秀当朝时，巴人又起来造反，被剿灭之后，刘秀下旨将参与造反的七千多名巴人骨干，集中迁徙到史称五水之地的倒水、举水、巴水、浠水和蕲水的鄂东一带，意图用绵绵流水来消融山大王们的好战性格。历史和时光的确做到了前朝所想做到的。在消磨性格过程中，巴人在生存环境完全不同的五水之地，仍然断不了挑起血腥战事，以至于史书将这个时期以黄冈为中心的这片地区的人称为'五水蛮'。只是每场战事的结局都对'五水蛮'们不利，这种失利的直接结果便是对那些涉事的'五水蛮'家族以株连形式问罪。如此，五水之地的人们就发明了将父亲称为伯的最为简捷的脱罪方法。"将父亲称为"伯"，乃是为了脱罪，但脱罪的前提却是犯罪。只有有罪者，方才谈得上如何脱罪的问题。那么，罪从何来？质言之，这罪也恐怕只能从这些被迁徙的巴人那样一种敢作敢为、好斗霸蛮，一旦认准了自己的选择便会不管不顾地坚持到底的倔强性格而来。只要将这种倔强性格普遍化，自然也就可以被看作黄冈或鄂东人所独具的那种地方性精神风骨。

这一点，首先突出地表现在祖父身上。关于祖父，"我"曾经不无深情地写道："我的生命能够吸吮三江四水八面来风变得如此浩荡，在其本质上全是仰仗着祖父，是他给了我脊骨一样重要的文学精神。""这也是从刘家大垸到整个黄冈男人们相同的秉性。家里人能举例说明的主要是祖父、父亲，还有我。但在整个黄冈，这样的人就多了，名气特别大的也有，读书人经常举例的不少人都是黄冈的。还有家在别处的人，来黄冈时间长了，也免不了沾染这样的秉性。就像苏东坡，都落魄到相当不堪程度，先前脾气没改不说，还增加一种带着困苦的执拗，当然是受到黄冈气质的影响。不执拗到只剩下一根筋的男人就不是黄冈男人。苏东坡的执拗只相当于半根筋，所以只能算半个黄冈人。"祖父的黄冈性格，集中体现在他与林老大的关系上："祖父后来常回忆这段经历，任凭世风怎么变幻，心里都没改过林老大是好人的看法。"这一点，尤其突出地表现在那个特殊的年代："在此之前，运动达到最高潮时，祖父因为在林家大垸的林老大家待过很多年，而受到热捧。祖父对他们并没有回报同样的热情。他们说林老大家是穷人时，祖父却说，林老大家比穷人略富一点。他们说林老大家培养了黄冈一带最早的工人阶级时，祖父却说，自己是林老大家的雇工。同样是运动最高潮时，现实情况已发生逆转。此时他们表面退出社会生活，社会生活仍延袭他们的习惯，换汤不换药的那些人又来找祖父，问林老大家到底有多富。祖父还是那句话，只比穷人略富一点。那些人还是用祖父的话诘问，林老大家如何剥削家里长工的。祖父这次多说了些，他说林老大家里没有长工，自己只是一名雇工，也就是想去上工就去，不想去上工就可以不去的那种。长工则是身不由己，是被卖了身的，自己不仅没有卖身，对方若是缺少善待，一句话不合就可以拍屁股走人。祖父的说法，让那些专门从事鸡蛋里面挑碎骨的人，只能干瞪眼。"正所谓"咬定青山不放松，任尔东南西北风"，对于祖父在林老大是非善恶问题上那样一种不合时宜的执拗表现，我们恐怕只能够用这样的诗句来评价才恰如其分。

相比较而言，由于"我们的父亲"老十哥是这部《黄冈秘卷》当之无愧的主人公，所以黄冈性格自然也最集中不过地体现在他的身上。老十哥的黄冈性格，突出地表现在他对组织的坚定信仰上。自打在监狱中无意间结识了国教授，并进一步接受了他思想的影响之后，老十哥就开始确立了自己的政治信仰："老十哥甘愿献身的组织，用其强大的凝聚力，彻底溶解了成员们的生命与意志，整合成为一个史无前例的强大的集体生命和集体思想。"从此之后，老十哥就变成了一个丧失了个体主体性的集体意志的体现者。他的一切，包括最具私密性的爱情婚姻，到最后也屈从于组织的安排。很大程度上，老十哥对组织这种彻底的忠诚，完全可以用他自己近乎口头禅式的三句话来加以说明："我是百分之百不会背叛组织的！""我是百分之百相信组织的！""我心里还记着国教授，组织需要我像国教授那样做什么，我就像国教授那样去做什么！"然而，我们固然可以从作家意欲表现黄冈人或鄂东人精神风骨的角度来理解老十哥一生都忠诚于组织的描写，但老十哥这种不管自己的现实处境如何都始终对组织不离不弃的执拗，换个角度来看，却也可以说是一种扭曲与异化。因此，刘醒龙这部《黄冈秘卷》最不容忽视的思想艺术价值之所在，恐怕还是地方性书写中对历史的那种批判性的深度追问与沉思。对于这一点，明眼人不可不察。

（《长江文艺评论》2019 年 02 期）

植根于传统的创化与建构

——评刘醒龙的《黄冈秘卷》

蔡家园

  熟悉刘醒龙的读者会发现，他的长篇新作《黄冈秘卷》给人带来"嘿乎"强烈的阅读新鲜感。这部小说有点像"寻根小说"，从家族和组织两个维度回溯历史，生动还原了"我们的父亲"的文化人格生成的过程，通过挖掘黄冈地域文化来探寻民族精神的建构；也有点像"问题小说"，触及的都是社会热点、焦点问题，诸如企业倒闭、工人下岗、官员腐败、教育弊端、百姓生活困难、贫富差距拉大、道德滑坡、精神失落等，带有强烈的问题意识；还有点像"先锋小说"，对于时间和空间的处理方式，以及借鉴"传奇"外壳、内聚焦第一人称和第三人称自由转换的叙事方式，都不是标准的现实主义手法。但是深入阅读会发现，这部小说其实难以进行简单的归类，它更像独特的"这一个"，为新世纪的长篇小说之林增添了新的风景。

  在这部作品中，刘醒龙以卢卡奇式的"总体性"视野观照社会生活，透视历史发展的本质，以直面现实的姿态和正面强攻的方式，审美化地处理了我们时代至关重要的命题——精神信仰问题，再一次彰显了文学应有的力量。《黄冈秘卷》既是他的一次关于思兹念兹的故土的"害羞"[①]回归，也是一次基于民族文化根脉探寻的自信出发。

---

  ① 刘醒龙：《为故乡立风范，为岁月留品格》，《湖北日报》2018 年 4 月 14 日。

一

刘醒龙曾说过："文学的第一要旨是表现我们的民族精神与灵魂。我始终相信，一个泱泱大国，一个有着五千年文明的古国，它的生生不息、绵延不绝，一定是靠着强大的精神力量延续下来的。但在我们的现当代文学中，这种表现非常不够。我们对自己的发现和了解是远远不够的。"①从他早年的中篇小说《凤凰琴》，到后来的长篇小说《圣天门口》《天行者》《蟠虺》，其实贯穿着一根愈来愈清晰的红线，那就是试图在传统中发掘可资转化的精神资源，为物欲滚滚、浮躁迷茫的时代重铸信仰之魂。如果以他的故乡黄冈为基点来看，过去他选择的路径是出走，向外去寻找精神资源(譬如儒家文化、基督教文化等)；而在《黄冈秘卷》中，他选择了返回，除了在叙事方式上对传统进行创化，还试图通过对地方性知识的探寻和对家族血脉的追溯，来回答时代面临的最重要问题——在价值观念分崩离析的当下，我们是否需要精神信仰？需要什么样的精神信仰？诚如评论家於可训所言，刘醒龙的这部作品"发掘一种地域文化人格的成因，写出了黄冈这个独特地域的文化性格和文化精神，为乡土文化书写开了一个新生面"，而且"在深化现实主义的道路上，可谓完成了一个华丽的转身"。② 这种"转身"，从表面看是姿态和视野的变化，从深层看乃是对脚下大地的重审，是对其中蕴藏的精神力量的再发现与新熔铸，表现出一位成熟作家的文化自觉，以及重建价值理想的文化自信。

黄冈是刘醒龙的故乡。这里拥有独特的地理人文资源，名人辈出，文脉深厚。《黄冈秘卷》独辟蹊径，将笔触深入到斑斓的矿床之中，试图提炼出一种与自己的血脉密切相连的地域文化精神——

---

① 曹静，刘璐：《刘醒龙曾被人嘲笑"坐家"：我不是写作天赋高的人》，《解放日报》2011 年 11 月 25 日。

② 於可训：《湖北文学：扎根现实开新面》，《人民日报》(海外版)2018年 7 月 11 日第 7 版。

黄冈精神。小说并没有对"黄冈精神"进行界定，只是艺术化地呈现了这种精神生成的土壤和历程，并在与现实的对话中完成了关于"中国精神"的建构。

刘醒龙首先关注的是地方性语言中的精神性存在。卡西尔认为，人能发明、运用各种符号，所以能创造自己需要的"理想的"世界；他以"乌托邦"概念为例，指出语言具有建设"理想的"世界的力量。[①] 语言符号的"力量"具有隐秘性，需要人们去发掘。刘醒龙在《黄冈秘卷》中，就是通过对语言的知识考古，激活了其中蕴含的建设"理想的"世界的"力量"。像"嘿乎"是黄冈地区特有的方言，意思大致相当于普通话里的"特别"，旨在强调，略含夸张意味；由这个词演变出"不嘿乎"和"嘿乎嘿""嘿乎啰"等词语。在小说中，透过老十哥刘声志与王朏、祖父与林老大的对话，可以发现这几个词语不仅体现出说话者果敢、执拗的性格，而且还隐含着鲜明的价值判断；至于老十一哥刘声智特地请书法家将"嘿乎"写成条幅悬挂在公司，更是试图将黄冈大地上的万事万物浓缩其中，包含着雄视天下的气度和舍我其谁的自信。小说还考证了当地的称呼禁忌现象：父亲不叫"爸爸"，而是叫"伯"，据说这是黄冈地区"五水蛮家族"为避祸而采用的一种巫术式的自我保护方式；"苦婆"给孙子取名"刘声志"，给邻居的孩子取名"刘声智"，读音一模一样，为的是在呼喊孩子时让鬼难以分辨，从而护佑孩子健康成长。这种称谓、名字的禁忌显然带有原始思维的痕迹，如弗雷泽所言，"把自己的名字看作不仅是一种标记，而且是自己的一部分"，因为它们"和灵魂紧密关联"。[②] 刘醒龙所关注的当然并非这种民俗现象本身，他所要揭示的是与"灵魂"相关的语言背后的精神性内涵。小说中还多次谈到人物的取名，同样隐含着丰富的意义。姓名不仅昭示着血缘宗亲等社会关系，而且寄予着对于现世生活的美

---

① 参见[德]卡西尔：《人论》，甘阳译，上海译文出版社 1985 年版，《中译本序》第 4 页。

② [英]弗雷泽：《金枝》(上)，徐育新、汪培基、张泽石译，新世界出版社 2006 年版，第 245 页。

好愿望，是中国人精神生活中极为重要的组成部分。"苦婆"取名"刘声志""刘声智"也好，祖父给我改名"珀惇"（珀指琥珀，惇指"忠勇孝义"兼备的历史人物夏侯惇）也好，其中的"志""智""珀""惇"，无不深刻烙印着中华文化的基因密码，具有鲜明的精神性特征；老十哥以自己工作过的地方作为孩子的名字，除了用来纪念革命经历之外，更是间接地宣示对于组织的忠诚（这种取名现象一度在中国非常普遍）。语言不仅是传递信息的工具，更是传达文化精神的符号。《黄冈秘卷》以知识考古的方式，不仅发掘出了具有地方性特质的语言所包含的独特文化内涵，而且还揭示了它们对人的精神世界的塑造。

　　黄冈地区的历史掌故和民间传说浩如烟海，刘醒龙精心选择了代表中华传统文化的东坡故事和代表红色革命文化的林家故事，试图从中提炼地域文化精神。苏轼在乌台诗案后被贬至黄州，留下"恰似西川杜工部，海棠虽好不留诗"的佳话，表现出他的率性和幽默；王鼐从地方志中发掘出苏轼文集不载的诗句"三江自此分南北，谁向中流是主人"，更是表现了他在困厄中不失理想和信念的入世情怀。两则故事从不同侧面折射了一代文豪的"风骨"。小说还不惜笔墨，讲述了现代史上赫赫有名的林氏家族的传奇。凸显的也是人间情怀。无论是苏轼还是林家兄弟，都有"一根筋"的特点。这"一根筋"不是愚昧的固执，而是智慧的执著，是以人间情怀去感悟天地大道后所做的选择，这也是黄冈文化精神的突出特点。

　　除了从社会文化层面探寻地域文化精神，刘醒龙还将笔触深入到家族血脉之中，寻找代代传承的"黄冈精神"基因。曾祖母"苦婆"在饥荒时绝不让孩子出门讨饭，自己每次讨回饭食一定要重新加工，为的是不让孩子觉得在吃别人的剩饭。她最后取的两个名字是"声志"和"声智"，合起来正是理想的人生追求。哪怕生活再艰难，她始终保持着乐观，始终不曾放弃人的"尊严"。祖父更像一个"心灵的传说"。他是一个热心的乡村说书人，偷偷把"我"的原名"破墩"改为"珀惇"，这说明他不仅重视传统，而且心存诗意。临终之前，他唯一牵挂的是《刘氏家志》的下落。祖父的身上汇集了中国农民的特点，吃苦耐劳、坚韧不拔，固守中国传统文化。刘醒龙在对"我"的祖辈传奇的追寻过程中，揭示出一个家族的文化基因——无比重视人的尊严，既务实，又不失诗意。这些当然也是"黄冈精神"的重要组成部分。

与刘醒龙过去的作品相比，《黄冈秘卷》有一个明显的变化，那就是选择了一种返回姿态，通过对"黄冈精神"的追根溯源来探讨民族精神与信仰的建构问题。那么，这种变化对于刘醒龙的创作而言又有怎样的意义呢？哲学家福柯曾对疾病的两种认知方式进行过区分：一种是基于历史的认知，更多的是对现象和经验的总结；另一种是哲学性的认知，即在疾病的认知中追问根源和起因。① 这种区分方式有助于我们理解刘醒龙创作的变化。在三十多年的创作历程中，刘醒龙有着一以贯之的主题和表达方式，譬如对启蒙的呼唤、对道德理想的坚守，譬如扎实的现实主义手法，这都可以视为"历史认知"之下的既有经验书写；但是在《黄冈秘卷》中，我们看到比《圣天门口》《蟠虺》等作品中更为清晰的"哲学性认知"，那就是追问的姿态——追问历史，追问血脉，追问现实，进而思考"我是谁""我从哪里来""我往何处去"等根本性命题的答案。

值得注意的是，《黄冈秘卷》还敏锐地揭示了一系列社会问题，这使得小说不仅具有厚重的历史感，而且具有强烈的现实感。事实上，每当小说中触及的社会矛盾变得激化之时，刘醒龙总是将笔锋荡开，不去深入探究造成矛盾的主客观原因，而是转向寻找某种力量来化解这些矛盾。这种力量就是精神信仰。在不断追问的过程之中，"黄冈精神"得以呈现；而在回应现实的过程中，"黄冈精神"显示出建构性力量。

二

在《黄冈秘卷》中，作为叙事者的"我"是小说的主要人物，但并非小说的核心人物。小说的核心人物是"我们的父亲"老十哥，

---

① 参见[法]福柯：《临床医学的诞生》，刘北成译，译林出版社2001年版，第4页。

以及他的同辈人，包括王朏和老十一哥等。这些人物共同诠释着"黄冈精神"。

老十哥刘声志是刘家大垸"最有出息的男人"。他自尊、顽强、坚定、果敢、大气而又不乏细腻，既有黄冈人"一根筋"的性格，又有着传统士人的"风骨"。年轻时在狱中受到进步人士国教授的影响，他从此坚定了献身"组织"、为人民谋福利的信念。他长期在基层最艰苦的地方工作，从来都是"吃苦在前，享受在后"。抗洪时大堤垮塌，他镇定自若，身先士卒堵住溃口；泄洪时水闸遇到故障，他奋不顾身跳入水中排除险情；在工地上劳动，他比民工还像民工。他痛恨腐败，一辈子不坐小轿车（因为国教授视小车为腐败的象征）。他当过八个区的区长，直到离休时才解决副县级待遇问题，可是从无怨言。家人常年租住农民的危房，饥荒年代靠开荒种地补贴口粮，妻子到了退休时仍是普通工人。当个人生活与"组织"要求发生矛盾时，老十哥坚决服从组织决定，斩断了与海棠的情缘；但是，他又毕生怀念她的那枚"福特车"发卡，还有她舔冰激凌时的可爱动作……海若化装成"哑女"来找老十哥复仇，尽管他感觉到了危险，但还是真诚地善待她，经常给她买冰激凌，保留她栖身的小庙，甚至在她去世后悄悄给她修了一座汉白玉墓碑……老十哥是一个典型的"革命干部"，但又是一个心怀柔情和爱意的男人。正如莱辛评价《伊利亚特》时所言："尽管荷马在其他方面把他的英雄们描写得远远超出一般人性之上，但每逢涉及痛苦和屈辱情感时，每逢要用号喊、哭泣或咒骂来表现这种情感时，荷马的英雄们却总是忠实于一般人性的，在行动上他们是超凡的人，在情感上他们是真正的人。"①老十哥也如同荷马笔下的英雄们一样，既是"超凡的人"，也是血肉丰满的"真正的人"。作为历史本质性力量的代表，共产党人老十哥始终不忘初心，不仅挺起了社会的脊梁，而且耸起了精神的高峰，因此，他也就成了"黄冈精神"最完美的象征。

---

① ［德］莱辛：《拉奥孔》，朱光潜译，人民文学出版社1984年版，第8页。

　　老十哥既是一个历史生成的人物，又是一个时代赋型的人物。如果与王蒙、柯云路等作家笔下的"革命干部"形象进行比较，我们会发现他身上带有更多的理想主义色彩。新时期之初反思历史之痛、追求思想解放的时代氛围，与当下功利主义盛行、人文精神失落的时代环境截然不同，直接影响着作家的价值取向和对人物的塑造。因此，老十哥与张思远（《蝴蝶》）、钟亦成（《布礼》）、李向南（《新星》）等"革命干部"呈现出较大差异，他毕生忠诚于组织和信仰，"生是组织的人，死是组织的鬼"，几乎没有独立的反思意识和反抗精神。从他的身上，可以窥见作家建构时代价值理想的强烈愿望。

　　与老十哥同时出生、姓名读音相同的老十一哥刘声智是一个成功的企业家。他的价值观带有新时期以来的鲜明特征，就如他在香港的报纸上所说，"我需要为自己活着"。他重视传统伦理观念，积极支持重修《刘氏家志》，娶了六个老婆就是为了生个儿子能载入族谱。为了谋求更多利益，他与县里的主官暗中交易，借钱给政府发工资，投资修南门大桥。他虽然有钱，但是内心没有安全感，"每天夜里都能听见他在梦中被人追杀，让人折磨，发出哀求声。……你晓得梦里追杀他、折磨他的人是谁吗？是老十哥！……他叫着你伯的名字，给你伯磕头，要你伯放他一条生路"。他比许多暴发户都显得清醒，所以总是自嘲"自己现在穷得只剩下钱了"。作为市场经济时代的弄潮儿，老十一哥善于审时度势、捕捉机遇，而且精明强干，身上其实也折射着"黄冈精神"。

　　显而易见，与老十哥信奉集体主义精神相反，老十一哥的精神底色是个人主义；他们的处世态度也同各自的名字一样，一个相信"有志"（有理想成大事），一个相信"有智"（有计谋成功业）。可以说，两人最后都是成功者，但老十一哥说："别看我一直对你不服气，那只是爱面子，其实我心里最佩服的人是你。我刘声智不过是那供人乘坐的轿车，你刘声志才是刘家大垸的路和桥。"在刘醒龙看来，老十哥象征的是"道"，老十一哥代表的不过是"器"，当"志"与"智"统一了，才是理想的人生境界；当个人主义与集体主义统一了，才是具有现代性的价值理念。在这部小说中，他并没有简单地将不同的观念和立场进行二元对立的处理，而是试图在复杂的历史语境和现实生活中进行创造性转化与整合。正是在这个意义上，"黄冈精神"呈现出现代性与开放性。

评论家何向阳曾指出，刘醒龙的小说中存在着父子传承的隐形结构，如《凤凰琴》中的老校长与张英才、《蟠虺》中的曾本之与郝文章，"父亲是儿子的榜样，儿子是父亲的传承，两者是互为镜像的。不论是知识分子的人格传承还是文化传承，父亲不是审父、弑父的形象，而是非常强有力的圣贤人格的形象。无论是曾本之还是老校长，刘醒龙都是在试图接近和解读中国君子人格中的'筋骨'"。① 在《黄冈秘卷》中，同样存在这样的隐形结构。老十哥相对于曾祖母、祖父而言是"儿子"，相对于"我"而言则是"父亲"。刘醒龙将他置于生命链条的中间环节，不仅凸显了他在精神建构中承上启下的作用，而且赋予了中国君子人格中"筋骨"新的历史内涵。在小说中，老十哥被称为"我们的父亲"，不仅是指他是几个孩子的亲生父亲，而且也是暗喻他就是"我们"共同的"精神父亲"。在这个称呼的转换过程之中，个体与群体、地方与国族、历史与当下巧妙地实现了统一。

当然，在一个越来越原子化的时代，作为"父亲"之子的"我们"是否真的存在？怎样才能建构出一群愿意用心去"寻找"的"我们"呢？相比较而言，《黄冈秘卷》中"我"更像一个功能性人物，显得比较单薄和模糊。这是否也暗示了作家内心的某种困惑呢？

三

《黄冈秘卷》的叙事时间只有四年（从 1996 年春节到 1999 年国庆节），但是故事涉及四代人，跨度将近百年（从民国初年到 20 世纪末），不仅情节复杂、人物众多，而且头绪纷繁、信息密集。根据俄国形式主义批评家什克洛夫斯基的观点，复调小说具有四个层

---

① 朱一帆：《刘醒龙文学创作三十年学术研讨会会议综述》，《文艺争鸣》2014 年第 11 期。

次：一是主线，即围绕主人公发生，在故事中起支配作用的线索；二是副线，贯穿作品的其他线索；三是作为背景的小故事，这些小故事可以出现在作品的一个或几个片段之中；四是非动作因素，即作品中关于哲学、社会、历史、道德的思考和论述，如富有哲理的对话和议论等。① 这四个层次形成一个整体，共同完成写作者的创作意图。

从叙事线索来看，《黄冈秘卷》采用了多线叙事。主线是"我"寻找《黄冈秘卷》的策划者和编撰者，勾连起当下的纷繁复杂的社会生活；副线则有两条，一条是根据《组织史》的简略介绍，追溯"我们的父亲"刘声志曲折而忠诚的革命历史；另一条是族人为了续修《刘氏家志》，寻找遗失的族谱，并引出刘声智的传奇经历。从主线来看，"我"就像一部移动的摄像机，敏锐地扫描着时代，时而全景，时而中景，时而特写，将关乎国计民生的"秘密"一一呈现出来，揭示出社会高速发展中隐藏的种种危机，并且借助北童之口点出时代面临的最严峻问题——"精神危机"。从副线来看，第一条线索主要讲述老十哥刘声志的故事，他和王朋等老一辈革命者毕生坚守信仰、全身心奉献给"组织"，不仅是"组织"的脊梁，也是集体主义精神的象征；第二条线索主要讲述老十一哥刘声智的发迹史以及他对子嗣的渴盼，这个市场经济时代的弄潮儿，折射出鲜明的个人主义价值观。在叙事层面，刘声志和刘声智是作为对比性人物出现的，由前文的分析可以发现，两人的价值观看上去格格不入，其实都统摄于中国人恒久延绵的文化心理结构——"家国情怀"，因而两者又是互补的。这部小说的主线故事提出问题，副线故事则对"问题"予以回应，三条线索之间构成"对位"关系，既不失丰富性，又实现了形而上的和谐统一，最终完成了一个具有价值建构性的文本。正如列夫·托尔斯泰的《安娜·卡列尼娜》以双线叙事建筑起恢弘的文学经典大厦，《黄冈秘卷》则独具匠心地以三条线索拱起一座新的时代文学高楼，而构成这座高楼尖顶的正是精

---

① 参见胡亚敏：《叙事学》，华中师范大学出版社 1994 年版，第 130 页。

神信仰。

从作为背景的小故事来看，《黄冈秘卷》中密布着许多意味深长的细节。譬如开头和结尾部分都提到的《黄冈秘卷》中关于"熊的颜色"的"烧脑难题"，看上去像一个智力游戏，表现了紫貂们的智慧；同时还隐喻了小说主人公的性格，正如少川所言，老十一哥和王朤都是棕熊，"生性凶猛，不畏高寒，让人敬而远之"，因此也就成为时代精神的高标。像在文中反复出现的《诀别书》，不仅铸就了老十哥的信仰底色，而且常常用来渲染氛围、表达情感，烘托了一个革命者丰富的人性侧面。老十哥将黄花岗七十二烈士之一的林觉民的《诀别书》视为自己最重要的精神资源，在某种程度上意味着新、旧民主主义革命在精神上的一脉相承，体现出作家对于历史的整体性认知。至于"福特车模发卡"象征的爱、"巴河藕汤"寄予的乡愁、《刘氏家志》蕴含的传统文化，也都像散珠碎玉一般，辉映着小说高楼拱顶上的精神之珠。这些看似"无关紧要的非事件的穿插"，一方面具有意义功能，另一方面还具有结构功能。它们前后穿插、彼此呼应，不仅构成悬念，而且使得看似发散的叙事具有内在的多维关联，最终结为一个严丝密合的整体。

从非动作性因素来看，《黄冈秘卷》有很多精辟的议论，对人物刻画和小说主题表达具有画龙点睛的作用。譬如关于人生的价值，"人活着的意义不是钱，不是肉身，而是尊严"。譬如关于社会发展的主流，"在这个组织千差万别的人中，像我们的父亲那样的人，不仅是客观存在，还是这棵大树上的主根，主根在地上扎深了，大树才会风雨无摧地生长。"另外，小说中还有大量关于老十哥和王朤行为的议论，充分阐释了他们的精神世界和价值追求。"我"给《刘氏家志》写的序言，则具有提纲挈领的作用："续修家志应是对本门本宗一段历史的盘点。我们做过什么！我们正在做些什么！我们还将做些什么！光宗耀祖，在家是家事，在国是国事，在世界则是做人的基本……"这个"做人的基本"，不仅是伦理道德的宣示，而且是直面现实的实践。这些融入了作家深刻生命体验的思考与议论，为《黄冈秘卷》增添了哲思气质。

我们知道，任何一种形式都不是简单的叙事技巧问题，而是关联着作家对生活的基本态度、对生活的理解以及形而上的把握。《黄冈秘卷》复调叙事的四个层次并非是散乱的、随意的，而是精心设置、高度统一的，是形式与内容的有机融合，体现了刘醒龙"总体性"地把握生活与透视历史本质的能力。

王德威曾指出，中国古典小说"喜好将各种事件重叠，或将事件与非事件并叙，以强调它们之间平等的重要性，也因此反映了人生同时存在的经验……叙事主线之下可以发现一条循序渐进的线索，但它的发展在表层却被说话人不断地间歇破坏……故事临场感的产生往往得力于主线'事件'之上穿插许多无关紧要的'非事件'。因此，所有的语言姿态、声音回响、夸大、论断、琐碎的指涉、抒情的描写、叙事格式等通常被视为阻碍作品时序流通的技巧，反而成了一个功能性的意符，达到了蕴藉说话情景造成时间留滞的效果"①。在这部小说中，刘醒龙创造性地继承了中国古典小说的叙事技巧，对新的叙事可能性进行探索，不仅有助于表现"人生同时存在的经验"和"时间留滞的效果"，而且还具有多重意义：一是扩大了观照视野，拓展了小说的生活容量。二是避免了单一的视角与声调。多声部对话使得不同的价值观、伦理观的交流成为可能，正如"我"所言："在我看来，老十哥对《组织史》的看重，以及老十八对《刘氏家志》的锲而不舍，正是两种典型的历史观与价值观。二者之间不应当存在对与错、是与非，所不同的只是其拥护的人群有所差异。"三是实现了重写历史的形式与内容的融合。伽达默尔指出，"真正的历史对象根本就不是对象，而是自己和他者的统一体，或一种关系，在这种关系中同时存在着历史的实在以及历史理解的实在。"②无论是黄冈的地方性知识也好，还是老十哥、老十一哥们的故事也好，显然都是"我"所理解的"实在"，正是通过"我"的重写而实现了统一，凸显出精神性内涵。

---

① 王德威：《想象中国的方法：历史·小说·叙事》，三联书店1998年版，第90~91页。

② ［德］伽达默尔：《真理与方法——哲学阐释学的基本特征》（上卷），洪汉鼎译，上海译文出版社1999年版，第384~385页。

作家格非说过："在写作中发现新的叙事的可能性是作家的基本职责之一。"①纵观刘醒龙的长篇小说创作，从《威风凛凛》《生命是劳动与仁慈》到《弥天》，从《圣天门口》《天行者》《蟠虺》到《黄冈秘卷》，他一直在尝试不同的叙事的可能性，追求内容与形式的最佳契合。这部作品给我们带来的"嘿乎"多的思考，再一次证明，他恪守着一个严肃作家的"基本职责"。

无论是放在当代长篇小说的整体格局之中来观察，还是放在刘醒龙的长篇小说谱系中来考量，《黄冈秘卷》都显得别具一格。从精神内涵来看，这部小说以返回的姿态追溯地域文化和家族基因生成的历程，试图在地方性知识的背景中来发掘、认知民族的理想信仰、伦理道德和文化人格，进而实现对于中国精神的提炼和熔铸；从表现方式来看，这部小说娴熟地运用现实主义手法，巧妙地吸收现代派叙事技巧，尽管没有沿袭传统的史诗小说的写法，但是其厚重与深广不亚于史诗，在宏大叙事与个人叙事之间开辟出了新的路径。正是在这个意义上，《黄冈秘卷》再一次显示出一位作家丰沛的创造活力和攀登艺术高峰的沉着与坚定。

（《小说评论》2019 年 04 期）

---

① 格非：《小说叙事研究》，清华大学出版社 2002 年版，第 71 页。

现实书写的本土纵深与审美新境界

——评刘醒龙的长篇小说《黄冈秘卷》

祁春风　　贺仲明

长篇小说《黄冈秘卷》①是刘醒龙在长期执著的现实书写上一个重要突破。他早期的"大别山之谜"系列小说，因为受到魔幻现实主义和寻根文学思潮的影响，较着力于驰骋自我想象力和渲染神秘因素。1990年代初，他进一步明确了现实书写的创作方向，与此同时，开启了长篇小说体裁创作，更加全面地透视乡土社会和都市生活，并突入到对历史的深入思考之中。数十年的创作历史中，可以发现刘醒龙不断增强的"本土意识"。这不仅指他细致地刻画山区的小镇、江边的村落、县城的工厂、省城的"楚学院"等等本土生活，还表现为对民族历史、文化心理、传统人格和当前社会生活的深入思考和表现，以及在艺术上对本土传统审美方式的探索和追求。这种本土意识在《黄冈秘卷》中有深入的发展。作品在有条不紊、静水流深的叙述中，家族秘史和现实真相互为表里，革命者、资本家、乡贤、平民知识分子等各色人物交相辉映，乡土美好愿景和悠远的审美境界也最终缓缓地呈现。

一、家族秘史与现实真相

文本的发展与流变往往折射出作家的思想、情感、艺术和审美

---

① 刘醒龙：《黄冈秘卷》，《当代·长篇小说选刊》2018年第2期。文中所有作品引文皆出自这一版本。

的变迁，刘醒龙倚重现实经验和现实感的创作凸显了这种文学现象。他曾经说，"一次具有文学意义上的书写，必然是某些经验元素积累到临界点后的一次酣畅淋漓的重组，幻变而成的新生。"①完成于 2017 年底的这部长篇小说《黄冈秘卷》，是作者改写和扩写了1999 年的并不那么知名的中篇小说《就是这种味道》。如果说《就是这种味道》还只是一个雏形，那么时隔近二十年，随着作者经验的累积、本土意识的增强、现实书写能力的提升，《黄冈秘卷》呈现出的深刻思想、精巧叙事和审美的新境界，无不表明这是"一次具有文学意义上的书写"，是作者个人经验在文学世界中的又一次"新生"。

首先，小说题目和"书中书"——教辅《黄冈秘卷》是改写后的神来之笔，既反讽现实社会乱象，又以教辅《黄冈秘卷》中的试题引出家族秘史，使现实与历史相勾连。《黄冈秘卷》以一字之差指涉现实中的《黄冈密卷》。吊诡的是，仿佛与小说《黄冈秘卷》相呼应，2018 年 6 月有一些媒体披露，行销多年、遍布全国的《黄冈密卷》并非湖北省黄冈中学组织编写的，而是另有出版人创立的品牌，实际上利用了黄冈中学在现行高考制度和中学教育体制中的"赫赫名声"，大发其财，当然，市场上标注"黄冈"之名的教辅有上百种，但《黄冈密卷》的发行最为持久和成功。② 显然，在媒体报道之前，刘醒龙早已知晓或耳闻过教辅《黄冈密卷》的真相，于是在小说《黄冈秘卷》中设置了书中书——教辅《黄冈秘卷》，并加以虚构，巧妙地编织了谜团重重的小说叙事。小说以第一人称叙述，"我"是一个作家，名叫刘破墩，这个土得掉渣的名字来自父亲曾经的工作地，父亲以同样的方式为三个子女起名。由于北京的朋友少川和她的女儿高中生北童的电话，"我"发现教辅《黄冈秘

---

① 刘醒龙：《小说的难度》，《时代文学》(上半月)2011 年第 7 期。

② 参见《黄冈学生竟然没做过〈黄冈密卷〉?! 真相原来是……》，央视网 2018 年 6 月 7 日(http：//m. news. cctv. com/2018/06/07/ARTIo726Afw6P13P FiHDu5Qf180607. shtml)；《"黄冈"之争靠什么?》，中国知识产权资讯网 2018 年 6 月 20 日(http：//www. cipnews. com. cn/Index_NewsContent. aspx? newsId = 108806)。

卷》中的阅读题收录了自己的散文《祖父的传说》，这引起了我对教辅《黄冈秘卷》的好奇心，不料之后，教辅《黄冈秘卷》居然又接二连三地出现"我"的家族故事。"时间的节奏之快在于，我还在怀疑《黄冈秘卷》(高中一年级春季版)中，那篇'世上最贵的皮鞋'的来龙去脉，在最新出版的《黄冈秘卷》(高中二年级秋季版)作文素材里，又有着祖父不让我们的父亲迎娶海棠姑娘的故事。"于是，叙述者一边追溯家族秘史，一边追查现实真相。《黄冈秘卷》把历史叙事和现实叙事交错、并置，因此氤氲着历史的气息，深化了现实的厚重感，也孕育了丰富的意蕴。

在写作《黄冈秘卷》之前，刘醒龙已经在多部文学作品中对中国现代历史进行了深入的思考和审视，如《圣天门口》站在当代人道主义立场上讲述和反思从辛亥革命到"文革"的历史的暴力，宣扬爱和宽容的力量，是"对现代历史的彻底还原"[1]。《威风凛凛》《大树还小》等作品则致力于思考历史对现实产生的深远、曲折影响。这些准备，显然为《黄冈秘卷》奠定了坚实的基础。

《黄冈秘卷》中，历史和现实的叙事是紧密相连，双向流动，也是意义互见的，具有比作者以往作品更为丰富的复杂性。"我"的家族秘史，也是地方史和革命史。"我"的故乡是黄冈县上巴河镇刘家大垸，曾祖父是当地有名的织布师，可惜英年早逝。曾祖母独自养育子女，到处乞讨，因此变成了当地所谓的"苦婆"，具有替人取名的"资格"。祖父长大后也成为有名的织布师，曾到林家大垸林老大家做工。祖父在林老大一家撤退到后方之后，为了生计曾到汉口的大华织布厂做工，但有一天在街上被日本兵无故打伤，回到刘家大垸。父亲老十哥和他的堂弟老十一也来到大华织布厂做工，但老十一让老十哥"顶缸"坐了冤狱，并与老板的哑女小娴结婚。老十哥在狱中认识了共产党人国教授，出狱后寻找组织，成为黄州城的解放者和接受者中的一员。老十哥无条件地信任和服从组织，放弃与恋人海棠姑娘结婚，逮捕了她的父亲——曾经试图暗杀

---

[1] 陈晓明：《对现代历史的彻底还原——评刘醒龙的〈圣天门口〉》，《扬子江评论》2009 年第 2 期。

共产党游击队"五大队"、后来投诚的国民党旧官员。建国后不久父亲老十哥来到大别山区一个贫困县担任基层干部,勤奋、忘我地工作几十年,直到离休。而堂叔老十一不断地结婚、离婚,变成了资本家,是武汉三镇著名的"紫貂公司"的老板。小说中家族秘史的讲述穿插在现实叙事之中,由教辅《黄冈秘卷》的一道道相关试题而触发。同时,家族秘史里的蛛丝马迹也是揭开现实真相的密钥。

随着家族史逐渐明朗和深入,现实真相被抽丝剥茧般一层层地打开。其一,叙述者的堂叔老十一正是教辅《黄冈秘卷》的策划人,老十一的第六任妻子紫貂正是怪题"掉进陷阱的熊是什么颜色"的出题人,和把叙述者的家族秘史写成作文素材的执笔者。而紫貂"才是个高中毕业生,两次高考都没上榜",小说在此显露出一丝辛辣的反讽。其二,父亲老十哥的离休工资得以继续发放、县城南门的危桥得以重修,幕后都有堂叔老十一的身影,原来他与县里主官海洋达成交易,他出钱给县里发离退休工资,投资重修南门大桥,而县里主官去北京给他办好教辅《黄冈秘卷》进入课堂的许可。其三,还有一件事令"我"困惑,曾经视"我"为"蓝颜知己"的少川,突然不接"我"的电话,好几次放弃与"我"见面的机会。原来,少川通过教辅《黄冈秘卷》窥见了"我"的家族秘史,发现自己的母亲很可能是"我"父亲老十哥过去的恋人、后来远嫁北京的海棠姑娘。少川在不知如何处理的情况下,暂时中断了与"我"的联系,但她通过进一步调查,加深了对"我"父亲的理解,最终来到刘家大垸,让她的母亲和"我"的父亲通了电话,几十年后互祝生日快乐。

这些对现实真相的批判性披露,是刘醒龙向生活纵深处开掘和推进意图的结果,更显示了他多方面的现实书写能力。作品所展示的浅层次现实是教育制度弊端造成的社会乱象,但撕开现实社会的表皮,深层次的现实却是革命历史遗产和现代社会发展的冲突和妥协,历史与现实错综在一起,既完成了小说主题的良好建构,也营造了生动曲折、富有神秘气息的故事氛围,很好地推动了小说叙事的进行。

二、革命之"志"与生存之"智"

人物形象是小说艺术的重要魅力所在,《黄冈秘卷》对当前中国现实的深层次观察和整体性领悟,也主要通过人物形象的塑造而具体生动地呈现出来。长篇小说《黄冈秘卷》透露父亲老十哥名叫"刘声志",堂叔老十一的名字为"刘声智"。"志"与"智"的字形和字义的差异,预示着两人完全不同的信念、性格和人生道路。两人在少年时代曾经为了名字争吵。老十一说:"大人们说了,我这个'智'比你的'志'好,智多星不会吃亏,光有志气当不得饭吃。"老十哥说:"我的名字好,做人就要有志气。"之后,父亲老十哥果然有"志"气和理想,成了革命者和勤恳清廉的基层干部;堂叔老十一则为了"有饭吃",为了生存和欲望的满足,以"智"来趋利避害,乃至不择手段地投机而暴发。

革命之"志"与生存之"智"的此消彼长、相互冲突和妥协,体现了作者对现实的整体性的观察和认知。但父亲老十哥和堂叔老十一的形象并不是作者现实认知的图解。尤其是父亲老十哥的形象十分鲜明,令人印象深刻。老十哥从小被"我"的曾祖母和祖父寄予厚望,尽力支持他读书。曾祖母的大爱和祖父的本分、踏实肯干潜移默化地影响了父亲的品行。后来在武汉,老十哥无辜坐了监狱,却因为遇到国教授而接受了阶级思想,逐渐成长为坚定的革命者。出狱后,老十哥并没有质问老十一为什么曾经谎称自己是"刘声志",也不羡慕他成了大华织布厂老板的女婿,有了轿车坐。解放之初,老十哥服从组织,放弃海棠姑娘,娶了组织介绍的女同志。之后,调到贫困山区工作,在县里的九个区都担任过基层领导干部,从不为妻子、儿女谋求好处,从不考虑个人职务的升迁。筑路,防火,抗洪,父亲老十哥都冲在第一线,甚至为了打开水闸,他多次冒着被旋涡卷入的生命危险,勇敢地潜入水库底部(刘醒龙最早在 1992 年发表的《村支书》里就讲述过这种大公无私、不怕牺牲的行为)。但父亲直到离休也没有得到升迁,只是调回县城在县物资局长的位置上离休,享受所谓的副县级待遇。晚年的父亲,逐渐变成了一个悲剧性人物，他和过去的老搭档王鼎发现县里的经济没有起色，腐败却越来越严重。先是"我"的母亲和王鼎伯伯所在的供销社发不出离退休工资，王鼎伯伯患病也得不到治疗。父亲先是瞒着母亲用自己的钱给她发退休工资，后来他不知道自己的离休工资也不发了，母亲如法炮制，让子女们凑钱冒充物资局发的。信仰的危机是父亲老十哥这样的老革命者最大的悲剧。小说中用于堂叔老十一的笔墨相对少一些，形象也相对逊色一些，但同样没有脸谱化。老十一在妻子小娴因难产去世后，又娶了老板的小姨子，在公私合营之后又离了婚，娶了第三任妻子——前夫在抗美援朝中牺牲的遗孀，从而成功地在历次运动中保护了自己。"文革"后老十一又经历了几次婚姻，直到娶了第六任妻子紫貂，打算让她做试管婴儿，为自己留后。"老十一将自己名字中那个'智'字，运用到极致"。堂叔老十一似乎是一个为了生存和欲望不择手段的人，但其实他有道德底线，也不会触犯法律。比如堂叔老十一不与腐败分子合作，不同意县里的前任官员对他重修南门大桥的邀请，因为他们要用皮包公司拿干股。堂叔老十一只是擅长于游走在社会的幽暗暧昧的地带，到处投机，在后革命时代更加如鱼得水而已。

尽管小说叙述者曾说过"刘家大垸的刘声志和刘声智二位，一个在组织面前不说二话，一个在钻进钱眼里只闻铜臭不知花香"，但作者对这两个人物并非简单地肯定和否定。对于父亲老十哥形象，作者怀有一定的敬佩之情，但这种情感是比较克制的。一方面，这种敬佩之情来自作者在深刻反思革命暴力的基础上，在市场经济时代崇高精神失落的现实情况下，对于革命的理想性和革命者的高洁品行的认可。另一方面，作者还如实地写出了革命者在当下现实社会中的生活困境和精神危机，某种意义上，他们是不合时宜的人，是时代中的悲剧性人物。堂叔老十一形象，当然显示了作者对于资本家的负面看法，认为他们投机取巧，放纵自己对于金钱和性的欲望。然而，作者似乎不得不承认历史的推动力有恶和欲望的成分，堂叔老十一这样的资本家可能有着不光彩的资本原始积累经历，他们却有力量办成大事，改变贫穷、落后的社会现状。

主要人物的复杂性和作者的复杂态度，说明刘醒龙对现实社会有着深刻而透辟的理解。在《黄冈秘卷》中，刘醒龙表现出保持情感和理智平衡的明确意图，并在一定程度上沿用了现实主义的"典型"方法来塑造人物。父亲刘声志和堂叔刘声智这两个主要人物形象，既具有概括性和普遍性，又是鲜活独特的个体。刘醒龙通过塑造这两个具有概括性、普遍性的人物形象，讲述他们由来已久的冲突和当前现实生活中的妥协，提纲挈领地展示了当代中国两大力量的博弈和整体性的社会发展困境。而他在塑造这两个主要人物时，深入到故乡的历史和现实、家族的个案和传统文化内部，因此，父亲刘声志和堂叔刘声智的性格和命运具体可感，是活生生的人，他们的理念和行动背后有着强烈的革命或生存逻辑，以及文化和精神上的内在底蕴。可以说，《黄冈秘卷》中的人物形象塑造，是刘醒龙对当代中国极具概括力又贴切、生动的呈现，它与复杂、含混、矛盾、朦胧的现实生活切实地融为一体，没有落入非此即彼的二元对立模式中。

三、"桥"和"家谱"的隐喻

除了书中书——教辅《黄冈秘卷》，长篇小说《黄冈秘卷》中贯穿始终的物品还有"小福特"发卡、小轿车、南门大桥、巴河藕汤、《刘氏家志》等。教辅《黄冈秘卷》在小说中主要发挥着勾连历史与现实的叙述上的功能，而其他物品在叙述功能之外，还或多或少带有隐喻色彩。如"小福特"发卡是爱情的象征。它不仅救了父亲老十哥的命，还让他与海棠姑娘结缘。在他与海棠姑娘分开之后，父亲珍藏着"小福特"发卡，直到被"我"和大姐无意中发现，而随之被母亲偷偷收藏。并且，"小福特"发卡还见证了母亲、父亲和海棠的和解，这似乎意味着包含爱情在内的历史问题与现实状况的一种和解。

小轿车、南门大桥这一组物品则促成了父亲老十哥和堂叔老十一的和解，代表着革命者和资本家的妥协与合作。父亲老十哥在少年时代本来十分喜欢小汽车，在大华织布厂时，下了班就特意跑到电影院门口看小汽车。但国教授赋予了小轿车的统治阶级属性，让父亲老十哥从此对小轿车产生了恶感。在晚年，他和王朤伯伯都痛恨南门大桥上行驶的小轿车，尤其是政府的公车，视之为腐败的象征。然而，随着经济的发展，各种汽车越来越多，南门大桥也变成了又窄又破的"危桥"，多次出现交通事故。父亲和王朤的固有观念动摇了，他们逐渐改变了想法。父亲老十哥在得知老十一是出资方的情况下，仍然最终同意了拆迁自己的家，支持重修南门大桥。他宣称："修建南门大桥的事不仅与老十一没有关系，与任何人都没有关系，与紫貂生不生孩子的事更是风马牛不相及，这是组织的决定，是组织要造福全县人民。"革命者从"造福人民"的基本信念出发，艰难地改变了固有的偏见，"桥"的重修得力于革命者与资本家的合作，"桥"是连接两大社会力量、统一现实利益的象征。

巴河藕汤、《刘氏家志》这另一组物品获得了最广泛的认同，蕴含着作者对于文化认同和文化重建的想象。连父亲老十哥都认为巴河莲藕是天底下最好的莲藕，而食物是故乡记忆中重要的部分，嗅觉、味觉的记忆似乎更能持久地留在脑海中，成为顽固地触发乡愁的因素之一。食物的认同是从物质通向精神，家谱的认同则具有纯粹的文化和精神上的意义。小说中的家谱《刘氏家志》也是书中书，且是十分重要的隐喻。老十一表面上对续修家谱毫无兴趣。父亲老十哥更是坚决地反对，他认为自己已经被写入了《组织史》，再支持续修家谱就是对组织的背叛。但他们俩的内心深处都潜伏着深厚的家族情感，对家谱和传统家族文化都有一定程度的认同。堂叔老十一在紫貂怀孕、老十哥同意搬迁之后，父亲老十哥在王朤伯伯去世、自己叶落归根之后，都改变了想法。他们俩从貂猪儿的洞穴中拿出了在"文革"时期隐藏的两本家谱，"只不过老十一藏《刘氏家志》在前，老十哥藏《刘氏家志》在后"。

刘醒龙通过隐喻的运用，举重如轻，他把深刻的思想融化为精巧的叙述，致使他的现实书写在向着社会、政治、文化纵深发展的同时，小说叙事的美学却呈现出一种轻盈感和后现代特征，与他以往的现实主义艺术特征相比呈现出强烈的创新性色彩。

四、超越批判/赞颂的悠远境界

《黄冈秘卷》最后展现了一幕温情脉脉、其乐融融、平和安宁的场景。各种真相大白于天下，各种矛盾消弭于无形，各种人物在乡土故园中、在家族文化的氛围里达成所有的和解。其一，父亲与海棠姑娘的爱恨情仇打上了句号，与母亲的夫妻情感宛若新婚。他在叶落归根、回归故园后获得了内心的安宁。"父亲坐在自家门前的晒场上，脸上有着从未有过的平静。"其二，父亲老十哥认可了堂叔老十一重修南门大桥，老十一表达了对老十哥的敬意。其三，老十哥、老十一、老十八在续修《刘氏家志》一事上形成共识，父亲老十哥甚至命令"我"给《刘氏家志》作序。最后的场景显示，作者在《黄冈秘卷》中的现实书写，从事实真相的披露、现实整体性的认知，进入到传统家族文化的认同，最终达到了审美上的悠远境界。

这种悠远境界是思想上深刻理解现实后的宽容和澄明。小说结局的和谐、平静，在一定程度上是刘醒龙独特的创作观的落实。"在我看来，在建设和谐社会的历史背景下，写作者对和谐精神的充分理解与实践，即为当前文学创作中最大的创新。中国历史上的各种暴力斗争一直为中国文学实践所痴迷，太多的写作莫不是既以暴力为开篇，又以暴力为终结。"①然而，我们又不能将这种和谐误解为简单的和解，它是在反思历史暴力之后充满大爱和仁慈的理想追求，是在批判/赞颂的激情之后的包容和超越。这从小说叙述者"我"的情感变化中可见一斑，"我"曾经鄙视堂叔老十一的暴发，愤怒于他的投机和官商勾结。而对父亲，"我"表面上颇有微词，其实内心无比崇敬。但在批判和赞颂之后，"我"的情感是包容和平淡，乐观父亲老十哥和堂叔老十一的和解。当然，和谐和安宁只是现实各因素达到短暂平衡时的状态，反映出作者美好的想象和

---

① 周新民，刘醒龙：《和谐：当代文学的精神再造刘醒龙访谈录》，《小说评论》2007年第1期。

期望。

这种悠远境界还体现为小说叙事上的举重如轻。如上文所述，在《黄冈秘卷》中，作者改变了以往现实书写的深沉感和抒情化，设置了许多兼有叙事功能和隐喻色彩的物品，心平气和地、举重如轻地化解现实书写的沉重，他对现实的敏感问题并不点破，对现实的深刻认知也点到为止。正如意大利小说家卡尔维诺所说，"把语言变轻，进而通过似乎是无重量的文字肌理来传达意义，直到意义自身以同样等精纯的一致性显现。""也即文学作为一种生存功能，为了对生存之重作出反应而去寻找轻"。① 这种从"生存之重"中寻找轻，"把语言变轻"，把意义变成精纯的显现，是刘醒龙现实书写的审美新境界，也是一个新的起点。同时，这种艺术特征也显示了刘醒龙在现实书写的本土化方面的努力和效果。"具有了深远的本土意识，真正意识到文学与本土之间的关系，作家就有可能很好地解决文学与现实之间的关系，特别是现实题材创作与文学超越之间的关系问题。"②现实书写的本土化的深入，必然会最终落实在艺术形式上。文学不是简单的写实，而是对于生活的超越，在此，艺术上的创新和多元是不可缺少的重要内容。

（《小说评论》2019 年 04 期）

---

① ［意］卡尔维诺：《新千年文学备忘录》，黄灿然译，译林出版社 2009 年版，第 16、28 页。

② 贺仲明：《现实主义、现实书写与本土意识》，《人文杂志》2017 年第 4 期。

悬疑其表，隐喻其里

——评刘醒龙长篇小说《黄冈秘卷》

郭洪雷

《黄冈秘卷》是悬疑之书。

《黄冈秘卷》是隐喻之书。

《黄冈秘卷》是忧惧之书。

《黄冈秘卷》是一部读完后至少还要回过头来再读一遍的书。

一

许多读者可能和我一样，拿到《黄冈秘卷》感觉题目似曾相识，随手"百度"一下，打上"黄冈秘卷"，跳出的所有条目几乎都被自动纠错为《黄冈密卷》。当然，此"秘卷"非彼"密卷"，一字之改，不过是作者的小手段，刘醒龙是想让读者在小小的差异和诧异中领会这个与黄冈有关的故事。我们知道，衡水中学之前有个黄冈中学，同样是应试教育，同样是地级市里的中学，衡水神话背后是教育的产业化、准军事化，而黄冈神话则有着文化传统方面的原因。就像小说中的祖父，日子过得再艰难，也要让孩子们完成学业。或如小说《后记》所言："在文化上，黄冈大地不曾有过对任何一个孩子的刻薄。"黄冈出状元、出将军、出"贤良方正"，肯定与重视教育的传统有关。然而，这只是《黄冈秘卷》表层意指之一面，它让作者找到了通向"故乡思维"的小路，进入自己熟悉的书写路径。以往阅读经验告诉我们，就小说意义的生成而言，最显在的未必是最重要的，在它的旁侧和背后，也许有更重要、更隐蔽的不自然因

165

素的存在，需要我们用"敏感的脊椎骨"去感受、去发现。

说《黄冈秘卷》读过之后还要再读一遍，绝非暗示它是一部经典，或者具备了某种经典气质。"经典"需要沉淀，在时间尚未充分展开之前，任何评价上的高言大词都有可能成为虚言妄语；任何对时间的僭越，都会遭到遗忘的嘲弄。在我看来，重读是《黄冈秘卷》修辞策略的必然要求，是读者完形心理的本能反应。比较而言，《蟠虺》是标准的悬疑小说，几乎包含了"悬疑小说"的所有要素。在这点上，《黄冈秘卷》肯定不及《蟠虺》。但从阅读的难度看，前者显然超过了后者，甚至可以说是刘醒龙小说中最难读的一部。《黄冈秘卷》难读，主要有两方面原因：一是繁复，二是遗漏。

《黄冈秘卷》写了刘家五代人，时间跨越七八十年，空间涉及刘家大湾、林家大湾、团风镇、黄州、武汉等多个地方；而叙事的多向展开，又使小说具有了家族史、革命史、地方志等多个面向。而所有这一切，又与海、刘两家两代人之间的情感纠葛和爱恨情仇纠结在一起。加之作者刻意杂糅穿插，在断续起落之间，小说叙事线条获得了一种依偎缠绕、繁缛错落的审美品质。然而，像阅读一般小说那样，毫无涩感地平蹚过去，《黄冈秘卷》并不会给读者带来太大的难度挑战，有些叙述单元，甚至还有通俗影视痕迹。这样的印象，来自阅读中对有效信息的遗漏，对信息释放分寸的忽略。小说结尾，纷杂的故事头绪被收拢起来，在和谐、团圆、释然之外，读者总会有一种意犹未尽之感。回过头来再读一遍，遗落信息、暗示细节、搭接印记豁然在目。这时，我们才能充分领略克制、断缺、延宕形成的叙事张力，折服于作者抽丝剥茧、操控有度的叙事腕力。

在人们的认识里，悬疑小说属类型小说，严肃文学作者往往汲取其技巧和手法，但又避免使自己的写作沦为一种通俗的类型书写。在这方面，中外小说家都曾有过探索和尝试。《蟠虺》发表之初就有论者指出："刘醒龙这个长篇的一个特出之处，就是对于一种悬疑表现方式的有效征用。""征用"意味着临时性和偶尔为之。四年之后，再次拿出悬念丛生的《黄冈秘卷》，我们当然可以认为刘醒龙在维持着一种写作的惯性。然而，"悬疑"是一个有弹性的概念，它可以指一般性的技巧和手法，也可以被理解为小说的一种普遍性的器质，当我们说"几乎所有的故事都是悬念故事"时，就是对这种普遍性的指认。当然，悬疑与悬念有区别，悬疑小说在悬念之外还包括惊悚、罪案、谋杀等因素。《黄冈秘卷》有悬念，没有贯穿始终的罪案，更少惊悚元素，但刘醒龙利用情节设置和文本勾回间的细碎元素，如段子、书籍、试题等，几乎将过往历史和现实生活全部悬置了起来。在这个意义上，我们将《黄冈秘卷》视为"悬疑之书"。

要想对一部作品给出判断，最好是将其放入作者的整体创作之中加以理解。《蟠虺》采用悬疑方式也许偶然；之后有了《黄冈秘卷》，或许可以理解为惯性；但进一步放开视线，将《天行者》《弥天》《圣天门口》等长篇也纳入进来，我们就会发现若隐若现的共通之处：不仅在局部或者细碎之处，如以语言碎片、信件、书籍、试题、人物姓名等设置悬念，而且在宏观修辞和有效信息的操控方面，也都在策应着悬念的张力效果。在我看来，以悬念推动故事反映了刘醒龙创作思维上的某种习惯，带有一定的原初性。只不过在不同时期、不同作品里，有时作为局部技巧，有时作为整体策略，刘醒龙进行着不断地调整和摸索。例如，《天行者》《弥天》里的数学题更多是一种填充性细节，悬疑效果是局部的、有限的；而在《黄冈秘卷》里，那道熊题则形成了贯穿性的、整体性的悬念。直到小说结尾，紫貂给出了答案，少川也有另外的思考，但实际上它还是被悬搁了起来，被开放性地留给了下一代。

二

维特根斯坦有句名言："凡是能够说的事情，都能够说清楚，而凡是不能说的事情，就应该沉默。"维特根斯坦是在逻辑哲学的范畴里说这样的话的，也许有更为精微的意思在里面，我们未必领会得到。不过在现实世界，事情哪就轻易说得清楚，人又怎能甘于沉默。幸而在哲学之外我们还有文学，有小说；逻辑之外，文学还提供了暗示、隐喻和象征。而现代社会，尤其是在它的极端的形式下，总有打破公众世界与私人世界之间界限的倾向，要求人们的生活——当然包括思想、文学和任何形式的精神生活——比以往更透明。好在文学在成长中发育出了各样隐微技术，在敞开/遮掩之间，使自己能够与现实展开最低限度的周旋。某种程度上，所谓悬疑、暗示、隐喻、象征，在特定文学生态内，都是隐微书写的手段，宏观修辞的组成部分。所以，刘醒龙在悬疑叙事上的探索，既是一种主动创新，又是应对文学生态变化的本能反应。

相较以往作品，特别是《蟠虺》这样的悬疑之作，《黄冈秘卷》卸载了案件、死亡、谋杀等悬疑叙事的常规手段，削弱或者说拒绝利用它们带来的惊悚效果。在《天行者》里，有王小兰被瘫痪丈夫掐死这样的事件，始终隐伏在叙述之中；同样，《蟠虺》中郝嘉的自杀，郝文章的判刑入狱，曾侯乙尊盘的真假得失，都是贯穿性的事件，对悬疑效果的维持起着重要作用。但在《黄冈秘卷》里，精心策划的福特车爆炸行动中途而废；柳剑光组织的追杀被酒厂老鼠轻易化解；海若复仇被一盒冰激凌消弭于无形；慕容副县长涉贪入狱又被"无事释放"。这样的卸载和削弱对悬疑小说来说是致命的，刘醒龙必须找到有效的替补方案。而《黄冈秘卷》的独特之处在于，刘醒龙几乎把小说所涉及的历史和生活中存在的事物、发生的事件，全部悬置起来，加以延宕处理，以传说、流传、挖古、"辩经"等讲述方式，凸显它们的不确定性；以卖关子、结扣子、留空缺、设谜团、突断突接等手法，使叙述始终处于不确定的、跳动的湍流状态。而所有这一切，或大或小，或强或弱，都在助推着悬疑效果的生成。当然，在小说艺术的世界里，形式从来就不仅仅是形式，它是与作者对世界、对历史、对生活的理解熔铸在一起的。也许，在刘醒龙眼里，世界、生活的原生状态本来就是这个样子：历史无时无刻不渗透于现实；而人的现实存在又深深扎根于历史。

《黄冈秘卷》悬疑叙事的另一个特出之处在于：寻找生活中的悬疑载体，并充分发掘它们的悬疑功能。悬疑叙事线索纷杂，需要贯穿性事物发挥连接的功能和作用，在使故事获得整体性的同时，也能收拢头绪，让读者的阅读找到落脚。例如，海刘两家经历了50年离乱之后，酒窝成为扑朔迷离的指认标记。海棠、海若、大姐、少川、北童、紫貂；或是或不是，或一个或两个，或笑或不笑；情感变化和事件展开都找到了实体性的依托。再如那只小福特发卡，是典型的"欲望客体"，老十哥于惊险中偶然得之，"我"又于睡梦中无故失之，它在故事中的传递易主是理解老十哥的一个关键："生为组织的人，死为组织的鬼"，一切为"组织"着想，一切从"组织"出发，但有了小福特发卡，读者在"异化"之下看到的却是隐秘的情感的微火。老十哥深知，没有"组织"，没有"组织"带来的"天翻地覆"的变化，就是再神奇、再巧合的奇遇，大家闺秀海棠也不会眷顾、逢迎一个乡下织布工。对"组织"而言，"情感的微火"是消解之物，但正是这种隐伏的情感因素，使老十哥的"异化"和执拗性格获得了更深的理解。

小福特发卡很容易让人想起查理曼大帝的传说，那枚镶宝石的指环将德国姑娘、姑娘的尸体、图尔平主教和康斯坦斯湖串联在一起，"为了把这些事件连接在一起，便把一条文字线，也即'爱情'或'激情'，在各种不同的吸引力之间建立延续性。还有一条叙事线也即那枚指环，在各个插曲之间建立逻辑上的因果关系。驱策欲望朝着一种不存在的东西——由指环的空环所象征的缺乏或缺席——前进的动力，更多是有故事的节奏而不是由叙事的事件来表达的。"发卡连接人物和事件，缠绕着"爱情"或"激情"，这些功能读者会看得很清楚。而"驱策欲望朝着一种不存在的东西"前进，则更多体现在老十一对"组织"的激情上。对于"组织"，还是祖父的"土布哲学"看得更透彻："刻板的日子是经线，有限的食物是纬线，我们的欲望既是这两根线交织成的那个点，又是这两根线交织成的那个空。四个点围成一个空，四个空围成一个点"，"点为实，空为虚，虚实不仅相间，而且还相辅相成。"所以，"组织"可以网罗天下，亦可隐遁无形。但无论虚、实，无论"组织"怎样满足、安排老十哥的欲望，或者抛弃他，使其欲望出现空缺，沦为幻觉，小福特发卡所携带的"情感的微火"，都在支撑着老十哥的"激情"和"执拗"。只不过小说结尾，在海棠要求下，老十哥把发卡戴到妻子头上，"情感的微火"完成转移，在伦理上被合法化、自然化了。

　　《黄冈秘卷》以书籍为悬念载体，也给人留下了深刻印象。刘醒龙在《弥天》里就曾使用过书籍，签有"来秋"名字的《战地新歌》直到结尾才落实在秋儿那里。也许是巧合，也许是天意，虽有熟悉《战地新歌》的宛玉在前，但温三和最终还是在秋儿那里安顿了自己的情感和欲望。当然，这里牵连的不只是两个女人、两个地方（湖北、安徽），而且还暗示着两条不同的社会发展路线。及至《黄冈秘卷》，这一手法被大大强化，《黄冈秘卷》《组织史》《刘氏家志》《黄州府志》《资本论》等，都对小说意义的生成起着或大或小、或整体或局部的作用。单就悬念而言，试题《黄冈秘卷》和《刘氏家志》都是贯穿性的载体。试题《黄冈秘卷》与名物（巴河莲藕汤）、方言（"嘿乎""不嘿乎"等）、习俗（要给客人吃六个鸡蛋）、称谓（称父为伯）等，共同支撑着《黄冈秘卷》地方志书写的面向：作者表达面对家乡原野时的害羞，书写黄冈人的"执拗"，书写"黄冈精神"，等等，都是在这个向度里呈现的。然而，地方志、家族史在小说里往往又是民族志、民族寓言。在更高、更大的意义层面上，《组织史》和《刘氏家志》两书是一组对称的结构性存在："《组织史》包含着远大理想，《刘氏家志》可以用来追根溯源。"与此同时，它们构成了"我们的父亲"老十哥和王朤一代人在性格和情感上极为矛盾的两个侧面：一方面，他们都是上了《组织史》的人，他们是"忠良"，是"圣贤"，忠诚"组织"，无怨无悔；另一方面，在内心深处，又深藏着对家乡、家族根深蒂固的感情。就像小说设置的那样，《组织史》在明处，他们的现实身份也永远是"组织"的人；《刘氏家志》在暗里，被深藏在貂猪洞里，处于遗失状态，老十哥和王朤的家族情感也长期处于隐匿状态。王朤的身世和名字是贯穿小说始终的悬念，直到临死，他都念念不忘"落叶归根"，回到刘家大湾，埋在王先生身边。值得注意的是，正是在家族情感这条脉络上，作者才抄撮出《闲情偶寄》序言中的一段警世之言。那段文字由北大教授课堂讲出，由北大学生北童背出。凑巧，《刘氏家志》序文也引用了这段文字。不过，"无巧不成书"。没有凑巧哪里来的神秘、悬疑？更无所谓暗示、隐喻和象征了。

三

　　《黄冈秘卷》和《蟠虺》一样，都是自带"钥匙"的文本。在进入文本、接触悬念之前，刘醒龙先把"钥匙"交到了读者手里："识时务者为俊杰，不识时务者为圣贤"——《蟠虺》考察着时代转换关键时刻龙蛇混杂的人性景观；"凡事太巧，必有蹊跷，不是天赐，就是阴谋"——《黄冈秘卷》书写着一种源发于历史的焦虑和隐忧。《黄冈秘卷》有太多巧合和秘密，它们一方面是"天赐""天意"，是以偶然方式呈现又让人们必然地加以接受的历史事实；另一方面又是人为的"阴谋"：改变、挣脱历史宿命的主观图谋和行动。在小说世界里，无论"天赐"还是"阴谋"，都是隐喻滋生的地方。在这里，作者既可"代天立言"，又能"上下其手"。如此，"钥匙"也就成了作者对阅读和作品意义生成的指示和引导。虽然同为悬疑叙事，存在诸般相似，但二者之间存在着一个绝大的不同：在《蟠虺》那里，暗示是其技术构成的"拱顶石"。有了重庆、云南、国师、僭越、进入美国领事馆之类的暗示，曾侯乙尊盘迷案，也就成了一个关涉政治黑幕的可以"通天"的故事；在《黄冈秘卷》之中，隐喻则是意义生成的"发动机"。如果剔除作者对隐喻的刻意经营，《黄冈秘卷》也就无所谓"秘卷"，充其量不过是一部普通的有地域特色的家族小说。就此而言，《黄冈秘卷》恰恰延续着《弥天》的修辞策略。

　　刘醒龙在《弥天》后记曾这样写道："而我的写作是隐喻的。这是生活所决定的。在过去，生活就是如此神秘地向我诉说着，能不能听懂完全是我的造化。现在和未来，生活继续是这样。还有一句话，也是我常常听到的：三十年河东，三十年河西。从我所写的那个七十年代算起，正好又到了新轮回新变迁的开始。生活的表象看上去有了天壤之别，生活的精髓变化并不大。仿佛还要经历一次三十年河西，三十年河东。真是这样那也太可怕了。"这是刘醒龙新世纪之初的一段感慨，从中我们能够获得很多启悟：生活现实决定写作方式，隐喻重归笔下，是生存感受的自然反应；无论是自己头顶鞭子的闪击，还是历史展开可能落入的陷阱和灾难，现实情怀和忧惧心理始终是刘醒龙写作的深层动力；刘醒龙的忧惧是历史性的，而"历史是脆弱的"，历史的轮回感恰恰植根于对未来的筹划和展望之中。必须看到，同为隐喻，《黄冈秘卷》与《弥天》又有很大不同：后者是整体性的，它得自于对一个完整故事的理解；前者是零散的，隐喻以不同形式散落在字里行间。作者点到为止，能否领会全看读者的个人造化。

刘醒龙不是一个绝望的写作者，无论面对何等艰难的问题和苦难，他在小说里都会给出答案，哪怕是以理想化的方式，也要给予解决。《天行者》续写《凤凰琴》，在结尾之处，余老师与蓝小梅结婚，苦焦的日子终于熬出了头；王小兰死了，痛苦之余，孙四海终得解脱，父女公开相认；邓有米善意拿回扣，事败逃跑，在外面也暂时得到安置；夏雪父母捐建的教学楼塌了，但大学毕业的张有才和自学成才的叶涵秋回来了。安岭小学后继有人，有人就有希望。同样，《黄冈秘卷》也有一个和谐、团圆的结局：《刘氏家志》找到了，执拗的老十八哥了却素愿，可以续修家志了；王朤被埋在王先生身边，生前落叶归根、认祖归宗的心愿达成了；紫貂怀孕了，执拗的老十一哥有后了；五十多年沧桑变化，海、刘两家终得和解；老十一哥出资，老十哥带头搬迁，南门大桥重建已不在话下……有了和解、合作，注重人情，倡导宽容，再加上坚定的信仰和坚毅的性格，这个社会、这个时代的问题、困难，都能够得到解决和克服。

《黄冈秘卷》人物众多，老十哥刘声志和老十一哥刘声智是一组对称的结构性人物设置。二人脚跟脚来到这个世界，只差几个小时。老十一灵活、圆滑，一辈子娶了六个老婆。他在任何时候都能找得机会：世事艰难，他能苟安偷生；时代宽松，他就能兴旺发达，春风得意；老十哥忠诚、执拗，不谙世故，一辈子当了八任区长。他任何时候都信念坚定，对组织不离不弃，老来却连工资都没有保障。老十一"乘人之危"，得到原本钟情于老十哥的小娴，并且曾几次有意无意地出卖这位同族兄长，为此两人50年不相往来。在某种程度上，老十哥是"组织人"，老十一是"经济人"；老十哥在正面，老十一在侧面，他们共同构成了《黄冈秘卷》隐喻修辞的两根主轴。小说结尾，作者有一个非常刻意的情节设计：两人把各自的《刘氏家志》先后藏在貂猪洞，取出时刘声志拿了刘声智的，刘声智拿了刘声志的，如此"交换"，意味着"志""智"联手，"组织人"与"经济人"和解，只有这样，南门大桥重建乃至整个社会的疑难问题才能得到解决。其实，前面的"黑小白兔""白小白兔"也有这层意思在里边，它很容易让人想到"黑猫白猫论"。老十一哥70多岁了，作者还是让紫貂怀了孕，"经济人"不能断子绝孙，否则社会发展就会失去平衡，重蹈覆辙。

绝望不一定深刻，心存希望也未必浅薄。绝望容易使人失去耐心，希望反而会激发责任意识，让人对社会、历史和文化有更深细的省察和思考。正如雅斯贝尔斯所言："我们有必要审视历史和当下，这并不仅仅是为了满足我们的求知欲，不仅仅是为了了解人类的伟大和卑鄙以及人类的伟大创造，更为重要的为了唤起责任感。"在刘醒龙的小说里，希望和忧惧是"责任感"的两面，正是基于"责任感"，他在向读者输送希望的同时，也在表达着自己的忧惧。在小说里，小妹女儿给外公讲的故事表面看是一则段子，实则是前面轮回感的另外一种表述。它让人们看到了平静的历史地表之下的病态和疯狂。所以，刘醒龙很快接续了《刘氏家志》序言里的这段文字："家志上写就的辉煌并不是后人的骄傲，家志上记载的耻辱却是后人的羞愧。续修家志应是对本门本宗一段历史的盘点。我们做过什么！我们正在做什么！我们还将做些什么！光宗耀祖，在家是家事，在国是国事，在世界则是做人的基本……"刘醒龙话未说全，也没说完。但有一点是明确的：我们必须承担"羞愧"。来路无法摆脱，我们只能从给定的历史出发，并在对未来的筹划中承担自己的责任。

前面曾经提到，《黄冈秘卷》里有一道熊题：有一只熊掉到一个陷阱里，陷阱深 19.617 米，下落时间正好 2 秒。求熊是什么颜色的？备选答案分别是"白色""棕色""黑色""黑棕色""灰色"。当然，这是刘醒龙埋设在小说里的一个巨型隐喻。在某种程度上，整部《黄冈秘卷》都是围绕这个隐喻展开的。透过隐喻，刘醒龙要让人们思考这样一个问题：我们如何才能摆脱重新坠入陷阱和灾难的命运？也许，法国哲学家迪皮伊对灾难问题的思考会给我们带来一些启发：我们应该将灾难视为自己不可避免的命运坦然接受下来，然后投身其中，接受它的观点，同时回溯性地置身于过去的有可能发生但没有发生的可能性之中，我们现在就要按着这种可能性采取行动。迪皮伊的主张让人感到悲凉，他关注的主要是宇宙和环境灾难。但在我看来，迪皮伊的主张同样适用于人类自己给自己制造的灾难，整部《黄冈秘卷》，无论是它所涉及的革命史、家族史、地方志，还是作者强调的和解、合作、人情，坚定的信仰，坚毅的性格，刘醒龙都在搜求着那些在历史中未被充分展开的"可能性"。

由《黄冈秘卷》扯到迪皮伊，扯到灾难哲学，这本身已然涉嫌误读，涉嫌"强制阐释"。不过还好，刘醒龙对《黄冈秘卷》的阅读难度早有预见，在小说里留下了对读者和评论者很体谅的话："能读懂《黄冈秘卷》的人是自带太阳的人。读不懂也不要紧，做一个自带月亮的人也挺好。"

（《当代作家评论》2019 年 01 期）

家族叙事破译黄冈文化精神密码

——论刘醒龙的长篇小说《黄冈秘卷》

刘 艳

《当代·长篇小说选刊》2018 年第 2 期刊发了刘醒龙新长篇小说《黄冈秘卷》，《长篇小说选刊》2018 年第 4 期转载，并配发了刘琼的"《黄冈秘卷》同期评论"《以父之名，或向父亲致敬——从〈黄冈秘卷〉透视刘醒龙》——这是目前可见的较好的一篇《黄冈秘卷》的评论，不乏精彩的洞见，遗憾篇幅所限，仍有言未尽意之处。2018 年 7 月，《黄冈秘卷》单行本由湖南文艺出版社出版发行。茅盾文学奖得主刘醒龙，一直是一位具有较为浓厚的历史意识、比较强烈的现实关怀，并且在题材和叙事上具有不断地自我超越意识的作家。早期《凤凰琴》《挑担茶叶上北京》等，既包蕴了他对中国社会转型过程中问题的思考，也是他将目光投注在故乡题材的写作，加之《分享艰难》等作品，使他成为 20 世纪 90 年代"新现实主义冲击波"中的代表作家。《圣天门口》《天行者》等具有较强的历史意识和现实关怀，有着繁富审美追求的《圣天门口》是"从革命的逻辑、传统文化与个体终极关怀价值等三个角度来反思现代革命"。① 但如果没有故乡赋予的乡村经验，他恐怕不能完成《天行者》这部"零距离描绘中国乡村教育现实"的荣获"茅盾文学奖"的力作。上海文艺出版社 2014 年出版的《蟠虺》，则是驻笔国之重器、透视学界纠葛的现实力作："它围绕着绝世精品曾侯乙尊盘的真伪之辨，在学

---

① 周新民：《近二十年长篇小说乡村现代性叙事规范的拆解》，《文学评论》2013 年第 5 期。

界泰斗、政商名流、江湖大盗等各色人等的重重纠葛中，将浓厚的历史意识和强烈的现实关怀融为一体，展示了远古青铜重器中所蕴含的传统文化人格，及其与一群当代学人之间的心灵共振关系。"①

一、故乡书写与家族叙事

《蟠虺》中有着对于传统文化人格加以赋形和重塑的作家主体的强烈的艺术诉求，历史意识、现实关怀和传统文化的缅怀都是清晰可见的。诗性正义、君子之风、守诚求真等，都让小说散发出熠熠生辉的精神品相。但与《黄冈秘卷》相比，还是后者笔力更加从容，从叙事结构到具体的细节描写，尤其是物事人情，只要进入黄冈和大别山的细部，刘醒龙的笔锋游走便婉若游龙，自在自如，似乎全然直觉行事就是。就像刘醒龙在《黄冈秘卷》后记中写道："写《黄冈秘卷》，不需要有太多想法，处处随着直觉的性子就行。全书终了，再补写后记，才明白那所谓的直觉，分明是我对以黄州为中心的家乡原野的又一场害羞。"这种随着直觉的性子就行的写法，恐怕只有面对自己最为熟悉的故乡，生他养他的地方，进行故乡书写时才能够达到这样的自如和自觉。刘琼说："从《凤凰琴》到《黄冈秘卷》，刘醒龙完成了个人创作地理学层面的出发和回归——从故乡出发并回到故乡，从技术表达层面，也坚持了现实题材创作的一贯性。"

其实不止如此，从 1984 年发表小说处女作以来，刘醒龙的小说题材很多都是取自鄂东、大别山那片土地人情物事，即使不是故乡书写，也离不开故乡赋予他的艺术底蕴和写作视角。刘醒龙故乡鄂东，那里有苍茫雄浑抛洒无尽英雄热血的大别山脉，"故乡的山山水水、历史沧桑、民情风俗，都给他日后成为一个优秀作家积淀了厚重而轻灵、素朴而雄奇、现实而浪漫的艺术底蕴"，在他的创作历程当中，"无论外在的生活环境发生了怎样的变化，刘醒龙的

---

① 洪治纲：《传统文化人格的凭吊与重塑——论刘醒龙的长篇小说〈蟠虺〉》，《文学评论》2014 年第 6 期。

小说题材大都离不开大别山那片沉雄奇瑰的土地，即使是写现代都市题材小说，他也总是无法割舍传统乡村的视角，以此作为批判现代都市异化病的精神资源"，"即使身在城市，他的心也还是在故乡的大别山区游荡着，作为大别山之子，只有那里才是他精神的故乡。"①

《黄冈秘卷》比此前的《蟠虺》更加从容不迫，信手拈来，与他再度回到了地域的故乡和精神的故乡的书写有关。其实不仅是对刘醒龙有着个人创作地理学的意义，故乡对于一个作家气质的养成的重要性毋庸讳言，与故乡相关联的，有着作家童年经验与地域性特征的民生、日常、风情、宗教、文化等的种种，这些，都是作家取之不尽，用之不竭的创作源泉。苏童在《创作，我们为什么要拜访童年？》中，曾经讲过童年经验对于作家而言，是"回头一望，带领着大批的读者一脚跨过了现实，一起去暗处寻找，试图带领读者在一个最不可能的空间里抵达生活的真相"。②"香椿树街"和"枫杨树乡"是苏童"作品中两个地理标签"，无不散发着他故乡的地域性特征和精神韵致。高密东北乡之于莫言，棣花镇和商州之于贾平凹，就是贾平凹最新长篇小说《山本》，作为一部"秦岭志"，似乎走出了棣花镇和商州，其实还是一个故乡题材的写作。2018 年 5月 13 日，在北京师范大学国际写作中心召开了"高密东北乡的归去来辞：莫言新作研讨会"。很清楚可以看到，讨论的主旨是"高密东北乡的归去来辞"——从故乡出发，再度回到故乡的写作。《收获》2017 年第 5 期莫言的三个新短篇《左镰》《地主的眼神》《斗士》，构筑起"故乡人事"小说序列，堪称佳作，有一个重要的原因是莫言又回到了"高密东北乡"这块土地和童年记忆上，是一种对于过去的乡村记忆的复原和保存，较之他此前汪洋恣肆、纵横驰骋

---

① 李遇春：《庄严与吊诡——刘醒龙和他的长篇小说〈圣天门口〉》，《走向实证的文学批评》，广东人民出版社 2014 年版，第 283 页。

② 苏童：《创作，我们为什么要拜访童年？》，小说月报微信公号《我们为什么要拜访消失的童年》【小说公会】2014 年 8 月 3 日；摘自《中国比较文学》2012 年第 4 期。引自 http：//mp. weixin. qq. com/s/re3c14Vy7OPt_FcKTQF-bhg。

的文风——以及形成一种所谓的感觉的象征世界，显得书写较为节制，更加收放自如，也更讲究运笔的精到和洗练。《人民文学》2017 年第 9 期的《锦衣》，作为"戏曲文学剧本"，可以看到他对于故乡地方戏曲经验的继承和化用，等等。总而言之，对于一个作家而言，一旦回到了故乡的题材写作上，他就挣脱了一切的束缚和羁绊，不会再有缺乏生活积累和生活经验的写作瓶颈与困难的问题。

《黄冈秘卷》真正回到了故乡书写，而且是家族叙事上："《黄冈秘卷》将笔触深入到历史和人性深处，通过一个家族数代人的命运变幻，以一个奉行有理想成大事的老十哥刘声志、一个坚信有计谋成功业的老十一刘声智之间的恩怨纠葛为主要情节，揭示了黄冈人的独特性格和黄冈文化的独特气韵。"①《黄冈秘卷》不必再像刘醒龙此前的乡土小说或者说新乡土小说那样，此前的故乡书写尚要将故事和故事的主人公安置在并未突出就是"黄冈"的乡村的土地上。《黄冈秘卷》讲述的就是一辈子生活在故乡黄冈的父亲、母亲、十一伯、老十八、王韶伯伯、慕容老师，还有由父亲母亲所关及的兄弟姐妹儿孙辈、父亲的初恋情人海棠、海棠的表姐海若（"哑女"）、老十一的第六任妻子紫貂，以及"我"的蓝颜知己少川与她的女儿北童等人的故事，而且故事还上溯到曾是苦婆的曾祖母和曾为乡村织布师的祖父那里……《黄冈秘卷》可以清晰明白地昭告，这就是作家家乡黄冈地域上发生的故事，就是"我们的父亲""母亲"和"我"、我们的故事。"母亲的老家麻城和父亲的老家黄冈，说是两个县，相隔并不远，在过去县界也是连着"，"虽然隔得不远，日常说话却是两个语系"，"我们的父亲从不学别人的话，走到哪里都是一口黄冈方言。母亲虽然努力了很多年，仍然不能将自己的麻城口音彻底地黄冈化。但是有一点例外，只要是父亲说过的话，母亲一定会模仿得惟妙惟肖。"不止是说话，这似乎也是"我们的父亲"和母亲在他们家庭当中的地位和关系的喻征，所有的次要

① 徐颖：《刘醒龙和〈黄冈秘卷〉：嘿乎嘿的秘密与解密》，《楚天都市报》2018 年 7 月 24 日。

叙事、副线叙事，其实都是在"我们的父亲"刘声志和母亲、在刘家大垸与"我们的父亲"同一天出生却性格迥异的老十一刘声智等人所形成的家族叙事的基础上，展开或者说形成旁枝陪衬的。而文中不断出现黄冈地区方言：嘿罗乎(很多)、嘿乎嘿(比很多更多)、嘿罗乎嘿(更多)、不嘿乎(不多，或不咋地)、不罗嘿乎(语气更强的不咋地)……方言已经沁入了小说人物形象以及情节的肌理，别有意味。

回到故乡和家族叙事的文学书写，不是刘醒龙的突发奇想之作。在此前，刘醒龙在随笔《像诗一样疼痛》中，开篇便是："一个人无论走多远，乡土都是仍然要走下去的求索之路。""一个人学识再渊博，乡土都是每时每刻都要打开重新温习的传世经典。""一个人生命有长短，乡土都是其懿德的前世今生。"①而在《在记忆中生长》当中，刘醒龙不仅点出："依一个人的血脉所系，乡村老家理所当然只能在黄冈。"在这篇随笔里，他讲述了爷爷年轻的时候在"那户很久以来一直被人称为地主的人家"林家当了八年专事织布的雇工，林家"那个头上长有癞痢的少年，像后来统率千军万马那样领着一群胆大妄为的孩子，砸了回龙山上那座庙里的菩萨"，"十几年后，随小儿子统帅的大军一道进入北京城，开始颐养天年的林家当家人，还记得爷爷，专门托人带信，要爷爷去北京，仍旧在林家做事。曾与爷爷一起在林家的另一位雇工去了。几年后，退役回乡，享受副营职待遇。爷爷没有去，但他一直判断，其实是林家当家人在北京过得没趣，想让他去陪着说说话什么的"。② 凡此种种，都被刘醒龙在《黄冈秘卷》当中拉入取景框，演绎为更加生动细致的小说细节和情节。

而且，《黄冈秘卷》提供了一个正向生长的故乡书写和家族叙事，呈现出与那些启蒙理性目光观照之下的故乡书写不一样的小说

① 刘醒龙：《像诗一样疼痛》，《一滴水有多深》，地震出版社 2014 年版，第 183 页。

② 刘醒龙：《在记忆中生长》，《一滴水有多深》，地震出版社 2014 年版，第 207、208~209 页。

文本。与中国现代文学、当代文学里绵延而来的那些以批判封建专制或者重估传统文化等精神旨归都不一样的家族叙事形式，围绕"我们的父亲"的家族叙事，与20世纪90年代以来的"新革命英雄传奇"当中的父亲叙事和家族叙事也构成一种互补或者说对照关系。现代文学小说最早的故乡书写（其中家族叙事可见却未展开）可能要追溯到鲁迅的《故乡》，启蒙理性、国民性批判和反思以及象征主义的因素都很明显，以至于连作家毕飞宇都说《故乡》的"基础体温"是"冷"："不是动态的、北风呼啸的那种冷，是寂静的、天寒地冻的那种冷。"①巴金的《家》（1931）中那个高老太爷的父亲形象，是封建大家族的最高统治者，专横、衰老而腐朽，被认为是象征着旧家庭和封建专制制度必将走向崩溃的历史命运。虽然直接写高老太爷的章节不多，但他像一个无处不在的幽灵，直接或间接导致了一系列悲剧事件。20世纪30年代的经典话剧曹禺的《雷雨》，那个父亲形象周朴园也是浓厚封建色彩的资产阶级家庭的家长的象征，是一切罪恶的渊薮。当代陈忠实《白鹿原》，主要是通过白嘉轩和朱先生两个人物形象的塑造，通过白、鹿两个家族的叙事，来表现乡村传统伦理价值历经风云变幻依然具有稳定性，小说可以说是重估中国传统文化思潮的产物。刘醒龙《黄冈秘卷》显然不是在做这样的家族叙事。兴于20世纪90年代中后期、到21世纪更加蔚为大观的"新革命英雄传奇"小说里，就有石钟山的《激情燃烧的岁月》，曾经热播的电视剧是以石钟山的"父亲"系列小说作为创作的基础的：四部中篇小说《父亲进城》《父母离婚记》《父亲离休》《父亲和他的警卫员》以及《幸福像花样灿烂》。与《激情燃烧的岁月》中的军人革命的历史和军人题材不同，《黄冈秘卷》中的父亲虽然也有现代革命的历史，也是离休干部，但是"我们的父亲"在1949年之后当过几个区的区长，最后是在物资局离休，王朤伯伯则是在供销社。《黄冈秘卷》是把对故乡的深情书写和"贤良方正"的故乡风范与父辈品格，熔铸在了一起，可以说这是此前中国现当

---

① 毕飞宇：《什么是故乡？——读鲁迅先生的〈故乡〉》，《小说课》，人民文学出版社2017年版，第89页。

代文学中通过家族叙事所进行的故乡书写里所罕见的一种小说样式和体式。

《黄冈秘卷》的现实感很强，显示了作家炽热的现实关怀，与故乡密切关联，采用"我"的家族叙事的形式，可以调动作家本人的个人记忆和个人经验的丰厚积累，更加具备令小说活色生姿的条件。但是，小说毕竟是虚构故事的文本，怎样在现实性书写当中葆有足够的文学性观照的能力和虚构故事的能力，是作家所需要面对和解决的。刘醒龙在叙事结构和叙事策略等很多方面，都花费了心思。比如，"《黄冈秘卷》是以'我们的祖父''我们的父亲''我们'这样的自述方式呈现，对父亲'老十哥'的笔墨倾注了很深的感情"，很容易让人想到这个形象会不会是以作家父亲为原型进行创作的？刘醒龙本人的回答，恰好也是我阅读《黄冈秘卷》时候的真实感受："这个问题无法用是与不是来回答。我不能说是，那样就容易被误解为自传体，这当然不是我的初衷，也与写作的真实不符。但我也不能说不是的，小说中不少细节，真切地发生在我父亲及他的家庭与社会生活当中。"所以，作家刘醒龙"我实验性地使用了'我们的祖父''我们的父亲'这一新的人称。从词意上看，'我们'既可以是特定的几个人，也可以是很多人。我自己的用意，也不止是简单写祖父和父亲，而是由他们漫延到上几代人可以统称的父辈"①——巧用了"我们的祖父""我们的父亲"，可以脱离自己祖父和父亲的唯一性、个别性，而上升和辐衍到父辈们的故事那里；而小说中很多的细节，其鲜活和具体，恐怕是真切地来自作家父亲及其家庭和社会生活当中。现实题材的小说能在这样的拥有创作主体的自我意识和自觉当中，将写实、纪实与虚构性、故事性加以调节、调适自如，作家主体与小说叙事之间距离感适度，未曾由于距离现实过近而呈现一种局促和压抑、焦虑感，或者因现实的扑面而来乃至峻切而过于紧绷，也是难得。

---

① 刘醒龙语，参见徐颖：《刘醒龙和〈黄冈秘卷〉：嘿乎嘿的秘密与解密》，《楚天都市报》2018 年 7 月 24 日。

二、地方文化记忆与历史叙事

故乡书写和家族叙事，不止从一回到巴河藕汤、刘家大垸、南门大桥等，以及一回到对父亲、母亲的家庭生活场景的描写，小说家的笔触就游走自如而体现出来，也不止体现在小说既亲切自然又散发出黄冈浓郁地方特色气息和黄冈独有的物事人情等。而且，通过小说中要续修《刘氏家志》的副线，《黄冈秘卷》书写了围绕"我们的祖父""我们的父亲"的远至 1925 年之前的刘家大垸的家族历史和其所关涉的黄冈的地方历史，"被我们叫作伯的生身父亲生于一九二五年农历八月二十二日寒露节。"但是，刘醒龙其意是在写出一段历史？确切地说，他目的在于进行一段历史叙事吗？虽然他的小说素多蕴含较为浓厚的历史意识，尤其像《圣天门口》《蟠虺》这样的长篇小说，《黄冈秘卷》虽然也映射出了现代以来刘家大垸和黄冈的历史，但在我看来，这个小说更是在书写黄冈地方文化记忆。小说塑造"我们的父亲"刘声志是小说头号主人公，他是一个什么样的人物形象呢？小说中说："老十哥从发出人生第一声开始，就注定了这一辈子是个没有心机，宁信忠勇，不信计谋的堂堂正正的男人命运。"

刘醒龙是用了最大的诚意和力道，在"我们的父亲"刘声志身上，通过他一生命运的跌宕起伏，破译和诠释黄冈文化精神密码，诠释地方文化记忆中最有力道的一个词"贤良方正"。刘醒龙在《黄冈秘卷》创作谈《贤良方正即是》里说："写《黄冈秘卷》时，我一直在心里惦记着'贤良方正'这个词。'贤良方正'的出现，正是对应爷爷说过'黄冈人当不了奸臣，自古至今黄冈一带从没有出过奸臣'的那话。贤良方正的黄州一带，的确与众不同。从古至今，贤心贵体的君子，出了许多，却不曾有过十恶不赦的大坏蛋。从杜牧到王禹偁再到苏东坡，浩然硕贤总是要以某种简单明了的方式流传。如果没有想起小时候听爷爷说过的这句话，大概就不会有这部小说了。"

我甚至可以说，《黄冈秘卷》其意更在书写黄冈地方文化记忆，而不是重点在历史叙事。刘醒龙所作的故乡书写和家族叙事，主要目的不是为呈现"历史"，而是为赋形黄冈地方文化记忆。这牵涉到文学批评的两个重要概念的厘清：文化记忆、历史叙事。"文化记忆"的概念来自德国的扬·阿斯曼教授。从个体记忆、集体记忆到国家记忆，这个概念的广泛内涵引起了广泛的兴趣，人们开始从各个方面进一步拓展"文化记忆"的潜力。文化记忆可能是一种精神形式，也可能是仪式、图像、建筑物、博物馆的展品等实践活动方式或者实物保存方式。当然，文化记忆包括了历史著作。评论家南帆专门撰文分析文化记忆与历史叙事及其与文学批评的关系问题，他在以往"人们更多地意识到二者之间诸多共同之处，例如回顾往昔，或者追求真实。事实上，文化记忆与历史叙事均是主体不可或缺的组成部分"之外，试图拆解文化记忆与历史叙事。在南帆看来：社会历史批评学派始终是文学批评的一个重镇。尽管如此，不同的批评家心目中，"历史"的含义存在种种差异。一些批评家关注作品显现的历史内容，包括这种历史环境之中的人物性格，他们力图证明作品是某一个时期历史的"镜子"；一些批评家擅长分析作家置身的历史环境，考察这种历史环境赋予文学何种想象力，一部如此奇异的作品为什么会在这种历史环境之中诞生；还有一些批评家的兴趣转向了读者……显然，历史环境同时塑造了读者。① 南帆预言，如果炙手可热的"文化记忆"取代"历史"一词，文学批评不得不大面积地调整这些观念。在既往往往认可文化记忆与历史叙事的互换结构的同时，南帆一直在思考的是理论可否澄清与描述其差异？而他得到的启示源于词汇的语义分析。他意识到，"记忆"是一个词组，"记"与"忆"可以拆开考察，二者存在微妙的差别。前者通常为 remember，后者通常为 memory 或者 recall。汉语使用之中，"记"与"忆"的差距可以显示得更为清楚——许多"忆"的使用不能替换为"记"。"忆秦娥"或者"忆江南"不可改为"记秦娥"与"记江南"。"记"必须精确、翔实、客观，不可由于各种原因而

---

① 南帆：《文化记忆、历史叙事与文学批评》，《文学报》2018 年 6 月 28日，第 18 版。

虚构或者删减各种情节；"忆"同样力求真实，但由于个体情感的介入——由于个人情感的介入，回忆可能篡改真实。回忆可能"真诚"地扩大或者缩小某些事实，甚至按照某种意愿重构乃至虚构若干相关情节。在南帆看来，历史话语显然注重"记"，文学话语显然注重"忆"。南帆的用意是，对于文学批评来说，区分历史叙事与文化记忆的意义是，可以更为精确地使用"历史"这个概念。正如南帆所说："文学话语可能证实历史话语，也可能某种程度地证伪历史话语。对于'历史'而言，二者的对话关系构成了历史连续性的丰富理解。"①

由南帆的分析，我们进一步要指出的是，《黄冈秘卷》中，有历史的呈现的内容，如苦婆曾祖母养育了祖父，祖父为织布师及与林家大垸的交情，林家大垸参加了革命的小儿子；父亲认识了黄州旧政权显贵的女儿海棠，以及在海棠表姐海若字条的提醒下救了五大队的司令员，是 1949 年之前的一段历史；20 世纪 60 年代初，父亲、母亲和我们所曾经遭受的饥馑，吃无油无盐的野芹菜以至于闻到野芹菜的味道就要呕吐；特殊历史时期，"我们的父亲"及慕容老师等人的遭际；而 1949 年之后父亲当区长，抗洪救灾，后来在物资局离休，经历 20 世纪 90 年代以来社会生活的种种变化，都是对现代、当代的历史的内容有所呈现。但是，如果刻意考察《黄冈秘卷》所显现的历史内容，那么"历史"一词可能遇到某种障碍。当然也不能把《黄冈秘卷》形容为某一个时期历史的"镜子"。就像南帆说的："历史叙事的注视焦点往往是各种重大的社会领域，只有真正撼动社会发展的大事件才能纳入'历史'的范畴。""文学批评必须承认，文学的意义显现为'人生'的完整而不是'历史'的完整。正如'记'与'历史'互为表里，'忆'显然与'人生'的范畴遥相呼应。"②刘醒龙《黄冈秘卷》虽然有着明显的历史意识，但是作家所

---

① 南帆：《文化记忆、历史叙事与文学批评》，《文学报》2018 年 6 月 28 日，第 18 版。

② 南帆：《文化记忆、历史叙事与文学批评》，《文学报》2018 年 6 月 28 日，第 18 版。

关注的是"忆"的内容，诉述的是"人生"的范畴。

熟悉刘醒龙的创作就会知道，《黄冈秘卷》中的历史叙事，与此前他的一部长篇代表作《圣天门口》是那么不同。《圣天门口》小说写了从20世纪初的辛亥革命到六七十年代大别山大半个世纪的历史风云和时代沧桑，很多研究者和评论家都注意到了《圣天门口》的历史叙事和这个小说与新历史主义思潮的关系。有学者曾说："对于时下方兴未艾的新历史小说大潮而言，刘醒龙的长篇小说《圣天门口》贡献了一部将来会被证明是无法替代的文本。""《圣天门口》既吸取了前人或侪辈的新历史叙事的艺术经验，又在题材的规模和视野的综合上做出了新的探索。""刘醒龙其实是在神性与人性的双重视野中书写了一部二十世纪中国社会大变动的秘史。"①《黄冈秘卷》虽也有鲜明的历史意识，但小说的历史叙事是让位于文化记忆，确切说是由黄冈地方文化记忆生成的。将"忆"从"记"的语义背后解放出来，可以为批评家提供另一种异于历史叙事的文学分析范式；而刘醒龙的长篇小说《黄冈秘卷》，所进行的也恰恰是一种将"忆"从"记"的语义背后解放出来，地方文化记忆的缅怀和复活。而我们尤为要重视的是，《黄冈秘卷》所解放出的"忆"，有着新历史主义的元素，但与《圣天门口》的新历史主义叙事相比已经发生了很大的变化。

三、富有包容性的现实主义叙事策略及其可能性

较之从前的《圣天门口》，《黄冈秘卷》虽然也还葆有一些新历史主义写作的特征，但现实感明显更重，刘琼意识到刘醒龙"他把现实当作一块丰满的肌肉，向现实的肌肉里注射了大剂量的主体意识，塑造了他理想中的人格和形象，比如君子形象和君子人格"。她想到了用"主观现实主义"来称谓刘醒龙的写法，并联想到了刘醒龙《黄冈秘卷》与胡风和七月派的创作，当然，胡风也是黄冈人。

---

① 李遇春：《庄严与吊诡——刘醒龙和他的长篇小说〈圣天门口〉》，《走向实证的文学批评》，广东人民出版社2014年版，第285页。

她说："取材现实的书写，不一定就是现实主义，这里有复杂的文学重构问题需要解决。取材现实的刘醒龙，从一开始就不像爬山虎一样趴在现实的表层亦步亦趋，而是像凌霄花一样，借助现实的筋骨向上向外，伺机开出艳丽的花朵。"①

要知道，胡风和七月派诗人，他们的生活态度和创作实践是统一的，首先，他们反对亦步亦趋地"琐碎地"描摹"生活现象本身"，而主张凭借正确地把握了历史的力量，"突入生活"，从生活现象突进、深入到生活的底蕴，从客观对象具体形态中开掘出内在的深广的历史社会内容，创造出包含着个别对象，又比个别对象深广的、更强烈地反映了历史内容的(甚至比现实更高的)艺术形象。其次，他们反对冷漠地摹写生活，而主张诗人的人格、情感、血肉、审美趣味强烈地渗透到客观对象中，达到主客观的互相拥抱、融合……②在《黄冈秘卷》里，刘醒龙大力塑造他理想中的人格和形象"我们的父亲"老十哥刘声志，将君子形象和君子人格注入其中，这的确与胡风和七月派诗人的主观拥抱生活形神俱似。"《组织史》"在老十哥的生命中意义非同一般，当年他接受了组织的考验带人去逮捕了海棠的父亲，与海棠分手娶了我们的母亲，成家后也很少照顾家人，总是那句："组织上更需要我!"为人处事，"但我们的父亲和王鹍伯伯凡事肯定只用正面强攻，不屑于任何阴谋诡计。"凡此种种在塑造理想人格形象方面的用力，将其称为"主观现实主义"，一点也不为过。

但是，《黄冈秘卷》的确是现实感很强，而且也是现实主义的作品。不仅仅是因为小说的取材现实，小说的主体叙事是现实主义无遗。它的故乡书写和家族叙事，有着较强的历史感，但却不是传统意义上的历史叙事，小说重在地方文化记忆的复活和赋形。新历史主义的元素，较之《圣天门口》已经有大幅度的减弱。南帆曾讲：

---

① 刘琼：《以父之名，或向父亲致敬——从〈黄冈秘卷〉透视刘醒龙》，《长篇小说选刊》2018 年第 4 期。

② 钱理群，温儒敏，吴福辉：《中国现代文学三十年》(修订本)，北京大学出版社 1998 年版，第 574~575 页。

"对于再现历史的'宏大叙事'说来，某个人物脸颊的一颗痣、桌子上的一道裂纹或者路面随风盘旋的落叶会不会是一种累赘——文学奉献的那些琐碎细节会不会成为一种干扰性的遮蔽?"①其实也是在担心新历史主义叙事的过度化会带来的遮蔽和偏离，在刘醒龙《黄冈秘卷》这里，这样的担心成为多余。刘醒龙现实主义的叙事主线始终清晰，其中的现实感也始终明晰而炽热，刘醒龙之所以不必像爬山虎一样趴在现实的表层亦步亦趋，其实正是因为他在小说的叙事策略上面，很是用了心思，这些心思也包括《黄冈秘卷》所展示的新历史主义的写作特征。

新历史主义的写作特征，体现在刘醒龙所虚构的少川及其女儿北童这条复线所构成的故事上，刘醒龙可能是从现实中的"《黄冈密卷》"获得灵感，虚构出了"黄冈秘卷"。小说开篇，北童这"一个刚刚上高中一年级的花季女孩，从未见过面，第一次交谈，便恶狠狠地表示，要变身为杀手，到我的老家黄冈寻仇"。《黄冈秘卷》中有"最贵皮鞋的故事，基本上属于我们家的秘密"。"此时此刻，除了那几个负责编写的人，谁也不知道，即将出现在高中学生手里的《黄冈秘卷》(高中二年级秋季版)作文素材里，有着祖父不让我们的父亲迎娶海棠姑娘的故事。也不知道这篇作文素材名叫'无情的甘蔗'。更不可能知道，我们的父亲原本要迎娶海棠姑娘，却被祖父那象征婚姻爱情的一捆甘蔗活活拆散的故事，会被用来考验高中二年级的少男少女们的爱情观。我是真的不知道，这一次会不会有人继续未经我的同意，继续收录与我们家或黄冈本地有关系的文字。"小说临近结尾，"最新版的《黄冈秘卷》，选用了一篇描写巴河藕汤秘密的文章。"等等。"黄冈秘卷"还串起了老十一刘声智和第六任妻子紫貂的故事——这对夫妻的故事是反衬我们的父亲和母亲的故事的，也是颇具新历史主义写作特征的故事序列。"黄冈秘卷"也串起了我、少川、北童、海棠和海若的关系——小说濒于结尾处解密少川是海棠的女儿。紫貂为报复自己高考落榜、故意刁难

---

① 南帆:《文化记忆、历史叙事与文学批评》，《文学报》2018年6月28日，第18版。

高考备考生考验其自信心，而自作主张在"黄冈秘卷"里设计几乎无解的"掉进陷阱里的熊是黑色的"的情节，就更加具有虚构叙事乃至黑色幽默的成分……《组织史》《刘氏家志》《黄冈秘卷》作为串起小说叙事所埋设的隐线，在小说主叙事是现实主义的前提下，让小说脱离亦步亦趋描摹现实的表层，使小说主叙事系现实主义的同时，又呈现一种包容性的现实主义叙事策略的丰富性。

《黄冈秘卷》主叙事是现实主义叙事，同时又呈现富有包容性的现实主义叙事策略及其可能性。"我们的父亲"和母亲，无疑是小说的主线叙事，也是叙事结构的主干部分，而《黄冈秘卷》所关涉和关联起的少川和北童的叙事、父亲与海棠的故事、老十一与妻子紫貂的故事，等等，作为小说的复线叙事，提供的叙事效果，恰恰是可以让刘醒龙不必爬山虎一样伏在现实表层；也可以在叙事节奏上面，与对那位过于贤良方正的父亲的书写，构成一种对应或者说是互补关系。可以说，小说在叙事结构上，也呈现一种富有包容性的现实主义叙事策略及其可能性。我更愿意把复线的叙事，看作与主线叙事构成一种"皴法"的关系，而不是简单的主与副的关系。"皴法"其实指的是中国画中，对山石树木的一种表现技法。是通过各种山石的不同地质结构，以及树木表皮加以概括而创造出来的一种表现程式。张大千曾经说过，画山最重皴法。用国画皴擦点染技法，来形容《黄冈秘卷》的叙事结构和叙事策略，或许再恰当不过。一向研习书法的刘醒龙或许潜移默化当中受了书画艺术的启发，也未可知。

还有一点需要强调的是，尽管有着新历史主义的写作特征，但《黄冈秘卷》其实是对过往和自 20 世纪 80 年代中后期以来繁盛一时，却也一度走偏的新历史主义写作的一种纠偏。我们知道，新历史主义后来的弊端也是显而易见的："由于其逐渐加重的虚构倾向，由于其刻意肢解历史主流结构的努力，而走向了偏执虚无的困境。游戏历史主义不但是新历史主义的终极，同时也是它的终点和坟墓，从一定意义上说，正是这种过于偏执的游戏本身最终虚化、偏离和拆除了历史和新历史主义文学运动，这虽然是一个矛盾和一个悲剧，但却势出必然。"①在《黄冈秘卷》对黄冈贤良方正地方文化记忆的复原和赋形当中，我还分明感受到了一个"共和国儿子"的赤子之心。

陈晓明在分析王安忆的《长恨歌》的时候，曾经讲过，王安忆自觉自己是"共和国的女儿"，所以多年之后对于被定位于上海怀旧指南的《长恨歌》表示了不满。2004 年，王安忆和张旭东教授进行了一场十分深入的对话，王安忆认为自己"我恐怕就是共和国的产物，在个人历史里面，无论是迁徙的状态、受教育的状态、写作的状态，都和共和国的历史有关系"。王安忆表示："'共和国'气质在我这一点是非常鲜明的，要不我是谁呢?"陈晓明认为：什么是王安忆的"共和国气质"呢？首先，那就是承认自己是共和国的产物，按张旭东先生的看法，"产物就是成果"，这一定义在张旭东先生的论证中向着政治认同转发，张旭东先生说："在文化史的意义上，对正当性是一个印证，正当性就是这样建构起来的。"这个"正当性"的概念相当复杂，陈晓明以为这几个层面是需要厘清的：其一，因为产生了王安忆这样的作家，共和国的存在是正当的，因为王安忆必然是共和国的成果；其二，王安忆这样的作家认同共和国是正当的，既然是其成果，岂有成果不认同母体之理？其三，正当性是唯一性的，正当性的根源是正义，而正义具有绝对性。对于一种历史存在来说，对于王安忆认同共和国这一政治选项来说，认同是正当的，不认同是不正当的。其四，也是基于这一逻辑，张旭东先生以法国作家与共和国的关系为参照，批评了那些不敢承认自己是共和国产物的作家，那些企图撇清自己与共和国关系的作家，以及那些试图标榜自己是自由个体的作家。② 在陈晓明看来，20 世纪 90 年代初及整个上半期，其实知识分子看不到历史的肯定性，也不能全部认可"正当性"，他们更愿意选择对历史的反

———

① 张清华：《中国当代先锋文学思潮论》，中国人民大学出版社 2014 年版，第 187 页。

② 陈晓明：《在历史的"阴面"写作——试论〈长恨歌〉隐含的时代意识》，《文学评论》2013 年第 6 期。

思与怀疑。像陈忠实的《白鹿原》，贾平凹的《废都》，莫言的《酒国》《丰乳肥臀》，等等，王安忆也以《长恨歌》做了在历史的"阴面"写作。陈晓明说："在90年代中期，中国作家，乃至于中国知识分子群体，都不可能从'长脚们'的身上看到现实的肯定性，也看不到历史的正当性，更不可能看到未来。大多数人到历史中去表达迷惘，王安忆却试图面对现实，但她并没有看清现实的未来面向。"但是，"在历史的阴面，王安忆并不能心安理得，对于她来说，还是要回到人民中间，还是要一种'正当性'作底气。"①借陈晓明教授对王安忆《长恨歌》的研究，抛砖引玉，我想说的是，刘醒龙的《黄冈秘卷》在故乡书写、家族叙事，在对黄冈地方文化记忆的复活和赋形当中，我们分明看到了一个贤良方正的"黄冈儿孙"，也更加是"共和国儿子"。《黄冈秘卷》中，看不到作家对历史的怀疑。作家并无迷惘之感，《黄冈秘卷》充分显示了刘醒龙写作当中的"正当性"底气。王朤伯伯的儿女们在王朤伯伯突发急症辞世，打电话叫车，车来迟了，人走了，儿女们想不通似乎有话要说时，"我们的父亲一挥手就将他们的念头压下去了：'我晓得你们现在的想法，这种想法想想就行！到此为止，不要继续瞎想了，再瞎想下去，一对不起组织，二对不起组织，三还是对不起组织。'"就连母亲单位发不出母亲退休后的工资，父亲都要偷偷拿自己的钱，转交给母亲，就说是组织发的，就是为葆有母亲对组织的信任……陈晓明讲道，"有意识地站在阳面写作，即是指要有一种历史的前进性，要代表和体现一种批判性的历史意识，这无疑是一种强大的写作，在现代以来的文学中一度占据主流，在中国90年代以来的文学中渐渐式微。王安忆试图重新去建立这种写作的素质和态度，无疑是极其可贵的努力"。② 我从《黄冈秘卷》中看到的，也是一种有意识地站在历史的阳面的写作，我们也从中明明白白看到

---

① 陈晓明：《在历史的"阴面"写作——试论〈长恨歌〉隐含的时代意识》，《文学评论》2013年第6期。

② 陈晓明：《在历史的"阴面"写作——试论〈长恨歌〉隐含的时代意识》，《文学评论》2013年第6期。

了富有包容性的现实主义叙事策略及其可能性。

第八届茅盾文学奖对《天行者》授奖词如是："《天行者》是献给中国大地上默默苦行的乡村英雄的悲壮之歌。刘醒龙以内敛克制的态度，精确地书写复杂纠结的生活，同时，他的人物从来不曾被沉重的生活压倒，人性在艰难困窘中的升华，如平凡日子里诗意的琴音和笛声，见证着良知和道义在人心中的运行。"其实，"他的人物从来不曾被沉重的生活压倒，人性在艰难困窘中的升华，如平凡日子里诗意的琴音和笛声，见证着良知和道义在人心中的运行"，也继续在刘醒龙的《黄冈秘卷》当中生长着。而且，《黄冈秘卷》不只是对贤良方正的地方文化记忆的复原和赋形，同时也兼具了作家在历史的阳面写作的正当性和共和国所需要的使命感和担当精神——或者也可以说是一种国家精神的自觉担当。

（《当代作家评论》2019 年 01 期）

谁向中流是主人

——评刘醒龙长篇小说《黄冈秘卷》

桫　椤

　　以家族史折射社会史，一直是中国长篇小说自诞生以来十分重要的叙述方式。古代的《金瓶梅》《红楼梦》，当代的《古船》《白鹿原》《穆斯林的葬礼》等，都是循着这一路径展开的。这一特征形成的前提，是我们拥有以家族为核心的、积淀深厚的乡土文化传统。一个在男权力量主导和支撑下的家族系统，在繁衍生息、绵延迭代的过程中需处理的紧要问题，往往与不同代际成员在时代变迁中面对生活的不同态度，以及由此而导致的观念冲突相关。新与旧、老与少、变与不变、现实与未来、个体与群体之辩，似乎构成了自晚清以来中国文学全部的主题范式。这就奠定了中国现当代文学以"写实"为特征的总体风格，因为作家在历时性的叙事中，要面对和解决的始终是历史与现实的关系问题，尽管它们被溶解在多样化的个体命运中。也是在这个意义上，文学从细部入手但又在整体上反映了社会的变迁，通过阅读晚清以来的中国小说来了解中国社会的趋势性变化，是不会出现太大偏差的。

　　"五四"以来，社会在向现代化转型过程中，中国传统一直是西方现代性视角下被批判的对象。在"现代性"视域下谈论"传统"，过去我们可能忽略了一个重大问题，即被视为落后的东方传统是西方现代性出于自身的需要建构起来的："传统的观点是欧洲现代性的一个发明，欧洲现代性需要一种被标示为静止的文化以便将自己界定为不断前进的"，而事实上"现代性的发展道路不是唯一的。

不同文化将以不同的方式发展"①——这很可能是"五四"预设的启蒙任务至今无法彻底完成的重要原因：文化传统自身的强大力量使中国不会按照西方的"路线图"前进。许倬云认为"中国文化真正值得引以为荣处"，是在于对外来文化"有容纳之量和消化之功"②，我们可能发展出了本土化的现代性。在这个背景下，文学叙事如何对待包括革命史在内的历史和文化传统，不仅关乎对时代生活的合法性确认，也反映出作家的历史观和审美趣味，更体现出作家处理经验的能力。进入21世纪以来，刘醒龙不断将笔触探入历史与现实的交界地带，通过《弥天》《威风凛凛》《圣天门口》《蟠虺》等长篇作品，触摸历史的神秘律动，感知传统文化中的人性和道德，探寻决定现实相貌的文化根源和精神基因。《圣天门口》通过家族史反映革命史，以中国传统中的"常"的观念和西方基督教中的"圣"的观念合力解释革命的动因；③《蟠虺》更被誉为具有"从文学寻根到文化自觉"的文化史意义。④ 对传统精神的追慕与弘扬，使他的作品散发出特有的历史韵味和文化气息。

作者一直被视为新时期以来现实主义写作中的实力派，"在'现实主义冲击波'的浪潮中，刘醒龙也是代表人物"。⑤ 尽管他个人并不在意这个标签，⑥ 但一直对被尊奉为中国文学主流思潮的现实主义心怀创造的"野心"，他曾说："要用新的写作为中国的现实

① ［英］阿雷恩·鲍尔德温，布莱恩·朗赫斯特等：《文化研究导论》，陶东风、和雷等译，高等教育出版社2004年版，第197~198页。
② 许倬云：《万古江河：中国历史文化的转折与展开》序言，湖南人民出版社2017年版。
③ 邵燕君：《新世纪第一个十年小说研究》，北京大学出版社2016年版，第25页。
④ 徐勇：《从文学寻根到文化自觉——刘醒龙新作〈蟠虺〉的文化史意义》，《百家评论》2015年第3期。
⑤ 陈晓明：《中国当代文学主潮》，北京大学出版社2009年版，第570页。
⑥ 见桫椤、刘醒龙对话：《灵魂是一个慢性子》，《江南》2017年第3期。

主义文学正名。"①2018 年，他出版了长篇小说《黄冈秘卷》，这部作品一方面衔接《圣天门口》里形成的"家族史+革命史+个人史"的叙事范型；另一方面，则以向传统史观回归的姿态和革新现实主义传统的表达方式，给读者带来虽不陌生但又充满新鲜感的阅读体验，堪称一部实践着作者创作理想的作品。

一、现实主义写作中的现代派"圈套"

《黄冈秘卷》虽是一部现实主义作品，但其中的叙事"圈套"使之有着异于传统长篇小说的文体形态。作为一个特定术语，"叙事圈套"这种说法似乎只适用于现代派文学，与现实主义写作不大能扯得上关系。但一个不争的事实是，现实主义作为一种文学精神、创作思潮和写作技巧的"神圣合体"，正在经历全面变化。

如果说"五四"时期的文学中还存在着"现实主义"与"浪漫主义""理智"与"感伤"等对立统一的思潮和格调②，但至迟到延安时期，"现实主义"已在革命意识形态的支持下获得主流地位。"十七年"和"新时期"到来之前，长篇小说中的典范作品已经为现实主义创造了稳定的表达范式，其特征统一于恩格斯所说的"除细节的真实外，还要真实地再现典型环境中的典型人物"③。高尔基进一步将这句话解释为："现实主义是什么呢？是客观地描写现实，这种描写从纷乱的生活事件、人们的相互关系和性格中，攫取那些最具有一般意义、最常复演的东西，组织那些在事件和性格中最常遇到的特点和事实。并且以之创造成生活画景和人物典型。"④从这些经典论述中可知，现实主义的特征是在"客观地描写现实"的基础上

---

① 朱小如，刘醒龙：《血脉流出心灵史》，《文学报》2005 年 7 月 21 日。

② ［德］顾彬：《二十世纪中国文学史》，范劲等译，华东师范大学出版社 2008 年版，第 27 页。

③ ［德］恩格斯：《致玛·哈克奈斯》，《马克思恩格斯选集》（第 4 卷），人民出版社 1995 年版，第 682 页。

④ ［俄］高尔基：《俄国文学史》（1908—1909），缪灵珠译，新文艺出版社 1956 年版，第 207 页。

形成的。所谓"客观地"描写，即文学作品中所描绘的人物和环境以及二者之间的关系，反映的是现实世界的运行规律，是可以在读者直接或间接的生活经验中"复演"的现实。这是传统现实主义创作的技术性特质。

在此基础上，无产阶级革命文学塑造"典型环境"中的"典型人物"，与中国革命实践形成了同构关系，"三红一创""保山青林"这些作品均是如此。80年代末90年代初，在传统现实主义基础上产生的"新写实"潮流成为小说创作的新方向，"新写实"的艺术特征被研究者概括为四点：一是放弃典型化原则，回到日常生活的原生态中；二是放弃英雄主义和理想主义，描写"小人物"的小叙事；三是刻骨的真实性；四是大量使用反讽的修辞策略。① 与先锋派相比，虽然程度不同，但"新写实"显然也受到了西方现代派思潮的影响。传统现实主义作品用平实的叙述方法、简洁的人物关系、明晰的叙述线索、线性的时间进程清晰地讲述故事，这种方法在"新写实"中被弱化，语言和叙事本身成为重要的审美元素，小说阅读从情感的体验变成了考验思维能力的"智力活动"。

以俗世生活为原型的现实主义小说形式范畴上的艺术性上升，是与现代派和先锋派向现实生活"转向和撤退"相向而行的，二者出现了合流的趋向，一个极端的例子是先锋派的代表性作家格非、苏童的作品获得茅盾文学奖，而这一专门针对长篇小说的奖项历来是现实主义写作的风向标。在这一脉络中考量《黄冈秘卷》，我们不难发现，这部杂糅了个人回忆、艺术想象和历史事实的作品，在主题上既有对传统的继承，例如对"我们的父亲"和王朤伯伯两位"老干部"革命生涯的回忆、革命精神的塑造和对革命理想的坚守等方面，仍是传统现实主义所张扬的旨趣；同时，也有对"新写实"的发展和深化，比如对日常生活的重视、对现实的批判，如在描写基层政治生态时的反讽话语等。而从叙事方法上论，这部小说采用了带有意识流特征的非线性叙述和象征手法，这两种在传统现

---

① 参见陈晓明：《中国当代文学主潮》（第15章），北京大学出版社2009年版。

实主义书写中不常见的技法形成了叙事上的"新圈套"，使小说具有了现代派风格和先锋小说的质。

即使是"职业读者"，《黄冈秘卷》读起来也"多少有些'烧脑'"①，黄州方言等"原生态"地方性知识的使用固然是重要原因，但在我看来，使阅读变得滞涩的首先是非线性的时间处理方式。小说提供的事件和情节是分散的、碎裂的，读者在阅读过程中以线性方向重新排列情节，才能使故事有整体感，不留心，就会陷入"圈套"之中读得一头雾水。综合分析，小说在为"我们的父亲"立传这条主线中，是以家族史为基础，以革命史和建设史为背景来描写"父亲"的一生的。作者并没有以时间先后为顺序记述青年、壮年和暮年的人生历程，而是在回忆和想象的闪回中跳跃。小说围绕对三份"秘卷"的寻找和记忆形成三条叙事线索：一是以寻找《刘氏家志》为标志的对家族史和传统文化精神的挖掘；二是对以《组织史》为标志的革命史的记忆和以"我们的父亲"为偶像的革命精神的追寻；三是以查找高考秘籍《黄冈秘卷》如何出笼为标志的对时代精神变迁的呈现。三条线索通过人物关系勾连在一起，常常在同一个叙事空间内出现，历时性的事件变成了共时性的存在。例如在第四章中，父亲不准"我们"使用县里的小车回武汉，只能乘坐长途客车。写到此处，故事不再顺着这个线索进行下去，而是由"车"开始导入王朤伯伯的遭遇、回忆他为"我"改名的经过，以及他在"我们的父亲"帮助下拦截县领导的红旗轿车等情节；回武汉的事直到第十五章才再次出现，但仍然没有顺着线性方向进行下去，而是将车坏在黄冈以后"我"闲逛时的回忆变成了主要情节，其中写到与"父亲"在黄冈的两次会面、"父亲"买鞋答谢姑奶奶的恩情、慕容要求"我"写文章、买鞋的故事被写成文章编入《黄冈秘卷》等。

除了叙述的时间、回忆的时间和事件发生的时间交错叠置外，叙述中的伏笔、隐线、暗门等关窍密布，这些都使文本呈现了纷繁复杂的面貌。我们惊讶地发现，这种结构方式与历史和记忆本身的

①　潘凯雄：《离别家乡岁月多近来人事半消磨》，《文汇报》2019年5月10日。

神秘感形成强烈的呼应，小说的情节更加扑朔迷离。这种写法也使文本变成了一个开放性的"事件库"，需要作者和读者合谋才能完成整体构型；甚至读者依照不同的时序对事件进行组合搭配，还将会呈现不同的叙事效果：假如将"我们的父亲"对《家志》的反感按照时间推移的顺序排列起来，就会使他在极端重视《组织史》的思想指导下，难以接受回归故乡的命运安排，从而削弱人物在传统精神滋养下形成的主体性格形象。

编织"圈套"的方法还有一重，就是大量使用象征手法。象征作为一种修辞技巧，在不同文学流派对事物的描写中普遍存在。在现实主义写作中，由于所反映的客观现实是"本来面目的生活本身"，与其在文本中的意义之间是一种直接的对应关系，并无须借助象征修辞。但在《黄冈秘卷》中，作者将作品所表现的不同情感藏于大量符号性质的意象上，赋予了这些符号以丰富的象征意义，从而加重了情节的陌生化和多义性。在开篇第一章中，一些贯穿全书的主要意象均已或显或隐地出现，如作为高中生辅导资料的《黄冈秘卷》，"我们的父亲"系念一生的"小福特发卡"和常常背诵的"绝命书"，被誉为天下最好的巴河莲藕和巴河藕汤，对现实具有强烈讽刺意味的南门大桥等。随着情节的深入，《家志》《组织史》，刻有柳剑光名字的钢笔和笔记本等也反复出现。这些符号化的意象依据其象征意义，大致可以分为几类：一是与故乡有关的象征，如用《家志》象征以"贤良方正"为精髓的传统道德和精神品格，以巴河塘藕、巴河藕汤和苏东坡的地方文化意义表达对故乡的眷恋；二是与革命和信仰有关的象征，以《组织史》象征被"我们的父亲"奉为至高信仰并为之奋斗一生的革命事业，写有《诀别书》的白手绢和《诀别书》本身、红旗等则有着明显的革命象征义；三是与爱情有关的象征，"小福特发卡"作为信物，被用来象征"我们的父亲"对爱情的忠诚信义，钢笔和笔记本、"冰激淋"等也寓意着不同人物的男女情爱；四是与批判现实有关的象征，"南门大桥"和"小轿车"作为反映和批判现实的象征物而出现。

大量运用象征的修辞手法使阅读仿佛进入意象的"丛林"中，这些意象的象征意义拉大了与历史记忆或现实真相之间的距离，增加了故事的复杂程度，读者需要借助阅读技巧从枝蔓缠绕中跳出"圈套"，才能廓清笼罩在形象和故事上的谜团；读者也只有围绕形象符号的意义不断展开思索，才能加深对主题的理解。这种陌生化现实的审美表达方式，对于现实主义写作而言是一种丰富和拓展，但也使阅读变成一项有难度的活动。

二、革命时代的信和爱

刘醒龙对反思和解读历史有着超乎寻常的热情。在《圣天门口》中，他将革命放在中国传统乡土文化和外来的基督教文化中加以考量，对革命的起源给予了新的阐释。《圣天门口》中的宏阔历史视野和独特的新史观被作为小说"史诗性"特征的重要体现而被广泛论及，西方史诗传统形成的对历史系统性、整体性表达，在这部作品中与宏大叙事结合在一起，加重了革命本身的崇高感和悲剧意识。刘醒龙曾言："对史诗的写作历来都是每个作家的梦想，在当下，更是成为像我这种年纪的作家的责任。"①我们在《圣天门口》中看到的正是他对梦想的追求之路。到了《黄冈秘卷》中，叙述的现在时态使革命被作为记忆留存，同时也成为衡量时代生活的参照系；再加上现代派修辞手法的使用，历史在小说中已不具有整体性。但如何维系革命在现实中的价值？作者主要通过"我们的父亲"即老十哥的形象来实现。

尽管《黄冈秘卷》已经卸下了史诗性的沉重包袱，却延续了史诗塑造人物的方法。史诗的一个重要特征是小说中要有英雄人物，与《圣天门口》中的杭九枫、董重里、梅外婆、阿彩等不同，《黄冈秘卷》中"我们的父亲"作为英雄的形象更加纯洁和高大。老十哥对组织极度忠诚，以革命为人生信仰，在坎坷的一生中矢志不渝地坚守信念，"生是组织的人，死是组织的鬼"②，这是《黄冈秘卷》最

---

① 刘醒龙：《写作史诗是我的梦想》，《新京报》2005 年 7 月 10 日。

② 刘醒龙：《黄冈秘卷》，《当代长篇小说选刊》2018 年第 2 期。下文引用该书内容不再注明。

重要的主题。老十哥在狱中结识了共产党员国教授,在他的影响下走上了革命道路,已经被打断双腿的国教授临刑前竟然站了起来,革命者的坚强毅力深深地鼓舞了老十哥。他牢记国教授口授的接头暗语和《诀别书》内容,出狱后想方设法寻找组织,在海棠的帮助下逃出黄州城,与第五大队会合,成为解放黄州的功臣。解放后他担任过第一区到第八区八个区的区长,面对这种不能被提拔却转辗调动的情况,他当作"是组织的安排,也是工作的需要"而毫无怨言;他九次跳进水库中,只有一次是为防守河堤,其余八次都是冒着生命危险潜入水中打开操纵钢索失灵的泄洪闸门,《组织史》上"善游泳"三个字被他看作一生的荣耀。

将信仰作为日常生活的"主旋律"来写,使革命者的形象获得了现实的滋养,而不是仅仅体现在形而上的观念主张上。一方面,除了坚决完成组织交给的任务,老十哥对组织的忠诚已经化为无意识的自觉,他处理家庭问题的方式是组织式、行政式的;"为了表示对组织的感谢,他要将每月交给组织以象征自己身在组织的钱,由五角提高到一元。母亲没法阻拦,她只能捏着自己的鼻子吃下那些难闻的东西"。另一方面,当个人生活遇到困难时,老十哥首先要考虑维护组织的神圣性和权威性,哪怕是在自己的妻子儿女面前,"父亲担心母亲不忍心看着孩子们餐餐挨饿的样子,而出现怀疑组织的念头"。"我们的母亲"因为"我们的父亲"是区长而不能改换工作,一直在供销社当售货员,退休后发不出工资,老十哥从自己的奖金中拿出钱来,伪装成组织给母亲发放退休金;而当老十哥离休后同样遭遇"离休费危机"时,"我们的母亲"如法炮制,令子女们拿出钱来,替组织给自己的丈夫发离休费。深入人物的内心世界分析这些做法,老十哥既是为了维护组织的权威性,也是在维护自己的信仰;而"母亲"无疑是理解丈夫的,不肯让丈夫遭受精神打击。党员对组织发自内心的热爱和维护,正是革命成功的关键所在。在组织面前,老十哥认为自己是卑微的,一切都应当以组织的意见为准,面对老十八多次前来商量续修《家志》,老十哥认为:"我是上了《组织史》的人,不可以再进什么《刘氏家志》!哪怕在《刘氏家志》里写进一个有关我的字,也是对组织的背叛。"

在一个通过民族革命建立起的现代国家里，假如不能正确理解革命，就不能正确理解历史和现实。在看到新政权和新秩序这些革命的可见成果时，更要看到革命的人文价值和精神意义，革命同时提供了可供参与者、见证者和后来者进行历史想象、确认自我身份的家园。新时期到来之前的中国当代文学史，在某种层面上是与中国革命史的合流，在革命中走过来的前代作家将他们亲身参与和经历的革命保存在了文学文本中，为塑造民族认同和摹画时代心理提供了精神资源。老十哥这位年轻时的革命者、暮年后的老干部形象之所以打动人心，是因为在他身上集中了一代人的命运，回首现实，许许多多这样的人物曾生活在我们中间。

在革命历史题材写作中，描写个人情感与组织意见的矛盾是常规路数，个人思想在组织的教育引领下发生转变，是人物命运的基本走向。《黄冈秘卷》中，当个人与组织的利益发生冲突时，老十哥将组织摆在首位，并为此付出了巨大的个人牺牲，这其中包括自己的爱情。从整体上看，小说延续的是"革命+爱情"的叙事模式，对革命主题的表达和主人公的情感经历扭结在一起进行的。在特殊环境下，老十哥经历了两段男女情感，先是大华织布厂老板的哑女小娴曾经与老十哥互生好感，贫穷的他却被小娴看电影时要吃冰激淋的习惯吓到，但老十一却满足了小娴的愿望，后来小娴因难产而死，在老十哥心里投下了阴影。令老十哥念念不忘、牵挂一生的是他与国民党黄州守将的女儿海棠之间的爱情，他们因革命相爱，却也因信仰而分离，昙花一现的爱情在历史的阴差阳错中凋零，老十哥对海棠的深情凝结在那只伴随他一生的"小福特发卡"上，令人不胜唏嘘。作者将人物的感情放置在历史理性和乡土伦理中加以描写，尽管"祖父"也不同意老十哥娶海棠为妻，但组织的意见才是使他不得不终止爱情的最终判决。人物的情感走向呈现了作者的价值立场：信与爱始终居于道德的最高点上——这也是老十哥晚年生活的信念支柱，并成为他评判世道人心的法则。

"革命和情爱是描述中国现代文学特征的两个非常有力的话语。爱情至少包含个人的身体经验与性别认同，男人和女人之间的关系，以及个人的一种自我实现；革命指称的则是进步、自由、平等和社会解放的轨迹。"①在刘醒龙的笔下，这二者之间存在着一致性。在《圣天门口》中，个人情爱被作为革命的驱动力之一加以描绘，更有研究者认为在这部作品中"历史的严正性却往往抵不过涌荡全篇的情欲力量"②；《黄冈秘卷》则与此相反，爱情被革命慑服，老十哥将对海棠的喜爱、歉疚以及对救命之恩无以为报的遗憾深埋在心底。作者以叙述者的口吻评价海棠与老十哥的关系："海棠是不是老十哥亲手奉献给自己理想的一份祭品，我们没资格说三道四。"这里的"理想"当然是指革命。当得知老十一赞助县里给离退休干部发工资时，老十哥的反应并没有"我们"想象的那样大，原因只在于县里决策的主官姓"海"，由此可见海棠在老十哥的一生中都是一个放不下的牵挂。

还应当注意到，海棠并不只是一个权贵人家的娇小姐，她还是作为表姐海若这位革命者的遗愿继承者而出现的，当她将海若托付的红旗和写有《诀别书》的白手绢交给老十哥时，她的使命就完成了。因此，对他们二人来说，爱或不能爱，"革命"都是裁决者。"我们的母亲"作为与老十哥相伴一生的伴侣，是"有人代表组织"介绍给他的，他们的生活延续着一般传统夫妻角色本位，度过了既"斗争吵架"又相濡以沫的一辈子，很难再说得上是因为爱情而生活在一起。《黄冈秘卷》里的爱情被保留在对革命无比忠诚的革命者的生命记忆中，这种写法再度复活了理想主义和英雄主义，或许在某种程度上可以看作是对《圣天门口》中情欲和革命之间关系的纠偏。

三、"不嘿乎"的文化传统

在《黄冈秘卷》复杂的叙事结构中，如果说历史是推进情节的

---

① 刘剑梅：《革命与情爱——二十世纪中国小说史中的女性身体与主题重述》，郭冰茹译，台北酿出版社 2014 年版，第 16 页。

② 邵燕君：《新世纪第一个十年小说研究》，北京大学出版社 2016 年版，第 28 页。

经线，传统文化则起到了纬线的作用，它们共同将叙述者的曾祖辈到下一代共五代人的经历织出了一匹巨幅的锦缎。隐隐感到有一只看不见的手，挥动着驱动人物行动和历史前进的巨大力量，指挥着老十哥为了革命事业奔走呼号，指使着老十一千方百计想通过续修《家志》恢复自己的清白，这股力量就是寓于黄冈这片土地上的传统文化。由于大量使用黄冈地方知识和文化元素，有研究者用"地方性秘闻与传奇"①评价这部小说，更有媒体将之宣传为"歌颂了黄冈人勇敢顽强、自尊自信的精神气质及黄冈文化的独特气韵"。②其实，不独《黄冈秘卷》，在刘醒龙的写作中，乡土文化传统一直居于塑造人物和推进情节的基础位置上，从《天行者》到《圣天门口》再到《蟠虺》，无论从环境还是人物身上，我们都能清晰地看到文化的印记。

对于作者来说，这不是写作的技术性策略，而起自作者根深蒂固的文学观念："文化传统下的生命血统和生命血统下的文化传统，是人类始终想摆脱又始终摆不脱的终极问题""文学的最高境界是创造，最基本的要素是传承"。③ 在这部作品中，地域精神、家族传统与人物性格之间相互影响、相互支撑和确证，使人物有文化血缘的根脉，使时代有历史的来路。在小说的末尾，"刘声志"的名字在"包含远大理想"的《组织史》和"可以用着追根溯源"的《家志》上处于同一页码，而续修的新《家志》也将如此，刻意的情节安排展示了作者的创造性发现：革命理想和文化传统具有惊人的一致性。小说确认了文化传统在历史发展中的作用，揭示了传统文化如何演进为现实生活的奥秘。

黄冈的地方知识和地域传统构成的生活环境，是故事展开的文化语境。地域文化主要体现在小说中的几个标志性意象中，在风

---

① 於可训：《刘醒龙〈黄冈秘卷〉：地方性秘闻与传奇》，《人民日报》2018 年 9 月 12 日。

② http://www.wenming.cn/book/wmjsj/201809/t20180920_4837000.shtml.

③ 见桫椤、刘醒龙对话：《灵魂是一个慢性子》，《江南》2017 年第 3期。

物，是巴河塘藕和藕汤；在历史，是苏东坡在黄州的事迹、诗文及和它们体现出的精神风骨；在风俗，则是"嘿乎"及其变体方言语汇以及将父亲称为"伯"的习俗。巴河塘藕在第一章中即出现，作者借"我们的父亲"之口对这一地方特产给予无限度的夸赞："天下的莲藕只有巴河莲藕为最好，刘家大垸的小秦岭下面那座藕塘里的莲藕又是巴河莲藕中最好的。"在此后的情节中，老十一试图化解与老十哥的历史积怨，所用的办法就是送巴河莲藕；凡是需要拉近自己与故乡人的关系时，老十一都会亲手熬制巴河藕汤。巴河莲藕成为故乡的美好象征，日军飞机炸毁藕塘也被作为侵略者的呈堂证供。无论老十哥对组织多么忠诚，但是每当提到巴河塘藕和藕汤，都会激起他对故乡的怀念，巴河塘藕寄托着他的乡愁，这为暮年回乡埋下了伏笔。又由对塘藕的贪恋，用"母亲"的说法表达"我们的父亲"对工作所在的"这个县"的厌恶："只要是这个县的东西，天生都不如黄冈，就差说天下万物都不如黄冈的，天下的人也不如黄冈人！"老十哥的态度可以解读为对"这个县"有多恨就对黄冈有多爱。在作者新近出版的《文学回忆录》①中，我们得以知道《黄冈秘卷》中的很多背景和情节都是写实的，这就可以解释黄冈在小说中拥有至高无上的地理尊位，不仅是笔下人物念兹在兹的生身和活动之所，也是作者生命旅程的文化起点和精神家园。

在地方风物的实体意象之外，历史是文化传统的主要来源，与黄冈地域精神最有因果关系的是苏东坡诗作中的人文风骨。小说在不同章节中历数苏轼在黄州的轶闻韵事，借王鼎伯伯在课堂上的讲述，由他在官场的失意落拓得出"想不到江山都改了，苏东坡的秉性却改不了"的结论，认为这样的性格与黄州人一样"执拗"；而苏东坡在黄州"大兴贤路，以五水蛮而闻名的黄州大地，变得倚重斯文"②，彻底改变了黄州的文化风貌，由此为黄冈的人文精神接续了历史脉络。苏东坡遗存在《弘治黄州府志》中的诗句"三江自此分

---

① 广东人民出版社 2019 年版。

② 刘醒龙：《黄冈秘卷》，《当代·长篇小说选刊》2018 年第 2 期。下文引用该书内容不再注明。

南北，谁向中流是主人"是贯穿全书的"文眼"，被作者设置为解读全书主旨的密码：两行诗句不仅为当今长江中的叶路洲赋予了历史的和审美的内涵，也是黄冈人爱憎分明、耿介爽直性格的象征和崇文重史民风的写照；同时，这两句诗更作为组织联络的暗号，经国教授的口授被老十哥不断咏诵，象征着革命者鲜明的立场和对信仰的不懈追求；诗句也是老十八的父亲来接"我们"回刘家大垸时与"母亲"接头的暗语，在外漂泊的游子返乡与革命者寻找组织通过共同的密约来完成，革命信仰与传统文化融汇在一起，再次确证了作者的创作主旨。

黄冈地域性格和地方精神还体现在特殊方言中。"既表示很多、很大、很有分量，也表示惊叹、赞美，甚至还可以表示愤怒"的"嘿乎"以及由此变化而来的"不嘿乎""嘿乎嘿""嘿啰乎""嘿啰乎嘿"等，在小说中被作为黄冈人认乡亲的标志，"我"就因为少川能懂这些方言而在偶遇中产生了友谊，也为少川的身世设置了隐线。小说中交代，"嘿乎"这类说法过去只是黄冈一带人的口头禅，随着林家小弟领导的平型关大捷被广为传颂而普及到了外乡。从此，"嘿乎"逐渐成为乡愁的符号，林家老大到北京生活，只为了听听这"嘿乎"的说话声才让郑师傅前往；到了当下，老十一和紫貂竟然将"嘿乎"写成书法装挂在公司里，乡土文化、革命历史和时代生活发生了奇妙的反应。同时，革命也借助方言完成了向日常生活的演变，为黄冈地域文化增添了新的内涵。将父亲称呼为"伯"更为特殊，这个风俗是"五水蛮"时期巴人为躲避灾祸而形成的，作者据此设定了小说中两个主要人物老十哥和老十一的关系，传统风俗与叙事伦理之间遥相呼应，颇有同构的意味。同年同月同日生的老十哥"刘声志"和老十一"刘声智"是一对"冤家兄弟"，根源于传统的起名习俗导致了老十哥在武汉被捕后走上了革命道路，也使兄弟二人产生了难以消除的隔膜。传统文化成为影响人物命运的决定性力量，如此复杂而精巧的情节设置体现着作者的实力和匠心。

小说通过风物、历史和方言对地域文化和精神气象的表达，是以对家族史的书写为依托的，主要人物被看作家族链条上的个体而被塑造。以不同代际人物之间的关系呈现传统对个体的影响，是刘醒龙小说中的重要叙事特征，《天行者》中的新老教师、《燕子红》中的师徒、《圣天门口》雪杭两大家族三代人和《蟠虺》中的三代学人，都是这样的设置。到了《黄冈秘卷》中，家族史扩展到了五代人，血缘固然是纽带，但自曾祖辈传承下来的家风才是凝聚后代的根本力量。小说中的刘氏家风似可用作者从祖父那里听来的"贤良方正"来概括①，个人德行莫不是"贤良方正"的外化。除了上述祖父和"我们的父亲"的言行，曾祖母更令人感佩，这位"方圆三十里人所共知"的苦婆靠讨饭养活孩子们，却从来不允许孩子们学她的样子去乞讨，她要他们从小就有不为斗米折腰的骨气，而且她从来要将讨来的饭重新炒煮一遍才端给孩子们吃，以此保持人在生活面前的尊严。此外，姑奶奶、六师傅等人也具有这样的道德操守和精神品格，"我"从不为钱财写一个字的"执拗"性格显然也是在家风的影响下形成的。

在作者看来，黄冈人"执拗"的底气正来自"贤良方正"②，这不仅是传统文化的精髓，还是革命胜利的保证，也是《黄冈秘卷》的价值取向。

四、从"家志寓言"到"秘卷神话"

《黄冈秘卷》向后追溯可见的传统力量，向下反思现实世界里的精神蜕变，向前则建立起调和和超越诸般矛盾的生活模型。小说对家族史和革命史的回望，始终是在现实的坐标系中进行的，既呈现了传统精神与时代价值之间的紧密联系，又使二者同为鉴镜，互相映照，各自躬察到历史洪流中的衍生与异变。小说肯定了以乡土文化为主体的传统价值，将其作为现实生活的源流加以确认。被老

---

① 张玥：《刘醒龙：贤良方正，才可执拗》，《天津日报》2018 年 12 月 20 日。

② 张玥：《刘醒龙：贤良方正，才可执拗》，《天津日报》2018 年 12 月 20 日。

十一和老十八苦苦寻找的《家志》是家族史的符号，也是传统文化的寓言化象征；被"我"和北童一心想搞清楚来历的高考秘籍《黄冈秘卷》隐藏着不可告人的世俗玄机，在现实生活中演绎着创富神话，作者通过它们的对比和卷入其中的人物命运，意在表明传统是厘定现实的圭臬，现实生活尽管令人眼花缭乱，但不过是传统土壤中长出的芽苗，终归摆脱不掉母体的特质。这与流行的"新历史主义"叙事对历史的颠覆式解释，和只看到社会生活与历史传统之间的差异性、对立性的历史观有很大的不同。

老十一是与老十哥伴生的形象，代表着文化传统中的另一重构成，表达着黄冈人在另外向度上的"执拗"。这位一生取了六个老婆，暮年成为"王熙凤与刘姥姥的合体"式的"十一叔"刘声智，一出生就与"我们的父亲"刘声志有不同的性格，"智"代表着他的聪明，在后来的人生中，情商被智商掩盖，聪明逐渐演变成了面对生活时的投机心理，比如在武汉不肯承认自己的身份导致姓名同音的堂兄被捕，为求自保与小娴结婚；在经济大潮来临之后迅速抓住商机，编印《黄冈秘卷》发财致富，成为县里的成功人士等。老十一的性格和人生观并不是孤例，曾与祖父一同在林家大垸受雇的织工郑师傅、曾经担任过副县长的姜秀才等也是这样的人物。我们在老十一的命运中看到，尽管他打开人生的方式看上去无所顾忌、随心所欲，但他始终在传统道德与现时选择之间纠结，从而导致了矛盾的人生。老十哥被捕他不敢说明真相，但在抓捕过程中也不指认老十哥的身份，后来也想尽办法消除误会，甚至不惜成本赞助县里发放离退休干部的工资；他始终在意自己在《家志》上的记载，决心找到旧志，一方面想通过修志消除自己身上的"叛徒"污点，另一方面保证在自己还没有子嗣时他人不能续修新志，这些都表明在他"反传统"行为的表象下，骨子里仍旧是一个传统的人。老十一忌惮的是以《家志》为象征的传统道德所具有的净化作用："在《刘氏家志》面前没有人是彻底超脱的，任谁都会关心与自己相关的笔墨是正写还是反写。""家志上写就的辉煌并不是后人的辉煌，家志上记载的耻辱却是后人的羞愧。"这正是传统文化在民族精神建构中最重大和最有效的意义。

206

作为高考秘籍的《黄冈秘卷》有着特殊的象征意义。当少川的女儿北童知道"我"是"秘卷"上的文章作者，就要扮作杀手杀掉"我"，使"我"注意到了其中的蹊跷，从而揭开了谜团，老十一和紫貂的公司假借黄冈中学的名号出版了这个秘籍，其瞒天过海之术不免让人想到"伯"的称谓和取名的风俗。"秘卷"首先是一条沟通过去和现在的链条，将描写家族传统的文章嵌入其中，北童知道真相后与"我"和解，表达的是新一代对传统的接受，它串联起了海棠、少川、北童和老十一、紫貂与"我"等家族几代人的命运。此外，当王朤伯伯在父亲的帮助下打开县领导的红旗轿车后备厢，在名烟名酒之外发现的是已经被写满笔迹的"秘卷"，说明在浮躁喧嚣的时代，黄冈人通过文化改变命运的希望仍在。其次，"秘卷"鉴照出世情百态。县里的主官海洋等人卷入了"秘卷"的推销工作，可见老十一和紫貂奉行的与传统道德相左的生意经畅通无阻；"秘卷"上那道无解的难题，连同妹妹的小女儿关于"白小黑兔"的无忌童言，以及没有被日本人破坏反而在抗战胜利后被当作日伪财产搬走的林家的铁织机，折射的正是历史和现实中的吊诡逻辑。

除了对传统价值的认同，对传统精神在现实中蜕变的批判也使小说具有了批判现实主义风格。最典型的例子是王朤伯伯的形象和南门大桥、小轿车两个意象。王朤与父亲有着相似的性格和革命经历，他曾在解放黄州时抱着炸药包冲向城门，解放后又多次与父亲在不同岗位上搭档工作，他曾对"我"说："我与你伯一个脾气，这辈子就交给组织了，任何小事上的放弃都是对组织的背叛。"但是，这样一位有着悲苦身世的老革命，离休后工资被拖欠，药费无法报销，逢年过节儿女都不来看望，过年时只得将药费单据贴成对联来表达无奈和愤怒。南门大桥作为进出县城的重大工程，年久失修，每届县主官的施政纲要中都有重修南门大桥的计划但却从不见实际行动，它始终作为对当政者的巨大讽刺而存在；王朤伯伯的遗体从大桥上经过，显然是对现实的无情批判和辛辣讽刺。小轿车也是威力巨大的批判武器，"我们的父亲"极度反感小轿车的态度首先来自国教授的影响："不要去喜欢那些轿车，那是一具具活棺材！哪个腐败贪婪的人坐上去，就会埋葬哪个腐败贪婪的人。""什么叫革命？革命就是让这些坐轿车的人也和大家一样用两条腿走路。"小轿车也在他的生命中扮演了沉重的角色：他在小轿车里看到了老十一和小娴，也差点被炸死在小轿车里——出于对小轿车的憎恶，他帮助王朤伯伯截停了县里主官的红旗轿车。老十一和紫貂、海洋等人都知道他的脾气，从不敢开着小轿车出现在他面前。

批判也贯穿在全书中。老十哥担任第一区区长时，由于防火措施到位，全区没有发生森林火灾，而相邻第二区烧毁了万亩森林，但是，第一区的工作并没有得到上级表扬，反而是担任第二区区委书记的小冯因为救火成了模范人物，很快被提拔为副县长。另一个情节是，姜秀才担任了副县长，却将工资关系留在财政局，可保自己的退休生活无虞。这些例子有着双重批判作用，一是用以批判现实的不公正，二是用人物的结局警戒世人。贪图私利、投机取巧的行为都难逃历史的公道：小冯在火灾中被毁容导致妻离子散，虽获得提拔但最终只能在一家林场中孤独地走完自己的一生；姜秀才退休后悠闲自得，在财政系统的安排下畅游长江时呛水而死。人物形象的道德和命运之间必须存在因果联系，否则小说的价值导向就会出现问题，老十一的命运也在这个范畴之内，他具有"反传统"与"向传统"的复合性格，他的前五任妻子都未能给他生下一儿半女，第六任妻子紫貂在小说即将结尾时被查出怀孕，这固然令他欣慰，但他的漫长等待鲜明地表达了作者的态度，也是对读者的情感抚慰。

回到现实主义叙事中，雷蒙·威廉斯曾说："在最高级的现实主义作品中，我们基本上是根据个人来认识社会，通过社会关系来认识个人的。这种一体化是居于支配地位的，不过它并非想要达到就能达到的。如果它终于实现了，那将就是一种创造的发现，或许只能在现实主义小说的结构和内容方面创造出这种记录。"①《黄冈秘卷》中从"家志寓言"向"秘卷神话"转变的历史轨迹，正是基于对人与社会的关系的创造，这里的社会关系突出表现为人与历史（革

---

① ［英］雷蒙·威廉斯：《现实主义与当代小说》，葛林译，《西方马克思主义美学文选》，漓江出版社 1988 年版，第 661 页。

命）和传统的关系。虽然没有采用新旧对立的简单立意，但内里仍然存在隐形的二元结构，尽管这种结构是松散的。在一些现代主义修辞手法营造的叙事圈套的遮掩下，试图呈现人在历史和现实的冲突与媾和中的情感变化，以及个体面对传统的姿态和这种姿态对命运的影响。勒内·韦勒克认为应当把"'典型'看作社会典型而不是普遍人性"①，在这部小说中，社会"典型"是强大的文化传统，无论是老十哥、王朤，还是老十一，他们的性格和道的形成仍然是以传统文化为基础的。

结语：以"父"之名"超父"

《黄冈秘卷》被称作一部"向父辈、向传统精神致敬的作品"②。在小说的后记中，第一句话作者就说："写《黄冈秘卷》，不需要有太多想法，处处随着直觉的性子就行。"③之所以有这样的感悟，是因为小说里的祖父和父亲的形象，与现实生活中作者祖父和父亲的真实经历存在着很多重合的点位，④ 这也是小说以"我们的父亲"为中心建立叙事伦理的根本原因。由于传统家族谱系是以男性血缘为纽带建立起来的，"父亲"一直在文学叙事中居于重要地位。有研究者将当代文学中的父亲形象分为《红旗谱》中朱老忠式的"革命型"、《创业史》中梁三老汉式的"传统型"和《青春之歌》中林道静的父亲式的"反动型"⑤。在革命叙事中，《黄冈秘卷》中的老十哥无疑是个"革命型"的父亲；但是，面对新的时代生活，老十哥又成为一个"传统型"的父亲，处在了一个被子女引导和"改造"的位

---

① ［美］勒内·韦勒克：《批评的诸种概念》，罗钢等译，上海人民出版社2015年版，第238页。

② 孔令燕语，参见《著名作家刘醒龙推出32万字长篇小说〈黄冈秘卷〉》，万建辉著，《长江日报》2018年4月10日。

③ 刘醒龙：《黄冈秘卷》，《当代·长篇小说选刊》2018年第2期。下文引用该书内容不再注明。

④ 参见《刘醒龙文学回忆录》。

⑤ 郑静：《当代文学中的父亲形象》，山东师范大学2006年硕士论文。

置上，从而成为一个超越了革命型和传统型父亲的"新父亲"形象。

在小说的结尾，老版的《刘氏家志》现世；王朤伯伯的骨灰埋回了小秦岭，与他的生父王先生长眠在一起；老十哥接受建议回到了刘家大垸被老十一修葺一新的老屋里；紫貂正式出现在乡亲们的面前，"十一婶"的称呼也意味着她被家族接纳；少川带领北童前来认亲，海棠的电话令老十哥一生的牵挂有了着落——那是早已超越了男女情爱的信仰之爱和生命之爱——母亲此时也超越了自己，她终于可以放下对海棠的忌妒，热情问候曾经在内心深处潜藏多年的"情敌"。小说结束于极富寓意的场景中："渡尽劫波兄弟在，相逢一笑泯恩仇。"视《组织史》高于一切的父亲终于与高考秘籍《黄冈秘卷》的操盘手老十一握手言和，同意续修《家志》，革命信仰和家族传统在时代变迁中实现了完美的融合。老十哥回到故乡不是简单的叶落归根，是经历了革命洗礼后的再出发，他将会认同和接受新的生活方式，他的人生选择再一次证明了传统力量的强大。

小说通过人物命运呈现的主题走向和叙事策略，反映的也是作者一贯坚持的创作追求：忽略任何理论和实践技术的框架束缚，探索对传统文化进行符合中国人文化心理结构的审美表达方式，为拓展中国叙事经验进行创造性的努力。刘醒龙不因袭他人，也极少重复自我，在他的作品库中很难找到文本形态太过相似的作品，每一部作品都试图具有超越前篇的辨识度。他对乡土传统的重视使作品充满厚重的文化底蕴和经典特质，尽管《黄冈秘卷》中瞄准的是黄冈这个"小地方"，主要人物形象也以熟悉的亲人为原型，但是思考的却是传统文化精神何去何从的大问题。孟繁华曾说："在我看来，不同地区、种族、群体中，那些具有'超稳定'意义的文化结构，对组群的生活方式、行为方式、思维方式以及道德准则具有支配、控制功能的文化结构，就是文学应该寻找和表达的永恒的主题。这种具有'超稳定'意义的文化，虽然也处在不断被建构和重构之中，但在本质上并不因时代或社会制度的变迁发生变化。"[1]在

---

[1] 孟繁华：《边缘文化与"超稳定文化"——当下长篇小说创作中的两种倾向》，《新世纪文学论稿·文学思潮》，现代出版社 2015 年版，第 102 页。

《黄冈秘卷》中，刘醒龙以"家族史+革命史+个人史"的叙事脉络和"信仰+爱情+批判"的情感构型，通过"我们的父亲"老十哥的一生，将革命信仰和乡土传统统一于时代生活中，回答了苏东坡"三江自此分南北，谁向中流是主人"的"天问"：以"贤良方正"为特质的传统文化精神才是历史的主人。

（《中国当代文学研究》2019 年 06 期）

与灵魂一路返乡

——评《黄冈秘卷》

刘小波

　　《黄冈秘卷》有如一幅山水画卷，将黄冈地区的人文地理、文化基因和历史风云立体呈现。它同时也是一部关乎理想信仰的小说。刘醒龙步入文坛多年，《黄冈秘卷》有对自己创作回顾检视的意味，呈现出一种典型的晚期风格，这种风格最大的特点便是"和解"，原谅他人，也与自己达成和解，最终灵魂得以还乡。

　　刘醒龙新作《黄冈秘卷》是一部集大成之作，是作者多年创作积累的进一步冶炼和结晶。作品具有百科全书式的风貌，同时具有全景扫描历史的野心。小说线索繁复，主线是家族叙事，同时多条故事线并行不悖，写历史也写当下，写风物也写人情，写物质也写精神，写父辈的革命史，也写父辈的爱情。小说重心是关于父辈一生的书写，但也有"我"与少川的情感纠葛，同时还有对孩童辈的描写。小说既展现出作者的历史姿态，也有一定的现实批判。总体来说，小说是一部怀念故土故人之作，无论家族成员乃至普通人之间有多少的恩怨矛盾，最终似乎都得以化解，成为一部"和解"之书，这是一种典型的晚期风格，最终通过文字，让灵魂回归故乡。

家 族 叙 事

　　中国是以家本位为传统的，家族叙事书写成为文学的大宗主

212

题，直至《红楼梦》达到顶峰。后辈作家们一次次向《红楼梦》致敬，试图将家族书写延续并提升至新的高度。当代文学的这一主题更是司空见惯，家族叙事除了与家本位有关，与叙事空间的设置有关，也与中国的传统文化和伦理道德相关。中国历来有"皇权不过县"的传统，家族在很多时候充当了基层自治和自洽的工具，家族伦理影响了社会伦理和政治伦理。刘醒龙习惯于家族叙事，大部头的《圣天门口》便书写了鄂东地区雪家和杭家两个家族的百年遭遇。《黄冈秘卷》也是一部家族书写的典型作品，故事并非围绕某一个人展开，而是围绕一个大家族——刘家大垸展开。小说涉及的人物包括家族第一代的老祖父、老祖母，第二代的老十哥刘声志、老十一刘声智、老十八刘声明，第二代构成了家族叙事的主线，此外，"我"母亲、"我"自己、"我"的孩子、邻居们等各色人物也纷纷登场。王朤也是极为重要的一个人物，可以说是老十哥的补充和侧写。

小说一路设置悬疑，直到文末才将父亲与海棠的情感彻底揭示清楚。尤其是老十哥的叶落归根，既是对组织最后一次贡献力量，更是命运最终的必然归宿，一辈子颠沛流离不停搬家，最终还是回到刘家大垸。加之死后的王朤也回到了刘家大垸，王朤与王先生的父子关系以及最终魂归刘家大垸，都表明他与这个家族割裂不开。这个家族并不是完全依靠血缘关系，更多的还是一种文化上的认同。老十一一直无子嗣是一种隐喻，对孩子的锲而不舍正是对家本位的回应。到最后，老十一有了后人，促使他改变自己固有的价值观，冲突最终似乎都达成和解，成为一部理想化的家族书写，这里几无矛盾，也少冲突，紫貂愿意为老十一留下后代，即便是矛盾重重的老十哥与老十一最终也达成和解。

小说是一部致敬父辈的作品，无论是对父亲曲折的爱情书写，还是王朤对组织的看重，都是后人怀着一颗虔诚的心所进行的书写。作家进行家族书写的同时也进行了自我剖析，这是近期作家们的普遍行为，除了启蒙他人，更愿意解剖自己，小说中叙述者的作家身份被不断提及正是基于此。

历 史 书 写

家族叙事的模式流行更多源于中国家与国之间的密切关联，国是由家组成，写家族风云，其实也是书写国家的历史进程。刘醒龙的小说一直有一种历史的自觉，他往往通过小说来叙述中国近一个世纪以来的历史变迁。在《圣天门口》中便是通过家族的兴衰来书写中国百年的风云。《黄冈秘卷》是致敬父辈的小说，同时也是书写历史的作品，父亲的一生正好经历了一段特殊的历史。作家有对历史全景扫描的野心，用父亲一生的经历串起近百年的历史变迁。小说的主线修组织史、修族谱两条线索、两件事都与历史态度相关。小说体现出叙述者的历史姿态，具有新历史主义的特征和解构色彩，但更多的是在建构一种精神层面的历史观，用以观照现实。有些历史事件和大的时代背景一笔带过，如平型关战役、民间抗战书写等，作家主要通过个体记忆来描述历史。

作品书写了老十哥革命、反腐、退休的一生，展现了一位典型黄冈人一辈子的命运，通过个体命运的沉浮来反衬历史，花了大量的笔墨来书写老十哥对自己的事业和信仰矢志不渝的忠诚，对组织的绝对忠诚是对自己信仰的坚持，晚年对修组织史的重视仍是对信仰的坚守，不过，最终历史似乎形成了巨大的反讽，这些也正好展现出叙述者不动声色的历史姿态。

饶有意味的是，历史在最后也达成了和解，在小说中，作者承认一个时代有一个时代的价值观，老十哥对《组织史》和老十八对《刘氏家志》代表了两种不同的历史观和价值观。尤其是一直困难重重的续写《刘氏家志》最后变得极为轻松，这正是和解的产物。但是对老十一的价值观，作者仍然持保留态度，对投机分子的批判一直没有停歇，对作家而言，历史的忧虑一直存在。

现 实 批 判

《黄冈秘卷》中历史和现实的反差对比十分明显，这又回到作者一贯坚持的现实批判。如王朤晚年凄凉的生活，老十哥则要接受老十一刘声智施舍的退休金，这完全与他们的历史贡献不相匹配。在历史叙写中也有批判的态度，如关于森林火灾的书写，发生火灾的辖区负责人小冯反而成为英雄，一步步成长起来，这样的情节很值得玩味。不过，作家展现出成熟写作的气度，往往微言大义，感情极度节制却不失语言的力度。

具体的现实批判主要是与老十一的事业有关，由教辅材料《黄冈秘卷》使用者的散文为阅读素材切入展现这一"魔书"的运作模式，铺陈出商业浪潮下人性的迷失。刘醒龙以现实主义冲击波立足文坛，其小说一直关注社会、关注现实，具有明显的批判色彩。他在《痛失》中以丧失良知的孔太平为中心展开对官场的批判，在《天行者》中聚焦教育问题。《黄冈秘卷》则是这些素材的再度冶炼，可谓集大成之作。《黄冈秘卷》中老十哥、王朤等对组织不计回报的付出与当下的唯利是图一正一反形成对比。

对作家而言，影响的焦虑无法避免，可以说后人都是站在前辈肩膀上进行写作，除了他者的影响，作家自我也是一道屏障。刘醒龙却完成了突破，最为明显的是从物质转向精神，从形而下转到形而上的层面。这是典型的晚年风格，在小说中，作者更关注精神、理想、信仰，历史追忆与现实批判都是为主体的精神世界建构而服务。寻找灵魂的伴侣与归属，安放自我。老年的老十哥在孩子们成家立业后摆脱了经济上的困难，却出现了精神危机，借北童之口说出的当代社会厌食病是一种精神层面的苦难，"我"与少川的高于男欢女爱的暧昧关系更多的还是一种灵魂的交流，小说中不断提及的苏轼及其佚诗也是灵魂追寻的最好证明。

《黄冈秘卷》是一部百科全书式的小说，小说中哲理、伦理、教育、爱情婚姻等都有所涉及。同时小说也是一部风物志，作者对黄冈进行了全景呈现。地域不单单是地理意义的存在，小说中的人物性格有一种狂放不羁的成分，这就与地理环境密切关联，这些都在作者对地方风情的描写中被一一揭示出来。对黄冈人身份的反复强调也在一定程度上反映出作者的地域情怀。整个家族的基因是典型的黄冈气质，从老祖母沿街乞讨却不失志气始，到父亲自始至终不为组织增添任何麻烦，到孩子们的毫不逊色，展现了一个家族独特的气质，这种气质来自特殊水土的养育。

在这部小说中，作者将地方志融入其中，比如方言的使用、将父亲称为伯的传统、对巴河藕汤这一地域饮食的反复描写等，都具有鲜明的地域特色。小说是地方性知识的全面呈现，是一部宏大的黄冈志。《黄冈秘卷》有如一幅山水画卷，将黄冈地区的人文地理、文化基因和历史风云立体呈现，它同时也是一部关乎理想信仰的小说，父辈留下的遗产极为丰硕，有待进一步深挖。刘醒龙步入文坛多年，《黄冈秘卷》有对自己创作回顾检视的意味呈现出一种典型的晚期风格，这种风格最大的特点便是"和解"，原谅他人，也与自己达成和解，最终灵魂得以还乡。

（《文艺报》2018 年 8 月 17 日）

刘醒龙长篇小说《黄冈秘卷》：
我们这个时代的"破解"与自洁

杨晓帆

与其置身事外、非黑即白地树立一个道德标杆，不如投身于这些看似铁板一块却潜藏了种种变动契机的现实里。因为相互制衡，有可能此消彼长，由坏事变好事，既藏污纳垢，又能内在激发出自洁的力量。我以为，正是这样的现实感真正塑造了刘醒龙创作的内核。而能否在小说内外调动起人心的自尊与向上的力，才是他创作最本质的追求。

"抱着父亲。我走在回故乡的路上。"

读罢《黄冈秘卷》，耳畔宛若回声的，就是刘醒龙散文《抱着父亲回故乡》开篇的这两句话。《黄冈秘卷》是一部"归乡"的书，泼墨晕染开黄州一带的原野传说和刘家大塆走出的人物命运。而"我"对父辈的追根溯源，则引导"我们"卸下浮华虚荣和萎靡怯弱，要在截断时间洪流的刹那间重振精神。这部长篇新作也可以被读作刘醒龙创作实践的一次"原乡"，是作家对自己创作基石的回顾和检阅，是带着珍视与坚持，去夯实那些最根本信念后的再出发。

刘醒龙善于在谜题侦破式的情节设计和主人公对人生困厄的探寻中，将历史记忆与时代病症关联起来。在这部长篇新作中，从"我"有关故乡传说的散文被意外收录进高考教辅《黄冈秘卷》一事，既铺叙开以祖父、父亲老十哥为中轴的家族秘史和革命传奇，又步步拆穿老十一与地方政府间利益交换的黑幕。老十哥把自己全部身心交给组织，老十一则笃信"智慧"比"志气"重要，在兄弟俩截然相对的价值认同与人生际遇中，写出了时代转型的反讽与阵痛。

从这点看,《黄冈秘卷》延续了刘醒龙创作中一贯的现实主义精神,尤其是对改革开放以来与"发展"伴生的伦理价值困境进行批判性思考。但有意思的是,小说重心又不在针砭善恶是非,甚至不惜以过于繁杂的枝蔓,去扰乱读者,无法对其中人事做出轻易裁判。比如,小说一开篇写高中女生北童要火烧《黄冈秘卷》,这愤怒大概特别能引起对应试教育不满者的共鸣;但读到后来,读者又会发现《黄冈秘卷》的主编其实是两次高考落榜后以花样年纪嫁给老十一做第六任夫人的紫貂,让看似刁蛮无解的怪题也有了理与情。再如,老十一要地方政府"钦定"《黄冈秘卷》为通行必读,以此作为投资修建南门大桥的条件,无疑给"倚重斯文"染上了权钱交易的阴影;但王朤撬开县主官红旗轿车看到两本《黄冈秘卷》后的迟疑,父亲在明了真相后仍主动拆迁让路的决定,又让你无法仅仅以表态的方式,去谈论腐败滋生与文教传统、经济发展间犬牙交错的联系。

这当然不是对现实矛盾的妥协。有的批评忽视了刘醒龙直面现实复杂性的深度,看轻了他在小说中捍卫人文理想的途径。与其置身事外、非黑即白地树立一个道德标杆,不如投身于这些看似铁板一块却潜藏了种种变动契机的现实里。因为相互制衡,有可能此消彼长,由坏事变好事,既藏污纳垢,又能内在激发出自洁的力量。我以为,正是这样的现实感真正塑造了刘醒龙创作的内核。而能否在小说内外调动起人心的自尊与向上的力,才是他创作最本质的追求。

于是,《黄冈秘卷》中最打动人心的,当然是父辈们始终与时势欲望格格不入的一身硬骨头,但它又不止于为英雄树一座碑。从少年壮志到英雄迟暮,从天下兴亡到儿女情长,小说中父辈形象塑造最成功之处,在于撑开这样一个绵延生长的叙述空间,在其中把抽象的信念和理想,都还原成了可追本溯源的因因果果。就好像小说中由"轿车"串起父亲的人生:15 岁少年时也曾立誓要为刘家大垸争光,当大官坐轿车,把名字印在家志上,却因福特车入狱,在国教授的启蒙下,明白了"革命就是让这些坐轿车的人也和大家一样用两条腿走路";"小福特车发夹"是父亲不得不为忠诚割舍爱情的一份遗憾，但若没有对福特车的喜爱，父亲不仅在劫难逃，也无法找到组织，从黄州易帜开始他一辈子的革命路；把轿车当作"埋葬腐败贪婪的黑棺材"，是父亲毕生的志业，儿女们以为他只是偏执地"对代表工业化水平的轿车咬牙切齿"，其实他最清楚"路与桥"如何能真正实现"人行车走"的含义。在刘醒龙笔下，类似的事物符号不再仅仅承担推进叙事的功能，也不是某个固定的象征意象，反而像万花筒一样，在变动中照出人物形象的丰富性。

父亲是执拗得只剩下一根筋的男人，但心底也有些情绵绵对过去人事的追寻；他是舍小家的"公家人"，但你也难截然区分他在退休工资一事上的隐忍与坚持，究竟是事关组织名誉，事关人生价值与个人尊严，还是出自家人间的体贴。如鲁迅先生所言，"战士的日常生活，是并不全部可歌可泣的，然而又无不和可歌可泣之部相关联，这才是实际上的战士"。而《黄冈秘卷》中其他交织着稗官野史、民间传说的人物故事，如祖父不随政治摇摆坚持他对林家的态度，苦婆捍卫的"穷人的尊严"，王朤讲苏轼诗时的身世感怀和家国抱负等，更成为父亲的一个个重影，既让你感受到黄州一带锻造这风范的文化基因，也让你看见这相似的情怀与理想可能生长出的多种姿势。

或许因为我们这个时代越来越刺痛神经的分裂与冲突，一方面，作家被期待着不妥协地"正面强攻"现实，但现实感的匮乏与20世纪80年代以来纯文学诉求渴望超越现实主义的心理，又使作品更多陷入荒诞叙事的各种变体，只不过隔靴搔痒一般对现实做出符号性再现。另一方面，尝试在创作中重建理想价值，又极易遭遇"浅薄的温情""道德理想主义""主旋律"等怀疑，实际是用一种相当简化论的方式去回应"去崇高化"时代文学与政治、资本不可避免的纠缠。对现实或历史复杂性的书写，是否一定要采取对抗性的方式？对人性复杂性的领悟，是否一定要聚焦于人的异化？我想，刘醒龙创作最大的意义就在于撇开这些"影响的焦虑"，寻求来源于生活的破解。

《黄冈秘卷》中《组织史》和《刘氏家志》的双线设置，可以视作作家有意要从历史反思与文化寻根中为当下汲取精神力量。他既警惕历史虚无主义把革命简化为欲望与暴力叙事，也反思仅仅以传统儒家伦理或所谓乡土民间资源疗救现代化的迷梦。两条线索间的冲突在小说结尾处的合流，可以见出作家的观念与主张。但即使没有这些文本中的提示，读者也不会迷失在"黄冈秘卷"里。因为小说中那些动人的细节，是每个人都会有的生命体验。

读到父亲突然有一天竟在意起《组织史》上的籍贯，我们会不禁疼惜老人们在行至生命终点时对落叶归根的期盼；读到父亲一人站在沙堤溃口，等着逃走的人们纷纷返回，我们会感受到即使勇武如父亲也有内心的恐惧；读到父亲凛然背诵林觉民"绝命书"时，我们会自觉补上被遗漏的头半句"意映卿卿如晤"；读到父亲和"我"终于发现少川就是海棠后人时，我们也会为这跨越时代烟尘的因缘际会感慨万分。刘醒龙在《黄冈秘卷》里特别用到"我们的父亲"这一特殊表述，的确，因为有了"我们"的应答，父亲的形象才越来越清晰可见。

法国文论家托多罗夫在《濒危的文学》里有句精彩评语，"与其说巴尔扎克发现了他的那些人物，不如说是他'创造'了这些人物。但是，一旦这些人物被创造出来，就会介入当时的社会，从那时起，我们就不断与他们碰面"。生活的内容无限充盈，只是缺乏"看见"的形式。刘醒龙曾在散文中写到，"人人心里都存有一个'圣'的角落"，那么重回故里、与父辈们的精神遗产对话，就是文学所能赋予的自洁的形式。毕竟"文学远非一种仅使有教养者惬意的消遣品，它让每个人更好地回应其人之为人的使命"。

（《文艺报》2018 年 6 月 4 日）

打开历史多宝盒

——《黄冈秘卷》的历史、传统与现实关怀

朴　婕

　　时逢改革开放四十周年与建国七十周年即将到来之际，作家们纷纷将视野聚焦于近代以来的中国历史，仅 2018 年一年，便有贾平凹《山本》从为秦岭作志的角度写出二十世纪二三十年代这一地的军事和人事动荡；阿来改《山》系列为《机村史诗》，更加突出以机村为核心，展现动荡年代间藏区独特的自然人文变化；梁晓声《人世间》从老家哈尔滨，梳理二十世纪七十年代以来中国从计划经济步入商品经济的政治经济社会变迁；王安忆《考工记》围绕上海的一间老宅，营造上海在现当代不断变迁中的恍如隔世感；等等。这些作品均选择从一地的历史出发，勾画近代以来中国发展的不同方式，它们印证了杜赞奇所谓中国历史的"复线进程"性，各地不同的发展进程编织出了整部中国史。

　　这一年刘醒龙的《黄冈秘卷》也以黄冈历史的书写，参与进了这"复线进程"的编织。与此同时，小说从"我"关于祖父与父辈的散文被收录进高考练习卷《黄冈秘卷》而引起友人孩子的批判开始，拉开了历史与当下、黄冈与整个中国的对话，并借由"我"对家族历史的层层挖掘，展示出仅一地的历史也有着不同枝权。小说标题的"秘"字正带出了刘醒龙历史叙述的三层奥秘：第一层从父辈人的爱恨纠葛落笔，逐步生长出对二十世纪中国历史的剖析和整理；第二层拨开历史沉积，发掘黄冈精神，进而破解传统留给当下的文化密码；第三层借由试卷中的一道谜题，引出对历史与当下、理想与现实关系的反思。刘醒龙笔下的中国一如精致繁复的多宝盒，他尝

试解码重重机关，展示盒内多元的面貌。

一、复线历史之奥秘："谁向中江是主人"的反思

　　刘醒龙自《圣天门口》便显露出重写中国历史的浓厚兴趣，他以《三国演义》一般的笔法，从国共意识形态对抗、基督信仰、现代科学、乡土伦理等多个层面展现天门口在二十世纪初至六十年代的斗争，表现出宏阔的历史视野，但也难免为了整体历史格局的清晰而牺牲了每种不同选择的发展趋向，从各条发展脉络中截取片段拼接成连贯的历史，略有破碎之嫌。此后《天行者》通过将自己熟悉的民办教师问题重新梳理，雕琢出了更加成熟的历史叙述结构。《蟠虺》则从小处着眼，以曾本之等人调查曾侯乙尊盘的失窃事件层层铺开，打开了对楚文明的梳理。到了新作《黄冈秘卷》中，刘醒龙吸取之间的经验，更加张弛有度地以刘家几代人的家史为轴，逐步拉开不同发展方向之间的角逐与协作，展示历史的丰富肌理。

　　贯通全篇的苏轼诗句"三江从此分南北，谁向中江是主人"提示出历史在某一时刻发生了分岔和角逐。父辈老十哥、老十一与老十八的人生轨迹分别代表了历史的不同可能性：坚持只需要记载于《组织史》并拒绝为组织带来任何麻烦的老十哥，无疑代表着正统革命历史叙述；无限扩大资本的老十一，代表了资本扩张的历程；执着地重修《刘氏家志》的老十八则是乡土中国线索的代表。此外，代表乡绅和知识分子的王先生与王羼，还有小说家的"我"、友人少川及其女北童，也各自提供了进入历史的不同角度。

　　对中国历史多线程的叙述已不罕见，本文开篇也说道仅在2018年一年间，就涌现出一批历史叙述。置身这些作品中，《黄冈秘卷》的独异之处在于，借老十哥与老十一生命的交杂，探讨革命史与资本现代化历史的复杂关系。表面看来两者分别代表了革命与资本，似乎相互抵牾，但小说却暗示出两者的一体两面：老十哥与老十一几乎同时出生，又分别被命名以发音相同的"刘声志"和"刘声智"，早年也一起跟着祖父学织布，一起躲避抓夫而到武汉做工，直到因革命运动而分开。尤为有趣的是，老十哥走上革命道

路,恰恰是老十一造成的:老十一在汽车上刻下当时流行的革命口号"打倒腐败贪婪的狗官"中的"打"字后被警察逮捕,却谎报了老十哥的名字,导致了再次发生同类事件后,老十哥被当作惯犯逮捕,因而在狱中接触到进步人士,从此走上革命道路。而老十一又因为老十哥的入狱,娶了原本恋慕老十哥的大华纺织厂千金小娴,踏上了资本积累的第一级台阶。若无这一次偶然的倒错,两人的人生轨迹也许大不相同。

小说还暗示革命与资本的发展都不应是孤立的,老十一在最后承认自己的一切成绩都离不开老十哥:"别看我一直对你不服气,那只是爱面子,其实我心里最佩服的人是你。我刘声智不过是那供人乘坐的轿车,你刘声志才是刘家大湾的路和桥。"反过来老十哥也默许了老十一的投资。恰如"我"的解读,老十一投资政府基建,并且将《黄冈秘卷》推向全国学校课堂,体现出资本对政治以及意识形态国家机器的渗透,将颠覆组织的合法性,很可能让老十哥勃然大怒,但小说最后透露出老十哥早已看穿老十一的谋划却并未作声,表明他默许了资本与革命的融合。这和中国社会主义现代化的历史有所契合,计划经济时代同样强调实现现代化和工业化,实现"科学"社会主义并且讲求科技革新,所以资本不是不重要,只是资本应当属于谁的问题。老十哥对汽车的"仇恨"也十分复杂。一方面汽车作为资本的一种标志,造成阶级的划分与斗争,就这一方面而言老十哥确曾"对代表工业化水平的轿车咬牙切齿"。但另一方面,他也曾深深为汽车吸引:他十几岁时在上巴河镇第一次见到汽车,尚未形成明确的阶级意识,只是惊艳于它的华美;到武汉大华织布厂做工时,他看到了老板家的福特轿车,亦注意到了车上老板家的美丽女儿小娴;在小娴的邀约下他来到电影院,看到了新款福特轿车并深深为其气派震撼;直到他因为老十一在车上刻下的"打"字而被捕,他才真正认识了"打倒腐败"的意义。小娴与她所乘坐的汽车总是同步出现,老十哥对小娴的爱就暗藏着无意识中对汽车的欲望。并且在老十哥出狱后寻找组织的过程中,他在山坡上发现了一辆福特轿车,在车上发现了一个福特车形状的发卡,看到"危险"的纸条,由此引发后来与海棠的一段未能成就的缘分。此后很多年老十哥一直留着这个发卡，将对海棠的情谊寄托其上，因此他对海棠的思念中也缠绕着对汽车的潜在欲望。同样值得注意的是，小说反复写道老十哥对"福特"轿车产生惊艳，而近现代中国的都市不仅有福特一种轿车，"福特"这一名称明显指向了福特式大生产这一标志性的资本生产方式，老十哥对福特轿车的关注，暗示出了革命的发展历程始终在呼唤现代资本的生产秩序。两条看似分野的道路，最终还是会汇流到一起。针对老十一终于坦白的钦佩，老十哥也回应道："一条路，要是没有人行车走，与野地有什么区别？一座桥，要是不让汽车行驶，连好看一点的大石头都不如。"也就是说没有革命就没有资本现代化，而资本现代化也在继续革命尚未完成的事业，两者相辅相成才推动了中国的发展。由此回看本作中事件开始的时间点是1997年，正是香港回归、"一国两制"体制付诸实践的时刻。两种发展道路到此归流，至于谁是"中江"之主，则留待新世纪见证吧。

二、"黄冈"之奥秘：追溯文化原乡

引发整个事件的导火索是北童在《黄冈秘卷》上遭遇了"我"关于祖父的散文，其中已透出黄冈当地的文化特质，而后"我"又写道《传说的祖父》关联着"我"对故土黄州以及刘家大塆的记忆，于是《黄冈秘卷》与"黄冈"的关系慢慢显现出来。刘醒龙在后记中直言《黄冈秘卷》是为家乡而作，所以不难理解老十哥与老十一两人的和解发生在刘家大塆，革命也好资本也好，最终都会回归原乡。更进一步说，刘醒龙显然认为传统精神内在于一切现代化的发展道路：老十哥看似顽固，但只要来人提到巴河藕汤，便立刻柔软起来；老十一这位资产可观的总裁，更是会亲自煲汤给他真正重视的客人饮用，煲汤的时候"一定要坐在砂罐前片刻不能离开，眼睛紧紧盯着火苗与蒸汽"。书中要重修《刘氏家志》而必须找到1933年不知所踪的两本原本，到最后却发现两本原本恰恰是被老十哥和老十一收藏了起来，暗示出代表两种发展的老十哥与老十一从未脱离传统精神的影响，传统以各种方式渗透到现代化进程中并延续至今。

刘醒龙对原乡精神的推崇早已出现，只是此前作品中对文化传统的提倡更多限制在湖北一地或"楚文明"之内，而这次的《黄冈秘卷》建立起黄冈精神与整体中华文化的相关性。小说最后将黄冈精神汇聚于巴河藕汤，阐释道藕汤的好关键在于巴河藕，而巴河藕的好又在于小秦岭之地能够"包含华山之险，泰山之雄，黄山之奇，峨眉山之神秘，昆仑山之磅礴"，"小秦岭前的那座藕塘，虽然简陋，其水质清的时候像喀纳斯，纯的时候像纳木错，亮的时候像九畹溪，温柔的时候像西湖，多情的时候像天池"，藕塘的泥土"肥沃如同东北坡肉油而不腻，稠糊如同香糯米黏连不舍，浅薄如同燕窝粥点滴不凡，深沉如同龙虎斗人有不知输赢早定，魅力如同佛跳墙还未见面已经销魂"，可见巴河藕是集中国各种自然与人文风貌之大成。这固然有刘醒龙美化家乡的成分，却也说明了他所歌颂的巴河藕、黄冈精神所代表的就是中国精神的集萃。

这种对自身文化的重视可以追溯到 20 世纪八十年代中期"寻根文学"的提出。虽然"寻根文学"本身因先锋文学潮流的兴起而销声匿迹，但作为一种意识它始终潜藏在此后的文学创作中。步入全球体系的中国在首先积极学习西方文学思想和技术之后，日益自觉于要确立自己在世界上的独特位置，因而逐渐转回注意到自身的文化特质。近年来对"传统文化"的提倡，也反映出这一潮流日益为全民所关注。

刘醒龙对历史的关注本身也可以追溯到传统之"文"。现代对小说的分类中将传统史部的很多内容划分进来，因而中国现代小说自其初始便内在的含有对史的重视。近年来涌现出大量重述历史的小说，也可以看出中国文人对历史叙述的偏好。同时，刘醒龙的叙事形式也表现出传统文艺的特色。他的叙述往往以情节发展为主轴，在必要时突然补充相应的人物或者加入细节，有时不免牺牲了人物的完整性。尽管这次吸取了以往叙述中人物有些破碎的教训，较为完整地呈现出了祖父、父辈人的精神性格，但还是有此特性，比如母亲的姓氏"郝"直到小说过去大半才因为祖父提及而补充说明。在这一点上他的叙述颇似传统"说话"艺术。刘醒龙整理历史多样性的方法，也有《三国》《水浒》《西游》这类"世代累积"而成的传统"奇书"特征，它们将代代说话留存下来的故事加以整理，组织形成一个完整故事。这种形式上的传统色彩，与老十哥老十一暗藏家志构成了微妙的互文，反映出中国文学现代化中也带有传统印痕。

三、"秘卷"之奥秘：历史与当下、现实与浪漫的接合点

小说以《黄冈秘卷》为名，点出了结构整部作品的第三大线索，即由紫貂提议、老十一付诸实施的练习卷。试卷将历史与高考联系起来，而高考代表着对历史的官方叙述，以及历史如何面对下一代人的问题，刘醒龙由此探讨历史与当下现实的对话性。小说固然写当下的年轻人都热爱消费享受而漠视历史文化，但当老十一以《黄冈秘卷》的方式为学子们打开一道通往历史的小门，谁说他们不会随着年龄的增长慢慢发掘自己身上的文化印痕？特别是海棠的女儿少川及外孙女北童正是通过《黄冈秘卷》上"我"所写的父亲老十哥与海棠的故事，慢慢梳理出了自家的家族线索，打开了历史被深藏的褶皱。

同时值得注意的是小说设计了一个待解谜团，即在开篇时就写出《黄冈秘卷》的一道没有答案的谜题："有一只熊掉到一个陷阱里，陷阱深 19.617 米，下落时间正好 2 秒。求熊是什么颜色的？"这道题让能够考上北大的高材生北童也一筹莫展，直到濒临结尾，她才通过"我"找到了命题人紫貂，获知这道题需要先通过重力运算得出重力加速度，来推出所在维度，再结合生物分布、地理的地貌和土质分析，以及市场价值最终得出答案。紫貂表示她出这种题的用意，是借刁难万千学子来解未能考上大学之怨。不过少川则道出了刘醒龙赋予这些谜题的深意："解开这道题的方法从头到尾就是如何真正做到实事求是。"正是因为没能考上大学而早早进入社会，紫貂才有学生难有的生活经验，创造出了仅靠掉书袋难以解答的问题。

226

　　只是这道看似必须结合实际经验的题，所调动的恰是中学物理、地理、政治等教材上的知识，它能够考验学科综合能力，却说不到现实经验，倒不如他将《挑担茶叶上北京》《分享艰难》等中写道的冬茶的价值和成本问题提出来还更接近于现实经验。若刘醒龙想要制造一些难题倒无所谓，但刘醒龙将此题的用意解释成要重视现实，那么他的"现实"就值得思考了。

　　读者对刘醒龙的认识一般始于20世纪九十年代的"现实主义冲击波"，他也一直被视为现实主义作家。但细读他的作品，他的"现实主义"表现在创作目的有意回应现实问题，而对于问题的设置与解决却未必以现实原状为依托，相反往往是基于他的理念而来，也就是在他的理念之上建构起了一个近似于现实的世界。刘醒龙经常强迫症一般地要将小说中出现的人事物都排布到相应的位置以达到结构的完整，让每个故事中的角色都找到他们的归属。以《黄冈秘卷》来说，失去联系多年的老十哥与海棠的子孙却成为好友，阴错阳差地接续起未完的历史。再往前，《蟠虺》中因曾侯乙尊盘失窃而导致的郝嘉的惨死、郝文章与爱人曾小安的离散，最终都得到了报偿，而被拿走的另一件尊盘掉入河中，未被坏人利用，一切回到正轨；《天行者》的每个人都会找到应有的归属，未能和万所长结合的明爱芬、蓝小梅都填补了余校长家庭的空缺，爱慕张英才的叶碧秋也终于守得张英才与情人分手而终成眷属。刘醒龙所创造的世界总是个完整的闭环，所有的事情一定会在内部得到解决。

　　由此来看刘醒龙的历史与当下对话，则存在将历史发展拼合成一个玲珑精巧、严丝合缝的整体的倾向。他尝试把捉历史发展的某种规律，以此规律为核心组织中国发展的历程，探讨未来可能性。如果将此视为"现实主义"，则它更接近中国在五十到七十年代推崇的"社会主义现实主义"的特性，即"革命的现实主义与革命的浪漫主义相结合"，以动态的眼光去把握现实世界背后的原理的一种"现实主义"手法，而其带来的创作实践往往是建构出理想的"新中国"和"新人"形象。刘醒龙意图以文学来回应现实这一野心，也颇似20世纪中叶的这些前辈作家，尝试构造一种近乎完美的现实，来为中国的发展提供理想方案。这样固然能够凸显出历史对于回应当下现实问题的价值，但不免放大现实问题的某一种面相，磨去了很多毛边。倘能顺应旁逸斜出的毛边原本的发展方式，任其生长出更多的故事，也许可以激发出更多的启示。

（《长江丛刊》2019 年 03 期）

简论《黄冈秘卷》的地域性书写

汤天勇

　　虽然不能决断地说越是地方的就越是世界的，但福克纳、马尔克斯、鲁迅、沈从文、莫言等无不用一小块空间构型成文学史上举足轻重的文学版图。丁帆在考量二十世纪中国地域文化小说后总结说："任何失却了地域文化色彩的小说，在一定程度上都相应地减弱了其自身的审美力量。地域文化色彩，不仅仅是一种形式技巧和主题内涵意义上的运用，它作为一种文体，一种文本内容，几乎就是小说内在特征的外显形式，是每一个民族文化和文学表现力与张力的有效度量。"①刘醒龙的小说自始至终具有浓厚的地域色彩，无论是揭示"大别山之谜"，激扬"现实主义冲击波"，书写新历史，还是切近当下，其艺术叙事与想象深深扎根于鄂东这块神奇诡秘的土地上，即使在可以归类为"城市小说"的《蟠虺》中，古城黄州依然身影处处。新近力作《黄冈秘卷》更是命名直指故乡黄冈，与先前小说相比，这块土地上清晰鲜明的风景、情物、人民、风俗展示得更为充分，黄冈元素运用得更为周密，黄冈人的精神秉性透示得更为全面。《黄冈秘卷》与历史上熠熠生辉的状写黄冈的诗词歌赋遥相呼应，此为刘醒龙将面对故乡的"害羞"进行了最为透彻的呈示，成功完成新地方志与文学黄冈的华丽书写。

---

　　①　丁帆：《20世纪中国地域文化小说简论》，《学术月刊》1997年第9期。

一

金宇澄诊断时下小说"几乎是一样的西文翻译味道，小说文字越来越趋同化，残守故事完整性，文学对语言造成影响功能丧失殆尽"。① 小说《繁花》用方言写就，应视为其对文学语言狭窄化、扁平化倾向的反拨，是对文学语言的重新发现和实验。刘醒龙亦对方言情有独钟，视方言为"母语"，母语区别于古代的官话和现代的普通话，"一句方言，传授的却是血缘，依赖着母语的写作是坚实的，而失去母语的写作总是可疑的……在母语显得至关重要的文学范畴中，在地域文化传承上能有多大建树，是一方水土中的作家能有多大建树的宿命"。② 方言沉淀的是原汁原味的生活和血液，《黄冈秘卷》一如作家之前的小说，也只是遴选若干有代表性的方言词语嵌入。这种选择即为修辞，体现出作家"委以重任于方言"的写作意图，打破语言视听的习以为常和平庸呆板，借方言的陌生性显示其独具的神韵与优雅。《黄冈秘卷》皇皇四十万言，其中穿插了诸如厾尿、块、貂猪儿、嘿乎、伯等几个方言词汇，最具标示性意义是"嘿乎"(以及"嘿乎"所演绎的"不嘿乎""嘿啰乎""嘿乎嘿""嘿啰乎嘿""不嘿啰乎")和"伯"。

据统计，《黄冈秘卷》涉及"嘿乎"52处，"不嘿乎"29处，"嘿啰乎"24处，"嘿啰乎嘿"19处，"嘿乎嘿"24处，"不嘿啰乎"7处。"到头来我们能使用黄冈话表达事物的只有一句话：嘿乎，以及由嘿乎变化而来的嘿乎嘿和不嘿乎等。"③"嘿乎"是一种修饰语，其目的是对所修饰对象的属性予以强化，与"很""非常""相当"等词性词义相若。若是表达相反的意思，就在前面加上"不"即可。

---

① 金宇澄，朱小如：《我想做一个位置很低的说书人》，《文学报》2012年11月8日。

② 刘醒龙：《母语写作的宿命》，《湖北大学学报》2014年第1期。

③ 刘醒龙：《黄冈秘卷》，湖南文艺出版社2018年版，第43页。凡下文引自该书的，不再一一注释。

作为两位在"这个县"工作的王朤和父亲"一起说的话，最早留下的印象都与嘿乎嘿有关"。至于"嘿啰乎"和"嘿啰乎嘿"，"从'嘿乎'和'嘿乎嘿'发展而来的，即表示很多、很大、很有分量，也表示惊叹、赞美，甚至还以表示愤怒的两句俗语是黄州城里人开始说起来的"。并且，"这几句俗语，过去只是黄冈一带人的口头禅。因平型关大捷，嘿乎、嘿乎嘿等俗语，迅速普及到黄冈以外……并结合各地的俗语，创造出过去说带有脏字眼，现在却被理解为性感的嘿啰乎、嘿啰乎嘿等新的词语"。

"嘿乎"和"嘿乎"的系列衍生词，不仅含有对事物和人的评判，而且涵蕴着情感取向。作者不惜文墨描述这种方言的发生与演变："嘿乎"由一般评断性词语因林家大塆那位平型关大捷的带领人而迅速实现了力量性的膨胀，加之国人特殊的语言习惯，添一个脏字眼（性感的字眼）更便于形容心中所欲表达的情感与内容。除了写作者的阐释外，"嘿乎"系列词语的使用者有着鲜明的黄冈印迹：一是刘家大塆出生的人，比如祖父、父亲（刘声志）、老十一（刘声智）和老十八等；二是与刘家大塆有着血缘关系的王朤、"我"等；三是受刘家大塆影响的人，比如林家老大、紫貂和少川。这些人中，老十哥和王朤，他们说话的语境更多是在"这个县"，有着特定的地方意识，他们唯一能够保留自己特性，表明自己有别于该县人和南下干部的身份标识。同时，"嘿乎"也具备意象功能，无论是被老十一作为书法作品悬挂于墙，还是被老十哥与王朤挂在口头，"嘿乎"系我们父辈这些黄冈人共同毛病的集合，"做事和干事果敢有力，从不拖泥带水，终极目标却时隐时现，一不清楚，二不明晰"。

"伯"在小说中即为对父亲的称呼，它是一个方言性词语，却非黄冈所特有，但作者用之于小说，意义特殊。在"我"的老家，称父亲为伯是一种传统，即便"我们家早就搬到距离黄冈老家近两百公里的大别山中，在异地异乡继续将父亲称为伯，常常遭到当地人猥琐的讥笑与真诚的疑惑"。为何这么称呼，祖父和紫貂各有解释：祖父颇似讲古，巴河、举水一带山水中时有妖魔鬼怪出没，当父亲在外打拼会冒犯不讲道理也不懂做人道理的坏东西，坏东西多邪恶贪婪，企图将受到报复之人的儿女作为自己的美食。妖魔鬼怪以为叫伯的孩子不是所要报复的对象，而是信守冤有头、债有主，人与鬼、鬼与人之间也有一定之规。人怕法律，鬼怕天条，胡乱伤人的妖魔鬼怪会遭天雷劈，地火烧。紫貂倒像是科学作答，叫伯的源起，真的与内迁的巴人有关。东汉建武二十三年，朝廷将屡屡造反的巴族人迁徙于拥有五水的鄂东和皖西南的大别山区。五水蛮们一直在受巴人相信巫术的影响，有意将父亲称为伯，是巫术中自我保护的一种方法。

无论是祖父庶乎荒诞般的讲述，还是紫貂近乎科学似的阐解，称父亲为伯，躲避"妖魔鬼怪"也好，巫术延传也罢，这种称呼的缘起应是为了生存的一种自保策略，都是为了活好，前者是应对自然天灾，后者躲避人祸，但经过世代延续，已成为一种文化传统。尤其是进入大别山"这个县"的黄冈人，伯的称谓的坚持，实则意味着一种传统的续传和固守——鬼人之间尚且有规定可遵循，何况人乎。

"语言是文化的镜像，文化是语言的管轨。"①无论是口头禅"嘿乎"，还是固执的称谓"伯"，作者之所以如此写，对于父辈而言，是对出身地域性的坚守和对根系的守望，相对于"这个县"，有着近乎顽固的他者执念。

二

"作为一种文学形式，小说具有内在的地理学属性。小说的世界由位置和背景、场所与边界、视野与地平线组成。小说里的角色、叙述者以及朗读时的听众占据着不同的地理和空间。"②黄冈县古已有之，1990 年撤消黄冈县，改设县级黄州市，1996 年黄州市一分为团风县与黄州区，"黄冈县"成为历史名词。作者写作的三

---

① 邢福义：《文化语言学》，湖北教育出版社 2000 年版，第 1 页。

② 迈克·克朗：《文化地理学》，杨淑华、宋慧敏译，南京大学出版社 2003 年版，第 55 页。

个地理空间为黄冈县、武汉与"这个县"。相对于其他文学空间的略化与虚化，黄冈县很多地名清晰准确，可以在现实中一一得到查证：比如汉川门、东坡赤壁、刘家大湾、巴河镇、小秦岭、回龙山、青云塔、石塔、团风镇、考棚街、龙头岭、大崎山、胜利街、军区招待所、林家大湾、沙子岗、八卦井、黄冈中学、地委招待所、沙街、贾庙等。

"地名的直接在场，不仅是文学作品追求真实的表现，其既生动详实地展现了历史文化、自然风光、民族风情等特点，也体现出作家有意识地表达故乡情感，储存地域记忆的一种方式。"[①]地名寄寓的是历史，是地理的表征，其进入小说文本，或仅仅作为地理坐标的标识，或作为故事展开的场域，或是寄托着作者情感的隐喻之地。作者写汉口，主要两个地方，一个是汉口永清街，一个是江汉关。永清街警察局是老十哥遭受无妄之灾关押之地，在此，他完成了身份与命运的改变，因为遇到国教授，因为黄冈人忠诚勇正的秉性，因为苏东坡的诗，他得到国教授的信赖，在国教授的启蒙下懵懵懂懂地走上革命之路。江汉关，作为一个港口，"挥手自兹去"之地，在这里，老十哥是逃离，既是逃离因为"革命之举"面临警察的逮捕甚至镇压，也是远离哑女小娴的情感。"这个县"是真实的存在，它与黄冈县也就两百多公里的距离，中间隔着一个名为浠水的县。若在鄂东作真实性考察，这个县即为英山县，作者之所以始终不明示，有两个原因：一是"在我们家有一个不成文的规定，为了记住从祖父到父亲再到我们这条延续下来的根是在黄冈，除非万不得已，否则，我们只能以'这个县'来称呼，离开黄冈后，重新开始新生活的新的县份。"二是，在老十哥与王朤看来，"这个县"与黄冈相比，实则有着"小桥流水"与"大江东去"之别，前者不是婉约，而是机巧，后者也非豪放，而是耿直。"这个县"中唯一被作者明确的是老鹳冲，其中缘由不仅仅是老十哥任该区区长时的抗洪业绩，更主要的是在此找到了装扮成哑巴的海若。一个海若，

[①] 张蕾：《地方知识与精神空间的开拓》，《石河子大学学报》2017年第5期。

不仅使围绕在老十哥、柳剑光、海棠父亲等身上谜团得以彻底解开，也为少川到黄冈种下合理性因子，总之，把先前看似分裂的世界重新弥合成一个整体，故事圆满。

"地名还具有保存特定时期地域文化的历史性"①，黄冈县地名呈现三种表现形态：一是仅仅作为地域之名，不含有附加意义的地名，如沙子岗、贾庙等；二是故事情节生发之地，如刘家大塆、林家大塆等；三是本身作为丰腴文化的承载体，比如汉川门、东坡赤壁、八卦井、考棚街等，正如书中所言："从汉川门到八卦井的小街上，随便哪一块青石都能发出幽幽的古老光泽，每走一步都能感觉到来自黄冈的某个秘密正在脚下微微颤动。"东坡赤壁作为黄冈地标性景观，是该地精神和文化的汇聚之地，也是传播之源。武汉是老十哥谋生之地和革命出发之地；"这个县"是他半辈子工作之地与退休后生活之地；黄冈县则是老十哥生命诞生之地，是其革命活动之地，爱情萌发之地，也是晚年归属之地。三个文学地理空间都是叙事展开之所，对于"我"，或者说对于老十哥甚或祖父而言，"这个县"无疑是地理文化意义上的他者，因为黄冈(具体说是刘家大塆)是生命起源之地，是血脉流淌之地，是物质性的故乡，也是精神性的故乡。

三

"在一个讲究'民以食为天'、'食色性也'的国度，饮食从来就不仅仅是营养或美味，而是包含了太多太多的'言外之意'、'味外之旨'以及'韵外之致'。"②文学中，食物的主要意义不在于生物性，而在于其象征性。小说中，"我"有一次懒得做饭，到街边小餐馆要了一份滑藕片和青椒肉丝。因为服务员误将青椒肉丝弄成香

---

① 张袁月：《近代小说中的文学"地图"与城市文化》，《文学评论》2014年第3期。

② 陈平原：《长向文人供炒栗——作为文学、文化及政治的"饮食"》，《学术研究》2008年第1期。

芹肉丝，引得"我"大发雷霆。"我"为何对香芹肉丝如此反感，起因于小时候闹饥荒，母亲常以芹菜充饥引起的恒久的味觉抵抗。这里的滑藕片、青椒肉丝、香芹肉丝，主要功能即为充饥，是解决人的温饱。但是在老十哥（或者说黄冈县人）的食物体系中，天下食物皆是黄冈好：沙子岗的萝卜，马曹庙的包面，八卦井的豆腐，方高坪的荸荠，淋山河的狗脚，巴河的莲藕。老十哥在"这个县"桥南的家中，亲眼看到担挑萝卜和莲藕的人，萝卜和莲藕散落在桥上，他感慨的是"这个县"的萝卜不如沙子岗的萝卜"又大又脆又甜"，"放在黄冈，这种一担能挑二百四十一只的萝卜，只能扔在猪圈喂猪"。老十哥他们对家乡美食的有些极端的誉美，可以理解为一种莼鲈之思，一种寻根意识，一种对家乡认同感。

作者为何重点写巴河莲藕，尤其是刘家大塆的？一方面，刘家大塆是书中主要人物的出生之地，是生命与血脉起源；另一方面老十哥与老十一关系微妙，彼此志向迥异，行为做事有别，虽无大仇，却有罅隙，唯一能够使这对堂兄弟有共同语言的就是老家泥塘的莲藕。相对于刘家大塆，老十哥与老十一皆是客居他乡，惟有莲藕能够勾连共同的美好记忆，兄弟如莲藕，藕断丝连，即便有再大的矛盾与分歧，面对老家，回归于好亦是必然。

老十哥认为"这个县"和麻城的莲藕骨瘦如柴，老十一说闻名天下的沔阳莲藕和豸山莲藕皆不如巴河的。志趣左右的兄弟俩对于巴河莲藕的认识具有天然性默契。"天下莲藕只有巴河莲藕为最好，刘家大塆的小秦岭下面那座藕塘里的莲藕又是巴河莲藕中最好的。"颇有文采的紫貂如此解读巴河莲藕：包含了"华山之险、泰山之雄、黄山之奇、峨眉山之神秘、昆仑山之磅礴"的"小秦岭前的那座藕塘，虽然简陋，其水质清的时候如喀纳斯，纯的时候像纳木错，亮的时候像九畹溪，温柔的时候像西湖，多情的时候像天池。藕塘的泥土，肥沃如同东坡肉油而不腻，稠糊如同香糯米黏连不舍，浅薄如同燕窝粥点滴不凡，深沉如同龙虎斗人有不知输赢早定，魅力如同佛跳墙还未见面已经销魂。"

作者借助紫貂之笔，将刘家大塆出产的莲藕何以冠绝天下做了最为抒情最为形象的描述，它集天地之灵气，涵润刘家大塆人的秉性，人与物同一。

老十一解释他能够熬出让人垂涎三尺的藕汤的秘诀在于结过六次婚。这种暧昧的解释不过是表象，背后却隐藏着诸多的人生感悟。老十一掌握的"火候"实则是生活磨砺，是应对不同生活经验的积累和阅历的丰富，是心境由纷乱的狂躁到自如的澄净。无论是老十哥，老十一，还是王朤，对于巴河藕汤的迷恋，源于味觉强盛的生命力和难以泯灭的记忆，滋味品咂中触发乡愁。相对于望月思乡，书写家乡饮食，归乡之愁不再虚无缥缈，更具真实感，更易获得心灵之慰藉。

四

苏轼因"乌台诗案"于神宗元丰二年（1079年）底被贬来黄州，元丰七年（1084年）四月离开。四年多的谪居，"山水清远，土风厚善。其民寡求而不争，其士静而文，朴而不陋。虽闾巷小民，知尊爱贤者"①的黄州促成了苏轼脱胎换骨的改变，在作者看来，"半辈子活在长江边的苏东坡，只是到了黄州才写下'大江东去，浪淘尽千古风流人物'的句子，与他本人之前之后的才情没有太大关系，最重要的是他到了黄冈。黄冈人的情怀和长江的奔放，天衣无缝地结合在一起，才能触发天才的天才。"东坡"风流最是黄州著"，词赋书画与散文丰碑矗立，也完成了人生观和生活观的重构。同时，苏东坡以其卓绝的文艺成就、哲学思想、生活观念、审美理念为黄州留下一笔丰赡的遗产——东坡文化——遂成为黄州文化的重要组成，成为影响黄州人的一个文化基因，是黄冈地区足以惊艳世界的文化符号之一。刘醒龙书写黄冈，与苏东坡自不会擦肩而过。

苏东坡进入小说由少川引导。"我"与北童通话，能够听到少川轻声朗诵苏东坡的诗句，"不是众所周知的《赤壁怀古》和《寒食帖》那几首，而是非痴迷苏东坡的人不大知道的《初到黄州》，听得最清楚的是那句'自笑平生为口忙，老来事业转荒唐'"。少川如此

---

① 苏轼：《苏轼文集》，中华书局1986年版，第2155页。

喜爱苏轼，此是为何？叙述者说，但凡有不顺心或者不顺眼的事情，她就会用接近默诵的方式，来几首苏东坡的诗。东坡的旷达自识、返归于朴、化苦为甘、闲放不拘的生活态度和人生境界，足以慰藉碌碌俗世中的繁琐、愤懑与不平。其实，看过全书者，可知这只是作者的一种设悬性修辞。

"三江自此分南北，谁向中江是主人"出自收录于《黄州府志》（弘治版）的《新生洲》。三江口处水天茫茫，江流改向，气势磅礴。组织以此为革命联络暗号，预示着对新生世界的向往，满溢革命的豪情与自信。它对于以祖父、老十哥、王朤及"我"为代表的黄冈人而言，系与生俱来的风骨的写照，是黄冈县人家国情怀的真实映射。这两句诗对于老十哥而言，意义尤其特殊：因为知晓该诗，结果被同样关在汉口监狱的革命者国教授误以为是同道，因深受其信任和青睐，老十哥在他的引导下走上革命道路。可以说，这两句诗改变了老十哥的人生走向，让其从一个纺织工人转为一个职业革命者，革命胜利后，成为组织的一员。另外，这两句诗也让老十哥黄州老城遇到爱情，他本想用这个暗号与组织接头，结果意外地成就了他与同样知晓这两句诗的海棠的爱情。爱情虽然因为现实很快就枯萎，沉积在心中，成了老十哥一辈子香醇的记忆。

苏轼诗词集中性展示源于"我"的一次作文。"我"因为自小听闻吟诵苏东坡的两句诗"三江自此分南北，谁向中江是主人"，而固执地认为它在"我"的记忆中先于《三字经》和《静夜思》，结果引起了高中语文老师慕容的大肆批评，他在课堂上引经据典，为证明这两句诗是伪作，时而"暴风骤雨"，时而"鸟语花香"，先后征引苏东坡的诗词《念奴娇·赤壁怀古》《江城子·密州出猎》《定风波·三月七日》《蝶恋花·花褪残红青杏小》《水调歌头·明月几时有》《江城子·乙卯正月二十日夜记梦》，其中《念奴娇·赤壁怀古》与《定风波·三月七日》系东坡谪居黄州时写就。"我"父亲的战友王朤知悉后赶到学校夺下教师手中的教鞭在课堂上"专门同你们这些嘿乎的同学说说苏东坡"。王朤用颇具时代感的语言讲述了乌台诗案的来龙去脉，提炼苏东坡的精神，讲述他在黄州的逸闻趣事。王朤援引苏东坡在黄州写的几首诗《赠黄州官妓·东坡黄州五年住》

《海棠·东风袅袅泛崇光》《寓居定惠院》。慕容作诗词大串联，王朏史诗互证、逸闻与正史相映成趣，两人讲授，两种风格。慕容与王朏有关苏轼诗词的狂欢化表演颇有些诡异。之于慕容，他认定这两句诗系赝品，完全可以查阅求证，追根溯源；再者，"知之为知之，不知为不知"，这无损他作为老师的清誉；即便学生确实有误，为何不能心平气和地予以纠正？之于王朏，何故冒着"政治"风险来这么一出？表面上看，王朏伯伯是为了声援"我"，实际上是他们两个人或者说两个县的人秉性和气格的一较高低。慕容对于"我"，缺少的是雅量，大讲东坡有逞才之嫌，看似广征博引，实则有些花架子，即使苏东坡豪迈旷远的诗词依然显衬出其格局之小。王朏讲诗词，认为东坡诗词与黄冈人的情怀完全契合，黄冈人的执拗与东坡之风骨同一。王朏于此，是借东坡诗词浇心中之块垒，他是明己志，明老十哥之志，也是明黄冈人之志。

现代作家写作一般都有一个属于自己的文学地域，这个地域，不是说有了就是伟大的艺术，而是说，没有这个作家个人的"文学场域"，根本就没有艺术叙事与想象扎根的土地。① 黄冈是刘醒龙的乡土血脉之所在，是其精神品格凝聚之地。《黄冈秘卷》写黄冈的方言、地名与食物，不是为其扬名，而是基于对故乡深入骨髓的热爱，是一个赤子对故乡最为深沉的颂扬。小说写作的过程，即为刘醒龙精神还乡的过程，灵魂贴近的过程。

（《长江文艺评论》2018 年 05 期）

---

① 阎连科：《20 世纪文学写作：地域守根——现代写作中的母地性复古》，《扬子江评论》2017 年第 6 期。

"中国套盒"的现代演绎

——论刘醒龙《黄冈秘卷》的叙事策略

朱一帆

    2018 年 6 月，湖南文艺出版社推出刘醒龙的又一长篇力作《黄冈秘卷》。该小说问世后，迅疾引起评论界的关注。目前学界讨论多集中在刘醒龙用地方志的"语言"，讲述中国故事，传达中国精神方面①。不过也有学者从叙事学角度出发，指出《黄冈秘卷》是由家族叙事与革命叙事共同构成的一部传奇。但是，整体性而言，专题讨论《黄冈秘卷》叙事策略的研究并不多见，而刘醒龙在《黄冈秘卷》中所作的小说叙事方面的探索，值得深入挖掘。本文试图从"中国套盒"角度分析《黄冈秘卷》的叙事策略，指出通过创造性转化"中国套盒"这一中国传统小说叙事技巧，刘醒龙的《黄冈秘卷》为我们提供了一种中国本土历史叙事的新可能。

一

    一般意义上，"中国套盒"指的是一种产自中国福建的木器漆盒②，其结构为大套盒内容纳小套盒，小套盒又容纳更小一级的套盒，人们在打开大盒子发现小盒子、打开小盒子又发现更小盒子的

---

    ① 如南帆：《家族的精神脐带——读刘醒龙〈黄冈秘卷〉》，《湖北日报》2018 年 9 月 2 日。李遇春：《解密地方文化精髓》，《中国新闻出版广电报》2018 年 10 月 12 日。蔡家园：《双重寻找中的价值建构》，《长江日报》2018 年 6 月 5 日。

    ② 赵毅衡：《广义叙述学》，四川大学出版社 2013 年版，第 275 页。

过程中，获得乐趣。秘鲁学者马里奥·巴尔加斯·略萨较早地将"中国套盒"一词引入文学批评领域。在《中国套盒》一文中，他指出：依照"中国套盒"的民间工艺品架构文学故事，也就是文学作品的叙事结构按照"一个主要故事生发出另外一个或者几个派生出来的故事"①的结构，便是"中国套盒"的叙事结构。而这样一种叙事结构，在之后的文学批评领域"被不同地标记为'框架'（frame），'中国套盒'（Chinese box），'俄罗斯套娃'（Russian doll）或'嵌入'（embedded）叙事"。② 有鉴于此，为下文行笔便捷，本文选择以"中国套盒"统一指称这一叙事结构。

关于此结构，学者季羡林曾有精妙比喻。在他看来，"中国套盒"结构是"有一个总故事贯穿全书……这好像是一个大树干。然后把许多大故事一一插进来，这好像是大树干上的粗枝。这些大故事中又套上许多中、小故事，这好像是大树粗枝上的细枝条。就这样，大故事套中故事，中故事又套小故事，错综复杂，镶嵌穿插，形成了一个像迷楼似的结构"。③ 由此可知，作为文学批评术语的"中国套盒"，指的是小说在总故事的整体框架下，用故事套故事的办法，将数量、层级不等的故事嵌入的叙事方法。具体而言，也就是在总故事（一级套盒）中嵌入大故事（二级套盒），接着在大故事（二级套盒）中嵌入中故事（三级套盒），继续在中故事（三级套盒）中嵌入小故事（四级套盒），以此类推，直至停歇。诚如略萨所言："每个故事里又包括着另一个故事，后者从属于前者，一级、二级、三级，一级级地排下去……通过这些中国套盒，所有的故事

---

① ［秘］马里奥·巴尔加斯·略萨：《给青年小说家的信》，赵德明译，上海文艺出版社 2015 年版，第 113 页。

② William Nelles："Stories within Stories：Narrative Levels and Embedded Narrative"，Narrative Dynamics：essays on time，plot，closure，and frames，Brian Richardson，Columbus：The Ohio State University Press，2002，p. 339.

③ 季羡林：《〈五卷书〉再版后记》，刘建编，《季羡林学术著作选集印度作家作品评论集》，新世界出版社 2016 年版，第 117 页。

连结在一个系统里。"①在这个层面上，"三言""二拍"等话本小说便不能称之为是"中国套盒"结构。因为这些话本小说内不含有统摄全书的总故事，而且故事之间也较少存在相互嵌套的层级关系。而之所以目前会有部分声音指出"三言""二拍"等话本具有"中国套盒"叙事结构的原因，② 或许是因为这些话本小说在隐性层面隐藏着一个虚拟的套盒结构——我们在阅读话本小说的过程中，始终会感觉到"一个影子似的半隐半露的说书人"③，向我们讲述故事。在这个角度上而言，这一虚拟出来的说书人讲故事的过程便成为总故事，那些逐个讲出的小故事，似在虚拟说书人的视角下在虚拟层面也有了关联性，最终这些小故事与总故事一同构成套盒结构。但是就本质意义上而言，这一说书人的形象，在话本小说中不具有实体性意义。因此，为避免概念泛化造成的语焉不详与混乱，本文的"中国套盒"叙事结构不将"三言""二拍"等话本小说作为"中国套盒"的典型范本进行讨论。那么，既然"三言""二拍"等话本小说不具备"中国套盒"结构的典型性，究竟什么样的文学作品是以"中国套盒"的叙事结构谋篇布局呢？

在中国文艺作品的叙事传统中，这首先表现在清李渔小说《十二楼》中。整部小说以"笠道人"为"余"讲故事、劝诫"余"要"为善"为一级套盒，之后插入"合影楼""夺锦楼""三与楼"等十二个二级套盒，这种谋篇布局，显示出李渔"不是把这些故事视为孤立的个体，而是开始思索它们之间整体性的结构联系"，并力图呈现

---

① ［秘］马里奥·巴尔加斯·略萨：《给青年小说家的信》，赵德明译，上海文艺出版社 2015 年版，第 117 页。

② 如陈晓燕在发表于《中国比较文学》2018 年第 1 期的文章《两个"魔盒"，不同风景——莫言〈酒国〉与略萨〈胡利娅姨妈与作家〉比较》中指出"中国文学传统中也有'中国套盒'式结构，'三言'中这样的例子颇多"。张延文在《墨白与巴尔加斯·略萨比较》一文中指出"中国宋代的话本开头就经常使用'中国套盒'的叙事模式"。载杨文臣编著：《墨白研究》，河南大学出版社 2015 年版，第 161 页。

③ 赵毅衡：《广义叙述学》，四川大学出版社 2013 年版，第 69 页。

出故事套故事的"中国套盒"结构的努力。①　其次"中国套盒"结构也表现在清吴趼人小说《二十年目睹之怪现状》中。小说的总体框架是写"死里逃生"闲住上海，遇到有人出售手稿，震惊于手稿内容，"死里逃生"把手稿寄到横滨新小说社，逐期刊登。小说的小故事便是由此牵出的"九死一生"的人生遭遇，在"九死一生"讲述遭舅伯欺侮经历后，逐层嵌套良朋谈官场怪状、珠宝店掌柜骗金、官场卖官鬻爵乱象等。如学者指出："《二十年目睹之怪现状》（1902）虽然冠以通俗小说的形式，但其突出的'框式结构'（narrative frame），显示出其与西方《十日谈》等小说一脉相承。"②同样地，"中国套盒"的叙事结构也表现在清艾衲居士所作的《豆棚闲话》中。全书也是以一则大故事嵌套十二则小故事的形式结构全篇。故事主干是豆棚主人讲述豆棚内豆子开花、结果、收获直至倒塌，而在豆棚主人讲述豆藤缠满凉亭的过程中，嵌套着"老成人"讲述"介之推活封妒妇"这一小故事，之后又嵌套"内中一人"讲述"朝奉郎挥金倡霸"这一小故事，再嵌套"少年"讲述"大和尚假意超升"这一小故事……在层层故事的嵌套中，十二则不同的小故事在"豆棚"这一特定地点，由七位讲故事者轮流讲出。郑振铎在评价这部小说时这样说道："全书皆以在豆棚之下的谈话为线索，一气贯穿下去……此种体裁，我们在印度、波斯、阿刺伯诸故事集中，常常见到。世界最有名的故事集天方夜谭，便是运用这个体裁以联结无数小故事而成为一书的。又印度的伟大的故事书，故事海，以及十王子冒险记、魔鬼的二十五故事、鹦鹉的七十二故事等等都是如此。而欧洲著名的鲍卡且亚的十日谈、却叟的刚脱葆莱故事集也都是具着如此的体裁的。"③

确实，"中国套盒"的叙事结构不仅存在于中国古代叙事传统

①　刘上生：《中国古代小说艺术史》，湖南师范大学出版社1993年版，第468页。
②　刘禾：《新民说 语际书写 现代思想史写作批判纲要（修订版）》，广西师范大学出版社2017年版，第212～213页。
③　郑振铎：《西谛书话》，生活·读书·新知三联书店2005年版，第148页。

中，同时也存在于传统阿拉伯文学以及西方文学领域。典型如郑振铎提到的传统阿拉伯文学作品《天方夜谭》(又名《一千零一夜》)。这一阿拉伯民间故事集以山鲁佐德为国王讲故事为主线，通过将大故事内套入小故事、小故事内套入更小的故事，山鲁佐德把故事讲述了一千零一夜。这样一种大套盒内嵌套小套盒，小套盒内嵌套更小套盒的叙事结构，就是典型的"中国套盒"叙事结构。在传统西方文学领域，也存在着这样一种叙事传统。像是"模仿《一千零一夜》的'中国套盒'结构而成的《十日谈》与《坎特伯雷故事集》"，① 这两部文学作品分别以十位青年男女、二十四位香客为主体，讲述着层层嵌套的故事。其他如《堂吉诃德》《呼啸山庄》《寒冬夜行人》等西方近代佳作，也都带有"中国套盒"的结构痕迹。② 但是如略萨指出："《一千零一夜》的中国套盒术用得非常机械，以至于一些故事从另外一些故事的产生过程中并没有子体对母体(我们就这么称呼故事套故事的关系吧)的有意义的映照。"③ 也就是说，《一千零一夜》中作为"子体"的小故事，与"母体"大故事之间，在内容上较少存在相互对应的关系，两者只是单纯结构上的层层嵌套。此外，略萨也指出，在小说《十日谈》《堂吉诃德》那里，也存在类似的问题，如《堂吉诃德》中"堂吉诃德在睡觉的时候，神甫在阅读长篇小说《何必追根究底》，在这种情况下，这个故事有它自己的独立自治实体，不会对堂吉诃德和桑丘的历险活动这一故事主体产生情节或心理上的影响"④。但是反观中国古典小说，小故事与小故事之间的处理相比较西方而言就稍显灵活，而且也更多与大故事的

---

① 黄怀军，詹志和：《外国文学史》，湖南师范大学出版社 2015 年版，第 360 页。

② 谭惠娟：《作为"元小说"的〈劳拉原型〉——纳博科夫真正意义上的小说创作》，《经典传播与文化传承：世界文学经典与跨文化沟通国际学术研讨会论文集》，吴笛编，浙江大学出版社 2011 年版，第 142 页。

③ [秘]马里奥·巴尔加斯·略萨：《给青年小说家的信》，赵德明译，上海文艺出版社 2015 年版，第 117 页。

④ [秘]马里奥·巴尔加斯·略萨：《给青年小说家的信》，赵德明译，上海文艺出版社 2015 年版，第 116 页。

内容进行映照。如前文提到的《十二楼》，十二则小故事都以"楼"为共有景物，在对"楼"这一象征物的十二个角度叙述中，共同构建起"为善如登楼"这一大故事主题。又如《豆棚闲话》，"十二则故事相对独立，既有古代的历史人物，也有民间的奇闻轶事，看起来各不相连，实际上都曲折地表达了艾衲试图推翻封建道德系统的这一大故事内核"①。在这个意义上，相比较《一千零一夜》《堂吉诃德》等作品运用"中国套盒"结构时的不那么灵活，中国古代文学作品中的"中国套盒"结构相对而言使用得更具创造性。也是在这个意义上，本文讲刘醒龙《黄冈秘卷》的叙事结构更接近于中国古代小说叙事传统上的"中国套盒"结构。因为小说《黄冈秘卷》并非单一承袭层层嵌套的叙事结构，作为"子体"的小故事，它们与作为"母体"存在的大故事之间，是相互作用、相互映照的。

小说《黄冈秘卷》以北京高一女孩儿七北童痛诉《黄冈秘卷》，并在电话中扬言要杀到"我"的老家黄冈始。蜚声全国的模拟试卷《黄冈秘卷》，是每个适龄高中生挥之不去的噩梦，被高考支配的恐惧、深陷题海泥沼的困境，让北童选择以声嘶力竭的方式"教训"出现在周遭的每一个黄冈人。在第二次电话沟通后，北童将《黄冈秘卷》中的怪题丢给"我"解答，这之后"我"开始陷入解开这道怪题的泥潭。这道怪题是：

> 有一只熊掉到一个陷阱里，陷阱深 19.617 米，下落时间正好 2 秒。
> 求熊是什么颜色的？
> 备选答案分别是"白色""棕色""黑色""黑棕色""灰色"。②

起先，"我"像是无头苍蝇，被这道题折磨了很久，因为这简简单

---

① （清）艾衲居士编著，（清）古吴墨浪子辑，茂山点校：《豆棚闲话·西湖佳话》，凤凰出版社 2009 年版，第 1 页。
② 刘醒龙：《黄冈秘卷》，湖南文艺出版社 2018 年版，第 26 页。

单的几句话，看来看去实在找不出什么头绪，到后来"我"干脆认为，出这道题的人，是故意刁难学生，没有什么所谓的标准答案。而直到"我"遇到紫貂，才明白这道题背后的意义。开始时，在"我"的逼问下，出题人紫貂说这道题是自己随口编出来的一道语言游戏，没有所谓的正确答案，是自己初到武汉，为解困境而消遣别人的题目，后来，在刘家大垸的家宴上，紫貂禁不住"我"的软磨硬泡，用地理学、力学、数学等知识，解出掉进陷阱里的熊是黑色的。这一切构成了整部小说的总故事，或者说一级套盒。而在"我"解开这道怪题的过程中，故事也滑向了其他层面。先是引出《组织史》中"父亲""擅游泳"这一二级套盒，之后在这一二级套盒内嵌套进友人王鹍讲述"父亲"开闸泄洪、营救乡亲的三级套盒，而与"擅游泳"这一二级套盒并行的，则是由续修《刘氏家志》为主线，牵出老十哥、老十一哥取名的中故事，并嵌套老十八出卖老十哥的小故事。也就是说，小说《黄冈秘卷》以"我"解开试卷《黄冈秘卷》中难题为主线，嵌套《组织史》与《刘氏家志》这两个并行二级套盒，继而从中嵌套更小故事的三级套盒的形式，铺衍开来。

更进一步而言，小说《黄冈秘卷》的中国套盒结构并非机械性的。在"熊是什么颜色"这一试题的答案揭晓后，少川以点睛之笔指出这道题背后暗含的深意，所谓"解开这道题的方法从头到尾就是如何真正做到实事求是的过程"。① 也就是说，这道题的解开，不仅需要调动题目中已有信息，像是陷阱深度、下落时间，同时还要调动自己的知识储备，如熊生活的纬度、空气湿度、土壤密度等，通过罗列客观事实，并以实事求是的态度在这些事实中找寻规律，最终解开谜题。而人的一生，本质上讲，也是一个不断面对问题、解决问题的实事求是的过程。在这个意义上，如果将对这道题的理解推演到对人生境况的理解，便可以说：个人在探索世界的道路上，也要秉持实事求是的精神，这样才能认清自己的来路，知晓自己在现世世界中的位置，以及将来行进的方向。在这个意义上，"我"解开这道难题的过程，就是重新审视自己的过程，进一步而

---

① 刘醒龙：《黄冈秘卷》，湖南文艺出版社 2018 年版，第 472 页。

言，也是重新审视刘氏家族、解开黄冈秘史的过程。这也诚如作家刘醒龙自己所言："小说的趣味与高考试卷难度，看上去是风马牛不相及，一旦进入生活当中，就不是毫无关系了。生活中的一切，都不是孤立的，都有可能与同一生活空间，甚至是不同生活空间的其他事物发生联系。一切与黄冈有关的东西，都会在不知不觉中影响着黄冈万物。只不过有时看不到，有时看到了，不知如何表述。还有什么都清楚了，就是不肯说出来。所以，黄冈二字本身就是一种文化，一种价值，才有那么多年轻人将自己锁在书斋读'黄冈'。"①在这个意义上，解开《黄冈秘卷》中"熊的颜色"这一怪题的过程，就是解开黄冈秘史的过程。也是在这个意义上，这部小说的总故事，与其说是解开这道怪题，不如说是解密黄冈秘史，而不论是二级套盒《组织史》的讲述，还是续修《刘氏家志》故事的讲述，两者在内容上是相互映衬、相互作用的，都是为了对发生在黄冈的刘氏家族史、黄冈历史的揭示。换句话而言，《组织史》与《刘氏家志》故事的讲述，不仅在结构上被嵌套进"我"解开黄冈秘史这一大故事，而且在内容上也与之相互映衬、互为对照。正是在这个意义上，本文认为小说《黄冈秘卷》的叙事结构更接近于中国古代小说叙事传统中的"中国套盒"叙事结构。

二

作家刘醒龙曾在多个场合表达自己对优秀传统文化的重视，他曾讲，如果我们丢掉了一个国家的优秀传统文化，就是割断了精神命脉，丢弃了灵魂家园。但是他同时也指出，作为人生叙事主体的文学，在把握基本的传统文学叙事手段后，在努力对丑与恶进行批判时，也要思考如何更好地利用传统，叙述理想，营造新的审美境

① 徐颖：《刘醒龙和〈黄冈秘卷〉嘿乎嘿的秘密与解密》，《楚天都市报》2018年7月22日。

界。① 在这种对优秀传统文化的理解中，刘醒龙不仅立足传统叙事，以"中国套盒"结构《黄冈秘卷》，同时还对传统进行创造性转化，通过对"中国套盒"叙事结构进行现代演绎，为我们展现了中国本土叙事的新可能。具体而言，通过变"中国套盒"的预叙为非线性叙事，小说创化了"中国套盒"的叙事时间；通过变"中国套盒"的叙事动力"巧合"为现代意义上的"寻找"，小说创化了"中国套盒"的叙事动力。

学者潘建国指出，在小说中将之后发生的情节或人物命运提前告知读者，便是预叙的叙述手段，这一叙事手段可以是对局部情节的线性提示，也可以是对小说全篇结局和人物命运安排的预告，而预叙的多加使用，是中国古代小说叙事的一个特色。② 确实，预叙的叙事方式，也多出现在以"中国套盒"结构的古代小说中。如在艾衲居士《豆棚闲话·潘伯子散宅兴家》中，在二级套盒中的故事尚未讲述之前，豆棚下的一位"朋友"说道："宋朝一位宰相姓司马，名光，封为温国公，人俱称他做司马温公。曾有几句垂训说道：'积金以遗子孙，子孙未必能守；积书以遗子孙，子孙未必能读；不如积阴德于冥冥之中，以为子孙长久之计'……只要劝人积些阴德，在于人所不知不觉之处，那天地鬼神按着算子，压着定盘星，分分厘厘，全然不爽，或于人身，或于子孙，一代享用不尽的再及一代，十代享用不尽的再及生生世世，不断头的。"③之后，这位"朋友"便开始讲述山东青州府一阎公子积阴德、获福报的事情，所谓阎公子因年轻时行好事，资助刘蕃及其母亲生活，所以在阎公子落难后，刘蕃能带其入京、给其职位，让其体面生活。其他二级套盒如《虎丘山贾清客联盟》以"天下人俱存厚道，所以长来的豆荚亦厚实有味。惟有苏州风气浇薄，人生的眉毛尚且说他空心，地上

---

① 刘醒龙：《文学创作不能急，也不能不急》，《文艺报》2018 年 9 月 26 日。

② 潘建国：《古代小说中的时间层次及其相关问题》，《北京大学学报（哲学社会科学版）》2014 年第 3 期。

③ （清）艾衲居士编著，（清）古吴墨浪子辑，茂山点校：《豆棚闲话·西湖佳话》，凤凰出版社 2009 年版，第 27~28 页。

长的豆荚愈发该空虚了"①，引出之后苏州虎丘一带有名无实、欺瞒外人的生意氛围。还有像是《大和尚假意超升》《首阳山叔齐变节》《渔阳道刘健儿试马》等二级套盒，都是以预叙的形式结构。整体而言，《豆棚闲话》以时间先后顺序，即豆棚的初始、茂盛到凋落为一级套盒讲述故事，但是在各二级套盒的故事展开中，则较多使用预叙的二级套盒结构全篇，即先交代故事结局或情节结局，之后展开正文。同样地，李渔小说《十二楼》中也多见此种预叙形式。不论是二级套盒《合影楼》中用词《虞美人·世间欲断钟情路》还是二级套盒《夺锦楼》中用词《如梦令·一马一鞍有例》，都是用词先表结局，之后再讲正文内容。

在小说《黄冈秘卷》中，作家刘醒龙通过变"预叙"为"非线性叙事"，实现了小说对"中国套盒"叙事时间方面的创造性转化。整体而言，小说《黄冈秘卷》的一级套盒仍是以时间顺序铺衍"我"如何解开《黄冈秘卷》中怪题的过程，像是"我被《黄冈秘卷》(高中一年级秋季版)中的这道怪题折磨了好久""到后来甚至认为"②"我将两年前少川的女儿说的那道题重复了一遍"③等话语都在显示整个故事的线性时间走向。但是在这一一级套盒嵌套的二级套盒中，却存在着多条时间线。如过去时间轴上的叙事线索，像是对模拟试卷里《世上最贵的皮鞋》这一作文材料的剖析，引导出过去年间姑奶奶为"我们的祖父"做皮鞋的感人举动；通过解读另一则作文材料《无情的甘蔗》，引出早年间祖父不让父亲迎娶海棠姑娘这一秘闻。又如多种时间交织在一起的叙事时间线索。这其中有过去时间线的诗句"三江自此分南北，谁向中江是主人"，引出稍近时间线——幼时的"我"因引用此诗被语文老师训斥；有从《组织史》上的"擅游泳"，引出过去时间线——"我们的父亲"在山洪暴发时潜入水底，冒着生命危险排除险情；有从老十哥用"小福特"发卡拯救革命同

---

① (清)艾衲居士编著，(清)古吴墨浪子辑，茂山点校：《豆棚闲话·西湖佳话》，凤凰出版社 2009 年版，第 80 页。
② 刘醒龙：《黄冈秘卷》，湖南文艺出版社 2018 年版，第 26 页。
③ 刘醒龙：《黄冈秘卷》，湖南文艺出版社 2018 年版，第 391 页。

志，引出稍早的过去时间线——海若写纸条救五大队司令员，后又由此引出现在时间线——老十哥对福特轿车的厌恶与排斥；还有由"刘声志"名字在《组织史》与《刘氏家志》里的重合，引出的将来时间线——老十哥与海棠将来的可能性会面等。

　　整体而言，小说用过去、现在、将来三条时间线的交叉组织，讲述了一段黄冈秘史。如果我们尝试以线性叙事逻辑还原，会清晰地看到整部小说的情节发展脉络。在过去时间线上，1925年前后，"我们的曾祖父"被织布机上飞出的梭子击中太阳穴，丢下"我们的曾祖母"苦婆与"我们的祖父"相依为命。"我们的祖父"凭借过人天赋，在织布机上来回穿梭，顶起这个风雨飘摇的家。之后，"我们的父亲"与老十一哥出生，在两人彼此交织的成长道路上，有"我们的父亲"颇具浪漫传奇色彩的人生历程，像是用发卡涉险救出革命同志、父母阻挠错失美好姻缘、以身阻险挽救国家财产，也有老十一哥不那么光彩的成长历程，像是使手段抱得娇妻归、不仁义使老十哥陷囹圄、耍计谋赢得首桶金等。在现在时间线上，商海中打滚的老十一哥凭借丰厚身家，游刃有余地穿梭在官商两界，平淡退休的老十哥过着"贤良方正"的农村生活，这其中穿插着族人对《刘氏家志》重新编修的沟通与努力。在将来时间线上，虽然故事没有直接陈述，但是从小说结尾的伏笔中，还是可以想象老十哥与年少时错过的海棠，终在将来的某个时间点上会合，展开将来时间线的另一段秘史。如果小说以传统"中国套盒"的预叙谋篇布局，先交代故事结局，也就是在小说开头先放置"熊是黑色的"的这一结果，然后再交代故事经过的起因与经过，就像前述线性时间逻辑下的情节铺排，不免落入老套的文学叙事语言中，脱离今人的阅读习惯与审美趣味。正如作家刘醒龙指出的那样，以为"拥有与理想共生的天赋道义，便有理由只探索理想实现的价值，不再思考如何改进自己以更好地叙述理想"，① 那些固守传统、不要变通的作品，最终只能成为时代前进路上的牺牲品。好在，通过运用故事套故事的"中国套盒"写作手法，创造性地将多个时间线巧妙地交织在一起，

---

① 刘醒龙：《文学的另一种高度》，《文艺报》2016年7月25日。

作家刘醒龙让小说《黄冈秘卷》的叙事时间结构突破传统"中国套盒"预叙的时间范围，从而呈现出非线性的结构特点，这增加了小说文本的丰富性与多义性。

"无巧不成书"，又称作"无巧不成话"，这一俗语最早听见于宋代说书人口中。勾栏瓦舍间的说书人为了留住听众，避免"拔签"，多编造各种巧合的事情进故事。这种说书人惯用的叙事方法，也多见于"中国套盒"结构的传统文学作品中，并作为推动情节发展的主要叙事动力而存在。如李渔的《十二楼·合影楼》一篇中，有"偶然有一日，也是机缘巧合，该当遇合，岸上不能相会，竟把两个影子放在碧波里面印证起来，① 正是由此奇巧，珍生与玉娟得以相见，也便有了之后的两人互写情诗表心意、知八字不合悔退婚、释芥蒂和好如初。又如《十二楼·三与楼》篇，故事的推进完全是以偶然事件为引导。虞素臣在六十岁上偶然得子，致使其变卖家中祖屋，之后其子长到十七八岁，忽然得了科名，在探母归家途中，又巧遇当年霸占田产之人，细细询问之下，方得知数年前友人言及宅下有银藏所言非虚，并终抛出"割地予人去，连人带产来。存仁终有益，图利必生灾"的主题。在《二十年目睹之怪现状》中也有诸多巧合之处。如第三回《走穷途忽遇良朋 谈仕路初闻怪状》中有"我"在穷途末路之时，忽然在客栈遇到旧时同窗学友吴景曾，不仅帮助"我"解了现下困境，同时也是在他的讲述中让"我"得以知道官场怪相。又如在第二十一回《作引线官场通赌棍 嗔直言巡抚报黄堂》中，也有"说也奇怪，就同那作小说的话一般，叫做无巧不成书，这个人不是别人，却是我的一位姻伯"②之后并引出其他故事。显然，巧合因其易于表现，且能较强推动故事发展，常被古代小说家所使用。

而写作《黄冈秘卷》的刘醒龙，在小说中也使用了巧合的叙事手段。只是同是巧合，古人用"巧合"作为推动故事情节向前发展

---

① （清)李渔：《十二楼》，浙江古籍出版社 2018 年版，第 4 页。

② （清)吴趼人：《二十年目睹之怪现状》，山东文艺出版社 2016 年版，第 86 页。

的重要动力，而刘醒龙则将巧合作为故事情节构成的一部分。他通过偶然的事物，写出它所以产生的必然规律，通过转化偶然、巧合的叙事动力，为颇具现代意义的"寻找"动力——寻找自我、寻找丧失的主体、寻找失落的文化，使人对生活、对社会、对历史有进一步的理解与认识，从而使小说摆脱了陈旧的叙事窠臼。

　　"巧合"这一情节，广泛散落在小说《黄冈秘卷》中。在小说起首处，作者便以"凡事太巧，必有蹊跷，不是天赐，就是阴谋"①开篇，点明之后故事情节的展开多有巧合。事实也确是如此。在第一章，"我"在参加活动时第一次看到少川，"心里就咯噔一响，再看一眼，心里仍旧咯噔作响"，②此等奇巧之事，如果放在以"巧合"为叙事动力的小说作品中，作者大概会以"天赐良缘""心有灵犀"等"无巧不成书"的话语带过，因为此种叙事方法简便又奏效，既简化了故事发展背后的因果逻辑关系，又能让读者感叹造化弄人。但是在小说《黄冈秘卷》中，作家刘醒龙通过"寻找"，找到了这一"咯噔作响"的原因，那就是"我"对少川的好感是因为她对"嘿乎"和"不嘿乎"两句方言的理解与解释。在第十二章，多年后的家宴上，让人惊奇的是，老十哥与老十一哥先后从同一个洞里拿出《刘氏家志》，更奇巧的是，老十哥拿出的是写有老十一哥名字的《刘氏家志》，老十一哥拿出的是写有老十哥名字的《刘氏家志》。面对这一巧合，作家刘醒龙不是止于感慨"这样的故事，无论由谁来讲，由谁来听，都是太蹊跷和太精彩了"③，而是找出了这一巧合背后的因果联系。当初围剿日本人的间谍时，老十哥将顺手抢得的手枪放在这个洞穴中，后来这一秘密被老十一哥知晓，这才有了之后两人借用这个洞穴，共同存放《刘氏家志》的巧合，共同取出《刘氏家志》的巧合。其他还有前脚"我"在黄冈中学门口皮鞋店讲述皮鞋的故事，后脚《黄冈秘卷》以此事为范本制成作文材料《最贵的皮鞋》，也还有祖父不同意父亲娶海棠这一家族秘闻，以作文材

---

① 刘醒龙：《黄冈秘卷》，湖南文艺出版社 2018 年版，第 1 页。
② 刘醒龙：《黄冈秘卷》，湖南文艺出版社 2018 年版，第 2 页。
③ 刘醒龙：《黄冈秘卷》，湖南文艺出版社 2018 年版，第 464 页。

料《无情的甘蔗》巧合地出现在《黄冈秘卷》中，这些看似有着偶然性的"巧合"，在作家刘醒龙的执意"寻找"中，其背后原因都以清晰的客观事实呈现。这也正应了小说人物少川的那句话，凡事一定会有答案。

寻找，是一种强大的叙事驱动力，"寻找"动力在世界范围内普遍性解释了人类由来已久的探秘心理。① 在这个意义上，解开《黄冈秘卷》中怪题的过程，是探秘，是寻找，解开黄冈历史大大小小秘闻的过程，更是寻找，而推动这些寻找发生的隐秘力量，便是作家刘醒龙对自我的表达，对内心自我欲望的表述。小说《黄冈秘卷》的结集成篇，作家刘醒龙讲是得益于小时候听爷爷说的一句话："在我的故乡湖北东部的黄冈一带，人们习惯将聊天称为'挖古'。爷爷挖古时，说到家乡，常常随口说，黄冈人当不了奸臣，自古至今黄冈一带从没有出过奸臣。如果挑剔，爷爷这话是有问题的，有点当奸臣也要有资格的意思。爷爷的话，小时候听，有点神秘古怪。等到自己年过半百，有一天突然记起这话，就像石破天惊！让人开窍一样地认识到，当我们说故乡时，实际上是在用最普通的方式，为内心世界营造一种品格。"②如果再次借用刘醒龙的话，这种内心世界秩序的安定，这种品格指向的就是"贤良方正"。在这个意义上，小说对怪题答案的寻找，对黄冈秘史的寻找，就是叙述"我"如何捡回自己丢掉的灵魂的过程，也是重建故乡文化的过程。虽然《黄冈秘卷》中的"怪题"有了答案，黄冈秘史中的一些历史疑团有了答案，但是，在小说结尾处，老十哥在有生之年是否能与海棠见面的答案，却始终悬置。寻找的魅力，永远在于结果的延期与跌宕上，甚至最终也不要抵达结果，而小说结尾对结果的终极悬置，再一次激发了我们对未来呈现的人与事物的"寻找"期待。通过转化"中国套盒"中的"巧合"叙事动力为"寻找"，刘醒龙为我们展现了一种颇具现代感的生活方式与思考路径，也是在"寻找"

---

① 刘恪：《现代小说技巧讲堂》，百花文艺出版社 2012 年版，第 215 页。

② 刘醒龙：《贤良方正即是》，《长篇小说选刊》2018 年第 2 期。

的过程中，作家刘醒龙让我们重新找回了失掉的灵魂与文化。

刘醒龙曾说："文学的第一要旨是表现我们的民族精神与灵魂。我始终相信，一个泱泱大国，一个有着五千年文明的古国，它的生生不息，延绵不绝，一定是靠着强大的精神力量延续下来的。"①纵观刘醒龙的创作历程，他始终坚持对中国文学传统进行现代性转化，以今人之精神熔铸古典传统，书写中国故事，传达中国精神。如果说"大别山之谜"《威风凛凛》《村支书》《凤凰琴》等作品是以表现中国传统道德伦理的现代处境为旨归，那么到了《圣天门口》《蟠虺》则堪称是转化传统，尤其是转化后革命英雄传奇的典范之作②。具体对《黄冈秘卷》而言，在继续创化传统的道路上，刘醒龙开始从叙事结构与叙事策略入手，通过创造性转化"中国套盒"这一传统叙事结构，他的小说《黄冈秘卷》为中国本土叙事积累了新经验。除此之外，我们还要认识到，"中国套盒"的现代演绎这一叙事策略背后更深刻的意义。以非线性叙事时间结构小说，刘醒龙让《黄冈秘卷》脱离了传统革命历史题材小说的进化史观，以个人为主体的私人性历史话语浮出水面。另一方面，通过"寻找"探索事物背后的因果逻辑联系，刘醒龙也避免小说陷入了强调"偶然性"的新历史主义泥沼。而这样的叙事策略所传递出的，是作家刘醒龙试图在传统历史主义与新历史主义之间作平衡的努力，在"大历史"与"小历史""集体"与"个人""现代"与"传统"之间作和解的探索。在个体被物欲困扰的时代，刘醒龙试图以个人与集体的和解、现代与传统的和解，最终推动人与人之间主体间性的和谐，不得不谓用心良苦。

（《中国文学研究》2020 年 01 期）

---

① 曹静、刘璐：《刘醒龙曾被人嘲笑"坐家"：我不是写作天赋高的人》，《解放日报》2011 年 11 月 25 日。
② 李遇春：《"传奇"与中国当代小说文体演变趋势》，《文学评论》2016 年第 2 期。

乡愁，或父辈的旗帜

——评刘醒龙《黄冈秘卷》

徐　刚

　　在长篇新作《黄冈秘卷》中，刘醒龙以一种絮絮叨叨东扯西拉的"闲聊"风格，娓娓展开了黄冈这个独特地域的诸多秘密。那些可敬可叹的英雄轶事和儿女情长，以及稗官野史里的"秘闻"与"传奇"，都在他这部"归乡"之书中生动呈现。在小说后记中，刘醒龙将这次写作视为"对以黄州为中心的家乡原野的又一场害羞"。这也难怪，"写作就是回家"，关于故乡的一切，纷至沓来的人与事，总是令人刻骨铭心，而排遣乡愁，追忆故乡风范和父辈品格，进而重新安顿自我，也正是小说的题中之义。

　　作为一部地域文化小说，《黄冈秘卷》有效承继了作者上一部长篇《蟠虺》的叙事方式，成功地将"谜题侦破"式的情节设计引入作品，从而将情节剧的吸引力与地域文化人格的精神探寻有机结合起来。小说的核心当然是黄冈的人文地理，这是"秘卷"最为显在的层面。从"五水蛮"的恶名传说，到"江西填湖广"的移民史；从黄冈人称父亲为"伯"的心酸来历，到土得掉渣的方言"嘿乎""嘿罗乎"的广泛穿插；再由此上溯到被谪贬此地的杜牧、王禹偁等名人踪迹，尤其是苏东坡和因他得名的"东坡赤壁"；以及明清两朝的大量进士，红色革命中的开国将领，和如今享誉全国的黄冈中学……黄冈引以为傲的"地方性知识"在小说中得到广泛开掘。"春野秋山，必留圣贤风范"，《黄冈秘卷》的叙述，正是此类风范的延续。此外，黄冈的地产风物也被传神地描绘出来，比如沙子岗的萝卜，马槽庙的包面，八卦井的豆腐……其中最重要的，当属小说中反复出现的巴河藕汤，而后者正是小说人物念兹在兹的乡愁所系。

地域文化当然不限于这些"知识"的"点缀"，更在于一种精神世界，即所谓的气韵和"灵魂"。就像作者所说的，"一个小小村落中人的壮心与贤良，是这部小说的筋骨。"因此这里最重要的还是人，而小说里的父亲老十哥这代人就是这一气韵和灵魂在人间的化身。如刘醒龙所言："父亲的人生本身就是一部很精彩的小说。"而为"父亲"树一尊"令我们问心无愧的文学雕塑"，理应成为与"父亲"最亲近的"我们"的天职。

《黄冈秘卷》的主人公老十哥刘声志，是刘家大垸"最有出息的男人"，他既有黄冈人的执拗性格，更有着不屈不挠的革命意志。他小小年纪便有勇斗汉奸的壮举，之后又在狱中受到共产党人国教授的影响和教诲，从此坚定了献身"组织"为人民而奋斗的信念。他是"刘家大垸著名的老十哥"，是"关押在汉口永清街旧政府警察局里的热血青年刘声志"，是"黄冈地委山区工作队的中坚分子刘队长"，是"第一第二第三第四第五第六第七和第八区的刘区长"，更是"深受老鹳冲村男女老少喜爱的第四区工作组的刘组长"。即便到了晚年，"我们的父亲"依然"信任组织，看重组织，那用组织名义戴在头顶上的高帽，再苦再累也愿意"。尤为可贵的是，老十哥既有惊人的英雄壮举，更有颇为浪漫的儿女情长，他与海棠姑娘未了的情缘不禁令人扼腕叹息。

小说一方面生动塑造了这个执拗的父亲，展现了他的理想与情怀，他对组织的高度忠诚，以及他与现实的格格不入；而另一方面，小说也塑造了与父亲相对的，同年同月同日出生的老十一刘声智。作为一位典型的"精致利己主义者"，为了利益，老十一不惜出卖堂兄，甚至不断开始一段婚姻，又结束一段婚姻。在改革的年代，他如鱼得水地找到了攫取利润的有效方式，风靡全国的"黄冈秘卷"就出自他之手，为了拓展"秘卷"的销路，他耍出手段，让政府部门为他保驾护航。用小说的话说，老十一将自己名字中那个"智"字，运用到了极致。

老十哥和老十一这两个二元对立的人物的"不同活法"，当然能够轻易透露出作者礼赞与贬抑的鲜明态度。然而这只是小说显在的层面，这一层面更多是基于一种流行写作的惯性，即为了突出某种道德理想的人格，我们一向容易将这某类角色塑造为死不悔改的革命派，突出他们革命年代的忠诚和革命之后的正义，而与他们相对，反面人物也一成不变地执拗到底。这种正邪斗法的人物设置，保证了读者所期待的震惊效应。具体到《黄冈秘卷》，则是对 20 世纪 90 年代以来的腐败和"不正当"现象的广泛涉猎。那是改革时代的结构性矛盾日益突出，所谓发展的"阵痛"最为触目惊心的年代，也是老十一们风生水起的年代。如小说所展现的，被萝卜和莲藕堵住的南门大桥，意味着新的官民冲突正在形成，"几年前这些工厂还因改革而无比辉煌，几年后，还是因为改革，这些工厂一家接一家倒闭，曾在深夜里惊醒许多美梦的汽锤和冲床声，消失得一干二净。取而代之是许许多多的下岗工人，聚在县政府大楼前发出阵阵吼声。"

此外，小说所呈现的社会乱象可谓层出不穷，比如语文老师慕容因为语文教得好，被破格任命为教育局局长，之后又因为篮球裁判当得好，能凭着嘴里哨子，将县委县政府机关代表队送上冠军宝座，他便奇迹般地压过老十哥一头，当上了副县长。后来出了状况，被抓进去十个月，关押期间绞尽脑汁四处求告，终于以研究姜姓和江姓的关系问题，投某领导所好又被释放了出来并且"官复原职"。而那位姜县长，所谓的"姜秀才"，之所以不放过这个姜姓来源于江姓的学究问题，居然只是想在以姓氏笔画为序的《组织史》里排名靠前一些。

当然，小说在此也彰显了故事中最荡气回肠的段落：当年抱着炸药包冲向县城城门的王朤伯伯，到了晚年重新焕发青春，再次攻克"一座不与人民利益同步的暗堡"。当时，县里主官独自开着红旗轿车从县城中心地带的百货商店门前经过时，被像交通警察一样站在十字街头的王朤伯伯迎面拦住。红旗轿车还是崭新的，车头和车尾光秃秃，连车牌都没有挂。王朤伯伯要将红旗轿车的后备厢打开，让县城里的公民们看一看里面装的是些什么东西。最终，如王朤所愿，后备厢被打开了，"首先跳进大家眼帘里的是一叠高中教科书，在教科书的最上面是两本翻得很旧、上面用铅笔和钢笔做了各种各样记号的《黄冈秘卷》。《黄冈秘卷》下面，则是几十瓶用各种方式包裹着的茅台、五粮液和据说是人头马的洋酒"。

就这样，小说中各色人等纷纷出场，便轻而易举地将现实问题呈现了出来。然而，刘醒龙的这部《黄冈秘卷》自有其高明的地方。小说一方面顺应了人们的思维惯性，展示人们所期待的"现实"；另一方面它又打破了这种惯性，体现出对"现实"更深入的思索。因此对腐败的涉猎，远远不是小说最关键的情节，我们看过太多以此为名的震撼"现实"；更重要的是，对腐败内在肌理的充分展示，对现实复杂性的充分理解和把握，以及在这种理解与把握基础上的有效应对。

这种对于现实复杂性的理解和把握，突出地表现在小说并没有一味抬高老十哥而贬低老十一。在刘醒龙看来，老十哥和老十一，他们一个是志士，一个是智者，二者并不存在根本的冲突，因为"贤良方正作为小说的重要内核，同时包括了志与智"。"没有智慧成就不了志气，没有志气的智慧，会沦落为蝇营狗苟的小聪明，小狡猾。"因此就整部小说而言，尽管这些新的"转变"，以及由这些"转变"造成的组织与政府荣誉所蒙受的损失，对老十哥内心的冲击不言而喻，但或许正是为了诠释罗曼·罗兰的那句名言，"世界上只有一种真正的英雄主义，那就是在认清生活的真相后依然热爱生活。"老十哥并不像我们所料的那样永远执拗，而与此相应，老十一也没有如我们想的那样一"黑"到底。

就整部小说而言，老十哥的变化是显而易见的，比如他对"轿车"态度的变化就极富深意。十五岁时他曾立誓要为刘家大湾争光，当大官坐轿车，把名字印在家志上，后来在国教授的教诲下，他明白革命的道理"就是让这些坐轿车的人也和大家一样用两条腿走路"，从此开始了对轿车的憎恶，把它们当作"埋葬腐败贪婪的黑棺材"。如人所料，这种反常的根由，表面上看是针对那些豪华轿车，实质上是憎恶那些坐在豪华轿车里的大小官员。然而，正是这位"对代表工业化水平的轿车咬牙切齿"的执拗的老者，却在新的时代终于明白了"路与桥"的真正内涵，"一条路，要是没有人行车走，与野地有什么区别？一座桥，要是不让汽车行驶，连好看一点的大石头都不如"。于是，"我们的父亲"终于决定，"回头先让我家的五个儿女，一家买一台轿车"。

另外，作为小说中非常重要的两部"秘籍"，在《组织史》和《刘氏家志》的关系问题上，老十哥的变化则更深切地体现出作者试图传达的复杂意涵。作为《组织史》的坚定"信徒"，正义凛然的革命者，老十哥显然不屑于仅仅做光耀门楣的孝子贤孙，"一个上了《组织史》的人，不可以再进什么《刘氏家志》，哪怕在《刘氏家志》里写进一个有关我的字，也是对组织的背叛。"因此，最初《组织史》和《刘氏家志》的冲突是显而易见的。然而，这里的老十哥终究具有与时俱进的勇气和魄力。于是接下来，《组织史》和《刘氏家志》的调和就显得顺理成章，这也可以算作人道与人情的融合。正如老十八所估计的，"别看我们的父亲一向对《刘氏家志》很不屑，而只在乎自己在《组织史》上的那一百多个字，实际上与老十一一样，从头到尾都在惦记着《刘氏家志》。在《刘氏家志》面前没有人是彻底超脱的，任谁都会关心与自己相关的笔墨是正写还是反记。"如果说《组织史》包含着远大理想，那么《刘氏家志》则可以用来追根溯源，"没有《刘氏家志》，就等于一个人没有灵魂，也近似一个人没有血脉"。在刘醒龙看来，《组织史》和《刘氏家志》的调和，便是"王道本乎人情"的生动体现。"光宗耀祖，在家是家事，在国是国事，在世界则是做人的基本"，而"古今来大勋业、真文章，总不出人情之外；其在人情之外者，非鬼神荒忽虚诞之事，则诗张伪幻狯猜之辞"。

在此，老十哥的格格不入和与时俱进，他在坚守与妥协之间的犹疑，或可视为后革命时代理想信念坍塌的征兆，亦可视为以另一种方式更为深沉坚守的决心，这也生动诠释了刘醒龙一贯强调的人文理想的复杂性。对于这种暧昧的复杂性，刘醒龙显然有着自己的判断，"如果明知错误，还在坚持，那就不是执拗，而是死不悔改。执拗当然是对正确而言，可以与真理保持一段可以快步追上去的距离，但决不是背道而驰，不是与天下为敌。在黄冈人的性格中，能让他们敢于执拗的显然就是贤良方正。没有贤良方正的底气，胡乱执拗下去，就没有任何意义了"。"贤良方正"便是最大的坚守。因此，围绕《组织史》和《刘氏家志》的所有的争辩，最后都汇聚到"我"的"声音"之中，"天上突然掉下一个人，地下突然埋掉一个人，越是来无踪去无影的东西，人就越想找清楚它的脉络。《刘氏家志》也是出于这样的目的，而将一代代的生命血缘用文字记载下来，给我们和我们往下的久远的后来者，提供一条清晰的脉络，然后就有可能在心里模拟自己生命出现之前的可能的状态与意义。从这点上来说它是给心灵的一个处方，寻医问药还得靠每个人自己。详尽地阅读着家志，也就是经历着一条漫长的大河。源头上细流涓涓，千里万里之后我们成了海一样宽阔的水面"。

而最后再回到老十哥与老十一的不同上，小说结尾处那段"黑熊"和"棕熊"的比喻便显得意味深长。"在少川看来，我们的父亲和王朤伯伯就是这道难题里的棕熊，想要吃他们的熊掌和熊胆代价太大，而我们的父亲和王朤伯伯这样的棕熊，生性凶猛，不畏高寒，让他人敬而远之。比较而言，黑熊体形娇小，喜欢待在人的四周，熊掌和熊胆不仅可以猎取，还可以通过驯养来获得，所以，棕熊永远也不可能成为人们的正确选择。""做了棕熊就不要幻想成为别人的答案。做了黑熊能时常进入别人的法眼，却要以付出熊掌和熊胆为代价。"

通过"黑熊"与"棕熊"的比喻，刘醒龙对"志"与"智"这两类人的意义进行了重新诠释。一方面，"在这个组织千差万别的人中，像我们的父亲那样的人，不仅是客观存在，还是这棵大树的主根，主根在地上扎深了，大树才会风雨无摧地生长"，而另一方面，在这个急剧变化的时代，作为对革命无限忠诚的"组织的人"，怀抱理想和情怀不断奉献的"我们的父亲"，在今天的时代究竟如何安顿自身？而这种安顿对于"我们"又有何意义？这些依然都是问题。尽管小说最后，他们的转变来得突兀了一些，但也终究能够体会得到，渴望破解现实迷局的"我们"赋予他们的勇气和魄力。这大概也是"我们"对于"我们的父亲"这代人留下的精神遗产的理解和重新诠释吧。

（《长江文艺评论》2018 年 05 期）

在迷恋与反思中展现悲悯和爱

——刘醒龙长篇小说《黄冈秘卷》读后

孙建勇

> 前天我放学回家
> 锅里有一碗油盐饭
> 昨天我放学回家
> 锅里没有一碗油盐饭
> 今天我放学回家
> 炒了一碗油盐饭
> 放在妈妈的坟前
>
> ——《一碗油盐饭》作者：佚名

湖北省文联主席、著名作家刘醒龙先生多年前读到这首小诗时，当即泪流满面，在此后的很多年里，只要有机会，他总会向人提起该诗。这说明，在作家的心中一直贮存着浓厚的悲悯，以及爱。最近，刘醒龙先生通过《黄冈秘卷》(湖南文艺出版社 2018 年 6 月出版)又将心中的悲悯与爱，进行了一次集中喷发和艺术呈现。

《黄冈秘卷》不是《黄冈密卷》。后者是曾经被无数学子追捧而风靡全国的教辅资料，前者是刘醒龙的最新长篇小说。教辅《秘卷》只是小说《秘卷》架构情节、铺排故事的一条引线而已，但是，不得不说，正是教辅《秘卷》的引入——提出一道超级烧脑题：有只熊掉到一个陷阱里，阱深 19.617 米，下落时间正好 2 秒，求熊是什么颜色？备选答案分别是白色、棕色、黑色、黑棕色、灰色——小说《秘卷》便具有了引人入胜的开头，使读者在好奇心的牵引下，去阅读后续章节。这，也正是作家的机智之处。

其实，《黄冈秘卷》讲述的是关于故土和家族的故事。黄冈，鄂东南一块具有独特文化禀赋的沃土，千百年的涵养和孕育，赋予了黄冈人执拗的性格特征。"我们的父亲"老十哥刘声志及其堂弟老十一刘声智，就是这种性格人物的典型代表。老十哥将生命交付组织，奉行"组织至上"，数十载矢志不渝；老十一则将才智投入市场，奉行"利益至上"，几十年初心不改。小说通过这两个典型人物恩怨纠葛的人生经历，并团揉以黄冈历史、文化、政治、经济等多种元素，全景式地展现了一方故土和一个家族的历史变迁，启迪人们对历史、对文化、对人性进行探究和反思。

应该说，不是怀着浓厚的悲悯和爱，刘醒龙先生很难这么直接地来抒写故土和家族。这种情感，在其为小说所写的后记《为故乡立风范为岁月留品格》中，表露得淋漓尽致。就《黄冈秘卷》文本而言，这种情感的喷薄和呈现，分别体现在两个层面：迷恋和反思。

所谓迷恋，主要是对故土的文化和风物。在小说中，作家如数家珍般将黄冈的山川、街巷、村落、建筑、物产，甚至方言等一一呈现，更绝的是，其笔下的一切竟然可与现实一一对应，且完全吻合。显然，这种超写实，是自信，更是真爱。给人印象最深的，当属作家浓墨重彩写到的"巴河藕汤"。其中有一段描写巴河藕的文字，读来满口生香："……等到丰收时节，那从泥水中捞起来的莲藕，皮色之白一如捞起莲藕的少妇肤色，藕节之趣一如扛起莲藕的儿童胳膊，藕香之浓一如哺乳人母的天籁气息，藕身的质感，用手抚摸时，疑似初恋之泪洗过的脸颊，用手搂抱时，又成了梦中美人的曼妙腰肢……"如此浓烈的词句，非迷恋者不足以遣用。

当然，作家所呈现的黄冈文化和风物绝非小说叙事中的点缀，如果仅止如此，则难免有卖弄才情之嫌。在小说中，作家对每一个掌故的引出，或每一建筑的呈现，都与故事的发展紧密相联，要么成为故事的情节，比如苏轼诗句"三江自此分南北，谁向中江是主人"的引用；要么成为故事的背景，比如"汉川门"和"八卦井"。也正是这种艺术处理，使读者在阅读中，迷上作者之所迷，恋上作者之所恋。一部《黄冈秘卷》读下来，不容你不记住那诱人的巴河藕汤，以及那汉川门的晚照。

所谓反思，主要是对历史和人性。作家在小说中有意使用了指向模糊的两个称呼"山里的这个县"和"组织"。这种处理显然是现实语境局限下的明智之举。称呼虽模糊，但所指者何，读者都心知肚明。作家的这种艺术化处理，其实是在暗示读者，与这两个模糊概念相关联的历史选择、制度设计、命运沉浮、荣辱得失，都应该用审视的眼光去关注，用理性的思维去辨析。比如，老十哥，一个老黄牛似的人物，他把生命交付"组织"，把才情献给"山里的这个县"，数十年如一日，堪称真正的人民公仆、真正的人民英雄，结果始终得不到"组织"的提拔，甚至在"山里的这个县"里忍饥挨饿，拿不到退休工资。而那些假公仆真贪腐者，则屡屡升迁，生活得有滋有味。为什么会如此？作家没有明说，相信每个读者心中都有自己的答案。

对人性的反思，则体现在老十哥和老十一的性格刻画中。趋利避害，应该是人之本性。但是，老十哥的行为实际是违法这一本性的，纵观他的一生，更多的是"趋害避利"，为什么？因为他奉行的是"组织至上"，所以甘愿做一块砖，哪里需要哪里搬。通过文本阅读，我们会发现，作家对这种"高大上"的表现，其实是有所保留的，通过老十哥与海棠分离时偷偷驻足落泪、私藏家谱、识破海若而隐瞒不报、最终打算让孩子们一人卖一辆轿车等情节描写，可以看出老十哥对组织和信仰的忠诚，其实并非铁板一块，其心中也有不满，也有变化，只是隐匿得比较深罢了。老十一似乎更符合普遍的人性：趋利避害，但作家没有让他"万事如意"，给他设置了"孤独无后"的恐惧。这种安排，显然是提示读者去思考：任由原始人性的发展，最终又会得到些什么？小说的结尾，老十哥和老十一在彼此的妥协中达成和解，是人物对各自命运思索沉淀的结果，也可以看作是作家对人性复杂的认识反映。

当然，不讳言的是，《黄冈秘卷》不是普通意义上能够顺畅读下来的小说，对一般读者而言，可能会有一些阅读障碍，这与作家采用非线性叙事方法有关。在纯文学读者不断流失的当下，这种叙事技巧的运用，会不会又吓跑几个读者？好在，这本小说新奇甚多、机巧甚多、看点甚多，正如著名评论家於可训先生所说："是一部才子之书"，自会有其吸引人的地方。比如说，那道烧脑题，不读到最后不会得到答案。

（《鄂东晚报》2018 年 11 月 2 日）

回归本源，重理根脉
——刘醒龙写作的变与常

但红光

　　刘醒龙的故乡在大别山区，他的作品大体写的是大别山区的景和人，写的大别山区的历史和现在。在《蟠虺》之后，本以为他的创作会别开生面，展示出与以往截然不同的景致，不再执着于大别山区，不再纠结于村镇的人与事；比如继续写些都市生活、学术故事或考古解密之类的作品——毕竟他在武汉生活了20多年，一直工作在文化圈——正如在神秘的"大别山之谜"系列之后他突然转向了贴近现实的《村支书》和《凤凰琴》等"分享艰难"式作品。虽然转向太急促，让读者缺乏心理准备，但无疑他是充分具备能力的。没想到，《黄冈秘卷》又带我们回到了曾经的村镇，回到了曾经熟悉的人群中。只是这次他走得更远，步伐更大。如果说"大别山之谜"系列立意于寻找原始、蒙昧的文化之根，现实主义系列作品在于展示苍凉、朴素背景下脊梁式人物抵抗磨难的活动，《黄冈秘卷》则旨在为地域黄冈和"我们的父亲"立志、著书，地域特色与文化的传承使作品充溢着空间的广阔与丰盈，历史的绵延与承继。
　　刘醒龙将其《致雪弗莱》及之后的作品归为第三个阶段的创作，综观其此期的作品，虽然在题材方面差异巨大，但不离其宗：回归本源，从宏观上寻求一套价值理想和道德观念，规范家庭、社会和个人。如果说《致雪弗莱》是探讨人的组织与宗族两种属性和价值观念的对抗，《圣天门口》则是回归历史，回到民间，探讨历史与文化前进的真正力量与价值准则，《天行者》探讨文化传承的真正力量，《蟠虺》回到楚文化的源头，通过曾侯乙尊盘的真伪，探讨学术道德与人性伦理，《黄冈秘卷》则再一次回到地方，从地域文化中寻求人格与文化的踪迹。这种回归，表层上是对地域文化的回归，实质是寻找地域文化中与中国传统儒家伦理的契合点，寻求时代所需要的人物形象与价值观念。

纵览刘醒龙的创作，似乎变化明显，但有些东西始终坚持：对根的追随和对伦常的思考，对故土或故人的感念，只是这种追随和感念在世事人心的变幻与个人成熟的过程中不断变化、充实与升华。如果说早期作家对世界充满迷惘，如孩童般地面对文化的继承与发展，那么中期则如青年般地面向社会和世事，思考着规则与榜样，那么近期作家则如中年一样地思考着世界秩序、人间伦常，进入了创作与人生的总结收割阶段。

一、反复书写

在刘醒龙此阶段的写作中，一个最为明显的现象是：对此前作品的再次利用。有些情节在他的作品中多次出现，有些材料在他的作品多次被运用，有些故事在他的创作谈中多次谈及。当然这种反复书写不能简单认定为重复或自我抄袭。在音乐上，同一曲调的重复与回旋是乐曲惯常的表达方式，它不仅有抵抗时间与空间的艺术效果，更通过重复与回旋来转化与衍生出新的内容。诗歌也是如此，反复不仅在同一首诗歌不同章节出现，在同一组诗歌之中也经常有相同诗句的复现。何况，在音乐和诗歌中，相同内容因轻重、长短和节奏的不同会呈现出迥然不同的效果。

在刘醒龙的创作中，既有对前作的扩写、改写，也有同一情节的多次出现。最为大家熟知的是其 2009 年"茅奖"作品《天行者》是在其 1992 年中篇《凤凰琴》基础上的拓展，其他，如 2018 年出版的《黄冈秘卷》是对 20 年前《致雪弗莱》的拓展，《痛失》是对《政治课》《往事温柔》是对《倒挂金勾》的拓展。这几部作品都是在大体因袭前文的基础上所作的扩充与深化，原作只是后作的一个章节。

改写方面，在 2005 年出版的《圣天门口》中能看到 1991 年出版的《威风凛凛》的大体故事框架和更早时期作品《牛背脊山》的相关故事片断。《威风凛凛》提供了小镇三方的势力比拼架构，《牛背脊山》提供了抗战与"文革"时期的奉献与情怨。

其他反复重现的情节，如忧伤的口琴在《凤凰琴》《清水无香》《弥天》《生命是劳动与仁慈》中都一再吹奏，作者在创作谈中也多次提及口琴是其有意设置的乡村文明抵抗城市文明的符号。

和口琴的反复吹奏一样，在创作谈中，刘醒龙也反复提及他作品中重复部分的用意。他多次谈到爷爷代表的传统文化、奶奶代表的温馨与包容对自己的影响，及不知名诗作《一碗油盐饭》给自己的感动和启示，并在《天行者》和散文集《一滴水有多深》中反复阐释这首诗。在创作谈中，刘醒龙一再提及的另一些重要话题还有已故《上海文学》主编周介人对其作品中"大爱"与"大善"的评述及其作品对高贵、圣洁的自觉追求。

念念不忘，必有回响。作家对前作的反复书写，对此前记忆的一再提及，正说明作家对这一些情节与记忆的念念不忘，及这些记忆对作家的重要价值。它们如同一片人生富矿，作家无比珍爱，不忍舍弃；反复揣摩，一再挖掘。

这些被反复书写的部分，有写实，也有虚构；同是虚构，虽然在题材上并不一致，故事情节相距甚远，但从其近期（第三阶段）作品观照，总体而言，都是回到历史与地域的乡土（《蟠虺》是回到楚文化）去探讨人体与群体的生存智慧。

二、推陈出新

《天行者》是最为读者熟知的一次对前文本的回归。在《天行者》获得茅盾文学奖后，接受《京华时报》（2009 年 7 月 30 日）采访时刘醒龙说："早在 1992 年《凤凰琴》在《青年文学》第五期发表后，编辑就收到大量读者来信，许多人提出希望我续写《凤凰琴》，我没有赶那个热潮。这里有我个人性格原因，不喜欢随大流。然而，这不等于说我不想写。事实上，这么多年，我一直都有动手写作的欲望。"在采访中，他说，写《凤凰琴》只是心存感动，而写《天行者》则是心存感恩：当汶川地震摧毁了乡村校舍，夺走了樊晓霞等民办老师的生命后，他看到了乡村教师命运的本质；他要为默默奉献的乡间民族英雄立传，记录他们的历史，传递他们薪火相传的文明之火。这段话既表明了作者长期以来续写前作的愿望，也表明了作者回归此前作品有很多背后的推动因素——当然最终的决定权在作家手中，然而，这种回归并非简单重复，而是推陈出新或完全成了一个迥然不同的文本。如果说《凤凰琴》里读者看到的是一个感人至深的民办教师的故事，在《天行者》中读者体悟的则是一批、几代民办教师的命运与他们大善、大爱的情怀。

而《圣天门口》则应属回归的经典范例，如果不仔细研读，普通读者很难从中读出文本的承继关系。《威风凛凛》以乡村少年学文的视角记录了教师赵长子、五驼子和金福儿三股乡村势力之间的斗争，通过民间习见的"抖狠"的劣根性探讨了传统文化中恶的根源，而《牛背脊山》则以大学生的视角，揭示了革命时期不同阶层间的恩怨纠葛与革命对山村的破坏。而《圣天门口》则以天门口镇为舞台，以书香门第雪家和勇武凶蛮的杭家的恩怨为主线，通过七十余年的革命进程，叙述了雪、杭两家及社会各阶层间恩怨情仇，借"小地方"和"小人物"的历史写"大历史"，探讨了中国革命、中国社会及社会伦理的合理途径及维系方式。

相对而言，《黄冈秘卷》对《致雪弗莱》的回归则更加一目了然，但也已经不再是原来意义上的文本了。《致雪弗莱》通过《组织史》和《刘氏家志》两重文本讲述的是"我们的父亲"，一个黄冈人，一个坚定的老革命在组织与宗族之间的选择与回归，而《黄冈秘卷》则用《黄冈秘卷》这一文本将《组织史》和《刘氏家志》统辖其中，探讨了地域的文化品性和地域对人的规定性。

以上三部都是刘醒龙第三阶段的作品，都属于重拾此前文本的回归式作品，然而这种回归并非简单的文本上的重拾，而是推陈出新，别开生面的回归。后期文本较前期文本在思想内涵，整体格局上都较前期有大的改进。

同时，这一回归也是叙事地理空间上的回归：重回乡村，重回大别山区。地理空间的回归同时也意味着情感空间的回归。实际在《黄冈秘卷》之前，刘醒龙的《蟠虺》也被广泛看好，也让读者和评论家认为这会成为他创作上的一个分水岭，从此告别大别山，进入另一个题材领域。但没想到《蟠虺》只是作家短暂的一次出门远行。即使在这部关于都市的考古题材作品中，大别山相关的情节也在文中偶有出现；从大的范围而言，《蟠虺》也是对楚文化的一次回归。继而推出的《黄冈秘卷》不仅仅是地理空间的回归和情感的回归，在文中和作品的后记里都可以看出，这是一种对故乡的感恩和朝拜。在题为《为故乡立风范为岁月留品格》的作品后记中，作者明确表明了为故乡立志，和黄冈所代表的"志"贤良方正的重要性。

再回顾此期刘醒龙的作品，实实在在地都有为地方写志，为人物立传，为万世开太平的宏伟理想。《圣天门口》通过小镇从辛亥革命以来 70 余年的家族和政治纷争，展示了在宏大口号与历史理性演绎中的具体历史样本，这一样本可以称之为大别山区或天门口镇的地方志，在作品中作家以"仁爱"作为治世秘方；《天行者》作者表明了其为民办教师这一无名英雄群体作传的目的，仁爱和责任是他们的行事法则；在《蟠虺》的扉页上，作家标注了"识时务者为俊杰，不识时务者为圣贤"的核心句子；而《黄冈秘卷》更是表意鲜明的为黄冈写志，书写地域的文化品性和确立优良的处世风范。

三、层层升华

刘醒龙对故乡大别山区的书写层层累积，反复刻划，一笔比一笔深入，每一阶段都较前一阶段更深情和深刻。在他的三个创作阶段中，虽有部分作品或短暂时期没有或没有直接书写大别山区，但作家很快就实现了叙事和情感的双重回归。总体而言，大别山也从最初的寻根式的景观和传统呈现，升华为人格化的乡土，到第三阶段，大别山成了一种文化和价值的符号和标杆。

在"大别山之谜"时期作者直面故土，直接书写大别山。这一阶段刘醒龙尚未形成清晰的创作方向和目标，他的作品整体体现出对失落的传统文化的找寻和维护，这种过程与其说是家园找寻旅程，毋宁说是一种对传奇的热衷与呼应。在作品中，景物成为核心；对景物的过分重视和对人物的忽视，对描写的热衷与叙事的薄弱都表明这一时期创作思想内涵的不足和逻辑力量的弱势，这种薄弱表明其身份定位与认同的迷茫。作品虽涉及面较广：传统文化与现代思潮、青年发展与社会问题、历史与创伤等都有涉及，但并未形成稳定的意图所指。虽然其重要作品"大别山之谜"系列关注是传统文化，但这种关注与其说是自发的内心诉求，不如说是时代思潮的反映；部分作品透露出为古老、怪诞而罔顾故事逻辑的特色，有为文化而文化、为先锋而先锋的趋向；对人物的兴趣明显小于景观，而对景观的兴趣则体现为对荒诞、奇异事与物的传写。整体而言，这一时期作者关注点多而杂，虽然对传统文化相对较为重视，但这种重视更多地出于跟风和个人的创作风格的营造，作家没有形成固定的人生与文化理想，尽管在多部作品中作家思想相对保守，力倡对传统文化的继承，批判现代意识现代中的唯利是图和伦理失落，但在另一些作品中，观点会有迥然的差异，甚至在同一部作品中，作家思想都处于来回游移，捉摸不定的状态。如在《河西》中钟华与十三爷两个形象的暧昧价值定位，钟华思想解放，十三爷垄断、专制、迷信；钟华唯利是图，十三爷重视文化伦理，宽厚有加；《鸡笼》中，作者在宿命论和现代意识中莫衷一是；《大水》对传统家族纷争和图腾文化也处于展览与批判之间的暧昧状态。这一时期可以称之为刘醒龙创作的迷茫期，在广泛关注的基础上，作家希望通过古老文化为切入点，来找寻打开世界和家园的钥匙，因此作家创作了"大别山之谜"系列作品。

20 世纪 90 年代，刘醒龙创作中暧昧的文化找寻随着社会的商业化趋势而表现出更强烈的时代对抗意味，作品中文化精神直接转换成人格精神，诉诸对理想人格形象的树立与弘扬，直接书写大别山风物改为讲述大别山人的故事。而这种理想人格的承担者则再一次回归到过去，回归到革命浪漫主义时期的父辈英雄人物角色，他们忍辱负重、力挽狂澜、无私且坚定。只是这一理想人格的完成也经历了一番漫长而艰辛的演进历程，从最初国民性批判中被打倒的父辈形象（如《威风凛凛》中的赵长子），到此后舍己为人、忍辱负重的普罗米修斯式的父辈形象（如《村支书》中方建国和《凤凰琴》中余校长），再到身肩道义、默默无闻、润物无声的父辈形象（如《黄昏放牛》中胡长升和《生命是劳动与仁慈》中的陈老小），这一长廊式形象谱系书写了"我们的父亲"与时代格格不入，但却足以成为时代精神楷模的品质。

21世纪以来，刘醒龙在一系列长篇作品中逐渐隐去了父亲的时代性特色和对抗性品格，改以仁爱、包容、贤良、刚毅等终极价值来重新定义其作品核心人物，作品人物形象非限定性指代（如"我们的父亲"、曾本之、民办教师群体、代表革命的法朗西、圣法的梅外婆和雪柠，代表民间暴力的杭九枫（酒疯））和空间形象的开放性特征（如圣天门口、界岭、博物馆和学术圈、黄冈故乡），使作品具有更多的普适性意味和超越性特征，表明作家的创作又一次发生了嬗变与飞跃。在《圣天门口》中，梅外婆和雪柠的包容、温馨与高贵成了抵抗暴力与黑暗的最佳良药，是传播仁慈、抚慰伤痛的最好选择；《天行者》中炼狱般恶劣背景下的不懈奉献是高贵英雄的最好的慰藉，《蟠虺》中曾本之不识时务、坚守良心、维护真理，《黄冈秘卷》中贤良方本的父亲……这些人物及他们所代表的价值观，正是作家所追寻的人类普适性价值和美德，这些价值和美德也正是中国儒家传统美德之集大成，这些作品也正表明作家对传统儒家伦理的回归与重新梳理。

四、审视回归

刘醒龙进入文坛适逢寻根文学盛行，他也以"大别山之谜"系列寻根作品闻名于世。此后寻根热潮散去，现实性作品随商业大潮涌现，他的《村支书》《凤凰琴》等一系列现实感较强的作品也曾弄潮一时；近年，文化考古类的作品频现，他的《圣天门口》《蟠虺》和《黄冈秘卷》都可归为此类，他也可谓引领了部分潮流。但从另一角度看，他似乎变之不多，长期立足本乡本土，立足于发掘故乡的人文历史、普通人与事，寻求宣扬某种正面、积极和影响社会、人生的价值准则。但从其21世纪以来的创作整体考察，其回归寻根，回归传统文化、传统价值理念趋势是显而易见的。如果说寻根文学时期他的创作更多懵懂与随大流，价值观念波动易变，此期则变得清晰而恒定。这也清晰地展示了其创作的巨大飞跃，但同时也潜藏着某些不足。

首先，作家结构故事，把握叙事的能力浑厚、自如。此方面，《圣天门口》和《黄冈秘卷》可谓典范。《圣天门口》将70多年的历史，将不同势力，迥异的价值观，几十个性格各异，观念不同的人物从容写来；多重文本，多重线索。没有超常功力，无法做到。作品使用了其此前的多部作品中材料，如《威风凛凛》《倒挂金钩》《牛背脊山》《异香》等，但化为无形，着实令人惊叹。而《黄冈秘卷》通过"黄冈秘卷"这一文本的加入，使此前《致雪弗莱》中的立意陡然变得高妙，三重文本的利用使作品格局更加宏大。

其次，作品视野更加阔大，境界更加超迈。从以前的一山、一水、一人、一事，到此期对更广阔的地域空间，对中国革命，甚至人类价值观念的整体探讨，作品更具有史诗品质与超越精神。

但不足也较为明显。首先，经营故事用力不够，《蟠虺》《黄冈秘卷》等都让读者感觉故事性不足的缺憾。其次，教化意味显露。文学无疑有教化功能，但大多润物无声。一般而言，说理意图太过明确会给人有教化的感觉。

（《长江丛刊》2019 年 03 期）

在坚守与和解之间：
谈作为"晚期风格"的《黄冈秘卷》

雷登辉

  风格，是作家创作个性的外现，是作家艺术创造力成熟的标志。然而，理论家和批评家有关风格的论述却常常使得"风格"与古典、适度和节制等文化特征紧密联系，对作家创作个性的理解往往趋于固定化和模式化，难以全面呈现作家创作个性、作品审美呈现与读者阅读体验之间异常复杂的关系。刘醒龙在2018年推出的长篇小说《黄冈秘卷》在风格上既呈现出与此前小说一脉相承之处，同时又显露出独特的新变，是一部难以用某种固定化的"风格论"去阐释的小说，这值得我们对之进行深入考察。

  小说《黄冈秘卷》以父辈为中心的家族历史和《黄冈秘卷》发行背后的秘密演进为叙事主线，讲述了黄冈刘家大垸刘姓几代人所经历的历史与现实，表现了黄冈人执拗、刚强和坚毅的文化品格。刘醒龙此前小说的叙事视角多为第三人称，而《黄冈秘卷》却以带有几分自传性质的"我"为叙事者，这使得小说的自传性、传奇性和可读性大大增强。一反刘醒龙此前在《圣天门口》和《天行者》中对历史或教育问题进行"正面强攻"的创作姿态，他在《黄冈秘卷》中以从容、自在，甚至不乏幽默的方式讲述历史与现实各种隐秘的来龙去脉。同时，小说中对苏东坡在黄冈的经历、刘氏家族的时空流变、黄冈本地的方言与风情都有知识考古学式的生动呈现。尽管《黄冈秘卷》内含以《组织史》《刘氏家志》《黄冈秘卷》为中心的三条主要线索，由此延伸开来多条时隐时现的次要线索，但小说结构十分严谨，行文丝毫不显紊乱，这体现了刘醒龙驾驭文本的实力。换句话说，尽管刘醒龙早在《黄冈秘卷》之前就已形成独特的创作个性，但《黄冈秘卷》再一次展现了刘醒龙高妙的叙事能力与创作境界。在对家国往事与当下现实的关联叙事中，被黄冈的山水和精神滋养过的先辈们所继承的优秀文化品性像旗帜一样被树立起来，并通过代际传承不断向下延伸。

《黄冈秘卷》虽不乏对重大历史事件和冷峻社会现实的表现，然而小说同时也呈现了丰富、细密而诗意的生活场景。由于《黄冈秘卷》是阅历已十分丰富、并取得一定成就后的"我"对刘氏家族、故乡黄冈和文化品性的寻根溯源，因而"我"时时刻刻与"我"的精神脐带和家庭人事紧密相联。返回到滋养"我"的文化母体之后，"我"变得亲近和温馨起来，就像刘醒龙在后记中所说的那样，"直到现在，都一把年纪了，只要回到那片原野，害羞的滋味便油然而生"，"原野所在，遍地温情"。在小说中，"我"对故乡方言（如伯伯，嘿呼等）、巴河镇小秦岭的藕塘、孩子对长辈们的撒娇、父母之间的争吵等日常生活片段的不断复写，体现出刘醒龙对日常生活的细腻把握，小说也因此呈现出更为包容、沉静和活泼的一面。

这是一个沉稳作家所具备的能力和境界：大气宽阔而不显呆板，活泼生动却不流于俗套。与《圣天门口》《天行者》和《蟠虺》相比，《黄冈秘卷》显然更加温和而从容，体现出历史与现实的多重"和解"。由于刘醒龙一直以来都是具有强烈的历史批判和现实批判精神的作家，对此有人或许会质疑《黄冈秘卷》中的这种变化是否就偏离了他以往的批判立场，是作家对历史与生活的一种顺从和妥协。质疑的声音大多从单一的理论视角出发对作品做出直接的评判，比如后殖民主义理论家爱德华·萨义德对"晚期风格"的论述就是可被用来质疑《黄冈秘卷》对历史"和解"的理论资源。萨义德在阿多诺讨论贝多芬晚期作品美学风格的基础上，将"晚期作品"分为"适时"与"晚期"两种类型，认为前者"反映了一种特殊的成熟性"，"一种经常按照对日常现实的奇迹般的转换而表达出来的新的和解精神与安宁"，而后者"包含了一种不和谐的、不安宁的张力，更重要的是，它包含了一种蓄意的、非创造性的、反对性的创造性"。在萨义德看来，"适时"的作品只是艺术家年龄增长后对现实的放弃和妥协，而充满褶皱和破坏性的"晚期"作品才真正体现了一种不妥协的"晚期风格"。萨义德这番论述对我们理解《黄冈秘卷》有着重要的启示，但面对杂芜而又开阔的《黄冈秘卷》，直接的理论套用又显得局促而无力。

《黄冈秘卷》是已过花甲之年的刘醒龙带着温情与敬意回溯故乡和家族历史的小说，因而我们以"晚期作品"称之并不为过。由于小说采用第一人称自传性质的"我"作为叙事者，小说情节具有了某种"温柔敦厚"的情调，然而这并不意味着小说是对历史与现实矛盾的顺从和妥协，而是在更高层面上呈现了历史与现实各种矛盾的复杂性与开放性。《黄冈秘卷》着力塑造的与时代"格格不入"的父辈形象，正是刘醒龙反思与批判精神的延续，体现了萨义德所言的"晚期风格"。毫无疑问，"我们的父亲"形象中包含了许多刘醒龙父亲的影子，但又不断地溢出和偏离他真实的父亲形象，是在再现与虚构中建构起来的父亲形象。小说中，向来固执己见的父亲与这个欲望时代之间的关系"格格不入"：这体现在他对川流不息的汽车的憎恶中，体现在他对永远相信组织的信念上，并落实到他永远忠于组织的种种行动上。父亲的言行与品性受到先辈们的影响，父亲也就因此成为"贤良方正"黄冈人的代表。

这些先辈遗留下来的精神遗产，与世俗时代人们对欲望和利益的疯狂追逐形成了鲜明对比。继承革命年代精神遗产的老十哥与在世俗年代乘风破浪的老十一在待人接物上的差异，将"志"与"智"之间的差异发挥到了极致。老十一在审讯中为了自我保存，将毁坏福特车的罪名诬陷给老十哥，而老十哥虽被诬陷，却没有在审讯中说出老十一的名字，最终他替老十一承受了牢狱之灾。老十一为了利益同他人结婚，接连换了六任妻子，而老十哥却将情感和婚姻视为神圣之物，始终坚韧不渝。老十一在商战中打拼唯利是从，并不惜为了《黄冈秘卷》在全国的发行同政府秘密达成合约，而老十哥却固守着上级组织发给自己的微薄的工资，对钱权交易等腐败行为恨之入骨。父亲的这些言行突显出父亲"贤良方正"的人性品格，使得"我们的父亲"成为一个充满正义感和无私精神的英雄形象。由于刘醒龙在小说中注重对人物性格进行多重的刻画，父亲形象的塑造虽显崇高，却并不单薄。

萨义德认为，"不合时宜"是"晚期风格"作品的重要特征，"只有在艺术没有为了现实而放弃自身权利的情况下出现的东西，才属于晚期风格"。萨义德所论的"晚期风格"与他本人的身份认同以及后殖民主义理论视角紧密相连，因此萨义德不断强调叛逆性、否定性和斗争性，并不断强化艺术家与作家晚年"死亡"的生命主题。《黄冈秘卷》后记中所谓的"为故乡立风范，为岁月留品格"，正是通过塑造以父亲和王朤为代表的父辈形象来再现故乡的精神文化品格。父亲和王朤只是贤良黄冈人的典型代表。由此延伸开来，与黄冈有密切联系的众多人物都具有浓郁的地域特色和坚韧的文化品格。比如写到苏东坡时，"我"认为"苏东坡的执拗只相当于半根筋，所以只能算半个黄冈人"，是黄冈的山水、性格与情怀造就了苏东坡的性格与诗才。写到五大队时，"我"借海棠父亲之口说到，"五大队是消灭不了的，因为五大队是黄冈人执拗性格的特殊表现，要消灭五大队，就必须首先消灭所有黄冈人"。曾祖母靠乞讨养活一大家人，但她在外乞讨的食物必须经过加工之后才给后辈们食用。当曾祖母起了刘声志和刘声智这两个发音相同的名字后拒绝给任何人起名字，就是为了给"我"的父亲长志气，不为他人耻笑。同时，"我"的祖父在面对激进派拷问时，总以轻描淡写的回答处处为他人考虑，表示林家"只是比穷人略富一点"，而自己只是林老大家的雇工，而不是"长工"。这些都是"贤良方正"文化品性的延续与传承。

可见，执拗只是黄冈人文化性格的外在呈现，而在这种执拗精神的内核深处，却早已融进了勤劳、正义、自律、坚毅和忠诚等文化品性。老十哥与时代之间的"格格不入"并不仅只是个人情感的表露，更是对革命年代遗留下来的优秀品性的致敬与弘扬，但这些优秀品性在世俗年代已几乎被遗忘。萨义德认为，"晚期风格是内在的，但却奇怪地远离了现存"，而刘醒龙在《黄冈秘卷》中以父辈们的精神旗帜为家族和地域立传的同时，也是在以"贤良方正"的人格品性为混沌时代开出了他的诊治药方。刘醒龙在《黄冈秘卷》有关品性和时代状况的呈现，与《天行者》和《蟠虺》等作品中对现实问题与知识分子品格的探讨一脉相承，作者质疑和批判的创作主线依然得以延续。

在后记中，刘醒龙谈到他创作《黄冈秘卷》时所面对的两种疼痛：一是手指腱鞘炎带来的身体疼痛，二是"湾""塆"与"垸"字写法差异所带来的文化心理的疼痛。刘醒龙在如此不适的环境下依然笔耕不辍，通过多重视角的并置再现和建构了新旧两个时代的精神差异与隐秘联系。"可以低头，可以弯腰，决不下跪求饶"，正是刘醒龙所书写的以黄州为中心的原野上的一种可贵品格。借用萨义德有关"晚期风格"的概念来讨论《黄冈秘卷》，作家的身体状况，作品的美学风格，与混沌时代的精神联系得以重新勾连起来。《黄冈秘卷》是刘醒龙对自己几十年来创作经验的总结与融会，是刘醒龙对家乡原野和家族历史的溯源和致敬，同时还包含着"黄冈精神"之于当下时代的重要意义。由此看来，《黄冈秘卷》的主旨诉求并非是对辅导书《黄冈秘卷》发行来龙去脉的追溯，而是在日益世俗化的时代重新树立起以父辈们为代表的黄冈人的文化品质之大旗。通过父辈形象的"格格不入"和"不合时宜"，我们所处的时代病症得以揭露，而这正是《黄冈秘卷》"晚期风格"的典型呈现。

《黄冈秘卷》体现了萨义德所言的"晚期风格"，是因为刘醒龙同萨义德一样都具有强烈的批判精神和道义担当。巧合的是，萨义德晚年将他的回忆录取名为《格格不入：萨义德回忆录》(Out of Place：A Memoir)，这体现了萨义德和刘醒龙之间既遥远却又亲近的精神联系。然而，萨义德所论述的"晚期风格"体现了他关于民族之间矛盾斗争的强大的理论预设，同时与萨义德敏感复杂的身份认同相关。萨义德不仅仅是一位流亡的巴勒斯坦人，一位基督教信仰者，同时还是西方文化传统培育起来中的知识分子，因而他的论述是阿拉伯世界民族文化与西方民族文化的杂糅与综合，而他对"远东"中国的文化及其精神并无多少了解。刘醒龙不仅是一位富有责任感和文化情怀的作家，他同时还对中国的书画传统与文学传统有深入透彻的把握。《黄冈秘卷》不仅体现了刘醒龙的现实关怀和批判精神，同时还以温情的姿态达成了历史与现实的部分"和解"，其丰富性、复杂性，及其开放性，是萨义德有关"晚期风格"的论述所不能全然囊括的。

我们应看到，中国古代的许多诗人（如杜甫、李商隐、李煜、苏轼、李清照等）和现代作家（巴金、沈从文等）的文学作品都在其晚年步入了更为沉郁、开阔和大气的艺术境界，同时像陶渊明、王国维和汪曾祺等人的晚年作品却走向了更加自然而纯净的方向，而所有这些"晚期作品"却并不完全都是否定性的，甚至完全不是否定性的。萨义德所论述的"晚期风格"对断裂、否定和批判性的强调有着重要的意义和价值，但我们也不能将之绝对化和单一化，更不能将之作为评判文学作品成就高低的标准。刘醒龙近作《黄冈秘卷》不仅仅有着像秋天果实中发现的那种成熟，同时还是有褶皱的，具有反叛性和创造力的那种成熟。从对现实进行"强攻"，到与历史与现实达成部分"和解"，《黄冈秘卷》并没有选择以绝对的姿态去进行简单的批判和否定，而是以包容和理解的方式去探究历史与现实的微妙、复杂与人性的复杂，这其中包含着并未熄灭的现实主义精神与浪漫主义情怀，体现了一个作家对家乡和人性至深至切的热爱。

一个作家要形成自己的风格大致需要经过三个阶段：开始创作时的模仿，逐渐摆脱其他作家的影响，形成自己的独特风格。然而，这并不意味着一个作家只有一种风格或一种创作姿态。汪曾祺认为，"风格，往往是因为所写的题材不同而有差异的。或庄、或谐；或比较抒情，或尖刻冷峻。但又看得出还是一个人的手笔。一方面，文备众体；另一方面，又自成一家"，我们将汪曾祺所言用于刘醒龙及其《黄冈秘卷》也丝毫不为过。刘醒龙在《黄冈秘卷》的后记中表示，他在创作的过程中"不需要有太多的想法，处处随着直接的性子就行"，这正是他经历万千险阻和无数历练之后自信坦荡的表现，造就了《黄冈秘卷》中宽阔、大气与诗意并重，理解、包容与批判并存，实现了家族志、地域方志与民族志的融合。有关病痛、回乡之路，甚至死亡的情与思，一起累积起生命的重量，使得刘醒龙在《黄冈秘卷》中不仅是像萨义德所说的那样以折射和反讽的方式来表现对于世俗时代的离弃与厌倦，同时他还以温情的笔墨实现了更高程度上的"和解"。这些都足以说明，《黄冈秘卷》文备众体，而又自成一家，是一部同时呈现"适时"与"晚期风格"的佳作。

（《长江丛刊》2019 年 03 期）

论《黄冈秘卷》的风范与品格

吴　静

刘醒龙在《黄冈秘卷》后记中写道："为故乡立风范、为岁月留品格"。风范，指风度、风格、气韵、气度等，它与一个地方特殊的地理风貌与人文历史有关，侧重空间性；品格、格调建立在风范基础上，是历经岁月考验的性格成长，侧重时间性。弘治《黄州府志》：黄州"淳质俭约，土风厚善，尊德乐道……其民寡求而不争，其士静而善"①，《黄冈县志》(明万历三十六年)："士重气节……布衣投交或融显者，礼貌有不至则艴然拂衣去，老死不相往来。"②，可见历史上的黄冈民风淳厚，士人讲究气节与风骨，德行高尚。这与刘醒龙所说贤良方正、质朴永明的道德传统一脉相承，也是中国文化具有强烈德性色彩的具体体现。德，本是《黄冈秘卷》主旨，是让刘醒龙"害羞"的故乡品格，然而细读下来却发现这部作品处处在写"智"：一字不识却睿智如先知般的曾祖母；把织布当成一门学问的祖父；颇有谋略的老十一、老十八；出个怪题就能难倒高考学霸的紫貂(紫貂虽是江西人，但由于历史上江西填湖广，黄冈一带人多与江西九江有着亲缘关系)以及最有代表性的老十哥和王朤，不论是抗击天灾(洪灾、火灾)，还是应对人祸(腐败、诬告和政治斗争等)都表现出十足的睿智与聪慧。不仅如此，为了配合这些智性内容，刘醒龙还刻意摈弃写故乡和英雄的宏大叙

---

① 《黄州府志》弘治十四年刻印本，黄冈市地方志办公室、黄冈市档案局重刊2009年版，第17页。
② 《黄冈县志》明万历三十六年刻印本，长江出版社2012年版，第34页。

事手法，采取谜题侦破式的叙事技巧，以第一人称的有限视角，不停中断、重置、衍生的碎片化叙事方式讲述关于黄冈的一系列奇事秘闻，似乎有意在对读者的脑力造成考验。

智，形声，从知从日。"知"义为"说的准""一语中的"，"日"指"日子""每天"，"知"与"日"联合起来表示每天都能一语中的。可见智指人类的认识能力，以及由"知"而来的学问和知识。黄冈人的"智"也可分为以下三个层次：

一、出于生存的巧思

根据美国人本主义心理学家马斯洛的动机理论，人的认知与行为受动机驱使，动机就是人的欲望与需要，它分为五个层次，其中生理需要是最基本一种，一旦生理需要得到充分满足，就会出现安全的需要，他说：不安的人"做起事来总好像大难就要临头似的。他总是在应付一件紧急事件……"[1]不安的人对秩序与稳定有一种迫切需要。哲学家斯宾诺莎认为：任何人的行动目的都趋向于"自爱"或"自保"这个目标。如黄冈人把"爸"叫作"伯"，是为了避免父亲得罪的妖魔鬼怪来找他们寻仇；给同一天出生的孩子取发音相同的名字："志"与"智"，妖魔鬼怪就不知该冲哪个孩子下手，从而起到保护他们的作用；一般人给孩子取贱名，为的是好养，但刘家大塆的人让最贱的人给孩子取名，这样既不用取贱名，同时也包含越贱越好养的寓意，不可谓不巧。古黄州地处楚头吴尾、江淮之间、西接江汉平原、东与吴越为邻，巫文化十分发达，取名的巧正来自巫术思想。巫术看似荒唐却有严密逻辑，古代巫师正是掌握知识的智者的一种。弗雷泽说："巫术与科学在认识世界的概念上，两者是相近的。二者都认定事件的演替是完全有规律的和肯定的。并且由于这些演变是由不变的规律所决定的，所以它们是可

---

① ［美］戈布尔：《第三思潮：马斯洛心理学》，吕明、陈红雯译，上海译文出版社 1987 年版，第 42 页。

以准确地预见到和推算出来的。"①因此，黄冈人取名的"巧"正是身处环境恶劣的原始世界里自然练就的一套关于生存的古老科学与智慧。

正是将自我保护的智慧运用得当，黄冈人才能做到处事机敏、得体、遇事可进可退。林家大垸的林老大提出要与祖父分赃，祖父"用一个指头轻轻夹了一枚银圆"既表明对对方的认可，同时也保全自己。"宁信忠勇，不信计谋"的老十哥也懂得巧妙利用汉奸们的恐惧，讨得更多粮食的生存"伎俩"。黄冈人连反抗也透着巧思，如王朤讲苏东坡巧妙避开对政治的直接点评，而是从如何读书谈起，不仅有效抨击时政，也保全自己免遭无妄之灾。

二、出于理想的谋略

"智"指才智，智慧，是知识的升华和结晶，是解决根本问题的道。"谋"是指谋略，计谋，是巧妙运用资源，达到最终目的的方法，因此"谋"是"智"的运用。黄冈人不仅为人方正，也很善谋，刘醒龙认为这两者并不矛盾。《黄冈秘卷》写道："凡事太巧，必有蹊跷，不是天赐，就是阴谋。"可见黄冈人的"谋"，不是阴谋诡计，而是出于一种与生俱来的智慧与天赐。

黄冈地处鄂东，文化史家冯天瑜认为：鄂东人具有刚强的性格、激越的情绪，浪漫的感情，兼具"开放进取"与"保守执著"。小说中反复提到"三江自此分南北，谁向中江是主人"更表现了黄冈人锐意进取、矢志开拓的精神。不论是曾祖母、祖父以及老十八振兴家业的理想、还是老十哥献身革命、王朤惩治贪腐的志向，黄冈人都能巧妙善谋以达成其目的。如曾祖母自己去流浪求人施舍，却把那些施舍拿回家重新炒上一遍，再像模像样地端出来，假装这些食物是自己家本来就有的，这小小的计谋是为了让孩子们身处困境依然不失气节，贫穷仍不忘振兴家业。老十哥、王朤揭露贪腐有

---

① 弗雷泽：《金枝——巫术与宗教之研究》，徐育新译，中国民间文艺出版社 1987 年版，第 76 页。

谋有担当，首先将目标准确定位于县主官轿车的后备厢，然后出其不意地暴露贪腐于光天化日之下，给对手一个措手不及；老十八的"谋"在于朴素中自有人情练达的智慧，不抵触老十一的权势和地位，但更看中老十哥的刚正与贤德，因此他能在两个截然不同的人之间巧妙周旋，既护得老十哥周全，又能给予老十一安慰，终于找出失传已久的《刘氏家志》，完成续写家族荣耀的梦想。

老十一和紫貂的"谋"表面上虽透着"阴谋"的味道，深层却蕴涵着某些道德自律。老十一说："做大事的人，要有贪心，但不能贪财；要有谋略，但不能搞阴谋"。老十一利用政府密谋营销《黄冈秘卷》一方面是为了赚钱，另一方面也是出于一份对教育事业的真诚。紫貂的怪题看似故弄玄虚，答案却十分朴实：实事求是。只有从实际出发，亲身践行，才能获得真正的知识，这恐怕正是黄冈中学名满天下的深层原因，也是《黄冈秘卷》真正的精髓所在。因此黄冈人再聪明，再懂谋算，但他们当不了奸臣，自古至今黄冈一带没有出过奸臣，在他们的内心始终有一种道德自律，这正是质朴贤明的黄冈风范，贤良方正的黄冈品格。

三、出于信仰的执拗

如前文所述，"智"是一种认知能力和与之而来的知识与学问，那么崇智就是崇拜和信仰知识与学问，遵从事物本来的事理、规律。黄冈人相信万事万物都有自己的道理和学问，"种莲藕"有学问，种"荸荠"有学问，做"狗脚"有学问，织布更有学问，"连鬼做事都要讲鬼道理"。曾祖母取名有"讲究"，祖父织布"讲学问"，老十哥治灾反贪更有智慧。老十哥说："生活在长江边上的人，屁大点事都喜欢自己拿主意，即使干得好，也让上级觉得不舒服。"可见黄冈人讲原则、认死理，不迷信、不盲从、不会为一时的利益而低三下四、站在屋檐下还不知道低头，这些正是黄冈人的执拗，也是他们的风骨与气节。

从表面上看，"执拗"与"智"背道而驰，与前文提到的审时度势、懂自保自适的生存巧思也前后矛盾，然而刘醒龙却认为"执拗"是高情商的表现，是黄冈人的一种大智慧。斯宾诺莎说："道德基础不是别的，而是人类自我保存的努力。"①正是生存的自然需要和社会复杂的利益关系使黄冈人形成善于自保、自适的生存智慧，这种生存智慧在时间长河里慢慢沉淀为一种遇事冷静、清醒，不为外物所役而执着己心的品格，并且逐渐内化为黄冈人的风骨与风度，这就是真正的"为岁月留品格"。在老十哥和王朆的执政生涯中，他们以最高的信任与忠诚来对待组织，不讲报酬、不计得失，面对组织的任务不讨价还价，面对不公不喊冤叫屈。可是，当遇到紧急情况时，他们还是会相信自己的理性判断，遵从事物的客观道理，做到不迷信，不盲从。1964年暴风雨引起洪灾，铺天盖地的山洪注满姜家冲水库，老十哥不盲信天气预报，不迷从上级命令，而是凭着自己的经验和敢于喝100口水的胆识与勇气，只身跳下洪水去堵洪眼，成功治服洪灾。执拗的老十哥一辈子被人出卖、被人算计，干了八任区长仍不得升迁，但每次都能逢凶化吉，如被老十一出卖抓进监狱因而结识国教授，从此走上革命道路；虽不得升迁却也能安安稳稳退休；金钱上虽不富有，却有六个儿女绕膝，足以让始终无嗣的老十一羡慕。这样的情节设计充分地显示出刘醒龙的价值取向，他坚定地认为：执拗可能因认不清形势而带来一时损失，但因符合天理与天道而能获得最大程度的自保。

四、智——为乡村道德除魅

学界历来把世界文化大致分为两种：德性文化与智性文化。著名哲学家冯友兰曾经指出：中国文化是"德性"文化，西方文化是"智性"文化(冯友兰《新原人》)，前者以儒家文化为代表。儒家文化在道德方面明显具有精英主义倾向：首先，儒家把"义"看作道德起点，推崇只讲义务、不讲权利的美德。其次，重视内在情感，把情感看作品德的前提条件。历史上的中国是典型的封建内陆式国

---

① 佟雪峰：《品德的层次与德育的精英主义倾向》，《辽宁师范大学学报(社会科学版)》2008年第1期。

家，以农耕经济为基础，以家庭血缘关系为纽带的广大乡村是我国基本的社群结构和单元，乡村道德也一直秉持儒家道德的精英主义立场。尤其是从 20 世纪初开始，受到国家城市化进程和西方现代性思潮的影响，我国乡村道德逐渐从精英一步步走向更加极端的魅化。

在 20 世纪八十年代，刘醒龙以乡土作家的身份进入文坛，其创作就体现出强烈的道德精英主义甚至魅化的倾向。在他的早期小说中，乡村是一个神圣所在，乡村善良、仁慈，滋养着爱与善，支撑着对人性的信心，培育着能医治城市现代病的良药；与此相对，城市则是一个自私、冷酷、异化的大染缸，充满着物欲、情欲、权欲，凡进去的人都会被染色，因此只有乡村文明才能感化和改造城市文明。然而，从《圣天门口》开始，作者的创作理念与风格发生了很大改变，开始从各个角度尝试历史与现实的融合、城市与乡村的和解，并试图用一种智性化描写来给乡村道德除魅。《黄冈秘卷》在为黄冈人立德树传的同时还详细刻画了黄冈人的智，那些出于生存的巧思，反映黄冈人对于个体生存权利的理性诉求，它是维持社会稳定、保障社会生存与发展的最基本要素。出于理想的谋略体现了黄冈人强烈的进取心，他们立足日常生活的决心和解决实际问题的能力。刘醒龙之前也写过不少执拗的农民，他总是从道德高度肯定"宁可曲而负重也不折而同流"的精神，并对由于坚守所受的苦难表示深刻的同情。然而在《黄冈秘卷》中，作者回归理性立场，他冷静地看到这种执拗傻气的背后其实是高情商，也是大智慧。这种智性书写打破道德精英主义的情感困局，剔除盲目崇拜的非理性，使对乡村道德的认知回归理智并逐渐走向实践。《黄冈秘卷》里的"德"不是孤立、平面和静止的，黄冈人的质朴不是静态封闭、抱残守缺，而是进取、是谋，是实事求是的解决问题；黄冈人的执拗、气节不是凭空产生，而是生存智慧的慢慢演化……作者时时以智带动德的书写，处处以德来统摄智的表现。使整个小说对于"德"的表现充满了一种立体感，丰富感和强烈的智性色彩。

与刘醒龙一样，王晓波也同样选择了一条崇智的写作道路，他断言："凡人都爱智慧""所谓智慧，我指的是一种理性思维时的快乐。"①王小波的崇智一方面表现出对本土文化的批判与反思，一方面表现出他对西方文化上关于智的观念的认同与继承。在他看来，儒家文化所代表的德性文化以人伦关系为基础，具有偏执与狭隘的一面，已经变得有些不合时宜。由此，他走向了一条通向西方的智慧之路。但刘醒龙却立足本土，努力挖掘中国乡村文化中德与智的契合点。他笔下的乡村里有许多像老十哥那样睿智、博学且品德高上的乡村精英，他曾有这样的描述："迄今为止，历史上大规模的乡村暴动，实际上都是由读书人所策动的。从写得一手千古传唱的'菊花诗'的黄巢，到张献忠之后的洪秀全，究其领袖与骨干，莫不是能产会道，敢思敢想的乡土精英。"②。与肩扛启蒙、批判大旗的城市知识分子不同，乡村精英的知识多从实践中来，他们有生存的巧思，有解决实际问题的谋略，还有着坚定的信仰与执著。即使他们不像精英知识分子那样承担某些普遍性意义，也同样具有特立独行的高超道德和对真理的坚守。

崇智与除魅，使乡村道德在不断被现代性神化的过程中重新回归理性，是创作风格已经进入成熟期的刘醒龙的必然转向。他在《黄冈秘卷》的后记中写道："不需要有太多的想法，处处随着直接的性子就行。"这正是一个成熟作家对于故乡深沉理性的爱。治贫先治愚、扶贫先扶智，智慧乡村助力乡村振兴，在这样的时代要求下，刘醒龙撰写"黄冈精神"当然不是为了给我们提供一个道德的乌托邦和桃花源，而是要努力挖掘乡村中的"智"，实实在在推动时代发展与社会建设。"为岁月留品格"，只有那些真正经过岁月之火萃炼，时间长河冲刷，又在当今时代散发出馨香的品格才值得永远被人铭记。

（《小说评论》2019 年 04 期）

---

① 王小波：《〈怀疑三部曲〉序》，《王小波全集：我的精神家园》（第二卷），云南人民出版社 2006 年版，第 67 页。

② 刘醒龙：《一滴水有多深》，作家出版社 2009 年版，第 237 页。

在"秘卷"里重新确认自我

——论刘醒龙的长篇小说新作《黄冈秘卷》

方　刚

　　《黄冈秘卷》是刘醒龙继《圣天门口》《天行者》《蟠虺》之后又一部长篇小说，延续了作者的现实主义创作手法以及立足于"地方性知识"的书写风格，也表达了作者在新的时代对于现实的思考和关怀。小说以"我"的父亲老十哥为中心、以故乡黄冈为原点，讲述了刘氏家族近百年的传奇历史，内容丰富、情韵丰厚，堪称近年来家族历史叙事中的精品力作。

一、"组织"与家族：两个人际系统与两种文化传统

　　家族叙事与历史叙事是常见的文学主题，但正如陈晓明所言，《黄冈秘卷》在对现实的关怀和对历史的叙述上都有新质，主要体现在"对家族和历史的另类写法"[1]。纵览作品，刘醒龙在小说中反反复复提及的便是"组织"，与之相对的是家族，具体到老十哥身上便是地处黄冈的刘家大塆。组织与家族是两种系统形态，同时也代表了两种话语体系及其相应的文化传统。"组织"是依据共同的革命理念而建立的人际群落，在长期的活动中建构起了系统性的关联方式并进而形成一种文化传统，而家族则是依靠天然的血缘关系建构起的人际系统，和组织相比，这个人际系统具有原发性，也

---

　　[1]　陈晓明：《在现实与历史交汇处的和解——读刘醒龙〈黄冈秘卷〉》，《光明日报》2018 年 8 月 22 日 16 版。

更持久，甚至是处身于这一人际系统中的每一个人终身所无法脱离的。

在小说《黄冈秘卷》，"组织"并不是一个既成的历史性概念，它的合法性是藉由革命的胜利完成的。在小说中，革命的最初启蒙源于"我"的祖父在林家做织布师，而林家的小儿子成为组织里干大事的人。但这在一阶段，以抗日为主题的传奇故事是民族寓言的主要表达方式，关于"组织"的叙述都隐含在文字深处，正如此时组织的存在方式是"地下组织"。直到父亲老十哥到武昌工厂里打工，被老十一"陷害"入狱后，受到革命者国教授的启蒙，获得了"组织"的对接暗号，并被"绝命书"感染后毅然决然地加入了"组织"，那个时候是 1949 年 3 月。国教授对老十哥讲述了革命的意义，也藉由此确认了组织在老十哥心中的合法性："什么是革命？革命就是让这些坐轿车的人也和大家一样用两条腿走路！"至此，"组织"在精神意义上被个体建构并认同，成为属于老十哥们一种新的"传统"。

代表家族文化力量的人物之一是老十八，和老十哥忠于组织一样，老十八忠于他所信奉的乡土社会伦理体系。老十八矢志不渝地想要重修《刘氏家志》，甚至给自己定了要在二十一次以内，登门拜访老十哥并获得他重修家谱的支持。甚至在最后老十一刘声智拿出他在浩劫期间藏起来的《刘氏家志》后，"高兴得跳起来，竟然说出刘家大塆终于有救了的话来。"①老十八通过编修家谱来维护刘氏家族的费孝通所论述的典型的"差序格局"，目的在于维系家族文化的人群凝聚力，也是为刘氏家族的每一个或坚守或出离的个体守护一个精神家园。

家族叙事是文学中常见内容，但五四以来，家族扮演的角色是"令人窒息的桎梏"，附属于民族/阶级叙事中。20 世纪 80 年代后，家族史和民族史的同构表达成为潮流，以莫言的《红高粱》、陈忠

---

① 刘醒龙：《黄冈秘卷》，《长篇小说选刊》2018 年第 4 期，第 20 页。

实的《白鹿原》、张炜的《古船》等为代表①。家族内部的"小传统"使得革命叙述的形态千差万别，并借此表达作者对革命的态度。在这个意义上，《黄冈秘卷》继承了其中的表现方式，以家族人物勾连出涉及无产阶级革命人物的谱系。独特的是，刘醒龙第一人称视角的写作让革命史变成比传奇故事更玄妙的"传说"，对革命叙事着墨较少也让历史真相更加朦胧。革命并非文本的主体，作为预设性的合法认证并不影响家族叙事的表达。

无论是组织还是家族，这两种系统形态的能指都不是空洞的，背后有着绵长丰富的所指，并在文本语境下同构出相似的二元结构：组织/家族、社会主义革命/乡土社会伦理体系、集体/个人……这些集合背后正是两种"传统"在中国近百年近现代史上相互斗争、磨合，并相继失落、回望的历史，是现代性进程的家族化体验。

关于这两种传统的纠缠和争斗，小说中的描写大致可以分为两类。第一类是关于价值的斗争。在对价值的体认上，组织和家族有无法克服的倾向性。也正是因为这种差异，导致了父亲老十哥数次在"岔路口"中都毫不犹豫地选择组织，哪怕抛弃家族利益。在现代管理学中，"组织在个人的生活机遇和社会的资源分配中起到非常重要的作用"②，父亲老十哥在经历过"革命启蒙"后脱胎换骨，选择无条件地接受组织的安排——这种安排就是社会资源的分配。第二类是关于情感的斗争。实际上，国教授教给老十哥的推翻反动政权、不做在轿车上的贪官污吏的政治价值判断，与家族并不完全是抵牾的，或者说并没有形成激烈的冲突，更多的是作为家族内部成员的母亲、孩子在感情上的冲突：老十哥在家庭里成为丈夫与父亲角色的缺席者。在早期恋爱时期，老十哥也因为组织的不同意，最终没有娶海棠（当然祖父也没有同意，相当于被两个传统同时抛

---

① 南帆：《家族精神的脐带——读刘醒龙〈黄冈秘卷〉》，《湖北日报》2018年9月2日7版。

② 周雪光：《组织社会学十讲》，社会科学文献出版社2003年版，第7~8页。

弃），成为恋爱关系里的"叛徒"，但确是组织关系中的"忠臣"。

在《黄冈秘卷》中也有其他不同形态的斗争，其中别有意味的当属"姓名"的斗争，而且这种斗争不仅涉及组织与家族，还涉及祖父与父亲这一对"父子"关系。父亲固执地要把自己孩子的名字和"组织"密切联系，以自己工作过的基层乡镇为孩子取名，这样的取名方式被父亲称为："想让家庭的每一个成员，在历史记录中写的一清二白……没有丁点隐瞒，同时也是向组织表达我的朴素感情。"①而祖父、祖母是给孩子取名的高手，为了挽回一些"面子"或显示自己的在场，也给我起了一个"刘珀惇"的名字，谐音"刘破墩"，但是在代表着组织/国家权威的父亲面前败下阵来，默认了组织的力量。

在这两种传统的"纠葛"中，世情的变化加深了两者的龃龉，正在进行时的"现代性"一方面割裂了组织与家族、社会主义革命与乡土之间的联系，另一方面却在不断将两者糅合。甚至，曾经代表现代与传统的两种力量再次被弃置，一起成为老掉牙的"过去"，在这个维度上，它们又是统一的。在新的代表资本的第三种力量崛起时，"组织"和"家族"的内涵都发生了变化。最明显的是，新的"县主官"在父亲和他的挚友王朤伯伯眼里并不算组织的代表，甚至是游离于组织之外的：对百姓喊着刻不容缓地解决南门大桥危桥问题，却每年优先为单位添置轿车。老十哥能够超越"组织"抱持不盲从的批判姿态，正处于社会变迁中，让组织显影的官员们，其中一部分已经被腐蚀了。在这个意义上，"组织"之于老十哥是历史性的，也是精神性的，失掉了现实的维度。

组织、家族作为两种人际系统形态在《黄冈秘卷》里是贯穿全篇的抵牾力量，二者的文化内核分别为纪律、理性和情感、伦理。这两种形态的分野及第三种力量的引入，是作者讲述历史的不同面向，是"大历史"与"小历史"、"大传统"与"小传统"、"大话语"与"小话语"之间的对话。在它们此消彼长的对峙与磨合中，个人品质与价值成为最为珍贵的历史遗产，而这种遗产更多地体现在《组

---

① 刘醒龙：《黄冈秘卷》，《长篇小说选刊》2018 年第 4 期，第 4 页。

织史》《刘氏家志》以及相关的口述的革命传奇故事当中。

二、正史与族谱：在书写形式里发现历史

在《黄冈秘卷》中，现代民族国家这一共同体的建构诉求无疑是一个巨大的无数国人所分享的历史背景。安德森在《想象的共同体》一书中认为"民族"是一种"想象的政治共同体"，是人类意识步入现代性过程的深化，是表现在集体认知层面的概念与作为物质层面的国家(state)的对接所构成的共同体。安德森在书中描述这一"想象"及认同效果的发挥时列举了小说和报纸两种印刷性的承载形式①，揭示了现代传媒语境下的历史书写与共同体建构的深刻关系。小说中，《刘氏家志》《组织史》以及与此相关的革命传奇的口述故事，也起到了共同体建构以及因为分歧差异而造成的相互质询性关系。对此，刘醒龙明确表示"人观历史总比观现实更清楚准确"，他写作的方法就是让"我"站在现实的此岸去观照、追溯历史。这种历史既包括家族史，也包括组织史，甚至包括刘声智的发迹史。小说中提到两种不同的书写历史的形式：传奇故事与正统史志。与两种传统相匹配的，是《刘氏家志》与《组织史》。

小说中的家族传奇集中展现在祖父的人生及父亲老十哥加入组织前的"前史"，涉及曾祖母、祖父、父亲三个具有传奇色彩的人物。这里的"传奇"区别于章回体形式塑造的非凡英雄人物，而是强调故事、人物的神秘性与传说性。曾祖母是当地远近闻名的苦婆，她不允许自己的孩子去乞讨，低三下四地做人，而是自己流浪求施舍，并把讨要的食物在家中重新做一遍拿到饭桌。她的传奇性在于挺起脊梁做人的朴素道理，对于"品德"的看重，也在父亲的名字"刘声志"上可以看出：要有志气。祖父的传奇性在于他出神入化的织布功夫，并因此获得林家的重视。父亲老十哥的传奇故事更多地体现在他加入组织的阴差阳错：因为老十一陷害入狱，遇上

---

① [美]安德森：《想象的共同体：民族主义的起源与散布》，吴叡人译，上海人民出版社2003年版。

自己毕生敬仰的革命者国教授。

在一般的革命历史小说中，历史是作为"前景"笼罩在人物经历之上，甚至可以作为人物成长的动因。而《黄冈秘卷》的抱负显然不在此，历史事件与人物处理得非常模糊，通过隐姓埋名、侧面描写、时间暗示等手法，在这种意义上，"历史"是需要被打捞、被发现的隐蔽事件。小说对历史的打捞，可以通过有代表性的时间节点展示出来：1922年，祖父在林家大塆林老大家织布，和革命间接产生了联系；1938年，日本人占领了刘家大塆附近，老十哥大腿上挨了一枪。1948年，老十哥在汉口永清街警察局遇上他的革命启蒙者国教授；1949年3月，老十哥终于找到了他要找的"组织"，并被确认为其中成员；1952年，王鼎伯伯将自家酒厂主动上交组织；1960年，老十一在城里套购粮票拿到老家高价倒卖；1962年，老十哥靠土办法在第一区成功防止森林火灾，因为没有负伤而成为救火英雄得不到晋升；1964年，老十哥在姜家冲水库渠道工地修水渠。1967年4月27日，老十哥被批斗并从三楼跳下来自证清白；1970年冬天，老十哥告别汽车修理厂到第八区复职；1997年，组织发不出离休工资，家中孩子共同为父亲老十哥凑离休工资；1998年山里发洪水，从老十哥那里学会游泳的姜县长参加横渡长江游泳比赛被水呛死了……

围绕《刘氏家志》展开的毫无疑问是家族叙事。家族在结构原则上是一贯的、单系的差序格局，它是中国乡土社会的基本社群，没有严格的人群区分界限，可以根据需要沿亲属差序向外拓展①。刘家大塆里的刘家便是这样一个传统"家族"，老十哥、老十一、老十八是其中重要的参与者。在解放后，老十哥处于差序格局的中心，承载了整个家族的威信，大家都期盼他能够升任副县长、光宗耀祖。在家族中，最为关键的就是"谱系"，讲究根深叶茂。也就是说，后代繁多的一支将会在家谱中占有更多的篇幅。所以对于有钱的刘声智来说，即使他娶了六任妻子，但因为他没有后代，也不

---

① 费孝通：《乡土中国生育制度》，北京大学出版社2010年版，第38~39页。

能够在《刘氏家志》上留下浓墨重彩的一笔。当然，"家族虽则包括生育的功能，但不限于生育的功能"①，所以，虽然老十一刘声智有些"离经叛道"，但也被家族承认。作为家谱的《刘氏家志》本身是小众化的，是根亲文化的一部分，与历史、尤其是正史是鲜少发生关系的。所以，作者刘醒龙借小说表达了这种认识："被虫蛀过的《刘氏家志》在灯下散发出一股霉味。我怀疑，历史是否就是这种味道。"②值得注意的是，虽然在小说最初，《组织史》在父亲老十哥心中的分量远远高于《刘氏家志》，他认为"他这一辈子已经写进《组织史》了，剩下的时光也不需要盖棺定论，没什么不放心的"。③ 但在最后，作者还是给出了一个"叶落归根"式的结局：父亲老十哥最终同意重修《刘氏家志》。他和多年的"宿敌"老十一共同把藏匿多年的旧版家志拿了出来，并为新版家志作序，完成了一个家族叙事的更新和延续。

《组织史》是正史，连接的是宏大的革命政治话语，在文化力量上是强势的，具有合法性及权威性的，传播是公开性的、严肃的；而《刘氏家志》连接起来的是伦理道德话语，是私人性的、弱势的话语形态，其合法性和被认同性只在有限的亲缘范围内，传播范围也是受限制的。具体来讲，这种差异有三个方面：一是在表达语态上的差异。《刘氏家志》《组织史》都是文字性的，具有实际的载体，可以被保存、展示，进入博物馆、档案馆的。而革命与家族的传奇故事是口述性质的，它们也具有载体——人，通过口口相传、代代流传，然而这种"非物质"形式的历史很容易因为讲述者的死亡而最终消失。二是在表达内容上的差异。《刘氏家志》、家族传奇故事的内容是以家族谱系为核心，讲述的是家族成员的英勇故事、生平记事，具有强烈的民间性。《组织史》、革命传奇故事的内容则是以组织为核心，讲述成立、发展、壮大的过程，更具有政治色彩。三是在阅读/接受群体上。从接受美学的角度上看，读

---

① 费孝通：《乡土中国生育制度》，北京大学出版社2010年版，40页。
② 刘醒龙：《黄冈秘卷》，《长篇小说选刊》2018年第4期，第28页。
③ 刘醒龙：《黄冈秘卷》，《长篇小说选刊》2018年第4期，第205页。

者决定作品意义,读者阅读接受的过程赋予作品新生命。这两个书写维度具有互相印证和质询的互文性,在展现历史之复杂面相的同时,又给作者提供了解开家族心结的"心灵史"。在这个意义上,刘醒龙发现的口述史与书面史都别具风格,也更有现实价值。

三、在家族秘史中重新确认自我

发现历史只是小说书写的第一层面,更重要的是发现贯通家族历史的精神脐带。在家族性的精神品质的照耀下,个人获得了价值的来源,明确了根之所在,最终确认了自我。

刘醒龙的《黄冈秘卷》发现或者说"发明"了黄冈更为丰厚的历史价值、品牌资源、文化内涵与精神品格,超越了《黄冈密卷》带来的"学霸/高智商/勤奋"的标签,以及较短时间内的"高考成果"。更为重要的是,黄冈也是刘醒龙发现故乡、发现父亲、进而确认自我之地。

地域写作的特点在于关注中国内部特定区域的"小传统",关注这种"地方性知识"所显示出的差异性。学者贺桂梅谈及赵树理等山西作家群崛起时曾勾勒了这种写作方法的特质在于"强调并关注中国历史和现实中特定'区域'的地理条件、文化传统、人文景观等'小传统'"①。地方性知识形态当中也保留了与革命中国对应的"传统中国"的文化—权力结构②。在《黄冈秘卷》中,作者通过语言、食物两个维度,以方言和特色小吃为着力点。其中,最直接标定黄冈身份的便是方言"伯"和"嘿乎"。"将父亲称为伯,是黄冈一带家家户户的传统。"③即使作者家早已搬到距离黄冈老家将近两百公里的大别山区中,父亲老十哥还是坚持称自己的父亲"伯",

---

① 贺桂梅:《超越"现代性"视野:赵树理文学评价史反思》,《解放军艺术学院学报》2013 年第 4 期。
② 蔡翔:《革命/叙述:中国社会主义文学——文化想象(1949-1966)》,北京大学出版社 2008 年版。
③ 刘醒龙:《黄冈秘卷》,《长篇小说选刊》2018 年第 4 期,第 35 页。

也坚持让自己的孩子称自己"伯",哪怕经常会引起异乡人的疑惑与讥笑。这种称呼源于楚文化中的巫术传统,带有自我保护的意味,同时也是源自黄冈本色的规则:遵守规矩。"嘿乎"更是黄冈特色的重要标的物。一是可以辨认"族群"。早期父亲在山上为说着"嘿乎"的汉奸指路时,通过"不嘿乎"辨识出了他们的假象,并且立功。二是可以沟通情感。"我"本来不喜欢老十一,却因为他在公司挂着"嘿乎"的书法,有了亲近的情感。正如南帆所言:"这些方言的每一次出现都会为叙述带来某种难言的神采与气势。"①"嘿乎"的发音本是双重语气词,两个虚词叠加并没有让这个词变成无意义的语气词,而是充满多重释义。

从语言入手,来挖掘地方特色并非随意而为之,背后有很多深意。方言是刘醒龙作品的文化来源之一,他有意识地去使用这种地方性资源:"绵绵不绝的方言是一种经典。稍加整理,就能透出神采飞扬的韵律。又因为基因遗传及文化熏陶等要素,精彩方言和方言精华,会使我们随着潜意识沉入博大的民间叙事和深远的人文理想中。"②刘醒龙也继承了地方性写作的另一传统:"重新将本省领域曾在历史上出现的作家作为地域文学的'传统'发明出来"③。在《黄冈秘卷》中,刘醒龙就将曾贬谪至此的苏轼作为文化资源,编进黄冈人的基因密码中,其中的"三江自此分南北,谁向中江是主人"一句便是典型。苏轼的这句诗最初源自乡中秀才所教,"我"在作文中提及并被一向赏识的慕容老师批评,王羁伯伯来为他们讲了苏轼的仕途遭遇,原原本本便是一个"风骨",是对苏轼在变化莫测的世事中,坚守初心、抱持风骨的敬仰。对于父亲老十哥来说,这句话是监狱里国教授教他的组织暗语,其背后也隐喻着组织人所应拥有的风骨和品质。所以,小说与其说是借重苏轼浩荡而有气魄

---

① 南帆:《家族精神的脐带——读刘醒龙〈黄冈秘卷〉》,《湖北日报》2018年9月2日7版。

② 刘醒龙:《小说是什么》,《小说评论》2007年第1期。

③ 贺桂梅:《超越"现代性"视野:赵树理文学评价史反思》,《解放军艺术学院学报》2013年第4期。

的诗句,不如说是借重苏轼的人物品格与风骨,为黄冈人的品性作注脚。

这些源自地方资源的大道理,也成为刘醒龙塑造父亲形象的方法:"我们的父亲和他的同代人是在大道理中成长起来的,也曾将大道理当成人生必由之路,辛辛苦苦地实践了几十年。"①但这种逻辑下,仍是"大时代"下"小人物"的故事,这两种讲述构成互文本,一方面以个人成长经历隐喻时代变迁,另一方面时代变迁成为个人变化的结构性/政治性动因。父亲在变动时代里,不变的是他黄冈人的特性:执拗、守正、坚持、硬骨头……父与子的关系是文学写作中最经典的"原型"。黄冈是作者书写家乡,更是形塑父亲的精神来源,同时也是父与子关系磨合、妥协的暗战场。正如小说所言,"我"虽然出生在黄冈,但很快便跟随父亲的官职变迁游走在大别山区域,实际上是一个典型的"漂泊者"。但是,刘家大塆的这个家族有不成文的规定:只能以"这个县"称呼家族离开黄冈后生活的地方。这样就将黄冈与其他地方放置在一对二元关系中:黄冈/这个县(非黄冈)。用指代的方式称呼"这个县",表面上是模糊了具体名称,实际上以能指与所指的双重空洞标定其无意义。也就是说,除了故乡黄冈,其他地方生活都是无关紧要的,"我"成为一个无意义的游走符号,但通过家族秘史等的反观与挖掘,"我"这个无根之人也有了赋予意义的精神之源、文化之根:黄冈。

《黄冈秘卷》和刘醒龙的其他小说最大的同质性就在于强烈的现实关怀和问题意识。刘醒龙出生于 20 世纪 50 年代,是 50 年代作家中的典型代表之一。50 年代出生作家的显著特点就在于,他们并非故事/历史单纯的记录者,而且是见证者、亲历者,所以他们具有评价与批判的权力。这个过程既是中国社会剧烈变迁,国家与社会逐渐一体化,折射到个人/家庭的命运上,便是"家族"一次日渐抽象并演变成有权势家庭的代名词。现代三四人的小家庭在通信、交通距离大幅度扩展下,失去了乡土社会伦理维系下的组织构架,成为社会常见且数目众多的单元,并与乡土中国"失联"了。

---

① 刘醒龙:《黄冈秘卷》,《长篇小说选刊》2018 年第 4 期,第 14 页。

家族是根深在乡土中国里的，也是刘醒龙的故乡资源，关于黄冈的叙述，既是他对故乡的关切，对社会变动下永葆品格的黄冈/黄冈人的关切；同时也是他对父辈、祖辈们的致敬：父辈、祖辈们在百年的社会经历和个人成长经验中，提炼、形成并完善了独特的黄冈品质，这种品质无论在家族叙事还是革命/组织叙事的层面上，都是有效的。

正是对这群黄冈父辈守正守拙精神品质的彰显和重写，刘醒龙能够回望与组织与家族、故乡与革命，能够把常被人们忽视的地名明确为故土之园、精神之源。"黄冈"也得以展现自身所拥有的丰厚的历史文化资源。由此，"黄冈秘卷"里的故事和人情，才真正成为作者安身立命的精神支持。

（《小说评论》2019 年 04 期）

《黄冈秘卷》："父亲"形象意蕴及其变异

钟梦姣　　沈嘉达

　　陈思和在论及世纪之交的中国文学特征时曾经指出，国家主流意识形态、知识分子的战斗精神传统以及民间文化自成格局，三分天下，形成了我们这个时代的特有症候①。而就"知识分子的战斗精神传统"而言，笔者以为，又可以进一步区分出较为激进的理想主义者和具有"农民文化心态"的后顾精神指向者。刘醒龙的"精神"谱系，显然可以归入后者。这不仅是因为刘醒龙的小说尤其是早期小说中有许多是写农民农村农业的，更重要的是，其小说中所释放出来的对现代社会、现代都市、现代生活方式的抗拒意识，已经形成一种预设理念，根深蒂固。对此，笔者曾经专门撰文，归纳为四个方面，即：A. 偏执和坚守于乡村文化；B. 在"官"与"民"的矛盾对立中，偏执和坚守于"平民立场"；C. "知识分子"作为非平民系列，刘醒龙对这个群落所固有的陋习也进行了毫不留情的抨击；D. 在现实与历史之间，偏执和坚守于并非真实的"过去"②。

　　就像巴尔扎克当年属于"外省人"一样，刘醒龙也曾坚称自己是"外省人""外县人"，难以融入现代都市之中。因此，他自愿"放弃所谓的知识分子立场，而站在普通人甚至农民本位的立场"，创作出《生命是劳动与仁慈》等诸多作品，来"抵御"这个日益现代化的社会及其愈来愈表象化的现代文明。在这一类的作品中，"父

---

①　陈思和主编：《中国当代文学史教程》，复旦大学出版社 2009 年版，第 2 页。

②　沈嘉达：《偏执与坚守——刘醒龙小说片面观之一》，《理论与创作》2000 年第 2 期。

297

亲"形象特别值得关注。事实上，我们很容易见出，"父亲"（父辈）一开始便是已经有了明确定位且基本上缺少"发展"的类型人物。例如《村支书》中的方建国，《凤凰琴》中的余校长，《分享艰难》中的舅舅（田老伯），《生命是劳动与仁慈》中的陈老小等。他们往往在市场经济大潮中属于落伍者、零余人，同时又是过去时代精神的固守者。《村支书》中的方建国，没有文村长在市场经济大潮中的"活泛"能耐，不能很好地带领村民发家致富。村头的水库经年失修，危机重重，不能"与时俱进"的方建国，就只能在暴雨来临、水库即将决堤之际，跳进水中堵塞涵洞，以自身之死建构起最后的落寞英雄形象；《凤凰琴》中的余校长作为界岭小学的一校之长，妻子明爱芬至死也无法走出大山，余校长所能做的，还是将民办教师转正的指标给予了高中毕业的张英才（电影中改成了女性张英子），自己仍然日复一日坚守在大山之中，真可谓"初心不改"，使命坚执。如此等等，不一而足。

一、《黄冈秘卷》继续彰显"父亲"之崇高精神品格

初始看来，《黄冈秘卷》叙写的是黄冈中学的高考神话故事，小说中确实也存在一条线索，就是对《黄冈秘卷》印刷发行及其推广渠道的追踪。然而，小说的深层意蕴仍旧是在探寻"父辈"（父亲、王朤等）精神品性的秘密！

为了凸显"父辈"的精神气质，小说预设了两类人物：一类是父亲（"老十"），一类便是与父亲同年同月同日生的"老十一"。前者名曰刘声志，后者名曰刘声智。"父亲"刘声志与老十一刘声智的人生从一开始便被分割得如此泾渭分明：父亲讨厌轿车以之为官僚的象征，老十一发家致富天天开着福特牌轿车到处横行；父亲一心看中的是《组织史》中对自己的评判，因为自己是"公家人"；而老十一则派遣堂弟"老十八"刘声明四处奔忙，就是为了在《刘氏家志》中占据更多的篇幅获得更多的褒扬。再如，物以类聚人以群分，父亲与穷困潦倒的同僚王朤志同道合相互激励，安贫乐道，精神高贵，老十一却贿赂他人发行《黄冈秘卷》赚取最大化利润；父

亲给孩子取名"铁埠""破墩"，是为了"让家庭的每一个成员，在历史记录中写得一清二白"，"同时也是向组织表达我的朴素感情"，而老十一娶了六房妻子只是为了自己香火绵延；父亲一辈子没有心计，堂堂正正不惜坐牢，而老十一坚信"智多星不会吃亏，光有志气当不得饭吃"，因此不惜出卖林老大，在警察面前栽赃父亲并骗取老板女儿小娴的爱情；父亲一心忠于组织哪怕亲手逮捕所爱者海棠的父亲，而老十一在原配小娴死后又娶了小姨子，公私合营运动一开始，精明的老十一立即离婚，再与"一位前夫在抗美援朝时牺牲的女人成了家"……总之，"老十一是与老十哥对应的另一类人，他在过着另一种活法"。

"父亲"的高尚精神品性并不仅仅是在与老十一比对中生成，还在与市场经济大潮中的人物进行"会话"与"博弈"时张扬。譬如，同为"组织人"的慕容副县长，曾经是自己手下秘书的冯副县长，作为同事的姜副县长等。正如书中所写到的——"想当初，姜秀才（指的是姜副县长——笔者注）凭借三寸不烂之舌，将我们的父亲出于本能冒着生命危险下水排除险情说成是先进事迹。同样凭着口舌功夫，三下两下就将自己由一个普通的水库管理员，步步晋升为县水利局局长。"而后，还是凭着如簧巧舌和"机敏心智"，姜局长变成了姜副县长。由此，"母亲曾背着我们的父亲感叹，到底是多读了几本书，姜秀才做人做事更有远见，轻轻松松地就当上副县长，轻轻松松地按月按时拿到退休工资！我们的父亲和王羁伯伯，拼了小命拼老命，只落得个离休干部的好听名声，远不如姜秀才，将退休的日子过得如此有滋有味"。这里，作者叙写"母亲"的无奈"感叹"，既是那个特殊年代的现实写照，也是对"一条道走到黑"的父亲品性的反复皴染。正是在这比照、衬托、皴染中，"我们的父亲"的精神品格得以彰显。并在"岁月的尘埃里开出花来"。

二、作者在固守道德判断之后开始
重新"审视"现实世界

程世洲在《"父亲"形象的文化意味》一文中尖锐地指出："刘醒

龙小说中的'父亲'形象都有一种道德化倾向。在他们身上，寄托了作家朴素的道德意识和人生理想。刘醒龙对'父亲'们的命运的表现，采取的是一种诗意化、道德化的表达方式。他的创作明显缺乏历史理性。""刘醒龙的道德意识显然要高于其他作家，为了固守传统的道德原则，他甚至放弃了历史原则。"与此相对应，"刘醒龙对那些富有经济头脑的农民企业家有很大的偏见……刘醒龙的创作中体现了一种奇怪的道德与经济的悖论。在道德与经济之间，刘醒龙更看重道德"。究其实，刘醒龙坚守的是"农民本位的道德立场"①。

周新民教授也曾撰文指出该问题："《分享艰难》对乡村问题的探讨毫无疑问具有重要价值，但是作家对乡村经验、乡村伦理的经验判断，偏离了90年代的历史语境。虽然，中国现代化对中国乡村伦理的冲击是有目共睹的，所引起的社会问题也是严峻的。但是，这并不意味着，中国现代化应该以乡村伦理为基础。现代文明，如法制、人的尊严与独立价值，仍然是现代乡村必须遵循的基本价值尺度。学者对《分享艰难》在历史尺度和人文价值上的偏颇与缺失的指责，无非要表明：对乡村伦理的审视，不能回避历史理性的逻辑，也不能以乡村伦理取代历史理性尺度。"②

刘醒龙在很长一段时间里对此不以为然。他说："我是有些放弃所谓知识分子的立场，而站在普通人甚至农民本位的立场发出一种让人刺耳的声音，因为在众多写作者纷纷披着文化的外衣，肆意地用文字用语言不近人情地鞭挞那些在穷乡僻壤，无闻地甚至是无效地做着延续历史与生命的琐事的人群的时候，我这样做可能是太不知趣了，这也是过去我一直不入流的原因之一。我宁肯固守，决不去逐流。"③

固守，坚决固守。譬如，根据中篇《凤凰琴》改编并最终荣获

① 程世洲：《"父亲"形象的文化意味》，《湖北大学学报（哲学社会科学版）》2001年第3期。

② 周新民：《湖北作家：期待超越》，《扬子江评论》2008年第6期。

③ 刘醒龙：《浪漫是希望的一种——答丁帆》，《小说评论》1997年第3期。

第八届茅盾文学奖的长篇小说《天行者》，譬如被陕西评论家李星称作是“一部关于德行的寓言小说”①的《蟠虺》等，依然进行的是“灵魂写作”和“道德批判”。一句话，刘醒龙似乎非常乐于做这个时代的风车斗士，并在所不惜，乐此不疲。

然而，我们惊奇地发现，近作《黄冈秘卷》有了新的变化。这种变化，并不是表层意义上的重回故乡叙事——在转向历史、城市题材写作之后，已过花甲之年的作者再次叙写故乡，而是在新作《黄冈秘卷》中，重新审视故乡那山那水那人那情，重新审视作者曾经坚守的道德评判，而平添了从前所没有的新质。这，应该引起我们关注。

三、“贤良方正”品格体现了信念伦理与责任伦理的融合

正如作者在《黄冈秘卷·后记》中所言，作为向故乡致敬的“礼物”，作者并不在意以黄州为中心的“传承甚广”的“原野传说”，而要顽强表现的还是那些“最重要的”“有如乡贤的品格”。这种品格，就是四个字：贤良方正。

是的，正是以黄州为中心的黄冈这块红土地，顽强地生长着“贤良方正”的历史品格。而父亲、王朤等“父辈”，正是这方正不阿品格的代表。如前所述，父亲在岗时曾经顽固地认定福特牌轿车是腐败的象征，尽管“坐大卡车的成本比坐轿车的成本高”，他也总是宁愿叫上一辆大卡车而不愿乘坐小轿车，因为父亲“将人的思想都计入成本”。“父亲正式离开工作岗位时曾郑重地对继任者说，我们不能养那么多轿车，轿车养多了就会遗患无穷。”“哪一天买轿车，哪一天就是垮台的开始。”有了这样的执拗认定，即便年纪老迈在北京开会，见到红旗小轿车，父亲仍然要情不自禁地冲上去“恨恨地摸上一把”，为此差一点被警卫废了手臂。这就是黄冈这

---

① 李星：《一部关于德行的寓言小说——刘醒龙〈蟠虺〉的一种解读》，《光明日报》2014 年 7 月 7 日，第 13 版。

块"嘿乎"土地上的"嘿乎"人所做的"嘿乎"事。

而另一方面，如此"执拗"的黄冈人，在"时代的洪流"面前，又呈现出性格中的另一扇面：

> 我们的父亲说："一条路，要是没有人行车走，与野地有什么区别？一座桥，要是不让汽车行驶，连好看一点的大石头都不如。王朤死之前，我们就研究好了，回头先让我家的五个儿女，一家买一台轿车，给他家的儿女们做个榜样。"①

这里面涉及两个问题，一是用什么资金修建南门大桥，二是父亲主动提出让儿女们购买轿车，带动王朤子女乃至更多的人购买轿车。

曾经是如此激烈地反对县政府利用老十一的不义之财修建南门大桥的父亲为何改弦更张？曾经如此坚决地反对轿车并视之为腐败象征的父亲，怎么会说出这样的话来？父亲说的是气话、反话？不是，书中写道："我们的父亲说这话时，无论心底波澜如何，仅凭语气，足以证明是心如止水。"

事实上，县里的大大小小官员年年喊修大桥却不敢有所动作，除了财政拮据外，一个重要的原因就是修建新桥就要拆毁父亲盖在桥头破败的老家——这就等于是损毁了父亲几十年的清白形象和坚守的伦理观念。没有谁敢"玷污"这个远近闻名、固执异常的老革命的形象，如此，县城南门大桥日渐破损且拥堵不堪，成为危桥。如今，父亲却能"心如止水"地面对老十一等人使用"不义之财"来修桥筑路，并且要子女带头购买"腐败"象征的小轿车开上桥去，这到底是怎么了？

我们还是回到《后记》，来关注一下细节，关注刘醒龙所念念不忘的两次"疼痛"及其背后的心理变化。其一，刘醒龙为完成《黄冈秘卷》，连续写作竟患上了腱鞘炎，"有一阵子，每天晚上都会被疼痛惊醒"。为解除疼痛，作者在差不多一年时间里，"换了四

---

① 刘醒龙：《黄冈秘卷》，湖南文艺出版社 2018 年版，第 471 页。

种护具",使用了将近一百支自我按摩用的扶他林软膏。显然,持续高强度写作给作者带来了长达一年的生理痛苦,使得作者需要在《后记》中专门记载,来"舒缓"一下痛苦。作者对此耿耿于怀。其二,能与这种"疼痛"相提并论的,是另外一种疼痛,这就是书中某个字的使用,具体来说就是,固执的刘醒龙"一向坚持"使用地名"垸"字,譬如刘家大垸、林家大垸。"在我的写作生涯中,但凡写到如此地名时,一直用'垸'",而这一次,竟然"咬牙切齿地"在《黄冈秘卷》二校之后,将"垸"统统改成让自己将信将疑的"塆"。"不能不承认,从'垸'到'塆',这是一种趋势,这是从万有引力到量子纠缠的不同认知所教导的。"——固执的刘醒龙何以最终还是将"垸"改成将信将疑的"塆"?为什么一个字的使用会像腱鞘炎一样让他不能自已竟然谓之"疼痛"?这又是什么样的"一种趋势"让他非改不可?

如果我们单纯地看待这两个细节,似乎确实没有什么意义,甚至有"误读"之嫌。然而,如果我们将之作"整体观",庶几可以窥见刘醒龙新变的"自觉性"。

笔者注意到一个事实:《黄冈秘卷》严格地将故事发生与展开的时间限定在 20 世纪末期的最后三年,也就是 1997、1998 和 1999年。至于故事发生之前的历史,则由人物口述、回忆或者是作者直接道出。就笔者看来,身处 21 世纪初期的刘醒龙有意通过小说这一时间段的界定,来对那个风百变幻的 20 世纪进行反思,来对那个世纪中的"父亲"及其同侪进行品性检视。从这些反思与检视中,昭示父辈的风范模式与品格属性。

1919 年,马克斯·韦伯在《以政治为业》的演讲中,提出了两个概念,即"信念伦理"和"责任伦理"。关于信念伦理,韦伯表述道:"如果有人在一场信仰之战中,遵照纯粹的信念伦理去追求一种终极的善,这个目标很可能会因此受到伤害,失信于好几代人。因为这是一种对后果不负责任的做法。"①有学者指出,信念伦理有

---

① [德]韦伯:《学术与政治》,冯克利译,生活·读书·新知三联书店2013 年版,第 115~116 页。

两个特征：第一，它是"绝对命令"。信念伦理是一种"绝对伦理"，遵守信念伦理是绝对的、无条件的。第二，它是"不问后果"的。①这是与"责任伦理"根本区分之所在。随后，韦伯肯定了"责任伦理"并进一步将两者结合起来。在韦伯看来，"信念伦理和责任伦理并不是截然对立的，而是互为补充的，唯有将两者结合在一起，才构成一个真正的人———一个能够担当'政治使命'的人"。②

笔者以为，刘醒龙在《黄冈秘卷》中对父亲形象的刻写正体现了这样一个由信念伦理到责任伦理的"融合"。我们知道，在革命战争年代，父辈们所必须坚守的是信念伦理，正是这种"绝对的、无条件的"和"不问后果"的坚守，才赢得了革命的胜利和新中国的建立。那么，在时过境迁的和平建设年代，尤其是在世纪之交的社会转型时期，也许需要将信念伦理与责任伦理"融合"起来。这种"融合"既有着父辈对现实的无奈屈从，也有着他们对信念伦理的重新认知。如果说，《分享艰难》中孔太平对洪塔山的忍让是一种工具理性，是一介政治能人的"以退为进"策略的话，那么，已经退休在野、无欲无求的父亲（年轻时一直想上个副县级），还会为了个人利益而改变自身的伦理原则吗？不会的。可是，父亲为什么同意乃至"认可"了这种"交换"（默认了老十一刘声智贩卖《黄冈秘卷》，由其出资资助县政府修建南门大桥）呢？我们该怎样理解父亲的改变呢？

"父亲"———大家注意，在小说中，一直被称作"我们的父亲"，一方面是因为他是我们几个兄弟姊妹的父亲，另一方面也可以理解为"大家"的父亲。这个"大家"就是芸芸众生、黎民百姓。作为个体，"父亲"可以洁身自好、坚执信仰等等，但是，作为"大家"的父亲，他又要面对现实（大桥日渐破损，百姓过桥非常不便，而政府又无钱修建新的大桥）。书中写到我们的父亲与还活着的王朤伯

---

① 唐爱军：《现代政治的道德困境及其出路——论马克斯·韦伯的"责任伦理"思想》，《人文杂志》2017 年第 5 期。

② ［德］韦伯：《学术与政治》，冯克利译，生活·读书·新知三联书店2013 年版，第 115~116 页。

伯"格外孤单"地讨论着"南门大桥若是重修到底对组织是有利还是有害",最终,父亲带着王朋的骨灰去刘家大垲"找老十八商量搬家的事"(其实是躲开,以方便南门修桥),然后由母亲将父亲的"原话"和盘托出:"修建南门大桥的事不仅与老十一没有关系,与任何个人都没有关系……这是组织的决定,是组织要造福全县人民。老十一不参与修建南门大桥,也会有别人参与的。所以这南门大桥修定了,自己家也搬定了。"显然,在父亲看来,南门大桥的修建要比自家兄弟老十一贩卖《黄冈秘卷》谋取私利重要得多,因为大桥的修建对百姓有利,是为民众造福。至于老十一贩卖《黄冈秘卷》谋取不义之财,相对于修建南门大桥来说,是"小节",是"次要矛盾",父亲也只好改变自身的意志默认了。

如果说,《黄冈秘卷》将老十(刘声志)与老十一(刘声智)的人生一开始就设置成"两种路径",那么,二人的人生归途同样寓意深远。父亲刘声志的"初心"就是要做个"堂堂正正的男人",写入的只能是《组织史》。当初,老十八刘声明受老十一指派来"我家"商谈重修《刘氏家志》时,父亲斩钉截铁地说:"没打断老十八的腿就算是格外开恩了,我是上了《组织史》的人,不可以再进什么《刘氏家志》!哪怕在《刘氏家志》里写进一个有关我的字,也是对组织的背叛。"然而,经历了风风雨雨的父亲,最终主动回到刘家大垲,主动同意修桥筑路,甚至虽然"有些不高兴",但仍然听进去了老十八刘声明的"高论":"《组织史》包含着远大理想,(但是)《刘氏家志》可以用来追根溯源。"——这意味着什么?意味着《组织史》固然重要,《刘氏家志》也能让人追踪精神本源,并非无足轻重。一个耐人寻味的细节便是,当年父亲和老十一将各自收藏的《刘氏家志》放入同一个洞穴中,然而,这次两兄弟一同回到刘家大垲,当他们去取各自的藏书时,父亲所取出的却是老十一那本;当然,老十一所拿到的,是父亲的藏本!这显然是作者有意为之。就笔者看来,这可以理解为"误拿",其实也暗示着两兄弟的逐步"和解"。小说也正是这样叙写的——这时的老十一动情地说:"老十哥,这几十年,别看我一直对你不服气,那只是爱面子,其实我心里最佩服的人是你。我刘声智不过是那供人乘坐的轿车,你刘声志才是刘家大墚的路和桥。"

还有一个蹊跷而精彩的细节是，北京来的朋友少川以女性的敏感发现："父亲"的名字出现在《组织史》第 27 页，而在早年印制的《刘氏家志》中，父亲的名字同样出现在第 27 页。朋友少川甚至建议，将来修订《刘氏家志》时，父亲的名字还应该出现在第 27 页。父亲的名字同时出现在《组织史》和《刘氏家志》的第 27 页，这意味着什么呢？

《黄冈秘卷》最后一页写道：这既是"人为安排"，也是"顺其自然的一部分"。真是耐人寻味。

（《写作》2019 年 06 期）

历史、浪漫与复杂的现实

——评刘醒龙长篇小说《黄冈秘卷》

王思远

从 20 世纪 90 年代中期那股强劲有力的"现实主义冲击波"中就已崭露头角的刘醒龙，这二十年来也一直笔耕不辍，不断地在作品中分享着他对于乡土、历史与现实之间种种复杂关系的思考。无论是《凤凰琴》中所讲述的那种独属于民办教师这类人群的温柔与悲壮，还是《圣天门口》以家族史的沉浮来切近革命历史肌理深处的自觉与勇气，抑或《蟠虺》在国之重器之上对人性与人格的质询与叩问，外部的宏阔现实框架之下，一种关乎"人"的内在的主题始终在刘醒龙的作品的不经意之间呼之欲出。一直以来，作为现实主义作家的刘醒龙，在坚守书写现实，描摹时代主题之下，也一直在探询着现实主义的书写边界，寻找着某种逸出的可能。

正如有评论家在对其《圣天门口》和《天行者》的分析之中所指出的那样，"刘醒龙在近期创作的几部长篇小说中，已然消泯了此前主观化的个人情绪，转而将那些世俗意义上的爱与恨逐步发展为一种形而上的存在关怀意识"，这种面对人性与生存而颇具"存在之思"的"对传统乡土启蒙叙事的超越立场"[1]，似乎隐隐已经溢出了一贯以来将其作品描述为现实主义的阐释空间。刘醒龙作品中那些逃逸出现实主义框架之外的地方，或许正塑造着更为复杂的现实，也因而具有特别的意义。从这个角度来说，刘醒龙新近的长篇

---

① 叶立文，但红光：《乡村想象与启蒙叙事——论刘醒龙的乡土小说创作》，《湖北大学学报（哲学社会科学版）》2014 年第 1 期。

力作《黄冈秘卷》，正是一部在革命历史的现实品格之上，揉入了浪漫追思与方志情致的怀旧之书。《黄冈秘卷》主要讲述了"祖父""我们的父亲"和"我"祖孙三代家族的小历史如何被嵌套进整个中国近代史洪流的大格局中的故事，其中的"我"，更多的是作为内聚焦视角下的功能性人物，勾连起作为织布师的祖父、写入《组织史》的父亲老十哥在历史沉浮之中的点点滴滴。但小说又不止步于此，作为几乎近乎执拗的父亲老十哥背面的老十一，他在生意场上的卑琐与变通、以及与父亲老十哥之间产生的种种龃龉不断搅动着看似平静的历史与现实的湖面，似乎又在暗示着革命史与现代性之间某种复杂的纠葛关系。这其中，颇为让人在意的是那弥漫全书时隐时现的浪漫笔调，将历史的面目变得暧昧与模糊的同时，也将更为复杂的现实和盘托出。或许可以说，《黄冈秘卷》是一个交杂着历史书写、浪漫格调以及复杂的现实的混合物，其中对历史的精神寻根、方言的诗意隐喻以及对时代主题的象征性表达，似乎都能看出刘醒龙创作中超越现实书写的某些新的质素。

一、织布师，或历史的挽歌情调

小说所主要塑造的，是"我们的父亲"老十哥这个人物形象。老十哥的一生与革命相关，是革命历史的写照，他主动寻找组织，并在此后的一生忠心耿耿，近乎偏执。然而在革命的"前史"，还有着笔墨不少的作为"最好的织布师"的祖父的传奇一生。

在小说中，林老大想要寻得祖父做工，用刘家大垸人的话来说，这必须要"有缘"才行。神奇的是，因曾祖父被自家的织布梭子击中太阳穴而早早过世，祖父的织布手艺并非是传承与习得的，而是无师自通的，甚至在十几岁的时候，他就已经能够自己修好结构复杂的织布机。最能证明祖父织布手艺精湛与传奇之处的，莫过于祖父后颈上那只硕大的肉球，一般师傅"那些肉球很小，能有鸽子蛋的规模就很不错了"，而祖父的肉球却"有碗口大小"，这既是织布技术高超的外在明证，也是祖父刻苦与辛劳的写照。这种具有萨义德式的"东方主义奇观"的书写，可以看到 80 年代以来寻根文学的某些影响。

众所周知，手艺人作为中国乡土社会极具典型性的人文景观，自80年代以来，中国当代文学中已有一条关于手艺人的书写谱系，也奉献了众多的写作实绩。如汪曾祺的代表作《大淖记事》，就以锡匠为线索，展开了一幅大淖的风情图；冯骥才对手艺人的书写趣味更浓，他的《俗世奇人》系列以近乎立传的方式描绘了手艺人的精神群像……但刘醒龙在《黄冈秘卷》中显然意不在此，对织布手艺的文化寻根并非他此书最重要之鹄的，祖父身为"最好的织布师"，在书中乃是作为父亲老十哥革命一生的"前史"而存在，历史某种演进方式或许是刘醒龙更为在意的问题。老十哥投身革命事业，老十一奔赴商海沉浮，他的两个手艺传承人都选择了放弃，如同李杭育《最后一个渔佬儿》所书写的那样，祖父成为"最后"一个织布师，因为"年少的老十哥得了祖父织布手艺的真传，也注定不会有人称他为织布师"，理由在于"一方面是由于社会变化，普遍以织布工人替代织布师。另一方面当然是其织布技术无法做到祖父那样出神入化"，但显然刘醒龙对工厂生产并不满意，"从有工人师傅这种叫法而来，工人师傅失业找不到事情做，成了工人师傅生活的重要组成部分"，但"祖父继续被叫人称作织布师，继续为事情做不完而发愁"，不难看出，刘醒龙对传统手艺所具有的独特魅力与价值持有相当的自信，因此，尽管现代性进程的不断发展，冲垮了旧有的手艺世界，但从祖父身上，这"最后一个织布师"身上，仍体现出了传统乡土社会的文化在面对现代性的入侵所具有的坚守与骄傲。

但与此同时，也正是织布师这个传统手艺人的名号所具有的这种近乎风范与品格的属性，面对历史的突入与革命的暴力到来时的无能为力，也就显示出了某种历史挽歌一般的情调。抗日战争时期，日军合围武汉，占领黄州，哪怕是祖父也不能幸免而被迫转徙，父亲老十哥更是从这时起，因为阴差阳错缴了日伪汉奸的枪支而在无意识间走上了革命的道路。祖父的织布历史从此彻底中断。

陈晓明在分析苏童的《罂粟之家》时曾指出，苏童从生殖与欲望的角度写出了最后一个地主阶级，写出了农业文明的最后命运，苏童小说中的地主阶级的溃败"借助了历史之力，借助外在暴力促使其内在破裂"①，因而充满了末日时刻的残酷与绝望。同样都是"最后一个"阶级的更迭，同样都是面临现代性、革命与历史暴力突如其来的劫掠，刘醒龙显然书写出了与苏童的颓败与破裂相迥异的情致，他在《黄冈秘卷》中意不在描述这种断裂，甚至与他在《弥天》中所致力于开掘的历史之"恶"也迥然不同，他的"最后一个"的书写的并非是一种历史的断裂，而是一种顺其自然的演进关系。

刘醒龙在接受访谈时曾说，"我实验性使用了'我们的祖父''我们的父亲'这一新的人称。从词意上看，'我们'既可以是特定的几个人，也可以是很多人。我自己的用意，也不只是简单写祖父和父亲，而是由他们漫延到上几代人可以统称的父辈"②。由此观之，刘醒龙所使用的"我们的父亲"这一说法，本身就具有内部贯通的可以不断延异的属性，祖父作为"父亲的父亲"，与"我们的父亲"一道，具有某种一脉相承的共同气质。

当然，仅仅凭借这一点蛛丝马迹还不足以支撑上述论断。在小说中，"我"曾说过，"从刘家大塆走出来的祖父，有时候真如乡村贤哲一样让人猜不透"，用文中的话来说，这种"猜不透"是属于黄冈人品性中的一种"困苦的执拗"。在书中，1972 年发生了空前水灾，父亲也以他的"执拗"将他和母亲两人两个月的工资上交给组织，面对经济上的压力，母亲决定让家中的孩子辍学，帮衬家里，这时，祖父的一句"我的孙子哪天不上学，我就哪天动身回黄冈，回刘家大塆陪别人的孩子读书去，或者……"这才保住了我和弟弟的学业。祖父是"贤哲"，是"智者"，也是"我们家中的思想家"，他和父亲在这件事的表现看似不同，一个为了我和弟弟的未来，一个为了支撑心中的信仰，但这却是出自同源的一种令人感动，也令人心酸的"执拗"。正如张光芒所说，"精神寻根就是向'人'寻根，

---

① 陈晓明：《众妙之门：重建文本细读的批评方法》，北京大学出版社2016 年版，第 121 页。

② 徐颖，刘醒龙：《刘醒龙和〈黄冈秘卷〉：嘿呼嘿的秘密与解密》，《楚天都市报》2018 年 7 月 22 日。

向人的性格寻根，向活着的和完整的人性寻根"①，在这里，祖父已然成为一种"心灵的传说"，成为《黄冈秘卷》"精神寻根"的最初源头。

作为"最后一个织布师"的祖父，和投身革命洪流奉献一生的父亲之间，所联结着的那个共同点，就是一以贯之的被称之为黄冈品格的"困苦的执拗"。因而，在《黄冈秘卷》中，祖父所代表着的织布师的历史的终结，是坦荡而自然的，只是历史长河中的一个文化坐标被永远的定格，并没有文化寻根中的那种困惑与焦虑，有的只有作者回望岁月、回看故土的浪漫情致，这或许是因为，在刘醒龙看来，一种更为重要的精神线索并没有中断，且正在一直传承下去。

二、"嘿呼嘿"的秘密：方言的诗意与隐喻

随着寻根文学思潮与新写实主义的兴起，方言作为一种自然语言形态也日益渗入了中国乡土文学的书写之中，发挥着不可替代的作用。相比较于作为"共同语"的普通话而言，方言在交流方面的作用渐渐弱化，但因其承载着独特的民族历史与文化记忆，而在文学书写中受到了众多作家的青睐。如阎连科的《受活》，标题本身就是方言，甚至整部作品也都以方言来书写，或者像金宇澄《繁花》中大量的上海方言、贾平凹作品中的陕西土话……尽管造成了一定的阅读难度，但方言书写也构成了文本内部奇异的审美景观而提供了广阔的阐释空间。这样的例子不胜枚举，可以说，方言书写已经融入了中国乡土文学的肌理，成为其实质上的有机构成。在《黄冈秘卷》中，不断出现的黄冈方言除了具有某种地理学上的提示意义之外，更重要的作用或许是暗示了小说中反复重提的那种长存于黄冈地区的精神品格。

书中的"我"曾说过，在他们子一辈中，会讲的黄冈话已经不

---

① 张光芒：《精神寻根的新路向与新立场——评刘醒龙长篇新作〈黄冈秘卷〉》，《小说评论》2019 年第 4 期。

多了，所剩了唯有"嘿呼"以及它的变体，但同时他又说，"嘿呼"恐怕是黄冈地区最重要的方言了。事实上，文中不断出现的黄冈地区方言，如嘿罗乎（很多）、嘿乎嘿（比很多更多）、嘿罗乎嘿（更多）、不嘿乎（不多，或不咋地）、不罗嘿乎（语气更强的不咋地）……几乎都是用以表示数量或做简单价值判断之用，但在小说中，这种基础性质的方言却承载了更为厚重的历史记忆，因而在小说中发挥着重要的作用。

书中的"我"与少川最初建立起正式的友谊，就是得益于在会议发言中"我"以"嘿呼"和"不嘿呼"为例阐述方言观念，而在场的人只有少川听得懂，并做了解释，方言成为我们之间友谊的桥梁，同时也为后文少川的身世埋下了伏笔。同样的，祖父当年在林老大家做工，每织出一匹布总要用"嘿呼""嘿罗嘿"表达一下心情，而林老大去往北京后，颇为怀念祖父这如同楚戏一般的方言，甚至因此致信邀请祖父前往北京；无独有偶，王朤伯伯和父亲老十哥之间的友谊，也与"嘿呼"有关，即使缠绵病榻，王朤伯伯想的也是还要再和父亲"嘿呼"几句。

可见，黄冈方言"嘿呼"已经成为书中人物某种程度上的"共情"的基础，这并不难解释，因为方言所唤醒的是独属于黄冈地区的共同的地域文化记忆，而这种文化记忆背后，始终指向那个指引书中人物前进的"贤良方正"的黄冈精神。老十一作为书中略不光彩的人物形象，在公司的墙上却挂着一幅巨大的写着"嘿呼"的书法作品，这似乎与当下企业家彰显自己文化底蕴的惯常做法别无二致，但不同之处就在于书法的内容。老十一将家乡最有代表性的方言作为自己经商之时的勉励之语，这或许正是一种暗示：老十一其实并没有忘却故乡的精神与风范，而始终为其在心中保有余地。

刘醒龙将方言与地域，乃至地域背后的精神品格建立起直接关联的做法，在当代文学的写作中并不鲜见，然而颇有意味的是，在小说的末尾，"我"和少川在提及月亮之时，随着"寒露节的月亮带着最后一抹月光沉到地平线后面去了"，面对着"整座刘家大塆，当然也可以说是整个黄冈，还有整条长江和整个江南在一刹那间变得黑洞洞、黑沉沉和黑漆漆"，"我"竟然突然"想起黄冈方言中的

'嘿呼'、'不嘿呼'和'嘿呼嘿',不知为何,心里莫名其妙觉得,这些方言在语气上与眼前景象似有契合"①。尽管在书中这段联想只是一闪而过,但将夜色与并无相关含义的方言联系起来的这种联想本身是令人意外的,因而也就颇值得关注。"我"之所以面对夜景想到了家乡话,恐怕并不仅仅是"黑""嘿"谐音而已,或许更多的是一种游子思乡的心态,经历了众多历史与现实的波折之后,这种联想是略带疲乏的自然而然的回家的念头,这种颇为浪漫化的联想方式,显然赋予了方言更多的抒情意味。

除了"嘿呼"之外,小说中还多次提及将父亲称作"伯"与将目前的居住地称为"这个县"的两种说法。之所以将父亲称作"伯",小说中有着历史源流上的详细解答:"原本定居在鄂西与川东武陵山一带的巴人,屡屡谋反,屡屡镇压,总也没个尽头。东汉皇帝刘秀当朝时,巴人又起来造反,被剿灭之后,刘秀下旨将参与造反的七千多名巴人骨干,集中迁徙到史称五水之地的倒水、举水、巴水、浠水和蕲水的鄂东一带,意图用绵绵流水来消融山大王们的好战性格。历史和时光的确做到了前朝所想要做的。在消磨性格的过程中,巴人在生存环境完全不同的五水之地,仍然断不了挑起血腥战事,以至于史书将这个时期以黄冈为中心的这片地区的人成为'五水蛮'。只是每场战事的结局都对'五水蛮'们不利,这种失利的直接结果便是对那些涉事的'五水蛮'家族以株连形式问罪。如此,五水之地的人们就发明了将父亲称为'伯'的最为简捷的脱罪方法。"②这段悲壮、无奈而又颇富诗意的历史传说恰好说明了上文所述黄冈地区的"困苦的执拗"的来源,那是在时间的积淀之下,一种"绵绵流水"以及"历史和时光"都无法消磨掉的一种奋勇与执着。因此,祖父以及父亲一直坚持的只把目前的暂居地称为"这个县",以免忘掉故乡黄冈的执念也就可以被理解了。

刘醒龙在《黄冈秘卷》中为本身作为能指的黄冈方言赋予了新的所指,与"嘿呼"等方言相关联的,已经不再仅仅是它们本来表

---

① 刘醒龙:《黄冈秘卷》,湖南文艺出版社 2018 年版,第 473 页。
② 刘醒龙:《黄冈秘卷》,湖南文艺出版社 2018 年版,第 86 页。

示多少或价值判断的含义，而是指向了悠远的黄冈历史、困苦执拗的精神品格，甚至一种关于故乡的诗意追思。"嘿呼"的方言在此已经不仅仅是表达着一种地域认同或语言选择，而是在获得了某种心灵历史的象征意义之后，实现了一种厚重的浪漫表达。

三、复杂的现实：革命、伦理、资本的冲突与和解

叙事策略的复杂性是《黄冈秘卷》的又一特点。刘醒龙将历史叙述掩藏在刘家大墈人物命运背后的同时，设置了一明一暗两条线索交叉叙述，情节旁逸斜出，使得历史的面目扑朔迷离。表面上看来，小说主要讲述了父亲老十哥刘声志和同年同月出生的老十一刘声智之间兄弟阋墙，矛盾丛生的故事，同时"我"和少川、祖父、老十八、王朤伯伯又参与其中，讲述着各自的故事。在这条明线之下，两本"秘卷"，也就是《组织史》和《刘氏家志》则又构成了叙事的暗线，如何看待《组织史》《刘氏家志》修与不修，这是贯穿全书始终的问题。

将这样芜杂的叙事稍加整理就不难发现作者的匠心。父亲老十哥和《组织史》血脉相连，《组织史》是他毕生的寄托与执着，父亲的一生就是集体与革命的写照。《组织史》上语焉不详的寥寥百字，就足以让父亲为之魂牵梦萦，矢志不渝。而老十一则是走了完全相反的道路，与父亲老十哥做人民的公仆不同的是，他早早就踏上了经商之路，这其中当然也包含着某些不道义与不光彩的时刻，无论是早年出卖父亲老十哥，还是晚年企图在教辅材料上牟取暴利，都使得老十一所代表的个体与资本的形象不甚高大。相比之下，老十八的形象则显得有些模糊不清，他游走在父亲与老十一之间，寄希望于重修《刘氏家志》，也试图让父亲与老十一重修于好，老十八承担着的是来自乡土与伦理的重担。由此可见，在繁复的叙事策略中，清晰可见的是集体与革命、个体与资本、乡土与伦理之间的错动关系，刘醒龙的现实关切仍旧回到了中国现代历史的重大命题之中。

在小说的前半部分，刘醒龙主要讲述了这三组命题之间的矛盾

与冲突。父亲老十哥将组织视为自己的人生原则，认为只要进了《组织史》便不能再进《刘氏家志》，否则便是对组织的不忠与背叛，甚至勒令老十八不准再提重修《刘氏家志》的事，集体革命与乡土伦理在父亲这里，形成了非此即彼的对立关系。而在老十一那里，事情却截然不同，尽管老十一颇有资产，甚至完全有能力写一本专属于自己的《刘氏家志》，但苦于膝下无子的他，仍旧想延续香火，从而进入刘家大塆那本原初的《刘氏家志》的序列中去，并且，更为重要的是，在刘家大塆的人看来，即便老十一更为富有，但父亲老十哥才更让他们感到骄傲。在这里，迫切想要得到乡土伦理的承认的资本的逻辑，遭遇了前所未有的挫折。

但刘醒龙显然也注意到了，现实并不是只有泾渭分明的冲突，他试图在塑造人物形象之时，也去描绘历史与现实的复杂程度。父亲老十哥谨记国教授的话，对所有的小轿车（实际上是坐在轿车中的人）深恶痛绝，但曾经他也因控制不住对轿车的喜爱而遭受不幸留下一道"贯通伤"；父亲与老十一之间也并非只有矛盾，回过头来看，他们一个叫刘声志，而另一个叫刘声智，那个祖父曾称之其有"大智慧"的曾祖母为二人取了同音的名字，这种历史的巧合似乎早就先验地暗示了革命与资本之间所具有的复杂纠葛；同样地，父亲老十哥对《刘氏家志》的排斥也并非那么绝对，正如作者借"我"之口所说的那样，"没有人能拒绝得了《刘氏家志》的诱惑"，父亲对故乡的执念其实与他对组织的忠诚一样深厚，不然他何以在面对大家对《组织史》上父亲的介绍只有寥寥几行的不满声中，回应道："不是还有籍贯吗！"不然他又何以瞧不上天下的莲藕，唯有故乡的巴河莲藕才深得他心？中国乡土伦理强大的召唤能力其实始终扎根在老十哥、老十一的心中，因而也一直与革命的历史，与现代性进程紧密而复杂的缠绕在一起。这也是为何，作为刘家大塆王先生的私生子、乡土社会的边缘人与逸出者，王朤伯伯的临终夙愿，依旧是叶落归根，回到故土刘家大塆，这种乡愁的力量是难以抗拒的。

从这个意义上来说，小说终章中所达成的"团圆"结局，也就显得顺其自然了。无论是书中一家老小都齐聚一堂，共同享用那令父亲老十哥一生都念念不忘的巴河藕汤；还是在一种惊人的巧合之中，父亲老十哥和老十一彼此都拿出了本应属于对方的一本《刘氏家志》；抑或是父亲最终答应重修古老的《刘氏家志》……这都表明：复杂的历史与陈旧的过往纠葛，都在现实之中皈依于乡土与伦理的逻辑，从而达成了一种暧昧的和解。《黄冈秘卷》所描述这种冲突与和解之间的缠绕关系，正是对于复杂现实的写照，这种现实既包括历史的，也包括当下的；既包括事实的，也包括精神的。因此，即便暂时抛开小说中更为明显的现实批判的情节，诸如老十一意图借由教育的投机倒把，或父亲完美地预防了火灾之后但却并未得到认可，反而是救火的人得到了升迁等，刘醒龙依然呈现出了他的现实关切的另一个面相。

面对着老十哥、老十一、老十八之间的执念与纠葛，有评论家表达出了这样的感叹："这是小历史对大历史的质询吗？这是现代向传统的撤退吗？这是集体对个人的让渡吗？这是都市文明对乡村伦理的妥协吗？"①答案无疑是肯定的，但又不止于此，在上述种种二元对立的关系之中，或许更重要的是，刘醒龙所描述的这些冲突与冲突之间的中间地带，并且在经历了小说前半部分的历史的波折与现实的纷扰之后，刘醒龙让王朤伯伯归于故土，让老十哥与老十一重修旧好，让《刘氏家志》重新出现在众人面前，这种宁静而和谐的状态，或许是刘醒龙对当下复杂现实状态的一种理想期待与诉求，也即一种心灵的破解之道。

四、结语："现实感"与"浪漫的趋势"

早在 1926 年 2 月，梁实秋写于纽约的《现代中国文学之浪漫的趋势》一文中就已经写道："我现在不讲中国文学的浪漫主义，因为现代还在酝酿时期，在这运动里面的人自己还在莫名其妙。冷静的批评者或可考察这全运动的来踪去迹。所以我只讲中国文学之浪

---

① 陈晓明：《在现实与历史交汇处的和解——读刘醒龙〈黄冈秘卷〉》，《光明日报》2018 年 8 月 22 日。

漫的'趋势'。"①梁实秋之所以规避"主义"而只表述一种"趋势"，表现了他对于把握同时代文学时的一种谨慎心态与恰切的历史意识。时隔将近百年，有关浪漫主义或现实主义在中国文学中的接受与研究早已与梁实秋所在的二十世纪二三十年代有着很大的不同，但梁实秋对待同时期文学的态度仍旧值得今天所借鉴。尽管刘醒龙一直以来被看作是现实主义的力将，但《黄冈秘卷》这部他最新推出的长篇，其间所体现出的丰富的"现实感"却也混杂着也许可以被称之为"浪漫的趋势"的审美趣味，表现出了刘醒龙创作中的某些新的质素。

正如小说开篇那句谶语所说的那样："凡事太巧，必有蹊跷。不是天赐，就是阴谋。"刘醒龙以"巧合"作为结构《黄冈秘卷》全书情节的线索，将"偶然"作为情节推进的动力，似乎有着马原80年代一系列作品的感觉，但二者显然有着本质的区别，刘醒龙并非要书写历史的非理性与生活的圈套，而是要借此完成自己的叙事闭环，从而向他所关注的现实之中倾注进大量的主体意识。这里的主体意识还表现在"我们的父亲"这一理想人格的塑造，老十哥既是黄冈精神品格的集合，也是理想的革命主体，同时还是有血有肉的个人。尽管这似有雕琢之嫌与僵化之弊，但一种关于现实的浪漫化想象的可能也因此而实现。

经由《黄冈秘卷》，刘醒龙重现了故乡黄冈的历史记忆与方志情韵。这里有着以"嘿呼"为代表的通过调整次序就能获得含义的方言系统，也有着"五水蛮"的战争和革命的历史，更有着代代流传下来的"贤良方正"与"困苦的执拗"的黄冈精神品格。这很容易使人联想到沈从文笔下的湘西世界，想到那种湘西的独特的风情与对内在生命力的崇拜。或许，在《黄冈秘卷》的现实之中，也有着某种"抒情的传统"或浪漫的想象。在后革命的语境之中，抒情传

---

① 梁实秋：《浪漫的与古典的·文学的纪律》，人民文学出版社1988年版，第5页。

统似乎更多的是被看作对革命史诗的对抗甚至消解。① 然而，经由"我们的父亲"老十哥这个角色，革命的现实与抒情的浪漫似乎构成了某种微妙的结合，这样一种充满温情的笔墨，或许也正是有论者之所以将《黄冈秘卷》认为是刘醒龙具有"晚期风格"作品的理由之一②。

或许，面对着盘根错节的历史与现实，来自乡愁的浪漫是刘醒龙认为的最后的皈依？人与人之间的全方位和解是他所追求的希冀？然而这种颇具浪漫与理想化的追求与方案，在跳脱出文学乌托邦之后，在何种条件下能够达成，又能够达到何种程度，这似乎依旧是值得探索的谜团。

（《新文学评论》2020 年 01 期）

---

① 相关观点与论述参见王德威《抒情传统与中国现代性：在北大的八堂课》，生活·读书·新知三联书店 2010 年版。

② 雷登辉：《在坚守与和解之间：谈作为"晚期风格"的〈黄冈秘卷〉》，《长江丛刊》2019 年第 3 期。

书写者的回望与替换

——走进刘醒龙《黄冈秘卷》的可能方式

黄　涛

一

有这样一种印象，在我们试图把握文学作者与其作品的互动机制时挥之难去："写作者与小说的每一次遭遇所产生的结局都是不可以重复的，因此我们见到的每一部小说都有让人惊讶的地方。"[1]这里的"我们"同时也将读者的身份涵括在内。当然，相较而言，身为写作者的刘醒龙把握此中机理要更进一步，他坦言"一旦新的写作开始了，从前的一切经验便即刻成了乌烟化去，只有那些空阔无边的想象在发挥着作用"[2]。我们在尝试理解刘醒龙所强调的"新的写作"时，理当注意到文学书写之"新"有"常新"的意味。解字之要同样见于他的自白："文学是少年时代自己手里拿着的那根老甘蔗，越接近根部越甜，咀嚼起来也觉得越坚硬。"于是可知刘醒龙执着三十余年流返于大别山、沉潜于现实民生的深层动机。反复书写[3]的冲动，根源于穷竟现实的历史使命，这是刘醒龙作为书

---

① 刘醒龙：《小说的难度》，《时代文学（上半月）》2011年第7期。

② 刘醒龙：《小说的难度》，《时代文学（上半月）》2011年第7期。

③ 但红光：《回归本源，重理根脉——刘醒龙写作的变与常》，《长江丛刊》2019年第3期。"在刘醒龙的创作中，既有对前作的扩写、改写，也有同一情节的多次出现。最为大家熟知的是其2009年'茅奖'作品《天行者》是在其1992年中篇《凤凰琴》基础上的拓展……"

写者的自觉；而对于读者而言，去咀嚼刘醒龙笔下反复却常新的内容，梳理其背后经验与想象的更新，这亦是我们难得的、照镜自省的机会。

在某种意义上，由湖南文艺出版社于 2018 年 7 月出版的长篇小说《黄冈秘卷》，便是这样一部让人直觉 "确有预期，又实有意外" 的作品。此中的 "似曾相识"，在于作者仍在着力 "续写" 着文学作品谱系中传统的 "父亲" 形象。"我们的父亲"，在刘醒龙的不断组织、展发之下，实际上是有迹可循的：最早的《村支书》于《青年文学》1992 年第 2 期发表，小说人物方知书其舍命投河、挽救水闸危机的英雄运命，所承载的正是作者对于父亲切身经历的现实思考："那时父亲在乡下当区长，有天半夜他全身透湿跑回来，也不说原因，几天后才知道父亲蹲点的村子下暴雨，小水库泄洪的闸门坏了，父亲便潜到水底将闸门打开……生活在这时告诉我，英雄的无奈才是父亲这一代人现在真实的处境。"①而后，同样的英雄故事又以更为写实的面貌进入到《致雪弗莱》(刊发于《人民文学》2000 年第 2 期) 的文本当中。在这一次的 "遭遇" 里，"下水开闸" 的英雄事迹已退为一件鲜有人知的往事。当刘醒龙选择借由老十哥这个 "父亲" 角色的口述来回望整段历史的时候，他所要达成的，便已不同于《村支书》时期对时世艰难的分享与质询，我们切实感受得到《致雪弗莱》有关现实和解、精神回归问题的关注与探索。当然，老十哥所代表的 "老干部" "老黄冈人" 这一代的人与事，其在刘醒龙的书写下最终将得到怎样的安放，问题的答案还需我们进入《黄冈秘卷》来发见。

《黄冈秘卷》的创作完成于 2017 年，它在事实上又构成了对十余年前的中篇《致雪弗莱》的扩写(后者稍作改动后进入新的文本当中自成章节)。留意刘醒龙针对 "下水开闸" 事迹的这第三次取用，我们可以说其依旧在为老十哥人物形象的典型化而服务，但实有不同的是，这段往事 "浮出水面" 的方式已不再是经由老十哥来完成自我追忆，而是先一步地被定格在了当地《组织史》的段落之中：

---

① 刘醒龙：《仅有热爱是不够的》，《当代作家评论》1997 年第 5 期。

"下水开闸"的英雄岁月仅仅是以老十哥干部履历中"擅游泳"这三个字来加以概括的①。("擅游泳"的典故最终又是交由老十哥的大儿子、充任着小说叙述者的"我"来为读者揭晓②。)此中的"更进一步",我们势必要注意到,就在于伴随着历史语境、创作视野的持续向前,从前那个隐藏在文本背后、充任旁观者、回望者终至于书写者的"我",已经一步步地走进了《黄冈秘卷》的文本,而与同时代渐行渐远的"我们的父亲"构成显在的对位。"父亲的我们",在某种层面上,诸如"我"这样的后辈正开始逐渐换下"老十哥"们、而步步走上时代的"当事人"位置,开始为他们分担起处理历史、应对现实的困扰、信念还有责任。意识到这样一种潜在的书写位置上的变化,当我们进一步看向刘醒龙《黄冈秘卷》文本的具体组织方式时,我们似乎就能更为贴实地去领会其背后的机理以及取向。事实上这又是一个剥茧抽丝般的过程,刘醒龙的书写是这样与生命经验、与血脉的想象连续贯通建立起同一性关系,这或许是他最为与众不同之处,文字的生命质地或许从这里让人感觉到沉甸甸的重量。

二

在保留《致雪弗莱》多线并行叙事结构的基础上,《黄冈秘卷》的"扩写"不仅只在于文本空间的进一步拓展,其呈现出近乎是全然不同的新貌。这实际上是刘醒龙一贯秉承的小说观的践行结果,在他看来:"中短篇小说确实很依附于一个时代,如果它不和时代的某种东西引起一种共鸣,它很难兴旺下去。但长篇小说不一样,长篇小说是一个独立的生命体,它可以不负载当下的任何环境而独立存在,可以依靠自身的完整性来充实自身。"③《黄冈秘卷》以黄

---

① 刘醒龙:《黄冈秘卷》,湖南文艺出版社 2018 年版,第 48 页。
② 刘醒龙:《黄冈秘卷》,湖南文艺出版社 2018 年版,第 321 页。
③ 周新民,刘醒龙:《和谐:当代文学的精神再造——刘醒龙访谈录》,《小说评论》2007 年第 1 期。

冈这个小县城为坐标起点，将这里前后五代人的生命历程容纳进来，其时间跨越有近半部的近代中国历史，空间上又从刘家大湾、团风镇、黄州进而延伸至武汉，甚至去到更远的北京。面对这样一个时序驳杂、线索盘缠的"生命体"，我们势必要在当中找寻一个考察的入口，于是发现：小说从始至终在处理的，正是有关"再书写"的问题。

《黄冈秘卷》反复提及了三个文本，《组织史》《刘氏家志》以及那份闻名全国的教辅材料《黄冈秘卷》，它们分别牵动起以"书写"为主题的三条叙事线索：老十哥对《组织史》书写的看重，老十八对重修《刘氏家志》的锲而不舍，以及"我"对于《黄冈秘卷》幕后写手及其运行机制的层层探秘。置于故事叙述者"我"的内聚焦视角下，我们发现也正是几代黄冈人对于"再书写"的这份执拗，构成了推动整部《黄冈秘卷》步步展开并向前发展的内在动力。这其中，又是以"我们的父亲"刘声志，来充任小说文本空间里的人物"轴心"。刘声志因在同辈中排行老十常被人称一声"老十哥"，这个终其一生遍任了全县八个区区长，创造了组织史上的奇迹，同时也是从刘家大塆走出来的距离县长位置最近、最有可能创造家族记录的男人，可以说是整个家庭乃至整个家族的主心骨。《黄冈秘卷》用在老十哥身上的笔墨是最多的，其传奇般的个人生命史最终应由何人书写、又当安放在何处，这也毋庸置疑地成为贯穿小说文本，串连大小线索的关键问题。

具体说来，"我们的父亲"老十哥终其一生都与《组织史》保持着纯净无瑕、坚不可摧的信约关系。这不仅体现在他常年将《组织史》放在床头柜，养成了遇事便翻读细看的习惯，不仅在于他计划将其"传与家里的几对少夫妻人手一本"，更是因为老十哥义无反顾地为组织奉献了一生，又从无怨言地认同着《组织史》那"寥寥几笔"对他事业乃至整个人生的概括。当然，老十哥与组织之间的书写关系也不全然是单向的，它随着老十哥进入"晚年"而开始发生松动：1996年的除夕之夜，当"从不在乎个人得失"的老十哥一反常态，开始在意起自己在《组织史》的记录不只有冷冰冰的人名、官职、年份数，还有"籍贯"，还有"擅游泳"三个字时，熟知老十哥脾性与心理的母亲提醒读者，父亲开始“有点心虚了”。“这是什么变化？或者说，这种变化包含何种意味？”①面对作者借由叙述者的“我”所提出的进一步追问，我们需要留意到，有一句藏在在小说开篇、由“老十八”立下的判断可谓一语中的、能帮助起到拨云见雾的作用：“你伯(老十哥)这辈子的好时光已经过去了。”②针对老十哥的“心虚”，老十八借这句话想要点明的，其关节就在于“离休”的事实，在于离休所意味着的个人之于组织不容逆转的剥落；而老十哥的“反常”也是因为，组织关系的剥离势必又会不断消磨老十哥其个人史归置于组织历史语境下的书写痕迹。《组织史》的书写效力变得大不如前，来自个人史的书写压力重又显现，这事实上也构成老十八及其看重的《刘氏家志》在后来能够“乘虚而入”的重要原因。

站在这个角度，我们来梳理晚年的老十哥连同他的好同志王朤，两人针对县里组织工作所主导的一系列日愈“激进”的干预与对抗行动：诸如在夜里“拿起电话打给县里主官，将南门大桥在夜里作怪的情况告诉对方，请其务必高度重视”③，或在正月初三“当街拦住红旗牌轿车，当街出了县里主官的丑”只为揭露其贪污受贿的行径，再有后来针对“南门大桥”重修的问题与前后几任主官“博弈”到底……可以说，老十哥们对于组织事业的“热情不减”“忧心依旧”，这背后既是受到对待组织事业终生不易的责任感的指引，同时也袒露出一种对于个人书写终将湮没于其中的“誓不从命”。这似乎是黄冈人骨子里特有的执拗，其在后辈们看来，就好像“自己围困自己”④；但话虽如此，“我们又一如既往地心存怀念”，老十哥为组织书写身体力行的模样，“才是我们所熟悉的既坚强又有理想的父亲”。

如果说老十哥对于《组织史》的看重更多的显示为一种“困苦的

① 刘醒龙：《黄冈秘卷》，湖南文艺出版社 2018 年版，第 44 页。
② 刘醒龙：《黄冈秘卷》，湖南文艺出版社 2018 年版，第 36 页。
③ 刘醒龙：《黄冈秘卷》，湖南文艺出版社 2018 年版，第 17 页。
④ 刘醒龙：《黄冈秘卷》，湖南文艺出版社 2018 年版，第 49 页。

执拗"，那么相较而言，为着续修《刘氏家志》而辗转数年、奔走各方的老十八刘声明，其面对"再书写"的重重困难，不但未有一丝动摇，反倒始终暗怀着一份执拗的信心。老十八计划要"不管三七二十一地为《刘氏家志》跑二十一次"，既是为了劝说他的老十哥点头同意续修，也指望着能找到上辈人1933年续修的《刘氏家志》的下落。在"游说"的过程中，他不止一次地申明着续修家志的重要意义："《刘氏家志》是刘家大塆全体刘姓男女的根本。""谁家续修家志都是无量的功德。""《刘氏家志》回头写好印出来，至少光耀一百二十里……"①身为一介农民，老十八对于家史书写、血脉传承的这份执念，不仅仅代表着面对故乡土地的深切敬意，更显示为一种独到的生存智慧："岳飞宁肯死在风波亭也要精忠报国，但岳飞从没有对母亲说过一个不字。《组织史》包含着远大理想，《刘氏家志》可以用来追根溯源。"②这是老十八在第二十一次也是最后一次劝说老十哥时所郑重说来的一番话。老十八、或者说作者刘醒龙借由此处想要点明的，老十哥面对个人书写恐将无处安放的困境，除却缠着组织事业誓不松手以外，一直还有着另外一条路径，那便是回到《组织史》中用"籍贯"二字来指摄的故乡土地。老十八在老十哥生命中的每一次出现，在某种意义上，无论是在老十哥任第八区区长期间于暴风雨之夜解救其一家老小，或是批斗会现场将老十哥抢回刘家大塆，包括如今为着续修家志的事而频繁登门，这些都象征着来自刘家大塆、来自故乡土地的无尽的召唤。而故乡的这份力量，历史印证着它总是在"最关键的一次留到最关键的事情上"得到显现，这也便是老十八作为黄冈人那份执拗的信心所在。

《组织史》与《刘氏家志》这两个文本所使用的是全然不同的两套话语，它们一明一暗、里外交错着将老十哥的生命历史组织起来。然而，这样的双线并行在《黄冈秘卷》的文本空间下并不构成显在的对立，作者亦无意要追究一个非此即彼的选择。"我们的父

---

① 刘醒龙：《黄冈秘卷》，湖南文艺出版社2018年版，第37、38、34页。

② 刘醒龙：《黄冈秘卷》，湖南文艺出版社2018年版，第441页。

亲"如何处理历史书写的问题，关系到他们用以应对现实的方式，在小说文本空间下，实际更多地衍生成为如何组织当下生活的过程。而这样一种新的面向，又是借助在《致雪弗莱》基础上所新增的一条线索，透过"我"对于教辅材料《黄冈秘卷》的探秘过程而实在地展露出来的。

<h1 style="text-align:center">三</h1>

《黄冈秘卷》的故事落足在 20 世纪 90 年代末，身为老十哥家长子的"我"，此时已经成长为一名文学作家，并"理所当然"地充任起故事叙述者的角色。除却对于老十哥乃至黄冈祖辈的历史回望，经由"我"的内聚集视角而捕捉到的时代情感与生活细事反复地穿插进来，这既在叙述节奏上发挥着间隔、延宕等效果，从而保证《黄冈秘卷》呈现出来如题所指的"秘卷"一般的意味；另一方面，又使得小说故事切实地落实至于当下，具有很强的现实性。在这个意义上，《黄冈秘卷》不仅是"回故乡"之旅，同时更呈现出一份"在当下"的写真。① 这其中，又是以"我"对于教辅材料《黄冈秘卷》的揭秘最为关键。"我"的此种关注，在故事的讲述下，基于的是这套教辅材料在当时当地所造就的空前影响力，始于少川女儿北童从北京方面传来的对"我"这个黄冈人的错怪，后来深入至于对此中书写与流通过程的揭露，包括背后发行单位的操作真相、考题设置的写手与素材来源、市场运作的投机腐败现象等。如此，《黄冈秘卷》成为一种现实性的标识，小说正是围绕于它而切实地就中国时下教育问题展开了揭露与反思。除此以外，我们还需注意到，《黄冈秘卷》作为"在当下"的文本形式一种，同时也在发挥着自身书写的效力，并与《组织史》《刘氏家志》的双重话语达成了书写层面上的互动。也正是三个文本间所呈现出来的此种张力关系，使得《黄冈秘卷》"在当下"的写真又进一步有了纵深之感。

---

① 见潘凯雄：《〈黄冈秘卷〉与刘醒龙的"回故乡"》，文汇网 2019 年 5 月 10 日 https：//whb. cn/zhuzhan/xinwen/20190510/261501. html。

具体说来，《黄冈秘卷》取材了老十哥个人生命史中两段"鲜有人知"的往事，分别加上了"世上最贵的皮鞋""无情的甘蔗"的标题，将其以"作文素材"的形式收录进来。尽管小说并未将这两篇材料的原文公布出来，作为读者的我们也就无法直观地去捕捉《黄冈秘卷》在"改写"过程中的侧重与转向，但毋庸置疑的是，它与经由故事叙述者"我"而呈现出来的往事回望是根本不同的：后者更多还是依循"老十哥"们的态度在追忆他们的生命历史，而《黄冈秘卷》则是将同样的历史段落单独选取出来、透过紫貂、慕容（非刘家大塆人）的重述转而面向全国各地的考生（"父亲的我们"的、又下一代），这样一种"在当下"的"重写"，无疑就对老十哥奉为定论的《组织史》的书写话语带来了冲击，甚至起到一定的消解作用。在某种意义上，如果说老十八及其看重的《刘氏家志》试图唤回的是老十哥对于《组织史》中"籍贯"二字的正视，那么《黄冈秘卷》文本的存在，则表示着除却《组织史》"那些干巴巴的文字之外"，另有诸如"擅游泳"的"世上最贵的皮鞋""无情的甘蔗"这类"略带灵性的文字"①也在得到书写与复现。这可以说是老十哥生命历史置于当下的"安放"形式一种，而它的达成，背后依靠的便是"我"或可谓"父亲的我们"这一代人对于"再书写"那份执拗的自觉。

如此，当我们开始理解"我"对于揭秘《黄冈秘卷》书写真相的"执拗"所在之时，与之相应的有一个实属作者有意为之的情节设定也当得到重视，那便是："风行全国"的教辅材料《黄冈秘卷》其背后的主导者并非他人，而正是与老十哥同时出生、姓名同音的兄弟刘声智。在《黄冈秘卷》的文本空间下，"老十一"刘声智同"老十哥"刘声志的名字只一字之差，却行走至于完全不同的局面。站在小说有关"再书写"的问题脉络下，我们需要注意到的，这个人如其名、笃信"个人才智"而非"组织精神"的老十一，其一方面是以老十哥"对立面"的存在而反复出没于故事情节矛盾的关节之处：无论是最初"出卖"老十哥却机缘巧合地促成了他与组织的相遇，或是如今围绕老十哥离休工资停发事件、南门大桥重修项目而对县

① 刘醒龙：《黄冈秘卷》，湖南文艺出版社 2018 年版，第 48 页。

里组织工作进行"干预",老十一的系列举动都在动摇着老十哥围绕组织书写的建构,从而使小说有关"再书写"的矛盾步步深化;另一方面,老十一又事实地促成了教辅材料《黄冈秘卷》针对老十哥个人生命史的"再书写"。在这个意义上,无论是老十一怀抱"不孝有三,无后为大"的乡土观念来响应老十八续修《刘氏家志》的使命,抑或是与作为刘家长子的"我"多次交涉以攻克来自老十哥"再书写"的压力,老十一的此种"推手"形象,都象征着在时代语境下那股持续向前、不容扭转的书写趋势,可以说,在他的身上同时也暗示着作者刘醒龙组织整个文本的价值取向。如此,我们进而看向《黄冈秘卷》故事的末尾,于是发现:也正是在老十一错拿了老十哥藏放在同一处的《刘氏家志》,并意识到家志封面上写有"我"的名字"刘珀惇"的时候,小说这场围绕于"再书写"的"较量"才终于明朗起来,步步走向一个"团圆"的终局。

四

《黄冈秘卷》为处理有关"再书写"的问题设置了以上三重文本的冲突与互动,归根到底,这背后所指示的是不同时代价值取向之间的紧张关系。对此,充任作者分身的叙述者"我"曾作出进一步的评断:"一个时代价值观与价值判断如果一成不变地应用到另一个时代,是行不通的,也是格格不入的。在我看来,老十哥对《组织史》的看重,以及老十八对《刘氏家志》的锲而不舍,正是两种典型的历史观与价值观。二者之间不应当存在对与错、是与非,不同的只是其拥护的人群有所差异。"①面对"我"的此番"代言",我们如何得出作为时代"当事人"的"我"那表而未露、呼之欲出的价值观念,进而又要如何把握这背后的作者刘醒龙其写作《黄冈秘卷》想要达成的价值选择,"这是小历史对大历史的质询吗?这是现代向传统呢的撤退吗?这是集体对个人的让渡吗?这是都市文明对乡

---

① 刘醒龙:《黄冈秘卷》,湖南文艺出版社 2018 年版,第 348 页。

村伦理的妥协吗"?① 问题的答案还需我们深入小说的结局当中来发现。

小说故事的讲述来至 1999 年，伴随着县里南门大桥重修项目的正式启动，老十哥交付与组织书写的这一生可谓真正地落定终章。当七十四岁的老十哥终于决心要回归故乡土地时，小说中的其他人物角色也都响应般地来到刘家大塆，他们共同参与同时也见证着围绕在老十哥身上这场"再书写"的较量步步走向一个团圆的结局。具体说来，小说借由海棠姑娘在五十年后的一句话宣告了《组织史》话语在老十哥当下生活中的退场："我说老十哥……现在老了，还要缠着组织可不太好，就不要再给组织添麻烦了"②；在这以后，老十哥面对老十八在关键时候第二十一次的呼唤，终能够诚实地交出来那本封藏的《刘氏家志》；既同意了家志续修工作的展开，老十哥又进一步地指名要由"我"来为续修的这本《刘氏家志》作序。如此，过去被《组织史》短短百余字所覆盖的老十哥的生命历史，终得以切实地在刘家大塆溯源归根，同时又经由"我"这样的后辈的见证而落足在了时代的当下。

而伴随着"我们的父亲"这场"再书写"的完成，"我"在为《刘氏家志》所作的序言中进一步指明了其中的意义所在，"《刘氏家志》也是出于这样的目的，而将一代代的生命血缘用文字记载下来，给我们和我们往下的久远的后来者，提供一条清晰的脉络，然后就有可能在心里模拟自己生命出现之前的可能的状态与意义。从这点上来说它是给心灵的一个处方，寻医问药还得靠每个人自己"③。事实上，这也同时指示着"我"的背后作者刘醒龙写作《黄冈秘卷》的意图取向。从最初的《村支书》《致雪弗莱》来到《黄冈秘卷》，刘醒龙反复咀嚼"我们的父亲"一代的生命历史，是为了去发现沉潜在现实背后的机理脉络。具体在《黄冈秘卷》的写作中，这

---

① 陈晓明，《在现实与历史交汇处的和解——读刘醒龙〈黄冈秘卷〉》，《光明日报》2018 年 8 月 22 日。

② 刘醒龙：《黄冈秘卷》，湖南文艺出版社 2018 年版，第 445 页。

③ 刘醒龙：《黄冈秘卷》，湖南文艺出版社 2018 年版，第 466 页。

种意图显示为从书写者重新回到当事人位置的变化，指示着刘醒龙走向对于故乡土地的回归。最终，作为黄冈人的那份执拗、确切说是"贤良方正"的生存品质被找寻出来。它既存在于《组织史》《刘氏家志》乃至《黄冈秘卷》的书写话语当中，也同时构成着刘家上下在面临各自"再书写"的困境时一种天赐一般的默契。

在这个意义上，诚如刘醒龙所言，"写《黄冈秘卷》，重新认识和理解'贤良方正'，几乎与一个十几岁的少年，决心走自己的路，却最终回到父亲面前，回到传统正途的经历相当"①；而对于读者来说，走进刘醒龙在文学意义上的这场回归故乡之旅，去体会在"甘蔗根部"现实的甘甜，这确是我们难得的照镜自省的机会。

（《新文学评论》2020 年 01 期）

---

① 刘醒龙：《文学的正途》，《长江文艺评论》2019 年第 3 期。

重塑传统与刘醒龙长篇小说创作新趋向

——从《蟠虺》到《黄冈秘卷》

李遇春

　　自从 1994 年长篇小说处女作《威风凛凛》面世以来，刘醒龙已出版了十余部长篇小说。如果说在 20 世纪八九十年代刘醒龙主要以中短篇小说创作为主，那么进入新世纪以后长篇小说创作就成了刘醒龙的文学主业。在二十多年的长篇小说创作历程中，刘醒龙一直在历史与现实、乡村与城市、道德与人性之间沉潜往复，既写出了《天行者》《痛失》《生命是劳动与仁慈》这样的"新现实主义"力作，也贡献了《圣天门口》《弥天》《威风凛凛》这样的"新历史主义"佳构。2011 年《天行者》获第八届茅盾文学奖，这对于刘醒龙而言是荣誉也是挑战。如何超越《天行者》和《圣天门口》的思想和艺术壁垒，这是摆在刘醒龙面前的一道难题。刘醒龙没有让喜爱他的读者失望，他以不疾不徐的稳健姿态相继推出了两部让读者刮目相看的长篇小说，这就是《蟠虺》（2014）和《黄冈秘卷》（2018）。在这两部长篇近作中，刘醒龙表现出了一种强烈的重塑中国传统的创作倾向。一方面，着力挖掘中国文化传统资源在当代中国民族性格重塑中所扮演的反思现代性功能；另一方面，他还在倾力尝试中国文体传统资源之于当代中国长篇小说文体重塑的可能性，二者均指向了中国传统的重塑与再生。

——

　　在三十多年的文学创作生涯中，刘醒龙对于中国文化传统的态

330

度一直是复杂的，既非绝对的批判亦非简单的认同。早在1980年代的"寻根文学"浪潮中，刘醒龙就以"大别山之谜"系列中短篇小说一鸣惊人。当时的他坦言自己正致力于"重建楚文化的神话体系，而与各路南蛮一起竭尽绵薄之力"①。而在他这一时期的小说创作中其实存在着一种看似矛盾的文化价值立场，"即在将变之时，他对旧事物和旧观念持否定态度，在既变之后，却又对这些被他否定过的东西有所眷惜和留恋"②。这种游移在新与旧、现代与传统之间的复杂文化心态在当年的寻根文学中普遍存在着。诸多寻根作家在批判性地审视中国本土文化传统中的民族劣根性的同时，又无法割舍对民族文化传统所铸造的道德理想人格的怀念，由此带来了中国寻根小说普遍上兼具传统与反传统的二重性，这种文化二重性在刘醒龙90年代转向"新现实主义"写作以后依然存在。一方面，刘醒龙大力挖掘和鞭挞民族文化心理中的病灶和陋习，这使得他的长篇小说具有强烈的批判性和启蒙精神，如《威风凛凛》《圣天门口》就是很有代表性的启蒙主义文学样本；另一方面，作为对市场经济转型时期中国消费主义文化的反动，刘醒龙又在他的长篇小说创作中高扬道德理想主义大旗，为当代中国历史与现实中的民族理想人格赋形与招魂，《生命是劳动与仁慈》《天行者》就是这类超越了狭隘的启蒙主义的长篇力作。在90年代中期的一次海外出访中，刘醒龙"深刻地感到在恶劣环境中保持了五千年文明历史的中国人，是不可能靠着劣根立国的，她肯定有自己优根的存在。我们学习鲁迅先生，不少人记住了文章是匕首和投枪，却忽视了先生立文立意的根本"③。由此刘醒龙领悟到，作为中国作家他不仅要写出批判民族劣根性的作品，而且还要在批判的基础上进一步写出高扬中华民族精神和国民优根性的作品。这种文学理想的实现不可谓

---

① 刘醒龙：《那叫天意的东西》，《重来》，河南文艺出版社2015年版，第221页。

② 於可训：《刘醒龙与大别山之谜》，《於可训文集》第1卷，长江文艺出版社2018年版，第322页。

③ 刘醒龙：《莫当长江是黄河》，《重来》，河南文艺出版社2015年版，第237页。

不艰巨。毋庸讳言，《圣天门口》的宗教理想色彩和《天行者》的道德理想精神都在不同程度上遭到质疑，而如何摆脱这两部力作的光环与拘囿，迫使刘醒龙以螺旋式上升或辩证性回归的方式再度返回到了当初的寻根文学原点。在长篇近作《蟠虺》和《黄冈秘卷》中，刘醒龙在保持既有的"新现实主义"或"新历史主义"写法的同时，又进一步强化了本土文化寻根旨趣，尝试着以楚文化和鄂东文化为中心追寻、叩问和重塑中国文化传统新形态。

对于刘醒龙而言，能够写出《蟠虺》和《黄冈秘卷》这样具有浓厚的文化史性质的长篇小说并不是偶然的，这取决于作家近十年来关于传统的新思考。刘醒龙曾深刻地意识到："传统延续得太久时需要反拨，这种反拨的目的并非是抛弃传统，而是为了更准确更精深地回继承传。"①作为土生土长的湖北作家，如何精深准确地发掘并且创造性地转化楚汉思想和文化传统，这是刘醒龙长期以来思索的命题。他在《楚汉思想散》中写道："每个地域的人格，自有每个地域的生存考验，历经千代万代才形成。汉楚地域上人格的传承，必然会受到山水地理的潜移默化。"②这种地域文学观念或文学地理学看法虽然并没有太多新意，但刘醒龙却进而打破了"精明湖北佬"的成见，认为楚汉之人多是"性情中人"，不仅说话喜欢高腔高调，而且长期养成了不愿压抑自己性情的习惯。在刘醒龙看来，先秦时期南方的楚国更有浪漫文化精神，更能彰显生命的个性气质，但最终惨败给了北方野蛮的秦国，这给中国历史开了一个恶劣的先例，从此汉民族不断地败于落后的游牧民族，最终沦为西方列强的殖民地。但"楚虽三户，亡秦必楚"，楚人不仅推翻了暴秦的统治而且在辛亥革命中又率先推翻了封建王朝，结束了中国两千年来的封建帝制，其中的文化因缘与精神奥秘值得当今国人深思。③ 不难

---

① 刘醒龙：《默契》，《重来》，河南文艺出版社 2015 年版，第 170 页。

② 刘醒龙：《楚汉思想散》，《抱着父亲回故乡》，重庆出版社 2015 年版，第 114 页。

③ 参见刘醒龙《楚汉思想散》，《抱着父亲回故乡》，重庆出版社 2015 年版，第 101~116 页。

看出，刘醒龙对楚汉文化精神及其人格特质有一种强烈的现代性认同，即格外看重和推崇楚汉文化人格的反抗性、浪漫性和理想性，认为这是一种符合世界范围内的现代化思潮的文化精神，因此古老的楚汉文化精神传统不仅没有衰亡，而且或显或隐地转化到了现当代楚汉地域文化人格基因中。这就涉及中国传统文化人格的现代重塑问题。评论家洪治纲曾敏锐地指出刘醒龙在《蟠虺》的创作中试图凭吊与重塑传统文化人格的艺术诉求①，但尚未深入地揭示《蟠虺》中重塑传统楚汉文化人格的内在心理机制与艺术策略。事实上，中国当代小说中借助心理结构解析来塑造人物的文化人格在刘醒龙之前已有少数作家取得了重要成功，如王蒙的《活动变人形》、张炜的《古船》、陈忠实的《白鹿原》都堪称典型。陈忠实宣称从早年的"塑造性格说"转向了后来的"心理结构说"，他认为塑造人物形象最好是紧紧抓住人物的"文化心理结构"进行深度解析和雕刻。② 而其中的艺术关键在于透视人物的文化人格心理结构中的矛盾和冲突，尤其是要致力于发现人物心理结构中不断交替出现的平衡与颠覆的嬗变过程，而写作的妙处往往就在于寻找人物心理结构中的平衡点和颠覆处。③ 这确实是切中肯綮之论。而多次向陈忠实致敬的刘醒龙则公开表示过："当代中国作家的作品我读过三遍的只有《白鹿原》。"④可见刘醒龙深谙文化人格心理结构解析的个中三昧。

　　比如在《蟠虺》中，刘醒龙将主人公曾本之一开始就置于巨大的文化人格心理焦虑中予以表现和解析。曾本之用尽全身力气写了又撕的那封信件其实就是他内心人格焦虑的外化。所谓"识时务者为俊杰，不识时务者为圣贤"，在曾本之念兹在兹的警句中实际上

---

　　① 洪治纲：《传统文化人格的凭吊与重塑——论刘醒龙的长篇小说〈蟠虺〉》，《文学评论》2014 年第 6 期。

　　② 陈忠实：《关于〈白鹿原〉与李星的对话》，《陈忠实文集》第 5 卷，广州出版社 2004 年版，第 391 页。

　　③ 陈忠实：《在自我反省中寻求艺术突破——与李遇春的对话》，《陈忠实文集》第 7 卷，广州出版社 2004 年版，第 406 页。

　　④ 刘醒龙：《去南海栽一棵树》，《当代》2016 年第 4 期。

隐含了两种人格的心理冲突与文化价值选择。一个是理想主义的圣贤人格，另一个是功利主义的俊杰人格；前者是曾本之文化人格心理结构中的显性人格，而后者是其内心深处被压抑和隐藏的隐性人格。正是因为这两种文化人格的激烈冲突才导致了曾本之的坚守与沉沦、挣扎与救赎。对于曾本之而言，他毕生从事楚国的青铜重器研究而且成了这一领域的学术权威，青铜重器在潜移默化中已然塑造了他青铜般的人格范型。曾本之深知青铜重器只与君子相伴，青铜楚鼎天生就有一股浩然正气，所以在曾本之的心目中青铜人格就是君子人格乃至圣贤人格的物化和结晶。但曾本之的青铜人格又绝非传统儒家道德人格的简单复制品，而是中国传统君子人格或圣贤人格在现代社会中创造性转化的精神硕果。这种现代青铜君子人格摒弃了中国传统儒家文化人格的依附性或犬儒性格，而以现代知识分子的独立思想与自由精神为价值本位，但它又积极地继承了中国传统文化人格中刚健进取、慎独笃志、明辨是非、三省吾身等精神传统，因此体现了中国文化传统创造性转化的可能性。于是我们发现，虽然曾本之内心深处也时常涌动着现实功利主义俊杰人格的冲动，但终究还是理想主义的君子人格或圣贤人格的内心召唤占了上风，由此捍卫了曾本之的青铜人格范型并且化解了他的文化人格心理焦虑。对于刘醒龙而言，"对灵魂的善待恰恰是对它的严酷拷问"①，所以只有对曾本之的精神世界予以严酷的拷问才能确保其生命价值与人格尊严，否则就会跌入概念化的人格塑造陷阱。曾本之的青铜君子人格也有受到挑战乃至濒临崩溃的时候。曾本之虽然惯常以青铜重器学术权威的高大形象出现在众人面前，但他内心深处的隐痛和耻感其实从未消失。他无法遗忘自己早年在郝嘉受难时的明哲保身行为给同行带来的伤害，他也无法回避自己选择郑雄做乘龙快婿时的名利贪欲作祟以致牺牲了女儿的婚姻幸福，而为了维护自己的学术路线和地位而长期放任郑雄打压学术界不同观点的行径更是让曾本之内心羞愧不安。当然最让曾本之寝食难安的还是真

① 刘醒龙：《过去是一种深刻》，《抱着父亲回故乡》，重庆出版社 2015年版，第 193 页。

假蟠虺的心结。明知公开展览的曾侯乙尊盘是伪器而不敢明言，但不翼而飞的真器又苦寻未果，且一时无法找到复制的正确工艺，这对于青铜泰斗曾本之而言不啻人格羞辱。不仅如此，曾本之还要时常面对院士申报的巨大名利诱惑，这让他内心的人格冲突更加剧烈。有意味的是，刘醒龙不仅解析了曾本之的内在心理症状，而且还描绘了他的外在生理表征。比如曾本之每次心脏出毛病都与曾侯乙尊盘直接或间接有关，小说中多次描写曾本之紧急掏出速效救心丸的场景。还有曾本之每次听到"院士"二字时心跳就会加速，就会紧张，这也隐含了他内心沉重的人格焦虑。只有当曾本之真正选择了与郑雄等势利之徒决裂以后，只有当曾本之敢于把院士称为"鼻屎"并将院士申报表格当面撕碎的时候，他才真正驱逐了心魔，并获得了内心人格心理结构的平衡。所以他发现自己居然不再失眠了，心脏病也缓解了，甚至连长期泯灭的性冲动也恢复了激情。凡此种种都属于曾本之内在人格心理焦虑化解后的外在生理反应。惟其经过如此的心理折磨与灵魂挣扎，曾本之的现代青铜君子人格才算是获得了真正的道成肉身的独立建构。

不难看出，刘醒龙在《蟠虺》的创作中始终都在思考着当代中华民族性格的重塑与再造问题。一方面，他借助塑造曾本之的现代青铜君子人格来发掘中国传统文化（主要是楚汉文化）的现代价值；另一方面，他也通过塑造郑雄的当代伪君子人格来批判中国传统文化及其所酿成的国民劣根性。但国民性批判的最终目的还是重建当代中国的民族性格，唯有解析和透视我们民族复杂的文化人格心理结构才能深入地发现问题的症结之所在。刘醒龙并非一味地反对中国文化传统，他也并不盲目地崇拜西方现代性价值观，而是像陈忠实等当代中国作家一样有着清醒而睿智的中西文化对话立场，敢于而且善于在小说创作中进行现代性文化反思。事实上，《蟠虺》中有两个人物形象系列：一个是以曾本之为代表的现代青铜君子人格系列，一个是以郑雄为代表的当代"鼻屎"伪君子人格系列。前者还有郝嘉、马跃之、郝文章、万乙等人，后者还有"老省长"、熊大师（熊达世）、关书记等人。研究古代丝绸的马跃之向来以"丝绸"人格示人，但在其华丽潇洒的软性人格面具中其实隐含了当代中国知识分子的文人风骨，惟其如此他才能与曾本之同声相应、同气相求，"嘤其鸣矣，求其友声"（《诗经·小雅·伐木》）。至于郝嘉，他身上既有现代知识分子的独立人格和个性意识，也有中国传统士人豪放不羁、刚健沉雄、"宁为玉碎、不为瓦全"的古典气节。而作为郝嘉的私生子同时也是曾本之得意门生的郝文章，他刚好有力地传承了前辈学人身上最可宝贵的学术怀疑精神。在曾本之还在犹豫不决之时，郝文章以"不入虎穴、焉得虎子"的坚毅与果敢去江北监狱与青铜大盗"老三口"相伴八年，只为了探得复制蟠虺尊盘的奥秘。郝文章从曾本之的自我怀疑中深受启发，他们师徒的精神接力最后也得到了马跃之的深刻认同。原来中国青铜时代的范铸法与西方青铜时代的失蜡法都是伟大的传统工艺，我们不能厚此薄彼或者盲目崇拜西方，仿佛连古代中国人也低欧洲人一等。与君子人格系列勇于捍卫中国传统文化的当代价值不同，小说中的伪君子人格系列都执迷于功名利禄、荣华富贵而不能自拔，或者道貌岸然、或者装神弄鬼，或者阴谋诡计，总之把中国传统功利人格的弱点予以放大，这意味着中国文化传统的创造性转化与民族性格的重塑在当代中国社会中任重而道远、艰巨而复杂。而小说中曾本之的《春秋三百字》与郝文章的《青铜三百字》正是对重塑国民文化人格心理结构的深情呼唤。

二

刘醒龙曾说过："人人心里都存有一个'圣'的角落。这样的角落正是人性的启蒙。"①显然，作为一个具有"求圣"或"求贤"意志的作家，刘醒龙的"圣贤"情结并非中国传统儒家文化的当代翻版，而是建立在现代人性启蒙基础上对中国传统文化人格的现代转换与重塑。与《天行者》和《圣天门口》相比，《蟠虺》和《黄冈秘卷》在重塑中国传统文化人格的现代诉求上更加明晰和强烈。如果说《蟠虺》主要拷问的是武汉这座城市中知识精英的圣贤人格心理，那么

---

① 刘醒龙：《一滴水有多深》，作家出版社 2009 年版，第 155 页。

《黄冈秘卷》主要就是要叩问黄冈乡村地域文化中普通乡贤的人格心理。城市的圣贤与乡村的乡贤已然成为刘醒龙长篇近作中重塑传统的关键。在刘醒龙的心目中，重建当代中国的圣贤或乡贤文化是实现中华民族文化复兴的现实基石，这是他与激进型启蒙主义作家的一个重要差异。人人皆可为圣贤，关键是内心中要有现代圣贤人格的道德律或精神底线。但在现实的中国城市与乡村中，现代圣贤或乡贤人格日渐退场或褪色，青铜人格因为传统色调而被放逐，而"鼻屎"人格则以所谓现代色彩横行无忌，所以刘醒龙频频地在散文创作中直接呼吁作为中国知识精英的作家要讲求"文学的气节"，他声言"作品是一个作家的气节"，而"文学是一个时代的气节"。①由此看来，在中西融合的基础上重建中华民族的气节精神，刘醒龙与近现代以来的新儒家文化复兴学说有了深度的默契。按照张君劢的说法，这种现代中国气节精神，其中蕴含着坚定的意志但非一意孤行的独断，蕴含着冷静的智慧而非自不量力的冲动，蕴含着"博学、慎思、审问、明辨之工夫"而非匹夫之勇。② 倘若在精神上有此气节，则在现实中必为圣贤或乡贤。这正是中国传统圣贤文化精神的现代价值之所在。有意味的是，刘醒龙一直以来都在追索着自己的黄冈地方文化血脉。他在《赤壁风骨》中追念了从苏东坡到黄侃、熊十力、闻一多、胡风、秦兆阳等古往今来的黄冈文化精神谱系，认为这群风骨挺拔的现代知识精英是中华晚近以来精神圣界的脊梁。正所谓"鄂东之地，物产中能傲视古今的是人之风骨"③，这就是千百年来黄冈地方文化绵延不绝的质量与力量。于是我们读到了《黄冈秘卷》，这是刘醒龙向故乡黄冈地方文化传统致敬的长篇力作。它以作家的家史和故乡的方志为基础，通过大半个世纪的历史变迁的讲述，叩问或重塑了黄冈地方文化人格传统的当代价

---

① 刘醒龙：《文学的气节与边疆》，《重来》，河南文艺出版社 2015 年版，第 303 页。

② 张君劢：《儒家哲学之复兴》，中国人民大学出版社 2006 年版，第 183~184 页。

③ 刘醒龙：《赤壁风骨》，《抱着父亲回故乡》，重庆出版社 2015 年版，第 52 页。

值。刘醒龙在这部长篇小说的后记里写道："贤良方正的黄州一带，确与众不同，从古至今，贤心贵体的君子，出了许多，却不曾有过十恶不赦的大坏蛋。从杜牧到王禹偁再到苏东坡，浩然硕儒总是要以某种简洁明了的方式流传。"又说："以黄州为中心的原野上的一种品格，可以低头，可以弯腰，决不下跪求饶。"①这就揭示了黄冈地方文化人格的风骨、气节与底线。这种黄冈人格与《蟠虺》中的青铜人格虽然外在表现有所不同但在内在精神上却息息相通，不要忘了曾本之的籍贯就是黄州，他就是生活在武汉的黄冈知识精英。

如同《蟠虺》中一样，刘醒龙在《黄冈秘卷》中再次运用文化人格心理结构解析方法，将不同性格类型的黄冈人物形象系列予以深度的文化心理透视，以此探索传统文化人格的现代重塑。大体而言，《黄冈秘卷》中的黄冈人有三种人格类型，虽然都属于黄冈人格，但由于内在的文化人格心理结构存在差异，故而呈现出不同的性格特征。第一种黄冈人格类型以父亲老十哥刘声志为代表，这是一种深受政治文化影响并且接受后者改造后所形成的复杂人格结构。刘醒龙笔下的老十哥确实带有很强烈的他父亲的影子。因此，解析老十哥的文化人格心理结构其实就是作家重新理解父亲以及父辈的一种方式。老十哥从小就传承了典型的黄冈地方文化人格，这种人格最突出的特点就是困苦中的执拗，它在日常生活中往往给人一种"一根筋"的印象，而在文化心理上却能生成一种有"风骨"的强硬人格精神。据说黄冈人的先祖是由鄂西川东迁移来的巴人后裔，民风彪悍，喜欢逞强斗狠，俗称"五水蛮"。这种蛮人性格很执拗也很强硬，用小说中母亲的话来说，"黄冈人活着是一根筋，老死时还是一根筋"。父亲的老朋友王朤伯伯认为苏东坡身上并没有四川人的麻辣性格却天生就有黄冈人的执拗性格，一辈子都在"新派"与"老派"之间挣扎缠斗，始终郁郁不得志。他说苏东坡的执拗其实就是"风骨"，而"风骨有点像平常说的硬骨头，但比硬骨

① 刘醒龙：《后记：为故乡立风范　为岁月留品格》，《黄冈秘卷》，湖南文艺出版社 2018 年版，第 478、180 页。

头还要有味道"。这说明黄冈人的"一根筋"其实是外在性格表象，而深层内在人格则是"硬骨头"。父亲的这种"硬骨头"人格直接来源于曾祖母的人格示范和家庭教养。曾祖母性格刚强，从不允许孩子去乞讨，而自己讨回的食物一定要重新炒煮一遍才给孩子们做食物，这就是她传递给子孙的一种人格力量。正如监狱里的革命者国教授所言，革命者必须具备曾祖母这样的硬骨头精神，无论是否参加组织，曾祖母都是彻底的革命者。可见曾祖母的黄冈文化人格与革命者的政治组织人格暗中契合，所以国教授才能顺利地完成对老十哥的政治启蒙，他让老十哥相信组织，因为像他这样穷苦而刚硬的人只有借助组织才能从水深火热中解放出来。老十哥属于典型的黄冈人，一生在外地工作但坚持黄冈方言的高亢声腔，性子比刚正还要刚烈。在老十哥心目中，天下万物不如黄冈好，天下人都不如黄冈人，他对黄冈文化传统有着异乎寻常的人格认同。但老十哥又是一个"组织人"，他"这辈子生是组织的人，死是组织的鬼，过不惯没有组织的日子"，长期的革命政治生活已经为他铸就了强大的政治组织人格。这种组织人格的核心是忠诚，它与黄冈地方文化人格中的执拗或坚守一脉相承。换句话说，老十哥的革命风骨以他的黄冈地方文化风骨作为精神底色，或者说前者正是黄冈地方文化传统在革命语境中的创造性转化物。这一点甚至连国民党镇守黄州城的主官也看得清楚明白，他认为黄冈的革命队伍"五大队"是消灭不了的，因为五大队是黄冈人执拗性格的特殊表现，要消灭五大队就必须消灭全部的黄冈人。可见老十哥加入革命队伍具有地方文化心理上的必然性，他将黄冈人的执拗成功地转化为了忠诚。

老十哥的一生对组织无限忠诚，但这种政治组织人格也存在着刻板化的隐患。由于长期身在组织，父亲老十哥在离休之后依旧喜欢干预地方政务，他甚至潜意识地习惯了在家里发号施令让母亲去执行，晚年的他还习惯了与儿女们握手，且仪态大方神情自若，仿佛不是父子关系而是上下级关系。一句话，他早就把家庭变成了组织的一部分，他早就习惯了做家庭的主心骨，他的强势性格由不得任何人的违拗和反抗。但晚年的老十哥接连遭遇心理危机，好在他总是能有力地化解这种心理危机，不让它酿成绝望的信仰危机。最初摆在老十哥面前的危机是母亲的退休金问题，没有了退休金的母亲很容易陷入崩溃和绝望。但父亲绝不允许我们家发生怀疑组织的事件，他嘱咐我们千万要保护好母亲，因为母亲保护好了也就等于捍卫了组织的尊严。这同时也意味着我们在保护父亲，因为母亲的退休金事件显然已经危及父亲的组织信仰，父亲强大的政治组织人格也开始隐现危机。接下来父亲必须面对更加沉重的心理危机，因为这次轮到他自己的离休金也化为泡影。果不其然，父亲老十哥也不淡定，他发火爆粗口。我们再一次看到作家在解剖人物文化人格心理结构失衡时由心理波及生理的写作策略。父亲认为自己一辈子忠于组织却被小人戏弄和嘲弄，因为他的离休金后来都是由他极度鄙视的私企老板老十一刘声智代为发放的，这对当事人简直是奇耻大辱，对当事人所毕生依靠与奉献的组织也是新的背叛。父亲不明白堂堂的组织为何竟然要用私人老板的钱打发自己这种老家伙，而给老十一提供了羞辱他的老十哥，证明自己比老十哥高人一等的机会。父亲老十哥的内心无比痛苦，他觉得受损失的只能是县里主官们手中的权力所体现的组织的荣誉与信誉。因此这次的离休金事件简直是穷凶极恶，仿佛要直接终结父亲政治上的老命，因为一旦发现连组织都不能百分之百地信任，父亲几十年的人生精神建构都免不了要坍塌和崩盘，那种摧残简直比王朤伯伯患癌症还要让人痛不欲生。老十哥究竟不同凡响，他强大的政治组织人格和黄冈文化人格终究没有被外力所颠覆，而是在痛苦的内心挣扎中迅速恢复了平静和平衡。于是我们看到父亲用颤抖的双手捧起了《组织史》，他盯着“组织”二字看了好一阵，又用双只手指轻轻抚摸好一阵，再在自己怀里抱上一阵，随后轻车熟路地翻到印有自己简历的那一页，将上面那段文字瞪大眼睛看几遍，再闭上眼睛看几遍。这段细致的生理反应描写实在是精彩绝伦，它生动而深刻地暗示了父亲的文化人格心理结构由失衡到再度恢复平衡的嬗变过程。这就是父亲乃至典型黄冈人性格的另一面：“真的束手无策时，凡事执拗的黄冈人，反而表现出超常的冷静。”冷静之后的父亲不再纠结于离休金的事情，相反展现出了更为强有力的组织观念和力量。他主动配合组织拆迁自己的房屋，为修建大桥让路。当母亲拒绝搬迁以绝食相逼的时候，父亲竟以拒绝喝水来展开绝地反击，最终母亲还是屈从于父亲的组织哲学，再度俯首称臣。父亲满怀豪情地宣称生要做组织人、死要做组织鬼，他的政治组织人格已成金刚不坏身。

与老十哥刘声志不同，《黄冈秘卷》中的黄冈人还有第二种人格类型，这就是以老十一刘声智为代表的另一种黄冈地方文化人格，它有着"一根筋"的执拗却不具备硬骨头精神，但关键时刻依旧能体现最后的道德精神底线。这种黄冈人格同样植根于中国儒家文化传统，如果说老十哥刘声志转化了儒家道德理想人格传统，那么老十一刘声智就转换了儒家现实功利人格传统，后者正是儒家推重的所谓"正其谊不谋其利，明其道不计其功"的对立面，但两面如影随形、二位一体，体现了中国儒家文化人格传统的二重性，这就如同君子与伪君子两种文化人格范型在中国漫长的历史上难解难分。具体到老十一刘声智，其人格的执拗不在于像老十哥那样对道义和信仰等精神境界的追求，而在于对金钱和美色等功利欲望的追逐。这种儒家现实功利人格一旦与黄冈地方文化传统的"一根筋"精神相结合，必然变本加厉，更加执拗。老十一相信人人都有自保的天性，为了自保随时可以牺牲他人利益，所以他的一生充满了大大小小的背信弃义行为。刘家大塆最灵敏的鼻子就长在老十一的脸上，他仿佛具有与生俱来的功利主义嗅觉，每逢巨变老十一总能做到先行一步并规划出应对之策。老十一将自己名字中的"智"字用到了极致。他虽然没有读过《资本论》，但却成功地运用了资本，他就是以资本而论的活体。老十一的生意哲学完全不同于老十哥的组织哲学，老十一做生意就要回报，不像老十哥作为组织人必须组织利益至上。但老十一终究没有突破最后的道德人格底线，而且内心中始终隐含着罪感或忏悔意识。实际上老十一的功利人格或经济人格也并非颠扑不破，就像老十哥的政治组织人格存在隐患一样，老十一的文化人格心理结构也经历了颠覆与平衡的心灵震荡。对于老十一而言，内心中有两个精神病灶在时刻折磨着他的灵魂，一个是出卖，一个是无嗣，长期困扰着他的灵魂不得安宁。由此我们才能理解为何小说中要重点写到老十一的梦中哀嚎和醒来后的闭门大哭。这其实是作家由人物的病态心理分析转入生理症状描摹的一种写作策略。作为最亲近的见证人，紫貂目睹了老十一在精神上陷入绝境，他那看似强大的物质功利人格也曾濒临崩溃的边缘。晚年的老十一愿意负荆请罪，他意识到自己这辈子做人总是太小家子气，而只有老十哥才是他内心里最佩服的人。由此我们看到了老十一刘声智在经历了一番晚年心理颠覆与再度平衡后，终于实现了向老十哥刘声志为代表的黄冈正典人格的认同与回归。

《黄冈秘卷》中的第三种黄冈地方文化人格类型以老十八刘声明和"我们的祖父"为代表。他们身上所体现的是一种相对本色化或本土化的黄冈地方文化人格，既不同于老十哥那种被改造或重塑过的政治组织人格，也不同于老十一那种被异化或扭曲了的功利经济人格，而是保留了更多的黄冈地方文化人格的原生形态。无论是祖父还是老十八，他们身上都不缺乏黄冈人特有的执拗性格和"一根筋"精神，但他们身上又具备老十哥和老十一所不具备的低调务实、洞明世事的乡贤品格。祖父和老十八经常像藏传佛教喇嘛那样做"辩经"式的对谈，他们在相互辩驳中不断丰富和加深了各自对黄冈地方文化传统的理解。他们身上的这种乡贤人格其实是一种乡土中国民间文化人格，虽然与儒家文化的耕读传家传统一脉相承，但更多地与道家隐逸文化密切相关。于是我们看到老十八和祖父经常给人留下乡村智叟或民间高人的印象，始终有层挥之不去的神秘面影，不像老十哥和老十一那样高腔高调、咋咋呼呼，有一股子掩饰不住的惊天动地的做派。老十八是老十哥眼中的黄冈人的极品，他谦逊、机智、诙谐，是个人见人爱的老精怪，简直可以当外交部部长。古人云"若知朝里事，去问种田人"，老十八居然能够敏锐地判断说，属于老十哥的好时光已经过去了。实际上老十八有着他自己的乡村人生哲学。他很清楚，政治年代是老十哥风光，但经常要担心被人调查材料，而经济时代是老十一风光，但欠钱债也少不了窝囊，条条路上都是咬人的蛇，不如像他这样待在老家里终其一生，小钱小酒小日子也是很幸福的时光。作为老十八的最佳辩经搭档，祖父的形象在《黄冈秘卷》中格外深入人心。作为黄冈文化的民间乡贤，祖父与林老大的交往颇能反映他的黄冈人格风骨，他一生看重的是令人尊敬的人品而不是其他。《黄冈秘卷》中的祖父和长篇散文《一滴水有多深》中的爷爷可以互相印证，他们的情感都是"古典的乡村情感"①。其实柔中带刚的祖父比一味逞强的父亲更加强大，老十八正因为坚信老十哥不敢违背祖父的意志而选择了坚信《刘氏家志》依旧藏匿人间。因为祖父曾说谁敢将《刘氏家志》毁掉谁就等于宣告自己要做一名弑君杀父的乱臣逆子。老十八因此推论，如果老十哥敢将《组织史》烧掉，那他就敢烧掉《刘氏家志》，而岳飞宁肯死在风波亭也要精忠报国，不敢对母亲说一个不字，如此方能忠孝两全。这意味着老十哥既要毕生捍卫《组织史》，同时也会舍身保卫《刘氏家志》，因为前者包含远大的政治理想，而后者用来追根溯源、寻根问祖，象征着深层的文化认同。如果说捍卫《组织史》就是捍卫政治组织人格力量，那么保卫《刘氏家志》就是保卫黄冈地方文化人格谱系，二者在老十哥刘声志的身上已然二位一体。然而对于祖父和老十八而言，《刘氏家志》是刘氏族人的精神渊薮和文化根底。有了《刘氏家志》的传承就有了黄冈地方文化人格谱系的延续，这就是祖父和老十八的"一根筋"，他们以或隐或显的方式坚定地捍卫着黄冈地方文化传统。所以他们没有老十哥或老十一的那种内在人格心理平衡被颠覆和被撕裂的痛苦，而始终保守着平静达观的人生姿态和外柔内刚的文化性格。

三

从《蟠虺》到《黄冈秘卷》，不难发现刘醒龙持续而强烈的文学新诉求，这就是致力于中国传统的创造性转化，实现中国传统的重塑与再生。其中，既包括中国文化传统的重塑与再生，也包括中国文体传统的重塑与再生。前者的原理与实践我们业已做出辨析，接下来要阐明后者的路径与方法。中国文体传统源远流长，古往今来的文体资源富丽丰赡，可谓当今中国作家取之不尽、用之不竭的文体渊薮。以长篇小说创作而言，那种片面追求西洋小说技法的先锋艺术套路已经日渐被抛弃，唯有将西洋现代小说技法植入中国小说

---

① 刘醒龙：《一滴水有多深》，作家出版社 2009 年版，第 153 页。

文体传统，或者以中国小说文体传统去吸纳西洋现代小说技法，才能将中国小说的现代化与民族化或曰西洋化与本土化两种趋势结合起来，由此汇聚成中国文体传统复兴的新趋势。对于刘醒龙而言，促进中国文体传统的复兴首先就在于激活中国小说文体的野史杂传传统。中国小说向来是"史之余"，作为有别于正史的野史或杂史，具有补史功能。而中国小说文体的兴盛正缘于其自身不断摆脱历史的阴影，正所谓"史统散而小说兴"①。对于中国小说的野史杂传传统，刘醒龙不可谓不熟稔于心。他在《黄冈秘卷》里重点塑造的祖父形象就是以作家的祖父为生活原型，二者具有高度的同一性。小说中的祖父是叙述人"我"的文学启蒙教师，说是文学教父亦不为过。祖父不仅是黄冈有名的织布师，他还是深受民间喜爱的讲故事的人，雇主林老大长期聘请祖父织布也有被祖父讲故事的高超技巧所折服的因素。祖父喜欢讲古说书，小说中提到的就有《封神榜》《隋唐演义》两种，而且据说祖父的说书能力让职业说书人也甘拜下风。实际上，作家生活中真实的祖父形象与小说中如出一辙，刘醒龙曾多次在散文中向逝去的祖父致敬，他说是祖父让他学会了讲故事，他是最喜欢听老人家讲故事的长孙，是祖父让他明白只要故事不灭，小说就不会衰亡②。毫无疑问，祖父给刘醒龙最珍贵的文学遗产就是中国古代小说的野史杂传传统，讲述民间小人物的传奇故事并为他们树碑立传成了刘醒龙多年来的文学创作初衷，而在《黄冈秘卷》和《蟠虺》的创作中这种艺术取向越来越得以彰显。

其实《黄冈秘卷》的"史余"性质是一望即知的。它既是黄冈地方文化的秘史，也是刘家大塆刘氏家族的秘史；作家不仅讲述了年代久远的外在黄冈民间野史，而且也揭橥了长期让人感到神秘莫测的内在黄冈民间心史；因此这是一部可以和黄冈地方志书比照阅读的方志体小说。诚然，《黄冈秘卷》中除了展现黄冈的地理与人文环境外，小说着重讲述了从 20 世纪三四十年代的战乱时期到 1990

---

① 石昌渝：《小说》，人民文学出版社 1994 年版，第 40 页。

② 参阅刘醒龙的散文《我是爷爷的长孙》《生命之上诗意漫天》，收入《重来》，河南文艺出版社 2015 年版。

年代市场经济转型时期的黄冈刘氏族人的故事，其间经历了种种有据可查的历史事件。但作家刘醒龙的兴趣显然不在于宏大历史事件的再现，而在于解密宏大历史事件背后不同生命个体的文化心理隐秘。这就决定了这部长篇小说的野史杂传性质，即借助各种传奇性的史料编排来塑造各色不同性格的民间人物群像。在这个意义上，《黄冈秘卷》未尝不可以称为一部当代黄冈刘氏列传，整部小说的主干实际上是由曾祖母、祖父、父亲三兄弟（老十哥、老十一、老十八），还有"我"的野史杂传穿插整合而成。读者完全可以把曾祖母传、祖父传、老十哥刘声志传、老十一刘声智传、老十八刘声明传，还有"我"的自传重新加以独立编排，还原成地地道道的纪传体文本。至于非刘姓人物，虽也可以构成王鹏传、海棠传、紫貂传、母亲传，但惟有编织在刘氏列传或家族谱系中才能彰显其生命色泽。所以刘醒龙在《黄冈秘卷》中反复写到《刘氏家志》并非单纯为了制造阅读悬念，毋宁说这部长篇小说还有一个更能切中作家创作初衷的名字，那就是《刘氏家志》。如果说《黄冈秘卷》是黄冈刘家大塆刘氏族人的群像列传，那么《蟠虺》就是湖北考古学界的顶级机构——楚学院的知识分子群体列传。《蟠虺》讲述的虽然不是一个血缘家族的故事，但它讲述的是一个精神家族的故事。故事的历史跨度虽然不像《黄冈秘卷》那样宏大，但同样折射了20世纪八九十年代至今的种种改革历史事件，而且为当代中国民间知识分子存史立传的创作意图十分明显且强烈。无独有偶，《蟠虺》也可以分解为多个知识分子人物的野史杂传，如曾本之传、马跃之传、郝嘉传、郑雄传、郝文章传，而其他非知识分子人物，如青铜大盗"老三口"及情人华姐、江湖术士"熊大师"、官场达人"老省长"等，他们的野史杂传穿插编排在知识分子列传的主体叙事框架中更能显示文本的丰富性与复杂性。可见刘醒龙在长篇叙事模式上更多地传承了中国古典长篇小说中多元人物群像组合结构，这与他从小听祖父讲《封神榜》和《隋唐演义》这样的古典英雄列传体长篇小说不无关系，而他在《黄冈秘卷》中以"我"的叙述人身份经常提到的《金瓶梅》和《红楼梦》，也恰恰是古典列传体小说，只不过主人公从英雄将相置换成了市井俗人或才子佳人而已。

为了进一步激活中国小说的野史杂传传统，刘醒龙还格外注重发扬中国小说的博物搜神功能。自从晋人张华的《博物志》和干宝的《搜神记》诞生以来，博物搜神就成了中国古典小说文体的重要特色。诚然，小说当以人为主，但物和神的力量也不能小觑。小说中写好了物和神，将十分有助于人的塑造。刘醒龙显然深谙此道。《蟠虺》就是一部典型的博物之作，这不光是因为它写的就是有关博物馆的故事，更重要的在于作家对考古学领域中的青铜重器专业知识做了系统阅读和深入理解，然后用文学家的人性视角透视科学家的知识生产和心理隐秘。尤其是小说中还贯穿着两种青铜重器工艺的学术路线斗争——范铸法与失蜡法的斗争。刘醒龙能将专业性如此之强的学术题材纳入当代文学审美想象共同体之中，这就比传统的博物志小说中静态的物产描绘技法要高明得多。除却文物，《蟠虺》中还着重写到了古文字，比如马跃之匿名写给曾本之的两封甲骨文书信就十分惹人注目，而且为了破解这两封甲骨文书信的真实意涵，小说中以不同人物的名义动用了多种文史知识予以解答，这必然在无形中强化了这部长篇小说的博物特色。还有小说中多次出现的那三十个青铜器皿上的僻字，虽是作为曾楚楚考验来客的手段，其实对读者而言也是一种阅读上的知识考验。当然对作者而言，古汉语和古文字的集束出现确实有其初衷："老祖宗给我们留下如此宽广的边疆大地，老祖宗给我们留下来的每一个汉字，都是文化边疆上的界碑。"①如此看来，激活古文字和古汉语同样也是刘醒龙重塑中国文学文体传统的艺术冲动。这样我们就能更好地理解为何刘醒龙要在《黄冈秘卷》中花费如此多的笔墨探寻黄冈方言的问题了。在他看来，作为母语的湖北方言是古汉语中原雅音的一部分。"当北方游牧民族用血与火外加他们的语言洗劫中原大地后，这些语言就成了残存南方的化石。"②与古汉语密切相关的是古

————————

① 刘醒龙：《文学的气节与边疆》，《重来》，河南文艺出版社 2015 年版，第 303 页。

② 刘醒龙：《晓得中原雅音》，《抱着父亲回故乡》，重庆出版社 2015 年版，第 37 页。

老的书法艺术，而刘醒龙的两部长篇小说近作中都不吝笔墨写到了精彩的书法场景。刘醒龙说自己的书法受了祖父的影响，小时候经常看到祖父用毛笔把孙子的名字写在各种各样的农具上，这注定了他以后也会"与水墨共舞"①。《蟠虺》中不无渲染地写到了曾本之与马跃之的私人书法竞技，《黄冈秘卷》中同样不无渲染地写到了老十一刘声智在公司贵宾室里悬挂着大幅的"嘿乎"书法，这些书法片段以博物方式重塑了小说人物形象和各自的小说文体形态。至于搜神功能，刘醒龙的这两部长篇小说中也有着明显的展示，如《蟠虺》中写到两个灵异事件：一个是郝嘉墓地冒出的白色雾气，暗示着死者生前遭受了冤屈；再一个是郑雄在快艇中突然被江水里看不见的手夺走了曾侯乙尊盘，被抢救入院后他开始满嘴胡话，这个神秘情节改变了人物命运。《黄冈秘卷》中的搜神情节也不少见，比如祖父就将黄冈人把父亲叫作"伯"解释为逃避妖魔鬼怪的捕捉，因为人为地混淆父子关系有助于迷惑妖魔鬼怪，而当地人相信魔鬼做鬼事也要讲鬼道理。小说中关于祖父的死亡书写十分神奇，随着一阵风将祖父亲手种植的梅树吹断，祖父像行为艺术一样走完了他的生命过程，这也符合祖父的生命哲学和人生姿态。祖父就是黄冈刘家大墺的圣贤。在很大程度上，正是通过对中国古老的搜神博物叙事传统的现代转换，刘醒龙的长篇小说创作才日益呈现出叙事上的中国气象。

除了发挥博物搜神的叙事功能之外，刘醒龙在长篇小说近作中还融合了多种文体进行文体互渗，尤其是积极调动中国传统的诗古文辞介入其中，以此重塑当代野史杂传体小说的文体新形态。中国古典文人大都诗古文辞俱工，诗文是中国古典文学的正统文体，故而其中所谓诗原指狭义之诗，并不包含通俗的词曲在内，而辞指辞赋和骈文，与无韵、无格律的古文相对。但古来的小说家大多乐于将诗古文辞这类正统文体引入通俗小说文体中，以此打破文体界限，这种包容性的大文体传统委实值得当下小说家借鉴和发扬。在

---

① 刘醒龙：《我是爷爷的长孙》，《重来》，河南文艺出版社 2015 年版，第 273 页。

《黄冈秘卷》中，由于要写到千年古城黄州，而黄州历史上人文风景璀璨，尤其是苏轼的诗文更是让黄州声名远播，故而刘醒龙笔下的黄州故事不能没有古典诗文化育其中。刘醒龙在《黄冈秘卷》中并没有静态地复述或描绘东坡诗句，而是巧妙地将东坡诗句嵌入小说的故事情节中，不仅让其推动故事情节演进，而且借此塑造典型人物性格，营造浓郁的人文氛围。还有小说中反复出现辛亥革命党人林觉民的文言文《与妻书》，但被国教授、老十哥、海棠海若姐妹称为《诀别书》。第一次是老十哥在狱中听到国教授背诵《诀别书》第二段，国教授的背诵如泣如诉，那种奉献于民族大义的牺牲精神深深地打动了老十哥，此时的《诀别书》充当了革命者的启蒙书，重塑了老十哥的革命政治人格。第二次是海棠姑娘吟诵《诀别书》第二、三段，这两段古文暗中传递了老十哥与她的爱情悲剧，十分贴合革命年代两位年轻男女的复杂爱情心境，浪漫而悲苦。第三次是面对无理指责和批斗，老十哥却平静地背诵起《诀别书》的最后部分，让老十哥在特殊历史境遇中背诵这段文字实在是再贴切也不过，革命者的铮铮风骨跃然纸上。可见《诀别书》已经成了《黄冈秘卷》的文本有机组成部分，从故事情节到人物性格诸叙事环节，仿佛嵌套一般镶嵌得天衣无缝。在《蟠虺》中，我们还看到刘醒龙有意识地调动辞赋或骈文的文体潜力，于平实之中见奇崛，起到了意想不到审美效果。如曾本之的《春秋三百字》，虽不是严格的骈体文字，但铺彩摛文，骈散相间，深得辞赋法乳。至于《青铜三百字》，这是郝文章仿照曾本之的笔法写给亡父郝嘉的祭文，这篇华美的祭文抒写了后来者或苟活者对英年早逝的郝嘉的尊敬与怀念，也预示着中国古典青铜人格的不灭与再生。由此我们不难发现，刘醒龙在长篇小说近作中试图用古典诗古文辞中托物言志的手法来实现中国文化人格传统的创造性转化，而就在他创造性地转化中国古典文化人格传统的过程中，中国古老的文学文体传统也同步得到了创造性的转化。

（《中国现代文学研究丛刊》2019 年 08 期）

下编　刘醒龙面面观

文学英山印象

於可训

前些日子，我去黄冈市英山县参加了一次文学活动，内容是纪念一位英年早逝的作家姜天民。姜天民是英山人，他的短篇小说《第九个售货亭》1982 年获得全国优秀短篇小说奖，他是一位才华出众的青年作家。发起这次活动的是作家刘醒龙，他虽然祖籍不是英山，但成长于英山，是在英山走上文学道路的，和姜天民一先一后。此外，作家熊召政也是英山籍。

我上面提到的这三位作家，爱好文学的读者都知道，其中有两位是茅盾文学奖得主。熊召政以一部历史题材的长篇小说《张居正》获得第六届茅盾文学奖。刘醒龙以一部现实题材的长篇小说《天行者》获得第八届茅盾文学奖。姜天民当年所获全国优秀短篇小说奖，据业内人士说，也相当于今天的鲁迅文学奖。区区一个小县，就走出了三位获得全国文学大奖的作家，你不能不感叹，小小英山，真是文学的奇境。

更神奇之处，是这三位作家都在英山县文化馆工作过，都是从英山县文化馆走出大山，而后成为全国知名作家的，走的几乎是同一条路线。英山县文化馆坐落在县城一条喧闹的小街上，周围都是商铺，置身闹市，要想潜心创作，心无旁骛，没有一点闹中取静的"坐功"是不行的。据说，文化馆的办公室当年有一把旧藤椅，这三位作家都坐过，是这三位作家勤奋写作的历史见证。

英山作家的创作都有很强的现实感。熊召政虽然是以历史小说家著称，但他的成名作却是一首轰动一时的长篇政治抒情诗《请举起森林一般的手，制止!》。这首为革命老区人民鼓与呼的作品，表现了诗人关切民瘼、不忘初心的一片赤诚，于 1980 年获全国新诗奖。姜天民的《第九个售货亭》，则通过几个青年工人帮助一个下岗女工建造售货亭的故事，从普通人的日常生活中，挖掘和表现心灵美，也是那个时代世道人心的真实反映。这次活动，我们见到了《第九个售货亭》写到的许多人物原型，作品的情节都是有生活依据的，甚至连售货亭都实有其物。刘醒龙坦言，在他身上也有人物原型的影子。听着这些人物原型津津乐道当年的故事，我禁不住感叹英山作家联系群众之广、扎根生活之深。

　　这次英山之行，给我印象最深的是参观父子岭小学。刘醒龙说，他在《凤凰琴》和《天行者》中写到的界岭小学，原型就是现在的英山县孔家坊乡的父子岭小学。这所小学在离县城六十多里外的大山里。下了四十多里的公路之后，由一座长长的独木桥跨过一条大河，再翻山越岭，走二十多里山路，才能到达父子岭小学所在的乡镇。父子岭是英山历史上的特困地区，"三河一岭"中的"岭"，就是父子岭。该地人口稀少，交通不便，经济文化都很落后。那时节，刘醒龙刚从英山县阀门厂借调到县文化馆，跟一位副馆长下乡搞文化站建设，工作之余，喜欢到四周的山野里走走。有天傍晚，他爬上乡政府左侧的山岗，忽然发现半山腰的几间土坯房前竖立着一面国旗。旗杆是用两根松树杆捆扎而成，旗帜经过风吹日晒，已经见不到鲜红的颜色。那面国旗下面，有一所小学，就是当年的父子岭小学。此后，一连数日，刘醒龙每天傍晚都要爬到那道山岗上，望着那面在晚风中飘荡的国旗，心中也禁不住漾起阵阵情感的波澜。正是这面国旗和心中的这份感动，促使他在八年后提笔写下了中篇小说《凤凰琴》，而后又发展成长篇小说《天行者》，为乡村教师这个特殊的社会群体唱了一曲由衷的赞歌。《凤凰琴》和《天行者》源于英山，但遭遇困厄而弦歌不辍的精神，却上接古圣先贤，下及后代子孙，是中华民族人文教化传统的一脉传承。

　　听刘醒龙满怀深情地讲述这段往事，我们都禁不住有一睹我佛真颜的冲动。第二天，我们如愿去了父子岭小学参观访问。如今的父子岭小学已不同以往。通往小学的狭窄的山道，已改成了能走汽车的大道，铺着水泥或沥青的路面，山花夹道，绿树掩映，一派生机盎然的景象。当年的几间土坯房，已改成了钢筋水泥结构的现代楼房。悬挂国旗的松树杆，也换成了不锈钢的旗杆。高大的校门后面，是一个宽敞的院落，教学楼、综合楼、学生宿舍楼、教师公租房，依山排列，呈一个好看的半圆。学生宿舍的楼顶上安有太阳能热水器，寝室、餐厅、浴室都按公寓、宾馆规格配置，一切都与城里的正规小学无异。听校长介绍说，父子岭小学是孔家坊乡父子岭片区唯一的一所完全小学。学校现有学前班至六年级 8 个教学班，在读生 170 余人。因为住地分散，路途遥远，学生几乎都在校住读。但全校教职工只有 13 人，其中正式教师 7 人，代课教师 3 人。就这十来号人，不但要管学生的学习，还要管他们的饮食起居，甚至得帮年龄小的学生梳头洗脸、铺床叠被，可见工作量之大。尽管如此，他们教书育人的初衷却丝毫未改，爱生如子的情怀也一如既往。改革开放四十余年来，从这所小学毕业的学生中，有四百多人具有本科学历，还有数十名硕士博士，学校为国家培养了大量优秀人才。在座谈中，面对一张张朴实的脸，我又想到了《凤凰琴》中那一群同样朴实的民办教师。是他们的精神创造了《凤凰琴》，又是《凤凰琴》的精神影响和激励了一批又一批乡村教师，才使得这个偏僻山区里的小学传来永世不辍的弦歌之声。

在这次参观访问中，我们结识了一位姓金的代课老师。校长说，金老师在这儿代课已有十多年，主要教数学，还担任着毕业班的班主任，有时也兼教别的课程。校长说她基本上就是一块砖，哪里需要哪里搬，哪个学科缺人，她就顶哪个学科。她教的课程在乡县统考中总是名列前茅，深受学生、家长的爱戴和欢迎。金老师和她的爱人身体都不好，她爱人卧病在床，她自己不久前也在武汉动了一次大手术，术后半个月就来学校上班。我们在谈论她的时候，她正在进进出出地为我们端茶续水。校长说，她平时也这样为学校和学生做些杂务。金老师的个子不高，衣着朴素，面色微黄。当她从我身边走过的时候，我朝她竖起大拇指，轻轻地说："金老师，真不错。"她只笑了一下说："应该的。"望着她忙碌的背影，我禁不住想起了《凤凰琴》中长年卧病在床的明爱芬老师。明老师为乡村教育事业献出了自己的生命，在她身后，有许多像金老师这样的乡村教师，正在用自己的生命培护乡村教育的大树，完成明老师未竟的事业。刘醒龙把父子岭小学的老师，看作是《凤凰琴》中界岭小学的老师在生活中的再现。据校长说，像金老师这样的代课老师，全国各地有很多，收入很低，负担很重。临走的时候，刘醒龙要走了一份金老师的材料，说是要跟有关领导反映一下这个问题。我便想起当年的《凤凰琴》对民办教师转正所起的作用。面对这些代课教师，刘醒龙的心中是否又萌发了新的创作冲动呢，我不得而知，但中国当代文学向有"干预生活"的传统，在刘醒龙身上，我似乎又看到了这个传统在悄然复活。

在英山参加活动的那几天，我时不时会生发出一些联想。这些联想无一例外都指向与文学有关的现实。英山是一块文学化的土壤，英山的历史和现实孕育了英山的文学，英山的文学又让英山的历史和现实变得更加绚烂多姿。从熊召政的《请举起森林一般的手，制止！》呼唤革命初心，到姜天民的《第九个售货亭》重建美好心灵，再到刘醒龙的《凤凰琴》和《天行者》张扬崇文重教的民族精神，以及这三位作家的其他创作和英山其他作家的作品——正是这些独具特色的创作，创造了一个文学英山，文学英山也因此而成为开放在红色大别山腹地的一枝文化的奇葩。

（《光明日报》2021 年 1 月 1 日）

论有关刘醒龙的四个思考片段

蔡家园

一

如果拿刘醒龙和"先锋"一起说事儿，可能不少人会觉得似在意料之外。

《刘醒龙文学回忆录》中讲了一个故事："我不善饮，更不多饮，却是武汉文学圈公认的酒桌上的开先河者。别人喝啤酒可以喝上半箱一箱时，我在一旁独自饮着干白葡萄酒；好不容易让别人也开始爱上干白葡萄酒时，我又一个人喝上了干红葡萄酒；等到别人也将干红葡萄酒往天上吹，我又转头去喝那只需两杯下肚准保额头出汗的真正酱香型白酒……"

刘醒龙其实并不好酒，在文学自传的开篇就拿酒来说事儿，显然是醉翁之意不在酒——"我"是一个追新者，对新鲜事物保有敏感，引领着"酒桌上"的风气；"我"是一个执著者，始终钟情于"酒"；"我"是一个自律者，颇有拿捏分寸的自信；"我"也是一个孤独者，因为率先尝试，所以总是"在一旁""一个人"，寂寞却不乏骄傲……

这个看似漫不经心的"酒事"，实乃一个意味深长的隐喻。它既关乎着刘醒龙的"心结"，也提出了一个带有普遍性的问题：面对那些怀有巨大理想、坚定不移的写作者，研究者、评论者在言之凿凿时，真的就明了他们的苦心孤诣和真正价值吗？优秀的作家从来都需要拉开时空距离才能看得更加真切和全面。

　　从 1984 年公开发表第一部小说算起，与刘醒龙 37 年的文学历程相伴随的评论早已构成一部刘醒龙阐释史。寻根小说、新乡土小说、现实主义冲击波、新历史小说与"重塑传统"无疑是其中的关键词。作家就是被置于这样的一个个"灰阑"中解读而进入中国当代文学史的。可是，这就是真实的刘醒龙吗？

　　"大别山之谜"系列被视为寻根小说，作家在回望中国传统的同时表现出的超越渴望是不是被忽略了？当我们认同《村支书》《凤凰琴》植根乡土现实、还原生活本相的姿态时，那字里行间焕发出的前所未有的、近乎神圣的道德理想激情是不是被曲解了？人们赞扬《分享艰难》直面现实问题的敏锐，是否留意到了作家深沉而痛苦的忧思与怜悯呢？《圣天门口》解构了宏大叙事和革命伦理，可是它在神性与人性的双重视野中重构了新的伦理价值是否受到了重视？《蟠虺》《黄冈秘卷》当然是"重塑传统"，可是由地方文化破译并建构中国人的精神密码算不算独辟蹊径？假如我们认同先锋是一种不循常规的理念和勇于"破圈"的姿态，将刘醒龙从既有文学思潮框架中解放出来置于更加开放的美学视野中考量，他是否也可以被视作一种"先锋"？

二

　　2011 年刘醒龙在华中师范大学曾做过一场题为《启蒙是一辈子的事情》的文学演讲。作家结合自己的人生经历和重要作品，比较系统地阐述了自己的文学观，主要包括："一个人的生命之根，是感恩的依据，也是文学情怀的根源"，作家除了天赋之外还有无限的"天职"，文学要有生命的理想，"一个民族的文学必须表现这个民族的灵魂力量"，经典文学的血统是高贵的，通过对现实的多重质疑来表达自己的理想，"生命之上，诗意漫天"等。值得注意的是，这些内容虽然都被归在"启蒙"的题目之下，其实却迥异于学界通常所谈论的"启蒙"。在另一篇文章中，作家有更明晰的表述："人人心里都有一个'圣'的角落，这样的角落正是人性的启蒙。"刘醒龙将"启蒙"思想之根扎在中国传统的土壤里："潜意识里的道德体系规范着我的写作行为，而这个道德体系还是来自乡村。"他还有许多类似的宣言式表述，隐约透露出其自我正名意识。然而3年后，在该校召开的刘醒龙文学创作30年研讨会上，依然有不少评论家将其创作纳入启蒙话语体系，强调立足现代性和现代知识分子品格，围绕文化性、批判性、隐喻性来论证他续接了启蒙精神。检索关于刘醒龙的研究论文，也大多是在这样的文化立场和美学视野之下的肯定或批评。诚然，这样的阐释在很多时候是有效的，但有时也会在一定程度上遮蔽人们对一个独特而丰赡的作家的全面认知。

新时期以来，以启蒙主义为标准确立的一套美学原则在极大地推动着当代文学发展的同时，也"规范"着文学的发展。毫无疑问，刘醒龙从写作之初也选择了启蒙立场，表现为对人的人格、价值、尊严的关注。但是，对"启蒙"刘醒龙显然还有着自己的"僭越"了既有规范的理解。所以，从《村支书》到《分享艰难》，其作品不时遭到批评界的讨论和批评。当作家的文学实践更加丰富、思想根基更加坚实、艺术技巧更为娴熟之后，他开始直接发声，通过阐释自己的价值观和美学观来争取话语权。其"策略"之一就是将概念内涵进行置换，所以此"启蒙"并非彼启蒙。综观其创作，作家的思想来源较为复杂：启蒙主义只是其一，传统儒家思想堪称底色，兼有道家思想，还受到楚文化和红色革命文化影响。他的基本姿态是建构性的，但也并没有放弃反思与批判。他始终保有对人的怜悯与关怀，并有着更为宽广的视野和别样的情怀。

与作家的"启蒙"观点相关联的还有"真正的现实主义"。就学理性而言，刘醒龙似乎并没有将这个概念说透彻。但是，他旗帜鲜明地倡导一种肯定性的正面价值观，呈现出强烈的道德化色彩。他也许是在提示文学史家，他的现实主义写作与"现实主义冲击波"根本就是貌合神离。通过不断地演讲、对话、发表创作谈等方式，这些年来刘醒龙不断地阐释着自己的文学观。也许希望藉此为自己的写作正名，为多样性文学存在的"合法性"正名。

三

"对于一个真正的作家来说，必须以笔为家，面对着遍地流浪的世界，用自己的良知良心去营造那笔尖大小的精神家园，为那一个个无家可归的灵魂开拓出一片栖息地，提供一双安抚的手。"刘醒龙一直强调作家的社会责任对社会进步的正向作用。在他看来，"在这个社会变革时代，我们应承担起责任，通过写作承担责任和表现这种责任"，文学必须是"为人生"的，让人"变好""变善"。因此，他笔下的人物往往承载着强烈的道德意识，甚而就是理想道德的"化身"。

在长篇小说处女作《威风凛凛》中，尽管"恶"践踏了知识、美好和人的尊严，但是赵老师身上的知识与文明为西河镇的"威风"文化注入了新内涵，彰显了道德的力量。《生命是劳动与仁慈》认为生命的意义在劳动中凸显，劳动是一种道德力量，能够拯救溃败的社会，救赎堕落的灵魂；生命同时也是仁慈的，可以挽救物欲时代异化的人际关系。陈东风式的劳动创造人、创造道德并自我完善的理念，虽然带有乌托邦性质，但其鲜明的道德化立场仍然不失感染力。《痛失》痛心的是一个基层优秀干部丧失了做人的基本道德良知，批判了物欲时代人格和灵魂的堕落。

如果说刘醒龙早期的这些长篇小说在价值层面偏重于"破"，那么以《圣天门口》为标志，"立"的意图更加显豁。他说："写这部小说时，我怀有一种重建中国人的梦想的梦想。"他立志要写出人伦的高贵。这部具有寓言气质的史诗性作品反思中国暴力革命和权力话语，在消解历史的同时也重构了历史，确立了一种终极精神价值立场：在政治伦理之外，不仅有民间伦理，而且还有一种精神伦理——以梅外婆、梅外公、雪柠等人为代表的非暴力救世精神。它呼唤和平，倡导宽容与博爱，具有超越性。《天行者》则是一曲对于山村民办教师的深情颂歌，高举着道德理想主义的旗帜，将乡村知识分子的无私奉献精神和自我燃烧的理想激情张扬到了极致。《蟠虺》将知识分子视为国之重器，以青铜器隐喻诗性正义、君子之风和守诚求真精神。曾本之堪称传统人格理想的化身，他在对真的坚守、对良心的忠诚和对欲望的抵抗中，实现了人生超越。《黄冈秘卷》中的老十哥既有坚定"党性"，又胸怀"大爱"，无比珍视"人情"，他身上焕发出强大的道德感召力，是一个堪称民族脊梁的"父亲"形象。

所有伟大作家都具备一个共同特点，那就是他们在洞悉了时代的真相和人性的秘密之后，仍然能对这个世界抱有信心，对人怀有怜悯、慈悲与爱。这就是人道主义精神。刘醒龙始终坚信："惟有爱是伟大的永恒。它关怀一切，抚摸一切，化解一切。只要有爱，所有应该改变的，最终肯定会改变。"因此，他的道德理想主义构筑在深广的人道主义基石之上。

传统道德力量作为一种面向传统的价值取向，寄望它来感化人心与解决当代社会问题只能是一种理想。刘醒龙不可能不明了这一点，但是他依然笃信："文学毕竟不是用来解决问题的，但文学一定要成为世界的良心。"也许是身为黄冈人的"一根筋"使然，这种"执念"像一束光，至少能照亮人性风景之一隅。

四

有人说，刘醒龙是最"中国"的作家之一。中国传统文化于他而言是融化在了骨子里。

梁漱溟曾说，中国是伦理本位的社会，以道德代替了宗教。刘醒龙正是在伦理层面实现了对"中国精神"的深刻理解和精准把握。"道德至上"不仅是他的主体人格追求，也是其创作的价值基点："敦厚、和善、友爱、怜悯等，这类被自身过度消耗了的营养，而我正是将它们作为艺术的灵魂。"刘醒龙的"道德"，其实已非我们日常生活中所说的道德规范和伦理准则，而是一种具有超越性的、普适性的终极价值。

在他的小说世界中，仁慈、宽容与爱等道德精神像珍珠一样熠熠闪光。他以仁爱与善良来消除误解和仇恨，用宽容、悲悯来化解矛盾冲突，以基于传统农耕文化的重义轻利的道德观念和人伦温情来对抗、消解城市化进程中显露的某些欲望和邪恶。他成功地塑造了一批承载着传统道德的人物形象，寄望以他们的人格力量来改良弊端、拯救人性沉沦。他说："我相信善能包容恶、并改造恶，这才是终极的大善境界。""大善"其实就是大爱，亦即"仁"，指向了儒家文化的核心思想。

刘醒龙固然是一个勇于"出圈"的"先锋"，但同时也是一个文化"保守主义"者。然而这种立场，却并不影响作家以自己的方式抵达现代性。他曾说："文学中的中国传统一直是我所看重的，我始终没有停止过这方面的探索。"无论时代如何变幻，他始终坚定地走在自己认定的路途上。近年他的长篇小说创作又有新探索，譬如植根于文化传统的"青铜人格""黄冈人格"中所包蕴的时代新内涵；将中国古典小说的野史杂传传统与西方现代小说技巧融合，并借助文体互渗将"小说"引向"大杂文"等，这些都为当代文学有效实行传统的创造性转化提供了镜鉴。

（《文艺报》2021 年 4 月 26 日）

理解时代

——《分享艰难》读后感

毛时安

一个大权在握的小镇党委书记，面对一个强暴了自己表妹的凶手。是对他绳之以法还是让他逍遥法外？是重治还是轻饶？对于这样的选择题，恐怕每个读者都会毫不犹豫地选择前者而不是后者作为正确答案的。不幸的是，小说《分享艰难》(刊《上海文学》1996年第1期)的作者刘醒龙出人意料地告诉我们，镇委书记孔太平最后的选择竟然是后者而不是前者。

是孔太平缺乏击败凶手的智慧？不是。小说一开始，他就以暗度陈仓的办法，巧妙地借派出所所有的赌博罚款解决了小学老师的拖欠工资，搞得精明强干的黄所长都五体投地。是孔太平没有擒拿凶手的胆魄？也不是。他也是个有血有肉的汉子。凶手洪塔山已经缉拿归案。孔太平开始也是满腔怒火关照黄所长加重刑法，"将这狗杂碎弄成个废人"。那么，是什么促使孔太平最后"义释"了洪塔山呢？这对于年轻的作家刘醒龙无疑是最能震撼人心也最具艺术风险的一笔了。在小说中，我们欣喜地看到这位来自江汉平原的小个子作家，以无可比拟的巨大艺术真实迫使我们折服于他的选择。

在改革进行到今天这个重大转折的紧要关头，孔太平面对的是怎样的一个摊子呢？他不仅在政治上面对镇长赵卫东处处的牵制和争夺，而且受到经济贫乏小镇三天二头发不出工资揭不开锅的烦恼：也就是说和计划经济体制的大锅饭不同，他必须遵循政治和经济的两套运行规则的制约，承受政治和经济的双重压力，更为艰难的是两套规则的重合和双重压力的交叉。这种重合和交叉使他厕身其间的改革现实和矛盾变得那样的错综复杂尖锐激烈，赵卫东对他的权力之争经常演变成为经济战场的残酷的牌戏。而在贫困的河西镇，镇养殖场占了全镇财政收入的大半，实际上控制着西河镇的命脉。这样，养殖场就成了他们角逐的主战场，养殖场的总经理能干的企业家洪塔山就成他们彼此都想抓在手里的唯一王牌。然而，对于孔太平来说更重要的是，他"当了管着几万人吃喝的官"，保不保洪塔山实际上关系的已经不仅是自己的升迁而是几万人的生计了。他终于无法摆脱改革特定历史阶段独有的阵痛和窘迫的缠绕，极大地委屈了自己。

这是我近年来难得看到的正面反映改革现实生活的优秀作品。它的文体是如此的结实绵密。作者一步步将我们领进时代严峻的深处。使我们看到，在一个占世界近四分之一人口却只有百分之一可耕地的大国，改革是一次多么艰难的起飞，为它的每一步前进我们都将准备好重大有时候甚至是屈辱的难以承受的付出。小说的成功还在于他态度的冷静，他只是如实地写实。他的笔下没有虚幻的歌颂和鞭策，只有对改革现实中每一个人具体处境的认同和理解。每个人的选择，都是现实和性格联接中的唯一通道。

我们曾经都是改革的浪漫主义者。把改革看成一篇短期内可以完成的诗篇，急于分享改革的成果。现在小说告诉我们，在分享成果之前，首先要分享的是它的艰难。读到小说最后，孔太平那平头百姓的舅舅"用揪心的语调说，我们说定了，不告姓洪的了！让他继续当经理，为镇里多赚些钱，免得大家受苦。孔太平扑通一声跪在地上"的时候，我的眼睛也湿润了。中国真有着全世界最好也最通情达理的老百姓，有着这样深明大义为时代分享艰难的老百姓，中国的改革如果还不能成功，那真是天理难容啊！

（《文汇报》1996 年 2 月 21 日）

"江汉作家"呼唤大善《分享艰难》剖析贫困

张新颖

湖北作家刘醒龙在小说《凤凰琴》《暮时课诵》等之后,新近又创作了一个中篇《分享艰难》,《上海文学》今年第一期刚刚发表,就引起了一些反响。

据《上海文学》负责人、评价家周介人介绍,这个作品原名《米尼王八》,后来觉得同作品所写的那种严肃性不够和谐,就和刘醒龙商量,改成现在这个名字。刘醒龙自己已经把它改成了电影剧本,被上海的一家影视公司看好,拿去了。

在近年的"江汉作家"中,刘醒龙因其独创性而无法被任何流派"归类",他在生活感受、生活见解、哲学态度上的多元性与包容性突出表现在《分享艰难》中,它触及了在市场经济启动后多少改变了自己的生存状态与运作方式的那一个乡镇社会。

《分享艰难》描写了某地一个贫困乡镇在摆脱贫困过程中所面临的现实艰难和精神困顿。故事表明,不管是村干部、老农民还是农民企业家,中国农民都是有信心也有可能战胜贫困的,但战胜贫困的真正艰难在于他们各自有各自的局限。发展经济,脱贫致富,这在中国当今农村是善举,但为了求"善",难免要将人性中属于"恶"的哲学因子调动起来。大善勇于面对"恶",勇于同"恶"对话与沟通,勇于承担被"恶"弄得杂色缤纷、污糟分分的世界,从而最后在包容中消化与转化这"恶"。《分享艰难》让我们感受到的行大善的艰难,刘醒龙呼唤的是一种明白而又包容、现实而又清醒的革命者。

当然，在这篇作品的读者反映中，也有意见认为这部作品多少还有某些概念化的痕迹。与现实生活的生动、驳杂相比，作品多少还留有遗憾。周介人也认为洪塔山这个人物有一点脸谱化，其实还可以写得更复杂一些的，现实生活中这样的人物也可能是更复杂一些的。

（《文汇报》1996 年 2 月 13 日）

在"历史"与"现实"之间

——刘醒龙小说阅读札记

王 尧

　　大体来看，刘醒龙最好的长篇小说都是书写"历史"的，其中篇则偏重于叙述某一具体的"现实事件"——与其按照"现实主义冲击波"的文学史修辞策略将之命名为"现实主义"的，毋宁说是书写"现实题材"的。换言之，在刘醒龙的方法论中，"篇幅"涵容着作品的内在规模，而内在规模的最直接表征就是所叙故事的编年时间。九十年代刘醒龙引起批评界广泛注意的小说都是现实题材的，并且这些作品的体量基本都是中篇；新世纪之后他的创作重心则转向了长篇历史小说领域。这种创作现象在某种程度上显示出了当代文学是如何由"九十年代"过渡到"新世纪"的。

一

　　随着"当代文学"学科历史化进程的不断加深，许多凭借某种"公共话语"进入文学史的作品逐渐丧失了其曾经被"召唤入史"的依据；毕竟文学史最终只能容纳这样一些作品：在悬置社会历史信息的"阐释"之后，它们仍然能够继续被阅读、被理解、被欣赏。刘醒龙的《分享艰难》和《凤凰琴》无疑属于这样的作品。

　　《分享艰难》属于文学史序列中的"改革文学"，"艰难"一词再明确不过地显示出作者在文化转型期的犹疑和惶惑。小说最大限度地将一系列具体事件(罚款、处理经济犯罪等)置于一个复杂的场域中进行全方位的考察和勘测；以中心人物孔太平为圆心，随着叙事的层层推进，塑造事件形态的经济、政治、道德诸领域被一一带出，静止的共时图景随之变成了一个暧昧动荡的动态场域；具体事件在各领域之间过渡并在过渡中成形。以表妹田毛毛为代表的欲望符码在整个文本空间的各关节点间流通，加速了各领域的沟通，并使一切坚固的领域暧昧化、多义化。《分享艰难》展示出的是一幅无法把捉的动态全景图：如果说"分享"这一语词在八十年代有效地凝聚了各方力量并使各领域凝聚为一个稳定的"共识"结构，那么"艰难"所描绘的就是市场经济展开过程中共识消解、规矩失范后的暧昧图景（正如孔太平的表妹田毛毛和企业家洪塔山的暧昧关系所指涉出的政治、经济、伦理力量叠合、博弈的具体形态）。《分享艰难》是刘醒龙最早引起评论界广泛重视的作品之一，它蕴含着之后刘醒龙小说创作的诸多特质：对于现实图景各层面结构关系的悉心剖析，对混沌形态的偏爱，隐喻、象征手法的大量运用。

《凤凰琴》是刘醒龙最为成熟的中篇小说之一。随后刘醒龙又将它扩展为长篇小说《天行者》。可以说《凤凰琴》的写作是在刀尖上舞蹈。如果处理方法失当，要么它会变成一部弘扬主旋律的"应和"之作——关于"苦难"的陈词滥调便会随之满溢出来；要么它会变成我们"意料之中"的样子，毕竟关于"乡村教师"，我们有着太多想当然的刻板印象。《凤凰琴》以其精湛的叙事技艺从这两种尴尬的处境中脱离而出，兀自生长成一部有着独特风格的作品。

《凤凰琴》采用了一种直陈事实的语调，语言崭截干脆。每个句子都是用一种波澜不惊的语气说出的，沥干了任何抒情、批判的可能性——仿佛事情本来如此，或者说生活本来就是这样的；无须惊愕，拒绝移情。每一节的结尾戛然而止，收煞自然，并不显得峻急、刻意。如果仅仅将《凤凰琴》看作是"现实主义"的，难免压缩了小说本身的阐释空间；整部小说并不完全具有现实主义小说坚定的伦理立场和自信笃定的叙事语调；小说中不时闪现而出的无奈但微讽的滑音，在在显示出现代主义小说拘囿于命运和行为之间进退维谷的悖谬境遇。

小说文本的张力在于那种不动声色的叙事语调和不谐、尴尬的场面呈现之间轻微的错位。随着叙事的逐渐展开，"常识"视野之外的事情最终被自然化、合理化。因此,《凤凰琴》不仅仅是一个关于"乡村教师"的故事,同时它也讲述了一个"何为生活"、如何带着陌生感进入新鲜生活的故事。小说采取的是一个"局外人"的陌生化视角,张英才作为外来者"闯入"了界岭。界岭本身固有的伦理秩序和生活逻辑借张英才的眼睛逐渐展开在读者的面前。

比如,小说写到余校长送学生回家后,路过一处田垄,在夜色中他错把墓碑认作活人。孙四海要沿原路返回给余校长叫魂。小说这样描写张英才的心理:

> 张英才知道这风俗,人走黑路受了惊吓,一定要赶忙回去找一找,以免有精气或魂魄失散了,不然迟早要大病一场。张英才不信这个,他胆子特别小,家里人总说这是受了惊吓找得不及时的缘故,所以有时他又有点信。① (强调符号为引用者所加)

类似这样的心理转变在张英才身上发生过很多次,张英才也正是在这些似信非信、似懂非懂中一步步进入整个蒙茸一体的陌生秩序。就像他的舅舅一样,即使离开了界岭,关于界岭的回忆也终会萦回不去;那些拖长的过去的阴影总会以幽灵的形式回返当下并重塑现实的面貌。

现当代文学史中不乏这样的关于"闯入"、关于"进入"的故事。丁玲的《在医院中》、王蒙的《组织部来了个年轻人》都讲述了一个外来者/年轻人进入一套陌生秩序的故事。《凤凰琴》与上述两部作品最大的不同在于它的克制,叙事者不做过于露骨、明显的褒贬(左翼叙事范畴内的《在医院中》《组织部来了个年轻人》显然是内含批判意味的),张英才更多的是去理解、包容这种僵滞,他不像批判现实主义文学中的格格不入者,没有真理在握的自信。于他而言,所有存在于心理层面的"惊奇"最终都会变成自然而然、波澜不惊的"行动"。外来者沉入秩序的内部,内化它的逻辑,并"分

---

① 刘醒龙:《凤凰琴》,河南文艺出版社 2018 年版,第 38 页。

享"它的"艰难"。张英才最后还是离开了界岭，《天行者》接着《凤凰琴》的故事继续讲述界岭小学发生的事情，我们借助这一后续反观《凤凰琴》可以发现，秩序仍然自行其是，外来者终将离去。就像张英才看界岭小学的升旗仪式，觉得"有点滑稽可笑"。沉滞的现实面前，实质上无行动的人只能眼看着沉重之物被划开一个口子继而迅速合上。这是《凤凰琴》的现代主义性，张英才是现代主义意义上的"现代英雄"——一个推着石头上山的西西弗斯。他能做的只是不停地带着回忆行动，间或发出无能为力的一笑。这种无可奈何的微笑，内在地归属于九十年代的文化氛围，并封存于九十年代的文化矛盾中。

二

"新历史小说"之后的绝大多数历史书写都分享着"新历史"的方法论，即尽可能将纯净的历史混沌化、复杂化，悬置判定，勘测"大历史"地平线之下的隐秘之声。刘醒龙的历史小说也是如此。

《圣天门口》是一部卷帙浩繁、书写波澜壮阔的现代历史的长篇小说；是到目前为止刘醒龙最为厚重，也是他写作生涯中最重要的一部作品。《圣天门口》是真正具有"杂语性"（巴赫金语）的史诗性小说。小说汇聚了各方"话语"，揭示出不同阶级、性别、职业的民众在厚重的现代历史剧本中的角色和位置。

判定一部历史小说成功与否最基本的标准，就是要看这部小说有没有一个自足自洽的叙事逻辑，是否重造出一个迥异于其他历史叙述的"历史世界"。《圣天门口》就这一标准来看无疑是极为成功的。

可以说，"圣—天门口"就是这部小说最根本的史观，同时也是其最基本的叙事结构。这一题目给我们指示出以下两层意义：首先，"天门口"是故事展开的核心空间，整部小说上演的历史故事就发生在"天门口"及其周边地区。历史（时间）在小说里被等价、同义地转化为空间，历时流变被拘囿于一个稳固空间的内部；我们不难联想到《白鹿原》中那个著名的"鏊子论"，空间化的历史最终指示出一种沧海桑田式的历史颓败图景——对历史目的论的最大限度的背离。准此逻辑,讲述一个历史故事,就变成了揭示每一个共时层面上各方力量的强度、潜力;其次,"圣"企图以一种超越性的视角涵容现代历史浩大的动量带来的暴力和毁损,并不无宗教意味地召唤爱与宽容,以期抵消历史欲望的"黑暗之心"。"梅外婆"即为"圣"的肉身化。

《圣天门口》的真正开端——本质性的历史领域的开端,此一开端折射出叙事者的历史观——并不直接地就是小说的开头部分,而是以一种民间说书话语道说而出的、弥散在小说各个部分的《黑暗传》的叙事起点。《黑暗传》具有一个本质意义上的开端,小说将此一开端径自吸纳入自身的空间并将其消化为自身内在的有机组成部分。小说总是在叙述事件的中途插入《黑暗传》的"只言片语",这些片段好像小说中上演的历史事件的"原型",具体历史事件凭借与《黑暗传》的对应关系从而获得它在整个历史叙事层级中的意义、位置。《黑暗传》所提供的历史起源是"混沌"。这个来自中国民间的关于历史起源的观念吊诡地暗合了《圣经》中的上帝创世神话,这一暗合成功地将两种异质性话语嫁接到一处。我们不难发现,这一"嫁接"不是偶一为之的,而是《圣天门口》的核心叙事语法:两种异质性话语的相遇、矛盾、融合——小说中充满了许许多多的二项对立式,中/西、城市/乡村、黑/白等等。整个现代史的领域就横亘在这些对立项之间。

我们在上文已经提到,"混沌"是刘醒龙极为偏爱的一种形态,在《圣天门口》里,它甚至成为叙事/历史的缘起。"混沌"是一种极为暧昧的形态,它是一种抗拒分层、澄清的"无差别",就像梅外婆所说的,"混沌"是无哭笑之分,无欲望的——梅外婆将"区分"指认为"欲望"。"混沌"尽管不纯粹,却是最具有包孕力的;它最终指向的是诞生、孕育。但依小说隐约透露出的价值取向来看,分娩意味着"区隔"的开始,而"区隔"真正开启了历史的进程。丝丝和线线同时产子,产出的两个孩子难辨其父,此后一子早夭,杭九枫、马鹞子都将仅活的一镇认作自己的孩子。如果联想到杭九枫、马鹞子分属不同的阵营,那么"一镇"就成为真正的"不纯粹"之人。

他的存在就是对充满历史欲望的"区隔"的最大反讽。

尽管"混沌"是历史的开端，但它本身并不具备历史性。与"混沌"这种极具内容但无结果的形态截然相反的一极是"纯洁"。这里的"纯洁"并非作为状态、本质的"纯洁"（雪柠见杀活鱼而泪奔的善良），而是作为行动的"纯洁"。这种"纯洁"具有人为性，由欲望驱动。最典型的例子就是五人小组对独立大队展开的"肃反"。此一"纯洁"非但没有带来终极性的平静，反而招致了无止境的杀戮和暴力。在《圣天门口》整部小说里，正是这样无穷尽的"区分""纯粹"（"使纯粹"）构成了历史。小说的第一章的标题是《谁最先被历史所杀》，终章里提及"谁想成为最后被历史杀死的人"的答案是梅外婆。杀/被杀（敌我之区隔）的终结，就是历史领域/叙事的终结，最终获得凝固形态的是超验性的"信仰"（无历史的爱与慈悲）/形象（关于梅外婆的回忆）。但是这样一种关于"最后"的玄想终究只是一种渴望，杭九枫、雪柠只能推测梅外婆对于终结的渴望；它仅止步于价值层面而无法抵达事实层面。

乡村无历史。如果不是"外来"的力量进入天门口，那么也就不会有整部小说的展开了。"乡村"在《圣天门口》中被充分历史化了，各种力量的进入、撤退、争执、媾和重塑了乡村的伦理秩序、经济秩序、政治秩序。尽管历史是"行动性"的领域，历史中的乡村也分享着"行动"的力量，承受着"行动"的后果，但是在小说中仍然有一层稳定的、沉静的依托作为基础支撑着历时性的流变。这层依托就是密织在小说各个段落、篇章中的田园诗时空体片段。田园诗时空体主要有三个特点：生活/事件对地点的依附性（时—空严格的统一性）；内容仅仅局限为数量不多的基本的生活事实（生老病死）；人的生活与自然界生活分享同一的话语、节奏。① 小说中最淋漓尽致地体现田园诗时空体特色的段落就是描述农耕场景的部分。土地被凝视的目光勾勒为充满性意味的女体（比如小说中对于休耕地的描写）；粮食的制作与性器官关联在一起（麦香做的面

---

① ［苏］巴赫金：《小说理论》，白春仁、晓河译，河北教育出版社1998年版，第424～428页。

窝）；植物与女性身体之间的无缝隙的过渡、隐喻（丝丝线线的身体被描写为花）。整个乡村生活被无限地自然化，同时以性的形态被升华了。性/生殖成了田园时空体所关涉的伦理氛围的终极指涉。"自然而然的性"也就成为回归和谐统一的救赎之路。小说中多次提到的"福音"的其中一项含义就是男女自然而然地欢好、结合，比如梅外婆规劝杨桃与董重里结合。"历史"作为外来之物暴力地侵入田园诗时空体，使得浑融整一的平衡被打破，欲望沿着裂隙长驱直入，瓦解了天门口这一世外桃源（董重里语）的自足状态（就这一点来看，《圣天门口》就必定是非浪漫主义的）。常守义谋害马镇长正是发生在劳作中途。"历史"尽管以其不容置辩的行动力量改变了"田园诗"的时空氛围，田园诗最终还是会以其赤裸裸的自然之力拉低"历史"的视平线，比如小说下卷对于自然灾害的描写。历史的目的性暂被悬置，历史的暗处被暴露在自然史酷烈的日光之下。

《圣天门口》的开篇（小说叙事的开端）写的是阿彩的出场，收尾写阿彩的葬礼；阿彩的生命历程与小说叙述的历史进程重叠在一起，阿彩就是整段历史的显形。阿彩的癫痫头（疾病-女体）开启了整段"不洁"的历史，杭九枫用硝狗皮的方法"祛除"（清洁）癫痫。癫痫/光洁的感性区隔作为"疾病的隐喻"象征性地打开了天门口的历史大门，包裹癫痫的头巾指示着禁忌的存在。饶有意味的是，在《圣经》中，禁忌/耻感的出现昭示了无可追回的堕落。小说将杭九枫为阿彩硝癫痫的场景写得极具性意味。如果说在小说中，置于田园诗时空体中的性、纯洁的男女爱恋（雪柠与柳子墨）象征的是超越历史领域的乌托邦存在的话，那么作为其反衬，病态的、越轨的性就代表着历史性的颓败。然而，正如"混沌"本身不产生历史，作为存在状态的纯洁也不引发叙事；叙事只产生在混杂的话语洪流中。因而超克历史的话语和历史话语无休无止的对话构成了历史—小说《圣天门口》。

<h2 style="text-align:center">三</h2>

《黄冈秘卷》刚一破题就将小说的"隐衷"暴露于外了：不要指

望在小说中看到日光之下的光辉图谱(小说中仅几行文字就穷尽个人一生的《组织史》),我们所能遭遇的是一册无休无止、欲说还休的"秘卷"(甚至都不是家谱)。小说的故事没有任何一处坚实的落脚点,它总是"在别处的",或者说"在之间"的;它徘徊在《组织史》、家史之间,如果说《组织史》和家史背后都依托着一套"坚实"的运行秩序,那么这册秘卷则注定是难觅根基的——它吊诡地指示出小说讲述"历史"的悖谬处境:一方面小说要吞噬已经成形的历史材料,另一方面它要极尽所能地抽空所引历史材料的权威性。《黄冈秘卷》非常巧妙地选取了这样一个讲述历史的方法:它汇集各方话语,将其密织在一处。我们无法"提取"出一个浑融整一的"故事",而只能去按图索骥,辨识"肌理",索解"裂隙"。因而《黄冈秘卷》展现的就是在当代史和地方史、家族史之间无休无止的交涉和斡旋,历史小说《黄冈秘卷》最终体现为这一一旦触发就不再停止的质询。

小说以"我"意外接到的两个电话开篇,一步步将谜题往历史深处推演。"现在"层面在小说中从来都不是一个静止的平面,它的表面充斥着"不解"和"困惑"。这些晦暗的东西慢慢汇集起来,渐成规模,召唤着更长时段的幽灵魂兮归来。因此,小说的时态在历史和现实(联系到小说成书的时间来看也不算近在咫尺的"现实")之间挪腾跳跃。两个时空唯一的接点就是叙事者"我",一方面"我"阐释来自各方的历史消息,另一方面"我""在场地"体验困惑,吸纳谜团,制造叙事契机。

"现在"的平面上总是漂浮着历史的残蜕,这些陈迹是"历史"唯一没有被时间的暴力摧毁的冗余物。它们被沥干了历史鲜活的肌肉组织而仅余骨架结构。骨架本身是沉默的,所以仅能将其确定为抽象能指。小说的叙事动力就在于对这些抽象能指的不懈索解。最直接的抽象能指当然要算方言词汇了。小说中最核心的一个方言词汇就是"伯"。正如所有的叙事第一步都是"正其名",某种意义上来说《黄冈秘卷》最初也是最根本的一步是"呼其名"——即呼父之名。小说中"我"对于家乡人称"父"为"伯"有着一种本质性的焦虑,毕竟在中国文化语境中"父"指涉着权威和合法性。小说为这一谜团给出了两套并行不悖的解释,一套来源于民间传说(避"鬼"),另一套来源于历史事件(避"株连")。当然没有哪一种解释是绝对正确的,吊诡的是两种解释全都指向了一种婉曲的"避祸"意识。

这种对莫名和蒙茸之物的规避和恐惧在小说中的反复出现,隐约折射出某种凝结的无意识积淀,它隐隐地宰治着叙事者的历史视野和价值取向——对一切"抽象"的权威的背离或曰不信任。如果站在抽象的权威的角度讲述这个归属于"革命史"部分的中心故事,那么多多少少就会带有一种必然性的设想,老十哥的革命之路就会呈现为"被召唤"的形态。但是从小说来看,老十哥的革命之路恰恰就不是那么"自然而然"的,他最终走上的这条道路是偶然性丛生的。老十一阴影一般的存在,在某种程度上显影了这个故事本可能有的另外一种走向,与此同时也就抽空了"历史的必然性"。可以设想如果老十哥当初接受了小娴的求爱,那么最终他是否可能偏离革命的路线。

革命历史小说讲述的大多是一个"完整的"故事,其结构往往是条分缕析的编年史式的。《黄冈秘卷》的结构则反其道而行,它并不呈现为一个"单一"的故事结构,而毋宁说是嵌套式的多层次的。以叙事者"我"为中心点,第一层是"我"和少川的"情感故事";另一层是"我"的父亲老十哥以及老十一、老十八的"家族故事"(也即小说开篇的两个"电话")。两层故事都可以说是流动性强、形态暧昧的,这一点是"情感故事"和"家族伦理故事"的题中应有之义。最终"我"与少川的故事也还是被吸入了家族故事的漩涡之中。因此解释那个深层的"历史结构"是我们考察整个故事的最终落脚点。"现在"深处是"历史"的脉动。

家族故事的起源渺无踪迹,它的开端湮灭在漫长的流逝中;"苦婆"是小说能寻觅到的"原初之人"——我们不难发现这个人物是无名的,具有显然的拟神话色彩——正如小说中提到的,苦婆之前的历史"空有积淀"。苦婆正是意义之源。她仿佛是"贫穷"这一语词的肉身化:她四处乞讨,几乎可以算作不知何处是家园的永远的流浪者;虽然身处低位却人格高尚,顽强,自尊。悖谬之处在于苦婆身上体现出的民间某种"颠倒"的信仰，最贫贱者最强韧，苦婆甚至拥有给富人家孩子命名的权力。这种关于卑贱的辩证法无形中暗合了革命历史小说的"贫贱者/无产者光荣"的预设，如果联想到祖父讲古的纪年起点是"民国"十一年(进入林家大湾的时间)，我们不难推测之后发生的一切先行框定了小说内容的起讫点。也就是说小说尽管显示出对"正史"有意无意地解构和偏移，但它的航道始终是由当代史预先划定的。倘若没有当代史给出的航标，那么一切的追索就显得渺茫无度了。很多所谓新历史小说显然忽略了这一点，天真地以为"视野"是随意而生的。《黄冈秘卷》在走向历史深处的同时，触摸到了自传体历史小说的某种限度：发生在"体验"领域之外的一切历史，都来自匿名能指的串联(如诗句"嫣然一笑竹篱间"，如词语"海棠")——这些词语被锚定为历史陈迹之前，必经过一番玄想、叙事、增补；因而它们在小说中呈现为星散的图谱，微光隐耀，召唤故事。

老十哥、老十一、老十八像是一棵藤上(家族树)结出的三个果实；其中老十哥、老十一更是宿命一般地互相显影，互为镜像。刘醒龙颇具深意地将二人的名字设定为同音异形的。他们的命运互相牵扯、勾连为一个隐约难辨的混沌谜团(不要忘记刘醒龙对"混沌"这一形态的偏好，《圣天门口》中通过民间讲古话语也曾透露出"起源混沌"这一预设对刘醒龙的吸引力)。这一混沌暧昧的形态准确地概括出当代史政治、经济、文化诸多领域扭结、互渗的境况——正是在被形式化为兄弟关系的"内部"出现了意味深长的"裂痕"，这样一种伦理亲情—历史秩序的同构形态也曾出现在余华、阎连科等作家的笔下。此一形态的一再出现清晰地折射出当代文化的某种结构性特征和价值取向。老十哥、老十一、老十八分别指涉着政治史、经济史和民间文化三个场域，叙事者貌似对他们没有明确的情感倾向和爱憎褒贬，但老十一的无后却隐约显露出叙事者的某种价值取向：老十一选择的道路被叙事者认定为虽不拖泥带水、却是前景不明的。

"历史"和"现实"是刘醒龙小说念兹在兹的两个核心主题，以近些年的创作实绩来看，"现实"在刘醒龙那里也并不是一个没有纵深的表面，刘醒龙试图通过召唤历史的资源或曰幽灵为现实指点迷津。刘醒龙给当代文坛最大的启迪或许莫过于此了："现实"究其根本来讲大于"现在"，地平线之下埋藏着"现实"的幽深消息。

（《扬子江文学评论》2021 年 04 期）

从大别山到圣天门口:刘醒龙的黄冈书写

刘保昌

　　刘醒龙出生于古城黄州,幼时随父母工作调动于团风镇、石头嘴镇、金家墩村、贺家桥镇、西汤河镇、雷店镇等大别山区的各个村镇辗转迁徙,高中毕业后历任英山县占河水库临时工、水利局测量员、阀门厂工人、文化馆创作员、黄冈群艺馆干部、武汉市文联专业作家、湖北省作家协会副主席、湖北省文联主席等。在 2014年的创作访谈中,刘醒龙细说从头,详细地回忆了他曾经居住过的六个小镇的故事,这些充满生活细节的故事与其创作经历形成直接对应的互文关系,他认为文学创作就是"要表现小地方的大历史",而"文学意义上的刘醒龙是小镇造成的"①。小镇具有非城非乡、亦城亦乡的交叉性,是地域范围内的经济、政治、文化中心,既面向广阔的农村,又是城市"五脏俱全"的缩小版;既有新鲜信息的不断刺激,又不至于让人沉沦于海量信息中不辨东西。我们认为,小镇经验成就了刘醒龙,在其创作的前后三个阶段,关于黄冈小镇、城乡的地域文化书写贯穿始终,宛若时代河流中的定海神针,具有精神和审美的双重意味。

一、神秘的大别山

　　从《黑蝴蝶,黑蝴蝶……》开始,到《我的雪婆婆的黑森林》《返

---

　　① 刘醒龙、李遇春:《文学是小地方的事情》,《上海文学》2014 年第 4 期。

祖》《大水》《老寨》《河西》《地火》《天雷》《异香》《人之魂》《未归军魂》《倒挂金钩》《牛背脊骨》《女性的战争》《卖鼠药的年轻人》等篇什，刘醒龙的"大别山之谜系列"小说志在凸显大别山的神秘氛围，开掘大别山的传统"文化岩层"，探寻大别山的"文化圈之谜""神秘美之谜"和"艺术氛围之谜"①，这无疑是对 1980 年代中期兴起的寻根文学思潮的自觉回应和积极参与，寻根文学版图上从此多了一个"文学的大别山"。

与王安忆的短篇小说《本次列车终点》和孔捷生的中篇小说《南方的岸》类似，刘醒龙的中篇小说《黑蝴蝶，黑蝴蝶……》在题材上也属于回归型"知青小说"，同时又增加了寻根小说地域文化书写的神秘魅力：多年以后，当年的返城女知青林桦，已经成为著名作家和画家，情感没有归宿，总是遥望远方的大山，想念昔日的恋人邱光；当年的知青邱光，却一直留在乡村，在山洪暴发时为了抢救集体财产牺牲，留下一幅画作：大别山的女儿躺在黑蝴蝶的羽翼之下，闪烁着神秘的光辉。这篇小说借助女画家和作家的视角，对大别山的自然风光和民间风情极尽渲染之能事，对人生意义的追寻、对青春岁月的伤逝与女主人公浓得化不开的乡愁乡恋相互交织，书写出大别山浓墨重彩的地域文化篇章。

《黑蝴蝶，黑蝴蝶……》发表两年后，刘醒龙撰写散文说："我愿在使自己融合进绝对不应当被称为浪漫的'东方神秘'的过程中深情地表现它，并为重建楚文化的神话体系，而与各洞蛮夷一起竭尽绵薄之力。"②这份稍显迟缓的寻根宣言，并没有成为刘醒龙此后谨奉不违的创作圭臬，除了浪漫、神秘的小说写作风格追求之外，所谓"楚文化""神话体系""各洞蛮夷"等，事实上更像是两湖作家惯常打出的地域文化旗号，而与刘醒龙的小说文本实际扞格不入。

《返祖》中的研究生"他"，得到导师的热情鼓励，有志于创建一门"人文地质学"，因此深入大别山腹地进行文化考察，实际上

---

① 金宏宇：《刘醒龙"大别山之谜"系列小说述略》，《黄冈师专学报》1991 年第 1 期。

② 刘醒龙：《那叫天意的东西》，《湖北文史》2015 年第 1 期。

却是想寻找到传说中的"美女现羞"神水，治愈"他"长出尾巴的"返祖"毛病。小说不忘调侃当时已负盛名的寻根小说经典，"据说沉甸甸的人生在压迫着这群人去九曲黄河，去黄土高原，去彩瓷流成的河，去神话堆垒的山，总之是去那些文明与蛮荒翻转了一个轮回的地方去寻找什么根。他既不去理解日立彩电中迪斯科的咚咚嚓，也不去理解洞穴壁画上飞舞的沈沉沉，他是来大别山寻找'美女现羞'的"①。这篇小说从结构层面上来看，与寻根小说经典之一的张承志的《北方的河》十分相似，但是《北方的河》中的研究生"他"最后寻找到的是北方河流的澎湃激情和巨大的精神力量，而《返祖》最后寻找到的"美女现羞"神水却不能洗掉"他"的尾巴，反而揭开了"他"及其"祖先"的"辱母弑兄"的原罪，"他"要寻找的"根"其实一直长在"他"的身上，"他"的尾巴就是传统文化之根。毫无疑问，这条见不得人的尾巴，不可能是曾经辉煌灿烂的楚文化之根，反倒是文化劣根性的代际遗传。如此，刘醒龙的文化寻根苦旅很可能走向韩少功《爸爸爸》的路途，他们都曾经"宣言"要去寻找绚丽多姿的楚文化之根，但都没有找到类似于汪曾祺"大淖"的自由民间、张承志"北方的河流"的开阔雄浑、阿城"三王系列"的道家风采、贾平凹"商州"的浪漫旖旎、李杭育"葛川江"的奔放浩荡；同时，迥异于韩少功笔下那个历劫不死的"小老头"丙崽的文化隐喻，刘醒龙在小说篇末重拾对大别山自然神灵的敬畏，对神秘的地域自然顶礼膜拜，由此拨开传统文化的表相，寻找到了"文化之下更深层的'自然'，那才是文学之根更原生态的、更丰饶的土壤"②。

　　坚持和维护大别山"自然"立场的总是本地域的长期"原住民"，他们尊重神秘的大自然和传统的自然伦理，因此与"外来者"或者"不肖子孙"形成紧张的对峙关系。《返祖》中的"他"就是在老篾匠的影响下，才最终产生对于自然神灵的敬畏；《河西》中的十三爷

　　① 刘醒龙：《返祖》，《异香——大别山之谜系列》，长江文艺出版社1992年版，第90页。
　　② 鲁枢元：《从"寻根文学"到"文学寻根"——略谈文学的文化之根与自然之根》，《文艺争鸣》2014年第11期。

花尽一生积蓄修建木桥方便村民们出行，却被年轻人钟华一把火烧得精光，因为钟华想要通过修建钢筋桥来征收过桥费；《两河口》中的长乐爷为了保护堤坝而牺牲；《人之魂》中的奶奶为孙子虔诚地招魂，却被儿子当作"迷信"行为加以怒斥；《老寨》中的"外来者"瘸子猫，是一个越狱逃跑出来的罪犯，却以能够帮助山寨修建电站的谎言大话，骗娶了寨子里老头领的宝贝女儿宝阳，驮树佬贤可虽然发现并揭示出真相，却被寨子里向往电灯、电话的年轻村民们视为"毁了电站"的罪人。需要指出的是，刘醒龙在这种人物对峙关系中，并没有简单地从道德层面予以裁定或认同，相反在新与旧、传统与现代、变与常之间，他的态度时常犹疑不决，"在将变之时，他对旧事物和旧观念持否定态度，在既变之后，却又对这些被他否定过的东西有所眷惜和留恋"①。这种犹疑的情感态度，正是一切审美现代性书写的应有之义。小说叙述大别山的自然之谜时，巫风弥漫，如《牛背脊骨》中的安大妈挖出古墓后，在樟树下摆设香案驱鬼辟邪；《老寨》中的驮树佬每次回家，家中的女佬都会迎头泼上一盆艾叶水驱鬼；《返祖》中人们也是用艾叶驱鬼；《异香》中的大胖妈通过占卜算卦预知了儿子将来的命运，阿波罗牺牲后，他的奶奶和大胖找吴先生前来招魂、唱招魂歌；《人之魂》中的老祖母提醒孙儿路上遇到鬼时千万不能回头，而要大声喊出来："公鸡叫了！天打雷了！钟馗是我大舅爷！"

在展现大别山的"自然之谜"之外，刘醒龙还致力于发掘大别山人的"人性自然"之谜。人性深处的善恶纠葛，始终是他不倦开掘的主题。《天雷》中的老族长程九伯，向来一言九鼎，族人程毛头家大业大，却在重修娘娘庙时不肯认捐，这种小人行径和吝啬品性引起九伯的大怒，诅咒他会被天雷轰死；程毛头临时要到武汉办事，那几天刚好暴雨如注，天雷滚滚，山摇地动，河东坑人都以为九伯的诅咒发生了作用，从众心理的"平庸之恶"大面积爆发，在九伯的带领下平分了程毛头的家业；程毛头返回大别山，将九伯和

---

① 於可训：《刘醒龙与大别山之谜——刘醒龙创作散论》，《长江文艺》1991年第1期。

全垸人以"抢劫罪"名告上法庭，事实证明他才是河东垸最厉害的角色。《异香》在侦探小说的叙事框架中逐层推进，展示人性之恶，派出所梅所长侦办杀人案，在抽丝剥茧的侦破过程中，真相逐渐浮出水面：老灰的乱伦秘密被大胖无意中看见，老灰设计杀害大胖并嫁祸于桂儿爹妈，要挟他们将桂儿嫁给自己的弱智儿子；桂儿嫁过来之后，遭到老灰的多次侮辱。而梅所长在与老灰的最后对峙中，也承认自己与老灰的妻子发生过关系；老灰杀死梅所长，并编造了梅所长托他传宗接代的谎言，梅所长妻子信以为真。《异香》的结尾处，作者向天高呼："大别山，这不老之谜呀——"这的确是对人性恶的难解之谜的深层次揭示，诚如小说主人公老灰挂在嘴边的一句话"是人没有不狠不毒的"。验之于小说文本，能不信乎？但我们同时也必须指出，《异香》对人性之恶的极端化凸显，并没有像《天雷》《地火》等篇什那样，与大别山特有的地域文化背景紧相关联，因此存在着过度抽象化和理念化的不足。这种不足，在其后的创作中逐步得到纠正。

　　文学史家对刘醒龙的"大别山之谜"等早期小说进行"寻根性"研究，发现其"在对自然之根的敬畏中，安顿乡土情结与现代化焦虑；在对'人'的反思中，展开对历史与现实的认识与批判；在面对'根本恶'的绝望与愤怒中，寻找内在超越的可能性"①，这个"三重奏"正是刘醒龙最终走出"大别山之谜"、走进被一些读者批评为"道德理想主义写作"的内在原因，这种草蛇灰线的勾勒、前因后果的关联，无疑是有其真切的文本依据的。同时，从外在原因来看，正如周介人所指出的那样，"文化派小说发轫时气势不凡，超群脱俗，但走到后来出了不少装神弄鬼与卖弄民俗知识的浅薄作品"②，寻根小说缺乏后劲，从整体上来看已是穷途日暮，转型势在必行，刘醒龙走向了故乡的现实大地，因此重获生机，并成功地

---

　　①　杨晓帆：《走出"大别山之谜"的三重奏——论刘醒龙早期小说创作的文学史意义》，《中国现代文学研究丛刊》2017年第1期。

　　②　周介人：《读〈小学教师〉》，《周介人文存》，广西师范大学出版社2004年版，第241页。

走向创作巅峰。

二、理想主义的西河和界岭

以《威风凛凛》①作为分水岭，刘醒龙的小说创作由浪漫主义转向现实主义，实现了"从迷的追寻到人的写真"②的华丽转身，西河镇和界岭乡从此成为两个重要的文本地标。

"西河镇南北长，东西窄，被两边的山一挤，又瘦又长"，"白天里，这儿的山梁轻轻起伏，青青蜿蜒，山腰上要黄黄得灿烂，要红红得富贵，要白白得洁净，要不黄不红不白的颜色也有。有时，只要一眨眼，半山就缠上薄薄的白雾"，"天亮后，西河也会流得十分遥远，小水微澜，不须负荷，只把几片落叶，几瓣野花浪漫地搂着，弯一弯，扭一扭，从看不见的地方流来，流向看不见的地方，这是秋天的西河镇，与两湖地域东部的普通小山镇没有什么两样。"③刘醒龙自称"用灵魂和血肉"④写成的长篇小说处女作《威风凛凛》，以初中民办教师赵长恩（赵长子）被杀案件作为叙事框架，描写西河镇的百味人生，在"灭别人的威风，长自己的威风"的西河镇恶劣文化氛围中，执著地探寻道德、知识和爱情的力量。从小说的《后记》来看，写作这本书时的刘醒龙心情非常不好，这篇《后记》可以与贾平凹的《废都·后记》对照起来阅读，二者之间存在着许多相似之处，比如都是躲在外地闭门写作，都是漫长的孤独的暗无天日的写作周期，都是一边写作一边服用中药药丸，都是身陷各种人事纠纷精神十分苦闷，都是视写作为自己的灵魂拯救方式。这样看来，小说中的人性之恶必然带有现实人生的曲折投射，人性之善因此愈显珍贵。小说主要采用第一人称叙事，具有强烈的"在场

① 刘醒龙：《威风凛凛》，《青年文学》1991年第7期。这部中篇小说后来改写扩充为同题长篇小说，作家出版社1994年首版。
② 彭韵倩：《从迷的追寻到人的写真——评刘醒龙的小说创作》，《文学评论》1993年第5期。
③ 刘醒龙：《威风凛凛》，作家出版社2009年版，第33页。
④ 刘醒龙：《后记》，《威风凛凛》，作家出版社2009年版，第316页。

感"和"亲历性"；同时，作者又并不被第一人称所拘囿，在描写"我"不在场的情景时，转为第三人称客观叙事，同样生动形象。

小说中的西河镇巫风弥漫。"我"（杨学文）在初二暑假的第一天，被一团旋风追逐，那旋风裹着纸片和枯叶，呼呼作响，西河镇上的人都说是遇上鬼了；果然不吉预兆得到验证，那一天"父母"同时被霹雳打成焦炭，家里只剩下喜欢拈花惹草的爷爷照顾"我"。西河镇的夜晚，经常可以听到莫名其妙的惨叫声，爷爷说那是鬼在叫，叫声响起时，"身下的大石头惊得抖了几抖。西河镇四周常有野兽出没，镇内常听说有鬼魂出现"①。爷爷认为"我"被鬼叫声吓得丢了魂魄，得沿路寻找回来：

> 此时的天空更黑了，风吹得格外的阴森，青蛙不时像豹子一样从草丛中跃出来，使人心惊胆战，小虫儿则一会儿呻吟，一会儿嚎叫，一会儿怪声怪气地狞笑。
>
> 爷爷端了一碗米，一边走一边撒，还一边长长地叫着，学文，回来呀！
>
> 我端着一碗清水，紧紧地跟着爷爷，一声声应着，回来了，都回来了！
>
> 听着自己的声音，自己更加害怕。
>
> 爷爷非常信鬼，一有小灾小病，便又是烧纸钱，又是插桃木剑。②

在西河镇谁最威风？这是小说最为重要的主题。在这种地域文化氛围中，是个人就要追求威风，中学的胡校长坚持让学生们跑马拉松比赛，目的就是让穷人家的孩子们跑出威风，让城里人知道吃苦耐劳的乡下人的厉害。瘸腿的蓉儿出嫁后，每天在家里欺负丈夫和公婆，声言"人活得没有威风，那还不如死了好"。西河镇上一般人认为金福儿和五驼子是最威风的人，赵长子则是最不威风的

---

① 刘醒龙：《威风凛凛》，作家出版社 2009 年版，第 37 页。
② 刘醒龙：《威风凛凛》，作家出版社 2009 年版，第 37~38 页。

人。但爷爷却认为赵长子最威风，"他的威风全在骨头里面，西河镇的人连他脚趾缝里的泥都不如"①。赵长子给西河镇的孩子们带来了文明的种子，播种下文明的希望，他以一人之力，堂吉诃德式地抵抗着无知和凶蛮，貌似懦弱，实为雄强，虽被杀害，精神不亡。他说，"人怕人又有什么意义，任谁也骄横不了两生两世，可如果想着多给别人做好事，过了许多代也还有人纪念"②；"我们知识分子以知识作为矛，以忍让作为盾，知识不会伤人，忍让可以护身"③；人的骨头只有两种，一种是钢铁，硬则硬却容易折断，另一种是水，看上去很软却砍不断。他希望"我"以及他的学生们，能够出人头地，走出西河镇，脱胎换骨，到外面的大千世界里，在知识、文明、善良、道德的天地中，去抖威风，那才是真正的威风。在小说的结尾部分，"我"高声说："金福儿，你毒害不了我！"这无疑是对西河镇"抖威风"的地域文化传统的公开反叛，赵长子的正面影响已经开始发生作用。

《天行者》扉页题辞："献给在二十世纪后半叶中国大地上默默苦行的民间英雄！"这是一曲歌颂山村民办教师的饱含深情的赞歌，也是"一曲献给民间英雄的悲情颂歌"④。小说情节主要围绕西河乡界岭村小学民办教师们的四次转正（即民办教师转为公办教师）经历展开，折射出人性和道德的力量。秋天的界岭，风景如画，"山下升起了云雾，顺着一道道峡谷，冉冉地舒卷成一个个云团，背阳的山坡上铺满阴森的绿，早熟的稻田透着一层浅黄，一群黑山羊在云团中出没，有红色的书包跳跃其中，极似潇潇春雨中的灿烂桃花。太阳正在无可奈何地下落，黄昏的第一阵山风就掩盖了它的光泽，变得如同一只被玩得有些旧的绣球。远远的大山就是一只狮子。这是竖着看，横着看，则是一条龙的模样"⑤。一切地域风景

---

① 刘醒龙：《威风凛凛》，作家出版社 2009 年版，第 8 页。
② 刘醒龙：《威风凛凛》，作家出版社 2009 年版，第 27 页。
③ 刘醒龙：《威风凛凛》，作家出版社 2009 年版，第 80 页。
④ 韩春燕：《刘醒龙长篇小说〈天行者〉用疼痛的文字书写平凡的英雄》，《文艺报》2009 年 9 月 29 日第 2 版。
⑤ 刘醒龙：《天行者》，人民文学出版社 2009 年版，第 14 页。

描写其实都具有人文意义,"红色的书包"在黑山羊群中跳跃,表明界岭存在着孩子们失学的状况。12 岁的五年级学生叶萌,成绩很好,热爱读书,就因为父亲挖煤时出了事故,被迫回家挑起大梁;山中秋冬季节来得早、春夏季节来得晚的地域气候特征,也是余校长提前安排维修教室、每周绕道送学生们回家以保证安全等情节的必要背景;山中作为珍稀植物、已经为数不多的红豆杉,也为小说中邓有米偷砍红豆杉出卖以偿还学校教室维修费的情节作了自然的铺垫。

小说叙事饱含张力,内蕴巨大的悲情。明爱芬的去世、邓四海的情人王小兰被杀害、叶萌的父亲死于矿难、支教生夏雪自杀、骆雨生病、万站长的妻子李芳患上血癌,等等,导致整部小说格调沉郁,氛围凝重,同时作者高扬道德理想主义的旗帜,将民办教师蜡烛般的无私奉献精神和自我燃烧的理想激情张扬到了极致。这种精神看似抽象,在界岭小学却表现得极其平常。小说描写张英才转正后,背着凤凰琴离开界岭,万站长对他说:"想说界岭小学是一座会显灵的大庙,又不太合适,可它总是让人放心不下,隔一阵就想着要去朝拜一番。你要小心,那地方,那几个人,是会让你中毒和上瘾的!你这样子只怕是已经沾上了。就像我,这辈子都会被缠得死死的,日日夜夜脱不了身。"①正是这种精神,让小说的字里行间,又洒进希望的阳光,既悲悯,又温暖。张英才在省教育学院进修后重返界岭,叶碧秋自学成才拿到文凭后也回到界岭小学,蓝飞在当上公务员后并没有忘记界岭为了修建校舍四处奔走,孙四海成功地打败"村阀"竞选上村长,余校长转正成功并与蓝小梅喜结连理,余志、李子、叶萌等一批学生都会有属于自己的美好未来,小说留下了一个"光明的尾巴"。这种悲悯和温暖、浪漫与苦难相互交织的情感色调,正是刘醒龙现实主义小说的重要特征。

刘醒龙小说的叙事魅力生成,离不开善于采用适度的浪漫主义表现手法。邓有米和孙四海将本来应该是欢快的歌曲《我们的生活充满阳光》也吹奏得十分悲凉,如泣如诉,凄婉极了;孙四海每次

---

① 刘醒龙:《天行者》,人民文学出版社 2009 年版,第 79 页。

都在王小兰离开时吹响笛子伴她回家；小说多次描写界岭小学的升旗、降旗仪式，"操场上正在举行升旗仪式，余校长站在最前面，一把一把地扯着从旗杆上垂下来的绳子。余校长身后是用笛子吹奏国歌的邓有米和孙四海，再往后是昨晚住在余校长家里的那些学生。九月的山里，晨风又大又凉，这支小小队伍中，多数孩子只穿着背心短裤，黑瘦的小腿在风里簌簌抖动。大约是冷的缘故，孩子们唱国歌时格外用力，最用力的是余校长的儿子余志。国旗和太阳一道，从余校长的手臂上冉冉升起来后，孩子们才就地解散"①，这已经成为小说凸显的精神象征。

鄂东地域文化在小说中并没有得到特别的表现，只在叙事中得到质朴的展呈，比如孙四海用自己种植的茯苓抵交教室维修款，界岭山村四季变化的风景，打工者回家过年时的情景，穷困人家请客时的"做戏表演"，暮色和炊烟，国旗和笛声，自然界的风雷雨雪，山中的狼嚎和毒蛇，等等。但是，质朴自有质朴的力量。比如支教生夏雪的父母来到界岭小学，想吃一碗能够了却心愿的油盐饭："王小兰从孙四海的橱柜里取出一碗剩饭，然后将灶里的柴火点燃。待锅烧得微热时，用水瓢舀了点水，将热气腾腾的铁锅刷干净，再洒半勺油在锅底，稍等一会儿就将剩饭倒进锅里。王小兰一边用锅铲在锅里反复炒着剩饭，一边用勺子撮了些盐放进碗里，加点水搅几下，直到锅里的饭快炒好，才将化开的盐水，沿着锅边倒进去。这时候，孙四海将灶里的柴火拨弄了一下，使其烧到最旺。一阵浓香扑鼻，油盐饭炒好了。"②食材简单，作料朴素到简陋，做法也简单，没有丝毫的夸张，完全是写实层面的展现；而到王小兰被杀害之后，女儿李子写了一首诗作："前天，我放学回家/锅里有一碗油盐饭。/昨天，我放学回家/锅里没有了油盐饭。/今天，我放学回家/炒了一碗油盐饭/放在妈妈的坟前！"③同样是质朴的文字，却已跃升至精神悲痛的诗化层面。一碗油盐饭，足以成为界岭

---

① 刘醒龙：《天行者》，人民文学出版社 2009 年版，第 18 页。
② 刘醒龙：《天行者》，人民文学出版社 2009 年版，第 269~270 页。
③ 刘醒龙：《天行者》，人民文学出版社 2009 年版，第 290 页。

村地域文化精神的浓缩的具象。万站长说过："一般的老师，只可能将学生当学生，民办教师不一样，他们是土生土长的，总是将学生当成自己的孩子，成绩再差也是自己的亲骨肉!"①语言虽然质朴无华，却是民办教师真实情感的具现。刘醒龙的小说巫风弥漫，比如兔子作揖、惊雷劈石、茯苓跑香，余校长走夜路将墓碑当作行人等②。《生命是劳动与仁慈》中也有类似的书写，"父亲"弥留之际，"陈东风没有做梦，天快亮时，他猛地从椅子上跳起来，嘴里连连叫着，爸，爸爸! 他睁开眼睛时，仿佛看见一个壮实的男人在父亲床前飘然而过，无声无息地走向房门。房门是关着的，但那人却一点阻挡也没有，随随便便地走了出去。那人肩上扛着一把锄头，一件蓑衣松松垮垮地披在身上，手里拿着一只箩筐。陈东风怔了怔，连忙扑到父亲床前，伸手去试那鼻息。那鼻息如若游丝、似断非断，让人判断不准。陈东风将手塞进父亲的怀里，正要试试那心窝是否还是热的，窗外强光一闪，电灯猛地发出一片惨白的光芒后，叭地一下熄了，跟着一声巨雷从天而降，炸得屋子窸窣直响。屋一下子暗起来，油灯上的火苗昏昏地颤栗不止"③。这种现象，两湖地域的人们称之为"飘魂"，具有强烈的民间文化认同感。

《分享艰难》中的镇委书记孔太平陷入经济发展与道德坚持的两难处境，为了保证镇上的财税收入，他不得不多次放过为非作歹的镇企业明星洪塔山，甚至在洪塔山强奸了表妹田毛毛之后，也不得不让派出所释放他。这篇小说发表后引起很大的社会反响，有些读者甚至发出激烈的声讨：究竟是要替谁"分享艰难"? 其实，当真正的艰难到来时，每个人都不能置身事外，每个人都无法成功躲开。而从艺术层面来看，小说将人物形象与西河镇地域风情描写完美结合，达到了非常好的表现效果。小说开篇描写孔太平从外地乘坐吉普车返回西河镇，在镇外下车散步，"被太阳烧烤透了的田

---

①　刘醒龙：《天行者》，人民文学出版社 2009 年版，第 104~105 页。

②　刘醒龙：《天行者》，人民文学出版社 2009 年版，第 35~36 页。

③　刘醒龙：《生命是劳动与仁慈》，人民文学出版社 1996 年版，第 16页。

野，发出一股泥土的酽香，月亮被醺醉了，满面一派橘红。热浪与凉风正处于相持阶段，一会儿凉风扑面，一会儿暑气袭人，进进退退地叫人怎么也安定不下来"①，这正是孔太平五心不定、进退失据的内心写真。《农民作家》描写西河镇两位农民创作剧本的故事，非常接地气，具有浓郁的地域文化特色，如王老爹的上场唱段："儿摘月亮父搭梯，长大不是好东西。找个媳妇一两年，肚子不鼓他不急"；又如王老爹抒发没有孙子的感慨："无儿点灯灯不亮，无儿吃饭饭不香，无儿说话气不壮，无儿站着没有别人长"；王家媳妇失而复得后的唱词："亲亲儿的脸，摸摸儿的身，叫一声娘的儿，问一声娘的心，儿呀，虽然分手才一天，娘却老了十年人！"

在西河、界岭之外，刘醒龙的小说还写到黄州、县城、石家大垸、秦家大垸等地域，如《白菜萝卜》描写黄州城里来自农村的大河、小河两兄弟的故事，重点描述城乡道德观念的冲突；从大河最后返乡的结果以及他所说的"城里土地看起来很肥，可就是长不起苗"的话语来看，作者的情感明显偏向乡村。《挑担茶叶上北京》描写石家大垸村村长石得宝，想方设法完成镇里布置的采摘冬茶向上级送礼的任务，因为采摘冬茶会严重地伤害茶树，所以老百姓都不愿意，最后石得宝只好"独担"了采摘任务，牺牲小我为大家。《大树还小》是对控诉型知青小说的"反弹琵琶"，秦家大垸的村民们并不喜欢当年的下乡知青，他们有自己的劳动观和生活观。《村支书》中的望天畈村，《暮时课诵》中县城郊外的灵山寺，《政治课》《秋风醉了》《生命是劳动与仁慈》等篇中的县城，这些地域名称各异，却依然带有鲜明的鄂东地域风景、物产和文化特色，并没有越出作者的故乡版图，那过年时要吃腊鱼、腊肉、糍粑、挂面、豆丝的风俗，那春天开满群山如彩云织锦的燕子红，那无处不在的民间信仰和神秘巫风，那根源于乡村的道德理想主义冲动，总是时时出现在作者的笔端。刘醒龙说过："一个人无论走多远，故乡的魅力无不如影相随。虽然母亲不是名满天下的慈母，她的慈爱足以温暖我一生。虽然父亲不是桀骜尘世的严父，他的刚强足以锻造我一

---

① 刘醒龙：《分享艰难》，《上海文学》1996 年第 1 期。

生。故乡的山，陂陀得漫不经心，任何高峰伟岳也不能超越。故乡的河，浅陋得无地自容，任何大江大河都不能淹没。故乡是人的文化，人也是故乡的文化"，"一个人无论走到哪里都有收获思想和智慧的可能，唯有故乡才会给人灵魂和血肉"①。刘醒龙的所有小说，其实都是写在故乡大地上的诗篇。

三、历史的天门口小镇

长篇小说《圣天门口》在第七届茅盾文学奖最后一轮角逐中铩羽而归，刘醒龙一直对此耿耿于怀，虽然《天行者》荣获第八届茅盾文学奖弥补了这一缺憾，但在创作访谈中作家还是多次以《圣天门口》未能获奖引为遗憾。因为这部长篇小说凝聚了作家太多的心血，太多的情感积累，太多的人生经验，太多的写作艺术经验，以及太多的地域文化经验。

《圣天门口》以洋洋百万言的篇幅，书写大别山腹地天门口镇百年沧桑变迁的历史风云，是刘醒龙"表现小地方的大历史和小人物的大命运"②的写作理论的又一次具体实践。《圣天门口》沿袭作家的小镇叙事传统，是一部积大成的、"生长性"③的小说，尤其是以胜利镇和石头嘴镇为原型，以雪家、杭家两个家族的命运作为观照中心，再现了从辛亥革命到改革开放前夕中国革命斗争背景下小镇数代人物的历史变迁过程，堪称史诗级别的鸿篇巨制，洪治纲称之为"伟大的中国小说"④。小说在现实主义的革命斗争历史题材的显性表达之外，还设置了一条隐性叙事线索，说书人董重里带

---

① 刘醒龙：《钢构的故乡》，《寂寞如重金属》，北京十月文艺出版社2011年版，第4~5页。

② 刘醒龙，李遇春：《文学是小地方的事情》，《上海文学》2014年第4期。

③ 黄发有：《写作的"生长性"——刘醒龙小说读札》，《新文学评论》2015年第1期。

④ 洪治纲：《"史诗"信念与民族文化的深层传达——论刘醒龙的长篇小说〈圣天门口〉》，《当代作家评论》2006年第6期。

着徒弟常天亮传唱汉族史诗《黑暗传》，从开天辟地、女娲杀共工开端，数千年来中国历史上不断地以暴易暴，改朝换代，循环往复，《黑暗传》的结尾说："说书说到东方白，黑暗传来警世音。"此种"警世音"可以作两种完全不同的解读，一种是暴力的黑暗仍将继续重复；一种是暴力的黑暗必须终结。《黑暗传》是小说显性叙事的"革命史前史"，轮回的历史观总是在每次"革命"成功的前方高悬着"天谴"的阴影，成为人类无法摆脱的悲剧命运。两条线索相互交织彼此隐喻，小说通过说书人将汉族史诗融入主体叙事之中，而小说主体叙事的起始时间也正是汉族史诗的结束时间，这样就将中国历史前后贯通，绵延数千年起伏曲折朝代更迭的传统历史与小说主体叙事中的大革命以后半个多世纪的革命历程形成对话、互文关系。

从地域背景设置来看，天门口小镇位于鄂豫皖三省交界的大别山腹地，纵深较大，有一处"蜿蜒雄挺"的神秘的天堂山可供危急时躲藏，对山的小镇自然就叫天门口，中国现代革命多在类似的边地发生和发展壮大，此地距离武汉并不遥远，却自具神秘的地域文化特色，"独异的山水"支撑起小说"雄浑结实的大结构"①；从文化地理学角度来看，此地为楚文化与吴文化、中原文化的交锋线，文化的交流与融合、刺激与应对更宜为文化发展保持内生性活力；小说叙事中多有"风物礼俗之笔"，遍布"植物的声息、生活的气韵"，浓郁的大别山风情和自然生态，让"作者喜不自禁，犹如燕子红开放"，是一片独异于小说叙事中密集的"战争、疾病和灾难"之外的象征性天地②。天门口镇的人们在深夜能够听到秧苗拔节、露水下坠的声音，他们是最贴近大地的人。大自然在刘醒龙的笔下，总是具有特别鲜活的意义。天门口镇有着绝佳的风水，"从远处大山上延伸下来的一道山脉，临近镇子时轻轻隆起一对山头，相

---

①　施战军：《人文魅性与现代革命交缠的史诗——评刘醒龙小说〈圣天门口〉》，《文艺争鸣》2007 年 4 期。

②　施战军：《人文魅性与现代革命交缠的史诗——评刘醒龙小说〈圣天门口〉》，《文艺争鸣》2007 年 4 期。

距不到一里远，像慈佛又像善人，伸展双臂深情地朝着镇子拥抱而来。起源于两座小山之间的一条小溪长年不断地穿街而过，镇外是一片整整齐齐的田畈，田畈外则是清水长流的西河"①。小说多次以浓墨重彩的笔触描写天门口镇的自然美景，如打霜后的田野上，"一棵棵孤立在田畈上的木梓树要么变得金黄金黄，要么变得红赤红赤。打霜的日子可以从深秋一直延续到初春，因为霜花掩映而异常美丽的木梓树叶，如同野外偷情的露水夫妻，相依相伴的时间注定有限。木梓树叶越是好看，飘落的时间就越早。打霜日子一天比一天多，同往年一样，落得最快的是那些金黄的叶子，这就到了柯木梓的最好时节"。② 写景在展开地域风俗画卷的同时，还具有推动情节的叙事功能，常守义正是用柯刀杀死了马镇长，又成功地栽赃到杭家老二身上，杭家老二被处死，由此激起了杭天甲、杭九枫等人报仇雪恨的心理，天门口的革命运动形势瞬间风起云涌。小说描写天门口镇漫天飞舞的大雪，杨桃替人洗脚、咬脚的地域风俗"奇观"，雷电将雪茄和爱栀击为黑炭，上万只驴子狼挤满了天门口镇的上街下街，黄冈各地出产的花色品种各不相同的饼和酒，富于地域特色的日常饮食和菜肴，等等，无不具备本土文化特征。小说描写天门口镇的各色手艺人，比如杭九枫惊人的硝狗皮手艺，段铁匠的火，余榨匠的油，缫车上的丝，余篾匠的刀，叶剃匠的瓢，还有木匠、漆匠、砌匠、裁缝，等等，五行八作，一路写来，十分生动传神。刘醒龙善于借用黄冈本土方言，达到了出神入化的精妙程度。《圣天门口》精心选择了20多种黄冈方言，这批被作家称为"母语"③的方言，被"地域文化长期浸润"，韵致天然，气息自然④，在小说叙事中起到了点石成金的积极作用。刘醒龙在通信中写道："有人评价说，我在《圣天门口》起用了大量的方言土语。其

---

① 刘醒龙：《圣天门口》，人民文学出版社 2005 年版，第 88 页。

② 刘醒龙：《圣天门口》，人民文学出版社 2005 年版，第 113 页。

③ 刘醒龙：《晓得中原雅音》，《寂寞如同重金属》，北京十月文艺出版社 2011 年版，第 73 页。

④ 参见王鸿声：《无神的庙宇》，上海人民出版社 2001 年版，第 119～120 页。

实不然，常用的方言词汇也就二十来个：汰衣服/掇东西/啸水/闾风/打野/落雨/落雪/往日/昨日/今日/明日/后日/嘎白/晓得/吊诡/啣几口，如此等等。这些较为典型的鄂东方言，与当下常用的同义语对比，明显具备高出一筹的优雅。这种特质犹如定海神针，一旦出现，就会让人觉得无所不在。仰仗民间人文底蕴的长篇小说，不可以视流行俗语为至宝。"①小说中写到的、但在信中未加例举的方言，还有挖古（闲聊）、燕子红（杜鹃花）、苕（傻，傻瓜）、纠巴（发髻）、胖头鱼（鳙鱼）、喜头鱼（鲫鱼）、乜子（一次只能发射一粒子弹的土制手枪），等等。学者何平充分肯定刘醒龙对鄂东方言的起用，认为其借此构建了"革命的'地方'"，回归"俗世的日常"②。小说对黄冈本土的民谚歌谣、歇后语、顺口溜等也有精彩的选择性使用，此亦地域风俗画卷的重要组成部分。

同样是对革命历史作出新的阐释，《白鹿原》的创新意义是在政治伦理之外，突出了一个更为恒久的民间伦理；而《圣天门口》在政治伦理之外，不仅有一个民间伦理，而且还有一种精神伦理③。这种精神伦理就是以梅外婆、梅外公、雪柠、雪大爹、雪大奶、雪茄、雪柠、柳子墨等人为代表的非暴力救世精神，与此形成鲜明对照的对抗性精神力量，就是以傅朗西、董重里、杭九枫等人为代表的革命斗争派。《圣天门口》中的董重里通过说书的方式宣传革命，"北方吹来十月的风，盘泥巴的穷人闹暴动"④。傅朗西发动、指挥常守义、段三国、杭大爹、杭天甲、杭九枫等人出头闹革命，组建农民武装，与地方势力马鹞子、政府军冯旅长周旋对抗。殷海光说过："中国的社会层级在广大的农民底下，还有不务正业的无赖群体。这一层次的人素来是中国一般正人君子所瞧不起

① 周毅，刘醒龙：《觉悟——关于〈圣天门口〉的通信》，《上海文学》2006年第8期。
② 何平：《革命地方志·日常性宗教·语言——关于〈圣天门口〉的几个问题》，《南京师范大学文学院学报》2008年第2期。
③ 参见陈思和：《论〈圣天门口〉》，《文汇读书周报》2007年3月30日第7版。
④ 刘醒龙：《圣天门口》，人民文学出版社2005年版，第103页。

的，可是这一层次的人素来不乏奇才异能之士。"①傅朗西是一个技艺高超、思想成熟的革命发动者，他对董重里说过，"无论哪一次，总是先由倡导者提出一种诱人的理想，而最积极最有兴趣并且有胆量将那些理想变为现实的，多是一些所谓游手好闲的人。比起那些埋头读书、埋头做工和埋头种地的人，这类人见多识广，又不安分守己，是任何新起的势力最方便使用的一股力量。如果没有这类人的领头，真正的苦大仇深者，是很难将自己的理想从菩萨那里转移过来的"②。这几乎是一切革命行动能够发动并最终成功的组织秘密。梅外婆和雪柠的口号是"成为他人的福音"。梅外婆对雪柠说："我来这儿，是要帮你，让你找到只爱莫恨的好日子"；"你梅外公活着时，总想以一己之力来救赎一国，结果没有成功不说，连命都搭进去了。轮到你梅外婆，自觉力量不够，才来天门口，想以一己之力来救赎一方，看来也不成功。所以你梅外婆觉得，如果你这一生也想学梅外公和梅外婆，不如用一己之力来救赎某一个人。"③从救一国，到救一方，再到救一人，看上去"每况愈下"，其实更加具有现实可行性。显克微支的《你往何处去》描写罗马皇帝尼禄残酷屠杀基督徒，基督徒纷纷从罗马城逃出，在路上他们遇到显灵的耶稣，耶稣对彼得说："既然你抛弃了那儿的人民，那么我就去罗马，让他们把我再一次钉上十字架。"彼得大悟，重返罗马城，被送上十字架。凶残的尼禄如暴风，虽然威猛，却只能保持一阵就会被雨打风吹去；而梵蒂冈山峰上的彼得坟墓，至今尚存。电影《甘地传》也是张扬非暴力抵抗运动，以爱制暴的宽容精神；马丁·路德·金组织的黑人运动，也采取类似的非暴力方式。在梅外婆博爱精神的潜移默化的影响下，小说人物精神发生渐变，雪柠让人扔出雪大爹等人的尸体，最终解除了驴子狼的围困，这种类似于"以身饲虎"的做法，无疑更深刻地影响了天门口镇内外的人，包括常娘娘、常天亮、小岛和子、董重里、阿彩、紫玉、段三国、

---

①　殷海光：《中国文化的展望》，上海三联书店 2002 年版，第 106 页。

②　刘醒龙：《圣天门口》，人民文学出版社 2005 年版，第 116 页。

③　刘醒龙：《圣天门口》，人民文学出版社 2005 年版，第 763 页。

一镇、雪蓝、雪茳等，甚至杭九枫在小说的最后也愿意成为"历史上最后一个被杀的人"，以自身的死亡，来结束一切仇杀和暴力。这无疑是对暴力革命的否定，是非暴力精神的最后胜利。

刘醒龙用"大善大爱"（周介人语）解构了残酷斗争的历史，他曾经在访谈中以全书一百多万字没有使用"敌人"一词而得意，其消泯历史仇恨、反对血腥暴力的和平意愿十分明显。① 雨果在《九三年》中有一句名言："在绝对正确的革命之上，还有一个绝对正确的人道主义。"梅外公的人生经验是"革政不如革心"。梅外婆相信人性的力量，"用人的眼光去看，普天之下全是人；用畜生的眼光去看，普天之下全是畜生"②。在"文革"中傅朗西被押回天门口批斗时，有四个衣衫褴褛的寡妇上台控诉，直斥傅朗西："你这个说话不算数的东西，你答应的幸福日子呢，你给我们带来了吗？""为了保护你，我家男人都战死了，你总说往后会有过不完的好日子，你要是没瞎，就睁开眼睛看一看，这就是我们的好日子，为了赶来斗争你，我身上穿的裤子都是从别人家借来的！""老傅哇老傅，没有你时，我家日子是很苦，可是，自从你来了，我们家的日子反而更苦。"③刘醒龙在此消解了暴力革命的意义，同时也成功地消解了革命历史小说的"固型化叙述"④，而致力于道德重建，张扬人性的力量与人道主义的光辉。

"圣天门口"寄托了作家超凡入圣的理想，同时，《圣天门口》也是一份复杂的文本，比如小说中柳子墨的气象观测，既是一种科学观测，也是一种天人感应式的隐喻，还是神秘的传统天道观的再现。中国传统文化中流传一副对联："养一盆花知人间冷暖；蓄一池水观天地盈缩。"小说多次列举、描写24种白云："薄云、积云、淡云、中云、条云、塔云、铁砧云、秃云、毡帽云、乳云、火成

---

① 参见汪政、刘醒龙：《恢复现实主义的尊严——汪政、刘醒龙对话〈圣天门口〉》，《南京师范大学文学院学报》2008 年第 2 期。

② 刘醒龙：《圣天门口》，人民文学出版社 2005 年版，第 63 页。

③ 刘醒龙：《圣天门口》，人民文学出版社 2005 年版，第 1184 页。

④ 王春林：《刘醒龙小说创作论》，《扬子江评论》2011 年第 6 期。

云、雨云、飞云、高层云、高积云、荚云、鱼鳞云、马尾云、棉花云、城堡云、浪云、卷云、幡云、胭脂云。"①天道的意义在此作出隐喻式的凸显。我想，与其说《圣天门口》是要将梅外婆等人信奉的基督教作为救赎的方向，还不如说是要追求一种更高意义层面的精神伦理。它消解了暴力和仇恨，呼唤和平与宽容，志在超越，追求博爱，难免有乌托邦的浪漫气息。

从大别山到天门口，刘醒龙长途跋涉，终于寻找了属于自己，也属于当代文学史的西河、界岭、天门口小镇——他的"文学根据地"，借此完成了从浪漫主义书写向现实主义书写的华丽转身。地域文化因素的加入、点染与铺陈，营造出丰富迷人、景随情迁、诗画交融的小说叙事背景，一个传奇浪漫、贤良方正的黄冈地域形象跃然纸上。我们说，刘醒龙的小说不仅以真实细腻的生活细节、生动感人的艺术形象、无限贴近民间大地的现实主义书写对当代文学形成声势浩大的冲击波，而且以小镇为中心的地域文化呈现承续上了悠久的楚文化精神传统，开拓了广阔艺术空间，建构了一个惊采绝艳的审美世界。

（《写作》2020 年 06 期）

---

① 刘醒龙：《圣天门口》，人民文学出版社 2005 年版，第 1124 页。

在谱志立传中追寻文学真相

——刘醒龙近期创作评述

刘　早

　　20世纪80年代，当刘醒龙以"大别山之谜"系列小说登上中国文坛之时，距离果戈理将《狄康卡近乡夜话》呈现给俄罗斯文学界，时光已走过一个半世纪。空间和时间两个维度并未阻止两位作家身上浮现出奇异的相似性。

　　普希金在评论《狄康卡近乡夜话》时，认为作品中源自乌克兰乡村的乡野志怪、神秘元素令人惊奇，其中包含着真正的快乐，真诚而无拘无束，不矫揉不拘礼。① 别林斯基也认为果戈理为俄罗斯文学注入了全新的元素。一百五十年后，於可训在评价"大别山之谜"系列小说时指出，刘醒龙将乡野童话与传说中的神秘古老元素注入现实主义的乡土叙事中。② 刘富道则认为，刘醒龙重新认识了乡土传统的价值，将其引入当代文明的叙事，并敏锐地在传统与现代的冲突中寻找灵感。③

　　两者的相似性还在于从早期创作向中后期创作的发展过程中，在写作方向上的改变。从《狄康卡近乡夜话》到《钦差大臣》再到《死魂灵》，果戈理完成了从浪漫主义到现实主义的转变，这种创作风向转变影响之深远，使得别林斯基将果戈理的现实主义作品视为俄

---

　　① ［俄］普希金：《普希金全集·评论卷》，肖马等译，浙江文艺出版社1997年版，第358页。

　　② 於可训：《刘醒龙与大别山之谜——刘醒龙创作散论》，《长江文艺》1991年第1期。

　　③ 刘富道：《西河：刘醒龙开挖的一条河》，《芳草》1992年第4期。

国现实主义文学成熟的重要标志。另一边，刘醒龙完成"大别山之谜"系列小说之后，暂时收起神秘和浪漫气息，笔锋文风一转，在90年代初接连创作出《村支书》《凤凰琴》等现实主义佳作。冯牧将这一时期的创作称为"新现实主义"，批评界则将其在90年代中后期创作的《分享艰难》《挑担茶叶上北京》纳入"现实主义冲击波"的范畴。有趣的是，刘醒龙本人却对后一种划分不以为然，认为相较于越来越世俗的写实主义，其该时期的创作更加倾向于有浪漫情怀的现实主义。

在时空相距甚远，文学维度几无交集的两位作家身上找到诸多相似之处，令人不得不叹服人类精神的共通性，叹服人类面对类同的自然现象、相似的人文社会景观、相仿的精神状态和心理活动时所展现出的共情。然而，同样在创作的中后期，两者的写作视野和认知角度表现出明显的分野。晚期的果戈理在批判现实主义和东正教传统两者间的矛盾中首施两端，创作陷入停滞。反观刘醒龙，从早期浪漫主义的"谜"，走向"浪漫的现实主义"的《分享艰难》《圣天门口》《天行者》《蟠虺》，进而迈入成熟的中后期创作。2018年以来，刘醒龙接连出版长篇小说《黄冈秘卷》、长篇散文《上上长江》、自传体作品《刘醒龙文学回忆录》，可谓高产。这三部作品在价值理念和美学追求上具有一致性，虽然体裁相异，却仍可视为与《圣天门口》一脉相承，在为乡土自然谱志立传中，继续构建价值理想，追寻文学真相。

一

长篇小说《黄冈秘卷》中，作为全书线索之一的两本卷宗，一本《组织史》对应历史，一本《刘氏家志》对应乡土，实际上可以视为作家试图从历史进程和乡土传统中探寻出路。刘醒龙在文学作品中对民族前途和人民命运的求索，类似于俄国文学中斯拉夫派的诉求。斯拉夫派所主张的贴近人民，贴近乡土，坚信本国的事情和矛盾可以依靠民族文化本身来解决，都在小说中有所体现。

然而仔细品味，刘醒龙对于汉民族文化的思考与俄国斯拉夫派依旧有根本上的区别。斯拉夫派自恃本民族是有优越性的，不需要引进外来物，不必否定本民族的一切，仅从历史中挖掘优秀遗产就可以解决所有社会问题。刘醒龙在《黄冈秘卷》中展现出的对待历史和乡土的态度，与斯拉夫派的社会自我改良理论有明显区别。首先，在对待历史方面，作家措辞谨慎，例如林家大湾的稗官野史，以及在"组织史"和"主官"这些措辞上的斟酌，实际上是为了避免戏说历史，避免解构历史；其次，在对待乡土方面，作家推崇乡土及其传统，但又表现出相当程度的克制，避免落入传统万能、乡土万能的陷阱。在老十哥身上，作家设计了从人物少年到老迈，与福特轿车相关的命运如影相随的一系列细节，给作品中的"乡土"打开了一副凝视世界变革与现代文明的窗口。

故土传统与当代历史进程的二元对立，在刘醒龙的创作中并不鲜明，更多的显现为一种水乳交融的状态。这与作家的书写策略紧密相关——"浪漫的"现实主义不仅关乎现实性，更关乎现代性所包含的乐观态度与进步承诺。刘醒龙的浪漫现实主义书写策略是，关注乡土自然的人文传承，不回避传统中的落后与弊端，并始终带有积极乐观的浪漫美学基调。自然，这样的积极乐观并非盲目乐观，其存在依据一直埋藏于作家30余年的创作当中。

从"大别山之谜"系列，到浪漫现实主义的《凤凰琴》诸作，再到《圣天门口》《黄冈秘卷》，刘醒龙的小说作品中始终存在一条隐线。这条隐线便是对自然、乡土存在真相的求索。直至近年，这条线索开始越发清晰，几乎要从潜文本跃升为显文本。

在长篇散文《上上长江》中，乡土自然书写进一步拓展至大长江流域。无论是崇明岛的藏红花、黄州的青云塔，还是三峡的拦江巨坝、石鼓的虎族之花，作家并不吝惜笔墨，以或朴素或深情的笔法对其进行描绘。对或秀丽或雄奇的景色进行描写，其目的是为引出背后的人物和故事，进而挖掘其中承载的人文精神。乌江边的项羽和李清照，陋室中的刘禹锡与竹楼里的王禹偁，岳阳楼上的鲁肃、张说、范仲淹，汨罗的屈原，平江的杜甫，涪陵的黄庭坚、顾品珍，江津的陈独秀，交州的苏轼，四渡赤水的工农红军，在作家写作的过程中，作为人文载体的人始终是其关注的核心点，连起来便成为作品抒情的主线。《上上长江》的创作实际上将长江的地理史、水文史拓宽成为长江、长江支流及沿岸地区的人文精神史。在刘醒龙的笔下，一个个人物与长江流域的历史事件紧密联系起来，溯江逆流而上，将不同历史世代的鲜活面貌以一丝无形的线相牵扯，在江流之下勾勒出一股潜流。由此，民族文化和民族精神的河流从滚滚江水中析出，清晰地展现在世人面前，其精神内核便是上述人物所代表的"正直与进步的力量"，也正是作家浪漫美学基调的源头。

《上上长江》是为长篇散文之作，自然需要直抒胸臆，其抒发的内容恰巧便是《黄冈秘卷》中无法使用叙事人角度或角色口吻抒发的潜文本。因为有了《上上长江》，回过头再来看《黄冈秘卷》，才会明白苏东坡的那首真伪难辨的佚诗何以成为刘醒龙小说中人物命运、故事转合的关键元素。只需将《上上长江》与《黄冈秘卷》中"三江自此分南北"的绝句对照起来，便可以辨明，这部散文也是《黄冈秘卷》必不可少的一部分。在一般性判断中，小说的这种安排只是某种写作技巧性因素，或许还可以看成作家性情所致的偏好。在刘醒龙长期以来的创作中，作者意图向来深藏在小说背后，常常使人努力寻找而不得。也正是这一点使刘醒龙的小说常常陷入巨大的评论分野之中，比如至今还在争论不休的《分享艰难》。

可以说《上上长江》便是《黄冈秘卷》的叙事人，即小说中的作家在强烈的乡土浪漫主义背景下，无法尽情言说的部分。换言之，这是刘醒龙所采用的整体策略，将小说所不能言说而又必须言说的东西，在作品宏观框架之外用散文笔法遥相互文。或许正是有了作家的不再犹豫和不再遮掩，大方将自己的价值理念托出的系列散文，方方面面对《黄冈秘卷》才较容易形成共识。由此看来，用散文的显文本对应小说中的潜文本，是必要的，也是可以成功的。这是当代作家在其创作尚有空间时的另一种努力和尝试。而这一点，相较果戈理等在文学史中已有定论的师匠，既是距离与空缺，也是优势与可能。

二

刘醒龙在作品中展现出的人文情怀具有一种涵盖广大的温情、一种仁的理念。他不狭隘，不局限于人群、地域和历史时代，自觉追求乡土与历史的融合，本土与外来的和解。在此种意义上，刘醒龙在《黄冈秘卷》中展现的对人性和现实的关怀，已经实现对斯拉夫派、乡土派理念的超越。在正视乡土，重视根基，相信传统文化力量的基础上，作家将民主主义革命以来的地方历史揉碎打散，细细编织于一家人的命运中，以冲突——和解——融合的叙事进程，指出一条已经验证可行并且日益更新的社会良性运行之道。

小说《黄冈秘卷》中，由于主人公老十哥对于《组织史》和《刘氏家志》二者只能取其一，并且只能是前者的态度，作者在某种程度上将历史和乡土对立了起来。这种对立不是全盘的对立，它源于小说关键角色，老十哥的一个难解的心结，它最终随着时间慢慢化解。于是人们忽然发现，老十哥的名字在《组织史》的第 27 页，在《刘氏家志》上也是第 27 页。《组织史》和《刘氏家志》以这种微妙的方式得以化解，也暗示历史和乡土的短暂的局部对立得以化解。两本卷宗以老十哥姓名所在页数的方式合二为一，但这并不意味着"秘卷"可以由二者的和解而诞生。

小说中一个容易被忽略的细节是，老十哥待人接物的态度时常带有精微的矛盾。他表面上讨厌老十八，不允许他当面提及《刘氏家志》，但每次见面都用最实惠的家宴招待对方，以及老十哥一直悄悄藏起的福特轿车发卡，一直藏在老家祖坟旁边的旧家志，其实是在暗写：即便像老十哥这样将自己彻底献给历史的人，内心深处也没有排除来自故土的天理人伦。这是人的最大真相。

老十哥、王朤、老十一这三个人物，一个忠诚隐忍，一个正直刚烈，一个古灵精怪。三张脸谱都并非对现实人物的直接刻画，却共同构成了"黄冈人"和"我们的父亲"这两个间接形象。换言之，"黄冈人"和"我们的父亲"的精神内在是共通的，但在不同人类个体身上呈现出不同的表象。骨子里和本质上，他们是同一条根系上发出的三根枝丫。《黄冈秘卷》是历史与乡土的交融,更是"我们的父亲"身上,以及"我们的父亲的父亲"身上的贤良方正,以及通过血脉传至后人,有待历史和乡土见证的价值理念。"秘卷"的秘密至此水落石出。

刘醒龙在小说《黄冈秘卷》中的情节构思依稀可以看出史诗化的倾向。通过修续《刘氏家志》这条线索,整部小说囊括了诸多真实人物、真实地点和真实历史事件,作者和叙事人的边界时而模糊不清,非虚构写作和虚构写作呈现水乳交融的状态,让这部作品实际上成为半部家族志、半部小说,外加小部分自传的这样一个复杂的聚合体。通过与遍布地方的各个知名地理位置以及重要历史节点的对接,一部家族志渐渐显露出地方志的轮廓。而通过塑造"我们的父亲"这一概念,更试图在家族史叙事中为民族史提供素材。

在小说人物塑造方面,不同的读者可以读出迥异的潜文本。作为一般读者,小说中的老十哥、王朤、老十一、老十八即是父辈的象征,令语焉不详的林家故事反而更加引人注目。对于家乡人而言,汉川门、八卦井、老鹳冲、马曹庙的包面、上巴河的藕汤等专有名词,是饱含历史文化信息和家乡风情的浓缩潜文本。而对家族里的人来说,作品中每十个人物便有七个形象鲜明,所指何人一目了然,每三个故事便有一个听来分外耳熟,自己心领意会时还笑他人看不穿。例如老鹳冲堵溃口的故事,便实际来源于父亲中年时的真实壮举,刘醒龙在早年的创作谈中就有提及;又譬如马曹庙的包面,在刘醒龙散文《抱着父亲回故乡中》已有提及,是其父临终前最想念的家乡吃食。这些密写的潜文本,在不同读者心中,显然营造出不同的画面和心境。

由此,在《黄冈秘卷》中,作家通过独特的、刻意非刻意的潜文本构建方式,使小说中私密潜文本的布设达到了一个相当频繁和密集的水平,作家在构建这些私密潜文本时,其创作目的是带有矛盾性的。一方面,他不希望这些私密潜文本被解读出来,或者说不希望被所有人解读出来,同时享受这种小隐私暴露在大众目光下却无人察觉的"新衣"感;另一方面,他又希望这些私密潜文本被特定人群解读出来,期望他们发掘并读懂这些潜文本中潜藏的情感含义。由于私密潜文本极为特殊的有的放矢属性，单一研究者可以量化单一作家或单一作品中的潜文本，却无法量化自己作为非目标读者时其他作品中潜文本的含量。此外，私密潜文本在阐释过程中还存在隐私伦理的考量，这便决定了读者以及批评界对《黄冈秘卷》这一饱含潜文本的作品进行解读时，其隐藏的意义次层面的展开是完全因人而异的，不仅千人心中千本秘卷，而且千本秘卷每本的厚度皆不相同。由此，在潜文本层面上，《黄冈秘卷》更凸显出其半家族志的属性。

也正是由于小说包含的半家族志的属性，作家对真实人物的尊重，对真实地点的切切乡情，决定了他不能够大刀阔斧地雕塑人物，不能凭空捏造情节。单就这一点，已经决定了《黄冈秘卷》无法成为像《圣天门口》一样的宏大叙事作品。相同因素也决定了《黄冈秘卷》的潜文本与显文本特征，要比一般其他作品来得更加明显，也更加隐秘。然而这种状态，却恰恰是《黄冈秘卷》的最优解和最初目的所在。《黄冈秘卷》并不需要依靠宏大叙事来使自己具有史诗性，小说的初心便是为故乡立风范，为岁月留品格。只有千万本"黄冈秘卷"才能构成本民族的史诗，只有千万个故乡、千万个家族的故事才能书写"华夏秘卷"。因此，《黄冈秘卷》在叙事策略上展现出与《圣天门口》的不同，叙事由宏大转向局部，人物群体由芸芸众生转向为一家一族。

"写作是要表现小地方的大历史，小人物的大命运，文学是小地方的事情"，① 刘醒龙曾在李遇春的访谈中这样说过。从团风、石头咀、金家墩、贺家桥、西汤河、雷店，直到张家咀，刘醒龙的少年青年时期在这些小地方度过，这些小地方则深刻影响了他的创作。从《威风凛凛》《大树还小》《弥天》《圣天门口》到《天行者》，对小地方的叙事和小人物的描写贯穿了刘醒龙的中期创作。经过30多年文学创作的积累沉淀后，刘醒龙显然将小地方叙事和小人物书写提升至一个新的层面，即在为家族谱志为人物立传中，构建"贤良方正"的价值理念。

---

① 李遇春：《文学是小地方的事》，《上海文学》2004 年第 4 期。

　　《威风凛凛》重在写黄冈地方文化传统中人的命运。《圣天门口》重在塑造历史中的人，对西河两岸的风景描写，像小说中写的将一件毛衣拆散还原成一根毛线，沿着水和沙滩一路写下去。从某种意义上讲，在《威风凛凛》与《圣天门口》之间还藏着或者存有一部还没有被作家写出来的"潜文本"作品，果真如此，或许可以干脆将前者当作后者的序曲。

　　而《黄冈秘卷》便是介于《威风凛凛》与《圣天门口》宏观结构之间的这样一部作品。《黄冈秘卷》中的故土整体观感更似一幅大写意。作者通过有别于《圣天门口》的家族叙事，有意不做过多景观描写，而侧重于书写男人织布这类风物，凭借厚重的人物、人文元素撑起单薄的故乡、故土，更显示其浓厚的家族志属性，一些评论家口中的地方志属性则显得轻微了。从地方志属性的《圣天门口》，到家族志属性的《黄冈秘卷》，刘醒龙未改初衷，且越发明晰地体现出"贤良方正"的价值理念，并将之作为自己文学创作的价值内核。

　　也正是"贤良方正"的价值理念，让《威风凛凛》《圣天门口》《黄冈秘卷》三者的关系显得格外特别，让这三部作品之间形成近乎三部曲一般的相互弥补、相互依存、相互启迪的关系。而这样的价值理念的提出，在刘醒龙的创作中是极为罕见的，是否标志某个阶段的暂结，某种新事物的横空出世呢？

三

　　如果说《黄冈秘卷》和《圣天门口》所追寻的价值理念是基于鄂东楚地，那么《上上长江》则剑指大长江流域，试图用同样的逻辑，搜寻长江在历史长河中浸润出的人文价值。值得注意的是，刘醒龙在这部长篇散文中所侧写的"正直与进步的力量"，隐约与《黄冈秘卷》中的"贤良方正"遥相呼应。

　　《上上长江》被诸多评论家誉为"新时代的长江之歌"，它将文学中的母亲河母题再次拓宽加深。作品中按照时间序列、考察地点先后写作的一系列散文，反而呈现出与寻常游记散文完全不同的创作风格和美学指征。

刘醒龙在《上上长江》中提及对阿斯塔菲耶夫的小说《鱼王》的欣赏。《鱼王》之所以不朽，是因为小说中时时浮现的教化醒世的责任感，担负部分宗教功能的使命感，是俄罗斯文学自发端以来的使命。中国文学当然有自己的天命。具体到一部作品，《上上长江》的天命何在？刘醒龙以景观为引，以个人经历为催化剂，以人物历史纪事为线，重织了当代长篇散文的文体外观和精神内涵。作品一改散文或颂美赞奇，或托物言志的传统套路，言物而不华丽，抒情而不空泛，在空间广度和时代长度上跨越极大，求索并串连中华民族在历史长河中流传下的精神遗产，这使得整部作品通读下来产生的精神冲击感远超传统散文作品。在文学意义上，《上上长江》的出现为当代散文创作提供了新的文本范例。在历史意义上，《上上长江》则为民族的人文精神、大长江流域的人文传统著书立传，以一部"长江人文志"为东亚人文史卷添砖加瓦。

从刘醒龙半生的创作道路来看，长篇散文《上上长江》实际上是一部个人情感潜文本的合集。刘醒龙曾坦言，作家写散文时"必须时刻保持警觉，又必须从头到尾不得剑拔弩张。看上去散文是一种广受欢迎的文体，实际上散文又是与读者最不相干的一种文体，其非虚构性决定了它纯粹只是写作者的一种心灵状态"，[①] 一个不留神，就会将其在小说写作时有意无意隐藏的心境、真相暴露给世人，从而接受读者和评论家的精神审问。从刘醒龙的作品年表来看，此话可以当真——从其作品年份中可以发现一个特殊的现象，在刘醒龙专事长篇小说写作后，即 21 世纪以后的创作中，他每完成一部或几部长篇小说后，就会腾手创作一部长篇散文。

于创作大量小说之外，有序地依次推出一部部的散文长卷，这种间歇转换式的创作模式在当代作家里可谓少见。比如，2005 年刘醒龙完成百万字的长篇小说《圣天门口》后，不久便写出长篇散文《一滴水有多深》；而在长篇小说《天行者》《蟠虺》完成之后，便是长篇散文《上上长江》。正如刘醒龙在《黄冈秘卷》卷首所写，"凡

---

① 刘醒龙：《〈河山之秘〉创作谈》，《红岩》2020 年第 1 期。

事太巧，必有蹊跷"。《一滴水有多深》专门写乡土，其间的抒情性则明显是作家本人在《圣天门口》以及之前的小说写作中无法写出的全部内心的喷薄之态。《上上长江》实际上是个人文化情怀的集中爆发，它对应的显文本，则只有可能是作家此前刚刚完成的《天行者》和《蟠虺》，它表面上抒发对象是大长江流域的景观人文，真正表达的则是作家在这些小说创作中未能直接言说的哲学观念和人生态度。由此或可预判，近期报刊预告的长篇散文《如果来日方长》应当是小说《黄冈秘卷》之后的又一次换手之作。《如果来日方长》会在《黄冈秘卷》之后以何种方式言说前文未尽的潜文本，值得期待。

由刘醒龙的小说散文间歇转换的创作模式，我们可以得出一个奇妙的推断：作家的潜文本比文本更接近其文学真相。作品文本无论其形式体裁，无论虚构或非虚构，都只是作家思想和情感的物质载体。作家愿意在文本中示人的部分，实际上服务于他有意隐藏的部分。有趣的是，潜文本隐藏久了，有时会愿意主动放到阳光下，让世人瞧一瞧其中的初衷。可以说至少在刘醒龙这里，潜文本更接近其文学真相。无论是刘醒龙，还是其他作家，其追寻的文学真相何在，在于其作品中表达的价值理念。

刘醒龙曾提及 2019 年 4 月 15 日的巴黎圣母院火灾。火灾中整座建筑毁损严重，幸得美国艺术历史学家安德鲁·塔隆曾以激光扫描技术为圣母院建立三维模型存档，使得日后重缮有望。然而火灾中烧尽的木质结构屋顶是使用 19 世纪的百岁橡木搭建的，即便在三维模型的帮助下重建，如何能百分之百复原其原本外貌和内在结构？文学评论就如三维建模，即使以激光束从 50 多个角度，绘制十亿计的光点，再现一座建筑的外观，如何才能再现其内在本质和本质中包含的精神呢？再顶尖的评论家，也不可能百分百进入到作家内心，窥探其创作时的精神心理状态和文学初衷。作家通过小说之外的写作主动袒露这种心理状态和初心，直接阐述自己的价值理念，至少为人们在文学文本的显与潜之间，开了一条无可替代的路径。

表面上，刘醒龙在《黄冈秘卷》《文学回忆录》两部近作中将自身 60 余载对于文学、人生、人文精神和民族文化的理解浓缩，并正式提出"贤良方正"的价值理念。实际上，这四字精神早在中篇小说《村支书》中已萌发，由《凤凰琴》《圣天门口》《天行者》一路走来，30 余年中渐茁渐强，渐丰渐善，于《黄冈秘卷》中脱胎换骨，成就作家个人秉承的处世哲学和文学主张：为家族的价值传承，为故乡的风范流传，为母亲河的人文精神谱志；为自己的心路历程，文学道路立传；在寻找自己文学真相的同时，建构价值理想。

世界已无缘看到《死魂灵》的完本，更无法见证果戈理在完成《死魂灵》之后会有何发展和转变。在创作生涯的中晚期，果戈理狂热地沉浸于东正教信仰，试图在俄国传统中，或者说在单一的精神信仰层面为民族和人民寻找出路，寻找对文学的指引，寻找自我救赎，到最后演变为寻找生的意义。俄国"根基派"思想的最终失败实际上在乡土自然的开拓人物果戈理身上就早已埋下伏笔。

反观当代中国文学，现实性让人在土地上站稳双脚，现代性令人追寻道德和真理。同样的人生阶段，刘醒龙在自己成熟的中后期文学创作中得以跳出乡土的局限，以"我们的父亲""共同的故土""民族的精神"宏观角度来考察当今自然、城乡、人民的相互关系。在近年作品中，刘醒龙在向世界展示一种可能——即如何从乡土和传统中汲取养分，佐以时代和进步的力量，以浪漫的手法反哺现实，以传承的理念回馈当代文明。就这一点而言，他对中国乡土自然的书写，显现出根植于中国传统文化的强大生命力。

（《当代作家评论》2020 年 05 期）

文学史副文本之一种

——简论《刘醒龙文学回忆录》

刘 艳

正如陈思和先生在广东人民出版社 2019 年版推出的《文学回忆录丛书》总序中所说："广东人民出版社推出的'文学回忆录'意在为二十世纪下半叶的文学提供第一手的资料，收录当代作家有关文学创作的回忆与反思，以及在文学创作道路上对人生、社会和历史诸问题的思考。这是一个非常有意义的选题。四十年的文学道路和人的历史，将在这里'立此存照'，给当下一个见证，给未来一份信史，也给广大读者提供了一个多维度认知作家的好读本。"①陈思和先生所言不虚，在《刘醒龙文学回忆录》自序部分，已经可以见到刘醒龙以一个小说家兼散文家的笔触，行云流水，淡定静默，而又情蕴于衷地将自己创作道路，娓娓道来，亲切感人，是进入整本回忆录的一个很好的楔子。

阅读《刘醒龙文学回忆录》，思绪随着作家的回忆辗转的同时，也在思考，作家的回忆录的意义和价值仅仅是回忆性随笔文字吗？显然不是。好的作家回忆录，是集作家的自叙传、创作年谱、创作谈等诸种精神品相于一身，兼有文学随笔、文学批评和非虚构文学多种内涵，是文学史的副文本之一种。

---

① 参见《刘醒龙文学回忆录》，广东人民出版社 2019 年版，总序第 3 页，下同。

一、作家回忆录兼有文学批评的品质

作家所作的文学批评，大致有三类，第一种是专门和比较专业的文论，比如 E. M. 福斯特的《小说面面观》、米兰·昆德拉的《小说的艺术》、博尔赫斯的文论、卡尔维诺的文论等。第二种，是作家对创作问题的探讨和对于自己作品以及个人创作的谈论——比如很多作家应报纸或者刊物邀约所写的"创作谈"。作家对于创作问题和自己作品的探讨往往是交织在一起的，比如卡夫卡在他短暂的一生中，除了许多中短篇小说和三部未完成的长篇小说之外，还写下了大量书信、日记、笔记、随笔、箴言等，可以占到他著述的约三分之二的篇幅。他谈到自己的作品和创作问题的文字，散见于大量的日记、书信和谈话当中。有时候，作家对创作问题的探讨，是通过评论其他作家及其作品来完成的。作家对创作问题的探讨其实分"他述型"和"自述型"，有时候又是结合在一起，难以将其清晰分开的。①

《刘醒龙文学回忆录》让我们看到了很好的作家"自述型"批评文字，让我们对他的很多作品，比如《挑担茶叶上北京》《分享艰难》《圣天门口》《天行者》等作品，有了专门的研究者和评论者之外的"副文本"性质的作家自述型文学批评文本，最大限度地还原和带我们回到了作家创作——当时的文学现场，近年来回到现场的文学批评为学界评论界瞩目和青睐。作家难道不是最能够带我们回到文学现场的人吗？创作主体关于自己当时创作的现场还原，是我们该为回到文学现场式文学批评补上的功课。

在第一章《获奖是过年，写作是过日子》第三节，刘醒龙如实记录了自己在 2011 年 9 月 19 日受颁第八届茅盾文学奖时的感言。获奖是过年，相比过年，过日子更加重要。在这段获奖感言之后，作家以流畅的随笔性文字，记录了山溪里的马口鱼、家乡的种种境

---

① 参见刘艳：《做有温度和体贴的文学批评》，《中国文学批评》2018 年第 3 期。

况、自己的求学经历中的故事的种种。所记，并非随心所欲，材料的择取，其实是有着用意的，可以直达作家创作心理和当年的创作现场，比如《圣天门口》出版后曾经遭遇的"谎言"和不当评价。十四五年过去，任何的不解、别有用心，都会随着时间，雨打风吹去。但有了作家带我们回到的那个当年的文学现场，才能最完整地了解作品本身，而种种的波折，本身也该是文学史的一部分。

作家自己与上大学失之交臂，让人感喟。这里面，有着一个中正的"人"的形象，大家都扔下手头的工作，去高考去改变自己的命运了，自己却留守车间。而与大学失之交臂，对作家人生道路和精神世界的影响，或许会让我们更好地理解作家《蟠虺》（2014）的了不起与里面所纠结和交织的种种复杂情态。上海文艺出版社2014年出版的《蟠虺》，是驻笔国之重器、透视学界纠葛的现实力作："它围绕着绝世精品曾侯乙尊盘的真伪之辨，在学界泰斗、政商名流、江湖大盗等各色人的重重纠葛中，将浓厚的历史意识和强烈的现实关怀融为一体，展示了远古青铜重器中所蕴含的传统文化人格，及其与一群当代学人之间的心灵共振关系。"①《蟠虺》中有着对于传统文化人格加以赋形和重塑的作家主体的强烈的艺术诉求，历史意识、现实关怀和传统文化的缅怀都是清晰可见的。诗性正义、君子之风、守诚求真等，都让小说散发出熠熠生辉的精神品相。能有如此的精神品相，与作家多年的写作经验的积累分不开，但通过《刘醒龙文学回忆录》，我们可以看到刘醒龙与大学失之交臂对作家自己内心世界、精神层面的影响，从作家这段人生经历，几乎可以将之作为《蟠虺》题材发生学的一个例证来看。

像长篇小说代表作《圣天门口》（142—158页）等，作家在这本回忆录里，也有反复的阐说，提供了既不同于研究者和评论者写文学评论的别一种文学批评的文本，又可以不动声色地将见解溶于随笔般文字中，少了创作谈中的拘谨和正襟危坐，多了些自然而然和亲切可感。《圣天门口》被认为是刘醒龙的代表作之一，集中书写

---

① 参见洪治纲：《传统文化人格的凭吊与重塑》，《文学评论》2014年第6期。

了大别山地区大半个世纪的历史沧桑和时代风云，许多研究者都对这部作品予以了详析和研究，比如："刘醒龙的长篇小说《圣天门口》贡献了一部将来会被证明是无法替代的文本。这并非妄言耸听，亦非妄下断语。因为，《圣天门口》既吸取了前人或侪辈的新历史叙事的艺术经验，又在题材的规模和视野的综合上做出了新的探索。可以这样说，刘醒龙其实是在神性与人性的双重视野中书写了一部二十世纪中国社会大变动的秘史，全书显得诡秘而庄严，躁动而肃穆，荒谬而苍凉。"①研究者能在众多对《圣天门口》作新历史主义解读的"时髦批评"和"潮流批评"当中，拥有这样清醒和允切的认知，也属难得了。《文学回忆录》中，刘醒龙将《圣天门口》创作前后的心路历程一点一点记录和回忆出来。他自己也清醒地认识到这完全不同于他曾经的"新写(现)实主义"的写作。由于深知"现当代中国文学缺少一部真正具备史诗品质的作品"，他想从每一个字、每一个标点符号，一点点架构起小说的史诗品质。他进一步申说《圣天门口》是自己的一部心灵史。② 对于方言的运用、长篇小说结构，对于二十世纪九十年代那些"堪称典范的样板之作"的长篇小说，刘醒龙都有着入心的醒思，并将之皆运用到了《圣天门口》的创作上。《文学回忆录》里，不止有着一篇详细述来的刘醒龙关于《圣天门口》的创作谈，其实可以条抒出多篇刘醒龙对于自己小说写作的创作谈，这些文字，亲切自然，不是一板一眼的说教，却也不乏文艺理论思考的深度。由此也启示我们，作家自己书写的"文学回忆录"，请注意，是"文学"回忆录——这或许是一种新的、有待发掘的作家创作谈和作家文学批评的书写方式。

刘醒龙在《文学回忆录》中，对于自己《圣天门口》等小说创作过程的回忆，全是自自然然，流淌而出。读着觉得像是散文随笔，细细端详，又是一篇篇极好的创作谈，由于在一种"回忆录"的体

---

① 李遇春：《庄严与吊诡——刘醒龙和他的长篇小说〈圣天门口〉》，李遇春：《走向实证的文学批评》，广东人民出版社 2014 年版，第 285 页。

② 参见《刘醒龙文学回忆录》，广东人民出版社 2019 年版，第 144、145、150 页。

式中，这许多的方面，自自然然融合在了一起，像是对着自己，对着读自己小说的读者说话，娓娓道来，让人不由得想起贾平凹对于小说写作的一些看法。十几年前，贾平凹在《我心目中的小说——贾平凹自述》当中，就已经明确提出了他认为"小说是一种说话"的创作理念："小说是什么？小说是一种说话，说一段故事"，"世上已经有那么多的作家和作品，怎样从他们身边走过，依然再走——其实都是在企图着新的说法。"警惕过于追求小说结构和技巧的小说写法，他特地举了一个例子："在一个夜里，对着家人或亲朋好友提说一段往事吧。给家人和亲朋好友说话，不需要任何技巧了"，"开始的时候或许在说米面，天亮之前说话该结束了，或许已说到了二爷的那个毡帽。过后一想，怎么从米面就说到了二爷的毡帽？这其中是怎样过渡和转换的？一切都是自自然然过来的呀！禅是不能说出的，说出的都已不是了禅。"他特别强调："小说让人看出在做，做的就是技巧的，这便坏了。说平平常常的生活事，是不需要技巧，生活本身就是故事，故事里有它本身的技巧。"[1]读《刘醒龙文学回忆录》，我不禁想，刘醒龙在谈及自己的创作和进行文学创作理论层面的思考的时候，用的也是这样一种"是一种说话、说一段故事"的写作方式？打开《文学回忆录》，读者的心里不紧张，不拘谨，不瑟缩，可以敞开心扉，听刘醒龙以对着家人或者亲朋好友的方式，来述说一段往事。像贾平凹说的，小说从米面不知怎么就说到了二爷的毡帽，刘醒龙的文学回忆录，也是在说话，说故事，而不是硬生生"做"出来的。回忆录，究其实是随笔，不是小说，在不讲求故事性的随笔（散文）文体里——这种文体讲求"情真"和具备非虚构的文体特征，在这本来其实相对缺乏故事的文学的回忆录里，让我们读出作家在讲故事，而我们在听故事的味道，这是作家放下架子，在与读者说话和交心呢。敞开自己的心扉，才能直抵别人的内心，人心之间的玄妙与会心，或许就在于此。

---

[1] 贾平凹：《我心目中的小说——贾平凹自述》，《小说评论》2003 年第 6 期。

"文学是用别人的情，来说自己的爱。""有时候，我也会感谢自己。""这里的自己，是那个文学的自己，也是世俗的自己。""是文学的自己，让世俗的自己生活得更有品质。"（第157页）这是《文学回忆录》第五十五节的几句话，各自独立成段，而且第五十五节只有这几句各自独立成段的话——可见这几句话在作家心里的分量——看得出这是刘醒龙写给自己也是写给文学的话，这些话发自肺腑，没有任何的虚伪和矫饰，却值得我们每个人细细品味。谁又能否认，这仅仅是刘醒龙说给自己而不是说给我们的话呢？当然不能。

二、乡土：作家写作与灵感的源泉

刘醒龙2011年9月19日受颁第八届茅盾文学奖时的感言，他提到得奖前，他曾经特地回到家乡，在爷爷的坟头前长跪不起，并说："一个人的灵魂品格既是血脉风骨的根底，也是心性情怀之本源。"从这本回忆录，清晰可见："乡土：作家写作与灵感的源泉。"笔者曾经评价《黄冈秘卷》较之刘醒龙此前的作品，笔力更加从容，从叙事结构到具体的细节描写，尤其是物事人情，只要进入黄冈和大别山的细部，刘醒龙的笔锋游走便婉若游龙，自在自如，似乎全凭直觉行事就是。就像刘醒龙在《黄冈秘卷》后记中写道："写《黄冈秘卷》，不需要有太多想法，处处随着直觉的性子就行。全书终了，再补写后记，才明白那所谓的直觉，分明是我对以黄州为中心的家乡原野的又一场害羞。"这种随着直觉的性子就行的写法，恐怕只有面对自己最为熟悉的故乡，生他养他的地方，进行故乡书写时候才能够达到这样的自如和自觉。刘琼说："从《凤凰琴》到《黄冈秘卷》，刘醒龙完成了个人创作地理学层面的出发和回归——从故乡出发并回到故乡，从技术表达层面，也坚持了现实题材创作的一贯性。"①

---

① 刘琼：《以父之名，或向父亲致敬——从〈黄冈秘卷〉透视刘醒龙》，《长篇小说选刊》2018年第4期。

刘醒龙是湖北文坛乃至中国当代文坛的一名重要作家，他发表小说处女作（1984年）迄今，刘醒龙的小说题材（甚至包括散文随笔），大多取材于鄂东、大别山一带的风土物事人情，连近作（《黄冈秘卷》）都是选取材黄冈地域的家族叙事形式。即使不是故乡书写，刘醒龙的写作也往往离不开故乡赋予他的艺术底蕴和写作视角。刘醒龙故乡鄂东，那里有苍茫雄浑抛洒无尽英雄热血的大别山脉，"故乡的山山水水、历史沧桑、民情风俗，都给他日后成为一个优秀作家积淀了厚重而轻灵、素朴而雄奇、现实而浪漫的艺术底蕴"，在他的创作历程当中，即使他的生活环境、工作环境，一再发生变化，甚至可以说是发生着巨大的流转变迁（参见《文学回忆录》），但刘醒龙的小说题材，大多离不开乡村取材和与大别山那片沉雄奇瑰的土地血脉相连，从《村支书》《凤凰琴》（1992年）到《白菜萝卜》《分享艰难》《挑担茶叶上北京》等，由于其自身典型的"新现实主义小说"的特性，而与另外几位作家并称形成一股"现实主义冲击波"——其实就像研究者（李遇春语）说的，哪怕是已经被文学史固化和冠名为"现实主义冲击波"的这些作品，说其是"新乡土小说"或许更加妥帖合适。而且即使是刘醒龙写现代都市题材小说，他也被认为："总是无法割舍传统乡村的视角，以此作为批判现代都市异化病的精神资源"，"即使身在城市，他的心也还是在故乡的大别山区游荡着，作为大别山之子，只有那里才是他精神的故乡"。①

曾经，刘醒龙在随笔《像诗一样疼痛》中，开篇便是："一个人无论走多远，乡土都是仍然要走下去的求索之路。""一个人学识再渊博，乡土都是每时每刻都要打开重新温习的传世经典。""一个人生命有长短，乡土都是其懿德的前世今生。"而在《在记忆中生长》当中，刘醒龙不仅点出："依一个人的血脉所系，乡村老家理所当然只能在黄冈。"②而在这本回忆录中，寄寓了作家刘醒龙对于家乡

---

① 李遇春：《庄严与吊诡——刘醒龙和他的长篇小说〈圣天门口〉》，李遇春：《走向实证的文学批评》，广东人民出版社2014年版，第283~284页。

② 刘醒龙：《一滴水有多深》，地震出版社2014年版，第183、207页。

与创作的更多的深深的思考。回忆录里记录了像《凤凰琴》当年曾被评为"乡下孩子写的乡下事"——恰恰是回到自己熟悉的记忆和题材，作家写作的文字和作品才是最能够打动人的。1839 年秋，乔治·桑离开法国诺昂回到巴黎，她想起诺昂那些犁过的田地，想起休耕地的胡桃树，就叹息说："没什么好说的，身为乡巴佬，根本适应不了城市的喧哗，我认为还是家乡的泥土美，而这里的泥土，使我恶心。"时至今日，大概少有人对城市感到恶心了。但是，乔治·桑在她的人生的最后时刻说的话，值得包括她的同行在内的所有城里人谨记。

就在这本《文学回忆录》里，刘醒龙回忆了因为《小说月报》要转载《凤凰琴》，自己第一次写自己作品的创作谈时的景况。回忆了自己那位"属于'革命现实主义'的读者"的父亲，一再希望儿子写出更多、更好的作品，父亲当然是希望儿子写出更多反映乡村生活和现实的作品。而作者刘醒龙在创作谈中也自述："《凤凰琴》的构思，是从山里几位当民办教师的朋友身上得到的，好多年了，我一直想写它，却总感觉火候未到。"（第 72 页）在《青年文学》编辑部接二连三地催稿的情况下，"使我无暇按部就班地去虚构思考，只好匆匆忙忙地将那种生活，从记忆里挤出来，于是就写得与以前不一样了"。这样的从记忆里"挤"出来的方式，实际上就是最贴近家乡、最贴近乡土、最贴近乡村生活的书写方式。所以连作家自己都说："在写《凤凰琴》时，我被自己的文字感动了。尚未成篇，就迫不及待地对朋友说，这一篇肯定比以前的好。往日，我从不敢说过头话，但这一次，我实在不能自已了。我还可以说，我总算做了一件对得起乡村，对得起乡下朋友的事。"

能感动作家自己、能让作家未及完成便能够有写得比以往好的自觉和自信的原因，就是作家省去了当时流行文坛的各种过于讲究叙事技巧，和文坛流行追求先锋叙事的写作潮流虽则已经渐渐退潮但余波未尽的写作路数。回到乡村，贴近乡土，反而收获了给很多人都留下了深刻记忆的文学作品。刘醒龙自己回忆道，他 2008 年夏天曾经在贵州参加一个文学活动，遇上一位来自西北的同行，这位同行告诉他，在自己的家乡，"乡村教师人手一册《凤凰琴》，那些困难得不知道什么叫困难的老师们，将《凤凰琴》当作经书来读"。（第 246 页）而提及刘醒龙的作品，有一位国内非常有名的文艺理论专家，脱口而出的就是刘醒龙的《凤凰琴》——可见，《凤凰琴》不只是作家心中记忆深刻的作品，也是很多人乃至一代人的文学记忆。从这个意义上说，乡土是作家写作与灵感的源泉，对于刘醒龙来说，这一点尤其是。回到乡土，便是回到了那个最真实的刘醒龙，《圣天门口》等作品，以及新近的长篇小说《黄冈秘卷》，莫不如是。

　　"庭院静好是乡土家园这棵树上开出来的一朵玫瑰花。""家园是写作者永恒的母题，我不会例外，别人也不会例外。""根是一种抚摸骨头的感觉，一个人寻找到自己的根并不是一件令自己特别快乐的事情。它会让人怀疑，从这根上生发出来的事物，真的与这根有着生生不息的关系吗？""再伟大的男人，回到家乡也是孙子。这是二〇一一年八月底，在爷爷的墓碑前，我找到的一句话。""唯有故乡才能给我们以未来。"（《文学回忆录》第 127—128 页）"我的全部情感来自乡村。"（第 137 页）笔者在此前的研究当中，也曾述及：早期《凤凰琴》《挑担茶叶上北京》等，既包蕴了他对中国社会转型过程中出现的问题的思考，也是他将目光投注在故乡题材上的写作，加之《分享艰难》等作品，使他成为二十世纪九十年代"新现实主义冲击波"中的代表作家。《圣天门口》《天行者》等具有较强的历史意识和现实关怀，有着繁富审美追求的《圣天门口》是"从革命的逻辑、传统文化与个体终极关怀价值等三个角度来反思现代革命"（周新民语）①。但如果没有故乡赋予的乡村经验，他恐怕不能完成《天行者》这部"零距离描绘中国乡村教育现实"的荣获"茅盾文学奖"的力作。② 在这本《文学回忆录》里，刘醒龙向我们娓娓道来了一个对于家乡、乡村有着深深眷恋，并将乡村当作写作的灵感和源

---

　　①　周新民：《近二十年长篇小说乡村现代性叙事规范的拆解》，《文学评论》2013 年第 5 期。
　　②　参见刘艳：《家族叙事破译黄冈文化精神密码——论刘醒龙的长篇小说〈黄冈秘卷〉》，《当代作家评论》2019 年第 1 期。

泉的作家，人生历程里对于家乡的频频回顾，《黄冈秘卷》就以其"家族叙事破译黄冈文化精神密码"①的典型特征，表现了一位身处城市心系乡村的作家对于家、乡、人的最深切的顾念之情。

三、情感温度，文学回忆录精神品相之一种

作为写作力还正旺盛的作家，写回忆录，是自觉有难度的。2019 年 11 月 23 日，刘醒龙本人在"刘醒龙暨当代作家文学回忆录研讨会"上的答谢辞《最是不胜回忆》中说："一般人看来，当世之人，活得好好的，生命力正旺盛，特别是作家这行，明明还有更紧要的小说、诗歌等着去写，偏偏狗尾续貂、画蛇添足地写上一本回忆录，完全是没事找事，没麻烦找麻烦，除了与自己过不去，实质上的好处几乎没有，还有可能一不小心露出破绽。"即便不畏写小说写诗歌写散文的作家，也会知道写作回忆录的难度："在回忆的进程中，作家所写每一个字都会变成有灵肉的生命，嬉笑怒骂，喜怒哀乐地活跃起来。更有那些掺杂在文学作品的酝酿、创作、出版和评价过程中的各种人事，会百分之百因熟人因素，变得复杂，棘手，在雕章琢句，下笔行文时，哪怕有要领也不能得。"②

即便把写回忆录当成是掉进坑里，刘醒龙也还是有着武汉人的豪气和果敢，他将这掉进坑里，当成是自己在文学之外又是在文学之中的一件幸事："作家写文学回忆录，也是一种坑，是读者与出版社合谋挖掘，甚至包括作家本人心甘情愿一起挖掘的一种坑。作为文学回忆录的作者兼主人公，掉没掉进坑里，掉进去的是深坑还是浅坑，掉进深坑与浅坑中有没有受伤，在文学之中，在文学之外，我都是幸运的。"③

---

① 参见刘艳：《家族叙事破译黄冈文化精神密码——论刘醒龙的长篇小说〈黄冈秘卷〉》，《当代作家评论》2019 年第 1 期。

② 刘醒龙：《最是不胜回忆》，刘醒龙本人在"刘醒龙暨当代作家文学回忆录研讨会"上的答谢辞，2019 年 11 月 23 日。

③ 刘醒龙：《最是不胜回忆》，刘醒龙本人在"刘醒龙暨当代作家文学回忆录研讨会"上的答谢辞，2019 年 11 月 23 日。

也许正是有这些思考和心得，刘醒龙能够把他对于自己小说写作的很多思考、前前后后的可以作为小说"副文本"存在来解读的那些创作谈的文字，写得那样娓娓道来，把自己对于文学和创作的见解，散落在一段段回忆往事的文字里。作家自己可能也没有意识到，他的真，他的情感温度，在这些回忆性文字里的重要性。作家回忆 1990 年在大别山开笔会，去餐厅的路上碰到湿漉漉的小孩迎面跑来，手上托着一只罐头瓶，瓶里装着几只小螃蟹。"我"索要了一只，吃饭时向人炫耀，自己为儿子弄了一个最漂亮的礼物，旁边的人提醒说螃蟹是只死的。料想不到的是，小孩竟候在外面，还问了住哪个房间……到天黑，散步回来，小孩不知从什么地方一下蹦到面前，说蟹子已经给放到房间里去了……有关那次笔会的回忆，或许是文学回忆录最该记录在册的。但是，小孩候在外面，想着送出的蟹子是死的，还另外赠来一只大螃蟹和几只小螃蟹……这样的山间轶事，反而是最能进入读者眼睛和心怀的。（第 110—112页）山川异域，风月同天。人，可以因为地域，因为身份，因为其他种种因由而隔开，但人心是相通的。有着作家情感温度的文字，是最能够进入普通人的内心的。

研讨会开始前一天的晚上，刘醒龙先生与与会者们一起共进晚餐。谈到兴致浓时，他给大家讲起文学回忆录里所写女儿独自放学回家的一段往事。当时在座诸君虽未经事先的沟通和商量，故意佯作不知——我们这些听者故意当作没有看到回忆录中的这段文字，兴致勃勃地听他用语言来复述这一段故事。果然，他把文学回忆录里写出和未写出的那些情绪、情感和情形——当时找不到女儿时的焦虑，向我们和盘托出。回忆录里有一段文字，讲到有一次因为堵车晚到了学校，不见了放学的女儿："我以为又像前一次，也是迟到几分钟，结果发现女儿正在教室里做清洁。然而，这一次，女儿班上的教室门已经上了锁。我又以为，像有一次，也是没有正好赶上放学时间，结果发现托管的老师，并没有将下午放学的女儿托付给她们的女儿顺便带回托管站了。我还以为女儿有可能在学校操场边，她更喜欢在百草园里与同学一起做如同蝴蝶翻飞一样的游戏。我甚至以为……""事后才感觉到，找不到女儿的这一小时里，所

耗去机体能量并带来的种种不适，三天后才有所恢复。"（第117—124页）

后来发现事情的真相是女儿是在学男同学，自己一个人走路回家，但是这对于一个六岁的孩童来说，独自走那么远的路，给父亲留下的记忆却是刻骨铭心的，"女儿走过的这五公里，当她从爸爸妈妈感知范围内消失后的那一个小时里，这样的距离漫长得远远超过这半辈子在北半球上走过的所有的路程"。（第124页）记录六岁女儿放学曾独自走五公里回家，惊出父亲一身透汗这段文字，作家本人的复述，向我们还原了一个有着深深的情感温度的作家本"人"，爱女心切……这里对女儿的情怀，是一位父亲的，也是一位对生活和亲人爱之若是的作家的，有这样的情感温度，才能闭关六年专注于一个长篇小说的写作："长篇小说《圣天门口》是女儿出生前后开始写的，闭关六年，小说出版了，女儿也要上学了。"（第119页）女儿上学了，父亲或许想在女儿身上弥补六年的闭关写作、对女儿上心不够的遗憾，却出了这样一件让作家一辈子都刻骨铭心的小插曲。文学哪里是能够脱离生活的，文学来自生活，也来自作家所能够具有的情感温度。

（《山花》2020年10期）

过去/现在·乡村/城市·传统/现代
——《刘醒龙文学回忆录》的三组关键词探析

李雪梅

"回忆录"通常都具有知人论史的史料价值，作家对个人成长道路和文学创作道路的反顾，让我们在阅读中满怀着期待，期待解码文学的密钥。但问题的另一面在于，因其流动性、个人性和选择性书写"回忆录"在自我解密的同时也可能被质疑其真实性。当作家有意要提供一份"权威"的"回忆录"时，将如何选择记忆，又如何叙述记忆？这个叙述框架中，有多少记忆是被放大了，又有多少是被有意或无意隐藏了？要厘清这些关涉记忆伦理的问题并非易事，但也正因为这些问题的存在，或许能够抵达另一个侧面的真实。《刘醒龙文学回忆录》中，过去/现在、乡村/城市、传统/现代是三组相互映衬的关键词，过去、乡村和传统明显被置于前景，但恰恰是因后者的存在才能彰显它们的意义。

一、过去/现在：双重时间中的身份建构

"回忆录"书写最核心的意义就在于面对过去的自我反思，如何评判过往的经历，评判的标准何在？若只是按标准化或流行性的价值观念重组人生，是很难进入最本真的生命状态的，更不用说发现新的自我。相反，或许那些被唤醒的、看似无关紧要的细节，反而更能窥见人生的真谛。

记忆是非理性的，历经风雨沧桑后仍然活在记忆里的那些人和那些自然流淌出来的情绪是最能显影一个人的人生趣味的，正如

扬·阿斯曼指出的那样："只有倾注了情感的交往，才能使记忆具有一定的结构、视角、相关性、限定和范围。"①刘醒龙最怀念的是他小学时会用背越式跳高的一个音乐老师。当他在课堂上谎称偷吃的猪油渣为冰糖后，刘老师批评他有"小资产阶级思想"，竟然让他生出一种"特别的亲切感"。困难时期猪油渣的美味回忆与刘老师的美丽身影叠映在一起，是一道色香味俱全的文学营养大餐，成就了刘醒龙创作的基调，他的"诗性现实主义"②或许在那时就埋下了伏笔。高中时期"格外与众不同"的是那位永远将"英特纳雄耐尔"念成"英特纳雄耐吾尔"的语文老师，这是个"教老书"的先生，却得到学生最深的敬意与祝福，他那"特别有形的乡贤"的个性与人格魅力化为一种特殊的气息，弥漫在刘醒龙笔下那些传统的理想人格中。经历了那么多大刊名编后，刘醒龙仍记得《安徽文学》的编辑苗振亚这位"恩师"，因为正是他发现了刘醒龙处女作《黑蝴蝶，黑蝴蝶……》中独特的"小说味"，这种只可意会不可言传的味道，让刘醒龙至今受用。而那个藉藉无名的长阳姑娘黛妹，用"一碗油盐饭"的质朴诗意让他实现了创作上质的飞越，成为他"一个人的经典"，他则以一个传诵者的身份让十八岁的黛妹在文学中获得永生。

治愈创伤是记忆书写的重要功能，因为回忆是对时间的抵抗，也是心灵的诺亚方舟。《圣天门口》中那个美丽的女人阿彩，偏偏生着一个癞痢头，这个人物的创作灵感来源于刘醒龙童年时代的一个"小小阴影"。小时候，淘气的当地孩子常因他干部子弟和外来者的身份欺负他，垮里那个满头长着金色癞痢的漂亮女孩就被编排成是他的小媳妇，让他承受莫名其妙的羞辱。当记忆中那个小名叫金子的女孩变成《圣天门口》中的阿彩后，他让有缺陷的身体迸发出人性的大美，正是对童年心理创伤的自我疗救，而今当他能在回

① 扬·阿斯曼：《什么是"文化记忆"》，陈国战译，《国外理论动态》2016年第6期。

② 李遇春：《重建湖北文学的两个传统——刘醒龙的小说和他的〈芳草〉》，载《新世纪文学微观察》，北岳文艺出版社2019年版，第54页。

忆录中坦言这一心路历程时，或许正是源于创伤治愈后的释然。从十八岁到二十八岁，正是人生充满了种种可能性的青春十年，刘醒龙是在县办的阀门厂度过的。滚烫的铁屑四处飞溅，不时会烫伤人的肌肤，身体的创伤历经数十年才慢慢愈合，而今刘醒龙却宣称那是一种"烤肉香"，并在不断地回味中"越来越相信，那是一种青春的滋味""是我既往生活中最值得热爱的"。和不锈钢一起锻造的是刘醒龙钢铁般的坚韧意志，这种生命体验化入《生命是劳动与仁慈》和其他所有与工厂有关的文字，共同铸就劳动不可亵渎的神圣，当年身体和心理的双重创伤也得以平复。"如今，当时。现在，过去。这是回忆录的基石，被审视的过去保留了对当下的解释权，被唤醒的当下也让过去有了值得反复追寻的意义。"①时间参与到回忆的过程中，记忆书写的奥秘就这样隐藏在回忆者现在的境遇中，时间重构了记忆，那些存储在记忆中的过去在回忆中呈现出崭新的意义。

刘醒龙在"大别山之谜"的开篇《我的雪婆婆的黑森林》里写了一个渴望长大的男孩阿波罗孤身勇闯黑森林的故事。在凶险的黑森林里，他一边同邪恶的野人/犯罪斗争，一边同身体里面"那个穿着红肚兜、光屁股的小男孩"斗争，外部现实的挑战和内在精神的裂变一起推动着阿波罗的成长。这个故事可以看作刘醒龙创作历程的一个隐喻。刘醒龙从 1979 年开始文学创作，至今已有四十年，当年的小男孩已经成长为当下中国文坛一个不可忽视的存在，他没有因为已有的成就神话自己，反而在种种写作的艰难蜕变中更见一个作家真实的成长与成熟。回忆录的书写就是立足现在，审视过去，是在不断反思中的自我重塑，现在的刘醒龙这样定义自己："我不是那种天才型的，甚至不是才子型的人，我是比较笨拙的。"他自称"仍是一个赶早出门上山砍柴的人"，这当然是一种自谦，但更是一种自省，他愿意做一个清醒的文学"守夜人"。

---

① 斯文·伯克茨：《回忆录中的时间艺术》，钱佳楠译，《上海文化》2018 年第 4 期。

二、乡村/城市：空间疏离中的文学坐标

刘醒龙在回忆录中讲述了他从大别山腹地到县城，再到省城的人生历程，这种空间上由乡入城的位移是许多作家共同的经历，但刘醒龙还是有些不一样，因为无论乡村还是城市，对刘醒龙而言都有一种疏离感。虽然刘醒龙一直记得父亲的告诫："你是老农民的后代"，但又自称"我在乡村长大，但从来不觉得自己是个乡下人，因为我父亲是区委书记、区长。可是我一到县城，就成了乡下人"。父亲的告诫和刘醒龙的自我认知看起来充满了矛盾，但正是这种矛盾潜藏着写作的两个奥秘：一是对乡村的情感认同，二是身份疏离产生的叙事张力。

从情感上来说，刘醒龙显然是偏爱乡村的，他宣称"我的全部情感来自乡村"。童年是作家记忆的宝库，潜藏着终生的秘密，作家会用一生不断重返童年。童年和乡村生活的记忆给予刘醒龙的是"老农民的后代"的情感认同，是他小说中仁慈和悲悯的生命底色，因为在他看来，"乡土给我们最有价值的东西就是仁慈"，正如那个虚张声势的生产队长，他对那些抄近路的孩子和劳动改造的"四类分子"大声地叫骂着，却在骨子里透出最大的慈悲之心。刘醒龙一直心怀对那些乡村普通人的崇敬之情，在他看来，"他们是天生的社会学家、天造的历史学家、天才的哲学家和美学家"。由此出发，他能清楚地看到，那些媚俗的应景之作、机械的时代记录员和妖魔化写作都是乡土文学的"败笔"，因为这些写作都失却了好作家的必备要素——仁慈与悲悯。

对乡村的情感认同并未影响刘醒龙对城市的接纳，相反，他在城乡之间身份的疏离反而可能带来更多的发现，让他的写作天然具有一种难得的叙事张力。他在书中忆及儿时读书的模样："几个年岁相仿的少年，趴在山沟的岩石上，头挨头凑在一起，反复读一本残破不全的小说"，他们"想象着像上海滩一样'洋气'的青岛"，这种"洋气不只是一种理念，更是一种方法，一种态度，一种胸怀"。城市就这样给了少年刘醒龙无边的想象空间，后来生活在城市的刘

醒龙虽然在创作中不断回访乡村，但是，"对乡村感情深厚，不代表对城市的天生排斥"。因此，当很多将刘醒龙定位为乡土作家的读者对他竟然写出《蟠虺》这样的城市题材小说而感到意外时，对刘醒龙本人而言，或许只一种自然而然的写作。正如於可训指出的那样，刘醒龙"每一部表现乡村生活的小说背后，都有一个强大的城市背景在起着推波助澜的作用"。乡村的变迁背后是强劲的城市化进程，所以他笔下的乡村既非令人沮丧的蒙昧之地，也非静止的桃花源，而是常常着眼于时代的困境，思考改革中的深层次问题，具有强烈的现实质感。

在刘醒龙看来，乡村和城市是平等的，那些对乡村满怀善意的文化歧视者，或是对城市假装不屑的高蹈者，都是值得警惕的。他对电影《凤凰琴》将竹笛改编为口琴一直无法释怀，因为这一改编不仅关涉对原著的尊重问题，更因为电影对真实乡村生活的隔膜而导致的对乡土和民办教师的冒犯，在他看来，"那种将口琴硬塞进乡村的好意"不啻为"一种伪善"，以专属城市青年的口琴替换乡村教师的竹笛，暗含对乡村的文化歧视，失去了城市与乡村原本应有的平等状态。他说："我无意让竹笛响彻城市，然而我的确想让城市听懂竹笛"，或许这也正是《音乐小屋》中进城务工的农村青年陶醉于口琴并以琴声表达对城市的热爱的内在逻辑。

小说《我的雪婆婆的黑森林》最后写渴望长大的阿波罗"回过头来寻找不再吭声的小男孩，却意外发现父辈们还站在不算遥远的地方注视着自己"，这是又一个隐喻，小男孩变成了男子汉，但父辈的注视和故乡的土地永远是他的出发地。乡村是流淌在刘醒龙骨子里的文学血脉，城市则让他在拉开距离后更清楚地看到了自己的来路和前行的方向。

三、传统/现代：理性反思中的文化选择

刘醒龙走上文坛的 80 年代，正是西方各种文学思潮在中国风起云涌之时，但他明确表示："文学当中的中国传统才是我一直所看重的，我始终没有停止过这方面的探索。"当小说的传统因素被

反动掉，各种西方现代派艺术眼花缭乱地杂陈于小说世界时，他坚信那些貌似贫瘠和古老的文学传统在不经意间就能达到震撼心灵的程度。

民间文化是刘醒龙写作的宝藏。他坦言："我的文学教育，更多的是受民间的影响。"丰饶的民间是他的文学启蒙老师，口口相传就是他的人文传承。小时候在院子里乘凉的时候听爷爷"挖古"，爷爷口中的《封神榜》和各种民间故事是他文学创作的最初的养分，爷爷的故事"具有亲历性"，人物"是有形象的"，内容"是有着某种喻世规劝"意味的，形式上"是有命运感的"，而童年记忆中最早、最完整的那个落水鬼的故事就是他文学的起源。记忆中的爷爷不仅幻化成刘醒龙笔下反复出现的老人形象，也在创作内容和价值选择上对其影响深远，从最初的"大别山之谜"，到 21 世纪以来的《圣天门口》《天行者》《黄冈秘卷》，都不乏民间英雄的传奇形象、因果报应的故事情节、天人感应的神秘色彩、往复循环的大历史观。刘醒龙的创作并没有在时间进化的链条上褪去民间大地的底色，反而实现了从最初选材局限的本能到逐渐自觉化用民间资源的涅槃。

故乡黄州"贤良方正"的人文风骨是刘醒龙最为看重的地域文化品格。祖传那些人物一根筋似的性格，既形塑着刘醒龙坚韧强硬的个性，也滋养了他笔下的那些人物。他因为对写作的自我坚持而放弃了更早成名的可能，他没有不惜一切代价寻求发表，哪怕被退稿到麻木，被嘲笑为"坐家"，正是这种非一般的热爱和坚持最终成就了今天的他。《秋风醉了》写父亲坚定地认为补坏了鞋子就得赔，因为这是补鞋匠最基本的责任，而电影则改编为父亲故意把鞋子弄破，再以卖血赔偿的苦肉计给儿子创造晋升的机会。在刘醒龙看来，这是一种令人无法接受的残酷改编，因为其中的差别其实是人性的分野，一种是在民间大地上朴拙而善良的风骨，一种却是用现代经济社会中人性普遍异化的逐利原则玷污这朴拙与善良。赵老师(《威风凛凛》)、温三和(《弥天》)、梅外婆(《圣天门口》)，曾本之(《蟠虺》)，"老十哥"(《黄冈秘卷》)都是现实的不合作者，他们虽然可能因为自己的坚持而蒙难，却始终恪守着黄州人的"贤良方正"。

民族精神是刘醒龙特别重视的传统资源，它意味着强烈的使命感，深重的忧患意识和高贵的理想人格，是儒家文化和红色文化的综合体。处女作《黑蝴蝶，黑蝴蝶……》中，邱光因为两包水泥被山洪吞没后，林桦思考着："人生的价值应如何去比较？人生应该怎样去求得永恒？"这是林桦的追问，也是刘醒龙的追问，并在以后的写作中不断思考这个问题。这个问题的答案是《凤凰琴》和《天行者》中"界岭小学的毒"，也是《圣天门口》中圣洁的雪家精神、《蟠虺》里青铜重器的君子之风、《黄冈秘卷》里"我们的父亲"的坚硬人格。刘醒龙在获得茅盾文学奖后发表感言说："一定要有一批作家，他们的写作和他们的存在真正体现了我们民族的灵魂高度。"他用小说讲述中国故事，彰显民族精神，践行着一个作家的天职和使命感，正是这种使命感促使他摈弃那些花哨的写作技巧，潜心于现实主义创作，深挖人性的奥秘与时代的真相。

当然，对传统的致敬并不意味着对现代的漠视。刘醒龙对民间文化、地域品格和民族精神的书写都立足于百年来中华民族追寻现代性道路的历史和现实，以及传统文化在这历史和现实中的现代性转化，有了现代性视野的融入，传统才具有更深远的意义。也正是在这一认识逻辑中，刘醒龙才会发现并重视自己创作中的传统资源及其价值。

刘醒龙说："小说更适合做自己写给自己的锦书。与自己创作的那些人物隔空相望，正是与另一个自己相爱相杀，互为表里。"回忆录亦是如此，是现在的自己与过去的自己"相爱相杀，互为表里"，因为回忆录的重点不在于仅仅唤起关于过去的记忆，而是穿越记忆发现那些关于人生和文学的启示，在富于张力的时空中与自己对话，并在这种对话中厘清过往，企望未来。刘醒龙立足现在回望历史，在双重时间中追溯一个文学守夜人的成长历程和文学理想，在乡村和城市的双重疏离中建构独特的写作视角和乡土情怀，在现代性视野中弘扬民间文化、地域文化和民族精神，建构了一种以退为进的写作立场。更重要的是，过去/现在、乡村/城市、传统/现代也是近四十年中国文学的关键词。因此，刘醒龙在后撤中明确前行方向的同时，也为中国当代文学留下了一份难得的文学档案。

（《长江文艺评论》2020 年 02 期）

《凤凰琴》的悲哀

高　扬

　　我订《新华文摘》有好多年了，因为它定期汇集国内思想学术界、文化艺术界的重要信息，像我这样忙于党政事务的人抽暇翻阅，多少可以医治一下孤陋寡闻的职业病。近三四年，我无职无责，仔细读这《文摘》，时常发现开启心智和切中时弊的篇什。去年第 12 期刊载的《青年文学》的《凤凰琴》就是其中之一。

　　《凤凰琴》是刘醒龙的中篇小说，写的是南方山区一个小学令人慨叹的故事。高考落榜青年张英才靠其当乡文教站长的舅舅照顾，到界岭村小学当代课教师。那里村民居住分散，生活艰难，儿童入学率只有百分之六十多。孩子们打赤脚，买不起课本，十几个人住校，在校长家"搭伙"。山里有狼，星期六住校孩子们回家，得老师分三路护送。学校只有三个"民办"教师，他们既是校长、副校长和教务主任，又分别给三个班上课。在乡文教站长的默许下，学校虚报儿童入学人数，应付县检查团，想靠扫盲先进的名誉拿到奖金来修缮破烂的校舍。张英才看不惯这种做假行为，向他舅舅和县文教办写信揭发，被舅舅严厉斥责，说他不懂世情，把眼看到手的 800 元奖金给弄掉了。不久，张英才体味了学校的苦况，给省报写了一篇《大山·小学·国旗》的长文，详述三个民办教师爱护学生、尽职尽责的感人事迹，经查访核实，刊登在省报头版。县领导觉得"张英才和界岭小学为全县教育争了光"，拨特 3000 元校舍修缮费，升批准张英才转为"国办"教师。本来"转正"是三个老教师的热望，他们和张英才之间正在闹磨擦，这时张英才坚决让贤，大家推举校长"转正"，可是校长提出把这个名额让给他的妻子，因为他妻子明爱芬是最老的教师，在产后三天，挣扎着赴县城参加"转正"考试，不幸害了瘫痪症，乡文教站隐瞒真相，一直照发民办教师补助金，她几次自杀未遂，还念念不忘"转正"。他希望满足她唯一的愿望，"让她一生多少有一点高兴事"。大家，包括文教站长，都同意了，而明爱芬在填登记表时突然断了气。村民们为明爱芬隆重地办了丧事，张英才转了正，到师范学校进修去了。

也许是我与乡村小学有特殊的历史因缘吧？读《凤凰琴》，我如临其境，如见其人。说乡文教站长努力给老民办教师"解决后顾之忧"（"转正"），我相信有这样的好站长。校长说："我不是党员，可我讲做人的良心，这么多孩子不读书怎么行呢？拖个十年八载，未必村里经济情况不会好起来，那时再享福吧！"我相信有这样的好校长。一个 12 岁住宿生，因为父亲死了，不得已辍学，"回家顶大梁过日子"。校长说："我真没料到他会对我说那样的话。他说他家那儿可以望见这面红旗，望到红旗，他就知道有祖国、有学校，他什么也不怕。"我相信有这样的好孩子。说家长们为长期瘫痪的老教师凑起大量油菜酒肉办丧事，我相信有这样的好村民。说两个教师吹笛子，腔调缓慢而悲凉，说张英才弹文教站长留给明爱芬的凤凰琴，声音是沙哑的，想一想，能不是这样的吗？

年轻的时候，读大学前后，我在东北故乡曾两度当乡村小学教师。旧中国社会风气是"尊师重道"的，公家发给的薪水不菲薄，每月 24 块银元。五六十年人事沧桑，1982 年我到河北省委工作了。那里山区小学有的和《凤凰琴》里写的光景差不多。20 世纪 20 年代，鲁迅呼吁过"救救孩子"。吉田茂写的《激荡的百年史》，说日本明治维新后乡村最好的房子是小学校。在河北，为改变乡村学校破落、教师困窘的状况，我考察过，呼吁过，做过宣传动员，实施过改革方案。但当时省内外反应不一，取得的成果也不大。回忆往事，我愧对河北父老。八、九年又过去了，现在全国许多农村一派繁荣景象，小学校也面貌一新了，但读了《凤凰琴》，我为界岭村的孩子和教师们的境遇难过，为明爱芬得到虚假的安慰，实际是含恨而死难过。当然，我不像年轻的张英才那样少见多怪，我懂得我们国家大、历史包袱重、地区经济发展不平衡，存在教育极端落后的现象在所难免。然而不少材料证明，有些地方，一面是小学教师们在苦难中"庄严地工作"，需要微末的财力改善办学条件而不可得，一面是那里的有些当权者奢侈浪费、挥金如粪土。这种美丑并陈的社会文化现象意味着什么？只用当权者对基础教育重要性认识不足来解释，恐怕既不全面，也不深刻。我看是"一叶障目，不见泰山"——他们官风官气膨胀，正在利用职权，热衷经营自己生活的现代化，哪里还会注意到国家"百年树人"的大计呢！

(《新华文摘》1993 年 04 期)

凤凰琴：一篇小说，一群人，一个村

喻 珮

"一排旧房子前面，一面国旗在山风里飘得很厉害，旧房子里传出一阵读书声……"这是小说《凤凰琴》中关于乡村小学的经典场景。

1992年，作家刘醒龙发表叙写"乡村教师"命运的中篇小说《凤凰琴》。对于20世纪八九十年代相当数量的中国乡村教师而言，这部作品曾让他们"抱头痛哭"，却又是不忍搁下的枕边读物。

《凤凰琴》及其续篇《天行者》，被认为是一部完整展现20世纪后半叶中国乡村教师命运与中国乡村教育史的文学作品。《凤凰琴》的发表对当时全国200万民办教师转正工作起到了推动作用。

而今，在《凤凰琴》发表29年后，湖北诞生了一个"凤凰琴村"。

故土上诞生"凤凰琴村"

今年11月，张家寨和螺蛳港两个行政村正式合并为凤凰琴村，张家寨村正是刘醒龙的第一故乡。

冬日初临，太阳正暖。

穿过敞亮的马路和两侧的农田，拐角处一道宽敞的坡路上，一栋三层小楼映入眼帘。鲜黄色的瓷砖贴满房屋的外墙，在南方的冬日里格外耀眼。

老人黄新元放下手中一碗热气腾腾的藕汤，踱步到屋外，笑脸相迎。

"您是张家寨村的吗?"记者问道。

"是,不过现在应该叫凤凰琴村了。"老人笑答。

这个与文学作品同名的村名,是湖北团风两个村合并之后,由当地的村干部、村民代表投票选出的新村名。今年 11 月,在新农村建设进程中,团风县上巴河镇张家寨和螺蛳港两个行政村正式合并。

两个村之间隔着一条小河沟,原来各有 1000 人左右。按照"合村并组"相关政策,人口不足 1200 人的行政村需要进行合并。两村合并之后,新诞生的"凤凰琴村"有 2000 多人。

张家寨村正是刘醒龙的第一故乡。

刘醒龙出生在江边小城黄州,1 岁多的时候,便因父母工作调动来到大别山腹地的英山县。

《刘醒龙文学回忆录》中,记载着他对故土深情的叙述——

"爷爷的名字如今赫然刻在老家团风县上巴河镇张家寨村的一座小山上。在那块刻着爷爷名字的石碑面前,我年年清明都要回去下跪祭拜。石碑后面的那抔黄土是爷爷永远的故事……"

刘醒龙至今记得第一次随父亲回到故土的情景。那年,他 30 多岁,同父亲正在小山上走着,找寻长辈的墓地。突然不远处有人喊父亲的小名,是什么名字并没有听清,只见那人指了指另一处山头,用乡音告诉父亲,墓地在那边。

"那个时候父亲 60 多岁,在我印象中,他平时笑都很少笑,却面对着很荒凉的一个土堆,突然跪下去磕头,那种震撼一生难忘。"湖北省文联主席刘醒龙在武汉接受记者采访时说。

"那一年,父亲在芭茅草丛生的田野上,找到一处荒芜土丘,惊天动地地跪下去,冲着深深的土地大声呼唤自己的母亲。我晓得,这便是在我出生前很多年就已经离开我们的奶奶。接下来,我的一跪,让内心有了重新诞生的感觉。"正如他所写,"乡土看似有根,实在是一种漂泊。这样的漂泊者对于故乡的梦想与怀念,是普通人难以想象的"。

正是这次寻根之旅,让刘醒龙和故土在精神上有了更深的连接。此后，刘醒龙每年清明节都来张家寨村祭祖扫墓。

61 岁的刘爱国是新组建的凤凰琴村的党总支书记，也是之前张家寨村的老支书。"新村名经过了村民投票，村里直接参与投票的有 200 多户。"刘爱国说。

记者近日来到这处新村落所在地，刻有"凤凰琴村"鲜红色字样的门牌已经挂在了新的村委门口，门牌上还扎上了鲜红的绸布制成的大红花，一派喜气洋洋。

刘爱国给刘醒龙打来电话、发来照片，告诉他新的"凤凰琴村"挂牌了。电话那头的刘醒龙有些惊讶，又有许多不可名状的感动。

"随着乡村的进步发展，不再是用简单的村、寨这类最原始的文化符号来给一地留下标记，而是用某一种文化热点，或是有更广泛意义的文化符号作为家乡的标志，说明村民在文化品位方面有了更高的追求，我为这样的乡村深感欣慰。"刘醒龙说。

人手一册《凤凰琴》

"你怎么了解我的情况？"那几位乡村教师紧握刘醒龙的手问道，都认为作品所写的民办教师就是他们自己。

为什么想到以一部文学作品来命名？

当地村干部告诉记者，第一个提出这个想法的是范秋轩，上巴河镇政府二级主任科员。

尽管是 20 世纪 90 年代初的事情，范秋轩对当时乡村教师人手一册《凤凰琴》的画面仍记忆犹新。"我当时去一些村里的学校，怎么走到每一所学校，都能看见老师的抽屉里有一本《凤凰琴》。我翻开看这是本什么书，读来出人意料地感动。"

2020 年底讨论合村并组后更名的问题，范秋轩率先提议改为"凤凰琴村"。"这部作品有影响力，我把'凤凰琴村'的来历讲给村民听，他们也很赞同，希望借助文化知名度，把家乡建设得更好。"范秋轩说。

刘醒龙的中篇小说《凤凰琴》1992 年首发在《青年文学》。小说讲述了坐落在大别山天堂寨脚下的界岭小学发生的故事。界岭小学只有 5 个人：余校长、副校长邓育梅、教导主任孙四海、余校长的爱人明爱芬，再加上新到这所学校的青年教师张英才。这 5 个人全是民办教师。即便学校运转艰难，民办教师待遇极低，生活过得异常艰苦，但他们仍然坚守在为农村"扫盲"、为学龄孩子启蒙的一线岗位上。

小说中，一群小学生在老师们的带领下，和着一支笛子和一把口琴吹奏的国歌，站在破旧的校舍前升起国旗的场景，已成了文学艺术作品中关于中国乡村教育与乡村文化精神的经典画面。

小说中张英才喜欢弹奏的凤凰琴，代表着一种身份的隐喻——在当时的乡村，只要听到哪个屋子里有凤凰琴的声音，就知道在家里大概有个乡村教师。凤凰琴是 20 世纪 50 年代末为了推进文化的普及而设计的，弹凤凰琴需要识简谱，在乡村弹奏凤凰琴的都是当地的文化人。

回忆创作的初衷，刘醒龙说，20 世纪 70 年代末、80 年代初，民办教师非常普遍，几乎每个村办一所小学。他的高中同学当中，至少有三分之一当民办教师。而这些相熟的人事物，熟悉的乡村生活面貌，最终勾勒成小说中一个个鲜活的人物形象。

"我最喜欢的人物还是支书的女儿，那个被支书要求读书却目不识丁的苕妈。这样的次要人物更可爱，虽然看起来游离于主线之外，但是对丰富主线起了极大的作用。通过她写死去的老支书，可见支书对教师的爱惜和爱护，对村里不文明、与世隔绝的状态的痛心疾首。"刘醒龙这样评论自己笔下最喜爱的人物。他说，一些小人物的塑造往往特别难，比主要人物更难写，他们会"突然冒出来"，如果能够抓住，则会增光添彩。

1994 年，由小说改编的电影《凤凰琴》在北京京西宾馆礼堂首映，首映式上请来了获中国青少年发展基金举办的"园丁奖"、来自全国各地的 10 名乡村教师。"你怎么了解我的情况？"那几位乡村教师难以置信，紧握刘醒龙的手问道，都认为作品所写的民办教师就是他们自己。

"作为一部对人性挖掘很深的作品，刘醒龙并没有花很多的笔墨在精神和物质的贫瘠上，而是把笔探向了人性最深处，围绕着'民转正'这一困扰了中国几代人的问题，为人们带来了一场并不可笑的闹剧。"一位笔名为"七里香"的读者曾写道。

刘醒龙写作《凤凰琴》时，全国还有 200 万民办教师。《凤凰琴》的发表及影视改编，让民办教师群体受到关注，对民办教师转正工作起到了推动作用。

2020 年 4 月，一位前中央领导在观看央视节目《故事里的中国》第八辑"奏响凤凰琴"后，给刘醒龙寄来信笺。在信中，他提及小说及其改编文艺作品的内在精神力量：

前些日子在电视中看到您创作《凤凰琴》小说背景的采访，引起了我的共鸣。您的小说和由天津电影制片厂改编的电影我都看过，非常感人。当年我还用这一作品推动解决拖延了多年的民办教师转公和待遇问题……当时我的感受是，有的事单靠晓之以理还解决不了，还要动之以情才能解决。优秀文艺作品的感染力是巨大的。

有界岭的地方就有"界岭小学"

1992 年 1 月，已经调到黄州工作的刘醒龙在动笔创作时，眼前浮现出那面在父子岭小学和莽莽大别山上飘荡的国旗。

《凤凰琴》开篇便用班主任激励张英才的口头禅"死在城市的下水道里，也胜过活在界岭的清泉边"，凸显了"界岭"这一端与那一端的巨大反差。

小说中的"界岭"在哪里？"界岭小学"又在何处？伴随着作品日益深入人心，"界岭小学"俨然成为一个文化符号，彰显着愈加典型的现实意义。

许多读者都从《凤凰琴》和《天行者》中找到自己启蒙小学的影子。

《凤凰琴》小说发表后，有人撰文称原型地是自己就读过的某学校，因为他们学校里也有一头"喜欢吃粉笔灰的老母猪"。

又因为某地的乡村教师几乎人手一册《凤凰琴》，且人人都说小说写的正是他们的生活，那一带因而被认为是小说的原型地。

在《刘醒龙文学回忆录》中，有一段他与《天行者》英文译者艾米莉·琼斯的问答。

对方问："界岭"是虚构的地方吗？应该在中国哪里？

刘醒龙回答说：界岭是中国乡村中极为常见的地点，村与村交界处、镇与镇交界处、县与县交界处的地名，经常叫界岭。你可以在互联网上的百度地图上搜索一下，仅我的老家黄冈市就有 44 处，这还是比较有名的。像《天行者》中写的这种没名气的太小的界岭，就更多。

不少人猜测，界岭小学的原型地位于鄂豫皖三省交界的大别山区。其依据是，这片地理范围是作家成长、生活和工作的地方。

刘醒龙告诉记者，界岭小学的原型地是黄冈市英山县孔家坊乡的父子岭小学，将父子岭小学另写为"界岭小学"，也是由于父子岭原来的地名小界岭在当地已鲜为人知。

小界岭以北之水汇入巴河，小界岭以南之水流入浠水。凡山岭分水之处，总有地名被惯性地称为界岭。百川千山，界岭无数。正因为有如此多的界岭，界岭小学之名也拥有了普遍意义，更能凸显出其文学典型。

界岭小学可以视为所有艰苦地区的乡村学校，以及坚守在乡村教师岗位上的中国最基层知识分子的集合。它坐落在每座渴望知识的山脊上。

回忆往事，刘醒龙动情地说："1983 年 5 月，晚开的杜鹃花开放时，也是我由英山县阀门厂借调到县文化馆的第二个月，和一位副馆长到当时的父子岭乡，推动建立全县第一座乡级文化站。每天忙完工作后，我就往四周的山野信步走一走。那天傍晚，第一次爬上乡政府左侧的山岗，忽然发现半山腰的几间土坯房前，竖着一面国旗，旗杆是用两根松树杆捆扎而成，那面国旗因挂得太久，几乎见不到鲜红的颜色，我知道那肯定就是当地的小学。自此以后，一连七八天，我每天傍晚都要到那道山岗上，那面十分破旧的国旗在晚风中飘荡，在一面葱绿的群山之间格外显眼。"

1992年1月，已经调到黄州工作的刘醒龙在动笔创作时，眼前浮现出那面在父子岭小学和莽莽大别山上飘荡的国旗。于是，《凤凰琴》应运而生。

村里的种子

"我是从乡村走出来的人，有责任把记忆留下来，把一些小小的变化所包含的内核告诉世人"

大别山麓，巴水河畔，团风县十力学校书声琅琅。该校是2009年3月将团风县十力中学和上巴河小学合并而成，是团风县第一所九年一贯制学校。从大山里走出去，又回到自己成长的起点任教，十力中学校长孙进回忆起自己的启蒙老师依然感慨万千。

"小时候在村小学上学时，老师们的生活非常艰苦，家里有农田，还要长期奉献于教育。这些最初对于知识的渴望，对于教师这个职业的认识一直激励着我，让我不忘走上三尺讲台的光荣与职责。"孙进说。

记者看到，学校有一栋四层的教学楼，一座较为标准的食堂，还有塑胶跑道。学校配有实验室、仪器室、体育器材室、图书室等，每间教室的黑板中间还配有一个多媒体屏幕。

下午第一堂语文课上，小学一年级的同学们正在跟着年轻的老师品读课文《小书包》。小朋友们穿戴整洁，五颜六色的保温杯摆在几乎每一个小学生的桌面上。老师说，放学后孩子们乘坐校车返回，有的回邻近的村里，有的在镇上，家长们到指定放学地点接送。

2000年以后，随着中国城镇化建设不断推进，农村人口大量转移，农村子女随迁进城，农村师资及学龄人口随之逐年减少，全国各地村级小学也逐步退出历史舞台。记者了解到，张家寨小学（又名新兴小学）于2002年因生源陆续减少而停办，教师合并到标云岗小学。

　　在《凤凰琴》成为现象级文学作品的 17 年后，刘醒龙推出续写的长篇小说《天行者》，并凭借该作斩获茅盾文学奖。从中篇小说《凤凰琴》到长篇小说《天行者》，作家将 20 世纪后半叶中国乡村启蒙教育遥远而模糊的概念，转化为一幅鲜明的全景式图像。

　　"中篇表达是一段情怀，长篇一定是对命运有所感悟，才能写得出来。"刘醒龙说，长篇小说不是写故事，是书写一段命运、一个时代。带着生活阅历和对人生的体察，慢慢走入历史，才会看得更加清晰。

　　刘醒龙认为，一群看似卑微渺小，看似普通的平凡人，往往具有很大的象征意义，迸发出巨大的精神力量。在看似做不出任何惊天伟业的地方，怎么实现人生的价值，这是时代交付的命题。

　　刘醒龙曾提道："文学还记得中国乡村曾经有过壮美一幕，其将第八届茅盾文学奖授予《天行者》，背后意义更是授予曾经有过的民间英雄。"

　　"我是从乡村走出来的人，有责任、有义务把记忆留下来，把一些小小的变化所包含的内核告诉世人。"刘醒龙说，任何变动总会带来一些连锁反应，比如改村名这件事也许就是一个契机，撬动乡村发展的契机。

　　站在原张家寨村委会门口，刘爱国指着对面一处宽敞的大舞台说，刘醒龙十分关心家乡建设，村里这块"乡村大舞台"上的对联正是他所作所书。文曰："古今妙戏从无独唱，山水豪情当有对饮。"短短两句话，彰显了这个小村落不卑不亢的文化格调。

　　"如今村集体在银行有了存款，村民的生活越来越好。"刘爱国自豪地说。

　　驻村干部陈慧仟野大半年以来一直筹划着全镇行政村布局调整的问题，合并、取名这样的一件件大事拆分成无数件小事，填满了他近期的工作和生活。"各种声音都有，也有反对的声音，不同意合并的、不同意取新名的，最忙的时候一天接 50 个电话，还要集中座谈，个别交流。"

　　他告诉记者，投票前一晚，他还在螺蛳港村一位老支书的家里谈心，最后一刻才终于做通了工作，让对方破除了心中的芥蒂。最终，同意合村并组的投票率高达98.7%。

"尊重历史，尊重民意，尊重未来。"这是陈慧仟野对于取名"凤凰琴村"的看法。在他心里，刘醒龙更像是"村里的种子"，希望借势提升刘醒龙故乡的知名度，大力推动乡村振兴。

"新的村名您满意吗?"在采访中，记者问黄新元老人。

"满意！高兴！凤凰本就是天生的一对，两个村合拢来，走在一起，寓意吉祥、美好。"黄新元说。

"您知道凤凰琴是什么意思吗?"记者问。"我不知道是什么样式的琴，但无论是什么琴，都要把调子弹好。所谓'琴瑟和谐'，家庭如此，国家也一样。"黄新元笑声爽朗。

（《新华每日电讯》2021年11月26日）

耐人寻味话威风

——读刘醒龙的长篇小说《威风凛凛》

韩　莓

　　长篇小说《威风凛凛》是青年作家刘醒龙的又一部力作。这位曾以一曲《凤凰琴》感动了多少读者的作家，在洋洋洒洒的 20 余万言中，向我们讲述了一个南方山区小镇奇奇诡诡而又意味深长的故事。

　　刘醒龙在小说的题记中这样写道："作家写作有两种，一种用智慧和思想，一种用灵魂和血肉，我希望成为后者"。其实，对于读者而言，又何尝不是面临着这样两种选择，是用理性去分析它，还是敞开自己的全部身心去感受它，同样一部作品会带给人们不同的联想。先哲告诉我们：人生像一个舞台。而我们说：舞台也像复杂的人生。刘醒龙的长篇小说《威风凛凛》正是以西河镇这样一个小小的舞台，向我们演绎了一段令人回味的痛苦人生。在这部作品中，作家借助现实主义文学的叙事手法，结合现代主义文学的表现技巧，既保留了传统文学讲究情节与悬念，强调人物形象刻划的优势，使作品更适合于广大读者的阅读欣赏习惯，同时又吸收结构主义与符号学的理论，赋予小说中的人物和场景更多阐释与象征意义的内涵，使这部长篇成为兼顾传统与创新的成功尝试。小说中的爷爷、五驼子、金福儿、赵老师等，既是一个个栩栩如生的艺术形象，又是富于象征意味的种种符号。小说中的西河镇既是人物生活的典型环境，同时也不乏自身的能指意义；西河镇位于南方一个偏僻的山区，这是一个徘徊于城市现代文明和农村传统道德之间的所在。数千年农村文化孕育出的纯朴和善良的品德被商业文化的趋势和媚俗所侵蚀，新兴现代文明之风吹到这偏远山地也已是强弩之末，于是，人性中种种被理性压抑和遏制的根苗就一天天生长起来。

爷爷是在西河镇上威风的第一人。他是风流的，可当洪水袭来，与他一夜欢爱过的女人在波涛中呼救时，坐在茅草屋顶的他却能泰然自若，置之不理。爷爷又是精明的，他被迫去做两帮土匪的中间说客，往来于枪炮之间却能洞察双方的利害关系，最终保全了自己的性命。爷爷更是狡黠的，他掌握了一桩杀人案的秘密却保持缄默，并借此去成全孙子读书求学的心愿。在爷爷的人生准则中，第一条便是纯粹的利己，在恶劣的生存状态下最好地保护自己，在安全的环境中静观他人的浮沉，这便是爷爷的威风。

五驼子和金福儿，本是一双在两帮土匪的交锋中侥幸生存下来的孤儿，又一同在和尚庙里度过了童年。在动乱年月中经过一场富于戏剧性的甄别，一个成了贫农的后代，另一个却成了地主的狗崽子。五驼子因为根正苗红而被西河镇镇长认作了亲兄弟，十几岁便被安排到供销社做杀猪佬。金福儿无依无靠，只有在街上以捡破烂为生。计划经济的年代是五驼子威风的时期，镇上的人们甚至是城里的人们生活改善都离不了他那一个小小的肉铺。五驼子整日将一把杀猪刀剁得咚咚响，任何人也不放在眼里。他一不缺斤少两，二不贪恋别人的女人，他的满足只在于一样：那就是在众人面前指手划脚的神气劲儿。孰知斗转星移，他偏偏输在了金福儿的手里。金福儿借捡破烂发现了镇上一些重要人物的隐私，他以此为要挟，逐步在西河镇发展了自己的势力，最终推倒了五驼子的肉铺，并在肉铺的地基上盖起了属于自己公司的酒楼。他与新任女镇长勾搭成奸，又用金钱买得政协委员的虚名，以及高大凶狠的狼狗、鹤立鸡群的小楼和搭长途汽车不用买票的特权。

五驼子和金福儿在争抖威风上针锋相对，可在对待他们的启蒙老师——赵长子的态度上却不谋而合。赵老师是西河镇上最早的教师。他年轻时秉承父愿，带着妻子和钱财从南京来到这个偏僻的山区小镇，办起了一所启蒙小学。镇上几乎所有的人都曾聆听过他的教诲，可他们却从没有给过赵老师以应有的尊重。在西河镇的人们心中，赵老师是威风过的，可威风不在他广博的知识，不在他正直的品格，而在于他当初骑着高头大马，与美貌的妻子并辔而行的英姿，在于他从遥远的城市里带来的十几担银元，风度和财富让小镇上的人们自惭形秽，于是，他们似乎有了一种默契，借着这样或那样的运动剥夺了他的财产，虐待他的体肤，限制他的行为，损毁他的自尊，尽管如此，他们仍旧感觉到赵老师无穷的力量——"赵老师的威风是从骨头里长出来的"。于是，他们作出了这样的结论。他们一方面变本加厉要打掉这种威风，认为那是对镇上每一个人的一种威胁；另一方面又自叹弗如，"西河镇的人连他脚趾缝生的臭泥都不如"，爷爷曾经这样说。他们不理解，那是知识者在历经几十年磨难中而表现出的平等、独立、洁身自爱的人格力量，他们也不能理解儒雅的风范和广博的知识是旁人无从剥夺的财富。他们拒绝接受知识，拒绝接纳文明，也就远离了智慧与修养，趋近了愚昧与罪恶。

　　小说以"威风凛凛"为题，它与其说是一种描绘，毋宁说是一种意愿的表达。那是小镇的人们对社会价值判断的一种最直观的理解。爷爷曾经威风，他那超乎平常人的旺盛的活力，那面对自然界威胁的泰然自若与谋略，使他成为艰苦的生存境遇下原始生命力的象征。赵老师曾经威风，在西河镇人的眼中他拥有财富、娇妻之时，才有翩翩的风度和凛凛的威风，虽然是一种误解，但仍旧让我们体味出威风在小镇人心目中的重要。五驼子与金福儿也曾威风，基于同样的一种误解，他们为了获得它做出了悖乎常情的举动。作家刘醒龙塑造四位"威风凛凛"的人物形象是蕴含了其深刻思考的。从这部长篇的后记中我们了解了他创作时的心绪："人生有许多破败之处……就像一件穿了多年的破内衣，由于习惯，自己甚至不能察觉它的坏损"。在西河镇半个世纪的历史烟云中，爷爷，赵老师，五驼子、金福儿都经历了人生中一段最辉煌的时期，他们的"威风"此消彼长，可内涵却不尽相同。爷爷的威风源自人们维系自身生命安全的需要。他的孙子学文这样理解爷爷的所作所为："你尝过没有饭吃没有衣穿的滋味吗？你尝过被周围的人欺负的滋味吗？别人骑在你头上拉屎拉尿，你要是不想办法臭他们报复他们一下，那你还是个人吗?"随着小镇社会生活的改变，来自自然界与生存境遇方面的威胁已不能和五十年前同日而语。爷爷的威风消失了。五驼子与金福儿代之而起。他们寻求的，是社会对个人的尊重与认可，然而他们像西河镇上其他的人一样，对这种尊重与认可进行了可悲的曲解；有钱的在财气上压倒别人，有权的在权杖下操纵别人，无钱无权的寻求一种精神上的胜利。赵老师倒是无意于在西河镇抖威风，他怀着一颗虔诚的赎救之心来到小镇，准备耗尽毕生的心血为小镇带来观念和风尚的巨变，他追求的是建成学校、广收学子之时的成就感。可我们发现，这种成就感也需要有保障衣食温饱与赢得社会的重视作前提。赵老师一旦失去了这两者，他的"威风"也就成了空中楼阁。

这四位在西河镇的舞台上曾经活跃过的人物却都努力地追求着自己的人生目标——对于他们个人而言，这目标无所谓好坏，正如我们一旦执著于某一件事，那便表明已经为自己找好了最充足理由。他们的威风也无所谓真假，正如小镇上的人将这四位人物的威风仅作时序上的排列而无高下之区别。其实，我们每个人都有一种在精神上获得同类认可、尊重乃至敬佩的愿望，西河镇上的人们也不例外。可问题是，他们如何去建立自己的"威风"? 爷爷、五驼子，金福儿的威风来得快也去得疾，他们知道这威风可以一时而不能一世，唯有赵老师的"威风"如生根一般，时光的流逝，世事的更迭却不曾使之消失，这仿佛在无形中压抑了小镇人想一抖威风的欲望，于是，镇上的大人小孩子对赵老师人人得而欺之。"金福儿说，别人都欺压他，我若不欺压就表示我无能无用了。"这丑陋的念头如那件破败的衣衫，历经几十年而成为一种自然。间或有那么几个人为赵老师鸣不平(如"我的父母")，却很快被淹没在无数的咒骂之中。掩卷沉思，让我们深深感喟的早已不是这四位人物不同的威风，而是人们啊，你们怎么去理解"威风"的内涵? 是权势，是财产，是力量，还是高尚的品德，儒雅的风范。如果我们把关注的焦点从西河镇投射到当今的社会生活，谁又能说这不是我们每一个国人应该思考的问题，舞台小社会，社会大舞台，环顾我们的四周，当权者身边，有人百般奉迎；大款们左右，有人唯唯诺诺；而为人师表呢？尽管有人为他们赞美，可当一些地方的教师们不得不依靠每年的教师节要求补发本来属于他们劳动报偿的工资时，社会的尊重，世人的敬仰又从何而来？

个人所理解的威风来自社会的价值判断。我们且不去讨论人性本善还是本恶这样复杂的话题，其实对于西河镇乃至更多的人来说，从善如流，从恶如流，莫不如从众如流形容得更加恰切。从众是一种最普遍的心态，只有以知识和美德的巨掌去规范社会，人们的思想和行为才能如潮水般导入善的田园。赵老师以其智者的锐利目光发现了这一点，他几十年固守清贫却不辍执教，正是希望培养出一批又一批的学子，让知识和文明开启他们智慧的双眼，发现人生的破败之处。他说："君子不与牛斗力，我就是要教几个像学文一样的好学生出来，一带十，十带百，等他们成为风气，现在这帮人便会化作轻烟直上重霄九。"然而在西河这样一个陈陈相因的偏僻山区小镇，想做到这一点又谈何容易，生活的贫困，力量的单薄，镇上人的讥讽使他在这条"改变风气"的道路上走得格外艰难，从众的心态又使众多沐浴了文明阳光的学子重新汇入世俗的浊水，就连赵老师自己，也因为拾破烂以维持生计而死于非命，这是赵老师的悲哀，更是西河镇的悲哀。赵老师的女儿习文说，杀害她爸爸的凶手是除学文以外的所有西河镇人。确实，赵老师是为整个社会文化所杀，虽然只有五驼子是现实中的刽子手。可如果不是整个社会将他逼迫到那条河边，又怎会遇到那个偶然之中的偶然呢？

这部长篇是以西河镇少年杨学文的视角展开叙述的。学文父母早逝，与曾经在小镇上威风一时的爷爷生活在一起。西河镇上的种种社会风气与赵老师言传身授的人生哲理在他尚未成熟的心灵不断交锋。他贫穷但正直，身处逆境而渴求新知，可就是这样一个赵老师寄予厚望的少年，在县城上学的过程中也感到了"自己作为一个西河镇最典型人家的后代，恐怕永远难以和外面真正的文明融合在一起"。他是小镇的一员，因此不可能达到对西河镇这一人生舞台的静观。他理解爷爷，鄙视五驼子，耍弄金福儿，而对赵老师则寄予了无限的同情，即便如此，他也会像其他西河镇人一样，对一些世事作出不尽合理的判断。这是一个并非客观但却十分可靠的叙述视角，它的运用体现了作家对社会生活的洞察，正如我们每一个人都是人生舞台上的一个角色而非看客。

《威风凛凛》是一部凝聚着作家"灵魂与血肉"的作品，它内涵丰厚，发人深思。然而笔者认为小说中仍存在一些值得商榷之处，比如，以侦破一桩谋杀案的模式作为全篇结构是否为这部小说的最佳方式；离奇热闹的情节与悲凉厚重的格调是否达到了和谐的统一；赵老师在西河镇人面前的言谈举止是否有些把握失度，等等。因为笔者看来，惊心动魄的故事固然引人注目，但却没有从平凡故事中引发的思考更能引起读者共鸣，原因只一句：生活的本身就拥有更多平常人、平常事与平常心。

（《写作》1996 年 06 期）

生命的意义源泉及对劳动的审美

——评《生命是劳动与仁慈》

李鲁平

一

在当代小说创作中，刘醒龙以其颇具份量的中篇小说倍受文坛关注。

其实，刘醒龙近几年的长篇创作也同样引人注目。《威风凛凛》《往事温柔》《寂寞歌唱》等长篇小说一部接一部地问世，其中《生命是劳动与仁慈》在刘醒龙的长篇小说中是篇幅最长的一部，洋洋三十余万字。同时由于这部作品所涉及的主题——在市场经济大潮下如何对待普通劳动者，如何评价基本劳动的价值和意义而使它不仅在刘醒龙的长篇创作中占有相当的地位。

二

《生命》从突击坡青年农民陈东风在父亲陈老小去世后，经过反复考虑决定进城打工开篇，到陈东风回到突击坡与农村女青年翠结婚收笔。整个长篇分"黑夜守望""燕子红""铁屑湛蓝""小城温柔""花开无季""翱翔""生命放牧"七章，企图简明扼要地概括这部长篇的内容是一种徒劳。但我们可以从多个维度审视由这部长篇所描绘的当代农村和小县城史诗式的画卷。

第一个维度：农民进城。文学创作涉足农民进城问题自改革开放初期就开始了。但《生命》没有停留在一般地反映农民对进城的期望，农民在城市中的流浪、挣扎、沉沦，农民进城所带来的社会问题等等表面现象上，而是深入到人的精神深处。

陈东风并不想进城，他对在盘整得像镜面一样的秧田挥撒谷种，对在金黄的麦田里挥镰割麦这些原本意义的劳动有着深深的热爱。这些劳动中的舒适、愉悦和酣畅是在城市文明中难以体会到的。但陈东风终究还是抱着一箱子燕子红进了城，他纯粹是因为割舍不掉对方月的痴恋，赵家喜进城有着更远大的目标。他试图通过找一个干部的女儿结婚而改变人生道路。与玉儿、小英等青年进城不同，她们进城的初衷仅仅是打工挣钱，后来也只是想转个户口，改变一下农民的身份，当一个城市人。赵家喜不仅要改变农民身份，而且不想做一个平庸的城市人。他希望能成为一个有身份、有地位的城市人。对他的这种动机和方式、陈东风及其他人都不可理解，并表示了强烈的鄙视。但赵家喜认为自己不是冒险，也不是拿一生开玩笑。如果人生是场玩笑，赵家喜选择了自己来开这场玩笑，不愿让别人摆布、开玩笑。段飞机、方豹子等属于别一种类型。段飞机不愿给城里人打工。他对农民打工仔在企业里的地位、权利等方面与正式工人存在的质的差别，有着清醒的认识，他要办自己的工厂，并且要吃掉国营的阀门厂。方豹子属于那种对自身角色认识模糊的农民。陈二伯的进城全然是出于一种道德力量的态度。一是他认为城市邪气太重，需要有正气与之搏斗；二是儿子陈西风的工厂的生死、婚姻的稳定，他认为都需要他在其中充当一种平衡和稳定的角色。他不仅要求自己提起这样一种道德义务，而且也对陈东风赋予了同样的道德责任，希望他能发扬父亲陈老小的劳动精神，为陈西风的工厂及陈西风的发展尽力。虽然小说最后叙述了陈二伯的进城与陈东风的母亲的死有关，但在整个小说所构织的历史画面中，陈二伯依然是一种宏大的传统道德精神的化身。

第二维度：城里人，特别是正式工人面对进城农民表现出来的文化心理和价值观受到的冲击、振荡。总的来说，大多数城里人对农民的进城有着一种十分复杂的心理，既谨慎、警惕、甚至仇恨，又切身体会到农民进城给他们带来的方便与利益。小说中地区团委书记的一句话可以反映一部分人的心理：农民进城处理不好会把整个城市毁掉。这是一种谨慎的态度，但并不是积极的态度。汤小铁对农民工的态度是典型的敌视和仇恨。第一次与陈东风打乒乓球赌博输了后，汤小铁就恨恨地说："真有一场火烧死你们就好了！"当然汤小铁这样的心理还不仅仅是赵家喜所说的。由于农民进城抢了城里人的饭碗的缘故。一部分人既爱农民工身上的勤奋好学、踏实苦干，又担心农民工的壮大成长威胁到他们自身的利益。李师傅是这种人中的典型代表。她喜欢陈东风，并希望把他介绍给自己的哑巴外甥女，但当陈东风当上车间主任，提出让农民工与正式工同工同酬时，她便旗帜鲜明的站出来反对，认为陈东风是进城打土豪，还没有听说过农民可以同工人一样做事、拿报酬。李师傅的这种心理同时也折射出其把陈东风介绍给自己外甥女所饱含的功利性。诚如陈东风自己所说，城里人以为城里的丑女人、残女人、呆傻女人，乡下人见了都会像仙女一样对待。毫无疑问，黄毛、墨水爱陈东风是真诚的，之所以陈东风没有选择其中的任何一个，除了方月这个偶像盘踞心中外，主要因素还在于，她们都以为如果陈东风和她们结婚，今后再用不着双拖了，并且还可以转户口，工厂垮了台还可以依靠父母的帮助做生意或者其他的。这种附加在爱情之上的功利性是陈东风接受不了的。这是对他父亲以及他所信仰的原本的劳动精神的一种侮辱。高天白喜欢陈东风这种类型的农民工，并且认为离开了这批不怕苦、不怕累的农民，阀门厂将步入更加艰难的境地。但高天白同时也感到他的这种喜欢和厚爱并不能拯救阀门厂，也不能改变农民工的前途，因为他并不能主宰工厂。肖爱桥不仅对大多数农民工没有好感，而且认为阀门厂的工人都是农民工，他们没有知识没有技术素质。他的理想是工厂倒闭，全部换上高素质的人，这显然是一种不切实际的理想。他曾经对陈东风寄予厚望。但陈东风看不进书，并且认为原本无意义的劳动更加重要。后来他转而培养读过技校的黄毛，但一心只想过舒适生活炫耀修长大腿的黄毛认为读书太浪费青春，于是肖爱桥仅有的一点希望全部化为泡影。对段飞机，一心投入权力和地位之争的陈西风开始并没有把他放在眼里。大多数城里人对这个常常坐一辆破吉普车四处折腾的农民都抱着鄙视的态度。

第三维度：企业精神氛围。《生命》显然不是一部写企业改革的长篇小说，但它借用了企业这个舞台。作者积极寻求的是这个以经济为主题的社会正在丧失的某些品格和品质，但它事实上是以两个企业的生存竞争和各自的经营活动为媒介的。在国营阀门厂里，厂长陈西风和书记徐快一直以各自的手段试图升为副局级，而把工厂的命运置于一边。虽然在小说的尾部，陈西风和徐快双双出动，为企业渡过年关拿回了一批订货合同，卖出了许多积压产品，并在回厂的路上为保护货款都身负重伤，而这一行为却是在田如意、方月等人策划的一场骗局下发生的。尽管骗局后来成为现实，二人都晋升为副局级，但留给读者的启发仍是深刻的。国有企业改革发展到今天，企业经营者和企业法人仍然没有独立的人格地位，他们仍然是一半是企业管理者、一半是政府干部。他们的追求不是想成为一个职业的企业家，而是想升官。

责任感淡漠是企业中缺乏强烈的企业精神的另一种表现。阀门厂从厂长陈西风、书记徐快到车间主任徐富、老马、老万等都缺乏应有的责任感和敬业精神。从一开始，陈西风和徐快便陷入复杂的斗争中，斗争主要围绕徐快和陈西风的个人前途展开。具体操作上，一方面陈西风和徐快分别为提拔徐富还是提拔肖爱桥而各施计谋，另一方面，徐快利用到省城办事处检查工作的机会，与表妹马明梅幽会，后又借看病之机为其做处女膜修复手术并用公款报销。陈西风与田如意在感情中愈陷愈深。陈西风与徐快二人分别利用对方的弱点和把柄互相牵制。中层干部文科长、老万、老马则分别以转户口和正式工诱惑占有农民女工。普通工人则用开水瓶或其他手段把厂里的东西往外提，或者明目张胆地接私活。很明显，这样一个几乎没有凝聚力没有正常经营和生产秩序，没有团队精神的企业，是不能迎接市场经济的残酷竞争和挑战的。段飞机正是在阀门厂的这种混乱状态下，乘机占领市场并建起了自己的工厂。

对人地位和价值的忽视是企业缺乏企业精神氛围的又一种表现。现代企业的经营管理潮流和最新管理思想是企业文化。企业文化的内容丰富而广泛，而其中之一便是通过对人的关心和尊重而营造积极向上、团结一致的企业精神。在国营阀门厂以方豹子为代表的一百多号民工住的是潮湿炎热的大仓库，买饭要让正式工先买，评先进、劳模、发奖金沾不上边，最累最重的活首当其冲的是农民工，在分工、报酬、生活待遇等方面都没有体现出对农民工应有的尊重。

在现代文明的进程中，特别在城市差别仍然存在并在局部地区拉得更大时，都市无疑是文明的集中体现者。农民渴望城市生活是自然而且正当的。当农民试图通过勤奋和劳动获得与城市人一样的权力和尊严，而得不到城市人的认同时，结果只可能是，其一，如赵家喜或玉儿等人一样，通过婚姻方式改变人生道路；其二，如段飞机、冯铁山等人的方式，开拓出一片事业的天空，兼并、吃掉城市人的企业；其三，拖拉机驾驶员所建议的方式。"能吃的东西往肚子里吃，能搞的城里女人管她什么模样都坚决地搞，搞不到手的，也要用眼睛将她们身上的嫩肉剜几口下来。"在阀门厂的农民工中间持有这种心理的人无疑是存在的，方豹子有几分像这种人；其四，是陈东风一类的，既不承认人格上比城里人低下一等，同时也不想去主宰城里人的生活，更不想去偷工厂的东西，搞城里的女人，那么他只有避开这一切，回到突击坡，去过那种自然的有几分纯粹的劳动生活，并坚定地捍卫劳动和仁慈这面道德理想主义的大旗。企业缺乏对人的关心和尊重，企业因而丧失应有的精神血液，走向衰败。企业是城市的缩影和细胞。各行各业的产业工人是城市市民的主体。所以宽广地说，整个城市也存在这些问题。陈二伯对陈东风说过：为什么有吃了树上的枣，忘了树的恩一说。因为城里人吃的穿的都是我们乡下人种出来。可城里人自恃有机器，总将这些丢到脑后去了。陈二伯的话对于我们理解现代化进程中城乡冲突和如何对待二者的关系是有启发的。在文明进程中，农村和农民所作出的贡献是巨大的。忘记或不能正视这一点，必将使城市在社会经济发展中遇到更多的棘手问题。

以上我们从几个方面初步评价了《生命》的主要核心，这里没涉及陈东风复杂的爱情历程。我们所涉及的还只是《生命》这部长篇所描述的现象、事实，而不是其要表达的和已表达的思想内涵。

三

《生命》不是一部写企业改革或农村改革的长篇，也不是一部写改革开放中小县城里的工人和农民价值观，利益如何冲突和耦合的长篇。《生命》表达的是一种对基本道德原则的关注。作品通过写农民进城，写企业里的农民工与正式工的心理、观念上的冲突，写农民自己办厂，揭示出我们这个正在向现代文明迈进的社会正在丧失某些基本的东西：劳动、仁慈。作品切入的是现实生活，是鲜活的改革开放中的生活。从这个角度讲，作品是关注现实，反映现实的。作品中却饱含着对社会基本道德丧失的担忧，以及对寻找这种道德品质作出的努力，并且鲜明地流露出对这种基本道德品质的赞美和企图回到那种没有受到污染的道德社会的渴望。从这一角度看，《生命》是一部浪漫主义的作品。作者不仅怀有对充满原本意义的劳动的社会的向往，而且以优美的语言，巧妙的构思，独特的艺术手法达到了浪漫加理想主义的效果。

首先，《生命》浓墨重彩地讴歌了农业劳动的美丽，勾画了一幅劳动者、大自然以及劳动者心灵三者之间的和谐的关系。作品的这一特点主要是通过陈东风等人对父亲陈老小的回忆，陈东风个人感受、体验、以及其他人物在劳动、大自然中心灵的袒露、行为的演变来体现的。

在小说第一章中，作品通过陈东风对父亲的回忆，与弥留之际的父亲的对话（事实上陈老小已经不能说话），陈东风关于劳动的心理和行动，着重渲染了农业劳动和大自然的美好，并且让读者清晰地洞察到，这种对劳动的观念已经在陈东风的心灵上打下了深深的烙印。

对劳动的赞美不仅体现在陈东风的言行和他人对陈老小的回忆介绍之中，而且也体现于众多的人物角色的言行之中。剃头匠在给陈老小理发时，不停地和陈老小说着话。实际上是剃头匠通过自言自语，批评了社会生活中劳动精神的丧失，从侧面表达了对陈老小身上劳动品质的赞美。在陈老小死后，老年人担忧，陈老小一去，谁还会真正劳动。这种状态并不是个别人的、偶发的议论，而是整个作品感情倾向的一种体现。方月的母亲教方月，秧田似剃刀，只要在里面走一走，谁的腿都会漂亮。由此，方月也赞叹劳动是件好事，可以让人变美。后来脱离了体力劳动的赵家喜仍然信仰劳动，他说劳动虽苦，却不会使人堕落。因为多次流产而怀不上孩子的明梅，在农村里生活了几个月终于怀孕。方月母亲的解释是，不能像城里人那样把孕妇像菩萨那样供起来。充满本文字里行间对劳动的歌颂，在小说尾声达到了一种可以称为宗教情感的程度。在陈西风带领一班人到省城开订货会期间，小英和玉儿先后两次请不同的客人到"回老家茶馆"喝茶。"回老家茶馆"事实上就是一个缩小的镶嵌在城市文明里的村庄。这里有山、有水、有草、有田，一群群羊、牛、鸡、鸭、猪、自由自在的散布在草地上。乡间火粪、水车、石磨、茶香以及乡下人用旧的桌椅，一切的一切都给予住在田野村庄的感受。在没有任何装饰和现代文明痕迹的时空中，老太太的歌谣和关于劳动即是宝贝的故事代替了小说中陈老小、陈二伯、高天白的角色，对劳动和自然的赞美和歌颂是在宁静和古朴的空气中由歌谣、故事和客人自己的心灵所体验和阐发的，在城市文明中放牧生命的商人、农民、干部等等在这里都得到了升华和洗礼。茶馆充当了教堂，老太太的歌谣和故事充当着神父及其布道的神圣的声音。

其次，《生命》通过另一个视角，把人物置于工业文明的背景下，对工业社会最基本的劳动给了独特的评价，工业社会的发展，企业及经济的正常运行无疑要以分工为基础。并且，随着技术进步和现代化程度的提高，分工必然地愈来愈细。劳动分工的直接后果是从事不同岗位的劳动者的地位和价值的差别。在社会主义市场经济体制下，分工及其产生的劳动者的报酬差异是毫无疑问的事实，但所有劳动者及打职业在社会价值体系中都处于同等的地位。《生命》把最基本的劳动例如车工、翻砂造型工置于特殊的位置，这是整个小说的价值取向和审美倾向的要求，同时也是作者创作意识外化的必然结果。作者强调的是整个社会，无论其从事何职业和身处什么样的岗位，都呈现出对基本劳动的漠视和鄙视。这种劳动品质和精神的淡化、丧失已成为许多社会现象和礼会问题的症结、根源。因此，必须重塑基本劳动在社会和人们精神道德领域中的地位。

如果说陈老小是农业社会中崇尚劳动和仁慈的一面旗帜，高天白则是工业社会中热爱并忠诚于基本劳动的代表。陈二伯对他有一个评价：阀门厂从厂长到工人，除了高师傅以外，都不懂劳动，相信这句话也代表了作者的态度高天白勤勤恳恳、兢兢业业在车床前工作几个春秋，带出了一代又一代年轻的车工。他总是提前上班，打扫工作环境，准时开机干满工作时间，最后一个下班。在夜班中，他的车床孤独的轰鸣曾经成为阀门厂夜间正常生产的一种象征。即使在退休后，他仍在不停地劳动。他没有去段飞机的工厂当顾问，而是去帮陈二伯挑石头筑堤坝。其实，高天白对劳动精神的维护和发扬更体现于他对有悖于劳动精神的现象的批评。他批评过车间里的工人下班不关车床总电源，说现在的人不知哪儿出了毛病，连腰都不愿意弯一下，他告诫陈东风当干部不是为了不劳动，而是为了多劳动。当他参观了段飞机的工厂，为热火朝天、灯火辉煌的劳动场面感动后，立即找到陈西风希望给他一个副厂长当，他要使阀门厂恢复生机。可以想像，当他这种在陈西风看来极为幼稚的要求被拒绝后，高天白——一位把一生献给阀门厂，把全部希望寄托于阀门厂身上的老工人的心里该是多么的凄凉！他只有默默地找起扁担去挑石头，以另一种方式高举生命的旗帜——劳动。

陈东风既受到父亲陈老小的劳动观念教育，进城后又受到陈二伯的时时告诫。进工厂后，尽管许多人提醒他不要被高天白培养成了第二个高天白，但事实上陈东风无论在车工技术，敬业精神，对人的仁慈品格以及对劳动的热爱方面都俨然是高天白第二。陈东风对车工的劳动有着美丽的想像。在第三章《铁屑湛蓝》里，陈东风由铁屑溅落地面的沙沙声联想到乡下养蚕的情景；由车刀联想到犁；把车床想像成一只只张挂彩色风帆的船，至于操纵车刀则有如甩响牛鞭的耕耘者。劳动的声音是神圣的声音，车间的沙沙声也很神圣。陈东风对车间劳动的痴迷逐渐发展成为一种"衷情"的程度。

再次，《生命》在分别讴歌和赞美乡村劳动和城市劳动的同时，阐发了劳动这一重大主题的深刻内涵。

　　陈二伯在陈东风进城不久就说，劳动不是为了钱，而是为了人。陈二伯住在当厂长的儿子陈西风家里，却成年累月从山上挑石头到河边垒坝。陈二伯并没有意识到他的劳动会在小说结尾的一场洪水之中显示出价值，也从来没有人对他的劳动付酬。他把这种艰苦的劳动视为生命中不可少的一部分。他不相信劳动能累死人，他只相信吃饱了可以胀死人。所以陈二伯的话题既是自己生命和生活的写照，也是对陈东风这个当代少有的继承了劳动本色的青年代表的一种鞭策和勉励，陈二伯对劳动的看法还不仅局限于此。他在劳动和做事之间作了明确的界定。劳动是为了子孙万代，做事只是为了自己的贪欲。在这里，劳动是一种纯粹的生命活动和过程，从中积淀和升华出来的既是一种品质和精神，也是一种现实的可见的劳动成果，但这种成果绝不能与仅供满足劳动者自身贪欲的成果相提并论，这种成果是属于历史和大众的。陈二伯对劳动的内涵所作的另一点解释是，劳动者及其使用的工具都可以驱邪扶正。虽然陈二伯是针对大蛇的出现说这句话的，但显然陈二伯更主要的是想把劳动精神和劳动工具的这一作用扩大到整个城市生活。高天白是积极为劳动一词赋予内涵的另一位道德传播者和宣讲者。他的一个基本观点是，现在的人把最简单最基本的东西丢在一边不闻不问而去追求那些华而不实的东西。至于他的关于劳动不能投机取巧，幸福是勤恳诚实换来的，只有最勤奋的畜生才能找到水等等议论都是对这个基本观点的补充或者扩展。即勤奋并且热爱基本的劳动是一个人从而也是一个社会至为宝贵的精神财富。雪花，这个在小说结尾才出现的人物对劳动说了句简练而深髓的话：劳动才是生命。在小说结尾部分出现的一神秘的放牛老头对陈东风说过一句话：并非所有的劳动都有用处，并非所有的劳动都有收获，劳动是一个生命证明。放牛老人近乎哲学命题式的几句话可算是对劳动在《生命》这部作品的含义作了最后的完善和丰富。

　　总之，通过以上三个方面的阅读体验，我们可以得出几条较为清晰的脉络：《生命》这部长篇歌颂的是人类最基本的劳动精神，虽然劳动一词随着社会文明的进步已有非常广泛的内涵，几乎人类的实践活动都可以称之为劳动。但在《生命》里，作者赞美的是田间劳动、车工、挑石头一类的原本意义的基础性的劳动。在工业文明中，这种劳动也就是一线工人，从事的一线岗位的工作。因而作者对劳动的内涵有如下理解，它是生命的证明，是一个人的生活的必不可少的一部分。是一种高尚的品质，它可创造价值也可以创造美和许多不能用使用价值衡量的东西，亦即劳动可以创造另一种精神或者说道德风尚等。继之，随着市场经济的发展，人们对财富、现代文明及生活方式的追求，整个社会对基本的劳动愈来愈忽视，对从事基本劳动的劳动者愈来愈淡漠，人们身上的优良的热爱基本劳动的精神逐渐丧失。这既是作者和作品所感到担忧和关注的，也是作者和作品力图唤醒和拯救的。

四

《生命》所触及的题材是一个既宏大、独特又深刻和紧迫的领域。小说力图表达的思想是极富价值和极富现实意义的。它抓住了城市和乡村在急剧动荡的改革岁月里价值观的嬗变，这一敏感而必须正视的问题，走出了近几年农村题材创作的一般模式。小说所达到的艺术水准是有目共睹的。

或许正因为它涉及的是一个敏感而难于把握的题材。所以才使得我们有可能就《生命》所涉及的一些关键问题进一步探讨。

在社会主义市场经济条件下，劳动资料和劳动成果与劳动者之间的关系同历史上其他所有制关系相比，已发生了质变，即它们是统一的关系。劳动虽然是人的主体力量的外化和体现，但它们不再是对抗的，这只是理论的说法，在脑力劳动、体力劳动的分工依然存在、城乡差别依然存在、社会物质仍未能充分涌流的前提下，在相当长的时期，劳动对我们而言，依然是谋生的手段。

陈老小的劳动、陈二伯的劳动，都是谋生的手段，而不是生活和生命的目的。对陈老小而言，诚然在劳动过程中有某种愉悦和酣畅，但收获的多少，天气状况、自然灾害，生产资料的价格、农民负担等许多因素都是不得不考虑的。他并不是过着一种自给自足的生活，似乎既不必关心种子、化肥从哪来，也不关心收获的粮食除上交之后能否度过一年，只需要播种、管理、收获、然后做一顿新鲜麦面馍馍。如果一个中国农民省去了上述这种忧虑与牵挂，那么我相信热爱乡村劳动的就不止一个陈老小和陈东风，而会有更多、更多。因为那时，农民的劳动已经不是一种生计手段，而一种类似于锻炼身体、体验情趣和一种习惯。对高天白更是如此，高天白在车床上肯定体验过湛蓝铁屑有如蓝色的飘带一样腾起舞动时所带来的美感，他绝对也欣赏过自己亲手车出来的高标准的有如工艺品一样的产品，但小说已经告诉我们，女儿一句"好久没吃肉了"就让高天白窘迫得眼眶潮湿。那么对高天白而言，劳动是为了谋生，抑或仅仅是一种生理或心理上的需要呢？高天白在工厂临倒闭时，表现出极强的责任心，自然就离不开一个老工人对企业和职业的情感，但同时，他也想到了工厂的倒闭意味着退休工资没有保障，因而，不能不说，高天白也从这一角度希望工厂能够恢复生气。高天白曾经为段飞机的劳动气氛感动，但他拒绝了段飞机的邀请，这一方面说明高天白的劳动不仅仅是为了报酬，另一方面说明他的劳动也不仅仅是一种纯粹的劳动。

陈西风身为厂长公开嘲讽高天白等人勤扒苦做，他的价值观，他对劳动的态度，足以说明一个国有企业何以会垮掉。赵家喜身上有勤劳的品质，对普通劳动者不乏同情、仁慈，但其对基本劳动的价值仍是否定的。他通过婚姻改变自己一个基本劳动者身份的做法，已证明了这一点。玉儿、小英这些来自乡村的姑娘同赵家喜一样，为了改变命运、身份、不惜牺牲贞洁。价值观的丧失，必然导致心灵的漂泊。漂泊中逐渐感到空虚和痛苦，不得不在"回老家茶馆"中寻找慰藉。

社会发展的必然结果是分工更加细致和就业人口的充分流动。从这一点看，农村人涌向城市是自然的、正常的。陈东风、赵家喜等人能够在城里找到一份称心的工作，发挥自己的才能，开辟更大的发展空间，这是一种进步。值得拷问的是，这些把生命放牧城市的众多的农村青年，究竟是出于一种什么样的价值追求，这一选择是建立在何种信念之上，又是使用何种手段实现的？

　　社会的发展和进步，同时也带来了生活方式的多样化和生活质量的提高。这是每个城里人，乡里人都渴望的。正是这种渴望产生了许多的矛盾：现实与理想、贫穷与富裕等。也产生了一些冲突：农民与工人，城市与乡村等。在这些剧烈动荡中，价值观的冲突和嬗变是引人注目和至关重要的。小英、玉儿所付出的牺牲是沉重的，但她们对这种代价的补偿仅仅是要求转户口。一个普通劳动者的价值、勤劳精神、对劳动者的尊重与认同等这些东西都已无关紧要了。赵家喜宁可找一个精神病女孩结婚，其痛苦是可以想像的。但如不采取这种方式，他就不可能改变自己的命运。社会似乎没有提供更加公平的机会给他。赵家喜既要背叛自身的普通劳动者的身份，以求充分发展自己，又力图保留劳动精神和对普通劳动价值的认可，以此报答、扶助更多的仍过着他过去生活的农民兄弟、姐妹。这可能是许多如同赵家喜一样有文化、有能力的农村青年较为妥当的一种选择。如果赵家喜像陈东风一样回到农村，固守自身的身份和价值，则意味着广大农村青年又少了一份希望和关心。

　　　　　　　　　　　　（《小说评论》1997 年 03 期）

评刘醒龙新作《政治课》

陈海英

刘醒龙在当代文坛颇具影响，强烈的社会责任感使他的创作一直关注社会、关注现实，有着鲜明的特色。《政治课》是刘醒龙最新创作的长篇官场小说，它的故事情节、人物形象经历了《分享艰难》到《痛失》再到《政治课》的发展演变，讲述了主人公孔太顺由镇委书记升迁为县长的曲折过程，生动形象地展示了新一代知识分子步入官场后，面对权力、金钱、情欲的诱惑，挣扎在欲望和道德之间的人性变异和抗争。小说以孔太顺的升迁记为纽带，勾勒出了一幅丑陋不堪的官场现形图，并在城市乡村、传统现实的对照中，传达出了作者对乡村传统道德理想的坚守。用真实可感的社会生活图景表达了作者"用理想灼照丑恶现实"①的创作意图。

一、游走在欲望和道德之间的灵魂

对照阅读《痛失》和《政治课》，我们发觉许多情节和细节都发生了变化，如果说在《痛失》中作者批判了孔太顺道德的沦丧，那么在《政治课》中，则更注重对人物做深度的人性挖掘，融入了人性的深刻思考，让孔太顺的灵魂始终挣扎在欲望和道德之间，从而也使人物形象更加饱满、更加富有立体感和生活气息。

在谈到《政治课》的众多人物时，刘醒龙曾直言表示他对孔太顺最为偏爱。然而，刘醒龙并无意于塑造这样的好干部、好人形

---

① 刘醒龙：《关注知识分子官员品质》，《襄樊晚报》2010 年 4 月 17 日。

象，作品真实地展现了孔太顺对权力的贪欲。任镇委书记期间，他全力抓教育、抓经济，在很大程度上是为早日提拔调回县城积累政治资本，为此他多次申明要像保护大熊猫一样保护养殖场，处处维护养殖场场长洪小波，不仅为养殖场那些嫖娼的大客户说情，为被人联名检举的洪小波花钱托关系烧毁检举材料，还在洪小波强奸了自己的亲表妹田甜后，为不影响养殖场的营业而设法让舅舅不告他。虽然孔太顺对洪小波的所作所为很不齿，对舅舅更是愧疚难当，但他还是以"鹿头镇的经济发展"为借口掩饰其内心对升迁的欲望，抛开了道德、良知，选择了对"恶"的退让，因为他心里清楚"养殖场一垮，全镇财政一瘫痪，自己的政治前途也就终结了"。

如果说此时孔太顺的道德天平开始向欲望倾斜，人性开始发生异化，那么省委党校青干班的"政治学习"则让孔太顺置身于一个充满诱惑的全新环境中，全面激发了其内心的欲望。

面对金钱、权力、美色的诱惑，孔太顺不是没有抗拒过，但曾经的洁身自好却令他被视为另类，被同学孤立。小说再次将他放置在欲望和道德的两难抉择中煎熬挣扎，但难以克制的欲望冲动让他又一次没有秉持住原有的道德信条，他接受了邓松的贿赂，他在省财政拨款项中抽取回扣，他"强暴"李妙玉以发泄性欲，他与安如娜偷情以获政治筹码。

作品曲折有致地展现了孔太顺游走在道德和欲望之间饱受煎熬的灵魂，不难看出，作者对孔太顺的态度是矛盾的：一方面他偏爱孔太顺，赋予他知识分子的身份，赋予他道德、智慧、魄力和实干；但另一方面，他又尊重人的本性，客观地赋予他对权力、性的强烈欲求，让他在矛盾中挣扎，在官场的旋流中不断抗争。如"文章事件"发生后，他为了自己的政治前途，佯装受害把责任推给了颇为赏识他的朱太炎，而在调查组即将离开时，内心的良知又驱使他极力为朱太炎辩解，人性的复杂可谓展露无遗。作者既让他服从生存的法则，又让潜在的道德意识不时地作出干预，进而形成了一种矛盾的张力，一个贴近生活的复杂丰满的人物形象也随之跃然纸上了。

二、奔走于权力之争的官场众生相

在《政治课》中，孔太顺展露人性的舞台是官场，而官场的核心、灵魂就是权力。作者透过对官场的原生态描述，聚焦官场中的权力争斗，将县镇官场中的人生百态展现得淋漓尽致，从而勾勒出了一幅丑陋不堪的官场现形图。"历史并不是由道德上无辜的一双双手所编织的一张网。在所有使人类腐化堕落和道德败坏的因素中，权力是出现频率最多和最活跃的因素。"①权力无特定人称属性，它能在社会的一切领域中发挥作用。正因为此，孔太顺、赵卫东、汤育林、萧县长、段国庆、李妙玉这些在官场中拥有或大或小权力的人，为了让自己拥有更大的权力，为了让自己能更加为所欲为，他们处处勾心斗角，明争暗斗，乐此不疲地进行着官场的博弈、权力的争斗。可以说小说就是紧紧围绕着权力的争斗而展开的。镇委书记孔太顺和镇长赵卫东为争权彼此暗中算计、较劲，段国庆为与孔太顺争夺青干班名额、县委常委名额四处奔走拉关系，萧县长和汤育林为争夺领导权而拉帮结派暗设圈套。在文中，博弈的过程可谓惊心动魄，他们或正面，或暗地，或拉拢，或排挤，或封官许愿，或威胁恐吓，或趋炎奉承，或装腔作势，或行贿受贿，或以色相诱，可以说为了达到目的，施展了浑身解数，无所不用。任镇委书记的孔太顺为维护自己的权威常施小计谋，他为牵制赵卫东有意提拔其亲戚小赵为办公室主任，他为得到政治上的主动牢抓养殖场的领导权，对洪小波纵容姑息；而担任镇长的赵卫东则千方百计想搞垮养殖场，他幕后指使人联名状告洪小波，并乘孔太顺外出设计关押洪小波；段国庆为能去省委党校青干班学习四处送礼行贿，为巴结新来的县委书记汤育林为其四处寻找小保姆，为两面讨好得利同时给萧县长和汤育林写表忠信；萧县长滥用职权建水电站安排小情人工作，为了筹款不断威胁孔太顺，为了对抗汤育林四处拉帮结派，为孔太顺购买伟哥，向段国庆、赵卫东等人封官许诺；

---

① 阿克顿：《自由与权力》，商务印书馆 2001 年版，第 342 页。

汤育林为打压萧县长，与之针锋相对，并暗设圈套意欲置之于死地。

在这场没有硝烟的权力争斗中，人们被永无止境的权力欲望驱使着前行，或算计或提防，百姓的利益被抛之脑后，社会的责任被弃之不理，人失去了尊严，失去了良知，成为权力的人、物化的人。其中段国庆最为典型，由始至终他都被权力支配、驱使着，谁得势他就跟着谁，从而也就由人退化为被权力使唤的一条狗了，"段国庆是一条狗，我得用他来看门"，"段国庆是一坨鼻屎，老子尿都不尿他"，在他人眼里段国庆已变形为物，没有了尊严和人格，是人性被权力奴化、扭曲的典型代表。在作品中，作者对权力之争的过程、细节做了强调性的书写，对权力之争的结果却是轻描淡写，如萧县长与汤育林之间惊心动魄的权力争斗的结果，在作品中仅以"萧县长在省城安济医院住院"一句话带过，这多少带有些讽刺的意味，从而使得权力之争变得无意义，凸显了政治的荒诞虚无。

栩栩如生的官场原生态描述进一步揭示了人性的丑恶、现行官场的黑暗腐败，同时也揭示了现行官场生态背后的政治体制的弊端，县委书记汤育林的妻子和省长的妻子是干女儿和干妈的关系，安如娜有个在组织部任常务副部长的哥哥，李妙玉和县委书记有床第之欢，赵卫东是萧县长的学生，孔太顺则因偶然的机缘结识了区书记的哥哥区师傅和区书记的女儿缔子，并有一个财政厅副厅长的情人安如娜。官场政治始终被这林林总总的人情关系牵连着，监督机制的不完善，导致了权力的过度集中，腐败也就不可避免了，正如英国著名历史学家约翰·阿克顿的至理名言所说："权力导致腐败，绝对权力导致绝对腐败。"[1]

三、坚守在乡村土地上的道德理想

一个优秀的作家总是怀揣理想，在对现实的关照中，始终有自

---

[1]　阿克顿：《自由与权力》，商务印书馆 2001 年版，第 342 页。

己的理想追求。刘醒龙在谈《政治课》的主题时说："将最丑恶的东西挖掘出来，用我们的理想来灼照。"如果说人性的贪婪、官场的病态、体制的弊端是刘醒龙挖掘出来的最丑恶的东西，那么，乡村传统道德将是他用来灼照丑恶的理想了。

在城乡二元对立中，刘醒龙坚定地选择了乡村，他宣称自己是一名乡土作家，并身体力行地实践着。"乡村与乡土的话题之所以源源不断，是因为无论你承不承认，都有一个严肃的问题摆在面前：在社会越来越文明之后，人们应当如何表达自身对乡村及乡土的感恩"。① 在《村支书》《凤凰琴》《生命是劳动与仁慈》等作品中，都表达了刘醒龙对乡土和农民的热爱。在《政治课》中，作者把这种情感倾注在了孔太顺的舅舅田永茂身上。虽然田永茂这个形象并不丰满，但他作为乡村传统道德理想的坚守者，还是非常清晰的。

同时，官僚们的丑恶嘴脸也彰显了田永茂所代表的底层农民纯朴善良的天性，他们平凡卑微，被官僚们随意利用、支配、愚弄、践踏，是官场权力争斗的最直接受害者，一会儿谣传村小学将改成养鸡场，一会儿又说要扩展养殖业进行全村搬迁……，弄得人心惶惶，不得安宁。他们的权益被漠视，他们的尊严被践踏，他们的话语权被剥夺，但他们始终顽强地生存着，始终坚守着乡村的传统道德，维护着自己的人格尊严。

对田永茂所代表的农民的由衷赞美，表达了作者对乡村底层生命的肯定和尊重，显示了作者对乡村传统道德的强烈皈依意向和对乡村真挚的情感，这种情感是在字里行间自然流露的，如作品中有一段对鹿头镇雪景和人家的描写：

> 孔太顺坚持认为省城里的雪再好也比不上鹿头镇的雪，鹿头镇年年大雪封山时，日子好过一点的人家，就会在堂屋正中架上一只大树兜子，再用一些劈柴引燃，稍大一点的树兜子可以一口气烧上十来天。再在一半明火一半暗火的树兜子上挂一只吊罐，吊罐里放几块腊肉，反正出不了门，就在火塘边烫上

① 刘醒龙：《愿用灵魂和血肉写作》，《武汉晚报》2009 年 10 月 19 日。

一壶酒,一家人慢慢喝慢慢饮,舒服极了。雪还在下着。孔太顺见过落在鹿头镇土地上的任何一场雪,在远离家乡的此情此景之中,他更加觉得那种纷纷扬扬的样子是何等动人。

在此,作者借孔太顺之视角、感受表露了自己浓厚的乡土情结。由纯洁的雪花、古朴的民风、和谐的人际关系构成的这番乡村景象浸染了作者强烈的主观情感,带有隐喻的意味,它象征了纯朴宁静平和的乡村道德理想,与骚动不安充满诱惑的都市欲望形成尖锐的对立,在城乡的二元对照中彰显了传统乡村文明的美好。然而现实并不美好,作者在赞美乡村道德理想的同时,也流露出了对世风日下、人心不古的乡村现实生活空间深深的忧患意识和批判精神。"将这么大一片良田熟地全毁了,也将这儿的好男好女给毁了。过去村里一个二流子也没有,现在遍地都是游手好闲的人,等着天上掉面粉,下牛奶。""世事颠倒,王八上了正席"棉地边砌起高高的围墙,钢铁钻杆一根接一根地钻入地层。在现代化的进程中,随着经济的发展,随着现代工业文明对乡村的侵入,乡村自然生态被破坏,传统的农家生活方式被改变,恪守了几千年的乡村传统道德观念在现代价值观的强烈冲击下日渐失落,人们在前行的路途中似乎被物质迷失了方向,迷失了自己的精神家园。刘醒龙在对生活本真的表现中流露出了他对现代化的反思和疑虑,留给了我们沉重的思考。

结　语

刘醒龙凭借着艺术家的道德良知和勇气,用客观冷静不加修饰的原生态语言对现行官场生态和官场人生作了生动展示,孔太顺作为作者精心塑造的人物形象,充分展现了新一代基层知识分子官员复杂矛盾的生存状态和心理状态,深刻揭示了权力对人性的扭曲变形,同时对现行官场体制的弊端进行了深刻思考。但《政治课》并不是一般意义上的官场小说,在对现实的关怀中,融入了作者对现代化的反思及对人类终极关怀的思考。作者对传统道德理想的执着坚守，犹如一盏明灯，灼照着人性的贪婪、官场的病态、体制的弊端，同时也为迷失游离的孔太顺指引着方向，给读者留下了理想的希望，希望孔太顺在经过官场人生的历练后，能坚守住自己的道德理想，对《政治课》续篇，我们充满了期待！

（《小说评论》2010 年 06 期）

在阂约深美的路上

——刘醒龙论

汤天勇

出生于 1956 年的刘醒龙，1984 年登上文坛，短、中、长篇小说及散文等无不擅长，作品等身，获奖频频。从《黑蝴蝶！黑蝴蝶……》到《大别山之谜》，从《威风凛凛》到《大树还小》，从《致雪弗莱》到《圣天门口》，从《天行者》到《黄冈秘卷》，笔锋挥舞，不断登攀自我信守的文学高度，坚实铿锵地行走在通往阂约深美的路上，开拓了当代文学想象与研究的新视域。其实，刘醒龙文学创作千万言，却非天赋异禀；诚为讲故事好手，却非谈辞如云。其所谓"天赐"则为厚实的生活经验、雅致的艺术气质与真诚的写作态度的结晶。学界对他创作的起步期、发展期、成熟期与转型期都有较高的关注，褒扬其创作主题、审美风格、价值立场者不在少数，质疑其价值判断、叙事形式者亦有之。学界对刘醒龙文学创作的莫衷一是与难以定论，也可佐证其文学艺术的个人特质和非共名性。他将文艺观和审美观融入文学编辑与书法实践中，实现了文学、编辑与书法的高度统一，形塑了当代文艺发展史上独特的"这一个"。

一、现实主义：是方法，更是精神

现实主义被人喻为"黑洞"，能够吸纳一切为之倾心者。刘醒龙创作伊始并未笃定走"现实主义"道路。这不难理解：一是 20 个世纪某个时期，以所谓"现实主义"为方法论创作出的大批文艺作品，文学的艺术性被僭越，偏离了关注现实与社会、塑造典型的正轨，初登文坛的作家不免于此心有芥蒂；二是 1980 年代前期，"从委婉地借鉴外来文艺思潮……到果断研学欧美现代文学表现形式的冠以'新'的各种文学潮流……当代中国文学的这场现代化狂飙，实质上是以欧美文学为追赶目标"。① 刘醒龙早期小说创作无论是致敬寻根文学，抑或是先锋性试验，氤氲着楚地巫骚格调和大别山神秘瑰丽的氛围，但在文坛未能掀起像其他寻根作家和先锋作家那样的波澜，反倒是连父亲也不甚满意。作者不无反思地说："自1984 年发表第一篇小说后，在很长的时间里，我陷入这种困境中不能自拔。事实上，那时我根本不知道也不相信这是一种困境，拼命地在斗室里营构着一批叫作'大别山之谜'的小说，主观地臆想创作出全新的大别山文化小说，我费了很大力气，思索了许多，探索了许多，在一定的范围内取得了一些成功。我那时并不太清楚，这种所谓的成功究竟有多大意义，只是凭空里给自己添了一些胆量，写下了不少至少是在湖北省无人如此写过的作品。我慢慢发现，自己的作品除了在文学圈子内，再也难以找到知音。现在回想起来，才发现那时的浅薄，自己居然那么牛皮哄哄，相信自己的作品是写给少数人看的，越是知音难觅越能体现它的价值。"② 不转型就意味着只能追随，加之彼时国家经济的艰难蜕变，激起了作者由构造虚幻的"大别山之谜"突围转向书写波澜诡谲的现实生活。自《村支书》后，刘醒龙始终高举现实主义的大纛，其间各种文学思潮此起彼伏，他始终未曾改弦易辙。面对 20 世纪后十年乱花渐欲迷人眼的文学流派，刘醒龙显得忧心忡忡："现实主义作为一种文学流派，从来都是存在的，然而不知为什么仿佛在一夜之间，'现实主义'突然消失了。在文学的空间里，只是偶然才能见到它们沾满尘垢地塞在一处处宛如商业街精品店处所的角落里，眼明手快口齿伶俐的赏鉴者，极少光顾它们。"③ 作者甚至在百万字皇皇巨著《圣天门口》出版后，高呼要"恢复现实主义"。在刘醒龙那里，现

---

① 刘醒龙：《一种文学的"中国经验"》，《文艺争鸣》2010 年第 19 期。
② 刘醒龙：《仅有热爱是不够的》，《文艺报》1997 年 7 月 19 日。
③ 刘醒龙：《现实主义与"现时主义"》，《上海文学》1997 年第 1 期。

实主义是一种创作方法，更是一种文学精神，以现实主义为创作指针，面向乡土，客观直陈，以平等的姿态传达知识分子的立场与意识。

现实主义番号林立，不少写作者热衷于各自言说，但客观性是其基本原则之一。朱光潜总结法国批判现实主义时指出："它所显现出的一些特征大体上也适用于其他各国现实主义文艺。它的一个带有普遍性的基本特征就在于它的客观性。"①这里的客观性是一种审美原则，既强调写作者经验世界与艺术世界的统一，又需要作者说真话。陀思妥耶夫斯基、马克尔斯等坚称自己为现实主义作家，源于他们坚守了或心理或生活的客观与真实。"伟大的小说家们都有一个自己的世界，人们可以从中看出这一世界和经验世界的部分重合，但是从它的自我连贯的可理解性来说它又是一个与经验世界不同的独特的世界。"②中国现当代文学史上，不少作家筑建了稳定的文学世界，如鲁迅的鲁镇、沈从文的湘西、萧红的呼兰、莫言的高密东北乡、阎连科的耙耧山脉、苏童的江南……刘醒龙出生于黄州，成长于英山，先后工作于英山、黄州和武汉，他用西河镇、界岭、圣天门口、黄州、武汉等精心构织了自己的文学世界——鄂东，于此自由驰骋文学想象，实现文学理想。阅读其小说与散文可知，他的生活经验世界与艺术经验世界合辙处比比皆是，现实生活和文学世界同样是光怪陆离与波谲云诡。生活经验的充盈，使得刘醒龙从不担心灵感枯竭，用鄂东人近乎固执的发声，捍卫着现实主义客观性的尊严。有人质疑《圣天门口》革命叙事的"不合常理"，刘醒龙告诉读者反映早期鄂东革命有书《大别山上红旗飘》可以为证，云淡风轻的反击，源于对写作素材真实的了然于胸。《蟠虺》多次述及有关青铜重器（包括曾侯乙尊盘、"曾侯乙编钟"与"九鼎八簋"等）、蟠虺、纹镜及铸造之法的专业知识，似有"掉书袋"的

---

① 朱光潜：《西方美学史》（下卷），人民文学出版社 1979 年版，第 738 页。

② ［美］勒内·韦勒克，奥斯汀·沃伦：《文学理论》，刘象愚等译，江苏教育出版社 2005 年版，第 249 页。

嫌疑，作者曾就此回复过采访者，知识之获取并非一蹴而就也非异想天开，丰盈的青铜器知识来自多年的阅读、收集与储备。还如《凤凰琴》中升国旗奏乐的笛子，在电影版《凤凰琴》中被改为口琴。刘醒龙不光失望，还恼火不已，源于口琴在彼时的乡村庶乎稀罕物，惟有下乡知青才有，笛子属于传统乐器，其制作对于乡村谙熟乐理的能工巧匠而言并非难事。另外，生活经验具有个人性和不可复制性，因为时空域限难以补充或修葺，这必然造就作家文学世界的特异风貌。这就是被"拉郎配"到"现实主义冲击波"作家群的刘醒龙与河北"三驾马车"迥异之所在，也是《圣天门口》与《白鹿原》亮色各呈的原因。

五四时期以来乡土文学，主体上有着精神上的回观，表现为行为上的离开与思想上的审视，含有城乡的二元对立。鄂东是刘醒龙的乡土，具有物质和精神的双重性。也就说，外显于文本是有关鄂东的地理景观与风土人情，内涵于其中的却是鄂东给予刘醒龙的精神浸润。"乡土是灵魂的栖息地，失去乡土，我等将是精神分裂之人。"①"一个人无论走多远，乡土都是仍然要走下去的求索之路。一个人学识再渊博，乡土都是每时每刻都要打开重新温习的传世经典。一个人生命有长短，乡土都是其懿德的前世今生。"②在刘醒龙这里，乡土不单指向农村，也包括城市（如武汉）。当然，英山和武汉进入刘醒龙的乡土版图作家有着心理上的博弈，体现为英山与团风作为家乡归属的确立，以及刘醒龙对武汉由隔膜到适应的过程性。刘醒龙的卓识在于不特意预设城乡的二元对立，而是将其统一涵盖乡土建构中。如《蟠虺》以武汉为故事发生主要空间，以知识分子为主要塑造对象，其在刘醒龙看来依然是乡土写作而非城市写作。他被国内外学界誉为新乡土作家，对于这个定位，刘醒龙欣然接受，或许正是源于此。

现实主义的第二层面是平等的写作姿态。刘醒龙的写作不同于新写实的"零度情感"叙事，而是具有高度情感介入和贯注的，但

---

① 刘醒龙：《一滴水有多深》，作家出版社 2009 年版，第 5 页。
② 刘醒龙：《一滴水有多深》，作家出版社 2009 年版，第 55 页。

这并不意味情感倾斜的泛滥和无度。不少批评家诟病《分享艰难》不具"公民意识"而是典型的"公仆意识",刘醒龙彼时并未多作辩解,在乡村生活多年的他,对中国农村匍匐艰难生活的农民与基层干部的感受最为深切,他的笔触不是去表现,是去呈现他们的生存状态与挣扎的境遇。深入挖掘乡民或底层干部斑驳纠葛的心理与社会不公下的扭曲与幻灭,却非刘醒龙所愿,他笔下乡镇干部的艰难,一定是由于社会转型、时代变迁所致,而不能全然归因于欲望膨胀与行为乖张。作者对乡镇干部(包括父辈与其他的干部)有过近距离接触,基于现实情感认可与揪心民众困境,作者不愿意撇开现实民众的艰难挣扎而对之口诛笔伐。

关于怎样写农民,刘醒龙说:"我们新文学对农民的描写经历了三个阶段,'五四'之后的作家曾以启蒙者的姿态去写农民,可视为'俯视'的态度;延安文艺座谈会后,由于重视农民在中国革命中的作用,认识到知识分子要向工农兵学习,遂对农民的描写又取'仰视'的态度;而现在我们这一辈作家由于就是农民或从农民家庭出来的,所以对农民的描写就采取了新的'平视'的态度。"[1] 鲁迅等启蒙者看到了农民的劣根性,"哀其不幸,怒其不争",醍醐灌顶,启开蒙昧成为写作目的,这种姿态自然是俯瞰与教育式。社会主义现实主义的农民叙事,农民成为教育者,作家成为学习者。作者对于农民的俯瞰与仰视,很容易将读者与作者的关系固化为跷跷板型。刘醒龙的新乡土之"新"的一个重要方面就在视角的平等,其对农民的哀也好,怨也好,赞也好,既不是指手画脚一幅师尊模样,也非葵藿倾阳般顶礼膜拜。作家的姿态的平等,意味着两者地位的对等,也将体现为叙事的客观真实。

刘醒龙现实主义写作的落脚点为"正面强攻"。"正面强攻"体现了作者作为知识分子的精神立场(尽管有段时间作者对作家的知识分子身份有些微词),代表着现实主义正统性的批判意识和精神

---

[1] 转引自杨迎平:《刘醒龙,分享艰难》,《湖北广播电视大学学报》1999年第4期。

品格。刘醒龙曾"在主流与边缘来回游移滑动"，也因为"主体的暧昧性"①而被认为"在作品中彻底放弃了批判的立场，放弃了对社会正义和人的尊严的敬畏"②。审视刘醒龙 20 年前的"新现实主义"写作，其可能过于注重现实生活的逼近和改变现实的迫切，没有旗帜鲜明刀光剑影地针砭尽管给人以"暧昧"之嫌疑，但丝毫不能否认刘醒龙的批评意识。他是从生活经验出发超越书斋式臆想，主动遮掩圆目怒睁将批评的锋芒内隐于现实生存困境的突围，也可谓是基于"人的发现"之"理解的同情"，放下为穷困乡村指点迷津的高高在上，转而献上自己的真情。正如印象记中所言："他并不是一个我们见惯了的聪明人，从很多地方说来，他仍然是一个正在不断生长的人，那些热情与执拗、感动与慷慨，都还鲜明地停留在他身上。"③"热情与执拗、感动与慷慨"没有被岁月和世风消磨，足见刘醒龙人格之真诚。

瑞典文学院给诺贝尔文学奖得主马尔克斯的"颁奖辞"中说道："在拉美，激烈的政治斗争使知识界始终处于一种白热化的气氛之中，和其他重要作家一样，加西亚·马尔克斯在政治上坚定地活在贫苦大众和弱者一边，反对压迫和剥削。"④自《威风凛凛》开始，刘醒龙正面强攻的姿态更为显赫，自觉以鲁迅为导师，"用灵魂和血肉写作"，挖掘有着五千年的文明古国"生生不息""绵延不绝"的精神力量，借此实现现实主义的启蒙性。无论是写乡村还是写城市，写农民还是写知识分子，写历史还是写现实，在刘醒龙看来，作家应该具有大局观和发展观，"应当站在时代之上，有远见地用自身天赋的想象力，来证明现实与历史之间的衔接是否有效，并创

---

① 丁帆：《论文化批评的使命——与刘醒龙的通信》，《小说评论》1997年第 3 期。

② 萧夏林：《泡沫的现实和文学——我看"现实主义冲击波"》，《北京文学》1997 年第 6 期。

③ 李修文：《进得此门的人有福了》，《时代文学》2007 年第 10 期。

④ 建刚，宋喜，金一伟：《诺贝尔文学奖颁奖获奖演说全集》，中国广播电视出版社 1993 年版，第 683 页。

造人人都能有效鉴别当代社会生活的机会"。① 相对于传统现实主义作家的精神立场，刘醒龙不再痛斥与挑剔人之愚劣与愚昧，转而发现与发扬人之高贵。虽然两者皆指向塑造典型人物，也可能实现现实主义的启蒙性，迥异的是前者重在破坏与解构，后者重在高标与建构。不遗余力不惧争议地高扬"举重若轻"，实则源于刘醒龙知识分子立场的坚守，源于对生活、乡土与乡人的赤诚和袒露现实皱褶的心灵真诚，源于他对现实主义文学启蒙性的笃信。

二、大爱与大善：是理想，也是济世良方

一个作家，倘若空有深邃与幽渺的思想，而缺乏上乘的艺术予以承载，算不得称职的作家；同样，一个作家只会耍玩文字与技巧，也不能算作优秀的作家。优秀作家的创作，一定是兼具艺术性与思想性的。刘醒龙的作品受到读者和学界的持续关注，在于成熟的艺术创造，也在于文学思想的贯通，在文学符号创造的文学世界中赋予真实世界的鲜活经验和大爱与大善的伦理价值，借此形成读者与作者的共情效用。刘醒龙主张文学应是高贵的，高贵于形是优雅，于神是风骨。优雅是一种气质，既体现在作品人物似淡而美，也体现在作者叙事姿态的从容不迫与叙事语言的诗意缥缈。所谓风骨，语出《晋书·赫连勃勃载记论》"然其器识高爽，风骨魁奇，姚兴睹之而醉心，宋祖闻之而动色"，本原指向人之品行杰出，由人及文，可指为作品风格刚健遒劲。刚健遒劲可为文学架构与语言的壮硕与粗粝，可为作品精神内涵的刚正与隽拔。风骨之于刘醒龙，不仅指称其文学精神，也指称其书法精髓，更显著体现在其编辑思想中。

刘醒龙笃信经典文学的高贵，坚信其具有风化世人的共同价值，"文学之所以被称为一切艺术之母，就在于文学承载着我们不能或缺的文化血脉……从有文字以来，那些被人类长久传承的文

---

① 刘醒龙：《一种文学的"中国经验"》，《文艺争鸣》2010 年第 19 期。

学，便是人类认识灵魂、理解灵魂、记住灵魂的重要途径"①。源于作者对文学功能的认定，源于对知识分子启蒙者身份的认定，才有刘醒龙用灵魂与血肉写作的誓言。笔者理解，所谓用血肉写作，可以指作者之写作有赖于生活阅历的丰富和生活经验的累积，也指作者对写作高义的笃定与写作态度的勤勉与痴狂；所谓灵魂写作，既体现出写作者的"真诚"，是一种隶属于作者内心的写作，也表明作者写作所要通达的境界，于作品中投注大爱与大善的伦理思想，希望能够形成灵魂共振。

　　文学的作用是审美、消闲、怡情，也是载道。文学的起点是私人性的，一旦付诸流通与传播，就具有公共性。"写作一首诗的行为，尽管其材料可能是极其私人的，但却是真正'道德的'行为，因为它暗示着某种反应的公共性。"②因为文学伦理，文学的公共性成为可能。在中国古代文统、政统与道统合一时，文学具有较高的社会话语权，是实现民众道德化的重要途径。现代文学三十年，文学主要发挥了启蒙或救亡图存之能。新时期以来文学特性鲜明：一是从文学自身而言，作家铆足劲在写作艺术上翻新追异，用三十年的时间演绎了西方百年的文学技艺，从传统现实主义到现代与后现代等，作家们对于文体的积极探索和语言表达的渴求与五四文学遥相呼应；二是当代文学以冲决之势突破旧有思潮与规范的樊囿，高擎启蒙大旗，呼唤人性归原。进入 90 年代以来，作家扮演的"文化英雄"和"精神代言人"的角色被放逐，大众化、世俗化、娱乐化与平面化占据社会思潮主流，不少作家放弃精英立场，紧跟市场与消费导向，解构崇高、贬谪深度、张大欲望，在"多元"的旗帜下进行私人化写作；并且对先前精心营造的启蒙身份和高扬的道德伦理要么弃之如敝屣，要么深植于文本掩饰得小心翼翼。作家的写作立场与文学理想无论是后撤与边缘，还是主动向经济与物质服膺的现象，以及社会普遍呈现的人文精神的贫瘠，引发了在学界具有振

---

　　① 刘醒龙：《文学血统与世界之心》，《长江文艺评论》2016 年第 11 期。
　　② ［英］特里·伊格尔顿：《如何读诗》，陈太胜译，北京大学出版社2017 年版，第 41 页。

聋发聩效应的"人文精神大讨论",吁求文学写作的道德理想坚守,召唤文学精神回归。"文学最微弱的那一点作用在哪儿,我认为它还是应该有一种勇气,文学应该承担一种功能,即使不谈责任,但是至少得有捍卫人类精神的健康和我们内心真正高贵的能力。所以这就不是仅仅一个审判可以概括的。作家确实需要那种体贴、理解、追问、好奇和一种不倦的耐心。"①社会转型期的文学场域,显现出文学伦理精神和社会良知的匮乏,历史责任感、激情和坚执高蹈人文品格的稀缺。刘醒龙的可贵或聪明就在于,他经历了新时期以来各种文学思潮涌动,除了早期有跟随的印迹,转型后始终执守着貌似迂阔的文学理想。

"现当代中国文学一直在片面地强化文化传统中的种种灾祸。近代中国文学史实际上成了一部苦难史。"②相较于鲁迅着力剜剔国民"劣根性",刘醒龙更在意挖掘中华民族绵延几千年的民族精神与灵魂,也即"优根性"。文学的救赎或者启蒙之意,就在于重拾仁爱与慈善。"爱不需要文学,文学失去爱就会成为连篇废话,就会变得粗鄙、胡说八道、不负责任,甚至是竞相展示无耻与无知。"③爱与恨的博弈,实际上是人性善与恶的角力,是现实世界肮脏、丑陋与静美、良善的对峙。"恨是面向过去的,是倒退的,是一种原始的欲望,过多的仇恨只能让这个世界变得更加肮脏。而爱是面向未来的,是向前走的,是人的原始欲望蜕变后的一种伟大的动力。在文学中,恨是一种丑陋的审美,爱的审美才是完美的。"④

刘醒龙基于大爱与大善的文学伦理传达的意识要后于文学创作。写作"大别山之谜"时期,也是主体思想"意徘徊"阶段,显示出传统伦理在现代物欲侵蚀下的无奈与无策。《威风凛凛》时,作

---

① 铁凝,王尧:《文学应当有捍卫人类精神健康和内心真正高贵的能力》,《当代作家评论》2003 年第 6 期。

② 刘醒龙:《我们如何面对高贵》,《文艺争鸣》2007 年第 4 期。

③ 刘醒龙:《阅读和写作,都是为了纪念》,《中国比较文学》2012 年第 3 期。

④ 刘醒龙:《阅读和写作,都是为了纪念》,《中国比较文学》2012 年第 3 期。

者开始在淋漓尽致展现人性之恶时显现出对人性之善的呼唤。到了"新现实主义"时期，刘醒龙不仅对社会现实之恶与政治之恶有所揭示，业已显示出对爱与善的颂扬。尤其是被作者视为"恩人"的周介人评价其作有"大爱与大善"的伦理取向后，刘醒龙对高扬大爱与大善愈发坚如磐石。刘醒龙认为："唯有爱是伟大的，永恒的，它关怀一切，抚摸一切，温馨一切，化解一切。只要有爱，所有应该改变的，最终肯定会改变。"①对于大善，刘醒龙认为小善追求完美，大善追求一种对恶的包容和改造。爱与善是基于人性的伦理表达，是人格与精神的正向凝结，刘醒龙之"大爱"与"大善"不光是一种道德与精神力量的光照，更具有召唤人性和教化仇恶之功。《村支书》中的方支书和《秋风醉了》中的王副馆长无不是此类人物。《分享艰难》因为不少批评者不满于作者对作恶者的宽宥认为体现的是"公仆意识"，作者却认为公民应该有担责的义务，"分享成果"是小善，"分享艰难"则成为大善。民与官既是同甘，更要共苦，尤其是后者，才是真正体现出大善。

刘醒龙的爱与善的思想真正得到贯彻的，则是《生命是劳动与仁慈》《圣天门口》《天行者》《蟠虺》《黄冈秘卷》等小说的写作，这些作品尽管题材不一，写作方法也各有侧重，但仁爱与慈善成为一条清晰的伦理线脉。正如他说："记录这个世界的种种罪恶不是文学的使命，文学的使命是罪恶发生时，人所展现的良心、良知、大善和大爱。记录这个世界的种种荣耀不是文学的任务，文学的任务是表现光荣来临之前，人所经历的疼痛、呻吟、羞耻与挣扎。"②《生命是劳动与仁慈》把现实的矛盾展现得淋漓尽致，城乡矛盾、工农矛盾、穷富矛盾、新旧矛盾，错综复杂的矛盾关系的化解途径，外在于劳动，内在于仁慈。《圣天门口》不以展示革命之血腥、残暴、权术为要，意在用人性大善大爱化解暴力、血腥与戾气，借

---

① 刘醒龙：《为什么写〈彼岸是家园〉》，《中篇小说选刊》1995 年第 1 期。

② 周新民，刘醒龙：《〈蟠虺〉：文学的气节与风骨》，《南方文坛》2014 年 6 期。

此给予读者以向上向善向美的渴慕与力量。在刘醒龙看来，与制度相比，道德伦理底线的坍塌的危害更大，作家的天职就应该宣扬大德，修补坍圮的道德底线。刘醒龙比较得意的是在《圣天门口》中写到的，"所写的是人物，而不是阶级；是对和谐社会和和平崛起的渴望，而不是历史进程中暴力血腥和族群仇恨。如果将珠穆朗玛当成终极目标，那么《圣天门口》所写的不是那舒缓的南坡，而是陡峭的北坡。这也是一种可持续发展观"。① 《天行者》中弥漫的界岭之毒，实际上是渗透在乡村知识分子身上的善良、仁爱与人性之美，是作者特意张扬的"被写作者的灵魂"。《蟠虺》通过两种截然对立的知识分子群体的塑造，张扬根植于中国传统文化深厚土壤的文人理想与人格与操守，是"基于社会现实的考量，刘醒龙认为唯有使命感不灭、道德底线不坍、良知不泯的知识分子才能带给社会以希望、温暖与高贵的力量"。② 《黄冈秘卷》是刘醒龙从精神到实践上的还乡之作，带有鲜明的地方志和家族传记印迹。作者以教育辅导资料《黄冈秘卷》切进小说，在悬疑解谜中引入《组织史》与《刘氏家志》的双线，进行着与故里和父辈的精神对话，在区域性与自我性交织中潜藏着拯救现实之厄的精神内核——贤良方正。

"文学远非一种仅使有教养者惬意的消遣品，它让每个人更好地回应其人之为人的使命。"③ 刘醒龙虽不能说是纯粹的理想主义者，对文学之功能臻至痴狂，但却不是文学的游戏者，视文学为逞艺逗技，他是坚信文学具有改造与救赎的力量，哪怕在笔者看来多少有些西西弗斯之悲壮。"唯一令人宽慰的是，文学从来是在艰难时世中体现存在意义的……与某些壁垒的对峙是当代文学的重大使命，而且这种对峙是只许成功，不许失败。事实，无论何种对峙，文学都没有失败的记录。那些与文学过不去的力量，可能强悍一

---

① 汪政，刘醒龙：《恢复"现实主义"的尊严》，《南京师范大学文学院学报》2008 年第 2 期。

② 汤天勇：《诗性正义：〈蟠虺〉的关键词解读》，《当代作家评论》2015 年第 4 期。

③ [法]托多罗夫：《濒危的文学》，栾栋译，华东师范大学出版社 2016 年版，第 43 页。

时，但在时间长河里，文学的优势太明显了。"①刘醒龙笃信文学的化人净世之功能，是他对文学高贵理想的固守，是对文学风骨的播撒与力挺。刘醒龙从"大别山之谜"起始，似乎一直在探秘，探究中华民族绵远流长之谜，他一直在解谜，阐解中华民族文化脊梁挺拔耸立之谜。他力主文学为世界的良心，涤荡污浊，激扬澄洁。

三、创作跨界：是互文，也是心志剖明

在当代中国文坛，刘醒龙算不得绝顶聪明，却可以进入最勤奋写作者的行列，他用"血肉与灵魂"内驱创作，就实绩而言足可在文艺界"抖狠"；再加上各种社会事务，他是当之无愧的文艺界的劳模。刘醒龙写作，文体并辔，一张一弛，左手写小说，右手写散文，小说耀眼夺目，散文亦足可挤入优秀散文家行列毫不逊色。刘醒龙写小说颇有探幽寻秘的意味，每一个阶段都在为小说大家族贡献探索的足音，无论是数量，还是质量，在当代小说家阵营中都是高段位的；他写散文，不仅题材涉猎广泛，而且显示出较高的艺术性和思想性。他既当期刊主编，又写书法，当主编高扬"汉语神韵、华文风骨"大旗在文学期刊狭仄的水域里自由游弋；写书法，古朴遒劲、圆润厚道，古意盎然兼具现代气息。多重身份的厚集，对于刘醒龙的大创作具有超文本属性，彼此之间形成足以相互支撑印证的文本间性，不仅再现了一位精彩绽放的艺术家形象，更是体现出刘醒龙"文如其人"与"人如其文"的共性元素：真诚的写作态度、透彻的洞见卓识与中正持平的文人心志。

真诚是刘醒龙为人为业的态度。刘醒龙为人不是那种虚伪和矫饰，在学界朋友的印象中，刘醒龙"敞亮"，真实表达自我，有一种不服输、不求输赢只论畅快的劲头，沉默与多言随环境与交流对象而变。可能由于"道不同不相为谋"的缘故，他遇情志相合者可以侃侃而谈，与不合者可以沉默相对。不避讳对获奖的喜悦，不掩

---

① 周新民，刘醒龙：《〈蟠虺〉：文学的气节与风骨》，《南方文坛》2014年6期。

饰对写出佳作的得意。他看似圆通实则透明，其为人为业实为基于自我体认出发，而不是依傍某种客观外物或抽象理念，时常显露出可爱可敬的赤诚。刘醒龙 2006 年主编文学杂志《芳草》，改版即换"大王旗"——"汉语神韵、华文风骨"，旗风猎猎，显示出搅动文学界的预示性力量。正如他在《主编的话》中说："文学是黑暗中的一种光明，是平庸中的一种奋进，是无奈中的一种反抗，是残酷中的一种宁静，是迷梦中的一种苏醒，是软弱中的一种坚毅，是世俗中的一种灿烂。宁为玉美的文学，虽然从未让高傲的灵魂出现丁点低就，最终却被证实其目的是对猜疑、算计、虚伪、无耻、淫荡、仇恨、恐怖、暴力等反价值噩欲的仁爱与和解。"① 彼时的刘醒龙，刚出版三卷本的皇皇之作《圣天门口》，可谓意气风发："《圣天门口》的出现，是中国新文学运动开始至今，历经百年后，终于走向成熟的标志。"②《圣天门口》作为"成熟的标志"，在笔者看来，不在于语言、结构与叙事技术，而在于境界与气度。说境界，是作者撕掉了粘贴在人物身上固定身份的标签，还原人物基本人性，解构固执的共性认知。说气度，续延历史的叙事时间，作品从内到外弥漫"风骨"气象。作为成熟的作家，刘醒龙毅然用业已形成的文学观引领办刊，"发掘有潜质的作家和作品"，"拒绝那些有意无意亵渎文学、损害文学品质的糟糕的写手和糟糕的作品"。③ 从作家到主编，角色可以变化，标榜"高傲的灵魂"的文学志向始终如一。

虽言小说的本性是虚构，但对于刘醒龙而言，小说是根植于真实基础上的虚构，其小说打上鄂东地理志与人物志的烙印，甚至有篇什颇有自叙传色彩，如《弥天》，可谓作者那段生活历程的再现。散文的本性求真，真人真事真情与真知，其不少作品仍是书写鄂东人与鄂东故事，与《圣天门口》《天行者》《蟠虺》《黄冈秘卷》大可相

---

①　刘醒龙：《主编的话》，《芳草》2015 年第 1 期。

②　汪政，刘醒龙：《恢复"现实主义"的尊严》，《南京师范大学文学院学报》2008 年第 2 期。

③　刘醒龙：《向往高度坚守底线——第四届汉语文学女评委奖颁奖典礼致辞》，《芳草》2015 年第 1 期。

互印证。映照的故事与人物同置，但并非常人理解中的作家省略性的"抄袭"，实为主旨相歧。其散文更多在追怀言志，袒露自我，书写乡土时显得温情脉脉、情真意切；其小说则为追本溯源，张榜济世，乡土叙事中启蒙与皈依交织。其小说整体而言存在着"出去—归来"的精神结构模型，先前基于生活经验和情感认知表现为精神的流浪与远行，"漂泊是我的生活中，最纠结的神经，最生涩的血液，最无解的思绪，最沉静的呼唤"①，作者之言荡漾着悲凉与孤独。悲凉与孤独既在于"无根可寻和无情可系"，还在于文学路途上"暮春者，风乎舞雩，咏而归"这般相知相携的阙如。其实待作者寻到真解和对乡土有着重新审视后，返回乡土、追慕乡贤、高标传统，作者已从乡土的叛逆者嬗变为仰慕者。

刘醒龙自 1986 年开始散文书写，几与小说创作同步，出版有《女儿是父亲前世栽下的玫瑰》《寂寞如同重金属》《人是一种易碎品》《我的河山，我的家》《小路才是用来回家的》《抱着父亲回故乡》《上上长江》等散文集以及长篇散文《一滴水有多深》等。刘醒龙的散文创作蔚为大观，但在学界显得有些落寞与沉默，其原因有二：一是刘醒龙的小说在中国当代小说发展史上熠熠生辉，标识性显著，一定程度遮挡了散文散射的光芒；二是其散文因与小说在精神图谱上互文互证导致文体独特胎记的消隐。失之东隅，收之桑榆。正是源于散文与小说的互渗，刘醒龙人与文的统一体现得更加充分。如果说他的小说呈现的是含蓄与理性，散文透射出的却是敞开与热烈。他写历史、写地理、写故乡、写亲情、写游历，不再"害羞"与内敛，将自我投诸乡野、江湖与名迹，与圣贤对话、与乡民交流、与亲人交心、与山水神遇，作精神与情感的逍遥之游与"自由流远"。"一丝一弦，山为气节独立攀高。一滚一拂，水因秉性自由流远。"②刘醒龙写散文如水，随意赋形，这是散文文体的恩赐，写作状态与心灵得以畅快舒展。

---

① 刘醒龙：《百万字长篇小说给谁看？》，《北京青年报》2005 年 6 月 15 日。

② 刘醒龙：《我有南海四千里》，万卷出版公司 2016 年版，第 58 页。

刘醒龙散文的热烈不是语言的琐碎与情绪的毫无节制，而是真情真知的真诚流露，是心有郁结的喷发，不吐不快，具有明显的知识分子的写作意识。他对乡村有着镌刻入骨的爱与疼，融入了他真切的现实关怀与现实拷问。

1995 年春天，在义乌开往杭州的区间列车上，坐对面的是一位毕生教授诗歌、声名远播的大学中文系教授。三天前与其相逢时，我就想找机会同他聊聊那首《一碗油盐饭》。在我心情沉重但又诗情激昂地背诵后，教授不仅没有表一个标点符号的态，连哼哼都没有发半声，便将目光移向车窗。那时，杭州到义乌一线还没有开始经济起飞，弥漫在硬座车厢的乡村气味，不可避免地闯入我们所在的软座车厢。在强烈的人畜混合体臭刺激下，明知诗坛的事大多是由眼前这位教授说了算，我仍然坚持说，《一碗油盐饭》若是进不了诗歌史，那简直是天理不容。这话一半是解嘲，一半是解恨。由此引申开来，我们没有理由责备诗，也没有必要刁难诗人。真有症结，那也是由于时下的诗意发生了社会性位移。在这样的位移之后，诗意还可靠吗？①

《一碗油盐饭》诗文如下："前天，我放学回家/锅里有一碗油盐饭/昨天，我放学回家/锅里没有一碗油盐饭/今天，我放学回家/炒了一碗油盐饭/——放在妈妈的坟前！"这首诗，刘醒龙不仅在散文、回忆录、讲座、座谈中多有提及，还写进小说《天行者》。其之所以"耿耿于怀"教授的置若罔闻，可以从三个方面作解：一是该诗在创作转型的关键点有着神谕般启示，促使了作者写作转型与嬗变；二是就诗歌文本而言，有生活的苦难，有亲情的疼痛，有生死的哲思，有时空的断裂，它们触及作者柔软的神经，在作者情感与灵魂深处震颤；三是乡土被欲望与浮躁侵蚀，诗意"位移"，空留满目疮痍与艰难挣扎，对于出生于农村的刘醒龙来说痛心不已。

---

① 刘醒龙：《一滴水有多深》，作家出版社 2009 年版，第 82 页。

刘醒龙写散文，就其情感而言，可用艾青的一句诗来形容："为什么我的眼里常含泪水？因为我对这土地爱得深沉。"(《我爱这土地》)行文之处，饱含着对亲人、故乡与家国的挚爱，对乡村颓败与裂变的心疼。《一滴水有多深》通过写亲人与乡土，意在翻检精神之羽翼作精神归依；《女儿是父亲前世栽下的玫瑰》写出了一个漂泊者心灵安静之缘由，写出了爱的赓续与传递；《上上长江》意在探源，解读中华民族绵延几千年的文化基因，自此，从自我、至亲到乡土，从家到国，一条完整的精神还乡链条得以成型。就其姿态而言，其情感炽烈不遮蔽思考的中正持平，对言说对象有褒贬，但不出于一己之善恶论断，呈现的是一个知识分子的理性与包容。

四、回归传统：是美学风格，也是文学经验

在追赶欧美文学的"现代化狂飙"过程中，中国当代作家不得不面临中国古典文学和西方现代文学两种文学传统。不少作家主要从西方文学横向移植写作思想与创作技艺，对文学语言、叙事方式与故事类型进行试验与改革，但刘醒龙更趋向于回归中国古典文学传统(刘醒龙也受到外国文学的滋养，比如左拉、艾托玛托夫等)，于此探索属于自己的文学创新之路。这里所言"传统"并非泥古不化与因循守旧，是基于其美学性格与艺术个性而言的。一是刘醒龙承继了中国文人"感时忧国"的传统，其作品散文也好，小说也罢，具有强烈的忧患意识，但刘醒龙并未像古代文人那样一味沉溺于此作喟叹悲愁状，其作品不仅融入了现代知识分子的批判意识，而且作者积极寻找可以救赎与诊治的方剂。二是从写作艺术层面来看，刘醒龙的文学创作赓续了中国古典文学的"史传传统"与"抒情传统"，但又融之于现代语境，浇灌现代精神，转化成符合现代人阅读与审美的文学文本。

刘醒龙之所以纵向寻求文学精神与文学艺术资源，一是地域文化精神的自然浸润，屈原的忧愤深广与苏东坡的旷达方正已然融入鄂东人的血脉，成为集体无意识般存在；二是祖辈、父辈身体力行

透射的德行品质，无形中影响作者的精神趋向；三是作者文学教育的滋养。前两方面属于文学精神资源，附着于文学艺术之上，第三方面主要是写作技艺层面的影响。

刘醒龙谈论最多的古代文学作品是《红楼梦》，又说其"文学教育，更多的受民间的影响。小时候，每到夏天，在院子里乘凉，爷爷就会给我讲很多民间故事，有《封神榜》这样的民族文学，也有当地的民间故事"。①《红楼梦》是中国古典小说的顶峰，可谓百科全书式的小说，刘醒龙受其影响，笔者以为主要在以下四个方面：一是擅长写作女人。《红楼梦》塑造了诸如林黛玉、薛宝钗、王熙凤等诸多个性鲜明、卓然而立的女性形象。刘醒龙有"女人天然是艺术"的观念，不能说没有受到其影响，尤其是《圣天门口》可谓其写女人的巅峰之作。二是重视细节。《红楼梦》的细节与情节浑然一体，全无斧凿痕迹，刘醒龙深受其影响，曾有"一个细节可以写短篇、两个细节可以写中篇、三个细节可以写长篇"之辞。三是徐缓优雅的叙事节奏。曹雪芹与刘醒龙的叙事较为平缓，不随意布置沟壑与陡坎，也不故意跳跃跌宕。四是"史传""诗骚"因素。《红楼梦》"集小说之大成"（脂砚斋语），具有深厚的传记意识和诗、骚传统，其铺展开来不仅是一个人情世界，也是一幅诗意的画卷。无论神魔小说《封神榜》，还是鄂东民间故事，皆有可传播性、幻奇性与喻示性。并且，民间文化的形成也是日积月累，其实质也是一种古典性与传统性。所以，无论是《红楼梦》《封神榜》，抑或民间故事，其对于刘醒龙的影响不是情爱缠绵，也非征伐斗谋，而是一种传统诗性艺术境界的心理深潜，是一种对贤良高士风骨神韵的真性仰慕。体现在艺术形式上，就是中国文学"史传传统"与"诗骚传统"的糅合。刘醒龙的接受，有着艺术审美的自觉和艺术创造的自然。

"史传"的影响并非在于苛求刘醒龙要"补正史之阙"，而在于对史诗的渴望和人物塑造。"史诗是关于范例的伟大叙事……它在篇幅长度、表现力与内容的重要性上超过其他的叙事，在传统社会

---

① 刘醒龙：《文学回忆录》，广东人民出版社 2019 年版，第 68 页。

或接受史诗的群体中具有认同表达源泉的功能。"①中国几千年的正史叙事在文学上没有孕育出成熟的"史诗",这让现代小说家们多是将"史诗"作为小说创作的追求,刘醒龙也不例外。刘醒龙在 90 年代中期毅然放弃给他带来巨大声誉的中短篇小说创作专心写作长篇,对史诗的追求不失为诱因之一。不过,相较于历史著述在时间与空间的纵横捭阖而言,刘醒龙专注于以小写大,"小地方的大历史,小人物的大命运,是史诗篇章的主体。这种小与大的关系,小与大的可能,不是容易处理得了的。站在小地方,写些小人物,却散发出史诗的光辉,这样的小说令人称道,也是小说艺术皇冠上的明珠"。② 鄂东是中国现代史上著名的革命老区,加之爷爷特殊的经历,大别山革命斗争已在刘醒龙前期不少短篇小说现出踪迹,诸如《大水》《女性的战争(二题)》《威风凛凛》等,真正体现历史宏大叙事的是几部长篇小说《圣天门口》《天行者》《蟠虺》与《黄冈秘卷》。

《圣天门口》是六年磨一剑的皇皇巨著,其将作者的历史意识和历史想象展现得淋漓尽致,具有百科全书式的叙述宏景。从时间维度上看,故事发生的历史与说书文本《黑暗传》两相耦合,作者的艺术构思不仅体现为美学增殖和意义结构的化学反应,革命或者说暴力也点缀在汉民族数千年的历史延长线上;从空间维度来看,大别山腹地的天门口小镇无疑为故事的"震中",进而辐射邻近的鄂、豫、皖三省数县乃至华中重镇武汉,小地方之人与事,关联着外部"大世界",反之,外部"大世界"的波澜壮阔也会波及隘口小镇,正是这种小大世界的畅通无碍,人生命运的大阵势得以铺展;从故事维度来看,作者从辛亥革命写到"文革",其间各种革命形式和层面在小说中得到反映,可视为 20 世纪中国革命的一种文学性表述;从人物维度来看,有以梅外婆、雪柠、雪蓝、雪荭等雪家

---

① 〔芬〕劳里·航柯:《史诗与认同表达》,孟慧英译,《民族文学研究》2001 年第 2 期。

② 刘醒龙,朱朝敏:《文学终归要回到原始心态》,《青年作家》2018 年第 9 期。

女人为代表氤氲着救赎与布施光泽的女性人物群像，有傅朗西、董重里等心怀乌托邦理想和具有政治洁癖的革命者，有昂扬不羁、气格宏大和正邪相容的杭九枫等，二十四种云的动静态势寓意着小说中形形色色的人物，构织着繁复错杂的人物谱系。纵横交错的维度，组构成一张含蕴天地人的"关系网"，宏阔的历史意识和鲜亮的人物传记彰显得酣畅淋漓。

《天行者》的时空场域不够阔大，主体故事貌似有些日常琐碎，人物的文化含义也相对单一，其之所以接续《凤凰琴》，是历史与自我双重驱动的结果。从历史现实来看，几百万乡村民办教师撑起了中国农村教育的启蒙与开智，在他们身份转换或蜕变中予以书写，无疑是为退席或者隐蔽的乡村知识分子立传；从自我的向度观之，《天行者》相较于《凤凰琴》更能显示作者有意开掘诡谲世道与纷繁世相下人生命运的深层思考与追问。《天行者》封底的介绍写道："中国农村的民办教师，一度有四百万人之多。他们在极其艰苦的环境里，担负着为义务教育阶段的一亿几千万农村中小学生'传道授业解惑'的重任，将现代文明播撒到最偏僻的角落，付出巨大而所得甚少。"①界岭虽小，界岭小说的教师虽寡，他们的命运变换与生存际遇和精神世界可谓四百万民办教师的缩影，更是民族教育史志足可大书特书的一个壮烈时代。

《蟠虺》虽然杂糅着侦探悬疑元素，读之无不凛然，其厚重与大气跃然纸上。厚重和大气一是因为作者以"文革"后30年及荆楚大地为叙事时空，30年中人物代际清晰分明，他们在武汉、随州、荆州与黄州穿梭忙碌。故事的展开获得了恢宏阔大的视域，并且因为青铜重器本身的历史及负载意义，故事获得向前的延伸视线。二是青铜重器曾侯乙尊盘在小说中有着真与假、仿制与反仿制的故事演绎，其本身意义不只是故事推手，更是厚载着作者苦心孤诣寄予的国民精神与人格品行。《蟠虺》的史诗意识不特意于时空纵横与故事的宏大，而在于曾侯乙尊盘的文化含量和精神质量的气势与气度。因为曾侯乙尊盘的高贵与精美，既烛照着互映互衬互指的君

---

① 刘醒龙：《天行者》，人民文学出版社2009年版，封底第1页。

子，更精神镜像着"小人""俗人"与"俊杰"。小说中可以清晰归拢两类泾渭分明的人物形象，"一类是以曾本之为代表的现代青铜君子人格系列，一类是以郑雄为代表的当代'鼻屎'伪君子人格系列。前者还有郝嘉、马跃之、郝文章、万乙等人，后者还有'老省长'、熊大师（熊达世）、关书记等人"。① 对于人物个体而言，其昭示着各自精神与生活轨迹；对于建构的人物谱系而言，其更是相同秉性与精神底色的人物列传。正是在君子列传与小人列传的对比中，寄予着作者追慕圣贤之心、重塑民族人格高贵之志向。

《黄冈秘卷》是作者向父辈、祖辈致敬之作，具有强烈的家族传记特征。"它既是黄冈地方文化的秘史，也是刘家大塆刘氏家族的秘史。"②鄂东现代史因为革命斗争举世闻名，以祖辈、父辈为中心辐射延伸的历史是鄂东壮阔史实中的组成元素，他们虽不见于或者少见于正史撰载，也不应是稗官野史散落于风吹草动之间。与以往小说不同的是，《黄冈秘卷》更见作者叙事匠心，多种故事脉络交织，多种故事时间并置，我辈与现实最终拱卫的是祖辈、父辈。

"中国古代虽然没有'史诗'，却有史诗的'美学理想'。这种'美学理想'就寄寓于'史'的形式之中而后启来者。"③刘醒龙进入21世纪以来的创作，始终遵循并坚持着史诗的"美学理想"。

刘醒龙认为小说应该是优雅的。优雅之于创作主体，是一种胸中有丘壑的从容与自如；优雅之于文学文本，是语言与形式的生长状态，是一种诗性的构架。中国文人如果不是特意地屏蔽与忽视，心中都会驻留诗性风流。刘醒龙亦如是。吕正惠认为，中国抒情传

<hr />

① 李遇春：《重塑传统与刘醒龙长篇小说创作新趋向》，《中国现代文学研究丛刊》2019 年第 8 期。

② 李遇春：《重塑传统与刘醒龙长篇小说创作新趋向》，《中国现代文学研究丛刊》2019 年第 8 期。

③ ［美］浦安迪：《中国叙事学》，陈珏整理，北京大学出版社 1996 年版，第 30 页。

统的两大特色是"感情本体主义和文字感性的重视"①。所谓"感情本体主义"与"文字感性的重视",非指刘醒龙创作放弃叙事走向散文化、诗化一途,而是指其小说贯注着强烈的主体精神和营造出厚郁的抒情意境。

《大别山之谜》显示出写作者情感的二律背反,既有"寻根"之愿,又意突破"寻根文学"局限;既否旧弑旧,又惜旧恋旧。这种主体精神的纠葛与扭缠,实则是作者彼时对于社会与文化现代性的一种思考,"返祖"意味着一种对现代潮流的否定,但作者清醒地认识到走向现代是社会和人类必然的趋势。后来作者不无遗憾地"控诉"彼时编辑将"大别山之迷"改为"大别山之谜"导致文本意蕴偏向。"新现实主义"写作,是刘醒龙对社会急遽变化的应和,此时的他显得有些"急切"。面对道德滑坡、经济转型、城乡失衡,他着力扣问现实、呼唤良知、纾解矛盾,但也因为过于超前的主体意识,其"分享艰难"引起了学界不少的非议与讥诮。至于"百科全书式"的《圣天门口》,作者意在恢复现实主义传统,揭开国人已然固化的敌对意识,用"圣"统括人生与生命的高贵、优雅与尊严。及至《天行者》《蟠虺》与《黄冈秘卷》,作者救世救人的使命感更为强烈,《天行者》中"界岭之毒"、《蟠虺》中不识时务之"圣贤"和《黄冈秘卷》之"贤良方正",作者用之拯救现实道德与精神之厄。虽然不同时期的文学创作有着迥异的精神向度,但刘醒龙是不愿意主体意志"失语"与"失位"的作家,这与他赋予文学以使命的写作意图攸关。

刘醒龙擅长"摘词布景",能得"翻空造微"之趣。《天行者》的开头:"九月的太阳,依然不想让人回忆冬日的温情柔和,从出山起,就露出一副急得人浑身冒汗的红通通面孔,傲慢地悬在空中,终于等到要落山时,仍要挣扎一番,将天边闹得一片猩红。这样被烤得蔫蔫的山村才从迷糊中清醒过来。一只黑溜溜的狗从竹林里撵出一群鸡。没完没了的鸡飞狗跳,让暮归的老牛实在看不下去,抬

---

① 陈国球,王德威:《抒情之现代性——"抒情传统"论述与中国文学研究》,生活·读书·新知三联书店 2014 年版,第 443 页。

起头来发出长长的叫声。安静了一整天的大张家寨，迫不及待地想发泄郁结。大大小小的烟囱，冒出来的黑烟翻滚得很快，转眼间就飘上了山腰，并在那里徐徐缓缓地变化成一带青云。"①序幕拉开，余热犹在的天气，安静的山村，躁动的家畜，翻腾的炊烟，动静结合，色调差异，生活化与诗意化并置。沈从文说："一切风景静美而略带忧郁，随意割切一段，勾勒纸上，就可成一绝好宋人画本。满眼是诗，一种纯粹的诗。"②作者显然不是为了写"诗"，而是为张英才的出场"布景""造境"。读者在诗意体验中当需揣摩"诗外之意"，如此炽热天气，张英才为何樟树下苦等万站长？自然环境的两极错位，是否仅仅是真实生活图景的描摹？显然，于此，风景本身具有隐喻的修辞性，并借此成为故事演绎的推手。

　　小说中汇融诗词曲赋倘若能合乎人物禀性、推动情节或者调剂气氛，无疑会裨益小说叙事的功效，尤其是给予中国读者以雅致的审美享受。在《蟠虺》里，有鉴于"现代语言太过直白，字里行间藏不起许多事，也藏不起许多恨"③，刘醒龙假借曾本之与郝文章之笔，分别作了两首别致的赋，《春秋三百字》与《青铜三百字》。《春秋三百字》关涉历史，婉曲有之，"作者之情，或不敢直抒，则委曲之，不忍明言，则婉约之，不欲正言，则恢奇之，不可尽言，则蕴藉之，不能显言，则假托之，又或无心于言，而自然流露之，于是言外之旨，遂为文家所不能阙，赞会之士，亦以得其幽旨为可乐"。④《青铜三百字》草蛇灰线，绵针泥刺，"夫隐之为体，义主文外"，既是郝嘉学术风格、道德人品的颂扬，也是郝文章等人的明志之曲。《黄冈秘卷》中引入苏轼黄州所写之诗词，或用以串联故事情节，或用以表现人物性格。尤其是苏轼之诗词属于雅言，其与多处出现的方言俚语"嘿乎"，共同佐证父辈与祖辈的贤良方正，

---

①　刘醒龙：《天行者》，人民文学出版社2009年版，封底第1页。
②　沈从文：《沈从文散文精编》，漓江出版社2006年版，第51页。
③　周新民，刘醒龙：《〈蟠虺〉：文学的气节与风骨》，《南方文坛》2014年6期。
④　刘永济：《文心雕龙校释》，中华书局1962年版，第156~157页。

并且雅俗互生，呈现出高山流水与下里巴人的完美混融。

"传统"包含有"历史的意识"，"含有一种领悟，不但要理解过去的过去性，而且还要理解过去的现存性……这个意识使一个作家最敏锐地意识到自己在时间中的地位，自己和当代的关系"①。刘醒龙作为现代作家，不可能不摄取异域营养，但更多的是"取今复古，别立新宗"，以现代为语境与精神背景，对中国文学传统进行创造性转化与发展，为创作同道提供了一种文学的"中国经验"。

（《中国当代文学研究》2022 年 01 期）

---

① ［英］艾略特：《传统与个人才能》，卞之琳、李赋宁等译，上海文艺出版社 2012 年版，第 2~3 页。

后　记

在刘醒龙先生与全国广大专家学者的鼎力支持下，《刘醒龙研究（五）》得以顺利推出。本书延续了这套丛书的编选思路，继续尝试切入历史肌理与空间现场，补充勾勒刘醒龙研究的面貌与形态，进一步挖掘刘醒龙创作具有持续充沛生命力的背后动因，并依此探索以刘醒龙为代表的中国当代作家的经典化路径。在编写体例上，本书与前三本一脉相承，上编为"自述·对话·访谈·印象"，中编为"《黄冈秘卷》研究特辑"，下编为"刘醒龙面面观"。以作家为基础、以专题为主轴、以综论为指归，三位一体，以期全面呈现刘醒龙研究的实绩与进程。

刘醒龙创作自述、刘醒龙与他人的对话访谈、刘醒龙作家印象的相关文字，能够助力从作家本体出发介入创作现场，直观真切地展示出刘醒龙的创作理想与性情雅好。刘醒龙的创作是多样性的存在，乡土与城市、教育与悬疑、现代与传统，多元包容的内容选择与精神导向共同铸就了刘醒龙的文学世界，其繁茂且持续的创作背后，潜藏着刘醒龙寻根问道的文学初心。在所选自述中，刘醒龙清晰明白且不厌其烦地重申自身立足时代、扎根乡土、建立中华民族文化自信的书写原则与创作愿景。在与朱朝敏的对谈中，刘醒龙从重返故里的《黄冈秘卷》说开去，还原着一场又一场文学跋涉寻根之旅。在郑周明围绕着《黄冈秘卷》展开的访谈里，刘醒龙再次强调自身的乡土观与文化观，提出"真诚的继承，比勇敢的抛弃更为紧要"，这是中华民族优秀文化赓续相传的根脉与基石。无论作家走得有多远，总有属于他的"邮票般大小的故乡"。因此，所选录的作家印象记，大都展示出对刘醒龙"来处"的浓厚兴趣。蒋述卓教授提出，包括《刘醒龙回忆录》在内的诸多创作里程碑，都是来自于刘醒龙本人对于根系的坚守，"唯有故乡才能给我们以未来"。黄晓环则深入刘醒龙的成长圣地，追述着刘醒龙融灌其中的"灵魂与血肉"。

2018 年，《黄冈秘卷》问世。在刘醒龙作品中，"寻根"之作几乎比比皆是，从早期的"大别山之迷"系列，到以英山父子岭小学为原型的《凤凰琴》《天行者》，再到意图追寻民族史志的《圣天门口》《上上长江》，都展现出刘醒龙切入民族发展根脉、记录时代巨变的努力与尝试。但是，当读者以为刘醒龙的寻根书写已达至境之时，作者却重返存在故地、交出了一份聚焦且真实的"寻根"力作——《黄冈秘卷》。与当代文坛日趋宏阔的史诗式书写相较，《黄冈秘卷》在宏阔的史诗式书写中内收到刘氏家族血脉的根系，甚至潜藏着作者创作家族志的"私心"："我本来只想好好写一写几位有代表性的父辈。"但是，细读而去，这是刘醒龙在历尽千帆后为自己的"寻根"找到的最佳归处：书写"贤良方正"的家族风范与民族风骨。因此，小说甫一问世，便获得了学界的热切关注，迅速产出颇具"时效性"的批评成果，如阎晶明、於可训、陈晓明、南帆等发表的报刊书评，这些精要真切的文字，直击《黄冈秘卷》的精神内里，本书皆予以收录，以展示《黄冈秘卷》融贯于"地方""历史""现实""家族"等关键词背后丰富的精神底色。另有《当代作家评论》与《长江文艺评论》杂志，开辟《黄冈秘卷》评论专辑，产生了量质兼优的《黄冈秘卷》专题评论文章，本书一并录入，以期借助名家汇聚、焦点探寻的形式探索《黄冈秘卷》的研究进程。此外，本书还收录了已成葳蕤之势的散见于各类期刊报纸的评论文章，它们从人物形象、精神内涵、叙事手法、文史定位等方面对《黄冈秘卷》进行全方位的解读与探究，是丰富《黄冈秘卷》文本生命的重要力量。

对于一位数十年笔耕不辍的大作家来说，其创作可以说是一条绵延无尽的长河，作品则是徜徉在其中的浪花，彼此注视、互相依偎。从这个角度来说，刘醒龙文学的精准定位与精妙研究，不仅与对其单篇作品的研读息息相关，而且与对其创作的综合性论述紧密挂钩。可以说，对于刘醒龙文学作品奔腾不息的生命原力的探究，才能更进一步贴近其灵魂的脉搏与精神的原乡。在下编中，本书收录了数篇关于刘醒龙文学综论的文章，如於可训从熊召政、姜天民、刘醒龙以及其他英山作家说开去，勾勒出生长在红色大别山腹地的文学英山的独特风貌。王尧通过对刘醒龙历时文本的探究，发掘出"历史"和"现实"这两个刘醒龙创作的核心主题，并提出刘醒龙通过召唤历史为现实指点迷津的创作目的。刘保昌则纵览刘醒龙创作脉络，梳理出刘醒龙文学创作的关键节点，视角聚焦于刘醒龙文学世界中的关键词"黄冈"，并提出"黄冈小镇、城乡的地域文化书写贯穿始终"。汤天勇将刘醒龙创作视为整体研究对象，探索其文学创作的独特创作风格与文艺审美观念，从而描摹出刘醒龙作为当代文艺发展史上独特的"这一个"的作家形象。诸如此类综合性论述的收录，不仅为观照刘醒龙文学创作提供了全面立体的视角，而且不断还原了作家的经典化路径。

　　"重返现场"是文学批评的重要研究方法，能够还原最为本真的创作样貌与研究形态。因此，本书在编录时尝试重返"当时"收录的作品评论。如下编中所收录高扬的《〈凤凰琴〉的悲哀》、毛时安的《理解时代——〈分享艰难〉读后感》、张新颖的《"江汉作家"呼唤大善　〈分享艰难〉剖析贫困》，皆是作品发表时的"时效性"评论，这也算得上对于评论的别样"寻根"。这些历史现场评论的呈现不仅能够还原作品在历史语境中的真实评价，而且能够与当下作品的"重读"进行对照，依此勾勒出刘醒龙作品在不同的时代语境中所获得的不同的解读，进一步还原作品的经典化路途。如同为下编收录的新闻报道《凤凰琴：一篇小说，一群人，一个村》便是时隔多年对于凤凰琴原型地的实地探访，其中展示的凤凰琴村的新颜新貌新质与高扬当年疾呼的"百年树人"大计，在历史长河的两端遥相呼应，以无言却有力的方式彰显着乡土的理想与民族的力量。这也是我们编纂《刘醒龙研究》系列的初心，以文字的力量打动人心、以书写的方式撼动时代。

　　刘醒龙的写作依旧强劲，我们对于刘醒龙研究的整理也会一直在路上。尽管刘醒龙研究呈现出蓬勃态势，但是与刘醒龙创作的浩瀚长久相较，刘醒龙研究在某些方面仍旧有待填补，比如对刘醒龙文艺审美观的研究、刘醒龙文学"走出去"的路径研究、刘醒龙的经典化路径研究等。我们热切盼望学界同仁在刘醒龙研究领域能够持续发力、不断超越，助力构筑丰富多样的刘醒龙研究世界。

最后要特别感谢本书中所有文章的作者，是他们对刘醒龙的持续关注和对本书编纂工作的大力支持，才使得《刘醒龙研究（五）》顺利面世。感谢他们对华中师范大学刘醒龙当代文学研究中心的关爱与帮助！我们将继续秉持文学初心，以踏实的态度坚持追踪刘醒龙研究的最新动向与研究成果，持续推出《刘醒龙当代文学研究丛书》，以回报同行朋友与读者诸君的厚爱！

编者谨识

2023 年 9 月 19 日于武汉